KiWi

1750

Das Buch

28. Februar 1986: An einem schneidend kalten Winterabend wird Ministerpräsident Olof Palme in der Stockholmer Innenstadt erschossen. Der ungeklärte Mord am Regierungschef wird zum größten Kriminalfall der schwedischen Geschichte und ein Trauma von nationalem Ausmaß.

Mehr als dreißig Jahre später stoßen die beiden ungleichen Kommissarinnen Stina Forss und Ingrid Nyström auf eine vielversprechende Spur und beginnen zu ermitteln. Bald wird deutlich, dass ihre Nachforschungen dunkle Mächte wecken, die das Aufdecken der Tathintergründe um jeden Preis verhindern wollen. Das bedingungslose Ringen um die Wahrheit entwickelt sich zu einem gnadenlosen Kampf um Leben und Tod, der die beiden Frauen bis an ihre äußersten Grenzen führt: psychisch, physisch, moralisch – und darüber hinaus.

Die Autoren

Roman Voosen, Jahrgang 1973, aufgewachsen in Papenburg, studierte und arbeitete in Bremen und Hamburg.

Kerstin Signe Danielsson, Jahrgang 1983, geboren und aufgewachsen in Växjö, studierte und arbeitete in Deutschland und Schweden. Sie leben gemeinsam in Småland.

Roman Voosen
Kerstin Signe Danielsson

DIE TATEN DER TOTEN

EIN FALL FÜR INGRID NYSTRÖM
UND STINA FORSS

Kiepenheuer & Witsch

Aus Verantwortung für die Umwelt hat sich der *Verlag Kiepenheuer & Witsch* zu einer nachhaltigen Buchproduktion verpflichtet. Der bewusste Umgang mit unseren Ressourcen, der Schutz unseres Klimas und der Natur gehören zu unseren obersten Unternehmenszielen. Gemeinsam mit unseren Partnern und Lieferanten setzen wir uns für eine klimaneutrale Buchproduktion ein, die den Erwerb von Klimazertifikaten zur Kompensation des CO2-Ausstoßes einschließt.

Weitere Informationen finden Sie unter *www.klimaneutralerverlag.de*

FSC
www.fsc.org
MIX
Papier aus verantwortungsvollen Quellen
FSC® C083411

Verlag Kiepenheuer & Witsch, FSC® N001512

3. Auflage 2020

Covergestaltung: Barbara Thoben, Köln
Covermotiv: © DEEPOL by plainpicture/Peter Lyden
Gesetzt aus der Dante und der Kabel
Satz: Buch-Werkstatt GmbH, Bad Aibling
Druck und Bindung: CPI books GmbH, Leck
ISBN 978-3-462-05377-7

»It is needless to say that women are the most patient as well as the most dangerous pickpockets.«

HARRY HOUDINI

PROLOG

Sie trat mit aller Kraft in die Pedale und spürte die warme Luft in dem mit Sommersprossen übersäten Gesicht. Der Fahrtwind griff nach den Zöpfen und zupfte an ihnen, die schmale Brust spannte vor Anstrengung und Stolz. Im Vorjahr hatte sie das Fahren ohne Stützräder gelernt, nun fühlte sich Pippi – so wurde sie von den anderen Kindern gerufen – auf dem blau lackierten Rad mit der Dreigangschaltung sicher. Sie gehörte nun nicht mehr zu den Kleinen, den Popelfressern und Hosenscheißern, die den Garten, die Auffahrt oder den einsehbaren Abschnitt der Straße vor dem Haus nicht verlassen durften. Pippi gehörte endlich zu den Großen. Ihre Eltern hatten ihr erlaubt, die langen Sommertage mit den Nachbarskindern aus der Siedlung im nahen Wald zu verbringen, sie kannte das Losungswort für das Baumhaus und bekam am Wochenende Taschengeld, das ihr ab und zu den Kauf eines Wassereises oder einer Handvoll Cola-Kracher erlaubte. Nach dem Sommer würde sie in der Schule anfangen, einen Ranzen hatte Mama bereits gekauft, er stand neben dem Bett und manchmal, bevor sie sich schlafen legte, strich sie erwartungsvoll über das geriffelte orangefarbene Kunstleder.

Sie nutzte das Gefälle des Waldwegs, um vor der lang gestreckten Biegung noch einmal an Fahrt aufzunehmen. Sie schoss durch die Kurve, steuerte konzentriert an den Baumwurzeln vorbei und wartete auf das Kribbeln im Bauch, das sich jedes Mal einstellte, wenn sie die schwierige Stelle gemeistert hatte, das Fahrrad ausrollen ließ und schließlich auf der Lichtung zum Stehen kam. Den dichten Wald hinter sich zurückzulassen, war wie aus einem Tunnel ins Licht zu fahren. Sie stieg ab und ließ das Rad ins Gras fallen. Die hoch stehende Sonne zwang sie zu blinzeln, zweimal, dreimal, dann hatten sich die Augen an die Helligkeit gewöhnt. Während sie auf die ausladende Eiche zuging, die in der Mitte der Lichtung thronte und auf der sich das Baumhaus befand, bemerkte sie, dass außer ihrem kein weiteres Fahrrad im Gras lag. Weder Victorias *Monark* mit den fehlenden Speichen noch Daniels BMX noch das Rad eines der anderen Kinder. War sie heute tatsächlich die Erste, die nach dem Mittagessen hier herausgekommen war? Unsicher warf sie einen Blick auf die neue Quarzuhr am Handgelenk. Die Ziffern zeigten 12:55 an, fünf vor eins bedeutete das, aber ob das nun früh war oder spät, vermochte sie nicht zu beurteilen. Dass sie als Erste auf der Lichtung eintraf, war jedenfalls noch nie vorgekommen, die Situation war so neu und aufregend wie vieles in diesem Sommer. Sie entschloss sich, auf die anderen zu warten, was blieb ihr auch anderes übrig? Oben im Baumhaus hatte sie ein altes Kartenspiel liegen. Sie würde die Zaubertricks üben, die Papa ihr gezeigt hatte, und sie später den anderen vorführen. *Vorhang auf für die große, die einzigartige Pfefferminza!*

Die Silhouette eines Mannes löste sich aus dem Schatten der Eiche. Sie blieb sofort stehen, der Schreck brachte ihr Herz zum Klopfen. Wo kam der Mann so plötzlich her? Was wollte er hier? Dies hier, das war ihr Platz, ein Ort für Kinder, das Bandenbaumhaus. Ein Erwachsener gehörte hier nicht hin, etwas war falsch an der Situation, das spürte sie intuitiv und mit einer Eindringlichkeit, die ihr Angst machte.

»Hej«, sagte der Mann und hob lächelnd eine Hand.

»Hej«, entgegnete sie und musterte ihn. Er war alt, älter jedenfalls als Papa oder die Väter der anderen Kinder, aber er sah nicht unfreundlich aus. Die Art, wie er einige Meter vor ihr stand und unbeholfen winkte, hatte etwas Scheues an sich. Trotzdem blieb sie auf der Hut.

»Ich heiße Rune«, sagte der Mann und lächelte noch ein Stück breiter, bevor er seine Hand sinken und in der Hosentasche verschwinden ließ. »Und wer bist du, wenn man fragen darf?«

Er konnte sogar mit den Augen lächeln. Sie entspannte sich etwas.

»Pippi«, sagte sie. Aus einem Grund, den sie nicht hätte in Worte kleiden können, fühlte es sich richtig an, nur ihren Spitznamen preiszugeben.

Der Mann, der Rune hieß, lachte.

»Natürlich«, sagte er, »deine Haarfarbe, die Zöpfe, die Sommersprossen: Ich hätte selbst darauf kommen können. Und?«, fragte er schelmisch, »hast du deinen Affen und dein Pferd dabei?«

»Nur mein Fahrrad«, antwortete sie ernst. »Es liegt dort drüben.« Sie drehte sich um und wies mit einer vagen Geste auf den Rand der Lichtung. Als sie sich wieder dem Mann zuwandte, stand er nur noch halb so weit von ihr entfernt wie noch vor einem Augenblick. »Außerdem kommen meine Freunde gleich«, fügte sie eilig an.

Wieder lachten Runes Augen. Wie machte er das bloß?

»Tommy und Annika, richtig?«

Sie schüttelte energisch den Kopf.

»Nein, Victoria und Daniel. Malin und Linda. Henrik und vielleicht auch sein kleiner Bruder«, zählte sie auf.

»Ich hab auch nur Quatsch gemacht«, sagte Rune. »Wo du doch Pippi heißt.«

Sie überlegte, ob sie ihm doch ihren richtigen Namen nennen sollte. Dann fiel ihr etwas anderes ein.

»Hast du dich verirrt?«, fragte sie.

»Ja, genau, ich bin im Wald spazieren gegangen und habe mich verlaufen«, sagte Rune und kratzte sich verlegen am Kopf. Dann holte er aus der hinteren Hosentasche eine gefaltete Landkarte und begann sie aufzuklappen. »Schau mal hier, vielleicht kannst du mir ja den Weg zeigen.«

Sie war sich unsicher, ob sie dem Mann, der Rune hieß, helfen konnte. Natürlich wusste sie, was eine Landkarte war, Mama benutzte sie manchmal und gab Papa Anweisungen, wenn sie alle zusammen mit dem Auto unterwegs waren. Aber wie man aus dem Gewusel der vielen farbigen Linien erkennen sollte, wo es langging, war ihr nicht ganz klar.

»Ich weiß nicht …«, sagte sie, beäugte die Karte, schaute wieder zu ihm auf, suchte und fand das Lächeln in seinen Augen, bevor sie endlich einige Schritte auf ihn zutrat.

Die Hand, die gerade noch die Karte gehalten hatte, schnappte plötzlich nach ihrem Arm. Ihr entfuhr ein Schrei. Die Karte segelte zu Boden. Der Mann, der Rune hieß, riss sie an sich. Das Lächeln in seinen Augen war mit einem Mal verschwunden. In der anderen Hand war wie aus dem Nichts ein aufgeklapptes Messer aufgetaucht. Die kurze Klinge funkelte in der Sonne.

»Ruhe!«, zischte er.

Sie biss die Zähne zusammen, ihr Körper zitterte. Sie spürte die Spitze des Messers auf der Haut an ihrem Hals. Ich sterbe, dachte sie, jetzt sterbe ich, weil er ein Loch in mich hineinmacht, aus dem alles Blut aus mir herausläuft, bis ich tot bin.

Dann ging alles ganz schnell, eine einzige, fließende Bewegung. Er ließ das Handgelenk los und griff im selben Moment nach einem ihrer Zöpfe. Das Messer verschwand von ihrem Hals und schnitt durch ihr Haar. Ein knirschendes Geräusch, direkt über dem linken Ohr. Kurz tat es weh, dann war es vorbei. Sie starrte auf den Zopf, der aus seiner Faust baumelte. Wie fremd, wie unvertraut er aussah, dort, in seiner Hand. Wie ganz und gar falsch. Der Mann hatte ein Stück von ihr abgeschnitten. Er grinste. Sie schluckte. Die Angst hockte wie ein Kropf in ihrem Hals, noch immer hatte er das Messer in der Hand. Aber da war nun auch noch ein anderes Gefühl.

Etwas Starkes.

Eine weiß lodernde Wut.

»Nein!«, schrie sie und trat nach ihm, so fest sie konnte. »Nein!«

Der Schlag traf sie so heftig gegen die Schläfe, dass sie das Bewusstsein verlor.

TAG X

Die Pension war eine heruntergekommene Absteige: die Matratze durchgelegen, die Vorhänge fadenscheinig, der Linoleumboden stumpf und rissig. Der Mann hatte es gleichgültig zur Kenntnis genommen, geschlafen hatte er trotzdem gut. Mechanisch schaufelte er nun das Frühstück in sich hinein, Haferbrei mit Milch und Preiselbeermarmelade, dazu gab es dünnen Kaffee. Gleichzeitig blätterte er in einer wochenalten Illustrierten und musterte über den Rand hinweg die anderen Gäste im Speiseraum. Es waren ausschließlich Männer, Monteure in derber Arbeitskleidung und Vertreter in schlecht sitzenden Anzügen, er bezweifelte, dass sich später irgendjemand an ihn würde erinnern können. Er trank den Kaffee aus, klappte die Zeitschrift zu, legte sie neben das Frühstücksgeschirr und ging zurück auf das kleine Zimmer. Nachdem er sich rasiert, frisch gemacht und die Zähne geputzt hatte, holte er ein Lederetui aus seinem Seesack und setzte sich damit an den wackeligen Tisch. Er öffnete das Etui und nahm die Waffe heraus. Sie lag schwer in der Hand. Das Metall schimmerte im Schein der Deckenbeleuchtung. Der Mann griff nach einem Reinigungsstab mit Bürstenaufsatz, den er mit einem speziellen Öl besprühte. Vorsichtig führte er die Rundbürste in den Lauf ein, drückte und zog sie langsam vor und zurück. Es war nicht mehr als ein Ritual, denn er hatte die Waffe bereits am Vortag nach den letzten Schießübungen im Wald gründlich gesäubert. Als er fertig war, lud er sie. Die Feuerkraft, die sich aus der Kombination von Modell und Munition ergab, war durchschlagend, nicht einmal eine kugelsichere Weste würde ihr standhalten. Er legte die Waffe zurück in das Lederetui und wusch sich das Öl von den Händen. Dann zog er Schuhe, Hose und Pullover aus und legte sich zurück ins Bett. Auch wenn er nicht noch einmal einschlafen konnte, war es angenehm, einfach so dazuliegen und den Wasserfleck an der Decke anzuschauen. Mal erinnerte er ihn an die vielblättrige Blüte einer Rose, mal an einen abgeschnittenen Menschenkopf.

Eine Stunde döste er auf diese Weise dahin, dann stand er endgültig auf. Draußen war es kalt, weit unter null Grad, und der Tag würde aller Voraussicht nach lang werden. Also zog er Wollsocken an, eine lange Unterhose, Jeans, einen Norwegerpulli, gefütterte Winterstiefel. Darüber würde er eine weite Steppjacke tragen, die die Waffe im Schulterholster ebenso verbarg wie das Walkie-Talkie. Sicherheitshalber überprüfte er die Batterie, bevor er es einsteckte. Sie war voll, der Akku hatte die ganze Nacht geladen. Er verstaute das Funkgerät samt Ersatzbatterie in der Innentasche der Jacke. Er band sich das Holster um und steckte die wuchtige Waffe ein. Alles, was er unterwegs nicht benötigte, kam in den Seesack. Als Letztes zog er die Jacke, Lederhandschuhe und eine Mütze mit Ohrenklappen an. Mit einem Handtuch wischte er über alle Oberflächen und die Türklinken, auch wenn das wahrscheinlich überflüssig war – je weniger Spuren er hinterließ, desto besser. Er ging aus dem Zimmer, schloss ab, durchschritt den schmalen Flur, legte den Zimmerschlüssel auf den Tresen der verwaisten Rezeption und verließ die Pension.

Um 11.17 Uhr nahm er die U-Bahn zum Hauptbahnhof. Dort verstaute er den Seesack in einem Schließfach. In einem nahe gelegenen Stehcafé trank er einen Kaffee und aß dazu Plundergebäck, anschließend rauchte er eine Zigarette und durchblätterte die Tageszeitung, die jemand an seinem Tisch liegen gelassen hatte. Politik und Wirtschaft interessierten ihn genauso wenig wie der Kulturteil. Er vertiefte sich in die Eishockey-Ergebnisse und eine Reportage über Doping in den Ostblockstaaten. Anschließend machte er einen Spaziergang. Er hielt sich nordöstlich und schlenderte durch den Vasaparken. Es war noch früh, der Einsatz war für die Abendstunden geplant. Trotzdem sollte er ab Mittag in Bereitschaft sein. Als kein Passant in der Nähe war, blieb er vor einer der reifüberzogenen Gottfrid-Larsson-Skulpturen stehen und holte das Funkgerät heraus. In einem kurzen Gespräch wurde ihm bestätigt, dass die Lage noch ruhig sei. Die Zielperson würde aller Voraussicht nach den Arbeitsplatz den Nachmittag über nicht verlassen. Er steckte das Walkie-Talkie ein und sah auf die Armbanduhr. Es war 13.24 Uhr. Sein Atem bildete in der feuchtkalten Luft Wolken. Er entschied, den Nachmittag im Kino zu verbringen. Dort war es warm und niemand würde von ihm Notiz nehmen. Nicht weit vom Park entfernt stieß er auf ein Kino, das um 14 Uhr »Jenseits von Afrika« zeigte. Er hatte den Film noch nicht gesehen, außerdem spielte Robert Redford mit, warum also nicht? Außer zwei älteren Damen war er der einzige Besucher der Vorstellung.

Als er aus der Hitze Kenias zurück in den schwedischen Winter trat, war es 17.02 Uhr und dämmerte bereits. Der Verkehr war nun dichter, die Bürgersteige voll von Menschenmassen, die von den Bürotürmen der Innenstadt ausgespuckt wurden. Er zog sich erneut in den Vasaparken zurück. Hier begegneten ihm nur vereinzelt Spaziergänger sowie der ein oder andere Jogger, der sich auch von Schnee und Eis nicht abbringen ließ. Im Schatten eines hohen Baums holte er das Funkgerät hervor und stöpselte den Innenohrkopfhörer ein. Das Kabel verschwand vollständig unter den Ohrenklappen der Mütze. Wenn er den entsprechenden Kanal öffnete, konnte er von Passanten unbemerkt dem Funkverkehr folgen. Er gab seine Position durch und erbat einen Lagebericht. Es gab gute Neuigkeiten. Im Laufe des Nachmittags hatte sich die Situation positiv entwickelt. Die Zielperson, Codename »Zinnober«, hatte die Personenschützer bereits früh nach Hause geschickt. Außerdem wurde offenbar ein abendlicher Kinobesuch erwogen. Er sollte sich bereithalten, weitere Einzelheiten würden folgen. Das klang in der Tat vielversprechend. Ein Zugriff im Freien, noch dazu auf eine Zielperson ohne Leibwächter, hatte gegenüber dem Eindringen in eine Wohnung mehrere Vorteile. Am wichtigsten war die Übersichtlichkeit: Er konnte den genauen Zugriffsort und Zeitpunkt selbst auswählen. Übersicht bedeutete Kontrolle. Über das Verhalten der Zielperson, mögliche Zeugen, mögliche Fluchtwege. Eine Wohnung dagegen war immer eine Rechnung mit Unbekannten. Man mochte noch so gut vorbereitet sein: Hinter einer geschlossenen Tür konnte sich immer eine unangenehme Überraschung verbergen. Er hoffte also auf den Kinobesuch und ließ den Kanal des Funkgeräts offen. Er war bereit. Er verließ den Park und bewegte sich langsam und auf Umwegen Richtung Gamla stan, wo Zinnober sein Zuhause hatte.

An einem Imbissstand am Sveavägen machte er eine Pause und bestellte sich zwei Brühwürstchen mit Kartoffelmus und einen Becher Tee. Die Mahlzeit war belebend und half gegen die schneidende Kälte. Er spazierte weiter, überquerte auf der Riksbron den Lilla Värtan, passierte das Parlamentsgebäude und gelangte über die Stallbron in die Altstadt. Man merkte, dass Freitagabend und noch dazu Zahltag war: Die Kneipen, Bars und Restaurants füllten sich mit erlebnishungrigem Volk. Er ließ sich durch die engen Kopfsteinpflasterstraßen treiben, achtete aber darauf, sich nicht allzu weit von der Västerlånggatan zu entfernen. Der Funk meldete sich. Die Kinopläne hatten sich konkretisiert. Zinnober und Ehefrau würden sich die 21-Uhr-Vorstellung von »Die Brüder Mozart« im Grand anschauen. Vor dem Kino würde der Sohn samt seiner Verlobten dazustoßen. Er überlegte. Der Zugriff musste idealerweise auf dem Hin- oder Rückweg durchgeführt werden. Zu Fuß waren es aus der Altstadt bis zum Grand etwa dreißig Minuten, mit der U-Bahn dauerte es halb so lange. Wenn sich das Ehepaar zu Letzterer entschloss, blieb ihm nur der Weg zwischen Wohnung und Haltestation beziehungsweise Haltestation und Kino, jeweils einige Hundert Meter. Wenige Minuten. An einem belebten Wochenendabend mitten in der Stockholmer Innenstadt. Zugegeben, es gab günstigere Rahmenbedingungen. Aber wenn die Alternative darin bestand, in die Wohnung einzudringen … Er entschied sich, es im Freien zu versuchen. Wenn sich absolut keine passende Möglichkeit ergab oder wenn sich die Zielperson ein Taxi bestellen sollte, gab es immer noch die nächtliche Wohnung als Plan B. Er sah auf die Uhr, es war 18.21 Uhr, ihm blieben also noch beinahe zwei Stunden, wenn er auf die Informationen vertraute, die ihm mitgeteilt worden waren. Was aber, wenn sich das Ehepaar entschieden hatte, vor dem Kino essen zu gehen? Er wusste, dass es Quellen beim Personenschutz gab und dass Telefone im Umfeld der Zielperson abgehört wurden. Aber Zinnober selbst abzuhören, war unmöglich. Das Risiko, aufzufliegen, war bei einer derart wichtigen Person zu groß. Die Wohnung war ebenso wenig verwanzt wie das Telefon. Er beschloss, auf Nummer sicher zu gehen, und begab sich in die Västerlånggatan. Wenn sich das Ehepaar entschloss, vor dem Kino noch etwas zu unternehmen, wollte er zur Stelle sein. Die Västerlånggatan war eher eine Gasse als eine Straße. Kleine Geschäfte und Restaurants, dicht an dicht. Fußgänger wichen ihm links und rechts aus. Die Nummer 31 war ein gelb getünchtes Haus mit grünen Sprossenfenstern. Die Hände in die Taschen gestemmt, schritt er langsam vorbei, auf der Suche nach einem geeigneten Beobachtungsposten. Sein Blick fiel auf einen unbeleuchteten Geschäftseingang, der ein Stück weiter schräg gegenüber lag. Die dunkle Nische wäre perfekt, dachte er, wenn nur die vielen Passanten nicht wären. Den Mann, der sich tief in den Schatten des Ladeneingangs drückte, hätte er beinahe übersehen. Einen Moment lang trafen sich ihre Blicke. Regungslos starrte der Kerl ihn an und sah dabei erschrocken aus. Nein, wurde ihm klar, nicht erschrocken, sondern ertappt. Schnell wandte er sich ab und ging gleichmäßigen Schritts weiter. In seinem Kopf ratterte es. Es war offensichtlich. Der Mann observierte den Hauseingang der Zielperson. Gehörten sie beide etwa zur selben Operation? Aber warum wusste er dann nichts von dem Beobachter? Seinem Kenntnisstand nach wurde die Wohnung von einem der gegenüberliegenden Häuser aus observiert. Die andere Möglichkeit: Der Personenschutz war besser als angenommen, womöglich wusste Zinnober nicht einmal selbst, wie gut er eigentlich bewacht wurde, sein Unbehagen gegenüber Leibwächtern war bekannt.

Er bog links ab, beschleunigte den Schritt, bog wieder ab und wieder, bis er sich in einem unbeleuchteten Hinterhof befand. Hier wagte er es, das Funkgerät zur Hand zu nehmen und seine Beobachtung zu melden. Er wurde gebeten, zu warten. Im Kopfhörer knackte und rauschte es. Eine Minute verging, zwei. Dann kam der überraschende Befehl: abrücken! Er sollte das Gebiet augenblicklich verlassen und sich stattdessen in die Nähe des Grands begeben. Er stutzte. Es kam nicht infrage, sich der Anordnung zu widersetzen. Aber ihm war zugesichert worden, im Rahmen der Missionsparameter freie Hand zu haben. Stattdessen schickte man ihn aus der roten Zone und befahl ihm, zu warten. Das war nicht das, was er sich unter Kontrolle vorstellte. Der Handlungsspielraum seines Plans hatte sich halbiert. Und das nur, weil die Einsatzleitung nervös geworden war, überlegte er. Bei dem Beobachtungsposten in der Västerlånggatan musste es sich also um einen Personenschützer handeln, den niemand auf dem Radar gehabt hatte.

Einzig mögliche Schlussfolgerung: Der gesamte Einsatz war längst nicht so gut geplant, wie ihm vermittelt worden war. Das war unprofessionell. Er spürte Wut in sich aufsteigen. Schließlich ging es auch um seine eigene Sicherheit. Er war es satt, durch die Kälte zu laufen. Er nahm die U-Bahn bis zur Rådmansgatan. Von hier waren es etwa hundert Meter bis zum Kino. Falls Zinnober ebenfalls die U-Bahn nahm, würde er aller Wahrscheinlichkeit nach hier aussteigen und nicht am Hötorget, von dem aus man fünf Minuten länger ging. FALLS. Er spuckte auf den Bürgersteig. Es gab zu viele Variablen. Wenn er die Zielperson vor dem Kinobesuch erwischen wollte, musste er direkt vorm Grand warten. Er sah sich die Situation vor Ort an. Vereinzelt standen Leute im Foyer. Er studierte die Vorführungszeiten in einem Schaukasten. Der nächste Film begann erst in etwas mehr als einer Stunde. Deswegen war es gerade so leer. Die 21-Uhr-Vorstellungen würden dagegen an einem Freitagabend voll sein, es würde vor Menschen nur so wimmeln. Zu viele Zeugen, zu viele Unwägbarkeiten, entschied er. Dann also auf dem Rückweg. »Die Brüder Mozart« endete nicht vor 23 Uhr, rechnete er aus. Er schlenderte über eine Stunde lang durch die Nebenstraßen. Obwohl er sich in der Gegend auskannte, konnte es nicht schaden, sich mit der Umgebung noch einmal genau vertraut zu machen. Irgendwann wurde über Funk durchgegeben, dass Zinnober und die Ehefrau das Haus verlassen und sich zu Fuß auf den Weg gemacht hatten, wahrscheinlich zur U-Bahn-Station Gamla stan. Ihr Witzbolde, dachte er, hättet ihr mir mal freie Hand gelassen. Das Gassengewirr in der Altstadt eignete sich optimal für einen Zugriff. Und mit dem vermeintlichen Personenschützer wäre er schon fertiggeworden.

In einer Seitenstraße, drei Blocks entfernt, fand er eine gut gefüllte Kneipe. Kurz zögerte er, dann trat er ein. Das entsprach eigentlich nicht seinem selbst auferlegten Protokoll. Ich habe ein Allerweltsgesicht, beruhigte er sich, niemand wird sich an mich erinnern können. Ich bin nur irgendein Mann, der ein Bier trinkt.

Tatsächlich schien ihn niemand zu beachten, er musste dem Barkeeper mehrmals zuwinken, damit er bedient wurde. Nur ein Bier, redete er sich ein, gegen die Kälte. Er setzte sich auf einen Hocker in der Ecke, Mantel und Mütze behielt er an. Da war er nicht der Einzige, die Bar war zugig und schlecht geheizt, dauernd ging die Tür auf und zu, es war ein ständiges Kommen und Gehen. Feierwütige, Pärchen, Cliquen, ein Betriebsausflug und die notorischen Trinker, die ihre Gläser anstarrten. Er wusste genau, wie sie sich fühlten. Er nahm einen langen Schluck und zündete sich eine Zigarette an.

Als seine Armbanduhr 22.40 Uhr anzeigte, raffte er sich auf. Am Ende waren es drei Bier geworden. Scheiß drauf, dachte er. Er fühlte sich wach und konzentriert. Als er aus der lärmenden Kneipe trat, griff die Kälte nach seinem Gesicht. Das schärfte seinen Fokus zusätzlich. Um 22.47 Uhr kam er vor dem Grand an. Auf dem Sveavägen herrschte noch immer Autoverkehr, wenn auch nicht mehr so rege wie vor drei Stunden. Er wechselte die Straßenseite, um einen besseren Überblick zu haben. Aus dem Schatten eines Reklameschilds heraus beobachtete er den Eingang des Kinos. Irrte er sich, oder stand vor der Glasscheibe des Foyers derselbe Mann, den er in dem dunklen Ladeneingang in der Västerlånggatan gesehen hatte? Eine Traube von Menschen drängte heraus. Den Mann konnte er nun nicht mehr sehen. Zinnober jedoch auch nicht. Leute verabschiedeten sich voneinander, gingen in verschiedene Richtungen davon. Der Bürgersteig leerte sich allmählich. Immer noch keine Spur von der Zielperson. Er spürte die Anspannung. Was, wenn Zinnober überhaupt nicht ins Kino gegangen war? Aber dann hätte der Funk sich in jedem Fall bei ihm gemeldet. Ein zweiter Schub Menschen kam aus dem Foyer. Da! Er hatte Sichtkontakt zur Zielperson. Sie trug eine dunkle Fellmütze und einen Wintermantel. Daneben die Ehefrau, er kannte sie ebenfalls von Fotos. Das junge Paar, das bei ihnen war, mussten Sohn und Verlobte sein. Jetzt standen sie vor dem Kino und unterhielten sich. Die junge Frau wärmte ihre Hände mit dem eigenen Atem. Zinnober lachte über irgendetwas. Dann verabschiedeten sich die beiden Paare voneinander. Die jungen Leute gingen in Richtung U-Bahn-Station Rådmansgatan, die Zielperson und seine Frau Richtung Hötorget. Er blieb auf der gegenüberliegenden Straßenseite und hielt sich auf ihrer Höhe. Auf seiner Seite befanden sich deutlich weniger Passanten als auf der anderen. Sein Blick scannte die Straße vor ihm. Mehrere freie Taxis fuhren an dem Paar vorbei, ohne dass der Mann oder die Frau Anstalten machte, eins heranzuwinken. Sie wollen also tatsächlich die U-Bahn ab Hötorget nehmen, überlegte er, oder, was noch besser wäre, zu Fuß nach Hause gehen. Sein Puls pumpte. Er ließ das Paar nicht aus dem Blick. Sie schlenderten nun am Adolf-Fredriks-Friedhof vorbei. Sollte er die Straßenseite wechseln? Eine lärmende Festgesellschaft, die den beiden entgegenkam, irritierte ihn. Lieber noch etwas warten. Jetzt passierten sie die Imbissbude am Ende des Friedhofs und … Er konnte sein Glück kaum fassen. Es sah aus, als ob sie die Straßenseite wechseln würden. Zu ihm hin. Er befand sich auf Höhe des Skandiagebäudes. Er fasste seinen Plan in Sekundenschnelle. Er wusste nun, dass alles glattgehen würde. Dass er sich mit der Gegend um das Kino vertraut gemacht hatte, machte sich jetzt bezahlt. Er beschleunigte seinen Schritt und ging im Kopf den Fluchtweg durch. Besser hätte man den Plan am Reißbrett nicht entwerfen können. Er wagte einen schnellen Blick über die Schulter. Zinnober und die Frau waren vor einem Modegeschäft stehen geblieben und begutachteten das Schaufenster. Sein Abstand vergrößerte sich. Ein Mann kam ihm entgegen. Dann noch einer. Niemand nahm von ihm Notiz. Er war nur ein Allerweltsgesicht in einer unförmigen Steppjacke. Am Ende des Blocks blieb er stehen. Vor ihm befand sich das Tapetengeschäft Dekorima, zur Straße hin schirmte ihn ein Pfeiler mit Reklame ab. Er öffnete die Jacke und den Knopf des Holsters. Nur ein Handgriff und die Waffe war schussbereit. Er wandte sich zum Schaufenster. Er atmete ein, er atmete aus. Sah zu, wie die wei-

ßen Wölkchen vor seinem Mund das Fensterglas beschlagen ließen. Die Ader an seiner Schläfe pochte. Trotz der Verkehrsgeräusche der vierspurigen Straße konnte er hören, wie sich Schritte näherten. Er wandte ganz leicht den Kopf. Da gingen sie an ihm vorbei, der Ministerpräsident und seine Frau. Er drehte sich um und trat von hinten an sie heran. Griff nach der Waffe, entsicherte sie.

Sekunden später zerriss ein Schuss die eisige Luft, unmittelbar darauf folgte ein weiterer. Olof Palme ging zu Boden, Lisbeth Palme schrie auf. Er steckte die Waffe weg und rannte in die enge Tunnelgatan, an Baubaracken vorbei, die Treppenstufen zur Malmskillnadsgatan hinauf und in die David Bagares gatan hinein, bis sich seine Schritte in der Dunkelheit verloren.

SCHWEDEN, 2019
KAPITEL 1

1

Um kurz nach drei Uhr morgens öffnete Kommissarin Stina Forss vorsichtig das Fenster im ersten Stock auf der Rückseite des Hotels. Der heftige Herbstwind wirbelte Blätter ins Zimmer, im Schein der Außenbeleuchtung schimmerten sie fahl auf dem dunklen Teppichboden. Sie hörte die Wellen des Helgasees, die sich am nahen Strand brachen. Die Kronen der Bäume rauschten. Dann wuchtete Forss die Tasche aus dem Fenster und ließ sie auf den regennassen Sand fallen, anschließend kletterte sie selbst auf die Fensterbank und sprang. Der Aufprall schmerzte so stark, dass sie nach Luft rang. Sie fasste sich an den Brustkorb. Es war noch nicht lange her, dass der mehrfache Rippenbruch und die Lungenverletzung verheilt waren. Nach einer halben Minute hatte sie die Schmerzen so weit unter Kontrolle, dass sie sich wieder rühren konnte. Sie sah zum Fenster hoch. Es lag weiterhin im Dunkeln, der uniformierte Polizist, der vor ihrem Zimmer im Flur Wache schob, schien nichts von ihrer Flucht bemerkt zu haben. Sie schulterte die Tasche und huschte an der Wand des Gebäudes entlang. Ein kurzer Blick um die Ecke: Vor dem Hoteleingang stand ein Streifenwagen, auf dem Gesicht des darinsitzenden Polizisten lag ein blassblauer Schimmer, offenbar war er mit seinem Smartphone beschäftigt. Gebückt lief sie unter den Laubbäumen hindurch zur Straße. Doc Martens, schwarze Jeans, schwarze Lederjacke, dunkle Wollmütze: Die Gefahr, entdeckt zu werden, war gering. Auf dem Evedalsvägen angekommen, wandte sie sich nach Süden, der Stadtmitte, zu. Mit Verkehr war auf der ruhigen Halbinsel um diese Uhrzeit nicht zu rechnen. Sie legte einige Hundert Meter im Laufschritt zurück, passierte das Naturreservat und die Vorschule, bis sie das zweistöckige Altenwohnheim erreichte. Der betagte Volvo, der ihr in den vergangenen Tagen aufgefallen war, stand auch jetzt auf dem Parkplatz, wahrscheinlich gehörte er einem nicht minder betagten Bewohner. Wenn es ein Liebhaberstück war, tat es ihr leid, aber auf solche Befindlichkeiten konnte sie keine Rücksicht nehmen. Der kastenförmige V740 eignete sich für ihre Zwecke, weil er einerseits leicht zu knacken war, andererseits auch nicht wieder so alt, dass er im Straßenbild auffallen würde. Es dauerte keine Minute, bis sie mit ihrem Werkzeug die Tür geöffnet und die Zündung kurzgeschlossen hatte. Der Motor brüllte auf, sie legte den Gang ein und fuhr den Evedalsvägen hinab. Erst nach zwei Kilometern schaltete sie die Scheinwerfer ein und bog auf den Schnellstraßenring, der die småländische Stadt Växjö umgab. Sie hielt sich südlich auf der L27. Mehrmals kamen ihr Lkw entgegen, einmal erfassten die Lichtkegel des Volvos einen schnüffelnden Dachs am Straßenrand. Nach einer guten halben Stunde hatte sie ihr Ziel erreicht. Die Uhr am Armaturenbrett zeigte auf kurz vor vier. Einen Kilometer vor ihrem Haus stellte sie den Wagen ab und stieg aus. Sicher ist sicher, dachte sie. Sie stand in hohem Fichtenwald, es war stockdunkel. Sie brauchte keine Taschenlampe, um sich zu orientieren, den Schotterweg zwischen ihrem abgelegenen Haus bis zur Landstraße kannte sie in- und auswendig. Sie zog die *Sig Sauer.* Es war schwer einzuschätzen, ob das Haus immer noch überwacht wurde. Wahrscheinlich war das nicht, aber was hieß das schon? Es war ihrer Meinung nach auch nicht besonders wahrscheinlich gewesen, dass sie vor achteinhalb Wochen im Schlaf von einem siebenköpfigen Todeskommando überfallen werden könnte. Und doch war es passiert. Schwer verletzt hatte sie den Angriff überlebt. Seitdem war sie nicht mehr zu Hause gewesen und es war keine Stunde vergangen, in der sie sich nicht gefragt hatte, ob er noch dort war: *der einzige Beweis.*

Beide Hände an der Automatik, die Arme angewinkelt, ging sie den sich schlängelnden Weg entlang auf den kleinen Waldsee zu, an dem das Haus lag. Ihr Vater hatte es ihr vor Jahren vermacht. Das Haus, die Narben an ihrem Hals und eine Bürde, die sie drohte, in den Abgrund zu reißen.

Papa, wirklich? Du? Von allen Menschen in der Welt, du?

Sie wollte es noch immer nicht glauben, obwohl doch so vieles dafür sprach, nicht nur der Überfall auf sie.

Das Haus kam in Sichtweite. Obwohl der Himmel noch immer bedeckt war und sie keine Sterne ausmachen konnte, war es jetzt heller. Sie kannte diesen Effekt. Es war, als würde der Waldsee etwas von dem Licht absondern, das er über den Tag hinweg gesammelt hatte. Die Auffahrt war leer, ihr BMW stand wahrscheinlich immer noch in der Garage. Sie kam näher. Von einer Überwachung keine Spur. Aber wenn jemand mit einem Infrarotfernglas im Wald säße, hätte sie keine Chance, ihn zu bemerken. Das Zwielicht reichte aus, um die Spuren der allgegenwärtigen Zerstörung sichtbar zu machen. Die Eingangstür war aufgebrochen, alle Fenster zersplittert, die Holzfassade von Einschusslöchern vernarbt. Sieben Mann, dachte sie, bis an die Zähne bewaffnet. Sturmgewehre, Automatikpistolen, sogar einen gottverdammten Granatwerfer hatten sie dabeigehabt, um sie mit Tränengas und Blendgranaten aus dem Haus zu scheuchen. Genutzt hatte es nichts, Forss hatte einen nach dem anderen getötet. Erschossen, die Kehle durchtrennt, in die Luft gesprengt. Sie hatte irrsinniges Glück gehabt. Und wahrscheinlich hatten die Männer sie unterschätzt. Eine zierliche Frau mit Sehbehinderung. Sie zupfte an ihrer Augenklappe und blieb auf der Türschwelle stehen. Lauschte. Da war nichts, im Haus war es vollkommen still. Dennoch zögerte sie, weiterzugehen. Es gab eine unsichtbare Barriere, die sie aufhielt. Sie spürte, dass sich ihre Nackenhaare aufstellten. Da war etwas Ungutes, das ihr vorher nicht aufgefallen war. Keine lebende Person, niemand, der mit gezückter Waffe auf sie wartete. Vielleicht war es der vielfache Tod, den sie spürte, das Echo der Gewalt. Dieser Ort war kein guter mehr, dachte sie, womöglich war er es nie gewesen. Sie drehte auf der Türschwelle um. Es gab nichts im Haus, was sie wirklich benötigte.

Das, weswegen sie hierhin zurückgekehrt war, befand sich woanders. Wenn es überhaupt noch da war. Natürlich hatten ihre Kollegen und ein Spurensicherungsteam das Haus nach dem Überfall auf den Kopf gestellt. Der Staatsschutz war mit eigenen Leuten dagewesen. Und weiß der Teufel wer noch. Sie konnte nur hoffen, dass sie alle nicht gründlich genug gesucht hatten. Sie ging zu dem Brunnen, der zwischen dem Haus und dem Geräteschuppen lag. Es war ein klassisch gemauerter Ziehbrunnen mit geschreinerter

Winde, auf den ihr Vater vor langer Zeit verschiedene römisch anmutende Steingussfiguren montiert hatte. Einen Pferdekopf, eine Feldherrenbüste, eine Frauenstatue à la *Venus von Milo.* Über die Geschmacksverirrung hatte sie sich immer gewundert. Vielleicht war in der seltsamen Brunnendekoration die Bewunderung ihres Vaters für Julius Caesar und alles, was mit dem Römischen Reich zu tun hatte, zum Ausdruck gekommen. Jedenfalls hatte sie vor Monaten die alte Winde verstärkt und das ursprüngliche Seil durch eine Kette ersetzt. Forss nahm nun doch eine Taschenlampe zur Hand. Sie rüttelte an der Kette. Straff führte sie in den metertiefen Brunnenschacht, verschwand dann im schwarzen Wasser. So weit, so gut, dachte sie. Sie ging zum Schuppen und wuchtete einen unscheinbar wirkenden Karton aus einem Regal im Werkraum. Unter ausrangierten Autoersatzteilen befand sich eine leistungsstarke Elektrowinde. In einem verzogenen Scheinwerferkasten lag ein Schlüssel. Sie steckte den Schlüssel ein, nahm die Winde heraus, stöpselte ein Verlängerungskabel ein und ging dann mit der sich abwickelnden Kabeltrommel in der einen und der Winde in der anderen Hand zurück zum Brunnen. Dort löste sie das Ende der Kette von der alten Holzwinde und klickte die letzte Öse mit einem Karabiner an die Elektrowinde, die sie wiederum mit zwei Stahlschlaufen und weiteren Karabinern an der alten Holzwinde befestigte. Sie verband die elektrische Seilwinde mit dem Verlängerungskabel und schaltete sie ein. Die mehr als tausend Watt machten sich surrend und knirschend an die Arbeit. Das Holz, das die Winde trug, ächzte. Im Zeitlupentempo wickelte sich die Kette Glied für Glied über die Trommel der Winde. Sie leuchtete in den Brunnen. Schmatzend und tropfend gab das Wasser den kleinen Tresor frei. Als der schwarze Metallkasten nach zwei Minuten auf Höhe des Brunnenrands baumelte, stoppte sie die Winde.

Sie holte den Schlüssel aus der Hosentasche, beugte sich zwischen Pferdekopf und Caesar und öffnete den triefenden Tresor. Das Lederetui befand sich an Ort und Stelle. Sie atmete auf. Die Trottel hatten nicht gründlich genug gesucht. Sie steckte das Etui ein, schloss den Tresor wieder und ließ ihn hinab. Sie nahm ihr Mobiltelefon und verschickte eine SMS: *Bingo.* Sie ließ das Handy in den Brunnenschacht fallen. Sie demontierte die Winde und brachte sie zusammen mit dem Verlängerungskabel zurück in den Schuppen. Hier gab es noch mehr, das sie mitnehmen wollte, aber dazu benötigte sie das Auto. Sie lief den Schotterweg entlang zurück in den Wald, holte den Volvo und parkte ihn mit der Rückseite an der Schuppentür. In einem Nebenraum befand sich ein seit Jahrzehnten ausrangiertes Plumpsklo. Ihr Vater hatte es als Lagerraum benutzt. Es stand voll mit alten, überquellenden Schuhkartons voller Papiere. Jahrzehntealte Fotokopien, handschriftliche Notizen, Akten mit abgehefteten Kontoauszügen, verblichene Urlaubsfotos. Vielleicht war das alles nur Tand, vielleicht befanden sich in dem Haufen an Material tatsächlich Hinweise und Spuren. *Antworten.* Sie zählte beim Packen zweiundzwanzig Kartons. Schweißnass schloss sie die Kofferraumklappe. Sie warf den vagen Umrissen des Hauses einen letzten Blick zu. Dies hier war für eine Zeit lang ihr Zuhause gewesen.

Du hast es mir vermacht, Papa.

Dann hast du es mir wieder weggenommen.

Ein Gedanke streifte sie. Galt das nicht im Grunde für ihr ganzes Leben? Nein, entschied sie. Nicht, solange sie sich noch wehren konnte.

Auch das hab ich von dir gelernt.

Eine bittere Lektion. Sie schluckte. Ihr Brustkorb schmerzte von der Anstrengung. Es war Zeit, wegzukommen. Sie setzte sich in den Wagen, ließ den Motor an und gab Gas.

Der L27 folgte sie bis Tingsryd, wechselte dann auf die L29 und später auf die Autobahn Richtung Malmö. Über Schonen ging die Sonne auf. Flaches Hügelland unter rot glühender Wolkendecke, unter anderen Umständen hätte sie den Anblick womöglich als spektakulär empfunden. In Lund nahm sie die Ausfahrt auf die Landstraße nach Trelleborg. Sie hatte nicht das Gefühl, verfolgt zu werden.

Wie vereinbart, wartete Oleg auf dem dortigen Supermarktparkplatz. Er war ein alter Freund aus Berlin. Vor Urzeiten hatte sie ihn wegen eines Betrugsdelikts festgenommen, später war er eine Zeit lang ihr Informant und Grasdealer gewesen, irgendwann hatten sie sich angefreundet. Es war Jahre her, dass sie sich gesehen hatten. Trotzdem war er da, wenn sie ihn brauchte. Zur Begrüßung drückte er sie an sich. Ihr wurde bewusst, wie lange sie keine körperliche Nähe mehr gespürt hatte. Unbeholfen befreite sie sich aus der Umarmung. Es tat gut, Oleg zu sehen. Er trug jetzt einen Bart und sah wie ein Seemann aus.

»Michaela grüßt dich. Und die Kinder auch.«

»Danke.«

Sie lächelte unsicher.

Dass Oleg verheiratet war, hatte sie vollkommen vergessen. Sie war der Einladung zur Hochzeit nicht gefolgt, hatte noch nicht einmal eine Karte geschrieben. Das Pflegen sozialer Beziehungen gehörte nicht gerade zu ihren Stärken.

Sie luden die Schuhkartons in Olegs Transporter. Anschließend stieg er zurück in den Transporter und fuhr los, sie ging über den Parkplatz in den Supermarkt und besorgte sich einen Kaffee und ein Brötchen. Als sie ihr Frühstück beendet hatte, schlenderte sie zurück zu dem gestohlenen Wagen und machte sich ebenfalls auf den Weg zum nahe gelegenen Fähranleger. Die Frau hinter der Scheibe der Baracke, die Fahrkarte und Ausweis kontrollierte, musterte sie flüchtig. Seit Forss notgedrungen eine Augenklappe trug, achteten die Leute darauf, sie nicht zu lange anzustarren. Trotzdem war sie sich sicher, dass die Angestellte der Fährgesellschaft sich ihr Gesicht eingeprägt hatte. Gut so. Sie fuhr den Volvo an Bord, verließ das Autodeck und begab sich in ihre Kabine.

Die *Nils Holgersson* legte um zehn Uhr ab. Forss duschte heiß und zog sich frische Sachen an. Anschließend ging sie in den Bordladen und kaufte eine Flasche Wodka. Sie war sich sicher, dass der Verkäufer sie ebenfalls zur Kenntnis nahm. Eine Frau Ende dreißig mit Augenklappe sah man nicht so oft. Zurück in der Kabine legte sie sich aufs Bett und schlief ein. Als der Wecker klingelte, den sie auf eine Stunde vor Ankunft gestellt hatte, zog sie sich erneut um, verstaute ihre widerspenstigen rotbraunen Locken unter einer blonden Perücke, schlüpfte in High Heels, nahm die Augenklappe ab und setzte eine verspiegelte Sonnenbrille auf. Sie leerte die Wodkaflasche zur Hälfte im Waschbecken, verstreute einige Kleidungsstücke in der Kabine und legte eine leere Packung Diazepam neben die halb leere Flasche. Dann lauschte sie an der Tür, schlüpfte in den menschenleeren Flur und begab sich pünktlich zum Einlaufen der Fähre im Rostocker Hafen aufs Autodeck, wo sie zu Oleg in den Transporter stieg. In einer Karawane von Lkws fuhren sie von Bord. Der Zoll kontrollierte sie nicht. In Güstrow fuhr Oleg auf den Parkplatz eines Baumarkts. OBI. Der Anblick des orange-schwarzen Bibers löste etwas in ihr aus, womit sie nicht gerechnet hatte: Heimweh. Sie war seit über zwei Jahren nicht mehr in Deutschland gewesen. Dabei hatte sie hier den Großteil ihres Lebens verbracht. Als siebenjähriges Mädchen war sie gemeinsam mit ihrer deutschen Mutter hierhergekommen. *Auf der Flucht vor dir und deinen Schlägen, Papa.* Vor einigen Jahren war sie nach Schweden, in das Land ihrer frühen

Kindheit, zurückgekehrt und hatte dafür ihr Berliner Leben und eine Karriere bei der Mordkommission hinter sich gelassen. *Weil du im Sterben gelegen hast, Papa.*

Stina Forss und ihren Vater verband eine denkbar schwierige Beziehung, und sie hatte die vage und schließlich auch vergebliche Hoffnung gehabt, die Dinge zwischen ihnen ins Reine zu bringen. *Und jetzt bin ich erneut auf der Flucht, und wieder ist es deinetwegen.*

»Alles in Ordnung, Stina?«

Sie ließ nicht zu, dass Tränen kamen.

»Ja«, sagte sie und lächelte schief. »Danke. Für das alles hier. Ich weiß, dass es keine Selbstverständlichkeiten sind.«

»Eine meiner leichtesten Übungen.« Er zwinkerte ihr zu. »Die Augenklappe steht dir ausgezeichnet, Tanja Petrow.« Er reichte ihr den gefälschten Pass, eine Kreditkarte und ein Handy.

Sie stiegen aus.

Oleg hatte neben einem rostigen Passat geparkt. Er schloss den Wagen auf und öffnete den Kofferraum. Gemeinsam luden sie die Kartons ein weiteres Mal um, dann reichte er ihr die Autoschlüssel.

»Optisch macht der Wagen nicht viel her, aber auf den Motor kannst du dich verlassen.«

»Noch einmal tausend Dank, Oleg.«

»Quatsch mit Soße.«

Sie drückten einander zum Abschied, dann stieg er in den Transporter und fuhr in den diesigen Herbstabend davon, sie machte sich mit dem Passat auf den Weg nach Travemünde. Oleg hatte ihr ein Hotel am Lübecker Stadtrand gebucht. An der Rezeption probierte sie den neuen Namen aus. Er ging ihr leicht über die Lippen, wie die meisten Lügen. »Sind Sie beruflich in der Stadt?«, fragte der junge Hotelangestellte.

»Ich strippe, Schätzchen«, antwortete sie.

Sein anzügliches Grinsen war ein Zeichen dafür, dass er ihr den Blödsinn genauso abnahm wie die wasserstoffblonde Perücke und die verspiegelte Sonnenbrille. Auf ihrem Zimmer nahm sie ein langes Bad, dann ließ sie sich vom Service ein Schnitzel mit Bratkartoffeln und ein großes Bier bringen. Anschließend zappte sie aus Nostalgie eine Weile durch deutsche Sender. Die Fähre nach Helsinki ging um drei Uhr morgens.

2

Bevor Hauptkommissarin Ingrid Nyström das Haus verließ, blickte sie prüfend in den Spiegel. Die Kurzhaarfrisur saß. Das tat sie eigentlich immer, was überhaupt der Grund dafür war, dass sie die Haare auf diese Weise trug, war sie doch eine durch und durch pragmatische Person. Ihrem schmalen Gesicht sah man die achtundfünfzig Lebensjahre an, was sie nicht weiter schlimm fand. Furcht einflößend waren dagegen die Spuren, die das vergangene halbe Jahr hinterlassen hatte. Über ihre eigentlich sanften braunen Augen hatte sich ein nicht zu leugnender Firnis aus Wehmut und Bitterkeit gelegt, sie lagen tief in den Höhlen, was ihrem Antlitz etwas Verhärmtes, Ausgezehrtes verlieh, das ihrem Wesen gänzlich fremd schien. Das war zumindest ihr erster Gedanke. Wenn sie einen Augenblick darüber nachdachte, musste sie sich jedoch eingestehen, dass ihr momentanes Aussehen wahrscheinlich eine ziemlich genaue Entsprechung ihres Inneren war. Eigentlich eine Binse. Wäre es nicht auch verwunderlich gewesen, wenn die tragischen Ereignisse der zurückliegenden Monate völlig spurlos an ihr vorübergegangen wären? Trotzdem hatte sie offenbar bis zu diesem Moment gebraucht, um sich das einzugestehen.

Nyström schaute sich in der Garderobe um. Sie verspürte den starken Drang, dem deprimierenden Anblick etwas entgegenzusetzen. Ihre eigene Kleidung schaffte das ganz eindeutig nicht. Weder der hellgraue Baumwollpullover noch die dunkelgraue Bundfaltenhose, erst recht nicht die braune Daunenjacke. Was sie fand, war ein bunt gemustertes Halstuch von *Marimekko,* das ihrer Tochter Anna gehörte. Sie band es sich um. Der Farbakzent machte in der Tat einen Unterschied, dachte sie, als sie zur Kontrolle erneut in den Spiegel blickte. Vielleicht war es auch nur das gute Gefühl, etwas von Anna an sich zu tragen. Jedenfalls gab ihr das farbenfrohe Stück Stoff den kleinen Kick, den sie gebraucht hatte. Auch wenn es albern war. Etwas in ihr straffte sich. Sie dachte an das lange Gespräch mit Stina Forss zurück. An ihren gemeinsamen Beschluss. An den Pakt, den sie geschlossen hatten. Es war an der Zeit, aus dem Albtraum aufzuwachen, in dem sie zusammen gefangen waren. Es war an der Zeit, den Tod, die Angst, die Verbitterung hinter sich zu lassen.

Es war an der Zeit zu kämpfen.

Im Präsidium war sie die Erste in der Abteilung für schwere Verbrechen und Gewalttaten, ihrer Abteilung. Sie setzte jeweils eine Kanne Tee und Kaffee auf, deckte den großen, ovalen Tisch im Besprechungszimmer und drapierte in der Mitte einen Teller mit Zimtschnecken und Käsebrötchen, die sie auf dem Weg in die Stadt beim Bäcker gekauft hatte. Pünktlich um acht waren drei Viertel ihres Teams versammelt: ihr langjähriger, fast gleichaltriger Mitarbeiter Lars »Lasse« Knutsson, ein bärenhafter, beleibter

Mann mit Vollbart. Die ehemalige Berufssoldatin und Leistungssportlerin Anette Hultin, die gerade mit dem zweiten Kind schwanger war. Und der kluge, IT-affine Hugo Delgado, der wie so oft ein ironisches Lächeln auf den Lippen trug.

Knutsson ließ sich händereibend auf einen Stuhl plumpsen.

»Ein zweites Frühstück! Dich schickt der Himmel, Ingrid!«

Er schenkte sich Kaffee ein und bediente sich großzügig bei Süßgebäck und Brötchen.

»Was ist eigentlich aus deiner Paleo-Diät geworden, Steinzeitmann?«, fragte ihn Delgado.

Knutsson winkte ab.

»Ernährungseinschränkungen bringen auf die Dauer nichts, früher oder später knickt jeder ein. Das ist wissenschaftlich erwiesen. Bewegung ist das A und O. Lieber ein gesunder Dicker als ein ungesunder Dünner, sagt mein Arzt.«

»Und zu welcher Kategorie gehörst du?«

»Lach du nur!«, entgegnete Knutsson dem knapp zwanzig Jahre jüngeren Kollegen kauend. »Ich werde eines Tages auf deinem Grab tanzen. Mit meinen Nordic-Walking-Stöcken in der Hand.«

»Also, ich könnte im Moment ständig essen«, sagte Hultin und griff nach einer Zimtschnecke. »Dabei habe ich erst vor einer Stunde gefrühstückt.«

»Die Pfunde stehen dir«, stichelte Delgado.

Hultin warf ihm einen genervten Blick zu.

»Halt einfach mal zur Abwechslung den Mund, ja?«

»Si señora.«

»Du bist echt ein Blödmann!«

Das Gekabbel zwischen Delgado und Hultin war ein fester

Bestandteil der Dienstbesprechungen. Im Laufe der vergangenen Jahre waren sie immer wieder einmal ein Paar gewesen.

Knutsson grinste.

»Wahre Worte, Anette.«

Delgado biss belustigt in ein Käsebrötchen.

»Die sind wirklich lecker, Ingrid, vielen Dank. Was verschafft uns die Ehre? Hab ich deinen Geburtstag verschlafen? Oder ein Dienstjubiläum?«

Nyström, die sich als Einzige mit einer Tasse Tee begnügte, legte ihre Handflächen aufeinander. Sie suchte nach Worten. Am Vorabend hatte sie sich vor dem Einschlafen eine Ansprache zurechtgelegt, aber die wohlformulierten Sätze hatten sich anscheinend in Luft aufgelöst.

»Nun …« Wo beginnen? Sie sah jeden ihrer drei Mitarbeiter lange an. Spürte Erwartung, Vertrauen, Loyalität. Tastete nach Annas Halstuch. Als wäre es ein Talisman, dachte sie und gab sich einen Ruck. »Nun, seit mehr als fünf Jahren habe ich die Ehre, unser Team zu leiten. Das ist etwas, das mich sehr stolz macht. Tag für Tag aufzustehen und an eurer Seite arbeiten zu dürfen. Wenn ich daran denke, was wir gemeinsam erreicht, was wir zusammen durchgestanden haben. Fälle, die uns an unsere Grenzen und darüber hinaus geführt haben. Andauernde Strukturreformen, die unsere Arbeitsbedingungen wieder und wieder verschlechtert …« Sie brach ab, griff nach ihrer Teetasse, nippte und befeuchtete die Stimmbänder. Was redete sie da nur für ein gestelztes Zeug? »Meine Güte, das klingt wirklich nach Dienstjubiläum, entschuldigt bitte.«

Knutsson lächelte selig.

»Ich finde es schön, mir ist richtig feierlich zumute.«

»Aber das ist nicht das, worauf ich hinauswill, Lasse. Ich möchte euch keinen Honig ums Maul schmieren. Ich möchte mich nicht als eine tolle Chefin darstellen. Ich möchte …«

»Was möchtest du, Ingrid?«, fragte Hultin sanft und faltete die Hände über dem leicht gewölbten Bauch.

»Du kannst uns gegenüber völlig offen sein«, ermunterte Delgado.

Nyström sah auf, musterte die drei vertrauten Gesichter erneut, eins nach dem anderen. Zögerte. Seufzte.

»Ich wollte euch um etwas bitten, um das ich euch nicht bitten darf. Es steht mir nicht zu, denn es verletzt sämtliche Fürsorgepflichten einer Vorgesetzten. Es wäre ungebührlich und würde euer Vertrauen missbrauchen. Dass ich es trotzdem erwogen habe, tut mir leid, es ist hoffentlich allein meiner Verzweiflung und der daraus resultierenden mangelnden Urteilsfähigkeit geschuldet.«

»Ingrid, bitte!«, dröhnte Knutssons Bass.

»Raus damit!«, forderte Hultin.

»Nun spuck es schon aus«, sagte Delgado.

»Es verstößt gegen die Dienstvorschriften und gefährdet unter Umständen sogar eure Karrieren«, machte Nyström einen weiteren Abwehrversuch.

»Wenn Halb-vier-Erik es hasst, bin ich dabei«, rief Delgado.

Damit war Erik Edman gemeint, der Polizeichef der Region Kronoberg. Halb vier war die Uhrzeit, zu der er normalerweise das Präsidium Richtung Golfplatz verließ.

Nyström massierte ihre Schläfen. Sie wusste, dass sie bereits zu viel gesagt hatte, um die Katze nicht aus dem Sack zu lassen. Aber sie bereute, überhaupt damit angefangen zu haben. Sie hatte nicht das Recht, ihre Mitarbeiter in die Sache hineinzuziehen. Was hatte sie sich nur dabei gedacht? Sie seufzte erneut.

»Okay. Machen wir es so: Ich erkläre, worum es geht, und

danach hat jeder von euch die Möglichkeit, einfach aufzustehen, den Raum zu verlassen und sich an seinen Schreibtisch zu setzen, als wäre nichts geschehen. Oder sich an Edman oder den Vertrauensmann zu wenden und sich über seine impertinente Vorgesetzte zu beschweren. Nichts davon würde das Bild trüben, das ich von euch habe, nämlich dass ihr die besten Mitarbeiter seid, die man sich nur wünschen kann.« Knutsson lächelte und verschränkte die Arme auf seinem mächtigen Bauch. Hultin verlagerte ihr Gewicht auf dem Stuhl. Delgado rieb Zeigefinger und Daumen aneinander. Niemand stand auf. Alle blieben sitzen. Sie holte tief Luft. »Also schön. Es geht um eine besondere Ermittlung. Die weder von Edman noch von weiter oben gewollt oder genehmigt ist. Die parallel zu unseren sonstigen Aufgaben stattfinden müsste, noch dazu unter dem Radar. Über die ihr mit niemandem außerhalb dieser Abteilung sprechen dürft.«

»Oha«, sagte Hultin.

Knutsson rubbelte seine Nase.

»Mach es nicht so spannend«, forderte Delgado. »Wie du ganz richtig gesagt hast: Wir sind die besten Mitarbeiter, die man sich nur wünschen kann. Also!«

Nyström saugte an der Unterlippe. Schaute über ihre Kollegen hinweg aus dem Panoramafenster auf die Växjöer Innenstadt. Die ewigen Krähen, die auf dem Dachfirst des *Oxgrillen* ihr Zuhause hatten, kämpften mit den Böen. Der Wind trieb Herbstlaub vor sich her und blies einzelne Blätter an die feuchte Fensterscheibe.

»Es geht darum, Stina zu helfen.«

»Wo ist sie überhaupt?«, fragte Knutsson. »Sollen wir ihr ein Brötchen übrig lassen?«

»Der Überfall auf sie«, sagte Delgado. »Du willst, dass wir den Überfall aufklären.«

Nyström schüttelte den Kopf. Delgados Vermutung war naheliegend. Liebend gern hätte sie den Mordanschlag untersucht, den Stina Forss schwer verletzt überlebt hatte. Nyström selbst war die Erste am Tatort gewesen, hatte das viele Blut der sieben toten, bis heute nicht identifizierten Attentäter gesehen. Doch der Staatsschutz hatte auf Betreiben des Justizministeriums die Ermittlung umgehend an sich gezogen und sie und ihr Team ausgebootet. Zum zweiten Mal innerhalb kürzester Zeit.

»Was fällt euch zur Ermordung Olof Palmes ein?«, fragte sie.

Im Besprechungszimmer wurde es schlagartig ruhig.

»Ist das dein Ernst, Ingrid?«, fragte Delgado schließlich.

Sie nickte.

»Oh«, flüsterte Hultin und sog hörbar Luft ein.

Knutsson kraulte seinen Bart.

»Die Ermordung Olof Palmes«, wiederholte Delgado ihre Worte. »Darf man fragen, was der verfahrenste Fall der schwedischen Kriminalgeschichte mit Stina zu tun hat?«

Nyström presste die Lippen aufeinander.

»Olof Palme«, echote Hultin. Sie war sichtlich baff.

Knutsson blies die Backen auf und prustete die Luft anschließend lautstark aus.

»Meine Güte, Ingrid, ausgerechnet der Palme-Mord.«

Nyström hob ihre Schultern und ließ sie wieder fallen. Wie gern hätte sie ihren Mitarbeitern alles erklärt. Deren Redlichkeit verdiente Offenheit. Aber dies war aus verschiedenen Gründen nicht der richtige Zeitpunkt. Ihr war bewusst, was sie ihnen zumutete. Mit verbundenen Augen von einem Zehnmeterbrett zu springen. In ein winziges Bassin. Was sie da forderte, war zu viel. Der Ausdruck *blinde Gefolgschaft* ging ihr durch den Sinn. Ich bin eine schlechte Chefin, dachte sie. Aber habe ich eine Wahl?

»Du veräppelst uns«, sagte Delgado und blickte sie mit zusammengekniffenen Augen an.

Sie schüttelte den Kopf.

»Olof Palme«, wiederholte Hultin erneut und machte ein Gesicht, als würde sie den einzelnen Silben nachschmecken. »Ist Stina denn selbst mit von der Partie?«

»Wir werden hier eine Zeit lang ohne sie auskommen müssen, fürchte ich«, wich sie der Frage aus.

Knutsson ließ die Hand auf die Tischplatte fallen. Offenbar hatte er eine Entscheidung getroffen.

»Ich versteh zwar nur Bahnhof, aber ich vertraue dir wie immer voll und ganz.«

Delgado lächelte schmal.

»Fräulein Forss und Olof Palme, interessant. Ich bin natürlich dabei. Allein schon, um Stina zu helfen, wie du sagst.«

Hultins Stirn lag in Falten. Trotzdem nickte sie.

Ingrid Nyström fiel ein Stein vom Herzen.

»Danke«, sagte sie, »das bedeutet mir sehr viel.«

3

Die Fährfahrt von Travemünde nach Helsinki dauerte mehr als dreißig Stunden. Die Hälfte hatte Stina Forss bereits hinter sich gebracht. Als es über der Ostsee dunkel wurde, machte sie es sich in ihrer Kabine auf dem Bett mit einer Flasche Rotwein bequem. Die Anspannung fiel allmählich von ihr ab. Der Angestellte am Fährschalter hatte nur einen flüchtigen Blick auf sie und den Reisepass geworfen. Sie hatte vorher ihr fehlendes Auge mit Verbandmull und Pflastertape abgeklebt. Eine Frau mit einer vermeintlichen Augenverletzung wirkte unauffälliger als eine Frau mit nur einem Auge. Forss sah sich den gefälschten Pass genauer an. Tanja Petrow, eine Russlanddeutsche aus Leipzig. Sie lächelte in sich hinein. Bei einem gemeinsamen Besäufnis vor vielen Jahren hatte sie Oleg einmal gesagt, dass sie sich wünschte, in ihrem nächsten Leben als Russin geboren zu werden. Offenbar hatte er ihre Worte nicht vergessen. Das Foto, das sie ihm für den neuen Reisepass geschickt hatte, stammte noch aus der Zeit, bevor sie das linke Auge verloren hatte. Wie anders sie damals ausgesehen hatte. Sie legte den Pass beiseite. Schenkte sich vom Wein in den Zahnputzbecher nach. Sie trank in langen Schlucken und aß Chips dazu. Als die Tüte leer war, wusch sie sich die Hände und holte das Lederetui hervor, das sie aus dem Tresor im Brunnen geborgen hatte. Sie öffnete es und klappte es auf. Der Gegenstand, der sich darin befand, war handlich, aber schwer. Mit ausgestrecktem Arm gelang es ihr kaum, ihn mehr als einige Sekunden ruhig zu halten. Sie legte ihn vor sich auf das Bett. Das schwarze Metall schimmerte matt im Schein der künstlichen Beleuchtung. Er wirkte technisch. Kühl. Gleichzeitig brutal und wunderschön. Irgendwann legte sie ihn zurück und verstaute das Etui wieder in der Reisetasche.

Sie trank den billigen Wein aus und stellte den Becher auf den Nachttisch. Streifte ihr Sweatshirt ab, legte sich unter die Decke und löschte das Licht. Auch wenn sie seit Wochen Schlafprobleme hatte: Das Brummen der riesigen Dieselmotoren im Bauch des Schiffs schenkte ihr ein flüchtiges Gefühl von Geborgenheit.

KAPITEL 2

1

Am Montagmorgen wartete Ingrid Nyström im Besprechungsraum auf ihre Mitarbeiter. Sie war angespannt. Nachdem sie Knutsson, Hultin und Delgado am vergangenen Freitag ihren heimlichen Plan eröffnet hatte, waren sich die drei Kollegen einig gewesen, sie nach allen Kräften zu unterstützen, obwohl ihnen die Bitte völlig absurd vorgekommen sein musste, davon war Nyström überzeugt, auch wenn das keiner von ihnen ausgesprochen hatte. Mit einem Gefühl von Erleichterung und Dankbarkeit war sie ins Wochenende gefahren. Nun hatten alle zwei Tage Zeit gehabt, die Entscheidung zu überdenken. Sie war sich sicher, dass ihnen Zweifel gekommen waren. Warum sollten sie auch ihre Karrieren und ihren guten Ruf aufs Spiel setzen? Der Chefin zuliebe? Um gemeinsam der Kollegin Stina Forss zu helfen, die sich so oft unnahbar und als stoische Einzelgängerin gegeben hatte? Um tatsächlich die Hintergründe des Palme-Attentats aufzuklären?

Die Aufgabe war auf eine derart abenteuerliche Weise aussichtslos, dass es schon an Hybris grenzte, ernsthaft darüber nachzudenken. Unzählige Polizisten waren in den vergangenen dreiunddreißig Jahren daran gescheitert, Olof Palmes Mörder zu finden. Dazu kam ein Heer von Journalisten, privaten Ermittlern und selbst ernannten Detektiven. Keine Morduntersuchung der schwedischen Rechtsgeschichte war derart lange und umfangreich geführt worden. Profunde Ergebnisse gab es dennoch nicht. Nyström seufzte. Das Ganze war eine dumme Idee. Anmaßend und zum Scheitern verurteilt. Andererseits gab es tatsächlich eine neue Spur. Sie dachte an die SMS, die Stina geschickt hatte. Nur ein einziges Wort. *Bingo.* Was sie im Moment tat, basierte auf nichts anderem als gegenseitigem Vertrauen, wurde ihr bewusst. Und ihrem Team verlangte sie dasselbe ab. Wir gegen den Rest der Welt, dachte sie und war sich dabei des Pathos bewusst. Es war ihr peinlich. Wenn einem Dinge peinlich sind, versteckt sich in dem unangenehmen Gefühl mitunter eine Warnung, dachte sie. *Wir gegen den Rest der Welt.* Etwas darin war zu viel. Nicht die *Welt,* sondern das *Wir.* Sie durfte die Entscheidung nur für sich treffen, nicht für die Menschen, die ihr anvertraut waren. Stina hatte sich bereits vor langer Zeit entschieden, ihr war kaum etwas anderes übrig geblieben. Für sie selbst galt das ebenso. Aber die anderen?

Die Tür des Besprechungszimmers öffnete sich. Sie musste einen Beschluss fassen. *Jetzt.* Noch war es nicht zu spät für eine Kehrtwende. Vielleicht konnte sie alles als blöden Scherz darstellen oder als Hirngespinst, das ihrer permanenten Überarbeitung geschuldet war. Doch es waren weder Knutsson, Hultin oder Delgado, die das Zimmer betraten, sondern ihr Vorgesetzter, Polizeichef Erik Edman. Er nahm ihr gegenüber Platz und sah bekümmert aus.

»Ich fürchte, ich habe schlechte Neuigkeiten, Ingrid.«

Sofort begriff sie, warum Edman gekommen war. Sie setzte einen besorgten Gesichtsausdruck auf.

»Ja?«

»Es geht um Stina. Sie ist in der Nacht von Donnerstag auf Freitag durch das Fenster des Hotelzimmers gestiegen und verschwunden. Die Meldung habe ich am Freitagvormittag erhalten. Ich habe mir ehrlich gesagt nicht allzu viel dabei gedacht. Stina ist ein freier Mensch, ihr wird die Decke auf den Kopf gefallen sein, habe ich mir überlegt, vielleicht ist ihr die dauernde Präsenz der Kollegen auf den Senkel gegangen und sie musste einfach mal in Ruhe durchatmen, ist nach Hause gefahren oder auf eine Kneipentour gegangen oder was weiß ich. Am Samstag habe ich dann eine Streife zu ihrem Haus hinausgeschickt. Fehlanzeige. Da bin ich zum ersten Mal ein wenig unruhig geworden.«

»Was ist mit ihr?«

Sie fasste nach Edmans Arm, der auf der Tischplatte zwischen ihnen lag. Sie hatte sich immer für eine schlechte Schauspielerin gehalten. Aber offenbar nahm Edman ihr die Besorgnis ab.

Er stöhnte auf, als habe er Schmerzen.

»Es ist so furchtbar. Die Polizeibehörde hat sich gerade eben bei mir gemeldet. Wie es scheint, hat sich Stina auf den Weg in ihre alte Heimat gemacht. Sie hat die Fähre von Trelleborg nach Rostock genommen, mit einem gestohlenen Wagen. Sie muss in einem Zustand maximaler Verwirrung gewesen sein. Wozu sonst der Autodiebstahl? Jedenfalls wurden in ihrer Kabine Alkohol und Beruhigungsmittel …«

»Nein!«, rief Nyström, »um Gottes willen, nein!«

Sie schlug die Hände vors Gesicht und verharrte. Sie spürte, wie Edman um den Tisch ging, sich neben sie setzte und einen Arm um sie legte. Das hatte er noch nie getan.

»Es ist gut«, tröstete er sie, »es ist ja gut.«

Sie rieb sich die Augen, bis sie feucht wurden. Endlich blickte sie auf.

»Was weiß man Genaues?«

Edman räusperte sich.

»Man hat ihren … Man hat sie bis jetzt nicht gefunden. Aber alles deutet darauf hin, dass sie unterwegs über Bord gegangen ist. Die deutsche Polizei hat im Handschuhfach eines auf dem Deck stehen gebliebenen Wagens ihren Reisepass sichergestellt. Dass sie einige Stunden an Bord verbracht hat, gilt als sicher. Mehrere Besatzungsmitglieder konnten sich an sie erinnern. Die Augenklappe ist natürlich ein herausstechendes Erkennungsmerkmal. Viel mehr weiß man nicht.«

»Hat man Rettungshubschrauber …?«

»Natürlich. Die Küstenwachen in Deutschland, Dänemark und bei uns haben mehrstündige Suchaktionen durchgeführt. Wie zu erwarten war, ohne Ergebnis. Dazu war es wohl einfach schon zu spät, die Ostsee hat um diese Jahreszeit fünf, höchstens sechs Grad, wurde mir gesagt. Bei diesen Temperaturen ist der Tod eine Sache von wenigen Minuten.«

Nyström nickte resigniert.

»Ich hätte wissen müssen«, murmelte sie mit belegter Stimme, »dass sie innerlich auf der Kippe stand.«

»Mach dir bitte keine Vorwürfe, Ingrid. Niemand kann in einen anderen Menschen hineinsehen.«

»Ich hätte es trotzdem wissen müssen. Nach dem Überfall war sie einfach nicht mehr dieselbe. Die Niedergeschlagenheit, die Angst: Ich bin davon überzeugt, dass sie unter einer posttraumatischen Belastungsstörung litt. Vermutlich war sie auch depressiv. Wenn ich ihr nur hätte helfen können!«

»Wir dürfen uns keine Vorwürfe machen. Als Arbeitgeber und Kollegen haben wir uns nichts zuschulden kommen lassen. Ich habe ihr wiederholt therapeutische Maßnahmen angeboten, ein abgestuftes Wiedereingliederungsprogramm, dazu der personalintensive Personenschutz … Wenn ein Mensch nicht mehr will, dann will er einfach nicht mehr. Es gibt nichts, was man dagegen hätte tun können.«

Nyström biss sich auf die Unterlippe und nickte.

»Wenn ich kurz allein sein dürfte, bevor die anderen …«

»Sicher«, sagte Edman beflissen, tätschelte noch einmal linkisch ihren Rücken und stand auf. »Eine Sache noch. Könntest du dein Team informieren?« Er sah demonstrativ auf seine Armbanduhr. »Termine, du verstehst?«

»Natürlich, Erik.«

Sie hielt die Luft an, bis die Tür ins Schloss fiel. Dann ging sie in die Teeküche und trank ein großes Glas Wasser. Was für ein Schmierentheater. Aber allem Anschein nach hatten Edman und die Behörden Stinas Geschichte geschluckt.

2

Das Schiff erreichte Finnland um neun Uhr morgens. Es war ein klarer, kalter Tag. Stina Forss stand an Deck, als die Fähre in den Hafen Helsinkis einfuhr, über ihr krächzten Möwen und der Wind spielte im Kunsthaar der Perücke. Sie ging in ihre Kabine zurück, raffte die wenigen Sachen zusammen und fuhr den Wagen aus dem Bauch des Schiffs auf den Parkplatz des Terminals. Von hier aus war die Innenstadt zu Fuß erreichbar. Sie musste an den vergangenen Besuch in der finnischen Hauptstadt denken. Damals hatte sie ein komplizierter Mordfall hergeführt. Das war keine drei Monate her, trotzdem fühlte es sich an wie ein Erlebnis aus einem anderen Leben. Einer Zeit, bevor alles endgültig aus den Fugen geraten war. Sie spazierte ins Zentrum. In einem Kaufhaus machte sie einige Besorgungen, anschließend schlenderte sie weiter und betrat irgendwann ein Café. Es hieß *Johan & Nyström*. Wie sollte sie bei dem Namen nicht an ihre Chefin denken? Der Gefallen, um den sie die Hauptkommissarin gebeten hatte, war riesengroß. Dennoch hatte Nyström ihr Unterstützung versichert, auch wenn sie damit alles aufs Spiel setzte, was sie in ihrem langjährigen Berufsleben erreicht hatte. Forss war bewusst, wie tief sie in Nyströms Schuld stand. Bis vor Kurzem war ihr Verhältnis extrem angespannt gewesen. Erst der Überfall, bei dem Forss um Haaresbreite mit dem Leben davongekommen war, hatte dies verändert. Nyström war ihr in jener Nacht zu Hilfe geeilt, hatte anschließend die Genesung auf Schritt und Tritt begleitet und hielt ihr nun den Rücken frei. Vielleicht hat sie mir tatsächlich verziehen, dachte Forss.

Das Café hatte hohe Decken und freigelegtes Mauerwerk. Sie setzte sich mit ihrem Tablett an einen der vielen freien Tische. Die wenigen Gäste gingen als Hipster durch. Zwei junge Männer mit gepflegten Bärten, eine Frau mit Dutt und exaltierter Brille. Dann kam ein Mann herein, der aus dem Rahmen fiel. Ende fünfzig, Typ Bulldoge, halblanger Mantel. Ihr Instinkt regte sich. Hatte sie das feiste Gesicht schon einmal irgendwo gesehen? Auf der Fähre von Trelleborg nach Rostock? Eigentlich war das so gut wie unmöglich. Es würde bedeuten, dass sie seit Beginn ihrer Flucht überwacht und verfolgt worden wäre. War sie derart unvorsichtig gewesen? Der ganze bis ins kleinste Detail vorbereitete Plan, der falsche Pass, Olegs Kreditkarte: Alles wäre umsonst gewesen. Sie spürte, wie ihr Puls beschleunigte. Der Mann steuerte mit seinem Kaffee einen Platz in einer Ecke an und verschanzte sich hinter einer finnischen Tageszeitung. Mit einem Mal juckte es unter der Perücke. Ihre Gedanken ratterten. So unauffällig wie möglich fischte sie aus der Lederjacke, die sie über ihre Stuhllehne gehängt hatte, Autoschlüssel, Portemonnaie und Handy und ließ die Dinge in ihren Hosentaschen verschwinden. Auf alles andere, auch auf die *Sig Sauer,* die in der Innentasche der Lederjacke steckte, musste sie verzichten. Sich in dem Café eine Handfeuerwaffe in den Hosenbund zu stecken, wäre zu auffällig gewesen. Also stand sie auf und ging zu den Toiletten, die sich im Souterrain befanden. Sie hatte Glück. Im Waschraum der Damentoilette befand sich in zwei Metern Höhe ein Fenster, etwa dreißig mal vierzig Zentimeter groß. Forss war klein und schmal, nach dem langen Krankenhausaufenthalt wog sie weniger als fünfzig Kilo. Sie stemmte sich aufs Waschbecken, beugte sich so weit es ging zur Seite, bis ihre Fingerspitzen den Fenstergriff zu fassen bekamen, und stellte sich auf die Zehenspitzen. Irgendwie gelang es ihr, das Fenster zu öffnen. Sie griff nach der Fensterbank und zog sich hoch. Ihre Rippen schmerzten, dass es ihr den Atem raubte. Einen Augenblick trat sie Luft, dann fanden die Sohlen der Doc Martens an den Kacheln halt. Mit letzter Kraft hievte sie den Oberkörper durch das Fenster und landete in weicher Gartenerde. Sie klopfte sich den Dreck von Schultern und Händen, zupfte die Perücke zurecht und orientierte sich. Eine Gittertür führte aus dem Garten in eine Gasse. Raschen Schritts ging sie zurück zum Auto. So weit sie es beurteilen konnte, folgte ihr niemand. Sie schloss den alten Passat auf, startete den Wagen und gab

Gas. Immer wieder warf sie einen Blick in den Spiegel. Auch wenn sie keine Verfolger ausmachen konnte, bedeutete es nicht, dass sie in Sicherheit war. Was, wenn der Wagen mit einem Peilsender versehen worden war? Sie ging ihre Optionen durch. Dann traf sie eine Entscheidung. Sie folgte den Straßenschildern Richtung Flughafen. Dazu musste sie die gesamte Stadt nordwärts durchqueren. Am Flugplatz fuhr sie in das Parkhaus, das dem Terminal am nächsten lag. Sie stellte den Wagen in der obersten Etage ab, dann nahm sie den Fahrstuhl und folgte der Beschilderung, die sie zu verschiedenen Autovermietungen führte. Sie betrat eine Sixt-Filiale und schilderte ihr Anliegen. Vierzehn Minuten später saß sie in einem weißen Mercedes. Sie fuhr den Wagen ebenfalls auf das menschenleere oberste Parkhausdeck, hielt neben dem Passat und lud die Kartons ihres Vaters um. Bevor sie einstieg, musterte sie ein letztes Mal die Umgebung. Nein, außer fünf weiteren Wagen und einer Möwe, die auf einer Betonbrüstung saß, gab es hier nichts. Keine Zeugen, keine Überwachungskameras. Sie fuhr in dem Mercedes zurück in die Stadtmitte, steuerte Richtung Schiffsterminal. Die Schnellfähre nach Tallinn legte in einer halben Stunde ab. Sie bezahlte ihr Ticket und konnte direkt an Bord fahren. Die Überfahrt dauerte zwei Stunden. Sie setzte sich in eins der Bordrestaurants und trank einen Kaffee. Auch wenn sie sich nicht völlig sicher sein konnte, war sie überzeugt, mögliche Verfolger abgeschüttelt zu haben. Vielleicht hatte sie sich das Wiedererkennen des Mannes im Café auch nur eingebildet. Bei dem, was sie durchlebt hatte, war es nicht verwunderlich, wenn ihre Fantasie besonders rege war.

Auch der estnische Zoll interessierte sich nicht für eine Blondine mit abgeklebtem Auge. Schengen sei Dank, dachte sie, parkte den Mietwagen am Rand der historischen Altstadt und suchte in dem Gewirr der mittelalterlichen Gassen nach der Bar. Als Forss sie schließlich gefunden hatte, war es immer noch früh. Sie setzte sich an den Tresen und bestellte eine Cola. Obwohl viele Jahre vergangen waren, erkannte sie ihn in dem Augenblick, als er zur Tür hereinkam: Toivo Bärengrub hatte sich kaum verändert.

3

»Ein vorgetäuschter Suizid?« Hugo Delgados Stirn legte sich in Falten. »Ach, du meine Güte.«

Anette Hultin zog eine Augenbraue in die Höhe.

Knutsson kämmte mit den Fingern seinen Bart.

»Ich weiß, es klingt zunehmend verrückt«, gestand Nyström ein. »Wie gesagt: Ich nehme es niemandem krumm, wenn er seine Meinung während des Wochenendes geändert hat. Steht einfach auf und geht an eure Schreibtische. Es wäre das Normalste der Welt. Es wäre das, was ich machen würde, wenn mich mein Vorgesetzter um so etwas Haarsträubendes bitten würde.«

Niemand rührte sich von seinem Platz.

»Der Unterschied ist, dass dein Vorgesetzter ein Trottel ist, den außer seinem Golfhandicap und der eigenen Karriere wenig interessiert«, brummte Knutsson schließlich, »während wir in der glücklichen Lage sind, dich als Chefin zu haben.«

Hultin nickte zustimmend.

»Und ich nehme an, in Bezug auf Stinas, nun ja, Schicksal gilt dasselbe Schweigegelübde wie bei unserem Palme-Plan?«, wollte Delgado wissen. Nyström presste die Lippen aufeinander und nickte.

»Es tut mir wirklich leid, dass ich euch nicht mehr erklären kann«, sagte sie bekümmert. Ihre Mitarbeiter hatten Besseres verdient, dachte sie erneut. Offene Worte. Die Wahrheit. »Für den Moment müsst ihr mir einfach abnehmen, dass diese drastischen Maßnahmen nötig sind.«

»Ich werde schweigen wie ein Grab«, brummte Knutsson.

Hultin machte eine Geste, als würde sie mit einem Schlüssel den Mund zuschließen.

»Narratio argentea, silentium vero aureum est«, proklamierte Delgado. »Das ist Latein, meine lieben Freunde, und bedeutet: Reden ist Silber, …«

»Ja, ja«, unterbrach ihn Hultin, »du bist ein ganz Schlauer.«

»Danke«, sagte Nyström, »vielen Dank. Ich weiß nicht, wie ich das jemals wieder …«

»Wir müssen uns bei dir dafür bedanken, dass du uns über Stinas … nun ja, dass du uns informiert hast«, sagte Knutsson. »Die Vorstellung, mit dem Gedanken zu leben, dass sie sich tatsächlich das Leben genommen haben könnte, ist grauenhaft. Die Arme! Wenn wir ihr irgendwie helfen können …«

»Wenn ich das richtig verstanden habe, helfen wir ihr wohl am meisten, wenn wir hier unserer neuen Aufgabe nachgehen«, unterbrach ihn Delgado und warf Nyström einen fragenden Blick zu.

»Vielleicht fangen wir dann endlich mal an zu arbeiten?«, schlug Hultin vor. »Ich will ja nicht drängeln, aber wenn ich mich nicht irre, gehen wir mit dreiunddreißig Jahren Verspätung an den Start.«

»Danke, *cariña*, das war das Stichwort, auf das ich gewartet habe.« Delgado zwinkerte Hultin zu. Sie sah ihn verstimmt an und tippte sich mit dem Finger an die Schläfe. Er griff breit lächelnd in die Umhängetasche, die zu seinen Füßen stand, und nahm einen Stapel gehefteter Unterlagen heraus, die er an die Kollegen verteilte. »Ingrid hat mir übers Wochenende eine kleine Hausaufgabe aufgegeben und da habe ich mich nicht lumpen lassen.«

»Das sind ja mehr als hundert Seiten, Hugo.« Nyström blätterte verdutzt durch den Hefter. »Ich hatte von einer Diskussionsgrundlage gesprochen.«

»Wir lösen den Palme-Mord wohl kaum, indem wir Wikipediaeinträge überfliegen.« Delgado grinste kurz. »Aber ganz im Ernst, Ingrid, auch wenn du es nicht ausdrücklich gesagt hast: Wir haben verstanden, dass sich Stina weiterhin in Gefahr befindet. Und wenn dies der Weg ist, ihr zu helfen, dann sollten wir ihn gemeinsam beschreiten und dabei alles in die Waagschale werfen, was wir haben.« Knutsson und Hultin nickten. »Ich habe bei der Recherche schnell gemerkt, dass man mit einigen flüchtigen Notizen nicht weit kommt. Dazu ist das Thema einfach zu umfassend und zu unübersichtlich. Das, was ihr vor euch liegen habt, ist kaum mehr als ein grober Überblick. Ihr müsst euch vergegenwärtigen, dass die originalen Ermittlungsakten mittlerweile mehr als dreihundertzwanzig Regalmeter ausmachen. Schließt kurz die Augen und vergegenwärtigt euch diese Menge. Man schätzt, dass ein erfahrener Polizist etwa fünfzehn Jahre brauchen würde, um das Material einmal sorgfältig durchzugehen. Und es wächst fortdauernd, immer noch kommen jährlich um die tausend neue Hinweise dazu.« Er ließ seine Worte einen Augenblick wirken. »Die Tragik der gesamten Ermittlung besteht darin, dass man heute, was die wesentlichen Merkmale des Verbrechens ausmacht, im Grunde genauso wenig weiß wie vor dreiunddreißig Jahren.« Er sah in die Runde und holte Luft. »Wie euch sicherlich bekannt ist, wurde Olof Palme am 28. Februar 1986 um 23.21 Uhr an der Kreuzung Sveavägen/Tunnelgatan in der Stockholmer Innenstadt erschossen. Der Ministerpräsident befand sich gemeinsam mit seiner Frau auf dem Rückweg eines gemeinsamen Kinobesuchs. Der Täter gab zwei Schüsse ab, wovon der erste Olof Palme tödlich in den Rücken traf, der zweite seine Frau Lisbeth streifte und leicht verletzte. Trotz mehrerer Zeugen in der Nähe des Tatorts konnte der Schütze unbehelligt entkommen. Leibwächter waren nicht vor Ort, der Ministerpräsident hatte sie an diesem Tag früh nach Hause geschickt. Die Wiederbelebungsversuche, die zu Hilfe geeilte Passanten durchführten, waren erfolglos. Die Obduktion ergab später, dass Olof Palme wahrscheinlich bereits tot war, als sein fallender Körper auf dem Bürgersteig aufkam. Die unmittelbar letalen Verletzungen wurden von einem Projektil des Kalibers .357 Magnum verursacht, Munition, wie sie in schweren Revolvern benutzt wird. Seit Beginn der Ermittlungen liegt ein Fahndungsschwerpunkt auf der Tatwaffe, wahrscheinlich ein Magnumrevolver, möglicherweise des Fabrikats *Smith & Wesson,* wobei theoretisch auch einige andere Hersteller infrage kommen, und im Laufe der Jahre Experten darauf hingewiesen haben, dass man Munition des Kalibers .357 nach manueller Bearbeitung auch aus kleineren Revolvern abfeuern kann. Bis heute sind mehr als fünfhundert Waffen zur Vergleichsprobe abgeschossen worden, eine Übereinstimmung mit den beiden Projektilen, die am Tatort gefunden wurden, gab es nicht.« Er unterbrach sich und blickte in die Runde, doch niemand hatte eine Anmerkung oder Frage. Also fuhr er fort. »Über den Täter selbst ist so gut wie nichts bekannt. Die Beschreibungen der Augenzeugen sind überwiegend vage und widersprechen einander in entscheidenden Teilen, die beiden Phantombilder, mit denen die Polizei kurz nach der Tat an die Öffentlichkeit gegangen ist – das eine sollte den Täter darstellen, das andere einen möglichen Mittäter –, führten zu mehr als zehntausend Hinweisen aus der Bevölkerung, die den Ermittlungsapparat in der so wichtigen ersten Zeit überschwemmten und lähmten, anstatt zu profunden Erkenntnissen zu führen. Heute werden beide Fahndungsbilder als unerheblich und irreführend eingestuft. Es ist bisher unbekannt, ob der Mörder seine Tat von langer Hand geplant hat oder ob es eine Impulstat war. Es ist unbekannt, ob der Mörder von Palmes geplantem Kinobesuch wusste oder ob er den Ministerpräsidenten zufällig in oder vor dem Kino gesehen hat und ihm gefolgt ist, oder ob er erst an der Ecke Sveavägen/Tunnelgatan auf ihn und seine Frau stieß. Es ist unbekannt, ob es sich um einen Einzeltäter handelte oder ob es Mithelfer gab. Es ist unbekannt, ob es einen im Vorhinein ausgekundschafteten Fluchtplan gab oder nicht. Und es ist völlig unbekannt, was das Motiv des Mörders oder der Mörder war. Ein verwirrter Einzeltäter? Ein politisches Komplott? Ein Terroranschlag? Eine Verwechslung? Ein Fanatiker?«

»Was ist mit Christer Pettersson?«, fragte Knutsson. »Dem Alkoholiker, der angeklagt und verurteilt worden ist? Auch wenn er in zweiter Instanz freigesprochen wurde, sind viele Menschen weiterhin von seiner Schuld überzeugt.«

»Wenn ich mich nicht irre, war sich Lisbeth Palme bis zu ihrem Tod sicher, dass es Pettersson gewesen war, der auf ihren Mann und sie geschossen hat«, ergänzte Nyström.

»Hat sie ihn nicht sogar während einer Gegenüberstellung identifiziert?«, fragte Hultin.

»Christer Pettersson ist ein Kapitel für sich«, entgegnete Delgado. »Ihr findet es in eurer Zusammenfassung ab Seite 23. Wenn es euch nichts ausmacht, werde ich später in aller Ausführlichkeit auf ihn eingehen. Zunächst einmal möchte ich euch jedoch einen möglichst breiten Überblick geben.« Er räusperte sich. »Die Polizeiarbeit im Fall Palme war von Anfang an katastrophal. Das begann bereits am Tatort. Obwohl nur wenige Minuten nach den tödlichen Schüssen die erste Polizeistreife vor Ort war, wurden die anwesenden Personen nicht systematisch erfasst, Zeugen nicht strukturiert befragt. Bis heute gibt es keine abschließende Übersicht darüber, wer sich überhaupt zum Tatzeitpunkt in unmittelbarer Nähe der Straßenkreuzung befunden und wer sich in den hektischen Sekunden und Minuten danach am Tatort eingefunden oder davon entfernt hat. Die einschlägige Literatur und die einsehbaren Polizeiberichte gehen von etwa vierzehn oder fünfzehn Personen aus, wobei nur zwölf – und auch das mit einer gewissen Fehlertoleranz – eindeutig identifiziert sind. Der Tatort selbst wurde in einem viel zu kleinen Umfang abgesperrt und gesichert. Wusstet ihr, dass die beiden abgeschossenen Projektile nicht von Polizisten oder der Spurensicherung, sondern von unbeteiligten Zivilisten gefunden worden sind, und zwar erst einen beziehungsweise zwei Tage nach dem Mord?«

»Unglaublich.« Hultin schüttelte den Kopf. »Heißt das, die Kugeln könnten theoretisch im Nachhinein in der Nähe des Tatorts platziert worden sein?«

»Das nicht«, antwortete Delgado. »Auf den sichergestellten Projektilen wurden Fasern der Kleidung von Olof und Lisbeth Palme nachgewiesen.« Er nahm einen Schluck Wasser. »Aber der größte Fehler, der gleich zu Anfang gemacht wurde, war der Umstand, dass der damalige Stockholmer Landespolizeichef Hans Holmér die Leitung der Ermittlung übernommen hat, selbst ernannt wohlgemerkt. Holmér galt als gut vernetzt mit der sozialdemokratischen Regierung, er hatte den Ruf eines politischen Strippenziehers, seine Erfahrung in der Leitung von Mordkommissionen tendierte dagegen gen null. Sein Führungsstil lässt sich mit viel Wohlwollen als aktionistisch beschreiben, so ließ er zum Beispiel Kampfflugzeuge im Tiefflug über Stockholm donnern, um auf Hausdächern nach der Tatwaffe zu suchen, ein völlig überdimensioniertes und gleichzeitig hoffnungsloses Unterfangen. Mitarbeiter beschrieben die ersten Tage nach der Tat als organisatorischen Albtraum, über den ein narzisstischer Selbstdarsteller wachte, der sich vor allem darin gefiel, auf Pressekonferenzen im Scheinwerferlicht vor Journalisten zu glänzen, anstatt die Ermittlung auf die richtigen Gleise zu bringen. Holmér besorgte sich persönliche Leibwächter, ließ den Besprechungsraum mit schusssicheren Fenstern ausstatten, kaufte für sich und andere führende Ermittler schutzsichere Westen und spezielle Waffen im Gesamtwert von mehr als einer Million Kronen, ein Vorgehen, das natürlich gegen sämtliche Regeln verstieß. Nachdem Ende März 1986 die Anklage gegen den ersten Hauptverdächtigen, einen dreiunddreißigjährigen Rechtsextremen, wegen Beweismangels fallen gelassen werden musste, versteifte sich Holmér in den folgenden Monaten auf die These, dass die Arbeiterpartei Kurdistans, abgekürzt PKK, hinter dem Mordanschlag stecke. Das einzige Indiz dafür bestand darin, dass die PKK als gewaltbereit galt und kurze Zeit zuvor von der Regierung als Terrororganisation eingestuft worden war. Dass sich die Gewalt der kurdischen Aktivisten bis dahin ausschließlich gegen türkische Einrichtungen und Repräsentanten beziehungsweise gegen Aussteiger aus den eigenen Reihen gerichtet hatte, schien Holmér wenig zu stören. Er verwandte über viele Monate hinweg das Gros der Ermittlungsressourcen darauf, einen Kreis von etwa fünfzig in Schweden lebenden Kurden zu überwachen und teilweise illegal abzuhören, wobei es nie auch nur ansatzweise gelang, einen der vermeintlichen Verdächtigen mit dem Geschehen am Sveavägen in Verbindung zu bringen. Das bedeutete leider nicht nur, dass beinahe das komplette erste Jahr nach dem Mord mit dem Verfolgen einer absurd falschen Spur verplempert wurde, sondern dass auch allen anderen, möglicherweise vielversprechenden Hinweisen in dieser Zeit nicht die nötige Aufmerksamkeit gewidmet wurde. Erst im Februar 1987 wurde Holmér abberufen. Jahre später hat man übrigens ein ganzes Konvolut an unbearbeiteten Tipps in einem seiner Aktenschränke gefunden.«

»Ich erinnere mich an eine seiner legendären Pressekonferenzen im Fernsehen«, warf Knutsson ein. »Wie ein Cowboy saß er da und hat mit riesigen Revolvern rumgefuchtelt.«

»Seine Nachfolger waren keine derart offensichtlichen Fehlbesetzungen, auch wenn unter ihre Verantwortung die unselige Anklage gegen Christer Pettersson fiel. Aber dazu, wie gesagt, später mehr. Mitte der Neunzigerjahre war die allgemeine Unzufriedenheit über die ausbleibenden Ermittlungsfortschritte derart groß, dass die Regierung einen Untersuchungsausschuss einsetzte, der die polizeiliche Arbeit von externen Experten prüfen und eventuelle Mängel und Versäumnisse feststellen sollte. Nach mehrjähriger Tätigkeit veröffentlichte dieser Ausschuss 1999 einen etwa tausend Seiten umfassenden Bericht.« Delgado lächelte in die Runde. »Ich habe mir das Ausdrucken und Anheften in eurem Sinne erspart. Wer gerne ins Detail gehen möchte, findet den Rapport frei zugänglich in der Onlinebibliothek des Reichstags. Natürlich habe ich selbst in der kurzen Zeit auch nur querlesen können. Um es kurz zu machen: Dieser Bericht kommt zu der ernüchternden Schlussfolgerung, dass es eine breit angelegte Ermittlung, die Fakten sammelt, Hinweisen vorurteilsfrei, aber stringent nachgeht und Indizien gegeneinander abwägt, nie gegeben hat. Um nur einige Beispiele zu nennen: Ein mögliches Komplott mit politischem Hintergrund wurde jenseits von Holmérs PKK-Besessenheit nie ernsthaft untersucht. Die sogenannte Südafrikaspur wurde nie untersucht. Die sogenannte Polizeispur auch nicht. Die CIA und andere Geheimdienste tauchen im gesamten Ermittlungsmaterial nicht einmal auf. Ebenso wie der in bestimmten Gesellschaftskreisen weitverbreitete, glühende Palme-Hass jener Zeit. Überhaupt wurde eine erstaunliche Abwesenheit jeglichen Motivbildes konstatiert.«

»Diese regelrechte Skepsis gegenüber Mordmotiven findet man bei vielen Kriminalern alten Schlags«, merkte Nyström an.

»Was schaust du mich so an?«, beschwerte sich Knutsson.

»Ich schau nicht speziell dich an«, beruhigte ihn Nyström. »Ich will nur zum Ausdruck bringen, dass ich diese Einstellung wiedererkenne. Man findet sie am häufigsten bei lang gedienten Mitarbeitern von Mordkommissionen. Dem liegt die Erfahrung zugrunde, dass kein Verdächtiger allein aufgrund eines Motivs verurteilt werden kann. Schlussfolgerung: Also braucht man gar nicht erst danach zu suchen. Stattdessen konzentriert man sich auf Dinge, die vor Gericht Bestand haben, technische Beweise oder Geständnisse.«

»Wo sie recht haben, haben sie recht«, knurrte Knutsson.

»Auch wenn man den Gedankengang im Hinblick auf einen gewöhnlichen Mord noch halbwegs nachvollziehen kann, ist er doch im Fall Olof Palme nicht haltbar«, befand Delgado.

»Inwiefern?«, wollte Hultin wissen.

»Weil der Mord eine nicht zu leugnende politische Dimension hat!«, brauste Delgado auf. »Es war eben nicht irgendjemand, der da an einem eiskalten Februarabend am Sveavägen erschossen wurde, sondern unser Ministerpräsident, gleichzeitig der kontroverseste und wahrscheinlich auch bedeutendste Politiker in der neueren Geschichte unseres Landes. Olof Palmes Name stand auf zwanzig verschiedenen Todeslisten verschiedener Geheimdienste und Terrororganisationen. Er war allein wegen seiner Abrüstungsbemühungen und seiner Annäherung gegenüber der Sowjetunion für rechtskonservative Kreise und große Teile des Militärs ein Landesverräter. Für viele Spitzen aus Wirtschaft und Hochfinanz war er ein im doppelten Sinne rotes Tuch, die letzte Bastion einer selbstbewussten, streitbaren Sozialdemokratie gegen den neoliberalen Zeitgeist, den Politiker wie Reagan oder Thatcher aus der Flasche gelassen hatten. Man muss nur bedenken, dass sich Schwedens Politik und Stellung in der Welt nach Palmes Tod drastisch verändert haben. Vom Mittelweg zwischen Sozialismus und Kapitalismus, von echter Solidarität mit armen, ausgebeuteten und unterdrückten Ländern war nach Palme nie wieder wirklich die Rede!«

Delgados Wangen glühten. Nyström musste daran denken, dass seine Eltern vor Jahrzehnten vor der chilenischen Folterdiktatur Pinochets geflohen waren und in Schweden eine neue Heimat gefunden hatten. Seine Biografie hatte also einen ganz deutlichen Berührungspunkt mit der Politik des sozialdemokratischen Ministerpräsidenten, der die gesellschaftlichen Verhältnisse des Landes über zwei Jahrzehnte hinweg geprägt und sich unter anderem für eine geregelte, solidarische Flüchtlingspolitik eingesetzt hatte. Nun verstand sie den Grund für den Eifer, mit dem Delgado das gesamte Wochenende hindurch recherchiert hatte und nun referierte. Palme berührte ihn persönlich. Aber galt das nicht eigentlich auch in ähnlichem Maße für sie selbst? Sie war als Tochter eines einfachen Schlachthofarbeiters zur Welt gekommen und heute war sie Hauptkommissarin und verantwortlich für Gewaltverbrechen in der gesamten Region. Sie hatte genau die Art von gesellschaftlichem Aufstieg hinter sich, die für ihre Generation so typisch war. Wie leicht es doch fiel, persönliche Erfolge ausschließlich sich selbst zuzuschreiben, dachte sie, und dabei auszublenden, vor welchem gesellschaftlichen Hintergrund sie stattfinden. Delgado hatte recht: Niemals wieder waren die soziale Durchlässigkeit so groß und die Einkommensunterschiede so klein gewesen wie zwischen Mitte der Sechziger- und Ende der Achtzigerjahre. Es kam ihr nun vor wie ein lange zurückliegendes Zeitalter, und das war es ja auch. Als Olof Palme das erste Mal Ministerpräsident wurde, war sie ein kleines Mädchen gewesen – als er starb, eine junge Frau.

»Er war ein Kommunistenfreund«, sagte Hultin.

Dass ihre politischen Ansichten denen Delgados diametral gegenüberstanden, war allen Kollegen hinlänglich bekannt. Umso seltsamer, dass die beiden über die Jahre hinweg immer mal wieder liiert gewesen waren, dachte Nyström, bevor Hultin sehr plötzlich einen anderen geheiratet und bald darauf ein Kind bekommen hatte. Nun war sie innerhalb kurzer Zeit zum zweiten Mal schwanger.

»Na, und wenn schon?«, entgegnete Delgado. »Abgesehen davon, dass es historisch betrachtet natürlich völliger Blödsinn ist.«

»Willst du damit etwa andeuten, dass ich keine Ahnung von Geschichte habe?«

»Ganz genau!«

Knutsson stöhnte auf wie ein verwundeter Büffel.

»Jetzt geht das also wieder los.«

»Stopp!«, rief Nyström. »Aufhören, bitte! Das gilt für euch beide. Ich glaube, dass wir nach deinem intensiven Exkurs alle eine kleine Pause gebrauchen können, Hugo. Dazu vielleicht einen Kaffee oder eine Tasse Tee.«

»Weise Worte«, stimmte Knutsson zu und erhob sich ächzend. »Möchte noch jemand einen kleinen Snack aus der Kantine? Belegte Brötchen? Oder wie ich ein Stück Kuchen?

Ich nehme Bestellungen auf und gehe freiwillig. Bewegung ist für ein gesunden Leben unerlässlich.«

4

»Du hast dich verändert, Stina Forss.«

Es war Jahre her, dass sie Toivo Bärengrubs Stimme gehört hatte. Sie löste augenblicklich etwas in ihr aus. Etwas Warmes, eine Geborgenheit, die sie lange nicht empfunden hatte. Eigentlich war das albern. Sie kannte den estnischen Polizisten kaum. In einem alten Fall hatten sie gemeinsam gearbeitet und einige wenige Tage miteinander verbracht. Besonders privat war ihr Verhältnis dabei zu keinem Zeitpunkt geworden. Trotzdem hatten sie einander anschließend E-Mails geschrieben. Unregelmäßig und mit langen Abständen. Meistens war es dabei um Fachliches, um ihre jeweiligen Ermittlungen gegangen. Es hatte sie selbst verwundert, dass sie sich nun an ihn gewandt hatte. Und es erstaunte sie noch mehr, dass er sofort zugesagt hatte.

»Das liegt wahrscheinlich an der Augenklappe.«

Er lächelte.

»Wahrscheinlich.« Sein Englisch hatte eine eigentümlich singende Melodie. »Dein letzter Besuch hat dich dein Ohrläppchen gekostet. Nun fehlt dir ein Auge. Wie viele Körperteile willst du noch einbüßen, Stina Forss?«

Sie musste lachen.

»So viele wie nötig, nehme ich an.«

Sie nippte an dem malzigen Bier, das Bärengrub bestellt hatte.

»Bist du eine Art moderner Jesus, der die Sünden der Welt auf sich nimmt?«, fragte er mit Schalk in den Augen.

»Gilt das nicht irgendwie für alle Bullen?«

»Nicht dass ich wüsste.«

»Dann habe ich wohl irgendetwas falsch gemacht.«

Er schüttelte mit Bestimmtheit den Kopf.

»Vielleicht bis du einfach eine sehr gute Polizistin.«

»Vielleicht.«

»Aber deswegen bist du nicht hier.«

Er hatte feine Antennen und war klug.

»Nein, deswegen bin ich nicht hier. Obwohl …«, sie zögerte kurz. »Möglicherweise ist das wie immer eine Frage der Betrachtung.«

»Du musst es nicht sagen, wenn du nicht willst. Du bist mir keine Rechenschaft schuldig, Stina Forss.«

Sie mochte es, wie er ihren Namen aussprach, mit rollendem R, eine Aussprache, die jedem Buchstaben ihren Respekt erwies, nicht wie im Schwedischen, wo phonetisch gekürzt, verschluckt und zusammengeflickt wurde. Vielleicht ist das der Grund, warum ich von allen denkbaren Orten gerade hier bin, dachte sie, weil dieser Mann mir bisher immer Respekt entgegengebracht hat.

»Die Sünden der Väter. Deshalb bin ich hergekommen, in dein kleines Land am Rande des Universums.«

Er lachte und hob sein Bierglas.

»Auf mein kleines Land und die Sünden unserer Väter, Stina Forss.«

5

Mittlerweile hatten wieder alle am Besprechungstisch Platz genommen. Hugo Delgado biss in die Punschrolle, die Lasse Knutsson ihm aus der Kantine mitgebracht hatte, und sprach kauend weiter.

»Meine sehr verehrten Damen und Herren, kommen wir nun zu dem Mann, den die meisten Schweden immer noch für den Schuldigen halten: Christer Pettersson. Am 27. Juli 1989 vom Stockholmer Landesgericht wegen des Mordes an Olof Palme und dem Schuss auf Lisbeth Palme zu einer lebenslangen Haftstrafe verurteilt, am 2. November desselben Jahres vom Oberlandesgericht freigesprochen und am 29. September 2004 nach einem höchstwahrscheinlich durch einen epileptischen Anfall verursachten Sturz an einer Schädelfraktur verstorben. Bis heute hält sich, gerade unter Polizisten, die Meinung, dass der Fall Palme im Grunde aufgeklärt sei. Als stärkstes Argument dafür wird die Identifizierung Pettersson durch Lisbeth Palme im Dezember 1988 bemüht. Aber dazu später mehr. Pettersson, zum Tatzeitpunkt neununddreißig Jahre alt, war ein seit Jahren polizeibekannter Trinker, Drogensüchtiger und Krimineller. 1970 erstach er in einem Handgemenge einen anderen Betrunkenen mit einem Bajonett, ein sinnloser Streit unter notorischen Säufern. Der Vorfall ereignete sich in der Kungsgatan, einer Querstraße zum Sveavägen, an dem sechzehn Jahre später Olof Palme sterben sollte. Pettersson wurde, anstatt ins Gefängnis zu gehen, aufgrund seiner Abhängigkeitsproblematik und Epilepsieerkrankung zu einem Aufenthalt in einer psychiatrischen Anstalt verurteilt.«

»Der Kerl war völlig irre«, sagte Hultin und machte ein angewidertes Gesicht. »Allein schon sein stierender Blick!«

»Schauen wir doch einmal darauf, wie Pettersson überhaupt ins Visier der Fahnder geriet. Am 9. April 1986, also mehr als einen Monat nach der Tat, meldete sich ein Mitarbeiter der Psychiatrie Kumla, in der Pettersson 1971 nach dem Totschlag eingesessen hatte, bei der Polizei und gab den Hinweis, dass er den Alkoholiker aus Rotebro, wie die Presse Pettersson später nennen sollte, in einem der beiden Phantombilder wiedererkannte, und zwar in demjenigen, das einen vermeintlichen Mithelfer darstellte. Zwei Tage später ging ein zweiter Tipp ein. Ein ehemaliger Mitpatient aus Kumla wollte Pettersson in dem anderen Phantombild erkannt haben, desjenigen, das den vermeintlichen Täter darstellte. Ihr bemerkt den Widerspruch, nicht wahr? Ein dritter Hinweis besteht aus einer Notiz, die ein Ermittler, der die beiden ersten Tipps auswerten sollte, nach einem Rückruf mit einem nicht näher benannten Mitarbeiter der Klinik in Kumla erstellt hat. Darin heißt es, dass sich der Anstaltsangestellte erinnere, dass Christer Pettersson ›vollkommen verrückt‹ sei.« Delgado warf Hultin einen Seitenblick zu. »Nach diesen drei Vorfällen wird er von einem Kommissar, der die angenommenen Hinweise nach Relevanz sortieren soll, als ›Psychopath‹ und ›passender Typ‹ klassifiziert. Daraufhin wird er im Mai zu einem kurzen Verhör gebeten. Er gibt an, sich am Mordabend in der Stadtmitte aufgehalten zu haben, und zwar von 19.00 bis 22.00 Uhr im Spielclub *Oxen,* nicht weit vom Tatort entfernt, anschließend sei er vom Bahnhof aus mit dem Pendelzug in den Vorort Rotebro zurückgefahren. Die Polizei gibt sich mit der Auskunft zufrieden. Erst mehr als zwei Jahre später, im Herbst 1988, wird diese völlig vage Spur für die Ermittler plötzlich heiß.«

»Und wodurch?«, fragte Nyström.

Delgado wartet einen Moment, bevor er antwortet.

»Ist das nicht interessant? Hier sitzen vier Kriminalpolizisten beisammen und keiner von uns, wenn man einmal beiseitelässt, dass ich es gestern recherchiert habe, hat eine Ahnung davon, wie der einzige wirkliche Hauptverdächtige des größten Mordfalls unseres Landes überhaupt ins Visier der Fahnder geraten ist?«

»Wie denn nun?«, drängte Knutsson.

Delgado ließ ein knappes Lächeln aufblitzen.

»An dieser Stelle wird es wirklich spannend, denn es gibt eigentlich keinen einzigen Grund dafür. Der parlamentarisch eingerichtete Untersuchungsausschuss kam 1999 in seiner Revision zu dem Schluss, dass das gesamte Ermittlungsmaterial nicht einen einzigen Hinweis darauf liefert, wann und wodurch Pettersson zu einem substanziellen Verdächtigen wurde. Dokumentiert ist dagegen der Beschluss der Ermittlungsleitung, den Tatort und die nähere Umgebung einschließlich des namentlich genannten *Oxen* in den Fokus der Ermittlung zu rücken. Warum ausgerechnet den Spielclub, wenn es doch, wie wir gesehen haben, einen ganzen Dschungel an anderen Hinweisen und Theorien gibt? Möglicherweise hatte es damit zu tun, dass sich die Polizisten nach dem Debakel mit Holmér und der PKK unter der neuen Leitung auf das besannen, was sie gewohnt und worin sie gut waren: Auf den Umgang mit gewöhnlichen Kleinkriminellen, für die das *Oxen* bekannt war – Spieler, Diebe, Drogensüchtige und Säufer. Außerdem gab es Gerüchte, dass dort illegale Waffen im Umlauf waren. Man begann also, notorische Figuren aus dem Umfeld des *Oxen* zu befragen. Man begann ihnen gegenüber, mit dem Geld aus der ausgeschriebenen Belohnung zu winken. Man begann, alte Gefälligkeiten einzufordern. Bis irgendwann der Name Christer Pettersson fiel. Er soll in der Nähe des Grand-Kinos gesehen worden sein, just zu dem Zeitpunkt, an dem der Film, den sich die Palmes angesehen haben, zu Ende war. Er soll einen stechenden Blick haben. Es sei um drei Ecken herum gehört worden, dass er einen großkalibrigen Revolver bei sich zu Hause habe. Und so weiter und so fort. Im Grunde nicht mehr als das Geraune einiger halbseidener Gestalten, die man unter Druck gesetzt oder mit Belohnungen geködert hat. Die Ermittlungsleitung beschließt trotzdem, Pettersson heimlich zu filmen und sein Telefon abzuhören. Die Überwachungsmaßnahmen bleiben ergebnislos. Einmal stellt man ihm sogar eine Falle, indem man seine Freundin zum Verhör bittet und ihr Fragen zum Mord an Palme stellt. Da die beiden nicht zusammenwohnen, ruft sie ihn anschließend erwartungsgemäß von zu Hause aus an und erzählt von dem Verhör. In dem mitgeschnittenen Telefonat interessiert sich Pettersson jedoch überhaupt nicht für die Fragen, die die Polizei seiner Freundin gestellt hat, sondern unterbricht sie und echauffiert sich darüber, dass seine Katze verschwunden ist! Entsprechend gering ist die Erwartungshaltung der Ermittler, als sie ihn am 14. Dezember 1988 zu einem freiwilligen Verhör samt Gegenüberstellung aufs Präsidium bringen lassen.« Delgado hielt kurz inne und trank einen Schluck. »An dieser Stelle ist es wichtig, zu beleuchten, welche Informationen Lisbeth Palme eigentlich bekam, bevor ihr ein Videoband der Gegenüberstellung, bei der Pettersson zusammen mit elf Polizeibeamten posierte, gezeigt wurde. Ihr wurde vermittelt, dass es eine stark tatverdächtige Person gebe, die alkohol- und drogenabhängig sei. Vergegenwärtigen wir uns noch einmal, was tatsächlich gegen ihn vorlag: Er war ein polizeibekannter Gewalttäter, er sah laut Zeugenaussagen ›unheimlich‹ aus, er hatte an einem Ort nahe dem Sveavägen schon einmal getötet und er war am betreffenden Abend in der Innenstadt gewesen. Dagegen gab es keinen technischen Beweis, der ihn irgendwie mit der Tat verband, es konnte nicht nachgewiesen werden, dass er Zugang zu einem großkalibrigen Revolver oder überhaupt einer Feuerwaffe hatte, es gab niemanden, der ihn am Tatort oder auf der Flucht gesehen hatte, es gab keine Anhaltspunkte dafür, dass er log, als er sagte, dass er um 23.30 Uhr bereits zu Hause in seiner Wohnung in Rotebro gewesen sei. Abgesehen davon: Worin sollte überhaupt seine Veranlassung bestanden haben, Olof Palme zu töten? Zusammengefasst: Die Verdachtsmomente gegen ihn waren mehr als dürftig. Trotzdem sagte Lisbeth Palme später aus, dass sie aufgrund der Gespräche mit den Polizeibeamten davon ausging, dass dieser Verdächtige vor der Gegenüberstellung verhaftet worden sei – allein das war schon ein Irrtum, denn Pettersson war freiwillig auf das Revier gekommen –, und dass es einen dringenden Tatverdacht gegen ihn gebe. Als sie die Videoaufnahme der zwölf Männer schließlich vorgeführt bekommt, wählt sie Pettersson mit den Worten aus: ›Man sieht sofort, wer der Alkoholiker ist.‹ Sie sagt nicht, dass sie Pettersson wiedererkenne. In den bisherigen Verhören hat sie auch nie zu Protokoll gegeben, dass sie den Schützen überhaupt gesehen hatte, ihre Beschreibungen beschränkten sich auf einen Mann, der nach den Schüssen zehn bis fünfzehn Meter von ihr entfernt gestanden und sie angestarrt habe. Erst viel später hat sie die Schlussfolgerung gezogen, dass es sich dabei um den Täter gehandelt haben könnte. Wenn man nach ihrer ersten Beschreibung dieses Mannes geht, handelt es sich jedoch mit hoher Wahrscheinlichkeit um den Zeugen Anders B., der sich in unmittelbarer Nähe des Tatorts aufhielt. In meiner Zusammenfassung findet ihr übrigens ein Foto der Aufstellung, die Lisbeth Palme zu sehen bekam.« Delgado machte eine kurze Pause, während alle blätterten, bis sie das schwarz-weiße Bild vor sich hatten. »Okay, sagt mir auf den ersten Blick, wer aus der Reihe der zwölf Männer herausstícht. Außer Pettersson handelt es sich im Übrigen um brave Polizeibeamte.«

»Nummer sieben«, brummte Knutsson.

»Christer Pettersson«, sagte Nyström überrascht.

Hultin nickte zustimmend.

»Ganz genau.« Delgado lächelte schmal. »Er steht genau in der Mitte, der Abstand zu seinen Nebenmännern ist so groß wie bei keinem der anderen, er hat als Einziger einen dicken Bauch und eine katastrophale Körperhaltung. Sein Pullover ist als einziger auffällig gemustert, seine Schuhe sind im Gegensatz zu denen aller anderen hell. Nimmt man dazu noch die manipulierenden Vorinformationen, die die Fahnder Lisbeth Palme gegeben haben, dann deuten mindestens neun von zehn Betrachtern auf Pettersson. Er ist auf dem Foto das schwarze Schaf in einer Reihe weißer Lämmer.«

»Puh«, sagte Nyström. »Diese Dinge sind damals nie so deutlich an die Öffentlichkeit geraten. Da wurde von unseren Kollegen ja wirklich Mist gebaut.«

»Auf eigenen Wunsch hin musste Lisbeth Palme bei der sogenannten Konfrontation nicht einmal selbst anwesend sein, sondern man hat ihr, wie bereits erwähnt, ein Video der Aufstellung gezeigt. Petterssons Anwalt war, ebenfalls auf ihr Betreiben hin, nicht anwesend. Es gibt noch nicht mal einen Tonbandmitschnitt ihrer Aussagen zu dem Video, sondern nur ein flüchtiges Protokoll der beiden anwesenden Kriminalbeamten, das im Übrigen seltsamerweise erst Wochen später unterschrieben worden ist. Dennoch war die vermeintliche Identifizierung Petterssons durch Lisbeth Palme der entscheidende Beweis, auf dem die gesamte Mordanklage ruhte. Zeugen, die Pettersson Aussage stützten, er habe zum Tatzeitpunkt längst in einem Zug Richtung Rotebro gesessen, wurden dagegen als unglaubwürdig abgetan.«

»Kein Wunder, dass er in zweiter Instanz wieder freigesprochen worden ist«, sagte Nyström.

»So viel zum vermeintlichen Palme-Mörder Christer Pettersson«, sagte Delgado. »Je mehr ich darüber gelesen habe, desto mehr wurde mir klar, wie er zum Lieblingsverdächtigen so vieler, auch kluger Menschen werden konnte. Dazu muss man sich klarmachen, dass Olof Palme eine Art schwedischer Held ist.«

»Na, na«, sagte Hultin. »Darüber gibt es aber auch andere Meinungen.«

»Ich weiß, dass ihn nicht jeder toll fand, im Gegenteil, er war ein Politiker, der vielleicht wie kein anderer polarisiert hat. Man liebte oder man hasste ihn. Aber man kam nicht umhin, seine Bedeutung anzuerkennen. Lange vor IKEA war er so etwas wie eine schwedische Weltmarke. In der zweiten Hälfte des Kalten Kriegs hat er unser Land zu internationaler Bedeutung geführt. Neutral, um Ausgleich und Konfliktlösungen bemüht, aber wenn nötig scharf im Ton, auch gegen weit mächtigere Länder wie zum Beispiel die USA. Sei es seine Positionierung im Vietnamkrieg oder zum Apartheitsregime in Südafrika, sei es die Solidarität mit südamerikanischen, afrikanischen und asiatischen Entwicklungsländern, seien es die nuklearen Abrüstungsbemühungen. Wenn man es hochtrabend formulieren will, war Schweden in dieser kurzen Zeitspanne so etwas wie eine moralische Supermacht. Heute wären wir das natürlich gern immer noch, aber der Gedanke ist genauso lächerlich wie anmaßend. Darüber hinaus war Palme für viele Menschen, gerade der niedrigeren Einkommensklassen, tatsächlich ein wortwörtlicher Held. Er hat mit seiner Politik ihre Leben besser gemacht, indem er ihnen sozialen Aufstieg, Sicherheit und gesellschaftliche Teilhabe ermöglicht hat. Christer Pettersson dagegen? Gewalttätig, asozial, degeneriert.

Ein Säufer, der der Gesellschaft nie etwas zurückgegeben hat. Das Gegenteil von Palme, der Anti-Schwede schlechthin, der genau das verkörpert, was wir nicht sein wollen. Es fällt leicht, Menschen wie Pettersson zu verachten, es fällt leicht, sich vorzustellen, dass es ein prügelnder Trinker war, der unserem Land die Unschuld geraubt hat.«

»Große Worte«, sagte Hultin bissig.

»Für einen großen Mann«, gab Delgado zurück.

6

Toivo Bärengrubs Handy meldete sich. Er nahm das Gespräch an, hörte einen Moment zu, sprach zwei schnelle Sätze, legte wieder auf und blickte Stina Forss an.

»Meine Leute sind sich sicher, dass dir niemand von der Fähre aus gefolgt ist.«

Forss nickte zufrieden. Entweder hatte sie sich in dem Café in Helsinki vertan, oder es war ihr gelungen, den Schatten erfolgreich abzuschütteln.

»Wer sind deine Leute?«

»Männer, die mir etwas schuldig sind.«

Sie gab sich mit der Antwort zufrieden und trank den Rest ihres Bieres aus.

»Hast du ein Auto? Ich muss meinen Mietwagen abgeben und der Kofferraum ist voll mit Dingen, die ich benötige.«

»Kein Problem. Lass uns gehen.«

Bärengrub kümmerte sich um die Rechnung und sie verließen die Bar. Mittlerweile war es dunkel geworden. Die Straßenbeleuchtung schimmerte auf dem feuchten Kopfsteinpflaster. Sie gingen nebeneinander durch die schmalen, steilen Gassen der Altstadt. Forss kam sich zwischen den Wehrtürmen, Mauern und Zinnen vor, als würde sie sich durch eine mittelalterliche Festung bewegen.

»Viele Gebäude hier stammen aus dem 13. und 14. Jahrhundert«, erklärte Bärengrub, der ihre Blicke bemerkt hatte. »Tallinn war in seiner langen Geschichte alles Mögliche: dänisch, deutsch, schwedisch, russisch, später sowjetisch. Die wenigste Zeit war es estnisch. Wusstest du, dass die Stadt bis vor hundert Jahren Reval hieß? Ein deutscher Name.«

Forss musste lächeln.

»Reval, so hieß die erste Zigarette, die ich in meinem Leben geraucht habe. Da war ich zehn oder elf.«

»Hat sie geschmeckt?«

»Geht so.«

Forss stemmte die Hände in die Taschen ihres Mantels. Vom Meer her weht eine kühle Brise. Wenn sie mit der Zungenspitze über ihre Lippen fuhr, schmeckte es salzig.

»Möchtest du jetzt eine Zigarette?«

Bärengrub hielt ihr ein Päckchen hin, das er aus der Tasche seiner Jacke gekramt hatte.

»Nein, danke, ich habe vor Jahren damit aufgehört.«

Bärengrub steckte sich eine Zigarette in den Mundwinkel und zündete sie an.

»Ihr Schweden.«

Seine hellen Augen leuchteten amüsiert.

Sie fuhren mit Bärengrubs Auto in die Straße, in der Forss geparkt hatte, und luden ihr Gepäck und die Kartons in seinen Kofferraum um. Anschließend stieg Forss in den leer geräumten Mercedes und folgte Bärengrub zu der Mietwagenfiliale, die in der Nähe des Fährterminals lag. Sie gab den Wagen zurück und stieg bei Bärengrub ein.

»Es ist nicht weit«, erklärte er, »ein kleiner Hafen nordöstlich der Stadt.«

Sie fuhren etwa eine halbe Stunde, sprachen dabei kaum. Forss rechnete ihm an, dass er nicht weiter nach dem Grund ihrer ungewöhnlichen Bitte fragte. Ein sicherer Ort, ein Versteck, in dem sie für eine Zeit lang untertauchen konnte. Das Autoradio spielte Popmusik, auf der Tallinner Bucht schaukelten Lichter im Dunkeln. Der Hafen, an dem sie hielten, war winzig und hatte schon bessere Zeiten gesehen. Im gelben Licht der dürftigen Beleuchtung erkannte Forss aufgebockte, rostige Kähne, ausrangierte Bojen, Metallschrott. An der kurzen Pier hatte eine kleine Fähre festgemacht, der Dieselmotor tuckerte im Leerlauf. An der schmalen Gangway stand ein Mann, der aussah, als würde er auf sie warten.

»Wir werden deine Sachen in einen Handkarren räumen müssen«, sagte Bärengrub.

Sie stiegen aus. Bärengrub begrüßte den Mann mit einem Handschlag, Forss nickte ihm zu. Gemeinsam verluden sie das Gepäck.

»Die Überfahrt dauert nicht lange«, erklärte Bärengrub. »Auf der Insel wirst du Urmas treffen, einen alten Mann mit Hund. Er bringt dich zu meiner Hütte und zeigt dir alles, was du wissen musst. Bediene dich an dem Vorrat, wenn du etwas brauchst. Es gibt auch einen kleinen Laden, der alles Notwendige verkauft. Urmas ist ein großer Schweiger, wundere dich also nicht, wenn er nicht spricht. Ich komme in einigen Tagen vorbei und sehe nach dir. Wenn du etwas Besonderes brauchst, schreib mir eine Nachricht.«

Der hochgewachsene Polizist hielt ihr seine Hand hin. Sie griff danach und schüttelte sie.

»Ich weiß nicht, wie ich dir danken soll, Toivo.«

»Du brauchst mir überhaupt nicht zu danken, Stina Forss. Polizisten helfen einander. *International cooperation.*«

Sie lächelte.

»*International cooperation*«, wiederholte sie.

Dann wandte sie sich um und folgte dem Matrosen über die Gangway. Das Schiff machte los und wendete im Hafenbecken. Über ihr, am schwarzen Himmel, schrien unsichtbare Möwen. Bärengrub winkte, dann verschwand seine schmale Gestalt in der Dunkelheit.

7

»Aber wenn Christer Pettersson wirklich nicht der Mörder Olof Palmes war, wer war es dann?«, fragte Lasse Knutsson in die Runde. »Wenn man bedenkt, wie viel Zeit seitdem vergangen ist, wie viele Menschen sich an dem Fall abgearbeitet haben, wie viele Fehler begangen worden sind: Wie groß ist da überhaupt noch die Chance, den Täter eines Tages zu überführen?«

»Und wie sollen ausgerechnet wir das anstellen?«, wollte Hultin wissen. »Ohne offiziellen Ermittlungsauftrag, ohne Zugang zu den Akten, ohne nennenswerte Ressourcen?«

»Ich muss zugeben, dass ich nach einem Wochenende intensiver Recherche auch nicht gerade optimistisch bin«, merkte Delgado an. »Ich frage mich die ganze Zeit: Was haben wir denn, was all die bisherigen Ermittler nicht haben?«

Nyström atmete tief durch. Dies war der Moment, auf den sie von Anfang an gewartet hatte. Ihre Mitarbeiter zweifelten, natürlich taten sie das. Wie sollten sie auch anders auf die Aussichtslosigkeit der Aufgabe reagieren? Es war beinahe ein Wunder, dass sie ihre Zweifel nicht schon früher geäußert hatten. Aber vielleicht hatte es dazu Delgados Zusammenfassung bedurft, vielleicht konnten sie sich erst jetzt ein Bild von der wirklichen Größe der Herausforderung machen. Sie zweifelte ja selbst. Dennoch war es ihr Job, dafür zu sorgen, dass die berechtigten Zweifel nicht in Resignation umschlugen. Und da war noch etwas anderes. Auch wenn keiner ihrer Kollegen es offen aussprach, stand die Frage im Raum wie der sprichwörtliche Elefant. Was hatte Stina Forss mit dem Palme-Mord zu tun?

Sie straffte sich.

Stina hat einen entscheidenden Hinweis, der allen anderen fehlt.

Das war die Antwort, die sie ihrem Team schuldig war. Doch was sie sagte, war etwas anderes.

»Ich weiß, wozu ihr imstande seid.«

»Vielen Dank für die hehren Worte, Ingrid«, sagte Knutsson. »Aber der Palme-Fall? Ich weiß nicht. Das ist dann doch noch mal ein anderes Kaliber.«

Nyström versuchte, ein zuversichtliches Lächeln aufzusetzen.

»Wir lassen es langsam angehen. Setzt euch an eure Schreibtische, macht für den Rest des Tages mit der liegen gebliebenen Arbeit weiter, lest zu Hause Hugos Zusammenfassung und entwickelt wenn möglich auf dieser Grundlage eure eigene Hypothese. Morgen unterhalten wir uns dann darüber, was euch durch den Kopf gegangen ist.«

1000 TAGE BIS TAG X

Zufrieden schritt Siv Melldén die Stufen der breiten Treppe des Königlichen Dramatischen Theaters hinab. Nein, eigentlich traf es das nicht ganz, fand sie, in zweierlei Hinsicht, denn zufrieden klang viel zu gesetzt, obwohl Gesetztheit in ihren Augen nicht verwerflich war, im Gegenteil, es klang rustikal und im besten Sinne traditionell, aber just nun, in diesem Augenblick, in dem sie die Treppe nicht hinabschritt, sondern vielmehr wandelte – denn wie ein Wandeln fühlte es sich in der Tat an, die Aprilabendluft war mild, im gelben Schimmer der Gaslaternen lag ein Versprechen und sie musste an Märchen denken, an eine glückliche Freifrau oder Prinzessin oder sogar Königin, die nach einem rauschenden Ball ins Freie schwebt –, in ebenjenem Augenblick war es tatsächlich mehr als Zufriedenheit.

War es Glück?

Ein großes Wort, vielleicht ein zu großes, fand sie, die Pathos misstraute, aber ganz sicher war es eine seltene Beschwingtheit, die von Zuversicht und Milde genährt wurde, zwei sehr scheuen Wesen, zumindest in ihrem Leben, und vielleicht auch vom Glas Champagner, das sie im Foyer getrunken hatte.

An dem Theaterstück, das sie gerade gesehen hatten, lag das nicht. Sie fand Strindberg impertinent und die ›Gespenstersonate‹ war allein deshalb schon von zweifelhafter Natur, weil sie den zum Scheitern verurteilten, weil anmaßenden Versuch unternahm, Beethovens wunderbare Klaviersonate Nr. 17 in die Formsprache eines Kammerspiels zu überführen. Nein, ihre aufsprudelnden Gefühle hatten andere Gründe. Vor dem Theaterbesuch waren Torben und sie von den Schlippenbachs zum Essen ausgeführt worden, ins Operabaren, eines der renommiertesten Restaurants der Stadt, und Schlippenbach hatte beim Anstoßen den Grund dieser wundervollen Einladung enthüllt: Torbens Beförderung war abgesegnet worden, er würde mit sofortiger Wirkung zum Abteilungsleiter aufsteigen. Selbst jetzt, nach all den düsteren Strindberg-Dialogen, klangen Schlippenbachs Worte noch verheißungsvoll nach: Beförderung. Abteilungsleiter. Sofortige Wirkung. Siv erlebte den Rest des Abends wie im Rausch, dabei hielt sie sich bei den Getränken zurück, sie brauchte kaum Alkohol, sie ging auch so wie auf Wolken, sie wandelte. Endlich waren sie auf dem Sprung dorthin, wo sie hingehörten: nach oben. Torbens Überstunden, die Dienstreisen, die vielen Ferien, die er über Akten gebeugt, und die zahllosen Abende, Tage, Nächte, die sie allein zu Hause mit den Kindern verbracht hatte – all ihre Opfer würden sich nun bezahlt machen. Das zukünftige Gehalt ermöglichte ihnen ein eigenes Haus im schicken Danderyd, deutlich näher an der Innenstadt, ein Haus mit eigener Garage, in der dann Torbens Dienstwagen stehen würde, keine profane Sozialistenschaukel Marke Volvo, sondern ein deutsches Fabrikat. Blau, entschied sie, ein blauer Mercedes, das war ihre Farbe und im Übrigen auch die ihrer politischen Ge-

sinnung. Moderatenblau, so wie ganz Danderyd. Außerdem würde sie die Halbtagsstelle als Fachkraft beim Verwaltungsgericht kündigen und vielleicht sogar den Universitätsabschluss in Jura nachholen. Sie war noch keine vierzig und eine Frau mit Zielen.

Sie zogen durch die Bars. Während die Männer einen Drink nach dem anderen kippten und über Berufliches fachsimpelten und Birgitta Schippenbach ihr einen drögen Vortrag über den vergangenen Urlaub auf den Malediven hielt, verlor sie sich brav lächelnd in Tagträumen, in denen das zukünftige Haus, ein blauer Mercedes und eine goldene Damenarmbanduhr tragende Rollen spielten.

Als sie schließlich ein Taxi vor ihrem Reihenhaus absetzte, war es weit nach Mitternacht. Torben torkelte so sehr, dass sie ihn stützen musste, aber das ging in Ordnung, denn an diesem Abend ging alles in Ordnung. Sie half ihm, die Schuhe aufzuknüpfen, zog ihn aus und manövrierte ihn ins Bett. Auch wenn es ihr in diesem Augenblick etwas schwerfiel – sie war stolz auf ihn. Auf alles, was sie gemeinsam erreicht hatten.

Sie erwachte von einem ungewöhnlichen Geräusch. Es war stockdunkel. Sie tastete nach der Nachttischlampe und schaltete sie an. Torben stand neben dem Bett, kehrte ihr den Rücken zu und schwankte. Große Güte, pinkelte er etwa in den geöffneten Kleiderschrank? Sie unterdrückte einen entsetzten Aufschrei. Und noch bevor sie aufstand, um ihren desorientierten Mann ins Bad zu bugsieren und die Schweinerei im Schrank zu beseitigen, traf sie die Entscheidung, diesen Vorfall niemals zu erwähnen.

KAPITEL 3

1

Als Stina Forss aufwachte, brauchte sie einige Augenblicke, um sich zu orientieren. Der Geruch der Bettwäsche, die Möbel aus dunklem Holz, der bunte Flickenteppich, die schmiedeeiserne Lampe, das Ölbild, das ein Fischerboot im Mondschein auf dem Meer zeigte: Dies alles war ihr fremd. Dann fiel ihr ein, wo sie sich befand. Im Sommerhäuschen von Toivo Bärengrub, auf der kleinen Insel Prangli in der Tallinner Bucht. Vielleicht nicht am Rande des Universums, aber doch am östlichen Ende Europas. Nun, bei Tageslicht wirkte alles ganz anders als am Vorabend, als der stumme Urmas sie in Begleitung seines zerzausten Hunds durch die Dunkelheit hierhergeleitet hatte. Im Schein einer trüben 20-Watt-Birne hatte sie sich ausgezogen, ins Bett gelegt und so lange dem klagenden Rufen eines Waldkauzes gelauscht, bis der Schlaf sie übermannt hatte. Nun, am Morgen, erwachten ihre Lebensgeister. Sie war neugierig, wo sie überhaupt gelandet war, nachdem sie sich vor mehr als hundert Stunden mit dem Sprung aus einem Växjöer Hotelzimmerfenster auf den Weg gemacht hatte. Sie stieg aus dem Bett und blickte hinaus. Die Sonne schien und die Laubbäume, die den Garten begrenzten, leuchteten in Rot, Gelb und Grün. Der Gemüsegarten selbst stand trotz der fortgeschrittenen Jahreszeit in Saft und Kraft, Forss erkannte Kürbisse, Bohnen und diverse Kohlarten. Auf der Holzverkleidung des Kompostes hüpfte ein übermütiges Rotkehlchen. Sie spürte ihren Bauch knurren. Es war Ewigkeiten her, dass sie etwas gegessen hatte. Sie verließ das winzige Schlafzimmer und betrat die Wohnküche. Der Boden und die Dachbalken schienen aus demselben dunklen Holz wie die Möbel zu sein, die Wände und die Decke waren weiß getüncht. Über der Spüle und dem einfachen Herd waren Kräuter zum Trocknen aufgehängt: Minze, wildes Oregano, Rosmarin, Salbei und Kerbel. Gegenüber der Küchenzeile gab es einen Ofen, vor dem zwei betagte Sessel standen. Auf einem lag ein aufgeschlagenes Buch. Elena Ferrante, las Forss, *Minu geniaalne sõbranna*. Sie musste lächeln. Offenbar war Bärengrub ebenso wie sie dem Zauber des Weltbestsellers erlegen. Oder gehörte das Buch womöglich einem weiblichen Gast? Sie schob den Gedanken beiseite, denn irgendwie störte er sie. Außerdem machte ihr der Umstand, dass sie diese Frage nicht beantworten konnte, bewusst, wie sehr sie einem Mann vertraute, den sie kaum kannte.

In der Mitte des Zimmers parkte der Handkarren voller Kartons. Die Gummireifen hatten eine Spur aus hellem Sand hinterlassen. Saubermachen und auspacken konnte sie später, entschied sie, streifte sich eine Jeans und ein Sweatshirt über, schlüpfte in Turnschuhe und ging nach draußen.

Die Luft war frisch, kühl und klar. Sie schloss ihr Auge und hielt ihr Gesicht der Sonne entgegen. Sie hörte das Zwitschern des Rotkehlchens und das Rascheln der Blätter im Wind. In der Ferne rauschte die Brandung. Eine Minute stand sie einfach so da und atmete tief ein und aus. Dann öffnete sie das Auge wieder. Sie war an einem ganz und gar unwahrscheinlichen Ort gelandet. Hier wird mich niemand suchen, dachte sie zufrieden.

2

Ingrid Nyström saß allein am Frühstückstisch. Das ging bereits Monate so, Anders, ihr Mann, hatte eine Auszeit von seiner Pastorenstelle genommen und leistete Entwicklungshilfe in Tansania. Ihre jüngste Tochter Anna und deren einjähriger Sohn Albert waren bei ihm. Wie still das Haus wirkte ohne sie, wie leer und viel zu groß. Sie nahm sich noch etwas Haferbrei und gab Milch und Johannisbeeren dazu, die sie im Sommer eingekocht hatte. Die Gedanken an Anders, Anna und Albert schmerzten. Zum einen lag das natürlich daran, dass sie alle drei vermisste und sich die Zeit bis zu ihrer Rückkehr im Winter endlos hinzuziehen schien. Doch mit der Sehnsucht konnte sie umgehen. Was dagegen kaum zu bewältigen war, waren die Erinnerungen an Hailey Harrington, Annas ermordete Lebenspartnerin und Alberts leibliche Mutter. Es war noch kein Jahr her, dass ihre Schwiegertochter am Rande einer Feier, die Nyström bei sich zu Hause veranstaltet hatte, von einem unbekannten Attentäter aus dem Hinterhalt erschossen worden war. Das

Justizministerium hatte ihr die Suche nach dem Täter umgehend aus der Hand genommen. Und war bald darauf zu einem äußerst merkwürdigen Ermittlungsergebnis gekommen: Hailey sollte aufgrund eines zweifelhaften Geschäftskredits, den sie nicht länger bedienen konnte, von einem Auftragskiller der südenglischen Mafia ermordet worden sein. Alles an dieser wirren Geschichte war Nyström seltsam vorgekommen. Soweit sie wusste, war Hailey nie in finanziellen Schwierigkeiten gewesen, im Gegenteil, sie stammte aus einer wohlhabenden Familie und die Boutique, die sie in Brighton betrieben hatte, war gut gelaufen und hatte ihr und Anna ein komfortables Leben ermöglicht. Die Vorstellung, dass die charakterfeste und aufrichtige junge Frau in kriminelle Machenschaften verwickelt gewesen sein sollte, war vollkommen absurd. Dazu kamen die Umstände der Tat. Nyström glaubte keine Sekunde daran, dass britische Berufsgangster einen Auftragsmörder nach Schweden schickten, um eine säumige Kreditnehmerin mit einem Scharfschützengewehr zu erschießen. Das war ausgemachter Blödsinn. Dagegen schien alles darauf hinzudeuten, dass Hailey das Opfer einer Verwechslung geworden war: Die Schüsse hatten höchstwahrscheinlich nicht ihr gegolten, sondern Stina Forss, in deren Auto die Engländerin, die Forss mit ihrer rötlichen Lockenmähne auf den ersten Blick durchaus ähnelte, zum Tatzeitpunkt gesessen hatte. Haileys Tod erschütterte Nyström noch immer. Sie hatte lange mit sich gehadert, mit der Machtlosigkeit, die sie empfunden hatte, nachdem man ihr den Fall entrissen und sie mit Lügen vertröstet hatte, mit der bodenlosen Wut, die sie unfairerweise zunächst auf Forss gerichtet hatte. Und mit der eigenen Schuld. Denn war die schicksalhafte Party nicht ihre Idee gewesen? Die Kollegen zu sich einzuladen und damit Berufliches und Privates miteinander zu vermischen?

Es hatte schließlich eines zweiten feigen Mordanschlags auf Stina Forss gebraucht, um Nyströms Gefühle zu sortieren und zurechtzurücken. Diesmal hatten sie keinen einsamen Scharfschützen geschickt, sondern gleich ein siebenköpfiges Kommando. Nyström begriff bis heute nicht, wie es der zierlichen Frau gelungen war, die Attacke der bis an die Zähne bewaffneten Männer abzuwehren. Als sie Forss damals zu Hilfe gekommen war, war die Deutschschwedin schwer verletzt und bewusstlos gewesen, die Angreifer allesamt tot. Nyström bekam die Bilder bis heute nicht aus dem Kopf. Die unzähligen Patronenhülsen im Haus, die Explosionsschäden, die Schwaden von Tränengas, der von Glassplittern übersäte und von Blutlachen und Leichenteilen bedeckte Boden. In dieser Sommernacht hatte sie begriffen, wie weit die Menschen, die hinter den Angriffen steckten, bereit waren zu gehen. Wieder war es derselbe hochrangige Beamte des Justizministeriums gewesen, der ihr den Fall nur Stunden später entrissen hatte, ein aalglatter Widerling namens Kennet Ivarus. Damals hatte sie verstanden, dass Haileys sinnloser Tod genauso wenig Forss' Schuld war wie ihre, sondern ein zynisch in Kauf genommener Kollateralschaden. Kein Preis schien zu hoch zu sein, um Stina Forss zu töten. Und welchen Grund sollte es dafür geben, wenn nicht, um ein grausames Geheimnis zu schützen? Nyström hatte geschworen, die Verantwortlichen zu stoppen und Haileys Mörder zur Rechenschaft zu ziehen. Und wenn dazu die Aufklärung des verdammten Palme-Falls notwendig war.

Sie ließ den Löffel sinken. Ihr war der Appetit vergangen. Sie räumte das Frühstück weg, machte sich zurecht, band sich Annas Tuch um den Hals und fuhr ins Präsidium.

3

In einem Regal über der Spüle entdeckte Stina Forss Kaffee und Aufbackbrötchen, im Kühlschrank Butter und Marmelade. Nach dem Frühstück beschloss sie, sich die Insel näher anzusehen. Das Grundstück, auf dem Bärengrubs Hütte stand, grenzte hinten an einen Wald und vorne an einen Sandweg, der von Pappeln, Espen, Eichen und Kiefern gesäumt wurde. Im Abstand von jeweils einigen Hundert Metern standen weitere Häuser, die meisten waren deutlich größer und ausgebauter, sie schienen das ganze Jahr über bewohnt zu sein. Mehrmals kamen Forss auf der schmalen Straße in hohem Tempo rostige und eingedellte Geländewagen ohne Nummernschilder entgegen, einem fehlte sogar die Beifahrertür, einem anderen die Stoßstange, die Straßenverkehrsordnung schien auf Prangli außer Kraft gesetzt. Jedes Mal grüßten die Fahrer, indem sie die Hand hoben. Ohne Mühe fand sie den Weg zurück zum Hafen, den sie am Vorabend mit Urmas und seinem Hund gegangen war. Im Hafenbecken schaukelten zwei Fischerkähne, die schon bessere Zeiten erlebt hatten, und ihr fiel es schwer zu beurteilen, ob die Boote überhaupt noch in Gebrauch waren. Ein Stück hinter dem Kai lag ein ehemaliges Industriegebäude, das mit bunt bemalten Schildern dekoriert war. In einem Infokasten fand sie einen englischsprachigen Aushang, der erklärte, dass die ehemalige Fischkonservenfabrik zwischen Mai und September ein Café beherbergte und Ausstellungen und Theateraufführungen zeigte. Ein Stück weiter passierte sie einen alten, etwa fünfzehn Meter hohen Wachturm, der wahrscheinlich ebenfalls noch aus Sowjetzeiten stammte. Sie spazierte weiter und entdeckte ein Restaurant, das geschlossen hatte, einen verwaisten Campingplatz sowie eine hölzerne Open-Air-Bühne, die an ein überdimensioniertes, umgekipptes Ruderboot erinnerte. Sie begriff, dass Prangli im Sommer ein touristisches Ausflugsziel war. Nun war die Saison vorüber und die Insel fand zu ihrem eigenen, leiseren Rhythmus zurück. Sie landete auf einer befestigten Straße, die offenbar die Achse der Insel bildete und an der die Bebauung dichter war. Die meisten Häuser wirkten, als wären sie eher unter pragmatischen als ästhetischen Gesichtspunkten entstanden, Forss entdeckte wilde Materialagglomerate; verschiedene Ziegelsorten, Holzarten, Dachziegel an ein und demselben Bau waren eher die Regel als die Ausnahme. Diese Art des Flickwerks als Gestaltungsprinzip war ihr sympathisch. An der Straße lag auch ein kleines Lebensmittelgeschäft, das geöffnet hatte. Sie ergänzte ihre Vorräte um Milch, Eier, Käse, Obst, Pasta und einige Konserven und gönnte sich eine Flasche Brandy. Die Abende in der Hütte würden lang werden. Als die Verkäuferin den Schnaps in einer Plastiktüte verstaute, zwinkerte sie Forss verschwörerisch zu.

Als sie von ihrem Rundgang zurück in die Hütte kam, waren anderthalb Stunden vergangen. Der morgendliche Eindruck, auf der Insel einen sicheren Unterschlupf gefunden zu haben, hatte sich auf ihrem Ausflug verfestigt. Sie dachte an die Menschen, die ihr begegnet waren. Wenige Autofahrer und einige ältere Leute, die in ihren Gärten gearbeitet hatten, dazu die Kassiererin des Lebensmittelladens. Natürlich hatte man sie registriert, eine kleine, schmale Frau mit verspiegelter Sonnenbrille. Aber niemand schien sich um sie zu kümmern. Warum auch? Sie spürte, dass sie sich entspannte. Prangli, die charmante Laubenpieper-Version von Öland, war vielleicht tatsächlich der richtige Ort, um sich ungestört und unbehelligt dem Vermächtnis ihres Vaters zu widmen. Sie räumte den Einkauf weg, setzte sich vor den Ofen, nahm das Etui aus ihrer Reisetasche und öffnete es. Darin befand sich ein Magnumrevolver des Fabrikats *Smith & Wesson*. Sie hatte die Verbindung zum unaufgeklärten Mord an Olof Palme in dem Moment hergestellt, in dem sie die Waffe vor Monaten zum ersten Mal aus dem Tresor ihres Vaters genommen hatte. Vermutlich hätte so ziemlich jeder Polizist des Landes das Gleiche gedacht. Nach einem Revolver dieses Modells wurde seit über dreißig Jahren gefahndet, alle Jahre tauchte eine solche Waffe in den Schlagzeilen der Boulevardzeitungen wieder auf, Experten wurden befragt, ehemalige Kriminalpolizisten interviewt und tagelang wurde gemutmaßt, ob es sich dieses Mal wirklich um den sogenannten Palme-Revolver handelte. Mit viel Tamtam wurde das entsprechende Schießeisen, das Hobbytaucher aus irgendeinem See gefischt oder windige, anonyme Informanten über drei Ecken aufgetrieben hatten, dann der Sonderkommission übergeben. Die ballistischen Untersuchungen hatten bisher nie einen Ermittlungsfortschritt gebracht. Entweder handelte es sich nicht um die richtige Waffe, oder der entsprechende Revolver war in einem derart derangierten Zustand, dass er keine aussagekräftigen Ergebnisse mehr zuließ. Die beinahe fetischhafte Fixierung der Öffentlichkeit auf die Tatwaffe war bis zu einem gewissen Grad nachvollziehbar. Die Ermordung des Ministerpräsidenten war nicht weniger als ein nationales Trauma und der Revolver, mit dem Palme getötet worden war, stellte aller Wahrscheinlichkeit nach die einzige Möglichkeit dar, nach mehr als drei Jahrzehnten doch noch einen Täter beweissicher mit der Tat verknüpfen zu können.

Stina Forss klappte die Trommel heraus. Sie hatte das bereits mehrmals getan. Es war eine Art Selbstvergewisserung. Zwei der sechs Patronen fehlten. Der Mörder hatte zwei Schüsse abgegeben, der eine traf den Politiker mittig in den Rücken, der andere streifte den Rücken der Ehefrau, die den Anschlag leicht verletzt überlebte. Die beiden fehlenden Patronen waren natürlich nicht mehr als ein Indiz, genauso wie der Munitionstyp, *Winchester Western*, .357 Magnum, 158 grain, der mit dem abgefeuerten Patronentyp des Mordanschlags übereinstimmte. Es gab andere Dinge, die schwerer wogen. Sie klappte die Trommel zurück und legte den Revolver beiseite. In einer Innentasche des Lederetuis hatte sie einen zweiten Gegenstand verstaut. Ebenso wie die Waffe stammte er aus dem Besitz ihres Vaters. Sie holte ihn hervor und betrachtete ihn. Es handelte sich um einen Prachtorden, ein goldenes Andreaskreuz besonderer Machart. Seine vier gezackten Enden liefen auf eine runde Mitte zu, die von drei Kronen geziert war. Längs durch die Mitte führte ein Schwert, dessen Spitze auf die Mitte einer großen, filigran gearbeiteten Krone zeigte. Die Krone wiederum war an der Spitze mit einer feingliedrigen Öse an einem geklöppelten gelben Ordensband befestigt, auf das blaue Streifen und ein weiteres goldenes Schwert gestickt waren. Auf der Rückseite waren in das Edelmetall die Worte *pro patria* eingeprägt.

Für das Vaterland.

Forss hatte nachgeforscht. Es handelte sich dabei um das *Kriegskreuz ersten Grades in Gold*. Die höchste Tapferkeitsmedaille, die das Land zu vergeben hatte. Ihr Vater war Berufssoldat gewesen, Leutnant der Militärpolizei. Dennoch hätte er diesen Orden nie bekommen dürfen. Die Auszeichnung wurde nur in Kriegszeiten verliehen, in denen sich Schweden seit zweihundert Jahren nicht mehr befand. Die Medaille war offiziell noch nie vergeben worden. Trotzdem hatte ihr ein verblüffter Heraldikexperte versichert, dass sie aller Wahrscheinlichkeit nach echt sei.

Papa, was hast du nur getan?

Ihr Vater hatte nie über seine Arbeit gesprochen, auch mit ihrer Mutter nicht. Dass die beiden überhaupt geheiratet hatten, war ein schlechter Witz. Eine deutsche Künstlerin und ein schwedischer Berufssoldat. Weiß der Teufel, was sie ineinander gesehen hatten. Die Siebzigerjahre waren wohl so etwas wie der große soziologische Experimentierkasten des vergangenen Jahrhunderts gewesen. Irgendwann war er ihren Eltern dann um die Ohren geflogen. Vielleicht waren sie sogar eine Zeit lang glücklich miteinander gewesen, aber dann veränderten sich die Dinge abrupt. Als kleines Mädchen kannte Forss ihren Vater als strengen, aber gutmütigen Mann. Bis er zu einem Unmenschen wurde. Alkohol, vom Zaun gebrochene Streite, Tobsuchtsanfälle, Schläge. Irgendwann, er kam gerade von einem mehrwöchigen Einsatz zurück, rastete er schließlich vollkommen aus. An ihrem Hals befanden sich noch heute die Brandnarben einer heißen Bratpfanne, die er ihr entgegengeschleudert hatte. Da war sie sieben Jahre alt gewesen. Am nächsten Tag hatte ihre von blauen Flecken übersäte und hinkende Mutter die Koffer gepackt, und sie waren vor ihm nach Deutschland geflohen. Forss hatte das Datum später rekonstruiert. Es war der 2. März 1986 gewesen, zwei Tage nach Olof Palmes Ermordung.

Zufall? Vielleicht. Sie hoffte es immer noch. Aber dann war da noch all das, was in den vergangenen Jahren geschehen war. Der Mann, der ihr auf der Beerdigung ihres Vaters die Hand geschüttelt und sich dann später als einer der gefährlichsten Rechtsextremen des Landes entpuppt hatte. Der Agent der Staatssicherheit, der sich unter falschem Namen ihr Vertrauen und schließlich ihr Herz erschlichen hatte, um sie zu überwachen. Der missglückte Mordanschlag, dem aufgrund einer Verwechslung nicht sie, sondern die Schwiegertochter ihrer Chefin zum Opfer gefallen war. Und zu guter Letzt das Todeskommando, das sie vor zwei Monaten in ihrem Haus überfallen hatte. Für die Summe all dieser Geschehnisse gab es ihrer Meinung nach nur eine einzige plausible Erklärung, auch wenn sie sich immer noch weigerte, daran zu glauben: Ihr Vater war in das Attentat auf den Ministerpräsidenten verwickelt und es gab einflussreiche Kräfte, die dies um jeden Preis vertuschen wollten. Deswegen war sie untergetaucht. Sie befand sich weiterhin in Lebensgefahr und glaubte nicht daran, dass zum Personenschutz abgestellte Streifenpolizisten daran etwas ändern konnten. Außerdem musste sie sich Gewissheit verschaffen. Außer Ingrid Nyström und ihren engsten Kollegen konnte sie in Schweden niemandem mehr trauen. Wenn die Theorie mehr war als reine Wahnvorstellung, dann gab es Mitwisser und Handlanger bei der Polizeibehörde, beim Geheimdienst, im Justizministerium. Daher war es das Beste, wenn alle dachten, sie sei tot. Eine traumatisierte Einzelgängerin, verkorkst und depressiv, die auf einer Autofähre in die alte Heimat den Entschluss fasst, sich das Leben zu nehmen und über Bord zu gehen. So hatte sie den Freiraum, um Beweise für ihren ungeheuren Verdacht sammeln zu können, ohne befürchten zu müssen, hinterrücks erschossen zu werden. Den Revolver würde sie erst zur weiteren Untersuchung aus der Hand geben, wenn sie Antworten hatte. Namen und Geständnisse, dachte sie grimmig. Anfangen zu suchen würde sie in dem Archiv ihres Vaters. Wenn man zweiundzwanzig alte Schuhkartons voller vergilbter Papiere und Fotos denn so nennen wollte.

4

Lasse Knutsson blickte in die Mienen seiner Kollegen, die sich im Besprechungsraum um den ovalen Tisch versammelt hatten. Hugo Delgado wischte auf seinem Tablet herum, Anette Hultin blies auf ihren heißen Kakao und Ingrid Nyström schaute, wie so oft in letzter Zeit, gedankenverloren aus dem Fenster. Irgendetwas fühlte sich nicht richtig an. Die Runde fühlte sich nicht komplett an. Wie auch, wenn Stina Forss nicht dabei war? Ihm jedenfalls fehlte sie ungemein. Es stimmte schon, Stina konnte eine Kratzbürste sein, spröde, unterkühlt, einzelgängerisch. Aber sie hatte auch andere Seiten, und die waren ihm im Laufe der vergangenen Jahre ans Herz gewachsen. Ihr schwarzer Humor. Die Spontaneität. Die Widerborstigkeit, die ihre Verletzlichkeit doch nie ganz überspielen konnte … Er sorgte sich um sie, schon seit geraumer Zeit. Der Tod ihres Vaters, die offensichtliche Einsamkeit, der Verlust ihres Auges, die schlimmen Verletzungen und der furchtbare Angriff, der sie beinahe das Leben gekostet hatte. Wie viel konnte ein Mensch ertragen, ohne irgendwann zusammenzubrechen? Und nun auch noch die beunruhigenden Geschichten von dem vorgetäuschten Selbstmord und ihrem plötzlichen Abtauchen. Es war nicht zu übersehen, dass Stina bis zum Hals in Schwierigkeiten steckte, auch wenn er nicht ansatzweise begriff, was das für ein Schlamassel war, in dem sie sich befand, geschweige denn, was sie um alles in der Welt mit dem Mord am Ministerpräsidenten zu tun haben sollte. Er wünschte sich jedenfalls von Herzen, seine Arbeit würde ihr tatsächlich irgendwie helfen.

Er räusperte sich vernehmlich.

Delgado legte das Tablet zur Seite, Hultin stellte den

Kakao ab und Nyström wandte sich ihm zu. Er hatte sich am Vorabend Gedanken über den Palme-Mord gemacht. Aber musste man dafür alle einhundertzweiundzwanzig Seiten lesen, die Delgado zusammengestellt hatte? Wohl kaum. Jedenfalls nicht, wenn man wie er bereits eine Menge über den Fall wusste. Seit er ein junger Mann war, hatte er die mediale Berichterstattung aufmerksam verfolgt. Eine Konstante in diesem nun mehr als dreißig Jahre andauernden Mahlstrom aus Informationen, Theorien und Meldungen waren die sachkundigen Kommentare Leif GW Perssons. Der fünfundsiebzigjährige emeritierte Professor, Schriftsteller und TV-Star war eine Lichtgestalt der Kriminalistik und Knutssons großes Vorbild, vielleicht waren sie sogar Seelenverwandte, dachte er manchmal, denn waren sie beide nicht gutmütige, aber blitzgescheite Brummbären, unbestechliche Männer des Gesetzes und teilten nicht zuletzt sogar die modische Vorliebe für ausgebeulte Cordhosen, karierte Flanellhemden und speckige Lederwesten? Der große Leif, Knutssons Ansicht nach im vielstimmigen Chor der vermeintlichen Palme-Experten die einzige Stimme der Vernunft, hatte jedenfalls immer eine dezidierte Meinung zum Mord auf dem Sveavägen vertreten – alles andere wäre auch eine Überraschung gewesen, hatte der Kriminalistikprofessor doch zu so gut wie allem eine eigene Meinung und behauptete diese üblicherweise auch medienwirksam. Er war ein Anhänger und Verfechter der sogenannten Polizeispur-Theorie. Also hatte Knutsson sich an seinen Computer gesetzt, sich auf die Suche gemacht, es sollte schließlich niemand behaupten können, er würde sich mit oberflächlichen Stichworten zufriedengeben, und war auf einen wahren Schatz gestoßen, den er nun mit seinen Kollegen zu teilen gedachte.

»Nach ausführlichem Studium der spannenden Lektüre«,

an dieser Stelle klopfte er auf die Zusammenfassung und nickte Delgado großmütig zu, »bin ich zu dem Schluss gekommen, dass die sogenannte Polizeispur ein heißes Eisen ist.«

»Nestbeschmutzer.« Hultin zwinkerte ihm zu.

»Interessant, Lasse«, sagte Nyström, »kannst du deine Gedanken ein wenig ausführen?«

Knutsson blätterte durch seinen Notizblock. Warum fiel es ihm immer so schwer, seine Schrift zu entziffern?

»Sicher, sicher.« Es war hoffnungslos, er legte den Block beiseite. Dann musste es eben ohne Notizen gehen. »Also, auf der einen Seite haben wir den Mord an einem Ministerpräsidenten, wenn man so will, an der wichtigsten Person des Landes.«

»Was ist mit dem König?«, wandte Hultin ein.

»Also von mir aus: neben dem König der wichtigsten Person des Landes, einverstanden? Der Ermittlung stehen entsprechend nahezu unbegrenzte Mittel zur Verfügung, personell wie finanziell. Gleichzeitig ist diese Fahndung sensationell erfolglos. Wie Hugo gestern geschildert hat, weiß man heute im Grunde genauso wenig wie in den Stunden direkt nach den tödlichen Schüssen. Wie kann das möglich sein? Die einzige Erklärung, die mir einleuchtet, ist Sabotage. Die Ermittlung ist von Beginn an unterlaufen und gegen die Wand gefahren worden. Wir sind doch alle vom Fach, wir wissen doch alle, wie leicht so etwas theoretisch möglich wäre. Hinweise, denen nicht nachgegangen wird. Akten, die falsch abgelegt werden. Verschlampte Beweise, falsche Prioritäten, fahrig geführte Vernehmungen. Wir haben ja gestern in aller Ausführlichkeit gehört, was alles falsch gelaufen ist. Das kann doch kein Zufall sein!«

»Und der Mord selbst?«, fragte Nyström.

»Natürlich war das auch ein Bulle. Überlegt doch einmal:

Wer hat so gut wie jederzeit Zugang zu nicht registrierten Waffen? Wer kann damit umgehen, weil er regelmäßige Schießtrainings absolvieren muss? Wer kann eine Waffe spurlos verschwinden lassen? Wer kann den Funkverkehr überwachen, kennt die Stockholmer Innenstadt wie seine Westentasche, ist in Beschattungen geübt und weiß womöglich sogar über Palmes Bewegungsmuster Bescheid?«

»Und das Motiv?«, fragte Delgado.

»Rechter Palme-Hass«, antwortete Knutsson. »Ein gerade in Polizeikreisen weitverbreitetes Phänomen, auf das unter anderem Experten wie Leif GW Persson hingewiesen haben.« Knutsson räusperte sich erneut. »Darüber hinaus möchte ich noch darauf hinweisen, dass der parlamentarische Untersuchungsausschuss in seinem 1999 veröffentlichten Abschlussbericht zur Arbeit der Ermittler schreibt, dass ein mögliches feindliches Netzwerk innerhalb der Polizei nie untersucht worden sei, weil die Ermittler den Schluss gezogen hätten, dass es ein solches Netzwerk gar nicht geben könne. Sprich: Anstatt einem potenziellen Anti-Palme-Netzwerk nachzugehen, wurde beschlossen, dass es gar kein Anti-Palme-Netzwerk geben kann.«

»Das klingt in der Tat nach einer ziemlich fahrlässigen Schlussfolgerung«, sagte Nyström. »Und die Argumente, die du aufzählst, finde ich interessant. Gute Arbeit, Lasse, der Ansatz erscheint mir vielversprechend.«

Knutsson grunzte zufrieden.

»Und das hast du aus meiner Zusammenfassung?«, fragte Delgado gedehnt.

Knutsson schüttelte den Kopf und tippte sich an die Schläfe.

»Selbst denken macht schlau, mein Freund.«

5

Wo anfangen?

Stina Forss hatte die mehr als zwanzig Schuhkartons aus dem Handkarren geräumt und nebeneinander auf dem Fußboden der kleinen Wohnküche aufgereiht. Sie hockte im Schneidersitz auf dem bunten Flickenteppich und betrachtete die Mauer aus zum Teil jahrzehntealten Unterlagen. Eine Ordnung war auf den ersten Blick nicht erkennbar. Wahllos schienen die Kontoauszüge, Fotos, Briefe und Postkarten, Rechnungen und persönliche Dokumente ihres Vaters vor Urzeiten in die Kartons gestopft worden zu sein. Das Papier war zum Teil vergilbt oder vor Feuchtigkeit aufgequollen. Ratlos zog sie den Karton, der am weitesten rechts gelandet war, zu sich und begann die oberste Schicht abzutragen. Eine Reisebeilage von *Dagens Nyheter* mit dem Schwerpunkt Italien, datiert vom November 1992. Eine Fernsehzeitschrift mit Eselsohren von 1988, auf dem Titelbild der Schauspieler Sven Wolter. Ein halb ausgefülltes Rätselheft. Drei Jagdmagazine. Eine Gebrauchsanweisung für einen VHS-Videorekorder. Ein Bündel Stromrechnungen, adressiert an die Wohnung ihres Vaters in Uppsala, in der er um die Jahrtausendwende einige Jahre gelebt hatte. Ein abgegriffener Stadtplan von Oslo. Ein Stadtplan von Västerås. Ein Stadtplan von Seoul. Hatte ihr Vater tatsächlich Südkorea bereist? Wie wenig sie doch von ihm wusste. Der wellige Prospekt eines Golfressorts. Eine Mappe mit der Aufschrift *Renovierung,* darin ein Stapel Baumaterialrechnungen, adressiert an die Anschrift in Stockholm, das Haus, in dem sie aufgewachsen war, bis ihre Mutter mit ihr nach Deutschland gezogen war. Ach ja, die Renovierung. Sie erinnerte sich an einen verregneten Sommer in ihrer Teenagerzeit, den sie von Schuldgefühlen und einer vagen Sehnsucht getrieben bei ihrem Vater in Schweden verbracht hatte. 1995 musste das gewesen sein. Das Reihenhaus ihrer Kindheit war eine einzige Baustelle und nicht wiederzuerkennen gewesen, ihr Vater hatte tagsüber Wände verputzt und abends schweigend vor dem Fernseher gesessen, während sie sich in ihrem ehemaligen Kinderzimmer verbarrikadiert, Camus gelesen und sich die Arme mit der Klinge eines Bleistiftanspitzers geritzt hatte. Der Sommer hatte seinen trüben Höhepunkt darin gefunden, dass sie aus Langeweile mit Daniel geschlafen hatte, einem ehemaligen Nachbarsjungen und Sandkastenfreund, der sich später zu einem Schnösel mit Popper-Haarschnitt entwickelt hatte. Nach vier Wochen war sie in jeder Hinsicht enttäuscht zurück nach Deutschland gereist. Sie legte die Mappe beiseite.

Es folgten weitere Jagdmagazine, Steuerunterlagen des Jahres 1990, die Werbebroschüre eines Stockholmer BMW-Händlers und ein Sexheft mit dem vielsagenden Titel *Sahneärsche.* Mensch Papa, dachte sie, bevor sie sich daranmachte, die Ausbeute in verschiedene Stapel zu sortieren, wobei der Ausschuss-Papierturm am höchsten war. Seufzend zog sie den zweiten Karton zu sich heran.

6

Lasse Knutsson redete und gestikulierte. Ingrid Nyström hatte ihr Kinn auf die Hand abgestützt und schien ihm aufmerksam zuzuhören. Ab und an machte sie auch den Mund auf, wahrscheinlich um etwas einzuwenden oder nachzufragen. Hugo Delgado kratzte sich mit einem Stift an der Nase. Einmal sagte er etwas, das wahrscheinlich witzig war, denn Knutsson und Nyström lachten.

Obwohl Anette Hultin mit ihnen am selben Tisch saß, drangen die Stimmen nicht zu ihr durch. Es war, als befände sie sich unter einer schalldichten Glasglocke. Wenn sie ihre ganze Willenskraft aufbot, konnte sie diesen Effekt abstellen. Doch dazu fehlte ihr im Moment der Antrieb. Die elementaren Kräfte, denen sie sich ausgesetzt fühlte, waren zu stark. Da waren nicht nur die physischen Belastungen, die ein fünfter Schwangerschaftsmonat so mit sich brachte, wie der drückende Ischias-Nerv, der sie an schlechten Tagen in den Wahnsinn treiben konnte, die plötzlichen Schwindelgefühle oder der hartnäckige Schwangerschaftsschnupfen. Das alles waren Dinge, die sie aus der Zeit kannte, als sie das erste Mal in anderen Umständen gewesen war, Dinge, die unangenehm waren, mit denen sie jedoch leben konnte. Sie war schließlich eine ehemalige Soldatin und Leistungssportlerin, Schmerzen und körperliche Beschwerden waren ein unvermeidlicher Teil des Lebens, etwas, das es verdammt noch mal wegzustecken galt, ohne dabei zu jammern, davon war sie fest überzeugt. Nein, was sie in einem viel größeren Maße umtrieb, was ihre Seele seit dem Moment presste, in dem sie den positiven Schwangerschaftstest in Händen gehalten hatte, waren die Umstände, unter denen das Kind, das sie unter dem Herzen trug, gezeugt worden war. Sie wusste mit an Sicherheit grenzender Wahrscheinlichkeit, dass ihr Mann Victor nicht der Vater war. Es hatte nach der Geburt ihrer gemeinsamen Tochter Wilma Ewigkeiten gedauert, bis sie wieder miteinander geschlafen hatten. Sie hatte sich den Tag sogar mit einem Herzchen im Kalender markiert, wie sie es mit allen schönen Erlebnissen tat. Nur um später mit Grauen festzustellen, dass sie zu jenem Zeitpunkt bereits im zweiten Monat schwanger gewesen war, und zwar von dem Mann, der in diesem Augenblick so nah bei ihr saß, dass sie ihn anfassen könnte, wenn sie sich nur über den Tisch beugen würde. Ihr mehrmaliger Ex-Freund. Ihr Arbeitskollege. Ihre Hassliebe. Sie betrachtete ihn. Die olivfarbene Haut. Die warmen braunen Augen. Seine sinnlichen Hände. Aber auch: das hochmütige Grinsen. Das dünner werdende Haar. Sein spöttischer Gesichtsausdruck, der sie zur Weißglut treiben konnte. Wie hatte sie nur so dumm sein können? Was hatte sie in diesem einen, schwachen Augenblick nur angetrieben? Während der Arbeitszeit. In der Toilette des Präsidiums. Es war so billig, es war so klischeehaft. Hugo *fuckin'* Delgado hatte sich zu ihrer verfluchten Nemesis entwickelt. Dabei hatte sie doch alles dafür getan, es nicht so weit kommen zu lassen. Sie hatte immer wieder gespürt, dass sie nicht zusammenpassten. Hugo mit seinen albernen Computerspielen und Comics, der die Wochenendnachmittage lieber auf der Tribüne eines Fußballplatzes verbrachte anstatt in einem Fitnesscenter oder auf Langlaufskiern. Hugo, der in seiner Freizeit lieber auf drögen Langspielplattenbörsen herumlungerte, als in spannenden Einrichtungsläden zu stöbern. Hugo, der einen Segelflugschein machte, aber noch nicht einmal ein eigenes Auto besaß. Ein Traumtänzer, ein Kindskopf. Sie kannte keinen Mann in seinem Alter, der derart unreif war. Irgendwann hatte sie entschieden, dass sie mit einem infantilen Kerl seines Kalibers niemals würde eine Familie gründen können. Sie hatte sich von ihm getrennt. Und später noch einmal. Und nach dem dritten Mal zur Sicherheit den nächstbesten Mann geheiratet, der ihr untergekommen war.

Oder war das Victor gegenüber unfair? Natürlich war es das. Aber sie war so gottverdammt durcheinander, dass sie jedes Recht der Welt hatte, unfair zu sein, oder etwa nicht?

Es war ja nicht so, dass sie Victor nicht liebte. Sie mochte seine reife Ausstrahlung, die Souveränität und Lebenserfahrung. Seinen langen, kantigen Körper, an dem man sich anlehnen konnte. Die natürliche Autorität und das konservative Wertesystem, welches das ihre so sehr widerspiegelte, dass es beinahe unheimlich war. Victor war ein toller Mann und ein liebender, umsorgender Vater. Jedes Mal, wenn sie ihn und ihre gemeinsame Tochter Wilma miteinander spielen sah, ging ihr das Herz auf, und in Wilmas klaren, blauen Augen erkannte sie Victors Intelligenz und Wachheit wieder. Nein, sie wollte ihn unter keinen Umständen verlieren. Weder ihn noch ihre kleine, glückliche Familie noch das Reihenhaus in Hovshaga, das sie vor einem halben Jahr gemeinsam bezogen hatten. Das alles war ihr Leben, das alles hatte sie sich aufgebaut. Und nun drohte es wie ein Kartenhaus in sich zusammenzufallen. Sie biss sich auf die Lippen. Wäre es nicht klüger gewesen, das Kind wegmachen zu lassen? Sie hasste diesen Gedanken, und doch tauchte er immer wieder auf. Dabei hatte sie bereits eine Abtreibung hinter sich. Es war sieben Jahre her und auch damals war Hugo der Vater des ungeborenen Kindes gewesen. Sie hatte ihm nie davon erzählt, auch wenn sie bis heute nicht erklären konnte, warum. Die Wochen danach hatten sich furchtbar angefühlt. Nein, eine weitere Abtreibung war für sie nicht infrage gekommen.

Wie hatte sie auch nur so kopflos sein können, derart von allen guten Geistern verlassen? Abgesehen davon, dass der Seitensprung an sich natürlich ein Riesenfehler gewesen war, hätte sie doch zumindest an Verhütung denken müssen, sie war doch schließlich kein junges Ding mehr, sondern eine erwachsene, verantwortungsvolle Frau, die mit beiden Beinen im Leben stand. Stattdessen hatte sie sich in bemerkenswerter Naivität auf die Trägheit und hormonelle

Anarchie ihres postnatalen Körpers verlassen, der nach Wilmas Geburt noch nicht wieder zu einer regelmäßigen Periode zurückgefunden hatte. Sie strich mit den Händen über ihren Bauch. Das hatte sie also nun davon. Ein Problem, das mit jedem Tag größer wurde, im wahrsten Sinne des Wortes. War das unfair gegenüber dem Embryo? Natürlich war das unfair. Aber was sollte sie denn machen? Am schlimmsten, am allerschlimmsten an der beschissenen Situation war das Schweigen. Victors Schweigen. Hugos Schweigen. Ihr eigenes verdammtes Schweigen. Selbstverständlich war Victor kein Idiot, selbstverständlich konnte er rechnen. Er musste wissen, dass das Kind nicht von ihm sein konnte. Zum ungefähren Zeugungszeitpunkt hatte es vielleicht einoder zweimal körperliche Annäherungen gegeben, erste, ungelenke Versuche, die eingeschlafene Sexualität wieder in Gang zu bringen. Victor konnte doch nicht ernsthaft glauben, dass sie auf diese Weise schwanger geworden sei. So viel Selbstbetrug war doch gar nicht möglich. Oder doch? Jedenfalls tat er so, als würde er sich von ganzem Herzen über das Kind freuen. Er war noch liebenswürdiger als sonst, streichelte und liebkoste ihren Bauch und flötete der kleinen Wilma pausenlos etwas von dem wunderbaren Geschwisterchen vor, das bald auf die Welt kommen würde. Gott sei Dank verstand Wilma diesen Blödsinn noch nicht. Und Hugo? Ein Weltmeister der Ignoranz! Sah über alle eindeutigen Anzeichen ihrer Schwangerschaft hinweg, wenn man einmal die plumpen Komplimente außer Acht ließ, die sich auf ihre runder werdenden Hüften oder volleren Brüste bezogen. Dieser Blödmann machte ihr tatsächlich vor, er könne eins und eins nicht zusammenzählen. Als hätte das alles nichts mit ihm zu tun.

Und sie selbst? Wenn sie ehrlich zu sich war, war sie selbst auch nicht besser. Anstatt mit ihrem Mann und Hugo das

Gespräch zu suchen, steckte sie den Kopf in den Sand. Wartete und wartete. Schob das Unvermeidliche Tag um Tag hinaus. Bis irgendwann das Kind zur Welt kommen würde, wahrscheinlich mit Olivteint und warmen braunen Kulleraugen. Ganz der Vater.

»Anette, was hast du dir überlegt?«

Die Worte von der anderen Seite der Glaswand drangen plötzlich zu ihr durch. Vielleicht weil ihr Name gefallen war.

Sie spürte Nyströms Blick auf sich. Sie hob die Hände und ließ sie wieder fallen.

»Was weiß ich denn?«, sagte sie. »Vielleicht doch ein Einzeltäter? Irgendein armer Irrer, der bewaffnet durch Stockholm gestromert ist, bis er irgendwann zufällig in den Ministerpräsidenten gestolpert ist und kurz entschlossen abgedrückt hat?«

7

Hugo Delgado verzog den Mund zu einem schmalen Lächeln. Ein Einzeltäter? Ein armer Irrer? Alles nur Zufall? Nie im Leben. Hatte Anette Hultin die Zusammenfassung überhaupt gelesen? Ehrlich gesagt hatte er nicht den Eindruck. Überhaupt wirkte sie an der neuen Aufgabe nicht besonders interessiert, sondern auf eine merkwürdige Weise gleichgültig, ja, abwesend. Verstand sie denn nicht, was auf dem Spiel stand? Auch wenn Ingrid Nyström nur vage Andeutungen gemacht hatte, begriff doch jeder, der kein Ignorant war, dass es hier nicht nur um die wichtigste Ermittlung der schwedischen Rechtsgeschichte ging, sondern auch um die Sicherheit von Stina Forss. Er erklärte sich die ganze Geschichte folgendermaßen: Die Chefin hätte sie alle niemals ohne einen wirklich triftigen Grund auf den Palme-Fall angesetzt. Er kannte niemanden, dem die Einhaltung von Regeln so wichtig war wie Nyström. Wenn sie also wissentlich Dienstvorschriften übertrat, Kompetenzen überschritt und ihren Vorgesetzten hinterging, dann musste es dafür eine zwingende Ursache geben. Und was sollte das anderes sein als ein neues Indiz oder gar ein Beweis im Fall Palme? Auf irgendeinem Weg musste Nyström auf etwas gestoßen sein, das der ganzen verbockten Ermittlung einen neuen, womöglich entscheidenden Impuls verlieh. Etwas, das so wichtig und richtungsweisend war, dass Stina Forss dafür sogar undercover arbeitete. Denn wozu sollte die Kommissarin denn sonst abgetaucht sein, wohlgemerkt am selben Tag, an dem Nyström, bildlich gesprochen, die Palme-Akte geöffnet hatte? Wohl kaum, um sich vor denjenigen zu verstecken, die nach ihrem Leben trachteten. Wegducken war nicht Forss' Art, weder vor Terroristen noch vor dem organisierten Verbrechen. Beiden hatte Forss in den vergangenen Jahren auf die Füße getreten. Und was, außer einem Racheakt, sollte der Überfall auf sie sonst gewesen sein? Eben, keine andere Erklärung ergab Sinn. Was blieb, war die Frage, warum sich Nyström nicht an die offizielle fünfköpfige Palme-Ermittlungsgruppe wandte, wenn es tatsächlich eine neue Beweislage gab. Im Gegensatz zu vielen seiner Vorgänger galt der aktuelle Chefermittler als offen, erfahren und umsichtig. Warum setzte die Chefin also ihre Karriere aufs Spiel, anstatt ihre Erkenntnisse an die zuständigen Kollegen nach Stockholm weiterzuleiten? Wer Nyström so gut kannte wie Delgado, wusste, dass dies nichts mit Prestige oder Ruhmsucht zu tun hatte. Er erklärte es sich mit den deprimierenden Erfahrungen, die sie gemeinsam in den vergangenen Monaten mit der Zentrale in der Hauptstadt gemacht hatten. Sowohl nach dem Mord an Nyströms Schwiegertochter Hailey Harrington als auch nach dem Überfall auf Stina Fors, war das übergeordnete Justizministerium eingeschritten und hatte dem Växjöer Team die Verantwortung entzogen. Wer wollte es der Hauptkommissarin also verdenken, wenn sie dieses Mal das Ding auf ihre Art durchzog? Er jedenfalls war Feuer und Flamme.

»Ernsthaft, Anette, ein verwirrter Einzeltäter?«, fragte er.

Sie zuckte mit den Schultern.

»Warum denn nicht?«

Trotzig schob sie die Unterlippe vor. Kindisch, dachte er. Wenn es nur nicht so charmant aussehen würde. Was bei jedem anderen albern gewirkt hätte, mochte er an ihr, seltsamerweise. Vielleicht weil sie sich immer so verdammt betont ernst und erwachsen gab.

»Weil es Blödsinn ist«, antwortete er. »Überleg doch mal: Wir reden hier vom beinahe perfekten Verbrechen. Selbst drei Jahrzehnte später gibt es keine eindeutigen Zeugenaussagen, keinen überzeugenden Verdächtigen und keine aussagekräftigen Spuren, von denen wir wissen«, er warf Nyström einen schnellen Seitenblick zu, doch sie verzog bei den Worten keine Miene. »Vielleicht mal abgesehen von den sichergestellten Projektilen. Von einem Beweis ganz zu schweigen. Aus der Täterperspektive ist der Mord ein Meisterwerk. Das soll einem geistig verwirrten Waffennarr gelungen sein? *Never.*«

»Ach, nein?« Hultin schien ihre Apathie abzuschütteln. Ihr Kampfeswille war geweckt. Sie richtete ihren Oberkörper auf. Delgado kam nicht umhin wahrzunehmen, wie sich Bauch und Busen unter dem Pullover abzeichneten. Er musste zugeben, dass ihr die Schwangerschaft gut zu Gesicht stand, auch wenn er nicht im Ansatz nachvollziehen konnte, warum sie sich von ihrem tollen Victor innerhalb so kurzer Zeit ein zweites Kind hatte machen lassen. Wollte sie damit irgendetwas beweisen? Etwa ihm gegenüber? Tja, dann war der Schuss wohl gehörig nach hinten losgegangen, denn ihn juckte das nicht die Bohne. Sollte sie doch heile Welt spielen und ihre Bestimmung im Familienglück suchen. »Hast du mal darüber nachgedacht, dass genau im Zufall des Rätsels Lösung liegen könnte? Vielleicht sind die Heerscharen von Fahndern in all den Jahren auf nichts gestoßen, weil es schlicht und ergreifend nichts zu finden gab. Keine Planung, keine Mittäter, kein Motiv. Und vor allem keine groß angelegte Verschwörung, um unseren ach so wunderbaren Ministerpräsidenten aus dem Weg zu räumen. Deine sogenannte politische Dimension? Womöglich ist das alles Quatsch, Hugo, oder zumindest irrelevant, womöglich hat ein Spinner mit einer Waffe einfach nur einen spontanen Entschluss gefasst, abgedrückt, ist ein paarmal um die Ecke gebogen, hat den Revolver in einem der zahllosen Stockholmer Gewässer entsorgt und ist drei Tage später von einem Bus überfahren worden.«

»Aber warum?«, wollte Delgado wissen.

»Was weiß ich denn? Menschen mögen auch Blutwurst. Menschen sind Schwachköpfe.«

Knutsson lachte auf.

»Der war gut, Anette!«

»Den Spruch hat sie aus einem Film geklaut«, sagte Delgado.

»Hab ich nicht!«

»Hast du doch!«

»Welcher Film soll das denn sein?«

»Und täglich grüßt das Murmeltier.«

Hultin verzog den Mund.

»Vielleicht hab ich den Satz schon mal irgendwo gehört.«

»Na bitte«, triumphierte Delgado.

»Stopp!«, rief Nyström und hob eine Hand. »Es reicht. Anette hat ihren Standpunkt ausreichend deutlich gemacht. Abwegig finde ich den Gedanken an einen zufälligen Einzeltäter nicht. Erinnert euch an Christer Pettersson. Bei ihm haben die Umstände immerhin zu einer erstinstanzlichen Verurteilung geführt.«

»Eben«, murrte Delgado, »die Betonung liegt auf erstinstanzlich.«

»Was sind denn deine Überlegungen?«, fragte Nyström.

»Jetzt kommt's«, spottete Hultin, »Manege frei für den großen, den legendären, den einzigartigen Hugo Delgado!«

»He, he.« Knutsson kraulte gut gelaunt das bärtige Kinn. »Genau, raus mit der Sprache!«

Delgado nahm einen Schluck von einem Energy Drink, bevor er loslegte.

»Am 28. Februar gegen 22.30 Uhr, also etwas weniger als eine Stunde vor den tödlichen Schüssen, fährt ein Ehepaar, das eine Abendshow im Folkets hus besuchen will, auf der Suche nach einem Parkplatz auf den Schulhof des ehemaligen Gymnasiums Norra Latin. Das Gelände liegt zwischen Drottninggatan, Norra Bantorget und Barnhusgatan, also etwa zweihundertfünfzig Meter vom Tatort entfernt. Auf dem im Dunkeln liegenden Schulhof erfasst der Scheinwerferkegel plötzlich einen circa vierzigjährigen Mann mit krausem Haar, athletischer Figur und dunkler Jacke. Er hat ein Walkie-Talkie am Ohr, sieht aufgeschreckt und verärgert aus. Mit rudernden Armbewegungen scheucht er das Paar weg. Überrascht und eingeschüchtert, suchen der Mann, Einkaufschef eines großen Konzerns, und die Frau, technische Zeichnerin, also beide rechtschaffene Bürger, nach einem anderen Stellplatz für den Wagen und werden schließlich in der Tunnelgatan fündig, dreißig bis vierzig Meter vom späteren Tatort entfernt. Sie steigen aus und gehen südwestlich, Richtung Folkets hus, bewegen sich also vom Tatort weg, sie sind spät dran, ihre Vorstellung beginnt jeden Augenblick. Da sehen sie auf der gegenüberliegenden Seite der Tunnelgatan zwei weitere Männer mit Funkgeräten in einem Hauseingang stehen, ebenfalls kräftig gebaut, ebenfalls um die vierzig Jahre alt. ›Schau mal‹, sagt die Frau, ›ist das nicht seltsam?‹ Am nächsten Morgen, nachdem sie begriffen haben, was sich kurz darauf in unmittelbarer Nähe für ein Drama abgespielt hat, rufen sie bei der Polizei an und geben ihre Beobachtungen weiter. Ein Beamter nimmt den Hinweis zu Protokoll und verspricht, dass die zuständigen Ermittler Kontakt aufnehmen sollten, falls sie sich für die Sache interessierten. Das Ehepaar hört nie wieder etwas von der Polizei und vertraut sich Jahre später einem Journalisten an.« Er machte eine Pause, um seine Worte wirken zu lassen. »Das war ein Beispiel von vielen. Die bereits erwähnte Untersuchungskommission der Palme-Ermittlung kam in ihrer Revision zu dem Schluss, dass es im bisherigen Ermittlungsmaterial einhundertneunundsiebzig Hinweise gab, die sich auf Männer oder Frauen mit Funkgeräten bezogen, davon vierzig in zeitlicher und räumlicher Nähe zur Tat. Einer davon wurde von einer Zeugin gegeben, die aus ihrer Wohnung in der Tunnelgatan, Ecke Olofsgatan zwischen 20.00 und 21.00 Uhr ebenfalls einen Mann gesehen hatte, der in sein Walkie-Talkie sprach. Ihr Sohn bekräftigte die Aussage. Beide gingen zunächst davon aus, dass es sich bei dem Mann um einen Wachmann handelte, aber so weit es die polizeiliche Überprüfung ergab, war zu diesem Zeitpunkt überhaupt kein Wachpersonal in der Nähe eingesetzt. An ungefähr derselben Stelle, zur selben Uhrzeit sehen noch zwei weitere Zeugen einen Mann mit Funkgerät, eine andere, zeitgleiche Beobachtung stammt aus der Apelbergsgatan, östlich des Sveavägen, ebenfalls nur eine Querstraße vom Tatort entfernt. Zeitlich am interessantesten sind fraglos die Observationen des sogenannten ›Skelleftehamns-Mannes‹, eines anonymen Tippgebers, der seine Beobachtungen in mehreren in der nordschwedischen Hafenstadt abgestempelten Briefen – daher hat ihm die Presse den Namen verpasst – an die Palme-Ermittler geschildert hat. Seinen Darlegungen zufolge hat er um 23.23 Uhr, also nur zwei Minuten nach dem Mord, ebenfalls einen Mann an jener Ecke Tunnelgatan/Olofsgatan beobachtet, der aufgeregt in ein Funkgerät sprach, und zwar auf Deutsch oder Niederländisch. Er meinte etwas gehört zu haben, das wie *›das Auto, das Auto‹* klang. Der Hinweis auf eine Fremdsprache findet sich ebenfalls in der Aussage eines anderen Zeugen, der sich im April 1986 an die Ermittler wandte, weil ihm ein oder zwei Tage vor dem Mord ein Mann in der Nähe der Wohnung Olof Palmes im Stadtteil Gamla stan aufgefallen war, der Deutsch oder Schweizerdeutsch oder möglicherweise auch Niederländisch in ein Walkie-Talkie sprach.«

»Schweizerdeutsch«, flachste Knutsson. »Hatte der Kerl einen Tiroler Hut auf?«

»Sehr lustig, Lasse«, entgegnete Delgado. »Tirol gehört übrigens zu Österreich und Italien, nicht zur Schweiz.«

»Irgendwelche Männer mit Funkgeräten«, sagte Hultin, »was heißt das schon? Dafür kann es doch viele Erklärungen geben. Zivilfahnder, Sicherheitspersonal, Hobbyfunker.«

»Zivilfahnder, die Deutsch oder Niederländisch reden?« Delgado war angefasst. Warum konnte er nicht seine Theorie darlegen, ohne dauernd unterbrochen zu werden? »Das glaubst du doch selbst nicht.«

»Deutsche also«, Hultin ließ nicht locker, »die sind ja bekanntlich an vielem schuld, warum nicht auch am Palme-Mord?«

»Ich erinnere mich daran, dass es in den ersten Tagen danach tatsächlich einige Zeitungsmeldungen gab, die die westdeutsche Terrorgruppe Rote Armee Fraktion in Verbindung mit dem Mord brachten«, sagte Nyström. »Angeblich hätten sich Mitglieder der Organisation zu dem Attentat bekannt. Einen Bekennerbrief, wie er für Taten der RAF üblich war, gab es jedoch nicht, außerdem schien das angebliche Motiv sehr weit hergeholt, Rache für die schwedische Unterstützung bei der Stürmung der von der RAF besetzten deutschen Botschaft 1975 in Stockholm.«

»Das klingt wirklich ziemlich dünn«, befand Knutsson.

»Ich will überhaupt nicht auf die RAF hinaus, sondern auf den südafrikanischen Geheimdienst«, erklärte Delgado.

»Seit wann sprechen Südafrikaner Deutsch?«, fragte Knutsson.

»Weiße sprechen dort in den meisten Fällen Afrikaans, das sehr eng mit dem Niederländischen verwandt ist«, erklärte Delgado.

»Das ist trotzdem eine ziemlich lose Indizienkette«, stellte Hultin fest. »*Vielleicht* wurden Männer mit Funkgeräten in der Nähe des Tatorts beobachtet, *vielleicht* haben sie Deutsch oder Niederländisch oder Afrikaans gesprochen. Also muss es der südafrikanische Geheimdienst gewesen sein?«

Sie schüttelte den Kopf.

»Diese Zeugenaussagen stehen ja nicht in einem luftleeren Raum«, sagte Delgado. »Olof Palme war ein erklärter politischer Gegner des damaligen Apartheid-Regimes und Schweden war unter seiner Führung ein lautstarker und finanzkräftiger Unterstützer des ›*African National Congress*‹, der wichtigsten Oppositionspartei, und das wohlgemerkt zu einer Zeit, als ein Teil des Westens, unter anderem Großbritannien unter Thatcher, noch die Apartheid unterstützte und Nelson Mandela als Terroristen ansah. Palme war eng mit ANC-Führern und einer bekannten Oppositionellen befreundet, die 1982 vom südafrikanischen Geheimdienst in Mosambik von einer Briefbombe getötet wurde, übrigens bei Weitem nicht der einzige politische Mord, den Südafrika im Ausland begehen ließ, dazu kamen diverse Sprengstoffattentate, zum Beispiel auf die ANC-Büros in London und Stockholm, oder Entführungen. Dahinter steckte die Strategie, dass sich Exiloppositionelle und renommierte internationale Kritiker nirgendwo sicher fühlen sollten. Intern wurde das Programm *Long Reach* genannt. Konkret wurde die Spur nach Südafrika 1996, als zwei ehemalige Geheimdienstagenten nach dem Systemwechsel im Rahmen eines Amnestieprogramms unabhängig voneinander aussagten, dass sie Zeuge der Planungen an der Ermordung Palmes gewesen seien. Damals sind schwedische Ermittler sogar nach Südafrika gereist, um die beiden Männer zu vernehmen, aber ihre Anschuldigungen gegen ehemalige Kollegen konnten nicht verifiziert werden und die Spur verlief im Sande. Trotzdem bin ich der Meinung, dass Südafrika der vielversprechendste Ermittlungsansatz wäre.«

Nyström rührte nachdenklich ihren Tee um.

Knutsson schnäuzte in ein Stofftaschentuch.

Hultin zog eine Schnute.

»Ich weiß nicht recht«, sagte sie. »Nach meinem Geschmack klingt das alles ein wenig zu sehr nach James Bond. Ausländische Geheimdienste, Briefbomben, Auftragsmorde. Wenn südafrikanische Agenten in Schweden aktiv waren, muss das doch jemandem aufgefallen sein, der Spionageabwehr, dem Staatsschutz oder sonst wem.«

»Und wenn es schwedische Mittäter gab?«, fragte Delgado. »Der Chef und Strippenzieher der Operation *Long Reach* befand sich nachweislich zum Tatzeitpunkt in Stockholm. Untergebracht war er übrigens in der Kammarkagatan, nur vierhundert Meter vom Tatort entfernt. In einer Wohnung, die damals der internationalen Polizeigewerkschaft gehört hat.«

»Sag ich ja«, grinste Knutsson, »die Polizeispur.«

»Das Auto, das Auto«, wiederholte Hultin auf Deutsch die von Delgado zitierte Zeugenaussage. »Wenn ihr mich fragt, klingt das eher nach einer VW-Werbung als nach einem Mordkomplott.«

8

Stina Forss machte sich am späten Nachmittag einen Kaffee, aß dazu einige Kekse und ein Schälchen Weintrauben. Die Kartons leerten sich langsam, die Stapel auf dem Fußboden wuchsen. Sie sortierte Fotos, Kontoauszüge, Briefe, persönliche Unterlagen und Notizen sowie das, was sie für irrelevant hielt: vor allem alte Zeitschriften, Illustrierte, Werbeprospekte. Bei vielem, was ihr Vater verwahrt hatte, war ihr der Grund nicht ersichtlich. Wozu hob er zum Beispiel die Montageanleitung eines Bücherregals auf oder ein zerfleddertes Angeljournal? Aus dem Gefühl heraus, diese Sachen irgendwann noch einmal gebrauchen zu können beziehungsweise lesen zu wollen? Aus Nostalgie? Oder steckte dahinter das Unvermögen, sich von alten, überflüssig gewordenen Dingen zu trennen? In ihrer Erinnerung war ihr Vater weder sentimental noch ein Messie.

Es gab Kartons, in denen ein völliges Durcheinander herrschte, und andere, die von an Pedanterie grenzendem Ordnungssinn zeugten. Möglicherweise spiegelten sie die verschiedenen Lebensphasen ihres Vaters wider, überlegte sie. Bevor er Mitte der Achtzigerjahre mit dem Trinken begonnen hatte, war er ein klarer, prinzipienfester Mensch gewesen, das Paradebeispiel eines beflissenen Berufssoldaten. In den Jahren darauf war er in den Tiefen seiner Alkoholsucht versumpft. Ein einsamer Quartalssäufer, der sich gerade so weit zusammenreißen konnte, dass er die Entlassung aus der Armee verhindern konnte. 1991 hatte er endlich einen Entzug gemacht und war, soweit sie wusste, bis zu seinem Lebensende trocken geblieben. Doch auch nachdem sie Stunden damit verbracht hatte, seine Hinterlassenschaften zu sortieren, durch alte Fotostapel zu blättern und Briefe zu überfliegen, blieb das Gefühl, auf Leerstellen zu starren. Sosehr sie suchte und wühlte, sie kam ihrem Vater nicht näher. Das Bild, das sie seit Jahren von ihm bewahrte, setzte sich aus fahrig angefertigten Skizzen zusammen, es entbehrte Farbe, Tiefe und Kontur. Vielleicht weil es zu sehr wehtat, genauer hinzuschauen? Daran konnte auch ein staubiger Papierwust nichts ändern. Hatte sie etwas anderes erwartet? Sehnte sich das kleine Mädchen in ihr noch immer nach Zeichen der Zuneigung? Hatten sie die vergangenen Jahre und all die Therapiestunden nicht etwas anderes gelehrt? Mit nichts zu rechnen? Aufzustehen, sich den Staub von der Kleidung zu klopfen und weiterzugehen? Sich von all dem Ballast endlich zu befreien? Sie machte sich an den nächsten Karton. Geheftete Kontoauszüge aus den Siebzigerjahren. Verjährte Versicherungspolicen. Ein Ausstellungskatalog ihrer Mutter, *Aquarellstudien 1984*. Ein Bündel Telefonrechnungen. Weitere Kontoauszüge. Und dann etwas ganz und gar Unerwartetes. Ein dünnes, gebundenes Buch mit der Aufschrift *Kartierung des Polarkreises, 27 Gedichte von Kjell Forss.* Sie traute ihrem Auge nicht. Ein Band mit Gedichten ihres Vaters? Das war unmöglich. Der Autor musste zufällig denselben Namen tragen. Deshalb hatte sich ihr Vater das Buch gekauft. Oder jemand hatte es ihm darum geschenkt. Ein Wortwitz, nichts weiter. Sie schlug es auf. Auf der zweiten Seite befanden sich einige Zeilen mit biografischen Angaben des Schriftstellers.

Oberstleutnant a. D. Kjell Forss wuchs im småländischen Dorf Ryd auf und ist in der Welt der Poesie zu Hause. Die folgenden Gedichte sind die Quintessenz eines lebenslangen Ringens um Ausdruck, Ordnung und Form.

Das Buch stammte tatsächlich aus der Feder ihres Vaters! Sie warf einen Blick auf den Buchrücken. *Julius-Caesar-Verlag*. Der römische Feldherr war das große Vorbild ihres Vaters gewesen. Er musste das Buch im Selbstverlag herausgegeben haben. Das Werk eines ambitionierten Amateurs. Sie strich über das geprägte Leinen. Billig war die Bindung mit Sicherheit nicht gewesen. Sie schlug es erneut auf. *Erste Auflage, Väckelsång 2011*. Das war einige Jahre gewesen, bevor sie nach Schweden zurückgekehrt war. Sie blätterte um. *Für Stina*. Es waren nur zwei Worte. Sie trafen sie wie eine Ohrfeige.

878 TAGE BIS TAG X

Danderyd war wie ein schöner Traum, dachte Siv Melldén, als sie die allerletzten Umzugskartons ausräumte, und das Haus war das Märchenschloss darin. Der Garten war gepflegt, die Vorbesitzer hatten Rosen gepflanzt und die Rasenfläche war so weitläufig, dass Bengt und Alexander darauf Fußball spielen konnten, obwohl sich Siv gar nicht mehr so sicher war, ob Fußball weiterhin die richtige Sportart für die Jungs war. Sicherlich ließe sich nun etwas Angemesseneres finden. Bengt war mit sechzehn Jahren für den Beginn einer Tenniskarriere vielleicht schon ein wenig zu alt, aber Alexander? Sie wertete das Björn-Borg-Poster in seinem Zimmer als ein gutes Omen und sie nahm sich vor, ihren Jüngsten bei passender Gelegenheit darauf anzusprechen.

Die neuen Nachbarn waren freundlich und zuvorkommend,

nur drei Häuser weiter wohnte ein hohes Tier von Ericsson und die Schule des Bezirks hatte einen ausgezeichneten Ruf. Sie hatte sogar bereits eine Freundin gefunden, Bianca, die direkt gegenüber wohnte. Bianca kam ursprünglich aus Spanien, das sah man ihr auch an, lange dunkle Haare, tolle Beine, ein wunderbarer Teint! Wie sie das R rollte, einfach umwerfend! Ihr Mann war leitender Ingenieur bei Scania, der Arme pendelte jeden Tag nach Södertälje und war noch weniger zu Hause als Torben. Bianca half ihr vom ersten Tag an, sich in Danderyd wohlzufühlen. Da gab es den Bridgeclub, Rotary und natürlich die »Moderaten«. Am Vortag hatte Bianca sie mit einigen Parteifreundinnen mit auf eine Demonstration in die Innenstadt genommen, fünfundsiebzigtausend Leute waren auf der Straße gewesen und vom Park Humlegården vors Parlament gezogen, um gegen Palmes sozialistische Arbeitnehmerfonds zu demonstrieren! So etwas hatte sie vorher noch nie gemacht. Es war aufregend gewesen und im Eifer des Gefechts hatte sie sich dazu hinreißen lassen, mit der Menge »Palme, Feigling! Palme, Feigling!« zu skandieren, weil sich der Ministerpräsident vor dem Parlament nicht gezeigt hatte. Torben hatte sie am Abend verwundert angeschaut, als sie ihm davon erzählte. Dankbar hatte sie seine Hand genommen und gedrückt. Zum ersten Mal, seit sie als junges Mädchen von zu Hause ausgezogen war, fühlte sie sich angekommen. Torben hatte das möglich gemacht. Er arbeitete weiterhin viel. Seit er Abteilungsleiter geworden war, waren zwar die Dienstreisen weniger geworden, aber die Arbeitsbelastung hatte noch zugenommen. Er sah blass aus und schlief zu wenig. Aber das war es wert. Er leistete etwas. Er bewegte etwas. Er brachte das Land nach vorn. Wenn er spät nach Hause kam, was oft passierte, machte sie ihm das Abendessen warm und setzte sich, nachdem die Jungs im Bett waren, zu ihm ins Wohnzimmer, um ihm die verspannten Schultern zu massieren. Dann sahen sie sich gemeinsam Dallas an und rauchten dabei. Siv war in diesen Stunden, die sie mit Pamela, Bobby und dem Schurken J. R. teilten, tief zufrieden. Nein, sie war glücklich.

KAPITEL 4

1

Kaum saß Ingrid Nyström an diesem Morgen an ihrem Schreibtisch, klopfte es an der Bürotür. Sie sah auf die Uhr. Es war kurz nach acht, normalerweise kamen ihre Mitarbeiter immer später als sie, außerdem hatten sie sich heute zu einer Art konspirativem Arbeitsfrühstück in einem Café verabredet. Doch es war keiner der Kollegen, sondern ihre Freundin, die Rechtsmedizinerin Ann-Vivika Kimsel. Die alleinstehende Pathologin war im Gegensatz zu ihr selbst eine stets auffallend schick gekleidete und sorgfältig geschminkte Erscheinung.

»Störe ich?«

»Ach, Blödsinn, komm rein und setz dich!« Kimsel nahm Platz. Sie hatte einen Aktenordner unter dem Arm. »Darf ich dir etwas zu trinken anbieten?«

Kimsel wehrte ab.

»Lass nur, viel Zeit habe ich leider nicht.«

»Trotzdem beehrst du mich mit deiner Anwesenheit.«

Kimsel fuhr sich augenzwinkernd durch das schimmernde Haar. Hatte sie etwas an der Farbe verändert?

»Ab und an muss selbst ich mich beim gemeinen Volk blicken lassen.«

»Sicher, dass du keinen Tee willst?«

»Danke, aber mein Terminkalender ist wie immer eine Katastrophe.«

»Dabei bist du eine Ärztin ohne Wartezimmer.«

»Heutzutage haben es selbst die Toten eilig.«

Nyström musste lächeln.

»Also, was führt dich her?«

Kimsel legte die Akte auf dem Schreibtisch ab.

»Der Obduktionsbericht des Buchhalters, den sie im Växjösee gefunden haben, ist fertig. Du erinnerst dich? Unschöne Geschichte, aber das sind Suizide ja meistens. Außerdem habe ich wirklich kein Faible für Wasserleichen. Du findest mein Resümee auf Seite drei.«

»Das ging schnell, vielen Dank.«

»Ich arbeite an meinem Ruf.«

»Nett, dass du den Bericht persönlich vorbeibringst. Stimmt etwas mit meiner E-Mail-Adresse nicht?«

»Mir war nach einem kleinen Spaziergang, außerdem hat mir dein Lächeln gefehlt.«

»Ha, ha.«

»Nein, im Ernst, Ingrid, du wirkst seit Monaten angespannt und guckst griesgrämig aus der Wäsche. Ich ahne ja, woran es liegt, aber manchmal muss man auch loslassen.«

»Ach ja?«

»Ich sage das als Ärztin, nicht als Freundin. Sonst nimmst

du es eh nicht ernst. Ich dachte, wir gehen am Wochenende mal wieder zusammen aus. Auf Rezept, sozusagen.«

»Muss das wirklich sein?«

»Erst Spa, dann essen. Ist bereits alles reserviert, Schätzchen.«

»Wenn du es sagst.«

»Jetzt schmoll nicht, sondern freu dich drauf!«

»Wenn du es sagst«, wiederholte Nyström.

Vielleicht hatte ihre Freundin recht. Vielleicht tat es ihr ja wirklich gut, sich gemeinsam mit Ann-Vivika einen schönen Abend zu machen.

»Aber das ist nicht der Grund, warum ich hier bin.«

»Nein?«

Kimsels auffällig geschminkte Lippen lächelten breit.

»Wie du dich vielleicht erinnerst, war ich am vergangenen Wochenende in Stockholm.«

»Du hattest es irgendwann erwähnt, das jährliche Treffen mit deinen ehemaligen Kommilitonen, oder?«

»Genau, mein sogenannter *breakfast club.*«

»Für eine Versammlung von Pathologen ein ziemlich irreführender Name, findest du nicht?«

Kimsel lachte.

»So habe ich es noch nie betrachtet. Der Name geht auf einen Film zurück, der bei uns damals beliebt war. Aber egal. Jedenfalls war es wie immer sehr herzlich und lustig. Erst waren wir vietnamesisch essen, dann haben wir das Musical *Ghost* gesehen, herrlich kitschig *by the way,* und anschließend sind wir auf Södermalm durch die Bars getingelt.«

Nyström hob einen Daumen.

»Toll.«

»Nein, warte. Jetzt kommt es.«

»Ich bitte darum.«

»Also, es war schon ziemlich spät am Abend, als Lena eine seltsame Geschichte erzählt hat. Sie ist Oberärztin am Universitätskrankenhaus, musst du wissen, eine tolle Frau, hat eine richtige Bilderbuchkarriere hingelegt. Vor etwa zwei Monaten soll sie zwei nicht identifizierte Leichname obduzieren. Routinearbeit. Den wenigen Informationen zufolge handelt es sich bei den beiden Männern um im Einsatz in Mali gefallene Soldaten. Auch das ist so weit nichts Ungewöhnliches, da es landesweit kein einziges Militärhospital gibt, landen Soldaten meistens in der Uniklinik. Lena macht sich also an die Arbeit. Die Leichname sind schlimm zugerichtet. Schnitt- und Schussverletzungen, dazu Spuren einer starken Detonation mit typischen Verbrennungsmustern und Splitterwunden. Lena muss an Landminen denken, an Soldaten unter Beschuss, an eine anschließende Nahkampfsituation. Sie verfasst ihren Bericht, ihre Assistenten räumen auf und die Toten werden abtransportiert. Am nächsten Tag stellt Lena fest, dass im Untersuchungsraum ein Fuß vergessen worden ist.«

»Ein einzelner Fuß?«

»Eine Fußprothese, um genau zu sein. Einer der Soldaten trug eine Fußprothese. Das ist bei Berufssoldaten nicht ungewöhnlich, sagt Lena. Im Gegensatz zur landläufigen Vorstellung sind die meisten Militärs nach einer berufsbedingten Verletzung eben nicht schwer traumatisiert, sondern wollen schnellstmöglich zurück in den Einsatz. Nicht zuletzt aus finanziellen Gründen. Ebenso wenig hat die Armee ein Interesse daran, erfahrene Kräfte frühzeitig zu verlieren, weshalb Berufssoldaten oft die besten auf dem Markt erhältlichen Prothesen tragen. Wie und warum die Fußprothese übersehen worden ist, kann Lena letztendlich nicht mehr rekonstruieren, ihre Mitarbeiter schieben sich gegenseitig die Schuld in die Schuhe, jedenfalls muss sie sich darum kümmern, den herrenlosen Fuß umgehend wieder seinem Besitzer zuzuführen. Beziehungsweise dem, was von ihm übrig geblieben ist.« Ann-Vivika Kimsel lächelte, Pathologenhumor. »Doch überraschenderweise erweist sich dieser eigentlich völlig banale Vorgang als aussichtsloses Unterfangen. Lena versucht alles, nimmt mit den in Stockholm stationierten Garnisonen Kontakt auf, mit dem Verteidigungsministerium, mit dem Staatssekretariat für Äußere Angelegenheiten, mit dem Nachrichtendienst: nichts. Keiner will etwas von dem Fuß wissen. Die E-Mail-Adresse, an die sie den Obduktionsbericht geschickt hat, funktioniert nicht mehr, und es zeigt sich, dass sie keiner Behörde zuzuordnen ist. Der Fuß steht geschlagene drei Wochen auf ihrem Schreibtisch, bis er dann eines Morgens einfach verschwunden ist. Aus ihrem verschlossenen Büro hinaus entwendet. Dabei werden keine Einbruchspuren gefunden und es fehlt auch sonst nichts.«

»Was für eine merkwürdige Geschichte.«

»Nicht wahr? Zugegeben, nach drei Runden Honolulu Flip war sie wahrscheinlich noch um einiges lustiger.«

»Aber ich sehe immer noch nicht richtig, warum du mir diese Anekdote …«

»Wart's ab. Lena wird natürlich zunehmend stutzig. Irgendwann schaut sie sich ihre Berichte und das Fotomaterial noch einmal genauer an und bemerkt gewisse Ungereimtheiten. Beide Männer waren angeblich in Mali im Einsatz, einem Saharastaat. Die Hautpigmentierung passt aber überhaupt nicht zu Soldaten, die sich seit Wochen in Westafrika aufhalten, im Gegenteil, es handelt sich um zwei blasse Burschen, schwedische Weißbrote, ohne einen Hinweis auf einen Sonnenbrand. Dann die jeweiligen Mageninhalte: einmal Reis, roher Fisch, Seetang und Gemüse, dass andere Mal eine Burgermahlzeit wie sie für Fastfood-Ketten typisch ist.

Ich weiß nicht, was unsere Truppen in Mali normalerweise zu essen bekommen, aber Sushi und Big Mac?«

»Du willst andeuten, dass die Männer nicht in Mali gefallen sind, sondern anderswo?«

»Dann die Verletzungen: Der Kerl mit der Fußprothese ist an einem Kopfschuss gestorben, die Wunden durch die Detonation sind erst *post mortem* entstanden. Dem zweiten wurde die Kehle durchtrennt, dazu die Achillesfersen. Brand- und Splitterwunden ebenfalls *post mortem.*«

»Aber …«

Nyström fuhr sich unwillkürlich mit der Hand über den Mund.

»Nicht wahr?«

Kimsel lächelte schmal.

Nyströms Gedanken ratterten.

Kopfschuss. Schnitte in Hals und Fersen. Detonationswunden. Das alles passte eins zu eins zu Stina Forss' Berichten von der Abwehr der sieben Angreifer in ihrem Haus. Sie hatte zwei der Männer erschossen, einem die Kehle durchtrennt und die anderen getötet, indem sie eine Handgranate gezündet hatte.

»Wann, sagtest du, sind die Leichname in die Uniklinik eingeliefert worden?«

Kimsel nannte das Datum.

Es lag zwei Tage nach dem Massaker, das Forss schwer verletzt überlebt hatte. Kimsel legte einen schmalen Ordner auf den Schreibtisch.

»Hier sind Kopien von Lenas Berichten.«

2

Stina Forss begann den Tag mit einem einfachen Frühstück und einem Spaziergang über die Insel. Das gute Wetter hatte sich gehalten. Diesmal folgte sie einem Feldweg, der nach einigen Kilometern an einem Strand endete. Sie blickte auf einen grauen Leuchtturm, der aus verwitterten Betonsegmenten bestand und sie an einen Industrieschornstein erinnerte. Wahrscheinlich ebenso wie der Wachturm, den sie am Vortag gesehen hatte, ein Überbleibsel der Sowjetzeit. Sie verweilte einen Moment und genoss die Aussicht auf das offene Meer. Der Wind spielte in ihrem Haar. Sie nahm einen Kiesel und schleuderte ihn ins Wasser.

Zurück in Bärengrubs Hütte setzte sie sich mit dem Gedichtband und einer Fleecedecke auf eine Gartenbank in die Sonne. *Für Stina.* Ihr Vater hatte seine Gedichte ihr gewidmet. Dennoch hatte er den Lyrikband in den Jahren vor seinem Tod ihr gegenüber niemals erwähnt. Hatte er sich geschämt? Hatte er die Widmung bereut? *Warum hast du nichts gesagt, Papa, warum hast du mir nichts von deinen Gedichten erzählt?* Sie fragte sich, ob es einen Unterschied gemacht hätte. Bei allem, was geschehen war. Bei allem, was geschah. Aber auch wenn es keinen Unterschied machte, wäre es ein Anfang gewesen. Eine Tür, die einen Spalt weit geöffnet worden wäre. Eine vorsichtige Annäherung.

Sie schlug das Buch auf. Die siebenundzwanzig Poeme hatte sie bereits am Vortag gelesen. Sie konnte nicht behaupten, dass sie sie verstanden hätte, sie konnte noch nicht einmal sagen, ob sie überhaupt von etwas handelten. Aber vielleicht mussten das Gedichte auch gar nicht. Es fiel ihr ebenfalls schwer zu beurteilen, ob das Geschriebene gut war, ob ihr Vater Talent besessen hatte. Gedichte hatte sie wahrscheinlich in der Schulzeit zuletzt gelesen. Es gab Formulierungen, die ihr gefielen, anderes erschien ihr aufgesetzt oder schlicht verkorkst. Alle Gedichte wirkten fragmentarisch, sie folgten keinem Reimschema oder Rhythmus. Die einzige formale Gemeinsamkeit bestand darin, dass sie allesamt aus fünf Zeilen bestanden. Im Inhaltsverzeichnis waren die jeweiligen Titel und das Entstehungsjahr aufgeführt. Das erste stammte von 1970, das letzte von 2009. Ihr Vater hatte also bereits als junger Mann mit dem Schreiben begonnen. Hatte ihre Mutter von dieser verborgenen Leidenschaft gewusst? Hatte sie darin ihre eigene Künstlerseele widergespiegelt gesehen? Das würde vielleicht die Anziehung ihrer so verschiedenen Elternteile erklären, die sie im Rückblick immer als seltsam empfunden hatte.

Sie ging das Inhaltsverzeichnis durch. Insgesamt gab es neun Gedichte aus der Zeit, in der ihr Vater getrunken hatte. Zwei stammten aus dem Jahr 1986. Dem Schicksalsjahr, dachte sie. *Für mich und für dich, Papa. Für unsere ganze Familie. Für den Ministerpräsidenten und das ganze verfluchte Land.* Sie schluckte. Schlug die Doppelseite mit den beiden Gedichten auf. Das erste hatte den Titel *Verborgenes Wissen.* Sie las es erneut, diesmal aufmerksamer als am Vortag.

Im Kern
Schon angelegt. Ein ganzes Leben
Trugschlüsse/Fehlschüsse
Falsche Fährten, in Stein geritzt
Der Hirte verschied im Abendrot

Ohne Zweifel waren das düstere Worte, hinter denen Niedergeschlagenheit und Fatalismus zu ahnen waren. Wollte ihr Vater zum Ausdruck bringen, dass sein gesamtes Leben von vornherein zum Scheitern verurteilt war? Was sollten die

Begriffe *Trugschlüsse* und *Fehlschüsse* bedeuten? Das Fällen falscher Entscheidungen? Sprach Reue aus den Zeilen? Reue für sein unverzeihliches Verhalten gegenüber ihrer Mutter und ihr? Und der *Hirte,* der im *Abendrot verschied?* Stand das für sterbende Hoffnung? *Verdammt, Papa, wenn du uns etwas zu sagen hattest, warum hast du das nicht damals getan, auf verständliche Art und Weise? Warum zwingst du mich, über deinen kryptischen Worte zu brüten?* Forss spürte altbekannte Wut in sich aufsteigen. Sie wandte sich dem zweiten Gedicht zu. Es trug den deutschen Titel *Schwert,* die übrigen Zeilen waren jedoch wie der Rest des Buches auf Schwedisch verfasst:

»So immer den Tyrannen!«
todgeweiht
am Boden, am Boden
durchfährt tausend Schlangenhäute
scharf der Funkenschlag

Die Formulierungen waren noch weniger zugänglich als im Gedicht zuvor. Was sollte der deutsche Titel, worin unterschied sich das deutsche *Schwert* vom schwedischen *svärd?* Wozu stand die erste Zeile in Anführungsstrichen? Ein Zitat? Sie musste an Shakespeare denken. Oder an die römische Antike. Das würde zum Caesar-Fimmel ihres Vaters passen. Aber hatten die Worte darüber hinaus eine Bedeutung? Wer war *todgeweiht,* wer lag *am Boden?* War das lyrische Ich gleichbedeutend mit dem Verfasser? Eine Frage wie aus einer Klassenarbeit, dachte sie. *Schlangenhäute, Funkenschlag? Mensch, Papa, was soll der Blödsinn?* Verärgert klappte sie das Buch zu. Dreißig Jahre alte Hobby-Gedichte würden das kaputte Verhältnis, das sie zu ihrem Vater gehabt hatte, nicht reparieren. Noch viel weniger würden sie ihr helfen zu verstehen, was er mit dem Attentat auf Olof Palme zu tun hatte. Resigniert legte sie das Buch zur Seite. In der Hütte warteten weitere Kartons darauf, sortiert zu werden.

3

Ingrid Nyström machte sich auf ins Café *Bröd och Sovel,* in dem Hugo Delgado, Anette Hultin und Lasse Knutsson bereits auf sie warteten. Sie hatte nicht genügend Zeit gehabt, um den Obduktionsbericht, den ihr Ann-Vivika Kimsel überlassen hatte, in Ruhe zu lesen, trotzdem spürte sie so etwas wie Hoffnung. Womöglich fanden sich in dem Protokoll der Autopsie tatsächlich Hinweise darauf, dass der Verstorbene an dem Überfall auf Stina Forss beteiligt gewesen war. Wenn es ihr darüber hinaus sogar gelingen sollte, den Mann mit dem künstlichen Fuß zu identifizieren, wäre sie einen großen Schritt weiter. Als erfahrener Kommissarin war ihr bewusst, dass ein zwei Monate zurückliegender Mordversuch, auch wenn seine Aufklärung offenbar von einflussreichen Menschen wie Kennet Ivarus behindert wurde, wahrscheinlich leichter zu ermitteln war als ein Attentat, das mehr als drei Jahrzehnte zurücklag und in einem Nebel aus Mythen und Legenden zu verschwinden drohte. Denn genau dieser Eindruck wurde immer stärker, je mehr sie sich in das Thema vertiefte: Der Kern des Verbrechens, der tödliche Schuss auf dem Sveavägen am 28. Februar 1986 um 23.21 Uhr, schien mit jeder neuen Theorie ein Stück weiter in die Ferne zu rücken. Wahrscheinlich ging das nicht nur ihr so, sondern jedem, der sich ernsthaft mit dem Palme-Mord beschäftigte. Der Fluss, nein, der Strom an Informationen riss die Aufmerksamkeit mit sich und lenkte den Fokus weg von dem, was tatsächlich passiert war. Unendlich erscheinendes Ermittlungsmaterial, mehr als tausend Verdächtige, mehr als einhundertdreißig falsche Geständnisse. Wie sollte man in diesem Strudel den Überblick behalten? Indem man sich immer wieder auf das konkrete Geschehen am Tatort konzentrierte, mahnte sie sich. Auf klassisches polizeiliches Handwerk. Andererseits fehlte ihr schließlich die Möglichkeit, mit einer Zeitmaschine zurückzureisen und die Fehler zu vermeiden, die ihre Kollegen vor dreißig Jahren begangen hatten. Sie kam den tatsächlichen Geschehnissen am Sveavägen nicht näher, als es die alten Zeugenaussagen und forensischen Ergebnisse zuließen. Allerdings hatte sie dieses Material, wenn sie ehrlich war, noch gar nicht umfassend gesichtet. Wie auch? Allein das öffentlich zugängliche Voruntersuchungsprotokoll des Christer-Pettersson-Prozesses, in dem die Verhöre der Augenzeugen und die kriminaltechnischen Untersuchungen zusammengefasst waren, umfasste tausendsechshundert Seiten. Die Größe dieses Konvoluts war abschreckend, andererseits konnte es gut sein, dass sich darin wichtige Informationen befanden, die andere Interessierte übersehen oder falsch gewichtet hatten. Außerdem wusste sie unter Umständen von einem zentralen Puzzlestück, das allen anderen Ermittlern bisher gefehlt hatte: der vermeintlichen Tatwaffe. Womöglich verknüpfte der Revolver eine bestimmte Person ganz konkret mit dem Tatort und dem Schuss, der Olof Palmes Leben beendet hatte: Kjell Forss, Stinas Vater.

Und wenn Stina sich irrte? Nun, dann war die ganze Arbeit hinfällig. Aber dann hätten sie zumindest die Gewissheit, dass die Menschen, die der Deutschschwedin nach dem Leben trachteten, nichts mit der Ermordung des Ministerpräsidenten zu tun hatten. Kjell Forss also, ein Berufssoldat. Die Spur, zu der ihr Ann-Vivika Kimsel unverhofft verholfen hatte, deutete ebenfalls in Richtung Militär, dachte sie grimmig.

4

Lasse Knutsson hatte ein neues Laster. Aber was hieß schon Laster? War gutes Essen nicht etwas Wunderbares? War wahrhaftiges Genießen nicht auch eine Fähigkeit, ach was, eine Gottesgabe? Eine Lebenskunst, die in Zeiten von Selbstoptimierung und Körperkult mehr und mehr verloren zu gehen drohte? War er in letzter Konsequenz also nicht sogar ein Kämpfer der guten Sache, einer der letzten Helden des Schwelgens und Schlemmens? Ein Laster? Pah! Er stand dazu, dass er neuerdings dreimal in der Woche vor der Arbeit ins *Bröd och Sovel* pilgerte und sich mit Backwaren eindeckte. Solche Croissants musste man probiert haben! Kross, luftig und dieser unvergleichliche salzig-butterige Geschmack! Oder die belegten Sauerteigbrote! Ganz zu schweigen von den süßen Schweinereien! Nicht umsonst war das *Bröd och Sovel* vom renommierten *White Guide* zur besten Bäckerei des Landes erkoren worden. Heute hatte er es sogar geschafft, seine Kollegen hierherzumanövrieren. Mit Wonne biss Knutsson in das zweite Croissant des Tages. Während sich die anderen mit Kaffee und jeweils einer Brötchenhälfte begnügten, hatte er sicherheitshalber gleich mehrere Gebäckstücke bestellt, die sich auf einem Teller vor ihm türmten.

»Du krümelst den ganzen Tisch voll!«, beschwerte sich Delgado.

»Der Kultivierte bedauert nie einen Genuss«, konterte Knutsson kauend. »Zitat Oscar Wilde.«

»Die Betonung liegt auf *kultiviert«,* stellte Delgado fest. »Und was sagt eigentlich dein Arzt zu diesen Frühstücksorgien? Ich kann mir nicht vorstellen, dass er mit Oscar Wilde auf einer Linie liegt.«

»Du würdest dich wundern. Meine Vitalwerte waren nie besser. Das liegt an der vielen Bewegung an der frischen Luft. Vielleicht solltest du auch einmal über Nordic Walking nachdenken. Man kann nicht früh genug anfangen, auf seinen Körper zu achten.«

»Das sagt ja genau der Richtige. Gibst du mir wenigstens etwas ab?«

»He, he, wusste ich es doch – reiner Futterneid. Bitte schön!« Knutsson ließ Delgado zugreifen. »Aber nicht, dass du vergisst, später nachzubestellen!« Er blickte zu Nyström und Hultin und machte eine einladende Handbewegung. »Noch jemand?«

Nyström schüttelte den Kopf.

»Das lass ich mir nicht zweimal sagen.«

Hultin griff zu.

»Für dich geht es selbstverständlich aufs Haus.«

»Unfair!«, protestierte Delgado.

»Bist du etwa auch schwanger?«, fragte ihn Knutsson.

»Sehe ich so aus?«

Er registrierte den merkwürdigen Blick, den Hultin Delgado zuwarf, auch wenn er ihn nicht deuten konnte. Wer verstand schon, was zwischen den beiden vorging? Er jedenfalls hatte jegliche Interpretationsversuche bereits vor Jahren aufgegeben.

Nyström unterbrach die Kabbelei.

»Lasse, machst du den Anfang?«

»Sicher.« Er lächelte die Chefin an und fegte mit den

Fingern Krümel von seinem Flanellhemd. Obwohl die Tische neben ihnen leer waren, sprach er mit verschwörerisch gedämpfter Stimme. »Du hast uns ja gestern gebeten, passend zu unserer Hypothese einen konkreten Ermittlungsansatz zu formulieren. Ich habe mir also meine Gedanken gemacht. Um den Täter tatsächlich im Stockholmer Polizeikorps der Achtzigerjahre zu suchen, brauche ich Kontakt zu jemandem, der damals ebenfalls dort gearbeitet hat und im besten Fall auch noch gut vernetzt war. Wir sprechen hier wohlgemerkt über einen Distrikt, in dem an die siebentausend Kollegen beschäftigt waren.«

»Und ausgerechnet so jemanden kennst du?«, fragte Delgado.

»Und ausgerechnet so jemanden kenne ich«, sagte Knutsson triumphierend und grinste stolz. »Ihr übrigens auch.«

»Spann uns nicht auf die Folter«, forderte Hultin.

»Ulf Qvistgård.«

»Der rote Ulf?«, fragte Delgado.

Knutsson nickte zufrieden.

Unter dem Spitznamen war der langjährige Personalratsvorsitzende und Vertrauensmann der Gewerkschaft im Präsidium bekannt. Vor zwei Jahren war der rote Ulf, Sozi durch und durch, in Pension gegangen.

»Bis auf Ingrid seid ihr zu jung, um euch daran zu erinnern: Qvistgård ist Anfang der Neunzigerjahre aus der Hauptstadt zu uns nach Småland gekommen, das hatte etwas mit seiner zweiten Ehefrau zu tun, wenn ich mich recht entsinne. Gewerkschaftlich engagiert war er schon immer, sein Spitzname ist schließlich nicht vom Himmel gefallen. Er war bereits in seinen Stockholmer Zeiten im Personalrat, ich erinnere mich, wie er mir auf einer gemeinsamen Fortbildung Anekdoten über die seltsamen Beförderungskriterien erzählt hat, die dort in den Achtzigerjahren noch gang und gäbe waren. Außerdem ist Qvistgård leidenschaftlicher Angler und Mitglied meiner Chat-Gruppe *Kapitaler Bursche.* Wir beide sind also *so* miteinander.«

Knutsson kreuzte Mittel- über Zeigefinger der rechten Hand und reckte sie demonstrativ nach oben.

»Du und dein Zeitzeuge lösen beim Angeln gemeinsam den Palme-Fall«, spottete Delgado.

»Lach du ruhig. Wir werden's ja sehen«, entgegnete Knutsson. »Fürs Erste habe ich den roten Ulf morgen Mittag zum Essen eingeladen.«

5

Café-Ausflug samt Croissants hin oder her, Anette Hultin war die morgendlichen Palme-Besprechungen bereits satt. Zugegeben, am ersten Tag hatte sie ein gewisses Kribbeln verspürt. Den Mord umgab diese geheimnisvolle Aura, wie sie nur bei ganz wenigen Kriminalfällen zu finden ist. *Jack the Ripper. Kennedy.* Oder der sogenannte *Zodiac-Killer.* Allen war gemein, dass der Täter nicht, beziehungsweise nicht zweifelsfrei, überführt worden war. Ihr war nicht klar, was Ingrid Nyström überhaupt beabsichtigte. Wie die eigentlich zur Sachlichkeit neigende Chefin tatsächlich an irgendeinen Zusammenhang zwischen dem berühmten Mordfall und ihrer gemeinsamen Kollegin glauben konnte, war ihr schleierhaft. Genauso wie die Gründe für Stinas Verschwinden und der vorgetäuschte Selbstmord. Hatte das alles mit dem Überfall auf sie zu tun? Aber warum sprach die Chefin dann nicht Klartext mit ihnen und machte deutlich, worum es wirklich ging? Oder war das Ganze nur eine intellektuelle Fingerübung, die Nyström da inszenierte? Oder gar ein Test ihrer Loyalität? Am Ende war es vermutlich egal. Denn nachdem sich die erste Aufregung gelegt und Hultin einen Überblick über den hoffnungslosen Ermittlungsstand bekommen hatte, war das schale Gefühl geblieben, dass sie alle ihre Zeit verschwendeten. Wenn der Fall in mehr als dreißig Jahren nicht gelöst worden war, dann gab es dafür gute Gründe. Sie war lange genug Polizistin, um zu wissen, dass es Ermittlungen gab, die in Sackgassen endeten. Und oft lag dies nicht an den Fahndern, sondern es fehlten schlicht und ergreifend die nötigen Indizien, Beweise oder Zeugen. Manche Verbrechen wurden aufgeklärt, andere eben nicht. *That's life,* Freunde. Wer sich mit dieser Tatsache nicht abfand, hatte bei der Kriminalpolizei nichts zu suchen. Der Palme-Mord war offensichtlich so ein hoffnungsloser Fall. Wie ein unheilbarer Patient, durch und durch vom Krebs zerfressen, dachte sie, kein Arzt der Welt kann ihn mehr retten. Und am wenigsten vier oder fünf ahnungslose Polizisten aus einer kleinen Stadt in Småland. Sie schaute in die Runde. Auf den von Croissant-Krümeln übersäten Tisch. Während sie hier Kaffee schlürften und ihre Zeit vertrödelten, kam die eigentliche Arbeit zu kurz. Auf ihrem Schreibtisch jedenfalls stapelten sich die Akten. Ein Einbruch im Stadtteil Teleborg. Versuchte Schutzgelderpressung bei mehreren Restaurants und Bars in der Innenstadt. Und die zähe Ermittlung wegen des Verdachts auf Bestechung und Vorteilsnahme in der Baubehörde, die ihr seit Monaten den letzten Nerv raubte. Das war konkrete Polizeiarbeit, dafür wurde sie bezahlt. Und nicht, um irgendwelchen Hirngespinsten nachzujagen und dabei Gebäck in sich hineinzufuttern, obwohl die Croissants zugegebenermaßen wirklich gut waren. Wenn Halb-vier-Erik von der Sache Wind bekam, konnte es wirklich ungemütlich werden.

Für die Chefin, aber auch für alle anderen Beteiligten. Und im Gegensatz zu Knutsson, der in Siebenmeilenstiefeln auf seine Pension zumarschierte, und Delgado, der sich in seinem ganzen Leben noch nie Gedanken über die Konsequenzen seines Handelns gemacht hatte, wovon nicht zuletzt der sich wölbende Bauch unter ihrem Pullover zeugte, hatte sie eine Familie zu versorgen. *Familie.*

Sie schluckte und verlagerte ihre Sitzposition. Das war noch so ein Grund: Die harten Stühle hier brachten sie um. Sie sehnte sich auf ihren bequemen, ergonomisch konstruierten Schreibtischstuhl. Wozu hatten Menschen überhaupt einen Ischiasnerv, wenn er doch nur wehtat?

»Anette, was hast du dir überlegt?«

Nyström schaute sie treuherzig an. Jedenfalls kam es Hultin so vor. Doch sie wusste, dass der warme Blick aus Nyströms dunklen Augen täuschen konnte. Ihm waren schon viele auf den Leim gegangen, die sich nun für lange Zeit hinter Gitter befanden. Hinter diesem Blick befanden sich ein scharfer Verstand, große Menschenkenntnis, Beharrlichkeit und, wenn es sein musste, die notwendige Härte.

»Ich weiß nicht recht«, antwortete sie. »Wenn ich überhaupt eine Meinung dazu haben soll, dann denke ich weiterhin, dass es am wahrscheinlichsten ein zufälliger Einzeltäter war. Und meines Erachtens ist so jemand nicht zu fassen, es sei denn, er verplappert sich. Und wenn er das getan hätte, wäre er vermutlich schon längst überführt worden.«

»Da macht es sich aber jemand ganz schön einfach«, zischte Delgado.

»Lass Anette doch erst einmal ausreden«, brummte Knutsson.

»Viel mehr gibt es dem nicht hinzuzufügen«, sagte Hultin.

»Wie praktisch«, sagte Delgado. »Damit ist deine Arbeit also bereits erledigt, oder was?«

Hultin zuckte mit den Schultern.

»So abwegig ist die These überhaupt nicht«, sagte Nyström. »Im Gegenteil, sie taucht in der Ermittlung über die Jahre hinweg immer wieder auf. Und damit meine ich nicht nur Christer Pettersson. Zum Beispiel präsentierte die Fahndungsgruppe Mitte der Neunzigerjahre ein von FBI-Experten verfasstes psychologisches Gutachten, demzufolge es sich um einen Einzeltäter handeln muss, der persönlichkeitsgestört ist und von einem übersteigerten Hass auf Palme getrieben wird. Jemand, der große Schwierigkeiten hat, stabile Beziehungen einzugehen, und Probleme im Umgang mit Autoritäten hat. Jemand, der introvertiert und einsam ist. Dessen schwere Depressionen sich zu einer regelrechten Paranoia entwickelt haben. Passen würde solch eine Beschreibung unter anderem auf den sogenannten *Skandia-Mann.*«

»Wer ist denn der Skandia-Mann?«, fragte Knutsson.

»Du hast die Zusammenfassung also doch nicht gründlich gelesen!«, empörte sich Delgado.

»Ich habe Schwerpunkte gesetzt«, verteidigte sich Knutsson.

»So wurde ein Angestellter des Skandia-Versicherungskonzerns damals von der Presse genannt«, erläuterte Nyström. »Er hat bis kurz vor dem Tatzeitpunkt in dem Gebäude gearbeitet, vor dem Olof Palme erschossen wurde. Er war einer der ersten Zeugen am Tatort, hat sich später jedoch immer wieder in Widersprüche verwickelt. Die Ermittler haben in ihm jedoch eher einen Wichtigtuer als einen Verdächtigen gesehen.«

»Skandia-Mann«, wiederholte Knutsson und schüttelte den Kopf. »Bei Skandia habe ich eine Lebensversicherung abgeschlossen.«

Hultin seufzte.

»Na gut«, sagte sie. »Dann widme ich mich halt diesem Versicherungsfritzen oder irgendeinem anderen einsamen Spinner.« Auch wenn es vermutlich reine Zeitverschwendung ist, fügte sie innerlich hinzu.

6

Stina Forss machte sich zum Mittagessen eine Tasse Bouillon, dazu aß sie einen Kanten Brot mit Käse. Anschließend setzte sie sich auf den Fußboden der Hütte und arbeitete systematisch weiter. Alte Fotos, es mussten Hunderte sein. Manche betrachtete sie länger als andere. In Schwarz-Weiß: ihr Großvater in Uniform, im Hintergrund an der Wand das obligatorische Porträt König Gustavs V. Die Familie in Sonntagskleidern, ihr Vater war drei oder vier Jahre alt. Schon damals derselbe scharfe Scheitel, den er sein Leben lang tragen sollte. Auf Skiern im Alter von dreizehn oder vierzehn. Einige Jahre später mit Abiturientenmütze und ernstem Blick. Farbfotografien: 1966, Kjell Forss mit Kameraden auf einem Panzer. 1968, Kjell Forss mit anderen jungen Menschen in Badekleidung auf einer Klippe, die lässige Art, wie er die Zigarette im Mundwinkel balancierte, erinnerte an James Dean. 1972, Kjell Forss auf einer ganzen Serie von Bildern eines Skiausflugs, auffällig oft in der Nähe einer hübschen Blondine mit Grübchen. 1976, die ersten Fotos, auf denen Stinas Mutter Johanna auftaucht. In Latzhose beim Malen. Mittsommer mit Blumenkranz im Haar. Im Bikini auf den Schultern ihres Vaters an einem Strand. Johanna mit Zöpfen, Johanna mit Pferdeschwanz,

Johanna mit offenem Haar. 1974, dreimal sechsunddreißig Fotos, die Kjell und Johanna beim Fjällwandern zeigen. 1975, Kjell und Johanna beim Schlittschuhlaufen. Johanna auf einer Ausstellungseröffnung. Kjell, Johanna und Johannas Eltern vor dem Kölner Dom. 1976, achtundvierzig Hochzeitsfotos: Sie musste schlucken. Ihre Mutter sieht so glücklich aus. Ihr Vater stolz. Die Hochzeitstorte ist dreistöckig. 1979, Johanna mit Säugling auf dem Arm, Kjell mit Säugling auf dem Arm. Baby-Stina mit Knopfaugen. Baby-Stina an Mamas Brust. Baby-Stina weinend in einer Kunststoffbadewanne, starke, behaarte Arme halten sie. Die glückliche Kleinfamilie Forss. 1982, Stina auf einem Dreirad. 1984, Stina auf einer Schaukel. 1985, Stina und Papa bei einem Waldpicknick. Sie schluckte erneut. Der Stapel Fotos, die sie angesehen hatte, war auf zehn Zentimeter gewachsen. Viele waren nicht mehr übrig. Den Stempeln auf der Rückseite zufolge, die ihr bei der zeitlichen Orientierung halfen, stammten die nächsten Aufnahmen von 1994. Dazwischen klaffte ein riesiges zeitliches Loch. Die Bilder zeigten offenbar eine Reisegruppe, die in Japan oder Korea unterwegs war, wenn sie die Schriftzeichen im Hintergrund richtig deutete. Sie musste an den Stadtplan von Seoul denken. Ein Foto zeigte ihren Vater vor einem buddhistischen Tempel. Ein anderes war in einem Reisebus aufgenommen. Kjell saß neben einer ostasiatisch anmutenden Frau und schien sich angeregt zu unterhalten. Im letzten Bild der Serie standen er und dieselbe Frau, die er um anderthalb Köpfe überragte, in einem Bambushain. Er hatte den Arm um sie gelegt. Beide lächelten in die Kamera. Stina Forss schluckte ein drittes Mal. Wer war diese Frau mit dem anmutig geschnittenen Gesicht und den rot bemalten Lippen? Eine lose Reisebekanntschaft? Eine zeitweilige Geliebte? Die zweite, große Liebe ihres Vaters? Sie fand die Antwort eine Minute später in der nächsten Fototasche. Ein Doppelporträt, offenbar in einem Fotostudio aufgenommen. Ihr Vater und die Frau mit den asiatischen Gesichtszügen nebeneinander, Wange an Wange, die Hände ineinandergelegt. Sie spürte einen Stich in ihrem Brustkorb. Sie blätterte sich durch weitere Fotos. Die Frau in einem Ruderboot. Die Frau vor dem berühmten riesigen Weihnachtsbock in Gävle. Die Frau in Unterwäsche. Schließlich las sie den Namen auf einer Fototasche: Ye-jin Davidsson. Der Stich zwischen ihren Rippen breitete sich zu einem Ziehen aus. Die letzte Aufnahme stammte aus dem Sommer 1999 und wirkte wie auf einer Restaurantterrasse in Südeuropa gemacht. Weiß getünchte Wände, rotgelbe Sonnenschirme. Vielleicht Griechenland oder Spanien. Die Frau und Kjell saßen vor Eisbechern. Im gläsernen Aschenbecher qualmte eine Zigarette vor sich hin. Ihr Vater hielt die Hand der Frau. Ihre Gesichter wirkten merkwürdig ausdruckslos. Sie betrachtete das Bild lange. Es hatte einen schwer zu benennenden, traurigen Unterton. Lag das an den ausgezerrten Farben? Den harten Schatten auf dem Terracottaboden? Den merkwürdig versteinerten Gesichtern? Sie legte das Foto beiseite und richtete sich auf.

Papa, warum hast du nie etwas davon gesagt?

Ye-jin Davidsson. Wer war diese Frau gewesen, die ihrem Vater über Jahre hinweg nah gewesen war? Auf seiner Beerdigung war sie nicht gewesen, niemand war dort gewesen, der im Entferntesten asiatisch ausgesehen hatte, da war sie sich sicher. Wusste ihre Mutter von der Beziehung? Ihre Tante? Ihre Cousine? Oder hatte ihr Vater Ye-jin allen Verwandten verheimlicht? Oder umgekehrt: Hatte er ihr sein altes Leben nicht zumuten wollen?

Ihr Blick fiel auf den Gedichtband. Sie schlug ihn auf und überflog das Inhaltsverzeichnis.

Sie fand *Rose von Yongsan-Gu, 1994, Verwelkt, 1999* und *Junge*

Knospe, 2000. Auch wenn die Gedichte ähnlich fragmentarisch und rätselhaft wirkten wie *Verborgenes Wissen* oder *Schwert,* meinte sie zu verstehen, dass das erste von dem Erblühen einer Liebe und das zweite von ihrem Erkalten oder Ersterben handelte. Was war also 1999 geschehen? Hatten sich Ye-jin und ihr Vater innerhalb weniger Jahre auseinandergelebt? Und *Junge Knospe?* Eine Versöhnung? Eine neue Liebe? Forss schloss die Augen und öffnete sie wieder. Massierte sich die Schläfen. Atmete tief ein, zählte bis fünf und atmete wieder aus. Spielte das eine Rolle? Wollte sie die Antwort überhaupt wissen? Ging diese Frau sie etwas an? *Verdammt noch mal, Papa!* Aus einem Impuls heraus griff sie einen der zuvor gewissenhaft aufgetürmten Fotostapel und knallte ihn an die Wand. Die alten Aufnahmen segelten zu Boden. Sie suchte Antworten. Sie bekam Antworten. Allerdings auf Fragen, die sie nicht gestellt hatte. *Du zerrst an mir, Papa, noch aus dem Grab heraus.* Anstatt Hinweise zu finden, die ihr weiterhalfen, drohte sie in einer familiären Therapiemaßnahme zu versumpfen. Sie stampfte aus der Hütte, schlug die Tür hinter sich zu und marschierte auf dem kürzesten Weg zum Meer. Zwischen Heide und Strandhafer riss sie sich die Kleidung vom Körper und stakste so weit über Kieselsteine ins eiskalte Wasser, bis sie sich in die nächste Welle werfen konnte.

7

»Ich hab den gestrigen Abend damit verbracht, alles über die Südafrikaspur zu lesen, was ich in die Finger bekommen konnte«, sagte Delgado. »Die Fülle an Material ist selbst bei diesem Nebengleis der – wie soll man es nennen? Palme-Literatur? – bemerkenswert. Besonders informativ fand ich dabei den Blog eines Journalisten, der die Morduntersuchung von Beginn an kritisch begleitet. Er und viele andere Experten, darunter auch ehemalige Polizisten und Geheimdienstler, sind sich in vielen Überlegungen einig: Die südafrikanische Regierung hatte überzeugende Motive, unseren Ministerpräsidenten zu töten. Mit der *Operation Long Reach* standen ihr die entsprechenden Mittel zur Verfügung. Der Geheimdienst hat bereits vorher politische Gegner im Ausland eliminiert und dabei – jetzt wird es interessant – auf die Unterstützung lokaler Kräfte vertraut. Viel spricht dafür, dass er bei einem geplanten Attentat in Schweden ähnlich verfahren ist. Die naheliegenden Gründe dafür sind unter anderem die Logistik sowie Orts- und Sprachkenntnisse. Daraus ergeben sich zwei Folgefragen: Was für Gruppen wären hierzulande bereit, einem ausländischen Geheimdienst dabei zu helfen, den eigenen Ministerpräsidenten zu töten? Und wie, beziehungsweise von wem, wird der Kontakt zwischen *Long Reach* und einer solchen Gruppe hergestellt?«

»Durch ein Zeitungsinserat?«, versuchte sich Knutsson an einem Scherz.

»Ganz bestimmt, Lasse.« Die Bemerkung hatte Delgado für einen Moment aus dem Takt gebracht. »Also was für eine Gruppe könnte das sein?«

»Rechtsextreme«, schlug Nyström vor. »Sie vereint der

Palme-Hass und das rassistische Menschenbild der südafrikanischen Apartheitsregierung.«

»Ganz genau«, bekräftigte Delgado. »Mitte der Achtzigerjahre tummelten sich hierzulande diverse Organisationen am politisch rechten und äußerst rechten Rand. Zum Beispiel die Europäische Arbeiterpartei EAP, die Palme einen geisteskranken Mörder, Drogenhändler und Sowjetagenten nannte. Ein EAP-Anhänger und Waffennarr war wie bereits erwähnt noch vor der sogenannten PKK-Spur der erste Tatverdächtige überhaupt und saß von März bis April 1986 in Untersuchungshaft. Erst während des Prozesses gegen Pettersson stellte man die Ermittlungen gegen ihn ein, auch wenn es heute noch ehemalige Fahnder gibt, die an seine Verwicklung in die Geschehnisse am Sveavägen glauben. Dann wäre da die antikommunistische Gruppierung Resistance International, die Gruppe Friheten i Sverige, der ultrakonservative Nya Tisdagsklubben, die Fortschrittspartei Bewara Sverige Svenskt, das sogenannte Baltische Komitee oder die neoliberale Stiftung Contra, die eine gleichnamige Zeitung herausbringt, der einmal eine Zielscheibe mit Palme-Konterfei beilag. Ganz zu schweigen von der paramilitärischen Stay-behind-Bewegung.«

»Mal wieder die bösen Rechten«, warf Hultin ein.

»Kennst du etwa gute Rechte?«

Delgado verdrehte die Augen.

Hultins zweifelhafte politische Präferenzen nervten ihn seit Jahren. Vielleicht war das der Grund, warum es mit ihnen beiden nie wirklich geklappt hatte.

»Es gab ebenso linken Palme-Hass«, konterte Hultin. »Was ist zum Beispiel mit dem Göteborger Krankenhausskandal? Oder der Harvard-Affäre?«

»Zugegeben, mit dem Krankenhausskandal hat sich Palme bei den Kommunisten und allen anderen, die sich links der Sozialdemokraten verorteten, nicht gerade beliebt gemacht«, gestand Delgado ein. »Aber das war in den Siebzigerjahren, eine Dekade vor dem Mord. Und die Harvard-Affäre hat nicht nur Linke entsetzt, sondern breite Bevölkerungsteile, über das gesamte politische Spektrum hinweg.«

»Was war noch mal die Harvard-Affäre?«, wollte Knutsson wissen.

»Hast du die Zusammenfassung gar nicht gelesen?«, fragte Delgado scharf.

»Palme war ein Heuchler«, erklärte Hultin auftrumpfend. »1983 hielt er einen Vortrag an der Harvard-Universität. Als Ministerpräsident durfte er dafür natürlich nicht vergütet werden. Stattdessen hat der scheinheilige Sack seinem Sohn ein saftiges Stipendium zugeschustert. Wohlgemerkt ohne den finanziellen Vorteil in seiner Steuererklärung anzugeben. Der weltgrößte Vorkämpfer für einen hohen Steuersatz wurde am Ende als kleinkarierter bigotter Betrüger entlarvt, und das ausgerechnet von Jan Guillou, einem marxistischen Journalisten.«

»Das hast du aber sehr zugespitzt wiedergegeben.« Delgado war empört. »Ich finde …«

Nyström intervenierte.

»Für eure ewigen Auseinandersetzungen fehlt mir heute die Geduld. Hugo, bitte weiter im Text!«

Delgado zog eine Schnute.

»Na schön, aber bevor ich fortfahre, noch ein interessantes Detail, wo wir gerade beim Thema sind: Die Harvard-Affäre hatte einen rätselhaften Nachlauf, der kaum bekannt ist, aber in den Ermittlungsversäumnissen auftaucht, den die Untersuchungskommission aufgelistet hat. Palme wurde zu einer Steuernachzahlung verdonnert. Am 26. Februar 1986, also zwei Tage vor seinem Tod, reichte er beim Verwaltungsgericht Stockholm eine selbst verfasste Klage gegen diesen Beschluss ein, offenbar bestritt er darin weiterhin vehement einen Zusammenhang zwischen seiner Vortragstätigkeit und dem Stipendium, das sein Sohn erhalten hat.«

»Was soll daran rätselhaft sein?«, fragte Hultin. »Zeigt es nicht einfach, dass er ein selbstgerechter Arsch war?«

»Das Rätselhafte, meine liebe Anette, besteht darin, dass die eingereichten Unterlagen, also Palmes Klage gegen den Steuerbeschluss, zwei Tage später, nur wenige Stunden vor dem Mord, aus dem Verwaltungsgericht gestohlen worden sind.«

»Aber mit welchem Zweck?«, wollte Knutsson wissen.

Delgado zuckte mit den Schultern.

»Gute Frage. Vor allem, weil es, wie in Behörden üblich, mehrere Ausführungen der Schriftstücke gab. Die gesamte Aktion war also im Grunde nutzlos.«

»Können wir dann bitte mit Südafrika weitermachen«, drängte Nyström.

»Schon gut, schon gut. Ich dachte halt, es könnte von Interesse sein.«

»Wir können nicht jeder Kleinigkeit nachgehen«, befand Nyström. »Denkt an die über dreihundert Regalmeter Akten.«

»Na schön«, seufzte Delgado. »Südafrika also. Wer der Frage nachgeht, was für eine Person den perfekten Mittelsmann zwischen einem rechten schwedischen Netzwerk und dem südafrikanischen *Secret Service* abgeben würde, landet zwangsläufig bei dem Namen Bertil W., einem Mann mit Geheimdienstvergangenheit und engen Kontakten zur schwedischen Wirtschaftsspitze. W. lebte von Mitte der Siebziger- bis Mitte der Achtzigerjahre in London, wo er einerseits Lobbyarbeit für Südafrika betrieb und sich andererseits für *Long Reach* verdingte, unter anderem wurde er später angeklagt, an einem Einbruch im Parteibüro von südafrikanischen Oppositionellen beteiligt gewesen zu sein. 1985 zog der Reserveleutnant, der für seine rechtsextremen Ansichten bekannt war, von England nach Nordzypern, einem Land, das nur mit der Türkei ein Auslieferungsabkommen hat, und als perfekter Unterschlupf für Kriminelle dient. Dort lebt er heute noch. Er kennt also südafrikanische Geheimdienstler und ist bestens mit schwedischen Rechtsaußen vernetzt. In den Fokus der Öffentlichkeit rückte er 1996, als die beiden bereits erwähnten ehemaligen südafrikanischen Agenten vor dem Amnestieausschuss aussagten und nicht nur eigene Landsleute und Kollegen beschuldigten, am Palme-Mord beteiligt zu sein, sondern auch Bertil W. Interessanterweise wurde W. bei der Fahndungsgruppe bereits 1987 ins Spiel gebracht. Der Tipp übrigens kam von keinem Geringeren als dem weltbekannten Krimi-Schriftsteller Stieg Larsson. Das war viele Jahre bevor Larsson mit seiner Millennium-Trilogie zum internationalen Bestsellerautor wurde. Den meisten seiner Millionen Leser ist gar nicht bewusst, dass er hauptberuflich Journalist war und sich vor allem dem Kampf gegen den Rechtsextremismus verschrieben hatte. Die Kartografie der rechten Gruppen, die ich vorhin genannt habe, ist vor allem Larssons ausdauerndem Engagement zu verdanken, und wahrscheinlich gab es Mitte der Achtziger- und Anfang der Neunzigerjahre niemanden im Land, der mehr über den schwedischen Rechtsextremismus und seine Anhänger wusste als er. Das Bemerkenswerte an der zwielichtigen Figur Bertil W. ist, dass er zu den Vorwürfen gegen ihn zwar mehrfach Journalisten gegenüber Stellung bezogen hat, aber bis heute noch nie von der Polizei vernommen worden ist.«

»Mit anderen Worten, Monsieur Delgado will nach Zypern fliegen.«

Er gab sich Mühe, den Hohn in Hultins Kommentar zu überhören. Wahrscheinlich lag es an der Schwangerschaft, dass sie so zickig war. Er klopfte auf den Laptop, der vor ihm auf dem Tisch stand.

»Das ist gar nicht nötig, liebe Anette. Ein Mann mit meinen Möglichkeiten findet andere Wege.« Er warf Nyström einen Blick zu. »Da sich unsere gesamte Operation sowieso am Rande der Legalität bewegt, habe ich vor, ein kleines, böses Programm auszuprobieren, das ich kürzlich geschrieben habe. Vorausgesetzt, es gibt in Nordzypern überhaupt Internet.«

Hultin stöhnte auf.

»Jetzt macht er auch noch auf Lisbeth Salander!«

8

Die Polizeispur. Ein wirrer Einzeltäter, wie es der sogenannte Skandia-Mann wäre. Südafrika. Das alles waren relativ bekannte Hypothesen, genauso schlüssig oder unschlüssig wie die meisten anderen. Ein zum Tatzeitpunkt vierzig Jahre alter Berufssoldat im Rang eines Leutnants, wie es Kjell Forss zum Tatzeitpunkt gewesen war, passte genau genommen in keines dieser Szenarien, dachte Ingrid Nyström, ebenso wenig wie eine siebenköpfige Todesschwadron, die mehr als drei Jahrzehnte später versucht, die Tochter eben dieses Soldaten zu töten, mutmaßlich weil sie sich im Besitz der Tatwaffe befindet und von ihr die Gefahr ausgeht, weitere Spuren und Beweise auszugraben und schließlich das ganze Ausmaß des Komplotts zu enthüllen. Aber das alles konnten Knutsson,

Hultin und Delgado natürlich nicht wissen. Weil ich ihnen diese Informationen vorenthalte, dachte Ingrid Nyström. Das schlechte Gewissen quälte sie. Die Treue ihrer Mitarbeiter verdiente Offenheit. Andererseits: Die wiederholten Tötungsversuche, denen Stina Forss ausgesetzt gewesen war und die zu Haileys sinnlosem Tod geführt hatten, zeigten, welche Gefahr vom Wissen um den ominösen Revolver ausging. Nyström und Forss waren sich einig gewesen: Sie wollten ihre Kollegen nicht tiefer in die Sache hineinziehen, als nötig war. Auch wenn sie sich beide sicher gewesen waren: Um voranzukommen, brauchten sie das gesamte Team, jeden Einzelnen von ihnen. Delgados Recherchefähigkeiten und sein analytisches Denken. Hultins Beharrlichkeit und Jagdeifer. Knutssons Spürnase und Erfahrung. Und an dieser Stelle kam eine ermittlungsstrategische Überlegung ins Spiel: Im Laufe der Jahre waren sie bei den Fällen gut gefahren, bei denen sie einen möglichst breiten Ermittlungsansatz gewählt hatten. Wenn Nyström nun jedoch Stinas Vater als Hauptverdächtigen präsentierte, würden sie sich unweigerlich alle gemeinsam darauf stürzen, Kjell Forss' Verstrickung in den Mord zu untersuchen. Sie würden den Fehler wiederholen, den Hans Holmér zu Beginn der Fahndung mit der PKK gemacht hatte. Sie würden für alle nebensächlich erscheinenden Aspekte blind werden. Deshalb reichte es für den Moment, wenn sich Stina um ihren Vater kümmerte. In Estland hatte sie hoffentlich das Material, das dazu nötig war. Nyström selbst würde das Umfeld in Augenschein nehmen, in dem Kjell Forss sich bewegt hatte, das Militär. Und was ihre Mitarbeiter anging, vertraute sie auf deren Instinkt. Wenn sie sich tatsächlich auf Nebenkriegsschauplätzen zu verlieren drohten, konnte sie immer noch nachjustieren.

»Interessant, dass du ausgerechnet die Organisation Friheten i Sverige nennst, Hugo«, sagte sie. »Im Vorstand dieser rechten Gruppierung saß 1985 der Fregattenkapitän Hans von Hofsten. Von Hofsten wurde der breiteren Öffentlichkeit einen Monat vor dem Palme-Mord durch einen Gastbeitrag im Svenska Dagbladet bekannt. Die Überschrift lautete: Sowjetrepublik Schweden? Darin malte er das Bild einer naiven Nation, die immer weiter abrüstet, während die Sowjets bereits konkrete Vorbereitungen für einen Angriffskrieg treffen. Als Hauptschuldigen für diese angebliche Misere benannte er Olof Palme und seine Ausführungen schrammten haarscharf am Vorwurf des Landesverrats vorbei. Später wird bekannt, dass von Hofsten beim Oberbefehlshaber vorstellig wurde und die Befürchtung äußerte, Olof Palme könnte von den Sowjets durch Telepathie manipuliert worden sein. So lächerlich uns das heute erscheinen mag, so ernst hat man zumindest den Vorwurf des Landesverrats im Kalten Krieg genommen. Der Fregattenkapitän stand mit seiner Meinung alles andere als allein. Schon Ende 1985 veröffentlichte dieselbe Zeitung ein Interview mit zwölf Marineoffizieren, die Palme vorwarfen, die Bedrohung durch sowjetische U-Boote nicht ernst genug zu nehmen, und ihm das Misstrauen aussprachen. Diese Ansicht wurde durchaus von breiten Bevölkerungsschichten geteilt. Dazu muss man wissen, dass nach der Strandung eines sowjetischen U-Boots in der Nähe des Marinestützpunkts Karlskrona im Herbst 1981 ein aufgeheiztes politisches und mediales Klima herrschte. Die Zeitungen waren voll von vermeintlichen U-Boot-Sichtungen und reißerischen Reportagen über U-Boot-Jagden in schwedischen Hoheitsgewässern. Experten diskutierten im Fernsehen Spuren auf dem Meeresboden und Unterwasseraufnahmen von Geräuschen. Die Stimmungslage drohte zeitweise ins Hysterische zu kippen. Wie viel an sowjetischer Spionage wirklich hinter dem ganzen Brimborium steckte, ist bis heute umstritten. Kritiker merkten an, dass hinter einem Großteil der akustischen Phänomene natürliche Ursachen stecken könnten, wie zum Beispiel zivile Fahrzeuge, Schleppnetze oder Fischschwärme, oder dass für die sichergestellten Spuren auf dem Meeresboden auch U-Boote der NATO verantwortlich gewesen sein könnten. Die vermeintliche Neutralitätspolitik war nämlich längst nicht so neutral, wie sie nach außen dargestellt wurde. Den gesamten Kalten Krieg über bestand eine Kooperation mit der NATO, die zum Beispiel U-Boot-Korridore, Manöver oder gemeinsame Abhörstationen betraf. Die Publikationen von Hofstens und der anderen ranghohen Marineoffiziere rund um die Jahreswende 1985/86 deuten auf eine besonders alarmistische Stimmung in bestimmten militärischen Kreisen hin. Hintergrund ist eine für den April 1986 geplante Moskaureise Olof Palmes, auf der er Michail Gorbatschow treffen sollte. Es wurde befürchtet, dass der Ministerpräsident dem sowjetischen Staatschef gegenüber nicht mit der vermeintlich gebotenen Härte auftreten, sondern den Kurs der politischen Annäherung und Abrüstung weiterverfolgen würde.« Nyström hielt einen Moment inne und trank einen Schluck Wasser. »Nun, wie wir wissen, ist es zu dieser Reise nicht mehr gekommen.«

Delgado und Knutsson blickten sie nachdenklich an. Hultin wand sich auf ihrem Stuhl. Ihr Gesichtsausdruck wirkte noch eine Spur mürrischer als zuvor. Nyström musste daran denken, dass die ehemalige Leistungssportlerin beinahe zehn Jahre lang als Berufssoldatin gedient hatte, bevor sie Polizistin geworden war.

»So wie du es formulierst, klingt es ehrlich gesagt ziemlich tendenziös«, brachte Hultin ihren offensichtlichen Unmut zum Ausdruck.

»Wie meinst du das?«

»Nun ja, es klingt, als wolltest du andeuten, dass Palme

von kritischen Offizieren getötet worden ist, weil sie seine Ostpolitik falsch fanden. Ist das nicht ein bisschen weit hergeholt? Ehrlich gesagt bin ich mit vielen Entscheidungen unserer jetzigen Regierung auch nicht einverstanden, aber das bedeutet schließlich nicht, dass ich vorhabe, unser wertes Regierungsoberhaupt zu erschießen.«

Fühlte sich Hultin in ihrer Soldatenehre verletzt?

»Wenn es so klang, dann ist es nicht meine Absicht gewesen. Ich habe lediglich versucht, das gesellschaftliche Klima zu schildern, in dem der Mord geschah.«

»Na dann«, sagte Hultin, raffte ihre Unterlagen zusammen und stand auf. »Keine Ahnung, was ihr heute noch so vorhabt, aber ich persönlich habe den Schreibtisch voller Arbeit.«

9

Die Abkühlung im Meer hatte Stina Forss gutgetan. Sie hatte den folgenden Nachmittag damit verbracht, weitere Unterlagen zu sichten. Als es dämmerte, hatte sie sich etwa bis zur Hälfte des Materials durchgearbeitet. Einen weiteren Hinweis auf die Frau mit dem ungewöhnlichen koreanisch-schwedischen Namen hatte sie nicht gefunden, auch sonst nichts, das ihr Interesse geweckt hätte. Zum Abendessen briet sie sich zwei Eier, dazu trank sie schwarzen Tee mit einem Schuss Brandy. Als sie spürte, dass die Hütte auskühlte, zündete sie im Ofen ein Feuer an. Vom Wasser her kam Wind auf, der im Dachgebälk pfiff. Feine Sandkörnchen prasselten gegen die Scheibe. Sie stellte ein uraltes

Kofferradio an, fand einen Sender mit klassischer Musik und nahm auf einem der Sessel Platz. Auf dem Beistelltisch lag der Gedichtband ihres Vaters. Sie nahm ihn und betrachtete das schmale Buch für eine oder zwei Minuten, dann legte sie es wieder zurück. *Für heute habe ich genug von dir, Papa.* Sie versuchte, sich auf etwas anderes zu konzentrieren. Die Violinen im Radio schwollen dramatisch an. Sie merkte, dass sie nicht in der Stimmung für diese Art von Musik war, stand auf und schaltete das Gerät aus. Nun war nur noch der Wind zu hören und das Knistern des Feuers im Ofen. Sie schenkte sich von dem Tee nach und goss großzügig Brandy dazu. Hoffentlich hatte sie sich am Strand keine Erkältung geholt. Es war unvernünftig gewesen, nach dem Bad so lange auf den Felsen sitzen zu bleiben und aufs Meer zu blicken, bis der Wind ihre Haare getrocknet hatte. Aber es hatte sich gut angefühlt. Sie hatte sich gut gefühlt. Frei und stark. Vermutlich hatte das eisige Wasser in ihrem Körper irgendwelche Botenstoffe freigesetzt, Serotonin oder Dopamin oder weiß der Teufel was. Jetzt, in dem Schummerlicht in der Enge der Hütte, hatte die Realität sie wieder eingeholt. Weder war sie frei, noch war sie stark. Sie versteckte sich. In einer Art besseren Gartenlaube, am Ende der Welt. Außerdem war sie abgesehen vom vermeintlichen Palme-Revolver unbewaffnet, seit sie die nicht registrierte *Sig Sauer* notgedrungen in dem Café in Helsinki hatte zurücklassen müssen.

Gerade als sie sich wieder in den Sessel setzen wollte, hörte sie, wie draußen im Garten ein Ast brach. Ein deutlich zu vernehmendes Knacken, keine zehn Meter von ihr entfernt. Sie hielt in der Bewegung inne. Lauschte. Nichts. Da waren nur der Wind und das Feuer. Trotzdem war sie überzeugt, sich nicht getäuscht zu haben. Ein knackender Ast, so als ob etwas Schweres daraufgetreten wäre. Ein Mensch, der dort draußen herumschlich. Tiere machten solche Geräusche nicht, da war sie sich sicher, immerhin hatte sie die vergangenen Jahre in einem Haus im Wald gelebt und beinahe jede Nacht mit geöffnetem Fenster geschlafen. Sie holte das Etui und nahm den schweren Revolver hinaus. Ihr war bewusst, dass der Lauf der Waffe höchstwahrscheinlich in den vergangenen dreiunddreißig Jahren nicht gereinigt worden war. Es bestand die nicht unerhebliche Gefahr, dass der ungeölte Lauf von innen korrodiert war, was ein erneutes Abfeuern des Revolvers zu einer riskanten Angelegenheit machte. Im schlimmsten Fall konnte es dabei zu einer Waffensprengung kommen, die angesichts des großen Kalibers lebensgefährlich sein konnte. Doch was blieb ihr in dieser Situation anderes übrig? Was, wenn sie den Mann im Café nicht abgeschüttelt hatte? Was, wenn Bärengrubs Leute ihre Beschatter in Tallinn übersehen hatten? Was, wenn ihr jemand bis auf die Insel gefolgt war? Auch wenn Bärengrub versprochen hatte, dass Urmas ein Auge auf sie werfen würde, bezweifelte sie, dass ein alter Mann mit Hund sie beschützen konnte. Nicht vor den Feinden, mit denen sie es zu tun hatte. Sie griff nach dem Revolver und löschte das Licht. Kommt doch, flüsterte sie, kommt doch und holt mich, wenn ihr etwas von mir wollt. Sie wartete im Dunkeln, zählte die Sekunden und versuchte ihren Atem zu kontrollieren. Doch niemand kam. Sie hörte weiterhin nichts als das Ofenfeuer und den Wind im Gebälk, dazu das feine Prasseln des Sands an der Scheibe. Als sie bis sechshundert gezählt hatte, entspannte sie sich ein wenig. Sie wartete, bis ihrem Gefühl nach weitere zehn Minuten vergangen waren, dann öffnete sie die Tür einen Spalt und schlüpfte nach draußen in den Garten. Sie brauchte Gewissheit. Sie befand sich auf der Rückseite der Hütte, hier stand die Bank, auf der sie am Vormittag in der Herbstsonne gesessen und die Gedichte ihres Vaters gelesen hatte, daneben war an der Wand Feuerholz gestapelt. Sie kniff das Auge zusammen und scannte den Garten. Die über den Himmel jagenden Wolkenfetzen gaben alle paar Sekunden das Licht eines Halbmonds frei. In diesen kostbaren Momenten bekam die schwarze Wand vor ihr Konturen: die Gemüsebeete, der Kompost, das Häuschen, in dem sich das Plumpsklo befand, die Laubbäume im Hintergrund, die das Grundstück begrenzten. Sie hörte den Wind in den Kronen rauschen. Dort, vom Waldrand aus, musste das Geräusch, das sie aufgeschreckt hatte, gekommen sein. Gebückt arbeitete sie sich Schritt für Schritt auf die Bäume zu, den Revolver fest mit ihrer rechten Hand umschlossen. Als sie das Ende der Beete erreicht hatte, ging sie in die Hocke und lauschte. Außer den raschelnden Blättern der Buchen und Eichen hörte sie nichts. Wieder wartete sie. Ein, zwei, drei Minuten. Das Mondlicht kam und ging. Sie sah und hörte niemanden. Hatte sie sich womöglich doch getäuscht? Konnte der knackende Ast vielleicht doch von einem Tier stammen? Umherstreifendes Rot- oder Damwild? Ein Dachs? Ein Fuchs? Sie legte sich flach auf den Boden, robbte vorwärts durch feuchtes Gras und modrige Blätter. Einmal verhakte sie sich in den Ranken einer wilden Brombeere, ein anderes Mal griff sie in Brennnesseln. Dezimeterweise kam sie vorwärts. Fünfzehn, zwanzig Meter kroch sie in den Wald hinein, lauschte wieder und wieder, bis sie in die Hocke ging und Meter für Meter absuchte. Nach einer Zeitspanne, die ihr wie eine Stunde vorkam, war sie von der Sinnlosigkeit ihres Unterfangens überzeugt. Hier war niemand. Sie hatte sich geirrt. Sie richte sich auf. Sie war nass, schmutzig und fror. Wie war es um ihre Psyche bestellt, wenn die Wahrnehmung ihr solche Streiche spielen konnte? Vielleicht wurde sie allmählich wirklich verrückt. Bei Menschen, die sich über längere Zeit in Lebensgefahr befanden, war das nichts Ungewöhnliches. Sie hatte von Soldaten im Einsatz gelesen, die schwere psychische Störungen entwickelten. Sie ging zurück zur Hütte. Als sie die vorderste Baumreihe erreicht hatte, lichteten sich für einen Moment die Wolken. Vor ihr auf dem Boden leuchtete etwas auf. Etwas Kleines, Helles, das sich vor der dunklen Erde deutlich abzeichnete. Sie bückte sich und hob den Gegenstand auf. Es war ein weißes Feuerzeug. Zurück in der Hütte betrachtete sie es genauer. Es sah alles andere als verwittert aus. Eher so, als sei es erst gerade jemandem aus der Tasche gefallen.

542 TAGE BIS TAG X

Siv Melldén holte einen dampfenden Rinderbraten aus dem Ofen und servierte ihn im Esszimmer. Der Tisch war weiß eingedeckt und sie hatte das gute Porzellan samt eigens poliertem Silberbesteck aus der Anrichte geholt. Die neue Stereoanlage spielte Beethoven in moderater Lautstärke. Ihre Eltern waren zum sonntäglichen Essen gekommen, das taten sie nun öfter, von Täby aus war es nach Danderyd nur ein Katzensprung. Natürlich wusste Siv, dass nicht die Entfernung das Entscheidende war, sondern die Karriere ihres Mannes und der damit einhergehende gesellschaftliche Aufstieg. Endlich nahm ihr Vater Torben ernst, das spürte sie. Seine Blicke, die Sitzhaltung, die Themen am Tisch: Ihr Vater wirkte gelassen und entspannt, er akzeptierte den Mann, den sie gewählt hatte, endlich als ebenbürtigen Gesprächspartner. Der tiefe Graben, den der Umstand gerissen hatte, dass Torben kein Jurist war, schien überwunden und ihr alter Herr, Richter a. D., schien mit dem Lebenslauf seines Schwiegersohns endgültig Frieden gemacht zu haben.

»Wie fährt sich der neue Dienstwagen?«, fragte er, während Torben den Braten mit dem Tranchiermesser aufschnitt.

»Hervorragend«, antwortete Torben. »Mercedes 280 E. Sechszylinder. Breitbandscheinwerfer. Autos können die Deutschen.«

»In schnittigem Blau«, fügte Siv an. »Moderatenblau.«

Ihr Vater lachte, was selten vorkam.

»He, he, Autos und Krieg, das können sie wirklich.«

»Haben die Deutschen nicht beide Weltkriege verloren?«, fragte Alexander.

Der Richter sah seinen Enkel ernst an.

»Das deutsche Heer war im Ersten Weltkrieg im Felde unbesiegt, mein Junge. Und im Zweiten Weltkrieg hatte es …«

»Ach, Gunnar«, intervenierte ihre Mutter, »setz den Kindern doch nicht solche Flausen in den Kopf!« Sie verwuschelte das Haar ihres Enkels. »Was, wenn er das in der Schule erzählt?«

Ihr Vater hob beide Arme.

»Wo es doch stimmt!«

»Das nennt man Dolchstoßlegende, Opa«, sagte Bengt. »Wir haben das im Geschichtsunterricht behandelt.«

»Pah, diese linken Lehrer!«

Der Alte winkte ab.

Siv, die um die neu gewonnene Harmonie beim Sonntagsessen fürchtete, wechselte abrupt das Thema.

»Wir investieren jetzt in Aktien«, verkündigte sie, »nicht wahr, Torben?«

Ihr Mann, der mit dem Aufschneiden des Bratens immer noch sehr beschäftigt war, nickte.

»Ist das nicht riskant?«, fragte ihre Mutter.

»Man muss sich schon auskennen«, erklärte Torben und hielt

ihr die Fleischgabel mit knusprigem Braten entgegen. »Das Endstück gefällig?«

»Das sieht köstlich aus. Du hast dich mal wieder selbst übertroffen, Siv!«, lobte ihre Mutter und reichte ihren Teller über den Tisch.

Torbens Hustenanfall kam völlig unvermittelt. Das Bratenstück löste sich von der Gabel und plumpste in die Sauciere, braune Soße spritze auf.

»Au!«, rief ihr Vater, er hatte heiße Soße ins Gesicht bekommen. »Pass doch verdammt noch mal auf!«

»Papa!«, rief sie entrüstet.

Alexander kicherte, Bengt grinste.

Torben hielt sich, immer noch hustend, die Faust vor den Mund, was komisch aussah, weil seine Hand noch immer die Fleischgabel hielt.

Ihr Vater wischte sich das Gesicht ab. Ihre Mutter hatte die Augen geschlossen und die Hände gefaltet. Sie betete offenbar.

Herr im Himmel, tat es Siv ihrer Mutter gleich, bitte beende dieses Affentheater!

KAPITEL 5

1

Nyström war aufgekratzt. Sie befand sich auf dem Weg nach Vislanda, das eine gute halbe Stunde Autofahrt von Växjö entfernt lag. Sie drehte das Autoradio des geräumigen Kombis noch ein Stück weiter auf, Bachs Cellosuiten hatten eine beruhige Wirkung auf sie. Der grandiose Klang des Soundsystems war der einzige Grund, warum sie den geräumigen Audi ihres Mannes benutzte anstatt ihren eigenen kleinen Toyota, auch wenn sie wegen der negativeren Umweltbilanz des großen Wagens den Anflug eines schlechten Gewissens verspürte. Aber heute hatte sie die Cellosuiten nötig, befand sie, das Klima retten konnte sie morgen wieder.

Der Besuch des Pastors Kurt Schölding stellte eine Zäsur da. Bisher war ihre eigenmächtige Ermittlung nicht viel mehr gewesen als eine Erörterung öffentlich zugänglicher

Informationen, die teaminterne Diskussion eines bekannten Kriminalfalls. Man könnte ihr vielleicht Ressourcenverschwendung vorwerfen, den Missbrauch von Arbeitskräften und Arbeitszeit zu ihrem persönlichen Vergnügen. Aber durch das Einbeziehen unbeteiligter Dritter ging sie einen entschiedenen Schritt weiter, ihr Projekt bekam einen offiziösen Anstrich, der nicht mehr zu leugnen war. Von nun an würde es kein Zurück mehr geben.

Kurt Schölding war ein ehemaliger Studienkollege und langjähriger Freund ihres Mannes, dem sie bei verschiedenen Anlässen begegnet war, ohne mit dem spröde und verschlossen wirkenden Pastor jemals warm geworden zu sein. Entsprechend hatte sich Schölding sehr über ihren Anruf gewundert. Trotzdem hatte er zugesagt, sie zu treffen.

Nyström klingelte an dem Pfarrheim. Schölding öffnete ihr die Tür, begrüßte sie förmlich und bat sie hinein. Seit ihrer letzten Begegnung hatten seine grauen Haare einen ungesunden Gelbstich bekommen, bemerkte sie, als er sie in einen Wintergarten geführt hatte. Umständlich rückte er ihr einen Stuhl an einem Tisch zurecht und goss ihr ein Glas Wasser aus einer Karaffe ein, bevor er selbst Platz nahm. Er erkundigte sich nach ihrem Wohlergehen in Anders' Abwesenheit. Nach einigen Minuten höflichen Small Talks kam er zur Sache.

»Wie kann ich dir behilflich sein, Ingrid?«

Sie suchte nach den Worten, die sie sich während der Autofahrt zurechtgelegt hatte. Ganz unkompliziert war die Sache nicht. Nyström hatte nicht vor, den Pastor in ihre Absichten einzuweihen. Völligen Blödsinn wollte sie ihm jedoch auch nicht erzählen. Zweifelsohne würde er Anders gegenüber ihren Besuch erwähnen, die beiden spielten Fernschach miteinander und schrieben sich beinahe täglich kurze Nachrichten. Allein schon deshalb brauchte sie eine plausible Geschichte. Denn sie hatte nicht vor, ihren Mann in ihr Tun einzuweihen. Er würde sie völlig zu Recht für verrückt halten – und ihre Pläne für viel zu gefährlich. Womit er womöglich ebenfalls recht hätte. Das Allerletzte, was sie wollte, war ihre Familie in Gefahr zu bringen. *Nicht noch einmal.* Sosehr sie Anders, Anna und den kleinen Albert auch vermisste: Im Moment konnte sie sich für ihre Lieben keinen geeigneteren Ort als Tansania vorstellen. So weit weg von hier wie irgend möglich.

Sie verschränkte die Hände auf dem Schoß und setzte ihr einnehmendes Lächeln auf.

»Ich hoffe, meine Bitte klingt nicht ungebührlich, auch wenn sie sicherlich unkonventionell ist. Ich wende mich an dich, Kurt, weil ich ehrlich gesagt ratlos bin, wie ich sonst verfahren soll. Es geht um die Hintergrundrecherchen in einem sehr komplexen Fall, der sich ehrlich gesagt in einer Grauzone meiner Zuständigkeit bewegt.«

»Ach ja?«

In Schöldings wässrigen Augen blitzte etwas auf, das Nyström wiedererkannte und mit einer gewissen Befriedigung zur Kenntnis nahm: Neugier.

»Ohne ins Detail gehen zu dürfen: Es geht unter anderem um einen Angehörigen der Streitkräfte.«

»Für solche Fälle ist doch normalerweise die Militärpolizei zuständig.«

»Hier liegen die Dinge etwas komplizierter. Die Zuständigkeitsfrage ist völlig verfahren, diverse Zivilisten sind involviert, mehrere Behörden liegen darüber in einem monatelangen Kleinkrieg, dazwischen haben meine Abteilung und ich uns in einem Schützengraben verkrochen, und ehrlich gesagt pfeifen uns die Querschläger bereits um die Ohren.«

Im Vagen bleiben.

Andeuten.

Raunen.

Schölding nickte.

»Okay, so weit kann ich dir folgen.«

Die Übertreibung des Jahres. Nyström lächelte noch breiter, soweit das überhaupt noch möglich war. Aber sie begriff, dass Schölding ihre Uneindeutigkeit nur Recht war. So sprachen sie über nichts, auf das einer von ihnen später festgenagelt werden konnte.

»An dieser Stelle kommst du ins Spiel. Du warst doch einen Großteil deines Berufslebens Militärpfarrer.«

»Das ist richtig, auch wenn es lange her ist, Ingrid, mehr als zehn Jahre.« Er seufzte. Eine Spur zu theatralisch, wie sie fand. »Der Herr hat für uns alle einen bestimmten Weg vorgesehen und meiner hat mich nun hierhin geführt, in diese wunderbare, kleine Gemeinde in Småland. Manchmal tut es uns nicht gut, ständig den Kopf zu wenden und auf das zu blicken, was hinter uns liegt.«

Nyström verstand, worauf Schölding anspielte. Von Anders wusste sie, dass Schölding die Streitkräfte nach einem traumatischen Erlebnis in Afghanistan verlassen hatte. Ein unerwartetes Feuergefecht auf einem belebten Marktplatz, unter den mehr als vierzig Toten waren viele Kinder gewesen. Seitdem galt er in Kirchenkreisen als überzeugter Pazifist, der in seinen Predigten immer wieder die Friedensbotschaft des Christentums in den Vordergrund stellte. Vor drei Jahren war er in die Schlagzeilen der Lokalzeitungen geraten, weil er einem fahnenflüchtigen Gefreiten Unterschlupf im Pfarrhaus gewährt hatte. Schölding war, was seine Haltung zu Militär und Krieg anging, vom Saulus zum Paulus geworden. Genau darauf zielte ihr Besuch ab.

»Sicher«, sagte sie und legte in gespielter Nachdenklichkeit Daumen und Zeigefinger an ihr Kinn. »Nur einmal angenommen, ich wäre bezüglich des eben skizzierten Falls in der Situation, eine Quelle innerhalb der Armee zu suchen, die unter Umständen Zugang zu sensiblen Personaldaten hat, was würdest du mir raten?«

Schölding musterte sie misstrauisch.

»Sieht so heutzutage Polizeiarbeit aus?«, fragte er schließlich.

»Wie gesagt, ich bewege mich hier in einer Grauzone. Ich hatte angenommen, dass du dafür ein gewisses Verständnis hast.«

Sein Gesicht versteinerte. Lange ruhte der Blick der wässrigen Augen auf ihr. Er sieht mich an, als wäre ich ein verzwicktes Schachproblem, dachte sie.

»Vielleicht kommt es darauf an, ob es in deinem Fall um ein Einzelschicksal geht oder um die Armee als Institution«, sagte er schließlich.

»Sagen wir, der Fall hat das Potenzial, ein schlechtes Licht auf mehrere hochrangige militärische Führungskräfte zu werfen.«

In Schölding arbeitete es. Vielleicht befragte er sein Gewissen. Oder Gott. Oder was auch immer er dafür hielt. Er schloss die Augen und massierte die geschwollenen Fingergelenke. Schließlich fasste er einen Entschluss.

»Ich kann dir nichts versprechen, Ingrid. Aber wenn ich etwas erreiche, dann erhältst du in den kommenden Tagen einen Anruf.«

Er erhob sich. Ein Zeichen dafür, dass er das Gespräch für beendet erachtete. Durch die Fenster fiel fahles Herbstlicht auf sein gelbes Haar. Sie schickte ein Dankgebet gen Himmel.

2

Stina Forss spürte, dass sie die Nacht über mit den Zähnen geknirscht hatte. Ihr Kopf dröhnte, die Nacken- und Schultermuskulatur war völlig verspannt. Sie machte Kaffee und spülte zwei Schmerztabletten hinunter. Das Wetter hatte sich geändert. Das Licht, das durch die Fenster in die Hütte fiel, war milchig und der bedeckte Himmel hatte die Farbe eines schmutzigen Schafsfells. Auf dem kleinen Tisch vor ihr lag das Feuerzeug, das sie am Vorabend gefunden hatte. Es war ein handelsübliches, weißes Bic-Feuerzeug ohne Motiv und sah aus wie neu, es konnte nicht lange draußen gelegen haben. Sie dachte an den Ast, der geknackt hatte, und war sich sicher: Jemand war in der Dunkelheit am Waldrand entlanggeschlichen und hatte sie beobachtet. Ihr kam der Mann in den Sinn, den sie in dem Café in Helsinki wiedererkannt zu haben glaubte. Natürlich konnte es auch eine harmlose Erklärung geben. Urmas konnte das Feuerzeug verloren haben, überlegte sie. Falls der alte Este seinen Auftrag ernst nahm und ein Auge auf sie hatte, war es nicht weiter verwunderlich, wenn er sich ab und an in ihrer Nähe aufhielt. Und dann gab es selbstverständlich noch die anderen Inselbewohner. Mit Sicherheit hatte sich längst herumgesprochen, dass Toivo Bärengrubs Häuschen seit einigen Tagen von einer Frau bewohnt wurde. Vielleicht hatte das bei dem ein oder anderen Fantasien in Gang gesetzt und in den Büschen hinter dem Garten trieb sich ein Spanner herum. Wirklich wohl war ihr bei keinem dieser Szenarien. Niemand wurde gern beobachtet. Wobei der alte Urmas mit seinem Hund natürlich die am wenigsten bedrohliche Möglichkeit war. Sie nahm sich vor, ihn beim nächsten Mal, wenn sie ihn traf, auf das Feuerzeug anzusprechen. Viel mehr konnte sie im Moment nicht tun. Außer erneut die Flucht zu ergreifen und wegen eines Feuerzeugs, das sonst wem gehören konnte, ihr sorgfältig arrangiertes Versteck aufzugeben. Dieser Schritt kam ihr zu drastisch vor. Sie vertraute Bärengrubs Aussage, dass ihr von der Finnlandfähre aus niemand gefolgt war. Außerdem: Wo sollte sie hin, wenn sie Prangli verließ? Wo war es sicherer als hier?

Ihr Handy brummte. Eine SMS von Bärengrub. Er würde am Abend vorbeikommen. Ob sie etwas aus der Stadt brauche? Eine Handfeuerwaffe, schrieb sie zurück. Er antwortete mit einem Smiley. Sie musste lächeln. Die Aussicht auf den Besuch belebte sie und verdrängte die Gedanken an das Feuerzeug fürs Erste.

3

Hugo Delgado hatte das Fieber. Er war reflektiert genug, es selbst zu bemerken. Die Symptome waren aber auch kaum zu übersehen. Eine aufgewühlte, fast manische Grundstimmung. Ein überbordendes Interesse für alles, was mit der Sache zu tun hatte. Ein tagtraumhaftes, wildes Assoziieren zu verschiedensten Details, Theorien und Zusammenhängen. Das Vernachlässigen von Schlaf, regelmäßigen Mahlzeiten, Körperpflege und anderen Pflichten zugunsten einer nahezu ununterbrochenen Beschäftigung mit dem einen Thema. Es gab so vieles, was zu lesen war, so viele Dinge, die er noch nicht wusste. Ihn hatte es erwischt wie bereits viele vor ihm: Er hatte das Palme-Fieber.

Den Großteil der vergangenen Nacht hatte er damit

verbracht, Bertil W. genauer unter die Lupe zu nehmen. Wenn man sich auf die Suche nach Verbindungen zwischen dem südafrikanischen Geheimdienst und schwedischen Rechtsextremen machte, kam man an W. nicht vorbei, diese Einschätzung des berühmten Schriftstellers und weniger bekannten Journalisten Stieg Larsson aus dem Jahr 1987 war im Laufe der Zeit von vielen Experten geteilt worden, hatte 1996 ihren Höhepunkt erreicht, als sich W. von der Weltpresse auf der Terrasse des nordzypriotischen *Dome Hotels* interviewen ließ und zu den gegen ihn erhobenen Vorwürfen Stellung bezog, und galt noch heute, war doch gerade erst ein neues, viel beachtetes Buch zum Palme-Mord erschienen, in dem der Autor Bertil W. eine zentrale Rolle zumaß. Ohne Frage gehörte der ehemalige Soldat, Geheimdienstagent und Lobbyist zu den schillerndsten Figuren, die im Umkreis der Palme-Ermittlung auftauchten. Delgado hatte im Netz Videos gefunden, auf denen sich W. eloquent und mit weltmännischem Auftreten vor der Presse produzierte. Mit seinem kantigen Gesicht und den stechenden eisblauen Augen hätte er zweifellos wunderbar einen Filmschurken verkörpern können. Ein Mann mit brutaler Ausstrahlung, jemand, dem man Böses zutraute. Gleichzeitig schien sich W. in seiner Rolle zu gefallen. Obwohl er in sämtlichen Interviews jedes Mitwissen und jede Mitschuld am Palme-Mord vehement bestritt, schien er gleichzeitig mit dem auf ihm lastenden Verdacht zu kokettieren. Er ist ein Schauspieler, wurde Delgado irgendwann in den frühen Morgenstunden vor seinem Rechner klar, er liebt die Vorstellung, dass ihn die Welt für den Palme-Mörder oder wenigstens für einen Mitverschwörer halten könnte. Vielleicht war W. nach Jahrzehnten in seinem sonnigen Mittelmeerrefugium langweilig geworden und er genoss die Aufmerksamkeit deshalb so sehr. Jedenfalls hatte er fraglos eine extrovertierte Seite.

Er empfing Journalisten prätentiös im Smoking, betrieb eine eigene Website und veröffentlichte sogar einen regelmäßigen Newsletter. Trat man so auf, wenn man tatsächlich etwas Derartiges zu verheimlichen hatte wie die Beteiligung am Palme-Mord? Wohl eher nicht.

Delgado meinte bei W. ein Muster wiederzuerkennen, das ihm aus Verhören mit Kleinkriminellen geläufig war: die klammheimliche Freude daran, dass einem etwas zugetraut wurde, wozu man in Wirklichkeit niemals den Mumm hätte. Man sonnte sich im Ruhm des Bösen, war gleichzeitig aber auf der sicheren Seite, weil man ja nichts damit zu tun hatte.

Nach einigen Stunden intensiver Recherche war Delgado überzeugt: Bertil W. war in den Tod des Ministerpräsidenten nicht verwickelt. Ähnlich wie Christer Pettersson war W. eine Projektionsfläche, wenn auch ganz anderer Art: Wer sich den Palme-Mörder eben nicht als wirren, alkoholisierten Impulstäter vorstellte, sondern als gefühlskalten Geheimdienstmann à la 007, sah in W. genau diesen Prototyp verkörpert.

Das änderte jedoch nichts daran, dass Delgado die Theorie von einer Kooperation zwischen der südafrikanischen Operation Long Reach und den schwedischen Rechtsextremen weiterhin für plausibel hielt. Es galt jemanden zu finden, der in diesen beiden Welten zu Hause gewesen war. Ebenjenen Verbindungsmann, für den Bertil W. – wahrscheinlich fälschlicherweise – von vielen gehalten wurde.

Nachdem er in der vergangenen Nacht mit seinen Überlegungen nicht weitergekommen war, machte er sich nun im Präsidium mit neuem Elan an die Aufgabe. Er sah sich noch einmal die Übersicht der Gruppierungen an, die Stieg Larsson zusammengestellt und Anfang der Neunzigerjahre gemeinsam mit einer Journalistin in dem Buch *Die extreme*

Rechte veröffentlicht hatte: die Europäische Arbeiterpartei, Resistance International, Friheten i Sverige, die Fortschrittspartei, Bewara Sverige Svenskt, Nya Tisdagsklubben, das sogenannte Baltische Komitee, die Stiftung Contra, die Netzwerke von Stay-behind und ein knappes Dutzend andere. Zum Teil hatten sich die Organisationen vor Jahrzehnten aufgelöst, andere gab es heute noch. Die Schwedendemokraten zum Beispiel waren mittlerweile eine etablierte Partei, die im Reichstag saß und ihre neonazistischen Wurzeln leugnete.

Delgado überlegte, wer ihm dabei helfen könnte, diesen ganzen Gruppen Namen zuzuordnen. Wo fand er alte Mitgliederlisten, Organigramme, Berichte? Wäre die Ermittlung offiziell, hätte er sich natürlich an den Staatsschutz wenden können, der für die Beobachtung extremistischer Gruppen verantwortlich war. Aber die Option gab es leider nicht. Dann fiel ihm etwas ein: Hatte Stieg Larsson nicht gemeinsam mit anderen Aktivisten und Journalisten eine antirassistische Stiftung und Zeitschrift ins Leben gerufen? Wenn seine detaillierten Kenntnisse über die rechtsextreme Szene nach seinem Tod 2004 irgendwo bewahrt worden waren, dann doch am ehesten dort. Delgado recherchierte. Richtig, die Stiftung hieß Expo. Sie war das reale Pendant zur fiktiven Stiftung Millennium, die durch Larssons gleichnamige Romanserie weltbekannt geworden war. Seit ihrer Gründung Mitte der Neunzigerjahre hatte sich Expo die journalistische Untersuchung des Rechtsextremismus zur Aufgabe gemacht und publizierte eine gleichnamige Zeitschrift. Auf der Homepage wurde das antifaschistische Archiv der Stiftung als das umfassendste des Landes beschrieben. Journalisten und Forschern wurde es ausdrücklich zur Verfügung gestellt. Delgado war weder das eine noch das andere. Er überlegte einen Augenblick. Sollte er sich als jemand ausgeben, der er nicht war? Aber die Leute von Expo waren mit Sicherheit keine Naivlinge, sondern erfahrene Journalisten, die es täglich mit Menschen zu tun hatten, die ihnen alles andere als wohlgesinnt waren. Einen wenig durchdachten Bluff würden sie sofort durchschauen. Er entschied sich, bei der Wahrheit zu blieben. Er war ein Kriminalpolizist, der sich für die Hintergrundrecherche eines komplizierten Falls über Rechtsextremismus informieren wollte. Gab es möglicherweise archivierte Listen über rechte Aktivisten aus den Achtzigerjahren? Er formulierte eine entsprechende E-Mail und schickte sie an die angegebene Adresse. Zufrieden biss er in ein Croissant. Knutsson hatte ihn auf den Geschmack gebracht.

4

Lasse Knutsson traf Ulf Qvistgård zum Mittagessen im *PM & Vänner*. Obwohl sich das Restaurant mit einem Michelin-Stern schmücken durfte, bot es einen Mittagstisch zu moderaten Preisen an. Es war einige Zeit her, dass sich die ehemaligen Kollegen gesehen hatten. Qvistgård hatte eine rosige Gesichtsfarbe und wirkte um einiges fitter, als Knutsson ihn in Erinnerung hatte.

»Das Rentnerdasein scheint dir gut zu bekommen, mein Lieber.«

Qvistgård strich sich sichtlich geschmeichelt über den flachen Bauch.

»Man tut, was man kann. Es liegt natürlich an der vielen freien Zeit, die ich jetzt zur Verfügung habe. Endlich kann ich mich einmal in Ruhe um den eigenen Körper kümmern. Ich mache Gymnastik und gehe jeden Tag laufen, im nächsten Frühjahr peile ich den ersten Halbmarathon an.«

»Toll«, Knutsson hob anerkennend die Daumen, »wirklich, Ulf, du siehst zehn Jahre jünger aus.«

»Vielen Dank für die Blumen.«

»Ich persönlich trainiere ja für einen richtigen Marathon«, sagte Knutsson. »Halbe Sachen sind irgendwie nichts für mich.«

Das war eine ebenso spontane wie dreiste Behauptung. Aber andererseits: Warum eigentlich nicht? Es war schließlich wichtig, sich im Leben immer wieder ambitionierte Ziele zu setzten. Allein schon der Persönlichkeitsentwicklung zuliebe. Und einen Marathon konnte man schließlich auch mit Nordic-Walking-Stöcken absolvieren. Wie schwer konnte das schon sein?

»Ach ja?«

Knutsson nickte beflissen.

»Das Wichtigste ist regelmäßiges Training«, dozierte er, »und ständig auf den Puls zu achten.« Er tippte auf seine Smartwatch. »Hiermit habe ich beim Sport das optimale Monitoring.«

Theoretisch stimmte das sogar. Zumindest wenn er sich endlich einmal die Mühe machen würde, die Gebrauchsanweisung seiner Neuanschaffung zu studieren.

»Vielleicht können wir ja mal gemeinsam laufen gehen?«, schlug Qvistgård vor.

»Das ergibt sich bestimmt irgendwann einmal«, lächelte Knutsson und griff zügig nach der Speisekarte. Er entschied sich für die Isterband-Wurst mit Dillkartoffeln und Sahnequark, Qvistgård wählte gedünsteten Kabeljau mit Blumenkohlpüree. Während sie auf das Essen warteten, vertrieben sie sich die Zeit mit Geplauder. Knutsson versorgte Qvistgård mit Tratsch aus dem Präsidium. Zwei junge Streifenpolizisten hatten sich nach Dienstschluss geprügelt, Hansson aus der Abteilung Wirtschaftskriminalität hatte die Seiten gewechselt und arbeitete nun für ein Steuerberatungsunternehmen, Anette Hultin war schon wieder schwanger. Stina Forss' vermeintlichen Selbstmord ließ er unerwähnt. Qvistgård erzählte von einem spektakulären Angelausflug in Florida. Zum zweiten Mal spürte Knutsson einen kleinen Stich. War er etwa neidisch auf Qvistgårds Rentnerdasein?

Das ausgezeichnete Essen versöhnte ihn schnell wieder. Außerdem waren es bis zu seiner Pensionierung auch nur noch einige Jahre. Dann konnte er so viel joggen und fischen gehen, wie er wollte. Als sie schließlich beim Kaffee – und in Knutssons Fall auch Dessert – angelangt waren, kam er auf den Punkt.

»Wie ich bereits in unserem Telefonat angedeutet habe, will ich dich um einige Hintergrundinformationen bitten, Ulf. Der Krimi, den ich schreiben will, soll im Stockholm der Achtzigerjahre spielen. Ein taffer Bulle, eine schöne Frau und ein grausamer Mord, du kannst es dir ungefähr vorstellen. Was mir jedoch fehlt, ist ein Gefühl für die besondere Stimmung, die zu dieser Zeit auf einer Großstadtwache herrschte. Die damaligen Kollegen – was waren das für Menschen? Wie haben die getickt? Was ging ihnen durch den Kopf? Wie sah der Alltag für sie aus?«

»Zuerst einmal muss ich sagen: ein ganz dolles Ding, Lasse! Dass du tatsächlich an einem Buch schreibst, hätte ich nie gedacht. Finde ich super!« Qvistgård nippte an seinem Kaffee. »Stockholm in den Achtzigerjahren, das waren schon andere Zeiten, überhaupt nicht mit heute zu vergleichen. Als junger Streifenpolizist habe ich die meiste Zeit im Distrikt Södermalm gearbeitet. Was heute ein angesagtes

Stadtviertel ist, war damals ganz schön heruntergekommen, ein ziemlich wildes Quartier, viele Studenten und Künstler, Arbeiter und Arbeitslose, Zugezogene aus aller Herren Länder. Ein großes Problem waren die offene Drogenszene und die damit einhergehende Kriminalität. Außerdem erinnere ich mich an besetzte Häuser und politischen Aktionismus, vor allem natürlich von Linken in verschiedenen Abstufungen, während zum Beispiel das alte *Fryshuset* ein beliebter Treffpunkt von Neonazis und rechten Skinheads war. Du kannst dir denken, dass der Umgangston im Korps um einiges rauer war als heutzutage. Da war nicht viel mit politischer Korrektheit«, grinste Qvistgård. »Da hießen Schwarze noch Neger, Araber Kanaken und Schwule waren Tunten. Wenn uns einer dumm kam, gab es was mit dem Schlagstock. Das war die Welt, in die wir Jungspunde von den älteren Kollegen eingeführt wurden. Frauen in Uniform waren nicht gern gesehen, ernst genommen wurden sie schon gar nicht, zumindest nicht bei uns Straßenbullen, wobei man sagen muss, dass wir im Vergleich zu den Pappenheimern aus Norrmalm noch als relativ gesittet galten.«

»Was war denn mit Norrmalm?«

»Das Revier umfasste das eigentliche Zentrum rund um den Sveavägen sowie die historische Altstadt. Dort war es wie auf Södermalm, nur noch viel schlimmer. Die Junkies, Suffköppe und Kleinkriminellen beherrschten ganze Straßenzüge. Der damalige Polizeichef Hans Holmér hat Anfang der Achtzigerjahre darauf reagiert, indem er sechs bis acht Mann starke Sondereinsatzgruppen gebildet hat, Zivilfahnder, die auf den Straßen aufräumen sollten. Mit den Jungs war wirklich nicht zu spaßen, dagegen waren wir die reinsten Waisenknaben. Hast du mal etwas von dem Fall Machnow gehört?« Knutsson verneinte. »Das war ein Drogenabhängiger, der nach einer Festnahme unter mysteriösen Umständen ums Leben gekommen ist. Obwohl der Leichnam Spuren von schwersten Misshandlungen aufwies, wurden die beteiligten Polizisten freigesprochen. Spätestens danach eilte den Truppen ein schlimmer Ruf voraus. Die übelsten von ihnen gehörten zur sogenannten Baseballclique. Die hießen angeblich so, weil einige Kerle im Einsatz entsprechende Schirmkappen trugen. Uns Insidern war allerdings klar, dass der Name eher auf die Art und Weise zurückzuführen war, wie sie ihre Schlagstöcke einsetzten. Eine berühmt-berüchtigte Maßnahme gegen Festgenommene hieß damals *Schlagzeugsolo.* Innerhalb kurzer Zeit sammelte die Baseballclique so viele Anzeigen wegen unangemessener Gewalt im Dienst wie der Rest der gesamten Stockholmer Polizei zusammen.«

»Interessant.«

Knutsson ließ sich einen Löffel Mousse au Chocolat auf der Zunge zergehen. Das Gespräch schien sich ganz von allein in eine vielversprechende Richtung zu entwickeln.

»Düstere Zeiten. Hinterfragt wurde diese Haltung innerhalb der Truppe nur von ganz wenigen, der Zusammenhalt untereinander war groß. Heute würde man wahrscheinlich von falschem Korpsgeist und toxischer Männlichkeit sprechen, aber damals kam mir das alles leider Gottes völlig normal vor. Unserem Selbstverständnis nach waren wir Polizisten durch und durch, unsere heilige Mission war der Kampf für die Aufrechterhaltung der öffentlichen Ordnung. Dafür war so gut wie jedes Mittel recht. Es gab diesen Ehrenkodex: Man hielt um jeden Preis zusammen. Man log notfalls vor Gericht, um sich gegenseitig zu decken. Man erzwang Geständnisse, wenn es sein musste, mit Gewalt.« Qvistgård blickte von seinem Kaffee auf. »Ich bin alles andere als stolz auf diese Zeit, aber wenn du wirklich darüber schreiben willst, sollst du auch wissen, wie ich es damals erlebt habe. Eine Heldensaga lässt sich aus diesem Stoff jedenfalls schwerlich schmieden, es sei denn, du erzählst die Geschichte eines Außenseiter-Cops. Die gab es natürlich auch, aber leicht hatten sie es mit Sicherheit nicht.«

Knutsson überlegte.

»Wie war es mit der politischen Einstellung?«, fragte er schließlich.

Der rote Ulf lachte.

»Wie du dir denken kannst, war ich auch damals schon überzeugter Sozialdemokrat. Das galt ebenso für viele Kollegen, besonders denjenigen, die wie ich gewerkschaftlich organisiert waren. Man darf nicht vergessen: Damals gewannen wir Sozis Wahlen mit annähernd fünfzig Prozent. Wobei das bei vielen einfachen Polizisten weniger mit sozialliberalen Vorstellungen als mit ihrem Selbstverständnis von Arbeiterklasse zusammenhing. Aber dann gab es da natürlich auch noch die anderen, die eher zu einem autoritären Weltbild neigten.«

»Was meinst du damit genau?«

»Waffenfreaks, rechte Spinner, Protofaschisten. Mal mehr, mal weniger offen ausgelebt. Manche Spindtüren waren innen voll mit eindeutigen Aufklebern. Schwedenfahnen, Hakenkreuze, Anti-Palme-Sticker.«

Knutsson wurde noch hellhöriger, falls das überhaupt noch möglich war.

»Anti-Palme-Sticker?«

»Sicher. Der Ministerpräsident war eins der beliebtesten Feindbilder. Er wurde in diesen Kreisen *rote Socke* oder *Kommunistenschwuchtel* genannt und es kursierten die aberwitzigsten Gerüchte, zum Beispiel dass Palme vom KGB bezahlt wurde, einem pädophilen Prostituiertenring vorstand oder die Straßen Stockholms mit Rauschgift überschwemmte. Einen Tag nach Palmes Tod wurde bei einem

Polizeifest auf Norrmalm auf seinen Tod angestoßen. Angesichts dieser Umtriebe war es nur eine Frage der Zeit, bis die ersten Mutmaßungen aufkamen, es könnten Polizisten hinter dem Mord stecken. Wenn man sich anguckt, wie katastrophal die Ermittlung gerade am Anfang gelaufen ist, eigentlich kein sehr abwegiger Gedanke.«

»Da habe ich noch nie drüber nachgedacht«, log Knutsson ungeniert, »doch jetzt, wo du es erwähnst, klingt es gar nicht einmal unplausibel.«

»Ist dir nie der Gedanke gekommen?«, fragte Qvistgård. »Der verspätete landesweite Alarm. Die versäumte Absperrung von Fluchtwegen. Die ausgebliebene Alarmierung der angrenzenden Polizeireviere. Die verhunzte Absperrung des Tatorts. Die Fehler bei der Spurensicherung. Um nur mal die gröbsten Patzer zu nennen, die in den ersten vierundzwanzig Stunden begangen wurden. Vom Rest der Fahndung ganz zu schweigen.«

Knutsson nickte betroffen.

»Schlimm«, sagte er, »ganz schlimm.«

»Dadurch kam das Gerede von der sogenannten Polizeispur überhaupt zustande. Und im Zentrum dessen standen das ursprünglich zuständige Revier Norrmalm und besonders die Baseballclique mit ihrem Ruf.«

Knutsson trank schlürfend von seinem kalt gewordenen Kaffee.

»Wie spannend es wäre, jemanden aus diesem inneren Kreis zu sprechen«, sagte er.

»Sag bloß, du interessierst dich auch noch für den Palme-Fall? Gibt es darüber nicht schon genügend Bücher?«, lachte Qvistgård.

»Um Gottes willen«, wehrte Knutsson ab. »Aber mein Krimi soll genau von dem handeln, was du eben beschrieben hast: falschem Korpsgeist und überholter Männlichkeit.«

»Da wärst du bei der Baseballclique jedenfalls an der richtigen Adresse.«

»Kennst du nicht zufällig noch jemanden von dieser alten Garde?«

»Persönlich kannte ich von denen kaum jemanden, ich glaube im Übrigen auch nicht, dass diese Typen besonders gern über alte Zeiten plaudern.«

»Schade.« Knutsson verzog das Gesicht. »Aber man kann nicht alles haben. Du hast mir jedenfalls bereits erheblich weitergeholfen, Ulf, vielen Dank! Noch schöner als deine Idee, einmal zusammen joggen zu gehen, fände ich einen gemeinsamen Angelausflug. Es muss ja nichts Weltbewegendes sein. Du und ich und ein paar Dosen kaltes Bier auf dem Helgasee? Komm doch einfach mal zu mir nach Åby raus, solange die Jahreszeit es noch zulässt. Meine Lisa würde sich auch freuen, dich mal wieder zu sehen. Dass du mich damals aus dieser unangenehmen Dienstaufsichtsgeschichte rausgehauen hast, wird sie dir nie vergessen. Ich natürlich ebenso wenig.« Knutsson lächelte gönnerhaft. »Das Essen hier geht selbstverständlich auf mich.«

Qvistgård spielte mit seiner Unterlippe. Er sah aus, als hätte er die letzten Worte gar nicht wahrgenommen, weil er in Gedanken versunken war.

»Vielleicht gibt es da doch jemanden«, sagte er schließlich. »Einen alten Gewerkschaftskollegen. Einer der Außenseiter, die ich eben erwähnt habe. Ehemals Baseballclique, hat sich dann aber um hundertachtzig Grad gedreht. Womit er sich keine Freunde gemacht hat, das darfst du mir glauben.« Qvistgård sah Knutsson an. »Ich will versuchen, seine Telefonnummer herauszufinden, aber versprechen kann ich dir nichts.«

»Das wäre wirklich toll, Ulf!«, strahlte Knutsson.

»Mach dir nicht zu viele Hoffnungen, mein Lieber, ich habe den Kerl als sturen Hund in Erinnerung.«

5

Den gesamten Vormittag hatte Anette Hultin damit verbracht, zum wiederholten Mal die Vernehmungsprotokolle der Verdächtigen im Bestechungsfall innerhalb der Baubehörde durchzugehen, an dem sie seit geraumer Zeit arbeitete. Nach dreieinhalb Stunden konzentrierten Lesens legte sie die Unterlagen entnervt zur Seite. Diese Verwaltungstypen agierten aalglatt und hielten sich gegenseitig den Rücken frei. Hultin würde nicht umhinkommen, sie zu einer weiteren, diesmal schärfer geführten Verhörrunde einzubestellen. Sie musste an Stina Forss denken. Die Kollegin wäre ihr dabei eine große Hilfe gewesen. Sie hatte eine Ausstrahlung, die die härtesten Kerle zum Auspacken brachte. Ob das an der Augenklappe lag? Nein, befand Hultin, das war schon so gewesen, als die Kollegin noch beide Augen gehabt hatte. Forss umgab etwas, das schwer in Worte zu fassen war. Eine Unbedingtheit, eine Unnachgiebigkeit. War es dieser Charakterzug, der sie dermaßen in Schwierigkeiten gebracht hatte, dass sie ihren eigenen Selbstmord hatte vortäuschen müssen? Plötzlich empfand Hultin Mitleid. Sie streichelte die Wölbung auf ihrem Bauch. Ich habe dich, mein kleines Wesen, und ich habe Wilma, dachte sie, unabhängig davon, wie das Ganze ausgeht. Euch kann mir keiner nehmen. Und vielleicht habe ich am Ende sogar noch Victor. Forss dagegen? Wie einsam sie sein musste, wo auch immer sie sich gerade aufhielt. Hultin dachte an Nyströms Worte, mit denen alles begonnen hatte. *Es geht darum, Stina zu helfen.* Nein, sie hatte wirklich keine Lust auf den vermessenen Versuch, am Palme-Fall herumzudoktern. Aber sie hatte ihrer Chefin und dem Team ein Versprechen abgegeben. Sie hatte Forss gegenüber eine Pflicht zu erfüllen. Sie schnappte sich ihr Smartphone und fütterte die Suchmaschine. *Skandia-Mann.* Irgendwo musste sie schließlich beginnen. Na toll, mehr als siebzigtausend Treffer. Unzählige Zeitungsartikel, Fernsehberichte, Reportagen und Blogeinträge handelten von dem Mitarbeiter des Skandia-Versicherungskonzerns, der mutmaßlich als einer der Ersten am Tatort gewesen war. Sein richtiger Name war Stig E. und er war zum Tatzeitpunkt zweiundfünfzig Jahre alt gewesen. Die Pressefotos zeigten einen aufgeschwemmten, stämmigen Mann mit Stahlbogenbrille und schlecht gelauntem Gesichtsausdruck. Was für ein missmutiger Mensch, einen solchen Typen will man nicht zum Nachbarn haben, war das Erste, was ihr durch den Kopf ging. Der zweite Gedanke war: Wenn derart viele Informationen über den Mann vorlagen, konnte er es doch eigentlich nicht gewesen sein, sonst hätte man ihn schließlich längst überführen müssen. Sie sah sich auf einem Videoportal einen Clip an, einen Beitrag der Fernsehsendung *Rapport* vom 6. April 1986, also knapp sechs Wochen nach dem Mord. E. stellte dort vor laufender Kamera sein Verhalten am Tatort nach. In einem anschließenden Interview drückte er seine Unzufriedenheit mit dem Vorgehen der Polizei aus. Er habe vor Ort sofort seine Hilfe angeboten, aber niemand habe sich für seine Aussage und Beobachtungen interessiert. Die Polizistin in Hultin regte sich. Es war gar nicht so sehr das, was E. da von sich gab. Zeugen, die sich übergangen fühlten, waren etwas, das ihr schon häufig begegnet war. Eine sehr menschliche Regung, jeder will, dass man ihn ernst nimmt, dass man sich seine Geschichte anhört. Aber was sie bei diesem Mann mit der hohen Stirn und dem feisten Gesicht spürte, ging darüber hinaus. Sie sah einen zutiefst gekränkten Menschen, der seine Verbitterung über die Nichtbeachtung kaum verbergen konnte. Der rechthaberisch und höhnisch auftrat. Unter seiner Oberfläche brodelte etwas. Eine kaum zurückgehaltene Wut. Hultin empfand Bedrohlichkeit. Sie verstand nun, warum E. über Jahrzehnte hinweg ein interessanter Verdächtiger geblieben war. Vielleicht lohnte es tatsächlich, sich den Skandia-Mann genauer anzusehen. Sie überflog einige Artikel, die die Suchmaschine ausgespuckt hatte. Ihr fiel auf, dass mehrere vom selben Autor stammten. Seine Texte wirkten sachlich fundiert und zeugten von großem Fachwissen. Es war offensichtlich, dass er die Palme-Ermittlung seit vielen Jahren begleitete. Auf der Homepage des Journalisten stand jedoch ein anderes Thema im Mittelpunkt, die Privatisierung des öffentlichen Sektors. Dazu hatte er vor Kurzem ein Buch veröffentlicht: *Das neoliberale Projekt – Schweden im Ausverkauf.* Hultin seufzte. Das klang nach typisch linker Jammerei, die sich den ach so tollen Sozialstaat der Siebzigerjahre zurückwünschte, Hugo Delgado ließ grüßen. Momentan war der Autor auf einer Lesetour, um sein Buch vorzustellen. Hultin sah nach den Daten. In der kommenden Woche trat der Autor in der Bibliothek in Osby auf. Das war keine Autostunde von Växjö entfernt. Vielleicht war es einen Versuch wert, überlegte sie.

6

Nach ihrer Rückkehr aus Vislanda hatte Ingrid Nyström einen Termin mit dem Staatsanwalt. Es ging um die abschließenden Details einer Anklageschrift wegen häuslicher Gewalt. Obwohl die Sachlage klar und sie sich weitestgehend einig waren, zog sich das Treffen in die Länge. Als Nyström zurück in ihr Büro kam, war es bereits früher Nachmittag. Sie entschied, das Mittagessen in der Kantine ausfallen zu lassen, und holte sich stattdessen einen Apfel und ein Glas Milch aus der Teeküche. Mit der bescheidenen Mahlzeit machte sie es sich an ihrem Schreibtisch bequem und holte die Kopien der Obduktionsberichte hervor, die Ann-Vivika Kimsel ihr am Vortag übergeben hatte. Sorgfältig studierte sie das Material. Nach der etwa einstündigen Lektüre war sie sich sicher. Die beiden Leichname, die Ann-Vivikas Freundin in Stockholm untersucht hatte, gehörten zu den sieben Toten aus Stina Forss' Haus. Die Verletzungsmuster der Schuss-, Schnitt- und Verbrennungswunden stimmten exakt mit den von Forss geschilderten Handlungsabläufen überein. Aber nicht nur das. Nyström erkannte einen der Männer auf den Autopsiefotos wieder. Sie hatte, als sie Forss in jener Nacht zu Hilfe gekommen war, die Leichname untersucht, um sicherzugehen, dass keiner der Angreifer noch am Leben war. Die Erinnerung an das furchtbare Blutbad holte sie noch immer ein. Der Schock, die Angst um Stinas Leben. Selten war sie an einem Tatort so aufgelöst gewesen. Keine zwei Stunden später hatte man ihr den Fall bereits abgenommen. Sie hatte es nicht fassen können und das konnte sie im Grunde immer noch nicht. Sie fand es unbegreiflich, zu welch drastischen Mitteln die Menschen griffen, die hinter dieser Attacke und den tödlichen Schüssen auf ihre Schwiegertochter Hailey steckten. Sie hatte sich geschworen, die Verantwortlichen zur Rechenschaft zu ziehen.

Die letzten Fotos der Akte betrachtete sie mit besonderer Sorgfalt. Sie bildeten die Fußprothese ab. Auf der Unterseite des künstlichen Fußes befand sich eine Prägung im Kunststoff, Hersteller und Seriennummer waren deutlich zu erkennen.

7

Nachdem Stina Forss den Vormittag damit verbracht hatte, den Inhalt von drei weiteren Kartons zu sichten und zu sortieren, machte sie einen Spaziergang. Sie hatte in den Unterlagen nichts gefunden, was ihr in irgendeiner Weise interessant vorgekommen war, noch nicht einmal einen weiteren Hinweis auf Ye-jin Davidsson. Die Frau kam ihr wie ein Geist vor, der das Leben ihres Vaters heimgesucht hatte, um sich nach einigen Jahren wieder in Luft aufzulösen. Forss dachte an den ungewöhnlichen Namen und die Anschrift, die auf einer der Fototaschen gestanden hatten. Offenbar hatte Ye-jin Davidsson sogar eine Zeit lang bei ihm gelebt. Warum hatte niemand davon gewusst? Oder musste es heißen: Warum hatte ihr niemand davon erzählt? Sie schluckte. *Ich bin deiner Geheimnisse so überdrüssig, Papa.*

Als sie auf der Hauptstraße war und den Lebensmittelladen passierte, kam ihr eine Idee. Sie betrat das Geschäft, legte einige Äpfel und ein Brot in den Einkaufskorb und ging damit zur Kasse. Dort saß dieselbe Frau wie vor einigen

Tagen, die ihr beim Kauf der Brandyflasche zugezwinkert hatte. Forss versuchte es auf Englisch.

»Verkaufen Sie Feuerzeuge?« Die Verkäuferin wies auf ein Regal neben der Kasse. Da standen sie, Bic-Feuerzeuge in Rosa, Blau, Grün, Schwarz und Weiß. »Kennen Sie jemanden, der sie regelmäßig kauft?« Forss war bewusst, wie seltsam die Frage klingen musste. »Ich habe ein weißes auf der Straße gefunden«, fügte sie rasch an. »Ich würde es gern dem Besitzer zurückgeben.«

Die Frau schaute sie amüsiert an.

»Also ich würde es behalten.«

Das Englisch der Verkäuferin hatte weniger Akzent als ihr eigenes.

»Ich brauche keins, ich rauche nämlich nicht mehr.«

Forss versuchte ihre Verlegenheit wegzulächeln.

»Feuerzeuge verkaufe ich jeden Tag. Allerweltkram. Wenn eins leer ist oder verloren gegangen, kauft man sich einfach ein neues. Kostet einen Euro.« Die Kassiererin grinste. »Aber ich kann mich gern unter meinen Kunden umhören.«

Forss bedankte sich und verließ den Laden. Sie hatte nicht die Auskunft erhalten, die sie erhofft hatte. Trotzdem stellte sich die Unruhe des Vorabends nicht noch einmal ein. Vielleicht lag es daran, dass helllichter Tag war oder dass am Abend Bärengrub kommen und sich die ganze Sache hoffentlich auflösen würde. Zurück in der Hütte bereitete sie sich ein leichtes Mittagessen zu und machte sich anschließend wieder an die Kartons. Nachdem sie sich durch einen Stapel nichtssagender Steuerunterlagen gearbeitet hatte, stieß sie auf etwas, das ihr Interesse regte. Es handelte sich um einen Schreibblock, den ihr Vater offenbar als Kladde gebraucht hatte. Auf den ersten Seiten befanden sich Gedichtfragmente. Einige Zeilen und Formulierungen erkannte sie wieder, sie hatten ihren Weg in den Gedichtband gefunden. Vieles war durchgestrichen. Oft waren lose Assoziationsreihen an den Rand gekritzelt. *Feder, Vogel, Himmel, Freiheit, Träume, Weite, Wüste, Einsamkeit.* Offenbar hatte ihr Vater in diesem Block um »Ausdruck, Ordnung und Form gerungen«, wie es in dem Einleitungstext des schmalen Buches geheißen hatte. Auf der fünften Seite des Blocks war eine mit Bleistift ausgeführte Konstruktionsskizze. Sie brauchte einen Moment, um zu verstehen, was darauf abgebildet war. Ihr Herz schlug schneller. Ein Tisch. Ein kleiner Zaubertisch. *Ach, Papa.* Sie hatte seit über dreißig Jahren nicht mehr an diesen Tisch zurückgedacht. Wie glücklich er sie damals gemacht hatte. Sie sah auf die Zeichnung und es war wie eine Tür, die geöffnet wurde. Ihre Brust klopfte. Ihr Vater hatte ihn zu ihrem fünften Geburtstag gebaut. Damals hatte sie eine Zauberphase gehabt. *Die große Stina Pfefferminza* stand in goldenen altmodischen Lettern auf der Stirnseite des Tischs. Ein kleiner Teil der Tischplatte war entlang der Längsachse beweglich, man konnte in dem sich darunter befindenden Fach Dinge verschwinden lassen und wie aus dem Nichts wieder hervorholen. Dazu brauchte es nicht mehr als eine schnelle geschickte Handbewegung. Ein simpler, aber effektvoller Trick. Ihre Mutter und ihre Spielkameraden hatten jedes Mal Bauklötze gestaunt. »Weißt du, warum ein guter Zauberer niemals seine Tricks verrät?«, hatte ihr Vater gefragt. »Weil sie oft so simpel sind, dass die Leute wütend und enttäuscht sein würden, wenn sie sie kennen würden.«

Wieso hatte sie so lange nicht an diesen Tisch zurückgedacht? Sie kannte die Antwort, wenn sie ehrlich war. Weil sie sich verboten hatte, zurückzusehen. Sie hatte diesen Teil von sich abgetrennt. Eingekapselt und tief in sich versteckt. Es half nichts, sie konnte die Tränen nicht zurückhalten, dafür kamen sie zu plötzlich und zu überwältigend. Sie liefen ihr von den Wangen und tropften auf die Skizze. Unbeholfen wischte sie mit dem Ärmel übers Papier. Was war damals nur geschehen? Warum hatte diese gute Zeit enden müssen? *Was hast du nur getan, Papa?* Aufgewühlt blätterte sie weiter. Es folgten mehr Gedichtfragmente, ein Brief, weitere Konstruktionszeichnungen: ein Vogelhaus, eine Staffelei, ein Esstisch. Sie warf den Schreibblock in die Ecke. Es tat so weh. Vor Augen geführt zu bekommen, dass ein anderes Leben möglich gewesen wäre. Dass sie haarscharf daran vorbeigeschrammt waren, eine normale Familie zu sein. Eine, die mitunter sogar glücklich gewesen wäre. Sie legte den Kopf auf die Knie und ließ schluchzend die Tränen laufen, bis irgendwann keine mehr kamen. Sie stand auf und wusch sich das Gesicht. Ihr Auge brannte, ihre Brust schmerzte. Sie trank ein Glas Wasser. Konzentrierte sich auf die Atmung. Plötzlich fiel ihr etwas ein. Sie hatte beim Durchblättern des Blocks auf etwas reagiert. Etwas, das nichts mit ihrer verdammten Sentimentalität und dem Selbstmitleid zu tun hatte. Sie setzte sich auf den Boden, griff nach dem Block und blätterte ihn erneut durch. Hatte es mit den poetischen Formulierungen zu tun? Nein. Was reagiert hatte, war der Verstand gewesen, nicht das Herz. Also auch nicht der Zaubertisch. Der Brief. Ihr Blick blieb an dem Briefkopf hängen. Das Datum. Sie hatte auf das Datum reagiert. Der 4. Februar 1986. Das war dreieinhalb Wochen vor dem Attentat auf den Ministerpräsidenten gewesen. Sie begann zu lesen.

Liebe Inga Stenbeck,

auch wenn wir uns bis jetzt nicht begegnet sind, ist es mir ein großes Anliegen, Ihnen mein tiefstes Beileid auszusprechen. Als Vorgesetzter Ihres Sohnes übernehme ich für Eriks tragischen

Unfall die volle Verantwortung. Mir ist aufs Schmerzlichste bewusst, dass Sie mit seinem Tod einen nicht gutzumachenden Verlust erlitten haben. Auch wenn meine Worte Ihre Trauer nicht mildern können, ist es mir wichtig, Ihnen von Erik zu berichten. Ich habe Ihren Sohn als einen aufrichtigen, klugen und tapferen Soldaten kennengelernt, dessen Pflichtbewusstsein und Integrität mir, seinen Kameraden und der gesamten Armee zur Ehre gereicht. Sein Mut, sein Ehrgeiz und seine Aufopferungsbereitschaft waren vorbildlich. Auch deshalb hat er sich für einen Sondereinsatz verpflichtet, auf dessen Natur, wie Sie verstehen werden, ich nicht weiter eingehen darf. Bitte seien Sie versichert, dass ich diese spezielle Mission mit aller gebotenen Sorgfalt und Umsicht befehligt habe. Dennoch konnte ich Eriks Tod nicht verhindern. Als Berufssoldaten begeben wir uns wissentlich auf dünnes Eis und sind uns stets der Gefahr bewusst, die lauert, wenn wir nur einen falschen Schritt machen. Für Elitekämpfer wie Erik gilt das im Besonderen. Er war jemand, der stets voranschritt, der andere mitzog und ihnen ein Vorbild war. Erik war ein wunderbarer Mensch. Sie können sehr stolz auf ihn sein.

Kjell Forss, Leutnant MP

Das verhuschte Schriftbild und mehrere durchgestrichene, korrigierte Wörter ergaben den Eindruck, dass es sich um die Vorschrift eines Briefs handelte. Entweder hatte ihn ihr Vater in Reinschrift übertragen, oder er hatte ihn nie abgeschickt. Es war also jemand unter dem Befehl ihres Vaters ums Leben gekommen, wahrscheinlich ein junger Mann. Das war traurig, aber solche Dinge kamen vor. In manchen Berufen vielleicht öfter als in anderen. Sie selbst hatte in knapp zwanzig Dienstjahren als Polizistin zwei Kollegen im Einsatz verloren. Die Begriffe, die ihre Aufmerksamkeit erregten, waren *Sondereinsatz, spezielle Mission* und *Elitekämpfer.* Dazu kam das Datum. Sie erinnerte sich, dass ihr Vater vor dem Tag der großen Familienkatastrophe wochenlang nicht zu Hause gewesen war. Was hatte es also mit diesem Einsatz auf sich? War er bei der Rückkehr so aufgebracht gewesen, weil einer seiner Männer tödlich verunglückt war? Vielleicht erklärte das einen Teil, überlegte sie, aber nicht alles. Die Wesensveränderung ihres Vaters hatte Monate vorher begonnen. Und der Tod dieses Erik Stenbeck lag zum kritischen Zeitpunkt bereits Wochen zurück. Das reichte vielleicht nicht aus, um diesen sicherlich furchtbaren Vorfall vollständig zu verarbeiten, aber war doch lang genug, um nicht im Affekt wie ein Berserker über seine Ehefrau und Tochter herzufallen, sollte man meinen. Aber wer konnte schon in Menschen hineinsehen? Beispiele von traumatisierten Frontsoldaten, die nach ihrer Rückkehr durchdrehten, gab es zuhauf. Und wie oft hatte sie selbst zu Einsätzen ausrücken müssen, weil ein labiler Familienvater die Beherrschung verloren und seine Familie misshandelt hatte?

Aber am Ende war das Küchenpsychologie und half ihr nicht weiter. Was zählte, waren allein die Fakten: Nun hatte sie schwarz auf weiß, dass ihr Vater in den Wochen vor dem Attentat auf Palme eine spezielle Mission befehligt hatte, über deren Ausrichtung er nicht sprechen durfte. Das konnte natürlich alles Mögliche bedeuten. Dennoch hatte sie zum ersten Mal das Gefühl, einen Schritt weitergekommen zu sein. Sie hatte einen Namen, Erik Stenbeck. Auch wenn der Mann seit mehr als dreißig Jahren tot war, war das ein Anfang. Fast jeder hatte Angehörige, Freunde, Kollegen – Menschen, die sich unter Umständen erinnern konnten. Sie riss die Seite mit dem Brief aus dem Schreibblock, faltete sie, legte sie in den schmalen Gedichtband und steckte beides in das Lederetui zu dem Revolver und dem Orden.

8

Hugo Delgado hatte sich im Besprechungsraum breitgemacht. Seinen eigenen Schreibtisch, der Kopf an Kopf mit dem von Anette Hultin stand, mied er zurzeit, wenn es irgendwie ging. Hultins Laune war im Moment nicht zum Aushalten. Er war der Letzte, der kein Verständnis für die besondere Situation Schwangerer hatte, aber waren ein bisschen Höflichkeit und guter Wille etwa zu viel verlangt? Netterweise hatte er ihr angeboten, sie bei dem Bestechungsfall in der Baubehörde zu unterstützen, an dem sie sich seit Monaten die Zähne ausbiss. Die Reaktion? Statt eines Dankeschöns hatte sie ihm kommentarlos einen zentimeterdicken Aktenordner zugeschoben, die Kontoauszüge eines Verdächtigen, die zehn Jahre weit zurückreichten. Also hatte er sich mit einem Textmarker über Zahlenkolonnen gebeugt, bis ihm die Augen wehtaten, bevor er sich nun endlich wieder wichtigen Dingen zuwenden konnte. Die Frage, die ihn umtrieb, war, wie er an die Namen südafrikanischer Geheimdienstleute kommen konnte, die in den Achtzigerjahren aktiv gewesen waren. Er erinnerte sich, während der Recherche von einem umfassenden Amnestieprogramm gelesen zu haben, in dessen Rahmen nach dem Ende der Apartheit Akteuren des ehemaligen Regimes Straffreiheit im Austausch gegen vollumfängliche Aussagen gewährt worden war. Delgado blätterte in seinen Unterlagen. Woran er sich erinnert hatte, war die sogenannte Wahrheits- und Versöhnungskommission TRC gewesen, die 1996 vom damaligen Präsidenten Nelson Mandela eingerichtet worden war. Ihr Ziel war es, die politisch motivierten Gewalttaten der Apartheid zu untersuchen und zu der Aussöhnung zerstrittener Volksgruppen beizutragen. Während der zweijährigen Arbeit waren mehr als siebentausend Fälle verhandelt worden. Bei der Zahl wurde Delgado ein wenig mulmig. Wie sollte er aus dieser Menge ehemalige Geheimdienstmitarbeiter herausfiltern? Er verlegte seine Suche ins Internet. Dort fand er eine englischsprachige Übersicht der öffentlichen Abschlussberichte der Versöhnungskommission. Er klickte sich durch die Auflistung. Schließlich wurde er fündig: Teil 6, Kapitel 3 hatte die Überschrift *Die südafrikanische Regierung und ihre Sicherheitskräfte.* Das angefügte PDF-Dokument war übersichtlich strukturiert. Dezidiert waren dort Vorfälle wie Anschläge, Auftragsmorde und Folter samt Namen von Opfern und Tätern aufgeführt. Delgado begann zu lesen. Vor Betroffenheit bekam er einen trockenen Mund. Es war unfassbar, zu welchen Gräueltaten Menschen in der Lage waren. Die dutzendfachen Zeugnisse staatlich verordneter rassistischer Gewalt schockierten ihn. Eine Regierung, die über Jahrzehnte hinweg den Großteil der eigenen Bevölkerung terrorisiert hatte, dachte er bitter. Er wurde an Chile erinnert, an das Fluchtschicksal seiner eigenen Familie. War es überhaupt vertretbar, den Protagonisten solcher Gewaltexzesse Straffreiheit in Aussicht zu stellen? Aber darüber zu urteilen, stand ihm wohl kaum zu. Er las weiter und fand in dem Bericht ein Unterkapitel, das gewalttätige Geheimdienstaktivitäten aufzählte. Wieder wurden die Täter genannt. Das war genau das, wonach er gesucht hatte. Ein Volltreffer. Er legte eine Liste mit Namen an.

9

Der rote Ulf hatte Lasse Knutsson vorgewarnt: Tom Magnusson war alles andere als ein unkomplizierter Mensch. Der ehemalige Polizist, der einen Großteil seines Berufslebens auf Norrmalm verbracht hatte, schien nicht besonders gewillt zu sein, über seine Dienstzeit zu plaudern, erst recht nicht am Telefon, stellte Knutsson fest, als er Magnusson endlich an der Strippe hatte. Das Märchen von der Krimi-Recherche, das er Qvistgård erzählt hatte, schien den wortkargen Pensionär jedenfalls wenig zu beeindrucken.

»Und wenn ich persönlich nach Stockholm kommen würde?«, schlug Knutsson schließlich vor, der sich in seiner Rolle als Schriftsteller *in spe* mehr und mehr gefiel, »ein Vier-Augen-Gespräch, ganz vertraulich von Quelle zu Autor?«

»Ich denke darüber nach und melde mich.«

Knutsson ballte die Hand zur Siegerfaust.

»Super, dann …«

Doch Magnusson hatte bereits aufgelegt. Egal, befand Knutsson. Er war zuversichtlich. Dieser Eigenbrödler würde sich ganz bestimmt melden. Wer ließ sich schon die Möglichkeit entgehen, an der Entstehung eines großen Kriminalromans mitzuwirken? Am Wochenende würde es also einen Ausflug in die Hauptstadt geben. Jetzt galt es nur noch, seiner Frau den Trip irgendwie zu verkaufen. Am besten ließ er das Ganze so aussehen, als würde es ihm in Wirklichkeit um sie gehen. Eine romantische Geste, ein spontanes Geschenk tat jeder Beziehung gut. Beschwingt suchte er online nach einem Stockholmer Veranstaltungskalender. Er fand einen Antik-Flohmarkt. Seine Lisa liebte dieses alte Gedöns! Keine zehn Minuten später hatte er bereits ein schönes Hotel gebucht und einen Tisch in einem hervorragenden

Restaurant reserviert. Denn was tat man nicht alles für die Liebe? Knutsson gratulierte sich selbst. Er hatte gerade einfach einen Lauf.

10

Ingrid Nyström erinnerte sich an einen Fall, in dem eine künstliche Herzklappe zur Identifizierung eines unbekannten Leichnams geführt hatte. Damals hatte ihnen die Gesundheitsbehörde weitergeholfen, bei der landesweit sämtliche Leistungen der staatlichen Krankenversicherung archiviert und dokumentiert waren. Sie suchte die Telefonnummer heraus und schilderte ihr Anliegen. Die Mitarbeiterin, mit der sie verbunden war, wies wenig überraschend auf grundsätzliche Bedenken bezüglich des Datenschutzes hin, immerhin handelte es sich um sensible medizinische Informationen. Nyström betonte die Dringlichkeit ihres Unterfangens und unterstrich dabei mehrfach, dass es um eine heikle Mordermittlung ginge. Auch wenn das nicht völlig gelogen war, machte sie sich doch zweifelsfrei der Irreführung schuldig, dachte sie, während sie sich selbst beim Reden zuhörte. Dass die Person, deren Identität es mithilfe der Fußprothese zu klären galt, bereits tot war, gab schließlich den Ausschlag. Die Behördenangestellte versprach, im Verwaltungssystem nach der Seriennummer des künstlichen Fußes zu suchen und sich dann zurückzumelden. Etwa zehn Minuten später klingelte Nyströms Telefon: Die Auskunft war ernüchternd. Die Krankenversicherungskasse, die für nahezu alle in Schweden lebenden Personen zuständig war, hatte nie eine Fußprothese mit der entsprechenden Seriennummer finanziert. Nyström bedankte sich und legte auf. Sie war baff. Sie hatte nicht damit gerechnet, so schnell in einer Sackgasse zu landen. Was bedeutete das? Dass es sich bei dem toten Soldaten aus dem Universitätskrankenhaus um einen Ausländer handelte? Aber bei der schwedischen Armee arbeiteten keine Ausländer als Berufssoldaten. Oder waren die beiden Leichname überhaupt keine Soldaten gewesen? Aber auch das bedeutete nicht zwangsläufig, dass es sich um Ausländer handeln musste, überlegte Nyström. Die Fußprothese konnte schließlich auch privat finanziert worden sein. Sie sah ein, dass sie so nicht weiterkam. Wenn die Gesundheitsbehörde ihr nicht weiterhelfen konnte, musste es über die Herstellerfirma der Prothese gehen. Sie nahm sich noch einmal die Fotografien vor. Über der Seriennummer stand der Name des Unternehmens. Sie griff nach der Computertastatur. Der firmeneigenen Webseite zufolge handelte es um ein Unternehmen aus Södertälje mit dreißig Angestellten. Sie versuchte es telefonisch. Ihre Hoffnung, möglicherweise auf einen naiven oder hilfsbereiten Mitarbeiter zu treffen, der sich mit dem Hinweis auf eine wichtige polizeiliche Ermittlung beeindrucken ließ, wurde enttäuscht. Die resolute Dame am anderen Ende der Leitung machte sehr schnell deutlich, dass sie ohne gerichtlichen Beschluss keine Kundendaten herausgeben würde. Frustriert legte Nyström auf. Was sollte sie nun tun? Nach Södertälje fahren, mit ihrem Dienstausweis herumwedeln und sich auf eine Ermittlung berufen, die es gar nicht gab? Sie bezweifelte, dass Aktionismus sie weiterbringen würde. Nein, sie hatte eine bessere Idee. Eleganter, aber völlig illegal.

11

Toivo Bärengrub hatte ihr zwar keine Waffe mitgebracht – damit hatte sie auch nicht gerechnet –, stattdessen überraschte er sie mit frisch geräuchertem Fisch und einer Flasche Pouilly-Fuisse. Gemeinsam schälten sie Kartoffeln, putzten Gemüse und tranken dazu den ausgezeichneten Weißwein aus einfachen Steingutbechern. Das Kofferradio spielte blechernen Jazz. Sogar das trübe Wetter hatte sich ein wenig gebessert, die tief stehende Abendsonne brach durch die Wolkendecke und schenkte ihr einen orangefarbenen Teint. Zum ersten Mal seit sehr langer Zeit fühlte sich Forss beschwingt. Ob das an dem guten Wein lag, der Aussicht auf ein fantastisches Abendessen, an Bärengrub oder womöglich an allem zusammen, vermochte sie nicht zu sagen, es war auch vollkommen gleichgültig, was zählte, war den unbeschwerten Augenblick zu genießen. Alles, was mit ihrem Vater und den vermaledeiten Kartons zu tun hatte, mit dem Revolver und dem Orden in dem Etui, fühlte sich in diesem Moment weit weg an.

Bärengrub erzählte von seiner Kindheit auf der Insel. Seine Großeltern waren Fischer gewesen und stammten von hier, er selbst hatte von klein auf seine Sommer auf Prangli verbracht.

»Hast du den alten Wachturm beim Hafen bemerkt?«, fragte er, während er Petersilie für die Soße hackte.

»Ich habe mich schon gefragt, ob er aus Sowjetzeiten stammt.«

Bärengrub nickte.

»Das war eine andere Zeit damals. Prangli bildete ein Stück Außengrenze der Sowjetunion. Dementsprechend scharf war der Grenzschutz. Prangli war die einzige Insel in der Gegend, von der man die Bewohner nicht vertrieben hat. Der Fischfang war zu wichtig. Man hat eine Kolchose gegründet und die Dorsche direkt beim Hafen verarbeitet. Bestimmt ist dir die bunt bemalte ehemalige Fischfabrik aufgefallen, heute wird sie als Kulturhaus und Café benutzt. Wenn damals die Boote hinausgefahren sind, durften nie mehrere Fischer aus derselben Familie an Bord sein, weil die Fluchtgefahr als zu groß eingeschätzt wurde.«

»Das kann man sich heutzutage kaum noch vorstellen.«

Bärengrub lachte.

»Sogar quer durch unseren Garten haben regelmäßig bewaffnete Grenzschützer patrouilliert.«

Forss musste an den Vorabend denken. Noch hatte sie ihm nichts von dem Feuerzeug erzählt.

»Die Geschichte der Insel hält einige Anekdoten parat. Im Zweiten Weltkrieg wurde hier ein deutsches Kampfflugzeug abgeschossen, der Pilot konnte mit einem Fallschirm notlanden. Die Bewohner halfen ihm und zum Dank schenkte er ihnen seinen Fallschirm, der wie damals üblich aus Seide war. Meine Großmutter und einige andere Frauen haben in Brautkleidern aus diesem Stoff geheiratet. In mir steckt also auch ein kleiner Deutscher, genau wie in dir.«

Jetzt war es Forss, die lachen musste. Sie hielt Daumen und Zeigefinger in Streichholzlänge auseinander.

»Ein ganz kleiner Deutscher muss das sein.«

In dem Tonfall alberten sie weiter, bis das Essen auf dem Tisch stand. Sie sog die Leichtigkeit dieser Augenblicke auf, als wäre es etwas Stoffliches, das man wie Wein oder Fisch zu sich nehmen konnte. Das Essen war ein Gedicht, sie konnte sich nicht erinnern, wann sie das letzte Mal so gut gespeist hatte. Bärengrub hatte irgendwoher eine zweite Flasche Wein gezaubert. Sie aßen mehr oder weniger schweigend und auch das fühlte sich gut an. Eine Huldigung der Mahlzeit. Anschließend bereitete Bärengrub auf dem Herd einen Espresso zu und Forss servierte Brandy in Eierbechern. Sie stießen miteinander an. Draußen war es längst dunkel. Das Radio spielte John Coltranes *For Lovers*. Oha, dachte sie und spürte dem Brennen des Brandys nach.

»Willst du mir jetzt erzählen, was du eigentlich hier machst?«

Seine Lippen glänzten von dem fettigen Fisch. Es stand ihm. Wie die lange Narbe, die quer über seinen Nasenrücken verlief. Noch so ein Versehrter, dachte sie. Ein beinahe zärtlicher Gedanke. Sie blickte an ihm vorbei auf die Kartons und Papiere, die sich auf dem Boden stapelten. Er verdiente eine Antwort, er verdiente die Wahrheit. Aber wo sollte sie beginnen?

»Willst du mir helfen?«, fragte sie. »Hier und jetzt?«

»Sicher.«

»Bist du so nett und holst einen der Schuhkartons her und stellst ihn auf den Tisch?«

Er tat wie ihm geheißen. In seinen dunklen Augen regte sich etwas. Neugier? Amüsement? Vielleicht eine Mischung aus beidem.

»Und jetzt?«

»Greif hinein und hole irgendetwas heraus.«

Er lächelte.

»Irgendetwas?«

»Irgendetwas.«

»Was ist das für ein Spiel?«

»Das ist kein Spiel.«

»Na schön.«

Er griff in den unsortierten Karton und zog ein Blatt Papier hervor.

»Zeig her«, sagte sie. Er reichte ihr den Zettel herüber.

»Und?«

Es handelte sich um eine Telefonrechnung von 2002.

»Eine Niete«, sagte sie. »Versuch es noch einmal.«

Er nahm erneut etwas aus dem Karton, diesmal eine Versandtasche in DIN A4.

»Was ist da drin?«, fragte er und betastete den ausgebeulten Umschlag. Es war offensichtlich, dass sich darin etwas befand, das nicht aus Papier war. Etwas Längliches, Daumendickes.

»Ich weiß es nicht, ich bin genauso ahnungslos wie du.«

Das stimmte. Der Umschlag wich von den anderen Dingen ab, die Forss in den vergangenen Tagen sortiert hatte.

»Dann öffne ich ihn jetzt.«

»Tu das.«

Bärengrub klappte die unverklebte Lasche hoch und zog etwas aus dem Umschlag. Er hielt es zwischen Daumen und Zeigefinger über den Tisch ins Licht der fahlen Lampe. Das, was da herunterbaumelte, war ein abgeschnittener, geflochtener Zopf aus rotbraunem drahtigen Haar. Er sah zu ihr, dann wieder auf den Zopf, dann wieder zu ihr.

»Die Haarfarbe ist dieselbe«, sagte er erstaunt. »Sieht ganz so aus, als stammte der von dir.«

12

Anette Hultin hatte es sich auf dem Sofa bequem gemacht. Nach mehreren Versuchen war es ihr gelungen, die fünf Kissen in ihrem Rücken exakt so zurechtzurücken, dass der Ischias sie für einige wertvolle Momente in Frieden ließ. Wie gut das tat! Victor brachte ihr einen Tee und einen Teller

Schokoladenkekse, essen konnte sie gerade zu jeder Tages- und Nachtzeit. Überhaupt gab sich ihr Mann alle erdenkliche Mühe, um sie zu entlasten. Er hatte heute bereits zum siebten Mal in Folge das Abendessen gekocht, sie hatte mitgezählt, dabei wechselten sie sich normalerweise immer ab. Wann sie das letzte Mal Wilma ins Bett gebracht und ihr Geschichten vorgelesen hatte, hätte sie nicht sagen können. Und die letzte Wäsche, um die sie sich gekümmert hatte? Der letzte Hausputz? Keine Ahnung. Die Schwangerschaft war dafür verantwortlich, dass sie Dinge, die ihr eigentlich wichtig waren, sträflich vernachlässigte. Zuallererst Wilma. Aber auch die häuslichen Pflichten, ihr Training, eine gesunde Ernährung. Sie griff nach einem Keks und biss hinein. Als sie mit Wilma schwanger gewesen war, war das anders gewesen. Auch an Rückenschmerzen in diesen Ausmaßen konnte sie sich nicht erinnern. Vielleicht lag es daran, dass sie damals nichts anderes als ein ungeborenes Kind und die Vorfreude auf das Elternglück mit sich herumgetragen hatte und nicht auch noch einen Sack an Schuldgefühlen, der so schwer war, dass sie ihn kaum schultern konnte.

»Kann ich noch etwas für dich tun, Schatz?«

Sie rang sich ein Lächeln ab.

»Nein, danke, mein Lieber, ich komme jetzt zurecht.«

Soweit man eben zurechtkommen konnte, wenn man höchstwahrscheinlich das Kind eines anderen Mannes unter dem Herzen trug, dachte sie, während der eigene Ehemann auf heile Welt macht und der vermeintliche Erzeuger ein ignoranter Dreckskerl ist. Und ich selbst zu feige bin, das Offensichtliche auszusprechen, fügte sie bitter hinzu.

»Dann ziehe ich mich mal ins Arbeitszimmer zurück und korrigiere meine Semesterarbeiten«, sagte er.

»Tu das.«

Sie warf ihm einen Luftkuss zu.

Nachdem Victor die Wohnzimmertür hinter sich geschlossen hatte, angelte sie sich die Unterlagen, die sie über den Skandia-Mann zusammengestellt hatte. Zeitungsberichte, eine lange Magazinreportage, Auszüge aus verschiedenen Palme-Blogs. Sie wollte dem bedrohlichen Gefühl nachgehen, das sie beim Betrachten der alten Fernsehaufnahmen gespürt hatte. Der Stoff nahm sie bald für sich ein:

Stig E. machte am Abend des 28. Februar 1986 Überstunden in seinem Büro. Er musste unbedingt ein Projekt zu Ende bringen, bevor er am nächsten Tag mit seiner Frau in den Skiurlaub reiste. Um 23.20 Uhr stempelte er aus dem Skandia-Bürogebäude aus, sprach noch kurz mit den Wachleuten, trat dann in Mütze und dunklem, dreiviertellangem Mantel auf den Gehweg des Sveavägen und eilte Richtung U-Bahn-Station an der Tunnelgatan, die letzte Bahn nach Hause fuhr bald und er war spät dran. Unmittelbar darauf fielen zwei Schüsse. Etwa zwanzig Minuten später stolperte E. aufgelöst in den Skandia-Haupteingang zurück, der etwa fünfzig Meter vom Tatort entfernt lag. Den verwunderten Wachleuten erklärte er stammelnd, dass draußen ein erschossener Mann liege und es sich dabei um den Ministerpräsidenten handle. Offensichtlich stand E. unter Schock und hatte Schwierigkeiten, sich zusammenhängend auszudrücken. Aufgrund seiner Erzählung bekamen die Wachleute zunächst den Eindruck, E. hätte dabei geholfen, den erschossenen Mann auf den Rücken zu drehen, wenig später klang es so, dass er erst dazugestoßen sei, als andere Passanten bereits Erste Hilfe leisteten. Blutspuren an seiner Kleidung bemerkten die Wachleute nicht. E. berichtete, dass er seine Personenangaben bei der Polizei hinterlassen hätte. Davon, dass er den Täter gesehen habe, erzählte er nichts. Er wirkte dermaßen außer sich, dass die Wachleute ihm ein Taxi rufen wollten. Das lehnte er jedoch ab, er rief stattdessen seine Frau an, sagte, dass er sich verspäten würde, und nahm den Nachtbus nach Hause. Beide Wachen gaben später an, dass es ein bestimmter Satz in E.s wirrem Bericht war, der ihnen den Eindruck vermittelte, der Versicherungsangestellte hätte das, was er da erzählte, tatsächlich erlebt: »Palme sah so klein aus, wie er da auf dem Boden lag.«

Am nächsten Morgen las E. im Svenska Dagbladet, was bereits über den Mord bekannt war, unter anderem, dass die Polizei nach einem Mann mit langem, dunklem Mantel und Mütze suchte. Er rief umgehend in der Zeitungsredaktion an und erzählte, dass er einer der Ersten am Tatort gewesen wäre. Ein Reporterteam wurde zu ihm in den Vorort Täby geschickt und er posierte für Fotos am Küchentisch, vor sich die aufgeschlagene Samstagsausgabe der Zeitung. Den Journalisten erzählte er, wie er mehr oder weniger in den am Boden liegenden Ministerpräsidenten hineingestolpert wäre und dass er einer jungen Frau geholfen hätte, Palme in die stabile Seitenlage zu legen. Später am Vormittag rief er die Wachzentrale bei Skandia an und erkundigte sich nach der Zeit, an der er am Vorabend ausgestempelt hatte. Spätere Untersuchungen zeigten, dass der genaue Zeitpunkt nicht exakt festzustellen ist. Zum einen ging die Stempeluhr nicht genau, zum anderen zeigte sie nur ganze Minuten an. E. musste den Haupteingang irgendwann zwischen 23.19 und 23.21 Uhr verlassen haben, also zwischen zweieinhalb Minuten und wenigen Sekunden, bevor die Schüsse gefallen sind. Für die rund fünfzig Meter bis zur Kreuzung Sveavägen/Tunnelgatan brauchte man etwa eine halbe Minute.

Nachdem E. mit Skandia telefoniert hatte, hielt Ermittlungsleiter Hans Holmér eine erste Pressekonferenz ab, die live im Fernsehen übertragen wurde. Die bis dahin vage Täterbeschreibung wurde um ein Detail erweitert:

Gesucht wurde ein Mann in langem, dunklem Mantel und mit einer Mütze mit hochgeknöpften Ohrenklappen. Kleidung, wie E. sie am Vorabend getragen hatte. Einige Minuten nach der Pressekonferenz tätigte er einen dritten Anruf, und zwar bei der Polizei. Diesmal fügte er dem Erlebnisbericht, den er am Vorabend den Skandia-Wachleuten und am Morgen den Journalisten erzählt hatte, einige dramatische Wendungen hinzu: Als er die Kreuzung Sveavägen/Tunnelgatan erreicht hätte, habe er in die schmale Gasse, die die Tunnelgatan zu seiner Linken bildete, geblickt und zwischen Baubaracken und Arbeitsgerät vor einer erleuchteten Wand einen etwa zwanzig- bis dreißigjährigen Mann in einer dunkelblauen Daunenjacke ausgemacht, der sich zu ihm umgedreht habe und dann weggelaufen wäre. Erst danach wäre E. zum am Boden liegenden Olof Palme getreten, woraufhin ihn Lisbeth Palme angesprochen und ihm mitgeteilt habe, dass der Täter eine dunkelblaue Daunenjacke trüge.

E. gab nun also zu Protokoll, dass er erstens jemanden gesehen hätte, der der Täter sein könnte, und dass er zweitens mit Lisbeth Palme gesprochen hätte und ihre Täterbeschreibung mit seiner Beobachtung übereinstimmte. Doch damit nicht genug. Als einige der endlich eintreffenden Polizisten in die enge Tunnelgatan hineingerannt wären, um den Täter zu verfolgen, sei E. ihnen angeblich hinterhergelaufen, um seine Beobachtung und Lisbeth Palmes Täterbeschreibung zu übermitteln, jedoch hätte er die Polizisten nicht eingeholt, sondern sei kurz darauf unverrichteter Dinge zurückgekommen.

Er drückte dem Polizeibeamten am Telefon gegenüber seine Besorgnis aus, dass man ihn deshalb mit dem Täter verwechselt haben könnte, denn einen langen dunklen Mantel und eine Mütze mit hochgeknöpften Ohrenklappen, wie sie auf der Pressekonferenz erwähnt worden waren, hätte er selbst getragen.

Hultin hielt einen Moment inne. Die gesamten Erzählungen und das Verhalten Stig E.s waren gelinde gesagt merkwürdig. Warum erzählte er der Polizei eine gänzlich andere Geschichte als die, die er kurz zuvor den Zeitungsreportern berichtet hatte? Warum log er so offensichtlich? Hultin hatte Delgados Reader sorgfältig genug gelesen, um sich zu erinnern, dass Lisbeth Palme sämtlichen Zeugenaussagen zufolge am Tatort unter einem massiven Schock gestanden hatte. Der Polizist, der als Erster eintraf, hatte mehrere vergebliche Versuche unternommen, sie anzusprechen. Die Vorstellung, dass sie sich unbemerkt von allen anderen mit E. unterhalten hatte, war völlig abwegig. Außerdem hatte Lisbeth Palme ihren angeblichen Hinweis, der Täter trage eine dunkelblaue Daunenjacke, später zu keinem Zeitpunkt wiederholt. Ein weiterer Punkt war, dass E.s Behauptung, den Polizisten hinterher in die Tunnelgatan hineingelaufen zu sein, in keiner einzigen Zeugenaussage bestätigt wurde. Auf Hultin wirkte die ganze Verwechslungsepisode, die E. der Polizei gegenüber aus dem Hut gezaubert hatte, wie eine wenig durchdachte Notlüge.

Gerade als sie sich in den nächsten Absatz vertieft hatte, ertönte aus dem Lautsprecher des Babyfons ein wohlbekanntes Weinen. Wilma war aufgewacht. Sollte sie Victor rufen? Ihm würde es bestimmt nichts ausmachen, seine Arbeit zu unterbrechen. Sie hingegen war hier vielleicht wirklich auf etwas Interessantes gestoßen. Doch dann schlug ihr schlechtes Gewissen zu. Sie legte die Papiere zur Seite und stemmte sich aus den Tiefen des Sofas.

13

Ingrid Nyström klingelte, Hugo Delgado öffnete die Tür. Er sah für einen kurzen Moment konsterniert aus. Dann lächelte er.

»Chefin?«

»Störe ich?«

»Ach was, komm rein.« Sie trat in den Flur und registrierte, dass ihr Mitarbeiter nichts außer einem T-shirt und Boxershorts mit Homer-Simpson-Aufdruck trug. *»Mi casa es tu casa.* Das ist Spanisch und bedeutet …«

»Ich weiß, was es bedeutet, Hugo. Danke, dass du einen Moment Zeit für mich hast.«

Er führte sie ins Wohnzimmer.

»Darf ich dir etwas zu trinken anbieten?«

»Ein Wasser wäre toll.«

»Na klar.«

Er verschwand in der Küche.

Sie sah sich um. Das Zimmer war im Retrostil der Fünfzigerjahre eingerichtet, an den Wänden hingen gerahmte Plakate alter Horror- und Science-Fiction-Filme: *Godzilla, Angriff der 20-Meter-Frau, Das Ding aus dem Sumpf.* Nyström musste schmunzeln, genau so hatte sie sich das Zuhause ihres Mitarbeiters vorgestellt. Delgado kam mit zwei Wassergläsern zurück und reichte ihr eins.

»Setz dich doch.«

Er wies auf das Sofa. Sie nahm Platz.

»Danke.«

»Wie kann ich dir behilflich sein?« Er lächelte spitzbübisch. »An einem Donnerstagabend um halb neun.«

»Es tut mir leid, dass ich dich in deiner Freizeit störe und unangemeldet bei dir auftauche. Aber …« Sie schluckte.

Wieder war sie kurz davor, eine Grenze zu überschreiten. »Es ist wichtig. Und ich sehe keinen anderen Weg als …«

Sie zögerte. Wieder war sie im Begriff, zu viel zu verlangen. Delgado fixierte sie. Dann lächelte er erneut, noch breiter als zuvor.

»Jetzt verstehe ich. Du willst, dass ich etwas *hacke.*«

Das war keine Frage, sondern eine Feststellung. Er war schon immer ein Schnelldenker gewesen. Sie nickte.

»Ich weiß, dass das eine ungebührliche Bitte …«

Sein Lächeln wurde so breit, dass es sein Gesicht in eine obere und eine untere Hälfte teilte.

»Es ist mir eine Ehre, Chefin.«

Keine fünf Minuten später saßen sie in Delgados kombiniertem Schlaf- und Arbeitszimmer an einem riesigen Schreibtisch, der von drei Monitoren und mehreren Tastaturen dominiert wurde. Die Ventilatoren diverser PC-Türme sorgten für ein gleichmäßiges Surren. Über dem Schreibtisch hing ein Poster, das eine leicht bekleidete Amazone mit Atombusen zeigte, eine Computerspielfigur, wie Nyström annahm. Im Gegensatz zum einladenden Wohnzimmer hätte der leicht muffig riechende Raum durchaus eine konzertierte Aufräum- und Putzaktion vertragen können, stellte sie fest. Umso dankbarer war sie, dass Delgado sie nicht aus falschem Schamgefühl aus seinem Allerheiligsten herausgehalten hatte. Aber durch übertriebene Scham war er noch nie aufgefallen, wie ihr bewusst wurde, als er sich am haarigen Oberschenkel kratzte, während er gebannt auf einen der Bildschirme starrte. Doch für juckende Körperteile war bald keine Zeit mehr. Delgados Finger huschten über die Tastatur. Sie verstand nicht ansatzweise, was genau er da tat. Codezeilen flitzten über den mittleren Monitor, fügten sich zu Absätzen und Blöcken. Delgado atmete gepresst, ab und an stöhnte er auf oder grunzte zufrieden. Sie wollte begreifen, was da vor ihr geschah, aber sie wagte nicht, seine Konzentration zu stören. Ein Gedanke hakte sich fest: Geschah Delgados Hackerangriff überhaupt *vor ihr?* Oder nicht eher in der Firmenzentrale des Prothesenherstellers in Södertälje? Oder nicht vielmehr auf irgendeinem Server, der Gott weiß wo stehen mochte, in Göteborg, auf den Bahamas oder Malta? Das Internet war kein physischer Ort, aber es hatte physische Ausläufer, Schaltstellen in der körperlichen Welt, auf jeden Fall war das, was Delgado da tat, ein durchaus körperlicher Akt, sein Oberkörper wiegte vor und zurück, Schweiß trat ihm auf die Stirn und die Laute, die ihm entfuhren, erinnerten an eine gänzlich andere Aktivität. Je länger sie ihn betrachtete, desto klarer sah sie es, etwas, das ihr vorher nie aufgefallen war: Er war ein gut aussehender Mann. Es war eine Feststellung ohne Begehren. Dennoch war es seltsam, hier, in seinem abgedunkelten Schlafzimmer neben ihm zu sitzen, so dicht, dass sich ihre Beine berührten.

»Puh«, entfuhr es ihm irgendwann. Und dann noch einmal, »puh«.

Sie hatte keine Ahnung, wie viel Zeit vergangen war. Eine Stunde, anderthalb? Das Einzige, was sich während dieser merkwürdig schwer zu bestimmenden Zeitspanne verändert hatte, waren der Rhythmus der klappernden Tastatur und die Beschaffenheit der Zeichenkolonnen gewesen, die über den Bildschirm gejagt waren.

»Und?«, fragte sie.

Er antwortete zunächst nicht, sondern stieß sich auf seinem Drehstuhl von der Schreibtischkante ab und griff nach einer Schachtel Zigaretten, nahm eine heraus und zündete sie an. Die Kippe danach, ging ihr absurderweise durch den Kopf. Überhaupt kam sie sich seltsam surreal vor, als befände sie sich nicht im Hier und Jetzt, sondern in einer Filmszene.

Endlich sah er sie an. Er stieß den Rauch der Zigarette aus wie ein erschöpfter Stier.

»Die sind gut, Ingrid, die sind verdammt gut.«

»Das heißt?«

Er sog an der Zigarette, sodass die Glut an der Spitze hell im dämmrigen Licht aufleuchtete.

»Zuerst war es überraschend leicht. Die Schutzmauern machten zwar einiges her, aber sie haben einen der Lieferanteneingänge vergessen. Sozusagen. Ich habe mich reingeschlichen. Wie Frodo und Sam nach Mordor.« Er lachte heiser. »Dann fingen die Probleme an. Wachposten. Spürhunde. Gottverdammte *Nazgûl.*« Er zog an der Zigarette und sah durch den Rauch hindurch auf. »Entschuldige mein Fluchen. Wo du doch gläubig bist.«

»Schon gut.«

»Jedenfalls haben sie mich entdeckt.«

»Sie?«

»Genau genommen natürlich nicht sie, sondern es. Das Sicherheitsprogramm. Deshalb musste ich schnell sein, verdammt schnell. Trotzdem habe ich es bis zur Schatzkammer geschafft.«

»Wo die Kundendaten verwahrt werden?«

»Das ist das Interessante. Wo offenbar die wirklich wichtigen Kundendaten verwahrt werden.«

»Sie unterscheiden die Kundendaten nach wichtigen und unwichtigen Informationen? Das klingt doch nicht ungewöhnlich.«

»Nein, sie unterscheiden *die Kunden* nach wichtig und weniger wichtig. Es gibt mehrere kleine, extrem gut verschlüsselte Dateien, unter denen sich befinden muss, wonach du suchst. Die Zuordnung deiner Seriennummer und wahrscheinlich noch einige andere Dinge. Die Daten der Premiumkunden.«

»VIPs?«

»Könnte man so sagen.«

»Wie kommen wir dort hinein?«

»Überhaupt nicht.«

»Keine Chance?«

»Die Sicherheitsprotokolle spielen in einer anderen Liga. Ich habe solche Software noch nie gesehen, nur davon gehört. Riecht nach Militär oder Geheimdienst, wenn du mich fragst. Obwohl es auf dem Schwarzmarkt mittlerweile so ziemlich alles gibt, was irgendwo einmal entwickelt wurde. Zumindest wenn der Preis stimmt.«

Nyström massierte die Nasenwurzel.

»Militär? Geheimdienst? Private Sicherheitsdienste? Das passt alles nicht ins Bild eines mittelständischen Prothesenbauers.«

Aber es passt zum Gesamtbild, überlegte sie.

»Worum geht es denn überhaupt bei dieser Seriennummer?«, fragte Delgado. »Um unsere Palme-Ermittlung?« Nyström blieb ihm die Antwort schuldig. Stattdessen schloss sie die Augen und dachte nach. Es musste doch einen Ausweg aus der Sackgasse geben. Sie war so nah dran, eine echte Spur aufzunehmen! Vielleicht sollte sie doch nach Södertälje fahren und es vor Ort versuchen. Wenn die Technik nicht auszutricksen war, dann vielleicht die Menschen, die sie bedienten. Womöglich geriet sie an einen Mitarbeiter, der leichter zu manipulieren war als die Frau, die sie heute am Telefon hatte abblitzen lassen. »Eine Idee hätte ich vielleicht doch noch.«

Delgado riss sie aus ihren Überlegungen.

»Ja?«

Sie hörte ihrer eigenen Stimme die Hoffnung an, die darin mitschwang. Er drückte die Zigarette aus.

»Um zu meiner Hobbit- und Ritterburg-Metapher zurückzukehren: Von außen ist die Schatzkammer nicht zu knacken. Von innen sieht das jedoch anders aus.«

»Wie meinst du das, von innen?«

»Ich meine über das Intranet des Unternehmens. Dazu müssten wir Zugang zu einem firmeneigenen Rechner bekommen. Im Grunde würde es reichen, dort eine spezielle Malware zu platzieren, die uns die Türe öffnet, zum Beispiel über einen USB-Stick.«

»Ich weiß nicht, Hugo. Ein Einbruch? Das geht nach meinem Empfinden dann doch einen Schritt zu weit, ganz zu schweigen von dem Risiko.«

»Na ja, genau genommen war das eben auch nichts anderes als ein Einbruch. Aber ich habe gerade auch an etwas anderes als an Brecheisen und Dietriche gedacht.«

»Und zwar?«

Delgado lächelte dünn.

»In bestimmten Kreisen heißt die Methode *Der falsche Pinkerton.*«

14

Es war weit nach Mitternacht. Wie gut es tat, einfach nur so dazuliegen und die Nähe des nackten Körpers neben sich unter der Decke zu spüren, dachte Stina Forss. Haut auf Haut. Sie schloss das Auge und öffnete es wieder. Das winzige Schlafzimmer lag im Halbdunkeln, die Tür zur Wohnküche, in der das Licht brannte, stand einen Spalt offen. Lächelnd betrachtete sie die Spur aus eilig abgestreiften Kleidungsstücken, die vom anderen Zimmer bis ans Bett reichte. Noch vor wenigen Stunden hätte sie diesen Verlauf des Abends nicht für möglich gehalten. Oder doch? War da nicht schon vorher ein unbestimmtes Sehnen gewesen, eine Hingezogenheit und einen Hunger, den sie gespürt, aber nicht in Worte gefasst hatte? Vielleicht. Aber was spielte das auch für eine Rolle? Nun war es so gekommen. Es fühlte sich richtig an, eine natürliche Fortsetzung der Erzählung, zu der sie nach dem Essen angesetzt hatte. Über ihren Vater. Den Tag der Katastrophe, den Revolver, den ominösen Orden. Die Anschläge auf sie. Menschen, die in ihrer Umgebung starben. Der vorgetäuschte Selbstmord und die Flucht hierher, ans östliche Ende Europas. Sie hatte ihm alles erzählt. Die ganz große Verschwörung. Toivo Bärengrub hatte genickt, während sie sprach, und sie mit seinen dunklen Augen angesehen. Als sie alles gesagt hatte, was es zu sagen gab, hatte er ihre Hand genommen und gestreichelt.

»Danke, dass ich hier sein darf«, hatte sie geflüstert.

»International cooperation«, hatte er entgegnet und sie an sich gezogen.

Das war vor einigen Stunden gewesen. Längst hatte das Radio über der Spüle von Jazz zu Klassik gewechselt. Schweigend lagen sie nebeneinander, Worte waren nicht notwendig. Eigentlich musste sie auf die Toilette, aber sie zögerte es hinaus, um den Augenblick noch etwas länger festzuhalten. Dies hier, dachte sie, musste Glück sein, scheu und auf dem Sprung. Wie ein Reh auf einer Lichtung. Was für eine kitschige Metapher. Sie musste erneut lächeln. Eine Dichterin würde sie in diesem Leben nicht mehr werden. *Sorry, Papa.* Dann musste sie an den Zopf denken, den Bärengrub aus einem der Kartons gefischt hatte. Ihr eigenes Haar, vierunddreißig Jahre alt. Sie hatte zuerst nicht daran geglaubt, dass es wirklich ihres war, denn sie konnte sich überhaupt nicht erinnern, als Mädchen jemals Zöpfe getragen zu haben. Gemeinsam mit Bärengrub hatte sie die alten Fotos durchgehen müssen, die sie in den Vortagen gefunden hatte. Schließlich hatte sie ein Bild gefunden, das sie als Kind mit geflochtenen Zöpfen zeigte.

»Wie eine kleine Pippi Langstrumpf«, hatte Bärengrub gelacht.

Aus irgendeinem Grund hatte sie bei den Worten an eine Baumbude denken müssen, in der sie in jenem fernen Sommer mit ihren Freunden gespielt hatte. Wie alt mochte sie gewesen sein? Fünf oder sechs Jahre? Damals war ihre kleine Welt noch in Ordnung gewesen.

Sie gab ihm einen Kuss. Seinen Lippen schmeckte man noch immer das Fischfett an.

»Ich bin gleich wieder da.«

Sie glitt aus dem Bett, zog sich Jeans und Sweatshirt über und schlüpfte in die Schuhe. Die Toilette befand sich in einer Holzkabine im hinteren Teil des Gartens. Sie öffnete die Tür und blickte in die kohlschwarze Nacht. Kurz dachte sie an das Feuerzeug. Sie hatte es Bärengrub gegenüber immer noch nicht erwähnt, andere Dinge waren wichtiger gewesen. Und wahrscheinlich hatte es überhaupt nichts zu bedeuten.

Ein Schuss zerriss die Stille.

Alles geschah gleichzeitig: Sie sah das doppelte Mündungsfeuer zwischen den Bäumen am Waldrand. Sie hörte den ohrenbetäubenden Knall zweier beinahe gleichzeitig abgefeuerter Schüsse. Sie spürte die beißende Hitze in ihrer linken Schulter, ein Schmerz wie von einem Peitschenhieb. Sie warf sich auf der Stelle nach vorn. Ihr Brustkorb schmerzte, dass es ihr den Atem raubte. Sie robbte in das Beet. Weg von der Tür, weg von der Lichtquelle. Sie presste sich auf den Boden. Ein dritter und vierter Schuss jaulten über sie hinweg, ein fünfter, ein sechster. Fuck, fluchte sie, fuck, fuck, fuck! Ihr Herz raste, ihr Atem keuchte wie ein stotternder

Zweitaktmotor. Sie tastete nach der Schulter. Etwas Blut, aber nichts Dramatisches. Ein Streifschuss. Trotzdem war die Situation verfahren. Wenn die beiden Schützen ihre Deckung verließen und auf das Haus zukamen, würden diese sie abknallen können wie einen lahmen Hund. Sie war vollkommen wehrlos. Der Einzige, der ihr helfen konnte, war Bärengrub. Das Holster und seine Dienstwaffe hingen mitsamt dem Jackett über der Lehne eines Küchenstuhls. Natürlich hatte er die Schüsse gehört. Er durfte nur nicht den Fehler machen, in den beleuchteten …

»Stina?«

Sie drehte sich um. Sie sah seine Silhouette im Türrahmen. Sie rief seinen Namen, in dem Moment, in dem zwei weitere Schüsse fielen. Sie hörte Bärengrub aufstöhnen. Sie sah, dass er zusammenbrach. Ohne über die Gefahr nachzudenken, robbte sie zu ihm zurück. Weitere Schüsse pfiffen über sie hinweg. Sie erreichte ihn. Er atmete schnell und flach.

»Mein Bauch«, krächzte er.

Er drückte eine Hand auf die Wunde. Sie fühlte vorsichtig. Der Pullover war nass und warm vor Blut. Viel Zeit blieb nicht, begriff sie.

»Vertrau mir«, sagte sie.

Forss nahm ihm die Waffe aus der Hand, eine *Walther P99* mit Quick-Action-Abzug. Sie kroch auf die offene Haustür zu. Auf keinen Fall durfte sie in das Lichtfeld geraten, das die Innenbeleuchtung in den Garten warf. Als sie die Hauswand erreichte, drehte sie sich um und ging in die Hocke. Mit dem Rücken an der Wand rutschte sie einen Meter nach rechts. Jetzt war sie direkt im Schatten der offenen Tür. Sie nahm die schussbereite Waffe in beide Hände, visierte die Dunkelheit vor sich an. Irgendwo dort, zwischen den Bäumen am Waldrand, etwa zehn, fünfzehn Meter von ihr entfernt, lauerten die feindlichen Schützen und warteten darauf, dass sie einen Fehler machte. Die Zeit drängte. Mit jeder Sekunde rann das Leben aus Bärengrub heraus. Sie konzentrierte sich. Dann gab sie der offenen Tür mit der versehrten Schulter einen kräftigen Stoß. Die Tür fiel zu. Das Lichtfeld neben ihr fiel in sich zusammen. Gleichzeitig folgten direkt aufeinander im Doppeltakt Schüsse. Forss spürte die Erschütterungen, als die Projektile knapp neben ihr ins Holz der Tür eindrangen. Doch ihre Konzentration galt allein den Mündungsfeuern. Das eine in beinahe gerader Linie vor ihr, in Brusthöhe, das andere etwa zwanzig Grad weiter links. Sie streckte die Arme durch, atmete aus und drückte ab, zweimal, dreimal, viermal, fünfmal, sechsmal. Die kurze, kompakte *Walther* war eine dankbare Handfeuerwaffe. Forss spürte kaum einen Rückschlag in der verletzten Schulter. Hatte sie getroffen? Ein Ziel? Beide? Sie war eine erfahrene Schützin, dennoch war sie sich nicht sicher. Einen Aufschrei hatte sie nicht gehört, wie auch, bei der Salve von Schüssen. Ihre Ohren fiepten. Sie stürmte blind nach vorn in die Beete, an Bärengrub vorbei, zwischen Bohnen und Kürbispflanzen hindurch bis zum Ende des Gartens, gleichzeitig schoss sie eine zweite Salve ab. Die Waffe im Anschlag erreichte sie die ersten Büsche. Das, was vor ihr war, spürte sie mehr, als dass sie es sah. Vage Konturen, blauschwarz in schwarz. Während sie beinahe über einen leblosen Körper stolperte, hörte sie vor sich etwas durch die Büsche brechen. Die Geräusche entfernten sich. Der zweite Schütze floh. Sie ging in die Hocke, tastete über das warme Gesicht. Aus der Stirn suppte klebriges Blut. Du elender Bastard, dachte sie. Sie nahm dem Toten die Waffe ab, steckte sie ein, stand auf und eilte zurück zu Bärengrub. Nun kam es auf jede Minute an.

397 TAGE BIS TAG X

Selbst an grauen Wintertagen hatte Danderyd eine Menge zu bieten. Siv Melldén ließ sich von Bianca gern unter die Fittiche nehmen – an die Wiederaufnahme ihres Jurastudiums dachte sie kaum noch, dazu genoss sie ihr neues Leben einfach zu sehr. Montags gingen Bianca und sie zum Aerobic – wie Jane Fonda! Jeden zweiten Dienstag hatten sie einen gemeinsamen Friseurbesuch gebucht, Bianca hatte tolle Locken und Siv dachte ernsthaft über eine Dauerwelle nach. Donnerstags trafen sie sich bei der Frauengruppe der Moderaten. Diese Termine genoss Siv am meisten. Sie merkte, dass sie zunehmend für Politik brannte. Bis zur nächsten Parlamentswahl waren es weniger als neun Monate und jeder konnte spüren, dass Veränderung in der Luft lag. Die Niederlage der konservativen Parteien 1982 war bitter gewesen, gerade weil die Moderaten ihr bestes Ergebnis seit Jahrzehnten eingefahren hatten, aber was nützte das, wenn die möglichen Koalitionspartner derart schwächelten? Also hatten die Sozialdemokraten triumphiert. Nun war die Chance da, erneut anzugreifen und Palme abzuwählen. Siv war bereit, sich mit Elan einzubringen, Klinken zu putzen, Informationsmaterial zu verteilen und an Wahlständen mit dem einfachen Volk zu diskutieren. Die Leute mussten doch irgendwann einsehen, dass der immense Steuerdruck das Land vorn und hinten ausbremste!

Als sie an diesem diesigen Januarnachmittag mit einem Karton voller Flugblätter nach Hause kam, wurde sie überrascht. Torben war frühzeitig von der Arbeit zurückgekehrt und hatte sich mit einer Decke auf das Wohnzimmersofa gelegt. Das war, solange sie zurückdenken konnte, noch nie vorgekommen.

»Alles in Ordnung, mein Schatz?«, fragte sie besorgt. Statt einer Antwort hustete er schwer. Das klang gar nicht gut, fand sie und eilte in die Küche, um ihm ein Glas Wasser zu holen. Als sie zurückkam, hatte sich der Anfall gelegt. Sie setzte sich zu ihm und reichte ihm das Glas. Er nahm es dankbar entgegen und trank in langen Zügen. Sie musterte ihn. Er sah alles andere als gut aus. Er wirkte blass und ausgezehrt. Kalter Schweiß stand ihm auf der Stirn. »Vielleicht hast du es in letzter Zeit ein wenig mit der Arbeit übertrieben«, sagte sie.

»Vielleicht«, antwortete er, nachdem er ihr das leere Glas zurückgereicht hatte.

»Diese anhaltende Bronchitis macht mir jedenfalls Sorgen. Ich denke, ich vereinbare einen Arzttermin für dich.«

Torben nickte kraftlos.

»Das wird wohl das Beste sein.«

Erst jetzt bemerkte sie, dass sie noch immer ihren Mantel anhatte.

»Schau mal«, sagte sie, um ihn auf andere Gedanken zu bringen, stand auf, drehte sich zu ihm und zog den Mantel aus. Darunter trug sie eins der Sweatshirt, die Bianca bei den Moderaten verteilt hatte.

»Palme-Busters«, las er laut vor und verzog den Mund zu einem schmalen Lächeln. Sie lächelte ebenfalls und strich über den weißen Baumwollstoff. Der Aufdruck war eine Abwandlung des Logos aus dem bekannten Kinofilm, der im Vorjahr gelaufen war. Statt eines Gespenstes zeigte das Verbotsschild eine hakennasige Karikatur des Ministerpräsidenten.

»Es entspricht zwar eigentlich nicht ganz meinem Stil, aber angesichts des Wahlkampfs werde ich meine modischen Allüren wohl opfern müssen«, sagte sie, aber die Worte gingen in Torbens erneutem Hustenanfall unter.

KAPITEL 6

1

Das bengalische Feuer, das Urmas in der Hand schwang, malte rote Bögen in die Nacht. Der Lärm des Rettungshubschraubers war infernalisch und der tastende Finger des Suchscheinwerfers strich über die Bäume, die unter den Druckwellen des Rotors tanzten. Als das Licht für einen Moment über Bärengrubs Gesicht streifte, sah Forss, wie blass er war. Sein Bewusstsein kam und ging. Wie eine Irre redete sie auf ihn ein, presste ihre blutüberströmten Hände auf seine Bauchwunde. Endlich landete der Helikopter auf der Wiese neben dem Garten und wenige Augenblicke später kam ein Notarzt samt Sanitäter herbeigeeilt. Er überprüfte Puls, Atmung und Pupillenreaktion. Sie erklärte in knappen Sätzen, was geschehen war. Der Arzt arbeitete konzentriert. Er legte einen Druckverband und eine Infusion an, spritzte ein Medikament. Dann fragte er, was mit dem Schützen sei.

»Der ist tot«, sagte Forss.

»Sicher?«

»Hundertprozentig.«

Den zweiten Schützen erwähnte sie mit keinem Wort. Urmas' Fackel färbte die Szenerie in ein unwirkliches rotes Licht. Sein Hund bellte. Notarzt und Sanitäter wuchteten Bärengrub auf eine Trage. Das Bengalo erlosch. Die beiden Männer trugen Bärengrub zum Hubschrauber. Mit routinierten Handgriffen verstauten sie die Trage und den festgeschnallten Schwerverletzten.

»Ich will mitkommen«, verlangte Forss.

Der Notarzt schüttelte den Kopf.

»Das ist nicht möglich. Warte hier, die Polizei ist unterwegs.«

Die Türen wurden zugeschlagen, der Lärm des Rotors schwoll wieder an und der Hubschrauber hob ab. Kurz darauf war er nur noch ein blinkender Punkt am Himmel. Zurück blieben Forss, Urmas und der aufgebrachte Hund. Ihr war klar, dass sie von der Insel verschwinden musste, so schnell wie möglich. Urmas verstand sie, auch ohne Worte. Sie eilte zurück in die Hütte, wusch die Hände, zog sich an, raffte ihre Sachen zusammen und verstaute sie in einer Tasche. Urmas lief mit ihr zum Hafen. Dort stiegen sie in ein kleines Boot mit Außenbordmotor. Urmas machte die Leinen los und sie legten ab. Sie spürte die salzige Meeresluft im Gesicht. Kurze Zeit später tauchten die flirrenden Lichter Tallinns vor ihnen auf. Urmas navigierte auf Sicht. Irgendwann hatten sie den kleinen Hafen erreicht. Forss warf ihre Tasche auf den Kai und kletterte hinterher.

»*Tänama!*«, rief sie Urmas zu. Danke. Für mehr reichte ihr Estnisch nicht.

Wortlos wendete der alte Mann das Boot und fuhr in die Dunkelheit davon.

2

Ihr Vorgesetzter Erik Edman hatte die Aufgabe an sie weitergeleitet, natürlich hatte er das, wie so ziemlich alles, was unangenehm war und sich delegieren ließ. Nun saß Ingrid Nyström also Maj Lundin gegenüber, Stina Forss' Cousine und nächste in Schweden lebende Verwandte, und spielte Theater. Sie erzählte vom Druck, der auf der Deutschschwedin gelastet hatte, von Angstattacken, von Momenten tiefer Niedergeschlagenheit. Dem Verdacht auf eine posttraumatische Belastungsstörung. Dem Ausschlagen aller Hilfsangebote. Sie berichtete von der nächtlichen Flucht aus dem Hotelzimmer, dem Abschiedsbrief in der Fährkabine, Alkohol und Tabletten, den Suchaktionen der Küstenwache. Sie log das Blaue vom Himmel herunter. Maj Lundin gab sich alle Mühe, gefasst zu wirken, aber die bebende Unterlippe und die brüchige Stimme verrieten ihre Aufgewühltheit. Nyström fühlte sich schäbig. Das Belügen von Forss' Angehörigen gehörte zu den Dingen, über die sie sich im Vorhinein keine Gedanken gemacht hatte. Sie spürte, wie sehr ihr Gegenüber litt, unnötigerweise, und doch konnte sie nichts dagegen tun. Forss und sie hatten sich auf ein waghalsiges Spiel eingelassen, und für ein Zurück war es längst zu spät. Nun mussten sie mit allen Folgen leben, so unappetitlich diese auch sein mochten.

»Es tut mir so leid«, sagte sie schließlich und griff nach Lundins Händen. Wenigstens das war nicht gelogen.

»Weiß … weiß Stinas Mutter schon Bescheid?«

»Sie wurde umgehend verständigt.«

»Ihre Mutter … sie ist ein so sensibler Mensch, es wird ihr das Herz brechen.« Nyströms Magen krampfte. Lundin ballte ihre linke Hand zur Faust und starrte auf die weißen Fingerknöchel. Irgendwann sagte sie leise: »Eine Sache habe ich nie verstanden. Dass Stina nach allem, was damals geschehen ist, den Namen ihres Vaters behalten hat.«

Nyström antwortete nicht. Sie wartete noch eine Weile ab, dann erhob und verabschiedete sie sich und ließ Lundin mit ihrer Trauer allein. Selten hatte sie sich derart für ihr eigenes Auftreten geschämt. Sie begriff etwas Wichtiges: Um diesen Weg bis zum Ende zu gehen, um den Mörder ihrer Schwiegertochter und die Drahtzieher des Überfalls auf Stina Forss zu finden, um womöglich sogar den Tod des Staatsoberhaupts aufzuklären, musste sie ein anderer Mensch sein als jener, der sie sein wollte. Sie würde ein schlechterer Mensch sein müssen. Sie war bereits auf dem besten Weg dorthin.

Zurück im Präsidium arbeitete sie Dinge ab, die sich auf ihrem Schreibtisch angehäuft hatten und die sie nicht länger aufschieben konnte. Sie verfasste eine Stellungnahme zu den Plänen für ein landesweites Präventivprogramm zum Schutz von Frauen in gewalttätigen Beziehungen. Danach erstellte sie eine Statistik über die Fälle, an denen ihre Abteilung im vergangenen Quartal gearbeitet hatte. Sie feilte an einem Vortrag, den sie in der kommenden Woche an der Polizeihochschule halten sollte. Gerade als sie eine kurze Mittagspause machen wollte, klingelte das Telefon.

»Hier Hauptkommissarin Ingrid Nyström.«

»Ich habe deine Nummer von Pastor Kurt Schölding.«

Eine sonore Männerstimme.

»Wer spricht da?«

»Mein Name tut nichts zur Sache. Wenn du über unsere Streitkräfte sprechen willst, sehen wir uns in fünfundsiebzig Minuten im Laden des Kunstmuseums in Värnamo.«

»Aber …«

»Das ist die einzige Gelegenheit.«

Noch ehe sie etwas darauf erwidern konnte, hatte der Mann aufgelegt.

Das war der Kontakt, den sie gesucht hatte. Er war schneller zustande gekommen, als sie gehofft hatte. Unter anderen Umständen hätte sie gezögert. Ein Informant, der alle Bedingungen eines Treffens diktieren wollte, machte misstrauisch. Sie gab ungern die Zügel aus der Hand. Nun aber konnte sie sich den Luxus einer kontrollierten Situation nicht leisten. Sie nahm die Dienstwaffe, den Mantel und die Umhängetasche und machte sich auf den Weg.

3

Eigentlich hätte die gesamte Aufmerksamkeit Anette Hultins den Verhörprotokollen des komplizierten Bestechungsfalls gelten sollen, mit dem sie sich herumquälte, aber ihre Konzentration schweifte immer wieder ab. Möglicherweise war das auf das zähe Material zurückzuführen, mit dem sie sich auseinanderzusetzen hatte, möglicherweise lag es aber auch daran, dass ihre Gedanken immer wieder zum Skandia-Mann Stig E. und zu seinen widersprüchlichen Aussagen wanderten. Schließlich klappte sie entnervt den Aktendeckel zu und zog die Tastatur ihres Bürorechners zu sich heran. Der Link zu der alten Fernsehaufzeichnung, die sie am Vortag auf dem Videoportal gefunden hatte, war noch gespeichert. Sie schaute sich die historischen Aufnahmen der Sendung ein weiteres Mal an. Stig E., wie er dem Fernsehteam gegenüber seinen Missmut darüber zum Ausdruck bringt, dass die Polizei ihn im Gegensatz zu anderen Zeugen nicht zur offiziellen Rekonstruktion der Vorgänge am Tatort geladen hatte. Wieder reagierte Hultin auf die kaum zu übersehende Verbitterung E.s. Sie sah einen Mann, der tief verletzt war. Jemanden, der sich ungerecht behandelt fühlte. Jemanden, der sich übergangen fühlte. Jemanden, der seine Wut nur mit äußerster Selbstbeherrschung im Zaun halten konnte. Ein labiler Mensch voller Geltungsdrang, mit einem geringen Selbstwertgefühl. War so jemandem ein Mord zuzutrauen? Sie wusste noch viel zu wenig über E., um diese Frage zu beantworten. Stattdessen wandte sie sich dem zu, was der stämmige Mann in dem Beitrag vor der Kamera vollführte: seine eigene Rekonstruktion der Handlungsabläufe. E., wie er Schüsse hört und auf den Tatort zueilt. E., wie er einen Blick in die schmale Tunnelgatan wirft. E., wie er in die Tunnelgatan sprintet, um die Polizisten einzuholen und ihnen die Täterbeschreibung zu geben, die er von Lisbeth Palme erhalten haben will. Er produziert sich vor der Kamera und bebildert die Version seiner Geschichte, die er sechs Wochen zuvor der Polizei zu Protokoll gegeben hat. Hultin blätterte in ihren Papieren. Dieselbe Story erzählt er am folgenden Tag Journalisten des *Expressen*. E. sucht also die maximale Aufmerksamkeit. Würde der Palme-Mörder derart handeln? Würde er nicht vielmehr danach trachten, möglichst wenig Aufmerksamkeit auf sich zu ziehen? E. dagegen macht das genaue Gegenteil. Sollte es sich bei ihm wirklich um den Täter handeln, wäre sein nachgestellter

Gassenlauf eine lauthals herausgebrüllte Einladung an alle Augenzeugen, ihn auch wirklich wiederzuerkennen. Dazu die Großaufnahmen in den Interviewsequenzen. Der Umstand, dass er in dem Fernsehbeitrag dieselbe Kleidung trägt wie am Tag der Tat. Wäre der Skandia-Angestellte wirklich der Schuldige, müsste er verrückt sein, sich derart zu exponieren. Verrückt. Aber war das nicht gerade der Knackpunkt, wenn man nach einem psychisch gestörten Einzeltäter suchte? Wieder ging Hultin ihre Papiere durch. Sie erinnerte sich an etwas, was sie am Vortag überflogen hatte. Da war es. Ein Journalist hatte es auf den Punkt gebracht und Nyström hatte es ebenfalls angesprochen: Mit seinem exponierten, auffälligen Verhalten entsprach E. einem ganz bestimmten Täterprofil, und zwar jenem, das zwei Psychologen in den Neunzigerjahren im Auftrag der Palme-Ermittlungskommission erstellt hatten: impulsgesteuert, geltungssüchtig, leicht kränkbar und von Unterlegenheitsgefühlen gezeichnet. Dieser Typus von Tätern neigte dazu, sich durch falsche Informationen und Zeugenaussagen aktiv in die Ermittlung einzumischen und im Takt mit deren Scheitern einen immer größeren Triumph und ein Gefühl von Sicherheit zu entwickeln. Hultin las die Zeilen und war elektrisiert. Es passte, es passte wirklich. Zumindest soweit sie es beurteilen konnte. Ihr war bewusst, dass ihr Urteil auf sehr oberflächlichem Wissen beruhte. Also musste sie tiefer graben. Sie brauchte definitiv mehr Informationen über Stig E. Der erste Schritt war reine Routine. Sie suchte im Online-Archiv, was es an polizeilichen Informationen über den Mann gab. Die Enttäuschung folgte auf dem Fuße. Der sogenannte Skandia-Mann war im Juni 2000 verstorben.

4

In den frühen Morgenstunden hatte ein Bus Stina Forss in das Zentrum von Tallinn gebracht. Die Farben der Stadt wirkten so ausgeblichen wie der bedeckte Himmel. Übermüdet und durchgefroren schritt sie durch die Kopfsteinpflastergassen der Altstadt, eine Abbiegung war so gut wie jede andere. Wichtig war allein, dass sie nicht verfolgt wurde. Eigentlich war sie sich sicher, aber was hieß das schon, denn sicher hatte sie sich auf Prangli auch gefühlt, zumindest bis zu dem Moment, an dem sie über das Feuerzeug gestolpert war. Trotzdem war sie aufgespürt worden. Weiß der Teufel wie, dachte sie. Das Handy, das sie von Oleg bekommen hatte, hatte sie noch von Urmas' kleinem Boot aus ins Meer geworfen. War sie auf diesem Wege geortet worden? Oder war sie an einer anderen Stelle unvorsichtig gewesen? Im Grunde war die Frage müßig. Sie hatten sie gefunden, das war das Einzige, was zählte, sie hatten sie entdeckt und Toivo bezahlte diesen Umstand möglicherweise mit seinem Leben. Die Ungewissheit über seinen Zustand überlagerte alle weiteren Überlegungen. Bevor sie sich nicht sicher war, dass es ihm gut ging, konnte sie unmöglich die nächsten Schritte planen. Sie war sich natürlich des hohen Risikos bewusst. Wenn ihre Gegner bereits über die Geschehnisse auf Prangli informiert waren – und das war mehr als wahrscheinlich angesichts des geflüchteten zweiten Schützen –, brauchten sie nur schnell und überlegt zu handeln. Die Tatsache, dass es ihnen gelungen war, sie auf der Insel aufzuspüren, zeigte, was für Mittel ihnen zur Verfügung stehen mussten. Das Krankenhaus konnte für Forss zur tödlichen Falle werden. Aber Toivo im Stich zu lassen, war keine Alternative. Ihretwegen hatte er sein Leben aufs Spiel gesetzt.

Als ihr zwei Mädchen im Teenageralter entgegenkamen, sprach Forss sie an und fragte sie nach dem Weg zum Hospital.

5

Lasse Knutssons Laune hätte besser sein können. Den halben Vormittag hatte er beim Zahnarzt verplempert, wo ihm nicht nur Zahnstein entfernt worden war, sondern er auch zwei neue Füllungen bekommen hatte und einen ellenlangen Vortrag, wie eine verantwortungsvolle Zahnzwischenraumhygiene auszusehen habe. Zahnzwischenraumhygiene! Das war doch wieder nur so eine überflüssige Erfindung irgendwelcher Marketingfuzzis! Wozu sollten diese bunten Minibürsten denn gut sein? Früher jedenfalls hatte es die nicht gegeben. Wenn ihm etwas zwischen den Zähnen saß, dann vertraute er auf den guten, alten Zahnstocher, das tat die Menschheit schließlich schon, seit sie vor Urzeiten von den Bäumen geklettert war, und so wie er die Dinge sah, war sie damit bis heute ganz gut gefahren.

Zurück beim Präsidium waren natürlich längst alle Angestelltenparkplätze belegt gewesen. Knutsson war gezwungen, sich im weiteren Innenstadtbereich auf die Suche zu machen, ein nahezu aussichtsloses Unterfangen, seit die Riesenbaustelle auf dem ehemaligen Bahnhofsgelände die Hälfte der ursprünglichen Parkkapazität aufgefressen hatte. Fündig geworden war er schließlich erst in einem Wohngebiet, gut zehn Minuten Fußmarsch von seinem Arbeitsplatz entfernt.

Als er endlich an seinem Schreibtisch saß und den Rechner hochfahren wollte, um sich einem Fall von systematischem Versicherungsbetrug zu widmen, in den mehrere Verleihfirmen von schwerem Baugerät verwickelt schienen, war es bereits so spät, dass es sich kaum lohnte, vor dem Mittagessen noch mit der Arbeit anzufangen. Er machte sich auf den Weg in die Kantine. Freitag war Fischtag. Gesünder ging's kaum. So viele Omega-3-Fettsäuren, da machte das bisschen Sahnesoße wirklich nichts aus. Er setzte sich mit seinem Tablett zu Olsson aus der benachbarten Abteilung, der an einem Salat herumknabberte. Olsson war nicht nur gleich alt wie Knutsson, sondern auch etwa gleich schwer.

»Kalorienzählen bringt gar nichts«, dozierte er, während er Platz nahm. »Auf die Bewegung kommt es an.« Er tippte auf seine Smartwatch. »Die zählt jeden meiner Schritte. Diese Woche bin ich zum Beispiel bereits mehr als fünfzig Kilometer gegangen.«

»Nicht schlecht.«

Olsson nickte anerkennend.

»Zeig mal her, Dickie.«

Delgado war wie aus dem Nichts aufgetaucht und ließ sich neben Knutsson am Tisch nieder. Auf seinem Teller befand sich nichts als ein riesiger Berg Pommes frites mit Ketchup.

»Du weißt schon, dass es gute und schlechte Fette gibt, oder?«, entgegnete Olsson mit einem Blick auf Delgados Teller.

»Und zu welcher Sorte gehört ihr beide?« Delgados Spruch war so lahm, dass nicht mal Olsson den Mund verzog, dabei lachte der sonst über jeden Mist. »Jetzt zeig schon deine tolle Uhr her, Lasse«, wiederholte Delgado seine Aufforderung.

Stolz hielt ihm Knutsson seine neueste Errungenschaft

unter die Nase. Diesmal konnte selbst ein Technikfreak wie Delgado nichts zu meckern haben, das Gerät war ein Testsieger und außerdem ziemlich teuer gewesen.

»Fünfzig Kilometer also?«

Wieso klang das so höhnisch?

»Richtig. Ich hab das Ding vor genau einer Woche gekauft und es zählt jeden meiner Schritte. Dort oben in der Anzeige sieht man meine Gesamtlaufleistung, 51 237 Meter!«

Delgado grinste diabolisch.

»Die Anzeige steht auf Fuß.«

»Was meinst du?«

»Sie misst die Entfernungen, die du gehst, nicht in Metern, sondern in Fuß. So wie im angelsächsischen Raum oder in der Seefahrt üblich. Ein Fuß ist weniger als ein Drittel von einem Meter, Lasse. Deine angeblichen fünfzig Kilometer sind in Wirklichkeit gerade einmal fünfzehn. Mit anderen Worten zwei Kilometer pro Tag, mein lieber Bewegungsapostel. Die Weltgesundheitsbehörde empfiehlt übrigens sechzig Minuten Bewegung täglich, nicht zwanzig. Guten Appetit!«

Zufrieden schob er sich eine Gabel Pommes in den Mund.

Knutsson war zu baff, um etwas Geistreiches zu entgegnen. Sein Handy klingelte. Beziehungsweise die Uhr. Das konnte man damit nämlich auch, Telefongespräche annehmen. Er drückte auf den Touchscreen und sprach in das verborgene Mikrofon der Uhr.

»Lars Knutsson am Apparat.«

»Tom Magnussen hier«, plärrte der winzige Lautsprecher an seinem Handgelenk. »Ich habe mir die Sache überlegt. Tut mir Leid, aber ich habe eigentlich keine Lust, über die Norrholmwache zu sprechen. Du musst deinen Roman wohl ohne mich schreiben.«

»Aber ich …«

Doch Magnusson hatte das Gespräch bereits beendet.

»Interessant«, stellte Delgado süffisant fest. »Du bist also unter die Schriftsteller gegangen?«

6

Hugo Delgado hatte ausgezeichnete Laune, auch wenn ihm das Mittagessen ein wenig schwer im Magen lag. Ingrid Nyström hatte ihm grünes Licht gegeben für die Operation *Falscher Pinkerton*. Der Trick, auf den dem Vernehmen nach eine neuseeländische Hackergruppe gekommen war, funktionierte im Grunde recht simpel: Ziel der Aktion war es, Schadsoftware auf Rechnern zu platzieren, die so gut geschützt waren, dass ein Online-Zugriff unmöglich war. Was allerdings als Einfallstor übrig blieb, war der physische Zugriff. Aber wie sorgte man dafür, dass zum Beispiel ein USB-Stick, der entsprechende Malware enthielt, an einen bestimmten Computer angeschlossen wurde, wenn man selbst keinen Zugriff auf den Rechner hatte, weil es sich, wie in Delgados und Nyströms Fall, um einen gut gesicherten Firmencomputer handelte? Ganz einfach – indem man dafür sorgte, dass eine unternehmensinterne Person das tat. Und wie bringt man jemanden dazu, einen Datenträger unbekannter Herkunft mit seinem Arbeitsrechner zu öffnen? Indem man ihn austrickst.

Der Prothesenhersteller aus Södertälje listete auf seiner Website sechs Mitarbeiterinnen und Mitarbeiter in führenden Positionen auf. Die Privatadressen herauszufinden, war ein Kinderspiel, wenn man Zugang zu sämtlichen Melderegistern hatte. Auf demselben Weg fand Delgado heraus, dass vier der sechs verheiratet waren und die anderen beiden mit einem Lebenspartner unter derselben Adresse gemeldet waren. Er hatte sechs handelsübliche USB-Sticks mit seinem selbst geschriebenen Programm infiziert. Einmal geöffnet, würde es den entsprechenden Rechner und das gesamte firmeninterne Netzwerk befallen wie eine Krankheit, die so lange im Verborgenen wirkte, bis es zu spät war. Delgado war sich sicher, dass es die Schatzkammer knacken und den Inhalt zu ihm bringen würde. Er legte die USB-Sticks in sechs adressierte Umschläge. Dazu eine einfache Botschaft auf Papier:

100 000 Kronen oder dein Partner sieht diese Fotos! Halte das Geld bereit, weitere Anweisungen folgen!

Natürlich hatte er nicht vor, jemanden zu erpressen. Womit auch, belastendes Bildmaterial gab es schließlich gar nicht. Nein, was wie die Drohung eines Privatermittlers auf Abwegen daherkam – die weltberühmte amerikanische Detektei Pinkerton war der Namenspate des Tricks –, appellierte an das schlechte Gewissen und die Neugier, zwei zutiefst menschliche Eigenschaften. Denn was war der erste Impuls, wenn man diese Zeilen las? Ich habe nichts zu verbergen? Bei dem ein oder anderen vielleicht. Aber die meisten Menschen reagierten anders. *Was für Fotos verdammt noch mal?* Wir befragen unsere Erinnerung, dachte Delgado zufrieden, wir gehen im Geiste Situationen durch, die womöglich verfänglich waren oder zumindest verfänglich wirken mochten. Die Hand auf dem Knie der Kollegin bei der vergangenen Weihnachtsfeier. Der heimlich gestreamte Pornofilm. Der Kauf der Reizwäsche, die wir nie zu Hause getragen haben. Die Fantasie geht mit uns durch. Wir fühlen uns ertappt, wobei auch immer. Wir *müssen* wissen, was für Fotos auf diesem Stick sind, denn das Nichtwissen treibt uns in den Wahnsinn. Wir fühlen uns bedroht. Wir stehen unter Druck. Wir handeln irrational. Wir denken an unsere kleinen Peinlichkeiten oder große Missetaten. An unsere Ehe oder Beziehung. Vielleicht auch an das viele Geld, das gefordert wird. Aber woran wir möglicherweise vor lauter emotionalem Stress nicht denken, ist die goldene Regel, keine fremde Hardware an Firmenrechner anzuschließen. Wir wollen alles, was mit diesem schmählichen und demütigenden Erpressungsversuch zu tun hat, so weit von zu Hause entfernt halten wie irgend möglich. Also öffnen wir die Fotodateien woanders. Zum Beispiel bei der Arbeit.

Zufrieden klebte Delgado die Umschläge zu. Natürlich konnte eine Menge Unvorhersehbares passieren. Der Partner öffnet die Post. Der Adressat bewahrt einen kühlen Kopf und wirft den Stick umgehend in den Müll. Oder öffnet ihn eben doch am heimischen Laptop. Schwund war immer. Aber wenn nur ein Einziger in die Falle tappte, hätte sich der *Falsche Pinkerton* gelohnt.

7

Stina Forss saß am Krankenbett von Toivo Bärengrub. Er war erfolgreich operiert worden und sein Zustand war stabil, dennoch lag er weiterhin auf der Intensivstation. Er schlief. Kabel und Schläuche verschwanden unter der Bettdecke, die Maschinen, die neben seinem Bett aufgebaut waren, piepten und blinkten. Forss blieb nicht viel Zeit. Der uniformierte Polizeibeamte, der vor der Station Wache geschoben hatte, würde jeden Augenblick wiederkommen, wahrscheinlich war er nur auf Toilette oder holte sich einen Snack aus der Krankenhauskantine. Sie drückte Bärengrubs Hand. *»Tänama«*, sagte sie leise. Kurz war ihr, als würden seine Augenlider flackern, aber vielleicht bildete sie sich das nur ein. Sie erhob sich. Sein Anblick schmerzte sie. Es gab nichts, was sie für ihn tun konnte. Wenigstens lebt er, dachte sie, als sie das Zimmer verließ und sich über das Auge wischte.

8

Das Kunstmuseum am Stadtrand von Värnamo erinnerte Ingrid Nyström an Scheunen, die ein verspielter Riese ineinandergeschoben hatte. Die Architektur gefiel ihr, viel falunrot getünchtes Holz, viele spannende Winkel: eine gelungene Kombination von Tradition und Moderne. Sie fragte sich, warum sie noch nie hier gewesen war, obwohl es das Museum bereits seit einigen Jahren gab. Eigentlich begriff sie sich als kulturinteressierte Person und mit dem Auto hatte sie noch nicht einmal eine Stunde hierher gebraucht. Irgendwann einmal möchte ich in Ruhe hierhin, sagte sie sich, als sie das weitläufige Entree betrat, irgendwann einmal, mit Anders, Anna und dem kleinen Albert. Ihre Schritte hallten auf dem polierten Betonboden. Der Museumsladen lag zu ihrer Linken, davor stand eine kleine Gruppe Senioren und unterhielt sich. Sie betrat den verglasten Raum und sah sich um. Hinter dem Verkaufstresen stand eine junge Frau mit exzentrischen Ohrringen über einen Laptop gebeugt. Die Regale waren mit Kunstbänden und typischem Design-Schnickschnack gefüllt: buntes Porzellan, gewebte

Kissenbezüge, Kay-Bojesen-Figuren fürs heimische Wohnzimmer. Den schmalen, kleinen Mann in einer Wildlederjacke, der in einem der Bücher blätterte, entdeckte sie erst auf den zweiten Blick. Ansonsten war niemand in dem Laden. Sie sah auf die Uhr. Sie war auf die Minute pünktlich. Sie trat näher. Der Mann war in ihrem Alter. Hohe Stirn, kurzes Haar, Brille mit Goldrand. Er sah von seinem Buch auf. Nickte fast unmerklich Richtung Ausstellungsräume. Nyström verstand. Sie tat noch kurz so, als würde sie sich weiter die Regale anschauen, dann verließ sie den Laden und kaufte sich an dem langen Tresen im Eingangsbereich eine Eintrittskarte. Sie betrat die erste Ausstellungshalle. Dominiert wurde der luftige Raum vom Bild eines Schwans, etwa vier mal sechs Meter groß. Bis auf ein junges Paar, das in den Anblick des Riesenschwans vertieft schien, war es menschenleer. Sie durchschritt den Raum und betrat die zweite Ausstellungshalle. Eine Rauminstallation, die von vier metergroßen Kupferplatten bestimmt wurde, die in den Ecken von der Decke hingen. In der Mitte ein langes, flaches Podest, auf dem Glasobjekte standen. Sie entdeckte den Lederjackenmann auf einer Bank sitzend. Er wandte ihr den Rücken zu und schien in die Betrachtung einer der spiegelnden Kupferplatten versunken. Außer ihnen beiden befand sich niemand in dem Raum. Sie ging auf ihn zu. Die Heimlichtuerei kam ihr zunehmend affektiert vor. Warum setzten sie sich nicht einfach ins Museumsrestaurant? Niemand würde sich um sie scheren, dachte sie, sie waren einfach ein Mann und eine Frau, die sich unterhielten. Aber es war nicht an ihr, Bedingungen zu stellen. Sie wollte etwas von ihm, nicht umgekehrt. Als sie sich neben ihn setzte, nahm sie den Geruch seines eindringlichen Rasierwassers wahr. Er sah sie nicht an, sondern blickte stoisch geradeaus. Ohne Umschweife kam er zur Sache.

»Was genau willst du von mir?«, fragte er.

»Ich benötige eine alte Personalakte«, sagte sie, so forsch sie konnte. »Kjell Forss, ein Leutnant der Militärpolizei.«

Sie sah auf die glänzende Kupferplatte vor ihnen. Ihr Spiegelbild war auf groteske Weise verzerrt. Der Mann neben ihr schwieg. Zehn Sekunden verstrichen, dann zwanzig.

»Wenn ich erfolgreich bin, melde ich mich. Ansonsten hörst du nie wieder von mir.«

Er stand auf, drehte sich um und ging. So fühlt es sich also an, wenn man einen Whistleblower trifft, dachte sie flüchtig und lauschte den sich entfernenden Schritten auf dem geschliffenen Beton.

9

Stina Forss saß in einem Café in einer Nische, die von der Straße aus nicht einsehbar war. Soweit sie es beurteilen konnte, war ihr niemand gefolgt. Mit dem Besuch von Toivo Bärengrub im Krankenhaus war sie ein hohes Risiko eingegangen, aber das war sie ihm schuldig gewesen. Sie dachte an die vergangene Nacht. An das, was vor dem Schusswechsel geschehen war. Die Erinnerung an seine Berührungen verblasste bereits wieder. In dem Leben, das sie gerade lebte, waren solche Dinge nicht vorgesehen. Schon jetzt kamen sie ihr unwirklich vor.

Sie versuchte, ihre Lage möglichst objektiv zu analysieren. Als Erstes musste sie die Frage nach dem Wohin klären. Estland war nicht mehr sicher. Sie kannte sich hier nicht aus, sprach noch nicht einmal die Sprache. Toivo Bärengrubs schützende Hand hatte sich als nicht schützend genug bewiesen.

Aber wohin dann? Finnland, weil es nah war? Dort war sie genauso fremd wie hier. Deutschland also? Dort hatte sie Anknüpfungspunkte, ihre Mutter, Oleg, alte Bekannte. Doch das Letzte, was sie wollte, war, die wenigen Menschen, die ihr etwas bedeuteten, in Gefahr zu bringen. Dass sie zugelassen hatte, dass Toivo etwas passieren konnte, war unverzeihlich. Außerdem: In Deutschland würde sie keine Antworten auf ihre Fragen finden. Sie dachte an den Brief, den ihr Vater vor langer Zeit geschrieben hatte. Sie dachte an den Zopf, den man ihr abgeschnitten hatte, als sie ein kleines Mädchen gewesen war. An die Frau, die auf den ungewöhnlichen Namen Ye-jin Davidsson hörte. Sie trank von ihrem Kaffee. Eigentlich lag es auf der Hand: Sie musste zurück nach Schweden. Dorthin, wo vor dreiunddreißig Jahren alles seinen Anfang genommen hatte. Das Archiv ihres Vaters in Toivos Hütte war unwiederbringlich verloren. Das, was sie bisher gefunden hatte, musste ausreichen, um ihr die richtige Richtung zu weisen. Sie holte tief Luft. Ihre Schulter schmerzte, wo der Streifschuss sie getroffen hatte. Urmas hatte die Wunde notdürftig versorgt. Sie trank den Kaffee aus, griff nach ihrer Tasche und machte sich auf den Weg.

10

Anette Hultin machte bereits gegen halb drei Uhr Feierabend. Sie radelte durch die Innenstadt Richtung Hovshaga und holte Wilma aus der Krabbelgruppe ab. Auf dem Weg nach Hause hielten sie an einem Spielplatz und Wilma durfte eine Weile schaukeln, anschließend kauften sie im Supermarkt für das Wochenende ein und Wilma bekam eine kleine Süßigkeit. All das gehörte zu ihrem gemeinsamen Freitagsritual. Hultin genoss diese Nachmittage, an denen sie allein Zeit mit ihrer Tochter verbringen konnte. An den anderen Wochentagen war es Victor, der Wilma vom Kindergarten abholte, aber die Freitage gehörten ihr. Zu Hause verstaute sie die Einkäufe, während Wilma eine Fernsehsendung für Kleinkinder anschaute. Anschließend las sie ihrer Tochter einige Bilderbücher vor und sie spielten mit Stofftieren. Wilma sah von ihrem Hochstuhl aus zu, wie Hultin das Abendessen zubereitete. Sie aßen zu zweit, Victor hatte freitags ein spätes Seminar und an diesem Tag wollte er anschließend noch mit einem Kollegen ein Bier trinken gehen. Es war wichtig für eine gelungene Beziehung, dass man sich gegenseitig seine Freiräume ließ, dachte sie, als sie Wilma ins Bett brachte, besonders, wenn man Kinder hat. Es war allerdings noch viel wichtiger, geradezu von existenzieller Bedeutung, dass man sich bezüglich der Herkunft dieser Kinder nicht belog, entgegnete ihr die hartnäckige Stimme im Kopf. Und es stimmte ja auch, natürlich hatte Victor ein Recht darauf zu erfahren, von wem das Kind in ihrem Bauch stammte. Wenn sie nur den richtigen Moment finden würde, um darüber zu sprechen. Morgen, dachte sie, oder ganz bestimmt nächste Woche.

Nachdem Wilma eingeschlafen war, legte sie sich aufs

Sofa. Kurz überlegte sie, ob sie sich heute noch einmal mit dem Skandia-Mann beschäftigen sollte. Dann verwarf sie den Gedanken wieder. Ihr steckten die Müdigkeit und der Stress einer anstrengenden Arbeitswoche in den Gliedern. Das, was sie jetzt brauchte, waren der Fernseher und eine Tüte Chips.

11

Das wäre doch gelacht, dachte Lasse Knutsson und nahm entschlossen einen langen Schluck von seinem Bier. Er saß im Speisewagen des X2000, der am frühen Abend Richtung Stockholm rauschte, ihm gegenüber blätterte seine Frau Lisa gedankenverloren und mit einem seligen Lächeln auf den Lippen in einem Antik- und Trödelmagazin und nippte hin und wieder an ihrem Rotwein. Sie war ganz offensichtlich glücklich über den spontanen Wochenendtrip in die Hauptstadt, registrierte Knutsson, kein Wunder, denn ihr wunderbarer Mann hatte sich mal wieder etwas ganz Besonderes einfallen lassen. Und warum auch nicht? Es wartete eine Tischreservation im altehrwürdigen *Den gyldene freden* auf sie, dem wohl traditionsreichsten Restaurant des Landes, in dem sich im Übrigen jede Woche die Mitglieder der Schwedischen Akademie trafen, um hitzig bei gutem Essen und erlesenen Weinen über die Vergabe des nächsten Nobelpreises für Literatur zu diskutieren, so jedenfalls stellte sich Knutsson diese Zusammenkünfte vor. Und brachte sie ein Besuch in dieser kulinarischen Institution nicht auch ein kleines bisschen näher an den renommiertesten aller Literaturpreise heran? Jetzt, wo er selbst beinahe schon ein Schriftsteller war oder sich zumindest als solcher ausgab? Und selbst wenn diese Überlegung Blödsinn war: Was ihnen keiner nehmen konnte, war ein wunderbarer Abend mit großartigem Essen. Das Hotel in der Altstadt, das er gebucht hatte, lag fußläufig vom Restaurant entfernt, hatte eine erlesene Weinbar und Kingsize-Betten. Die Reise lohnte sich also in jedem Fall. Dennoch ließ ihm Tom Magnusson keine Ruhe. Die Informationen, die der Kerl haben konnte, waren viel zu wertvoll, um die Sache auf sich beruhen zu lassen. Nein, mein Freundchen, dachte er, so leicht lasse ich mich von dir nicht abfertigen. Er hatte seine Hausaufgaben gemacht. Beziehungsweise hatte er sie von Delgado erledigen lassen. Auch wenn sein Kollege mitunter ein ganz schönes Großmaul sein konnte, was er beim Mittagessen in der Kantine mal wieder eindrucksvoll unter Beweis gestellt hatte – mit dem Computer konnte er umgehen, das musste man ihm lassen. Delgado hatte binnen weniger Minuten nicht nur Magnussons Wohnsitz ermittelt, ein Häuschen auf einer der Schären vor Stockholm, sondern bei einem Scan der gängigen sozialen Medien auch herausgefunden, dass der ehemalige Polizist ebenfalls ein leidenschaftlicher Angler war. Vielleicht hatte er sich zu gemeinsamen Stockholmer Zeiten deshalb so gut mit dem roten Ulf verstanden. Fischen verbindet. Das Hobby sprach jedenfalls für Magnusson. Knutsson war fest davon überzeugt, dass ein angelnder Polizist ein besserer Polizist war. Und bei Magnussons Angelleidenschaft gedachte er anzusetzen. In seinem Gepäck befand sich ein besonderer Schatz. Eine Spinnrolle aus der amerikanischen Edelschmiede *van Staal*. Knutsson hatte sie vor einigen Jahren bei einer Wohltätigkeitsverlosung der Angelfreunde Kronobergs gewonnen und seitdem in einem schicken Holzkästchen in seinem Schreibtisch verwahrt, ein Einsatz der Rolle beim Fischen war ihm schlicht und ergreifend zu profan erschienen. Nun kam diesem Schmuckstück, das das Herz jedes passionierten Anglers höherschlagen ließ, endlich eine angemessene Aufgabe zu. Es sollte Tom Magnusson bei einem überfallartigen Besuch auf seiner Schäreninsel wohlgesinnt stimmen und dem sturen Bock die Zunge lockern. Es war zwar schade um die wirklich sehr besondere Spinnrolle, aber was tat man nicht alles, um den Palme-Fall zu lösen? Knutsson trank sein Bier in einem langen Zug leer.

»Mein Täubchen«, wandte er sich Lisa zu, die ihre Zeitschrift sinken ließ und ihn über den Rand hinweg anlächelte. »Wenn du morgen auf dieser Antikmesse bist, werde ich mich für ein paar Stündchen abseilen, einverstanden? Es geht um eine … Angelgeschichte, du würdest dich eh nur langweilen.«

»Wie könnte ich dir einen Wunsch verwehren, wenn du doch mir zuliebe diese wunderbare Reise organisiert hast?«

War es nicht großartig, mit einer so tollen Frau verheiratet zu sein? Knutsson beglückwünschte sich selbst und bestellte ein weiteres Bier.

12

Was für ein Glück, dass er nicht verheiratet war! Delgado saß wie beinahe jeden Freitagabend im *Kafé de Luxe* und ließ seinen Blick durch den schummrig beleuchteten Raum schweifen. Die wummernde Soulmusik und drei Drinks hatten ihn in die richtige Stimmung gebracht. Da war zum Beispiel die hochaufgeschossene Blondine, die an der Bar stand und ihm schon seit geraumer Zeit vielsagende Blicke zuwarf. Oder die rundliche Rothaarige in dem kurzärmeligen Kleid, das die bunten Unterarmtätowierungen wunderbar zur Geltung brachte. Lächelte sie ihm verschmitzt zu oder bildete er sich das nur ein? Oder die kesse Mittvierzigerin in Lederjacke, die so auffällig ihr Haar nach hinten warf? Betont lässig stand er auf, ging zum Tresen und orderte einen weiteren Longdrink. Möglichkeiten über Möglichkeiten, dabei war der Abend noch jung. Der DJ drehte den Motown-Sound noch ein Stück weiter auf. Das war ein Rhythmus, der direkt ins Blut ging. Kurz dachte er an Anette Hultin. Sie hätte die Musik bestimmt gehasst. Wie alles, das Spaß machte. Was sie wohl in diesem Augenblick trieb? Wahrscheinlich wechselte sie gerade eine Windel. Tja, jeder bekam im Leben das, was er verdiente, stellte er nicht ohne Schadenfreude fest. Er jedenfalls war verdammt froh, dass er noch kein Kind in die Welt gesetzt hatte. Dann wäre das alles hier, dann wären das *de Luxe* und die Drinks und die Frauen und die Musik ein für alle Mal Vergangenheit, und er wäre den Bedürfnissen und Launen eines winzigen Tyrannen ausgesetzt. Wie konnte man sich so etwas nur antun? Er nahm sein Getränk entgegen. Hier und jetzt, das war das pralle Leben. Sogar das Palme-Fieber hatte er für den Moment beiseitegelassen. Er lächelte der Rothaarigen zu. Sein berühmtes Hugo-Delgado-Lächeln, perfekt austariert zwischen Draufgängertum und Unverbindlichkeit. Sollte er sich zu ihr an den Tisch setzen? Ganz offenbar langweilte sie die Gesellschaft ihrer Freundinnen. In diesem Moment brummte sein Handy in der Hosentasche. War das der Online-Flirt, den er seit einigen Wochen am Laufen hatte? Nein, er hatte eine Mitteilung bekommen. Von einem Expo-Mitarbeiter. Um diese Uhrzeit? Offenbar hatte Stieg Larssons berüchtigte Arbeitswut bei seinen

Nachfolgern Schule gemacht. Der Schriftsteller und Journalist war dafür bekannt gewesen, bis in die Morgenstunden hinein am Schreibtisch zu schuften, eine Tasse Kaffee nach der anderen zu trinken und dabei Kette zu rauchen – vermutlich war dieser ungesunde Lebensstil für seinen frühen Tod mitverantwortlich gewesen. Delgado überflog die Nachricht. Der Redakteur bot ihm an, im Archiv nach alten Listen von Rechtsextremen zu suchen und ihm die Ergebnisse zu schicken. Delgado konnte sich die Reise nach Stockholm sparen. Läuft bei mir, dachte er und steckte das Handy lächelnd weg. Als er wieder aufblickte, hatte gerade eine ganze Traube ausgelassener junger Frauen die Bar betreten. Ein Junggesellinnenabschied?

Der Abend wurde zunehmend interessanter.

13

Ingrid Nyström hatte Schwierigkeiten einzuschlafen. Zu viel ging ihr durch den Kopf. Vielleicht hätte sie den Wellnessabend mit Ann-Vivika Kimsel doch nicht absagen sollen, vielleicht hätten sie einige entspannte Stunden im Spa tatsächlich auf andere Gedanken gebracht. Nun, dafür war es jetzt zu spät. Nachdem sie sich über eine Stunde lang von einer Seite auf die andere gewälzt hatte, gab sie den Versuch einzuschlafen auf. Sie zog sich einen Morgenmantel über und setzte sich mit einem Glas Wein ins Wohnzimmer, womöglich würde ein Bordeaux für die nötige Bettschwere sorgen. Kurz überlegte sie, Anders oder Anna anzurufen, dann rief sie sich ins Gedächtnis, dass es in Tansania eine Stunde später war, bereits nach Mitternacht, und dass ihr Mann und ihre Tochter genau wie der kleine Albert wahrscheinlich längst schliefen. Sie nippte am Wein, lehnte sich im Sofa zurück und nahm ein Kissen auf den Schoß, das sie mit beiden Armen umschlang. Wie sehr sie sich nach ihren Lieben sehnte! Gleichzeitig war es richtig, dass sie weit weg waren. Hier konnte Nyström nicht für ihre Sicherheit garantieren, noch nicht einmal in ihrem eigenen Zuhause. Der Gedanke war gleichermaßen traurig und beunruhigend. Nur einige Hundert Meter von hier war Hailey erschossen worden. Nyström schluckte. Sie musste an die Lügengeschichte denken, mit der die wahren Umstände von Haileys Tod vertuscht wurde. Der Mann, der für das Ammenmärchen vom Auftragskiller einer englischen Mafiabande verantwortlich war, hatte einen Namen: Kennet Ivarus. Der hochrangige Beamte des Justizministeriums zeichnete ebenfalls verantwortlich dafür, dass ihr die Ermittlung des Attentats auf Stina Forss entrissen und an den Staatsschutz delegiert worden war. Altbekannte Wut stieg in ihr auf. Der Wein schmeckte ihr nicht. Um ihrer inneren Unruhe und dem Zorn Herr zu werden, brauchte es mehr Alkohol, als ihr guttun würde. Sie wusste etwas Besseres. Ihr Körper musste sich verausgaben. Sie hatte sich die ganze Woche kaum bewegt, dabei war sie eine leidenschaftliche Spaziergängerin. Ihre Wut half ihr nur weiter, wenn sie diese in die richtigen Bahnen lenkte. Sie zog sich an und verließ das Haus. Draußen war es kalt und böig, ein feiner Nieselregen kam ihr entgegen. Nyström wohnte in einem kleinen Dorf außerhalb Växjös. Nach wenigen Hundert Metern hatte sie die Zivilisation hinter sich gelassen und schritt durch hohen Nadelwald, der für Småland so typisch war. Außerhalb des schwachen Lichtkegels, den der Strahl ihrer Stirnlampe auf den Boden warf, war es vollkommen dunkel. Ihre Schritte knirschten auf dem Kies des Waldweges. Sie atmete tief ein. Die frische Luft tat gut. Hier, zwischen den hohen Fichten, fühlte sie sich wohl, sie fühlte sich zu Hause. Sie roch das feuchte Moos, das Harz der Bäume, den tiefen modrigen Unterton des Walds. Nach einer Weile schaltete sie die Stirnlampe aus. Den Weg kannte sie auswendig, sie war ihn viele Hundert Male gegangen. Sie vertraute sich dem Wald an. Ihre Muskulatur wurde warm, ihr Körper fand seinen natürlichen Rhythmus. Ihr inneres Auge projizierte die Bilder der Umgebung auf das Bewusstsein. Gerade ging sie an der schief gewachsenen Kiefer vorbei. Dann folgte die Weggabelung, an der ein flechtenbewachsener Felsen lag. Der Nadelwald wurde dünner, machte einem Birkenforst Platz. Anschließend kam die Weide, auf der Bauer Johansson im Sommer seine Pferde stehen hatte. Daran grenzte eine Tannenschonung. Der Weg nahm eine leichte Anhöhe. Sie passierte drei alte, mächtige Eichen und spürte die herabgefallenen Eicheln unter den Füßen. Der Pfad schlängelte sich nun nach Norden, entlang weiterer Fichten, und führte schließlich in einer lang gezogenen Schleife zurück in Richtung Dorf. Als sie beinahe schon wieder in Sichtweite der ersten Häuser war, zwischen Johanssons Kartoffeläckern, blieb sie intuitiv stehen. Da war etwas in der Dunkelheit vor ihr. Etwas Lebendiges. Etwas, das sich bewegte. Sie lauschte. Da war ein Schnarren und ein Scharren. Ein Grunzen und ein Wühlen. Wildschweine! Nyström hielt den Atem an, lauschte. Den Geräuschen nach musste es eine ganze Rotte sein. Die Tiere waren alles andere als ungefährlich. Nyström kannte die vielen Horrorgeschichten von schwer verletzten Jägern oder Pilzsuchern, die auf dem Land die Runde machten. Offenbar hatten die Tiere sie noch nicht gewittert. Sie verharrte so still wie möglich. Wie nah sie den Wildschweinen war, konnte sie kaum abzuschätzen. Zehn Meter? Zwanzig? Feiner Regen legte sich auf ihr warmes Gesicht. Was sollte sie jetzt tun? Ruhig bleiben, lautete der gängige Ratschlag. Aber ewig konnte sie so nicht stehen bleiben. Ein Jucken in ihrer Nase nahm ihr jede Entscheidung ab. Es begann als Kribbeln an der Nasenwurzel, kitzelte einen Augenblick, um dann als Niesen zu explodieren. Das Nächste, das Nyström wahrnahm, als sich das Taubheitsgefühl ihrer Sinne wieder gelegt hatte, war ein Donnern. Ihr war, als bebte der Boden unter ihr, als stünde sie inmitten einer Büffelherde im Galopp. Schemen preschten an ihr vorbei, einmal streifte etwas ihr Hosenbein. Es dauerte nur wenige Sekunden, bis das Trampeln der unzähligen Beine leiser wurde. Ein letztes Knacken und Rascheln vom Waldrand her, dann war der Spuk vorbei. Ihr Herz trommelte, ihre Knie waren weich und ihre Anspannung brach sich in einem unerwarteten Lachen Bahn.

364 TAGE BIS TAG X

Vier Wochen später hatte Siv Torbens Diagnose schwarz auf weiß. Die Hiobsbotschaft kam mit der Post. Sie sah sofort, dass der Brief von der Universitätsklinik war, und öffnete ihn umgehend, obwohl er natürlich an ihren Mann adressiert war. Aber darauf konnte sie in diesem Moment keine Rücksicht nehmen, schließlich ging es sie genauso an wie ihn. Es war Krebs. Ein aggressiver Tumor, bösartig. Sie stand im Wohnzimmer, das aufgerissene Kuvert in der einen, den Brief in der anderen Hand. Der geflieste Fußboden drehte sich unter ihr, immer schneller, schluckte sie schließlich und spie sie wieder aus. Sie hatte nicht gemerkt, dass sie geweint hatte, dennoch war ihr Gesicht tränennass. Sie fasste einen Einschluss. Sie würde seinen Tod nicht zulassen. Sie würde gemeinsam mit ihm kämpfen, bis zur letzten Patrone, wenn es nötig war. Sie ging in die Küche, trank ein Glas Wasser, schnäuzte sich. Dann rief sie

Bianca an und sagte das Training ebenso ab wie ihr Engagement im Wahlkampf. Persönliche Gründe, die sie leider nicht weiter erläutern könnte. Anschließend wählte sie die Durchwahl zu Torbens Büro und bat ihn, so bald wie möglich nach Hause zu kommen. Es gebe etwas, über das sie dringend reden müssten.

KAPITEL 7

1

Am Samstagmorgen machte sich Ingrid Nyström früh auf den Weg ins Präsidium. Draußen war es herbstlich, die Laubbäume verloren ihre Blätter und über den Helgasee, den die L30 einige Kilometer lang flankierte, wälzten sich Nebelbänke. Die Räume ihrer Abteilung waren verwaist. Nyström war das recht, ihr war nicht nach Gesellschaft zumute. Im Büro holte sie aus ihrem Schreibtisch einen dünnen Ordner. Sie hatte ihn vor einigen Wochen angelegt und hier und da um neue Informationen ergänzt. Viel war es dennoch nicht, was sie bisher über Kennet Ivarus zusammengetragen hatte. Der hochrangige Beamte des Justizministeriums lebte in der Hauptstadt, war sechsundfünfzig Jahre alt und hatte eine beachtliche Behördenkarriere hinter sich. Er war seit zehn Jahren geschieden, kinderlos und ein passionierter

Langstreckenläufer. Aus sozialen Netzwerken hielt er sich weitgehend fern – die wenigen Posts, die Nyström fand, bezogen sich auf sein Lauftraining und die Teilnahme an internationalen Marathons. Die einzige Pressemeldung, die Ivarus außerhalb seines beruflichen Zusammenhangs erwähnte, war mehr als ein Jahrzehnt alt und zeigte ihn gemeinsam mit seiner damaligen Frau auf der Wohltätigkeitsveranstaltung eines renommierten Stockholmer Sportclubs. Ein hochgewachsener adretter Mann neben einer schlanken, hübschen Frau im Abendkleid. Der Bildunterschrift zufolge arbeitete sie als erfolgreiche Wirtschaftsanwältin.

Ivarus' polizeiliche Akte war blütenrein, er hatte sich nicht einmal einer Geschwindigkeitsübertretung schuldig gemacht. Dennoch war sich Nyström sicher: Wenn es eine Verschwörung gegen Stina Forss gab, musste Ivarus darin verwickelt sein. Warum sonst hatte er ihr die Ermittlungen gegen den Mörder ihrer Schwiegertochter und die Hintermänner des Attentats auf Forss so schnell aus den Händen reißen und alle Spuren mithilfe abenteuerlicher Geschichten vertuschen sollen? Es war an der Zeit, Druck auf den Mann auszuüben. Was Nyström bisher allerdings fehlte, war ein mögliches Druckmittel. Also musste sie intensiver suchen. Das Einzige, das ihr ins Auge fiel, als sie den dünnen Ordner zum wiederholten Male durchging, war die Scheidung von seiner Frau. Natürlich gab es Trennungen, die harmonisch verliefen, überlegte sie, aber ihre Lebenserfahrung hatte sie gelehrt, dass dies nicht oft der Fall war. Es war vielleicht ein genaueres Hingucken wert.

Ulrika Herdenstam-Jepsen, wie sie heute hieß, hatte ein zweites Mal geheiratet. Sie lebte seit sechs Jahren in Kopenhagen und arbeitete als Beraterin in einem Verein, der sich für Frauen einsetzte, die Opfer sexualisierter Gewalt geworden waren. Ein Foto auf der Website ihres Arbeitgebers zeigte eine füllige Frau mit offenem Haar in einem folkloristischen Kleid. Nyströms feine Antennen reagierten: Da war der neue Nachname, eine Zusammensetzung ihres Mädchennamens und des ihren neuen Ehemanns. Die räumliche Distanz zu ihrem ursprünglichen Wohnort, sogar ein Umzug ins Ausland. Das im Vergleich zu dem alten Pressefoto vollkommen veränderte Äußere. Aber vor allem natürlich die neue berufliche Tätigkeit. Ulrika Herdenstam-Jepsen wirkte wie eine Frau, die sich völlig neu erfunden hatte. Sicher, dachte Nyström, Menschen ändern sich, der eine weniger, der andere mehr. Dramatische Veränderungen haben jedoch oft eine dramatische Ursache.

Sie durchsuchte die polizeilichen Archive erneut, diesmal nach Ulrika. Das Einzige, was sie fand, war die Verwicklung in einen Verkehrsunfall, der mehr als zehn Jahre zurücklag. Ulrika war an einem Märzabend allein mit dem Auto unterwegs gewesen, von ihrem damaligen Wohnsitz in einem der reichen Vororte Stockholms in die Innenstadt, als ihr Wagen abrupt von der Fahrbahn abkam, nach links schwenkte, den Gegenverkehr kreuzte und mit einem Lkw kollidierte, der ihren Golf GTI von der Straße katapultierte und gegen einen Laternenpfahl schleuderte. Sie wurde mit einem Mehrfachtrauma bewusstlos ins Krankenhaus gebracht und notoperiert, der Lkw-Fahrer trug nur leichte Verletzungen davon. Nachdem sie schließlich wieder so weit genesen war, dass man sie vernehmen konnte, nahm man ihre Schilderung des Unfallhergangs zu Protokoll. Ihrer Darstellung zufolge hatte sie den Wagen so plötzlich auf die Gegenspur lenken müssen, um einem Kind auf einem Fahrrad auszuweichen, das wie aus dem Nichts aufgetaucht und auf die Straße gefahren sei. An dieser Aussage war ungewöhnlich, dass der Lkw-Fahrer kein Kind bemerkt hatte, ebenso wenig wie die anderen Zeugen. Der Sachverhalt wurde nie richtig aufgeklärt, eine Suche nach dem Kind oder weiteren Augenzeugen blieb erfolglos. Die Schadensersatzansprüche wurden schließlich außergerichtlich geregelt. Nyström stutzte. Die Umstände, die in dem Polizeibericht geschildert wurden, waren in mehrfacher Hinsicht merkwürdig. Ein wie von Geisterhand auftauchendes Kind, das einzig und allein von der Unfallverursacherin gesehen worden war und das man trotz weiterer Suche nicht ermitteln konnte? Sicherlich war das denkbar, es geschahen schließlich die seltsamsten Dinge auf der Welt. Aber besonders wahrscheinlich war es nicht. Doch um was handelte es sich dann? Alkohol am Steuer? Drogen- oder Medikamentenmissbrauch? Halluzinationen aufgrund einer psychischen Erkrankung? Der medizinische Bericht, der an die Ermittlungsbehörden weitergeleitet worden war, erwähnte nichts dergleichen. Ulrikas Aussage klang nach einer reinen Schutzbehauptung. Klar, dachte Nyström, es gab diese Menschen, die unfähig waren, die Verantwortung für ihre Fehltritte zu übernehmen, notorische Lügner, die den größten Unsinn flunkerten, um ihre Haut zu retten. Möglicherweise war Ulrika solch ein Mensch. Aber ihre Intuition sagte etwas anderes. Nyström arbeitete lange genug als Polizistin, um zu wissen, dass nicht jedes Verkehrsunglück ein Unfall war. Bisweilen waren versteckte Suizide oder Suizidversuche die Ursache für scheinbar unerklärliche Handlungsmuster. Scheiterten solche Anläufe, sich das Leben zu nehmen, wurde aus falscher Scham oft eine fadenscheinige Erklärung herbeifantasiert. Wie zum Beispiel ein Kind auf einem Fahrrad, das plötzlich die Fahrbahn kreuzt.

Zugegeben, das war wenig handfest. Ein vager Verdacht, kaum mehr als ein Kribbeln ihrer Hirnhaut. Ulrika hatte *möglicherweise* einen misslungenen Suizidversuch hinter sich, bevor sie sich von ihrem Mann trennte, ihren Mädchennamen wieder annahm, zum zweiten Mal heiratete, diesmal in Dänemark, wo sie heute in einer Beratungsstelle für Opfer sexueller Gewalt arbeitete – im Hippielook und fünfundzwanzig Kilo schwerer als in ihrem ersten Leben. Nyströms sachliche, analytische Seite sagte ihr, dass dies im Großen und Ganzen kein völlig ungewöhnlicher Lebenslauf war. Die meisten Menschen erlitten irgendwann im Leben irgendeine Art von Tiefpunkt, einen Schicksalsschlag oder eine Depression, sie landeten in einer emotionalen Sackgasse oder wurden schwer krank, rafften sich danach aber wieder auf und machten irgendwie weiter. Nyströms andere Seite jedoch wollte um jeden Preis etwas gegen Kennet Ivarus in die Hand bekommen. Sie wünschte sich hinter den Eckdaten dieser Biografie die Geschichte einer Frau, die in ihrer ersten Ehe so schwer misshandelt worden war, dass sie keinen anderen Ausweg sah, als sich das Leben zu nehmen. Die nach einem gescheiterten Suizidversuch schließlich doch noch die Kraft fand, sich aus der gewalttätigen Beziehung zu befreien und woanders von vorn zu beginnen. Die ihr Berufsleben von nun an Frauen widmete, die sich in ähnlichen Situationen befanden wie die, die sie selbst hatte durchmachen müssen. Und die allen Grund hatte, ihrem ersten Ehemann die Pest an den Hals zu wünschen. Nyströms Finger trommelten nervös auf der Schreibtischplatte. Sie war unzufrieden, denn sie sah ein, dass das, was die alte Polizeiakte hergab, nicht ausreichte, um Ulrika damit zu konfrontieren. Es war eine Theorie, mehr nicht. Mit einem Klick schloss sie die Datei. Stand auf. Raufte ihr Haar. Lehnte die Stirn an die kühle Fensterscheibe. Blickte auf den unwirtlichen Oxtorget hinaus. Sah zu, wie der Wind eine Handvoll Blätter vom Boden hob und wieder fallen ließ. Was sollte sie tun? Delgado um Hilfe bitten? Wenn einer die Fähigkeit hatte, belastendes Material auszugraben, dann er. Aber es war Wochenende und ihr Mitarbeiter hatte sich eine Arbeitspause mehr als verdient. Bereits an den vergangenen Tagen hatte er auf sie übermüdet und überdreht gewirkt. Trotz der besonderen Umstände hatte sie ihren Kollegen gegenüber eine Verantwortung. Nein, es musste ohne Delgado gehen. Sie setzte sich wieder hin. Öffnete die Datei erneut. Las die gesammelten Berichte zum Unfall ein zweites Mal. Vertiefte sich in die medizinischen Details der Verletzungen, die Ulrika erlitten hatte. Gebrochene Rippen, punktierte Lunge, Milzriss, Jochbeinbruch, Gefäßabrisse. Nyström war mit der Fachsprache und typischen Verletzungsmustern nach Autounfällen vertraut. Alles in dem Bericht war für eine routinierte Polizistin, wie sie es war, nachvollziehbar. Dann stutzte sie, zum zweiten Mal an diesem Vormittag. Ganz am Ende des Berichts wurden weitere Verletzungen aufgezählt: ältere, schlecht verheilte Brüche in den Fingern der linken Hand, Brandnarben auf dem Rücken, faustgroße Hämatome. Die lapidare Anmerkung des behandelnden Arztes: *Patientin erklärt ältere Verletzungen mit ihrer Passion für den Reitsport.* Nyström biss sich auf die Lippe. Brandwunden vom Reiten? Die ignorante Nonchalance der ärztlichen Schlussanmerkung machte sie noch wütender. Gleichzeitig war sie aufgeregt: Sie war hier definitiv auf etwas gestoßen.

2

Die Fähre aus Tallinn erreichte Stockholm am Vormittag. Stina Forss fühlte sich noch immer benommen, als sie von Bord ging. Nachdem sie achtunddreißig Stunden auf den

Beinen gewesen war, hatte sie beinahe die gesamte Überfahrt hindurch geschlafen. Traumlos, wie erschlagen. Der Fähranleger lag auf Södermalm. Es war kühl und diesig. Sie ging im Zickzackkurs durch das Viertel. In den kleinen Läden an der Folkungagatan besorgte sie sich ein gebrauchtes Smartphone samt Prepaid-Karte, einige neue Kleidungsstücke, ein Baseballcap, eine Schere und Haartönung. Södermalm erinnerte sie in seiner urbanen Lässigkeit an Kreuzberg oder Neukölln. In einem arabischen Imbiss aß sie Falafel und richtete das neu erworbene Handy ein. Anschließend buchte sie ein Hotelzimmer, das in der Nähe lag. Sie machte einen Spaziergang durch den Vitabergsparken. Noch immer deutete nichts darauf hin, dass sie verfolgt wurde. Allerdings hatte sie das auf Prangli auch gedacht. Sie checkte mit ihrem gefälschten Pass in dem Hotel ein. Selbst wenn ihre Verfolger mittlerweile ihren Decknamen kennen sollten, hielt sie sich auf diese Weise zumindest die schwedischen Behörden vom Hals. Immer wieder musste sie sich daran erinnern, dass sie offiziell als tot galt. In ihrem Zimmer duschte sie lange, legte sich anschließend ins Bett und schlief auf der Stelle ein.

3

Lasse Knutsson stand auf dem Oberdeck der kleinen, weiß lackierten Fähre und blickte über das Meer. Selbst an einem verhangenen Herbsttag hatte der Stockholmer Schärengarten eine majestätische Anmutung, befand er. Der Dreiklang aus dunkelgrauem Wasser, hellgrauem Himmel und schiefergrauen Felsen berührte etwas in ihm, erzeugte einen Grundton, melancholisch und wunderschön. Konnte man sich gleichzeitig erhaben und winzig fühlen, angesichts der überwältigenden Anmut dieser eigentlich doch so kargen Landschaft? Zumindest wir Angler sind dazu imstande, dachte er, denn wir haben zum Wasser eine tiefe und bedeutsame Beziehung.

Nämdö war eine der größten Inseln des Archipels. Als das Schiff anlegte, gingen mit ihm einige andere Leute von Bord. Knutsson sprach eine junge Mutter an, die ihr Kleinkind in einem Buggy über den Pier schob, und erkundigte sich nach dem Haus von Tom Magnusson. Die Frau erklärte ihm den Weg. Glücklicherweise war es vom Hafen aus fußläufig zu erreichen. Knutsson bedankte sich und machte sich auf den Weg. Zehn Minuten später war er am Ziel. Magnusson bewohnte ein schlichtes Blockhaus, das auf einer Anhöhe stand. So einfach die Bleibe, so atemberaubend die Aussicht, registrierte Knutsson, als er sich vor dem Haus umdrehte und über die Bucht blickte. In diesem Augenblick brach die Sonne durch die Wolkendecke, als habe sie nur auf das richtige Stichwort gewartet. Wir Angler sind schon ein besonderes Völkchen, dachte er, denn wir haben verstanden, worauf es im Leben ankommt. Er tastete nach der wertvollen Spinnrolle in der Tasche seiner Weste, wie um sich dieser Weisheit und seiner selbst zu vergewissern. Dann wandte er sich zur Haustür. Eine Klingel gab es nicht, also klopfte er. Drinnen regte sich etwas, Schritte auf knarzendem Holzboden näherten sich, die Tür wurde geöffnet. Tom Magnusson hatte einen kahlen Schädel und eingefallene Wangen voller Bartstoppeln. Fragende Augen musterten Knutsson misstrauisch.

»Ja?«

Knutsson streckte ihm seine Pranke entgegen.

»Ich bin Lasse, der Bulle aus Växjö. Wir hatten mehrmals telefoniert …«

»Hau ab, oder ich rufe die Polizei!«, dröhnte es ihm entgegen.

Aber ich bin doch die Polizei, wollte Knutsson entgegnen, doch Magnusson knallte ihm die Tür vor der Nase zu.

4

Es war spontan. Es war wenig durchdacht. Es passte so gar nicht zu ihr, es war vielmehr eine Aktion, die in ihrer Impulsivität für Stina Forss typisch gewesen wäre. Umso seltsamer war, wie wohl sich Ingrid Nyström mit dem Entschluss fühlte, Hals über Kopf nach Kopenhagen zu fahren. Das muss die neue Ingrid sein, die schlechtere Version ihrer selbst, stellte sie fest und fing an, sie zu mögen. Von Växjö aus war man mit dem Zug in knapp zwei Stunden in der dänischen Hauptstadt – die spektakuläre Brücke, die sich über den Öresund spannte, hatte Südschweden und die Region Kopenhagen ein ganzes Stück näher zusammenrücken lassen. Von der Brücke aus war die Aussicht auf die Meerenge selbst bei diesigem Wetter beeindruckend.

Am Hauptbahnhof nahm Nyström ein Taxi. Ulrika Herdenstam-Jepsen wohnte mit ihrem Mann in einem der westlichen Vororte, ein Bungalow aus gelbem Klinker in einem ruhigen Wohngebiet. In der Auffahrt standen zwei ältere Kleinwagen. Nyström klingelte. Eine massige Frau öffnete ihr und sah sie fragend an. Nyström erkannte Herdenstam-Jepsen von dem Foto wieder. Außer dem Überraschungsmoment hatte sie wenig in der Hand. Das war wohl das Problem an impulsiven Aktionen wie dieser. Sie entschied, aufs Ganze zu gehen.

»Hauptkommissarin Ingrid Nyström. Ich möchte über Kennet Ivarus sprechen. Ich suche nach etwas, das ihm schaden kann.« Herdenstam-Jepsen war sichtlich überrumpelt. Ihre rechte Hand griff nach der Türklinke, wie um sich an etwas festzuhalten. Der Name ihres Exmanns löste unzweifelhaft eine starke Reaktion aus. Ihr entgeisterter Gesichtsausdruck verriet, dass ein einziger Satz reichte, um böse Erinnerungen zu wecken. Obwohl Nyström das leidtat, war sie gleichzeitig auch zufrieden, weil ihr Instinkt sie nicht getrogen hatte. Auch das war die neue Ingrid.

»Gehen wir vielleicht hinein?«, schlug sie vor.

Die Frau nickte betreten, sie schritten durch einen langen Flur. Noch immer sprachlos ließ sich Herdenstam-Jepsen schließlich auf die Wohnzimmercouch sinken. Erst als ihr Mann dazukam, fand sie ihre Stimme wieder.

»Die schwedische Polizei«, erklärte sie. »Die Kommissarin …«

»Ingrid«, half Nyström aus.

» … möchte über Kennet sprechen.«

Für einen Moment zuckten die Augenlider des Mannes.

»Angenehm, Mikkel«, stellte er sich vor und reichte Nyström die Hand. Dann stellte er sich hinter das Sofa und legte seiner Frau die Hände auf die Schultern. »Alles in Ordnung, mein Schatz?« Seine Stimme klang besorgt.

Herdenstam-Jepsen nickte, ihr Blick war ins Leere gerichtet, ihre aufgerissenen Augen verrieten, dass überhaupt nichts in Ordnung war.

»Vielleicht täte uns allen eine Tasse Tee gut?«, schlug Nyström vor.

»Sicher.«

Jepsen nickte beflissen und machte sich auf in die Küche.

Herdenstam-Jepsen schwieg. Noch immer wirkte sie abwesend. Wie unter Schock. Nyström nahm ihr gegenüber in einem Sessel Platz. Sie registrierte die in die Jahre gekommene Einrichtung des Wohnzimmers, wuchtige Ledermöbel, eine dunkle Regalwand. Die impressionistischen Drucke an den Wänden zeigten liebliche Sommerszenen, warme Farben, Bauern, die Heu einfuhren, und keusche Landschönheiten in weißen Kleidern. Auf den Fensterbänken Zimmerpflanzen mit fleischigen Blättern. Ein klobiger Fernseher auf einer Kommode mit geschwungenen Beinen. Aus der offenen Küchentür drangen das verhaltene Klirren von Geschirr, das auf ein Tablett gestellt wird, und das lauter werdende Summen eines Wasserkochers. Kurz darauf kam Jepsen zurück, deckte den niedrigen, gekachelten Couchtisch und schenkte allen Tee ein. Anschließend nahm er neben seiner Frau Platz.

»Also«, ergriff er das Wort. »Was hat Kennet ausgefressen?«

Er sprach so langsam und überdeutlich, wie Dänen sprachen, wenn sie es darauf anlegten, von Schweden verstanden zu werden.

Nyström hatte die gesamte Zugfahrt Zeit gehabt, sich die Worte zurechtzulegen. Hier half nur drastische Ehrlichkeit weiter, davon war sie überzeugt.

»Vor einigen Monaten ist meine Schwiegertochter ermordet worden. Hailey war siebenundzwanzig Jahre alt und gerade zum ersten Mal Mutter geworden.« Sie schluckte, dann fuhr sie fort. »Der feige Mörder wurde bis heute nicht gestellt, jedoch deutet vieles darauf hin, dass Kennet Ivarus für ihren Tod mitverantwortlich ist. Er versucht, die wahren Hintergründe ihres Tods zu vertuschen, und hindert mich daran, das Verbrechen aufzuklären. Ich verdächtige ihn darüber hinaus, an einem versuchten Mord an meiner Kollegin beteiligt zu sein. Auch hier benutzt er seine Macht im

Justizministerium, um die Ermittlung zu verschleppen. Ich halte Kennet Ivarus für einen sehr gefährlichen Mann und ich will ihn überführen und unschädlich machen, bevor er noch mehr unschuldigen Menschen wehtut.«

Sie beobachtete Herdenstam-Jepsens Reaktion. Die Muskeln ihres weichen Gesichts regten sich. Nyström war sich sicher, dass die Worte zu ihr durchgedrungen waren. Dennoch blieb ihr Blick weiterhin unfokussiert. Die Unterlippe bewegte sich, als würde sie etwas vor sich hinflüstern. Lautlose Silben, ein Dialog mit der Vergangenheit. Dinge, die sie hatte vergessen wollen. Die Augen füllten sich mit Tränen, dann kam das Schluchzen, das den schweren Körper zum Beben brachte. Ihr Mann stellte die Teetasse ab und legte den Arm um sie.

»Liebling«, sagte er, »Liebling.«

Herdenstam-Jepsen machte sich los. Überraschend behände stand sie auf und lief aus dem Zimmer. Jepsen warf Nyström einen Blick zu, der vieles war: fragend, hilflos, vorwurfsvoll, ängstlich, wütend. Dann eilte er seiner Frau hinterher.

Nyström blieb sitzen. Sie wusste, dass sie einen Volltreffer gelandet hatte. Offensichtlich hatte sie ein altes Trauma wiederbelebt, um das zu bekommen, was sie wollte. Zum ersten Mal in ihrem Leben fühlte sie sich wie eine Zynikerin. Die Frage war, inwiefern ihr das überhaupt weiterhalf. Die Frau hatte sich verschlossen. Würde sie sich wieder öffnen und Nyström irgendetwas an die Hand geben, was bei Ivarus als Druckmittel taugte? Sie griff nach ihrer Tasse. Der Tee war nur noch mäßig warm.

5

Stina Forss hatte ein wenig geschlafen, anschließend hatte sie sich die Haare geschnitten und schwarz gefärbt. Nun saß sie mit einer Tasse Milchkaffee im Schneidersitz auf dem Hotelbett. Vor sich hatte sie den Briefentwurf liegen, den sie in der Kladde ihres Vaters gefunden hatte. Sie hatte ihn mittlerweile so oft gelesen, dass sie die Formulierungen auswendig kannte. Ihr Vater drückte der Mutter eines toten Soldaten sein Beileid aus, der unter seinem Kommando ums Leben gekommen war. Gleichzeitig nahm er die Verantwortung für den Tod des jungen Mannes auf sich. Es war von einem Elitekämpfer, einem Sondereinsatz und einer speziellen Mission die Rede. Dreieinhalb Wochen nachdem der Brief geschrieben worden war, war Olof Palme erschossen worden. Nur einige Kilometer Luftlinie von diesem Hotelzimmer entfernt, dachte Forss. Wenn ihr Vater in die Ermordung des Ministerpräsidenten verwickelt war, gab es die Möglichkeit, dass sich der Einsatz, von dem im Brief die Rede war, auf das Attentat bezog. Der verunglückte Soldat hieß Erik, seine Mutter Inga Stenbeck. Das war eine echte Spur. Der nächste Schritt bestand darin, die Frau ausfindig zu machen. Sie musste heute über siebzig sein, überlegte Forss. Sie nahm ihr neu erworbenes Smartphone und suchte im Internet nach dem Namen. Wie zu erwarten gewesen war, gab es zahllose Treffer. Inga Stenbeck, der Name war alles andere als ungewöhnlich. Darüber hinaus gab es natürlich auch die Möglichkeit, dass die Frau mittlerweile anders hieß. Oder bereits tot war. Forss seufzte. So kam sie nicht weiter. Was sie benötigte, war Zugang zu behördlichen Datenbanken. Sie versuchte, sich ins polizeiliche Archiv einzuloggen. Der Zugriff wurde verweigert und erinnerte sie daran, dass es Stina

Forss offiziell nicht mehr gab, sie hatte sich auf einer Ostseefähre das Leben genommen. Nachdenklich trank sie von dem Milchkaffee. Eine Erkenntnis nahm allmählich Kontur an: Ohne die Hilfe ihrer Kollegen würde sie nun nicht mehr weiterkommen.

6

Lasse Knutsson hatte sich auf die Treppenstufen vor Magnussons Haus gesetzt. Was blieb ihm auch anderes übrig? Die nächste Fähre zurück nach Stockholm ging erst in einigen Stunden. Er holte die Spinnrolle aus der Tasche und betrachtete sie. Wie formschön sie war, wie elegant. Aluminium mit Titan-Nitrit-Beschichtung. Er drehte an der Kurbel. Es war die reine Freude, zu spüren, wie die Zahnräder im Inneren präzise ineinandergriffen. Wie das Getriebe eines Sportwagens. Die *van Staal* war das perfekte Produkt handwerklicher Hingabe, nicht weniger als ein Kunstwerk. Knutsson war davon überzeugt, dass dieses Kleinod Magnusson umstimmen würde. Wenn er nur die Chance hätte, es ihm zu geben. Sollte er noch einmal anklopfen? Er bezweifelte, dass diese Strategie von Erfolg gekürt sein würde. Magnusson hatte ernsthaft verstimmt gewirkt. Was, wenn er tatsächlich die Polizei rufen würde? Was sollte Knutsson seinen Kollegen dann erklären? Dass er für ein Buch recherchierte? Dass er den Palme-Mörder jagte?

Die Lage war verfahren. Knutsson griff in eine Westentasche und holte ein Brötchen heraus, das er vorsorglich beim Frühstücksbüfett geschmiert und eingepackt hatte. Es war mit Lachs, Frischkäse und Kresse belegt. Nach dem ersten Bissen hellte sich seine Laune auf und er fand zu dem ihm eigenen Optimismus zurück. Kauend schaute er über die Bucht. Das mit Magnusson würde sich schon auf die eine oder andere Weise lösen. Tat es das nicht immer im Leben?

Tatsächlich wurde seine Zuversicht kurze Zeit später belohnt. Die Tür öffnete sich ein zweites Mal und als Knutsson sich umwandte, bat Magnusson ihn knurrend hinein.

»Du bist offenbar ein noch sturerer Hund als ich.«

Freudestrahlend trat Knutsson ins Haus.

»Man tut, was man kann. Ist Hartnäckigkeit nicht die wichtigste Tugend, die man als Polizist und Angler braucht?« Ganz wichtig im Umgang mit schwierigen Zeitgenossen: Freundlich sein! Gemeinsamkeiten betonen! Kleine Aufmerksamkeiten! Er holte die Spinnrolle hervor und überreichte sie feierlich. »Eine winzige Geste der Verbundenheit. Von Angler zu Angler, von Bulle zu Bulle.«

Magnusson betrachtete die Rolle in seiner Hand, bevor er erstaunt aufsah.

»Das ist ja eine echte *van Staal!*«

Knutsson nickte gönnerhaft.

»Ich dachte, hier draußen in den Schären hast du vielleicht Verwendung dafür.« Er machte eine ausladende Geste. »Hering, Dorsch, Meerforelle, Lachs. An meine gewöhnlichen smäländischen Hechte wäre sie eh nur verschwendet.«

Magnusson wog die Rolle in der Hand.

»Willst du mich etwa kaufen?«

Knutsson tat bestürzt.

»Nichts läge mir ferner!«, beteuerte Knutsson. »Wie gesagt, es ist einfach nur eine winzige Geste …«

Magnussons Mundwinkel deuteten zum ersten Mal ein Lächeln an.

»Lass gut sein, ich veräppele dich doch nur.« Er reichte Knutsson die Rolle zurück. »Das ist nett gemeint, aber ich will deine Rolle nicht. Ich mache das hier allein Ulf zuliebe. Als ich gemerkt habe, dass du es dir auf meiner Treppe gemütlich gemacht hast, habe ich ihn angerufen. Du kannst dich bei ihm bedanken, er scheint eine Menge von dir zu halten.«

»Ulf ist ein feiner Kerl.«

»Das ist er. Lass uns reingehen, ich habe einen Kaffee aufgesetzt.«

Knutsson folgte ihm in eine kleine, gemütliche Küche.

»Schön hast du es«, lobte er. »Lebst du allein?«

Magnusson warf ihm einen Blick zu, den Knutsson nicht deuten konnte, dann zuckte er die Schultern.

»Man hat hier draußen seine Ruhe. Wenn nicht gerade renitente Polizisten auftauchen. Setz dich.«

Knutsson tat, wie ihm geheißen. Magnusson schenkte ihm Kaffee ein.

»Vielen Dank.«

»Also«, schnaufte Magnusson, als er ebenfalls Platz nahm, »warum hast du dich wirklich auf den weiten Weg von Växjö hierher gemacht? Deine Schriftsteller-Geschichte glaube ich dir nämlich keine Sekunde.«

Knutssons erster Impuls war es, zu protestieren. Andererseits wollte er das gerade erst gewonnene Vertrauen nicht unnötig aufs Spiel setzen.

»Ertappt«, lächelte er breit. »Was hat mich verraten?«

Magnusson nippte an seinem Kaffee.

»Menschenkenntnis. Für so etwas habe ich noch immer einen Riecher.«

»Na schön«, sagte Knutsson. Offenbar löste er die Eintrittskarte in Magnussons Erinnerungskabinett nur, indem er die Wahrheit sagte. So direkt und offen wie möglich. »Es geht um den Mord an Olof Palme.«

Magnusson lachte prustend, sodass ein feiner Kaffeenebel über dem Tisch niederging. Er brauchte einige Momente, um sich wieder zu fangen. Amüsiert blickte er Knutsson an.

»Ist das dein Ernst?«

»Das ist mein voller Ernst.«

»Und du glaubst, dass ich dir dabei weiterhelfen kann?«

»Ulf sagte, du seist damals in der berüchtigten Baseballclique gewesen.«

»Ach ja, die sagenumwobene Polizeispur.« Magnusson malte mit den Fingern Anführungszeichen in die Luft. »Daher weht also der Wind.«

»Richtig.«

Magnusson schüttelte energisch den Kopf.

»Glaub mir, da bist du in einer Sackgasse gelandet.«

»Wie kannst du dir da so sicher sein?«

»Weil ich damals mittendrin war, mein Lieber.«

»Was ist mit dem Hass auf den Ministerpräsidenten in diesen Kreisen?«, fragte Knutsson. »Den Anti-Palme-Aufklebern, den bösen Gerüchten, dem Freudenfest nach seinem Tod? Du kannst doch nicht bestreiten, dass …«

»Ich bestreite gar nichts«, unterbrach ihn Magnusson. Er fuhr mit der Hand über die Kaffeespritzer auf der Tischplatte und verwischte sie. »Das war alles so, wie du sagst. Viele waren damals mehr oder weniger offen rechts, haben Palme gehasst. Er war in unseren Augen eine linke Socke, ein Kommunistenschwein. In der Umkleide hatten wir eine Dartscheibe mit seiner verdammten Visage darauf.« Magnusson krempelte einen Ärmel seines Hemds hoch und hielt Knutsson die Innenseite des Unterarms entgegen. »Siehst du die Tätowierung hier?«

»Ein Sprossenfenster?«

»Das war einmal ein Hakenkreuz, du Schlauberger, bevor ich es irgendwann habe umändern lassen. So waren wir damals drauf. Wir haben uns als Eliteeinheit verstanden, als die schlagkräftige Grenztruppe zwischen der Gesellschaft und dem Abschaum auf den Straßen. Junkies, Säufer, Kleinganoven, Ausländer, das war der Bodensatz, der Dreck, den es wegzufegen galt. Das war unser Job, und glaub mir, den haben wir sehr gewissenhaft erledigt.« Er hielt einen Moment inne, blickte aus dem Fenster auf das graue Meer. »Es gab da diese Verwahrungszelle in der Nähe der U-Bahn-Station am Sergelstorg, eigentlich nicht mehr als ein gekachelter, fensterloser Raum mit einer Pritsche. Wir nannten ihn deshalb *Badezimmer*. Der Raum war praktisch, weil man die Kotze, die Pisse oder das Blut einfach aufwischen konnte. Wenn wir jemanden in der Innenstadt mitgenommen haben, ging es meistens dort hin. Als Erstes gab es dann eine gründliche Leibesvisite. Dabei kam es uns gar nicht wirklich darauf an, was unsere Früchtchen dabeihatten. Es ging um die Demütigung. Sie mussten sich vollständig ausziehen, dabei wurden sie von uns aufs Derbste beschimpft und beleidigt. Dann mussten sie sich vorbeugen und es folgte die obligatorische Untersuchung mit dem Gummihandschuh, du kannst es dir vorstellen. Anschließend dann Hiebe mit dem Schlagstock. Wichtig war, den Knüppel verkehrt herum zu halten, das hinterließ weniger offensichtliche Spuren. Es war immer dasselbe Schema: ein Säufer oder Junkie, zwei oder drei von uns. Kein Anwalt, kein Protokoll, keine Zeugen. Wenn es mit rechten Dingen zugegangen wäre, hätte ich Hunderte von Anzeigen bekommen müssen: wegen übermäßiger Gewaltanwendung, Misshandlung, Freiheitsberaubung, Nötigung. Passiert ist aber nichts. Die wenigen Anzeigen, die es gab, führten zu eingestellten Verfahren. Was wollte man uns schon nachweisen? Natürlich deckten wir uns gegenseitig. Wir waren ein eingeschworener Haufen. Wir waren die Guten. Wir waren das Gesetz. Selbst in meiner Freizeit trug ich eine Gürtelschnalle mit Polizeiemblem. Eine Krawattennadel. Einen Pin am Revers. Ich war Bulle durch und durch.«

Wieder schweifte sein Blick aus dem Fenster.

»Ulf hat angedeutet, dass du die Baseballclique irgendwann verlassen hast. Was ist passiert?«

Magnusson hob seine Kaffeetasse an, dann setzte er sie wieder ab, ohne daraus getrunken zu haben.

»Mit Ende zwanzig war meine erste Ehe hinüber, mit Mitte dreißig die zweite. Mit Anfang vierzig war ich dabei, die dritte in den Sand zu setzen. Ich war so wenig zu Hause, wie es eben ging, ich sah meine Frau kaum und meine Kinder aus den ersten beiden Ehen gar nicht. Der einzige Ort, an dem ich mich wohlgefühlt habe, war die Arbeit. Da war ich ein ganzer Kerl, da sahen die Jüngeren zu mir auf. Dort war meine Welt in Ordnung. Und eines Tages dann nicht mehr.« Wieder griff er nach der Kaffeetasse und hielt sie sekundenlang unschlüssig in der Luft, bevor er an ihr nippte. »Sie hieß Cindy, zumindest wurde sie damals auf der Straße so genannt. Eine Säuferin und Gelegenheitsprostituierte, eine typische Stammkundin von uns. Wenn wir Frauen einsammelten, brachten wir sie eigentlich nicht ins *Badezimmer*, sondern auf die Wache, wo sie von einer Attrappe in Empfang genommen wurden.«

»Attrappe?«

»So hießen damals bei uns weibliche Polizisten.«

»Oh.«

»Ich weiß. Das ist heute unfassbar. Aber wie auch immer. In dieser Nacht also Cindy. Sie war völlig hinüber, hat uns den VW-Bus vollgekotzt, in dem wir damals immer unterwegs waren. Mir und meinem Kollegen ist die Hutschnur geplatzt. Wir haben sie ins *Badezimmer* verfrachtet und der üblichen Spezialbehandlung unterzogen. Dann kam ein Funkruf rein, andere Kollegen brauchten Verstärkung. Also sind wir ausgerückt, ohne uns weiter um Cindy zu kümmern, die wimmernd auf der Pritsche lag. Wie gesagt, sie war voll wie eine Feldhaubitze und wir hatten sie ordentlich in die Mangel genommen. Der Einsatz, zu dem wir gerufen worden waren, zog sich in die Länge. Erst drei Stunden später kamen wir ins *Badezimmer* zurück. Cindy war nicht bei Bewusstsein. Wir riefen den Krankenwagen. Mit Ach und Krach hat sie überlebt, allerdings mit einem schweren Hirnschaden. Sie hat das Bett nie wieder verlassen.«

»Gab es eine Untersuchung?«

»Eine interne Ermittlung. Es lief gut für uns, wie immer eigentlich. Natürlich haben wir gelogen, bis sich die Balken bogen. Wir sind mit einer Verwarnung davongekommen, danach ging es weiter wie gehabt. Aber es hatte sich doch etwas geändert: Ich war nur noch mit halbem Herz dabei. Unser Tun kam mir zunehmend sinnloser vor. Was machten wir eigentlich? Wir terrorisierten die armen Schweine da draußen, nahmen sie fest, schlossen sie weg und am nächsten Tag ging alles wieder von vorn los. Unser Einsatz war vollkommen sinnlos. Es machte keinen Unterschied, ob wir da waren oder nicht. Was die Alkoholiker und Drogensüchtigen brauchten, war keine Prügel, sondern echte Hilfe. Das habe ich nach und nach kapiert. Vielleicht weil ich jede Nacht Albträume hatte. Cindy wurde ich nicht mehr los. Du hast vorhin gefragt, ob ich hier allein lebe. Die Antwort ist, sie besucht mich ab und zu immer noch, vor allen in den langen Winternächten. Ich fing an, Beruhigungspillen zu schlucken und zu viel zu trinken. Genützt hat es nichts, ich habe auch die dritte Ehe an die Wand gefahren. Meine Rettung war am Ende Ulf. Über die Gewerkschaft hat er mir eine Entziehungskur beschafft. Und drei Monate später noch eine. Die dritte hat schließlich geholfen. Es war meine letzte Chance – und die Wende. Ich hab mich anschließend in einen ruhigen Außenbezirk versetzen lassen und alle Kontakte zu den alten Kumpeln abgebrochen. Sogar meine Waffensammlung habe ich aufgelöst.«

»Du hast Waffen gesammelt?«

»Wir hatten beinahe alle private Handfeuerwaffen. Und weil du eh danach fragen wirst: Große Colts und Magnumrevolver waren sehr beliebt.«

»Aber sind das nicht alles Hinweise darauf, dass man die Polizeispur ernst nehmen sollte? Der allgegenwärtige Palme-Hass, das Korpsdenken, der Zugang zu den passenden Waffen?«

»Ich weiß, wie das für Außenstehende wirken muss. Dennoch bin ich mir wirklich sicher, dass es keiner der Jungs war.«

»Wie kannst du das?«

Magnusson stöhnte auf.

»Das mit Cindy geschah im Herbst 1987 und bis Anfang '88 gehörte ich zum innersten Zirkel, so unangenehm mir das heute ist. Wenn es einer von uns gewesen wäre, dann hätte ich es mitbekommen müssen. Derjenige oder diejenigen hätten darüber gequatscht. Geprahlt. Damit angegeben. Wahrscheinlich hätten wir ihn verdammt noch mal hochleben lassen. Aber da war nichts. Es gab dieses legendäre Besäufnis nach Palmes Tod, das wir veranstaltet haben. Ein hemmungsloser Exzess, nahezu die Hälfte der Belegschaft der Norrmalm-Wache war dabei. Es gab zu fortgeschrittener Zeit Siegheilrufe und einige Scherzbolde hatten sich verdammte SS-Uniformen angezogen, weiß der Teufel, wo sie die herhatten. Wenn einer von uns irgendetwas mit den Schüssen auf dem Sveavägen zu tun gehabt hätte – spätestens bei dieser Feier wäre es ans Licht gekommen, das kannst du mir glauben.«

»Und da bist du dir zu hundert Prozent sicher?«

Magnusson sah Knutsson mit seinen müden Augen lange an.

»Ja«, sagte er schließlich.

7

Ingrid Nyström wartete lange in dem abgewetzten Ledersessel, doch weder Ulrika Herdenstam-Jepsen noch ihr Mann kehrten zurück. Irgendwann erhob sie sich und ging in den Flur, in dem das Ehepaar verschwunden war. Er endete vor einer verschlossenen Tür, hinter der ein Wimmern zu hören war, wahrscheinlich das Schlafzimmer, überlegte Nyström. Sie klopfte behutsam an die Tür. Das Weinen erstarb. Schritte näherten sich. Aber die Tür blieb zu.

»Ulrika hat dir nichts zu sagen. Bitte geh!«

Durch das Furnier des Türblatts klang Jepsens Dänisch dumpf. Aber Nyström verstand. Sie hatte hoch gepokert – und verloren. Zwischen dem, was sie so dringend benötigte, und den Erinnerungen der Frau standen mehr als eine geschlossene Tür und ein besorgter Ehemann. Sie seufzte, kehrte ins Wohnzimmer zurück, nahm ihren Mantel und Lederbeutel und verließ das Haus. Gegen besseres Wissen hatte sie auf dem Couchtisch ihre Visitenkarte hinterlegt.

8

Als Hugo Delgado die Augen aufschlug, blickte er auf Blumen. Rosen, um genau zu sein. Rosen und Buchstaben. Ein sogenanntes Wandtattoo, ging ihm auf. *Liebe,* las er, *kann alles.* Er hatte nicht die leiseste Ahnung, wo er sich befand. Jedenfalls nicht zu Hause. Die Bettwäsche roch fremd. Blumig, irgendwie mädchenhaft. Er schnupperte noch einmal. Da war auch noch ein anderer Geruch, schwerer, animalischer. Jetzt fiel es ihm wieder ein. Der Vorabend im *Kafé de Luxe.* Die vielen Drinks, die Frau in der Lederjacke, die lachenden, rot bemalten Lippen. Hatte er …? Hatten sie …? Er drehte sich um. Dunkles, langes Haar, ein schmaler Rücken, ein entzückender Po. Darüber ein Tattoo, diesmal ein richtiges. Noch mehr rankende Rosen, noch mehr Kalenderweisheiten: *Love is everything.* Große Worte, dachte er, nach seinem Geschmack etwas zu große, jedenfalls für einen verkaterten Morgen nach einem One-Night-Stand. Mit Mona? Moa? Mora? Oh Gott, er kam noch nicht mal mehr auf ihren Namen. Sein Blick wanderte zwischen dem ausladenden, einladenden Hintern und dem tätowierten Schriftzug hin und her. Es war wie in dem verdammten Clash-Song: *Should I stay or should I go?*

Keine zehn Minuten später saß er bei *Bröd och Sovel* vor einem dampfenden Kaffee und frischen Croissant. Allein. Manche Dinge hielt man am besten unkompliziert. Sein Handy klingelte. War das Mona, oder wie auch immer sie hieß? Hatte er ihr etwa seine Telefonnummer gegeben? Stalkte sie ihn jetzt schon? Oder war sie wütend, dass er sich ohne Verabschiebung aus ihrer Wohnung geschlichen hatte? Schuldbewusst nahm er das Gespräch an. Zu seiner Überraschung war es Stina Forss. Ohne einleitende oder erklärende Worte bat sie ihn, eine Person ausfindig zu machen. Seine Fragen ließ sie unbeantwortet. Das Gespräch dauerte keine Minute. Anschließend aß er baff sein Croissant auf, trank den Kaffee und machte sich auf den Weg ins Präsidium. Der Tag hatte eine unerwartete Wendung genommen. Das Fieber hatte ihn sofort wieder gepackt.

301 TAGE BIS TAG X

Torben schlug sich wacker, das tat er wirklich. Er ertrug die Behandlungen mit demselben Gleichmut, mit dem er die erniedrigenden körperlichen Begleiterscheinungen wegsteckte. Er ging viel an die frische Luft. Er spielte mit den Jungen Mühle. Er ließ sich von Sivs Vater sogar zu einem Besuch auf dem Schießstand überreden. »Das Rumballern macht den Kopf frei«, hatte ihr Vater bei einem gemeinsamen Abendessen gesagt, »ich leihe dir meinen Revolver.« Ihre Eltern kamen nun regelmäßig vorbei, das gab ihr Kraft. In schwierigen Situationen musste die Familie zusammenrücken. Auch die Jungen waren tapfer. Alexander fing mit Tennis an, weil er wusste, dass es seinem Vater eine Freude machte. Bengt verbrachte die Abende zu Hause, anstatt mit seinen Freunden auszugehen. Siv war stolz auf ihre Söhne. Zu Bengts Abiturfeier trug Torben wegen der Chemotherapie eine Perücke und tanzte mit

Siv Walzer, anschließend übergab er sich vor Erschöpfung auf der Herrentoilette. Sie liebte ihn dafür, dass er den Kampf annahm und nicht aufsteckte. Sie gab gemeinsam mit ihm das Rauchen auf. Sie begleitete ihn zu jedem einzelnen Behandlungstermin. Sie massierte seinen schmerzenden Körper. Einmal die Woche befriedigte sie ihn mit der Hand, damit er etwas Schönes empfand, ohne sich anstrengen zu müssen. Nur wenn er auf einem seiner immer kürzer werdenden Spaziergänge war, gestattete sie sich zu weinen. Als eines Tages Wahlwerbung im Briefkasten lag, warf sie sie ungelesen in den Müll. Wer der nächste Ministerpräsident sein würde, interessierte sie nicht im Geringsten. Das Einzige, was ihnen Trost gab, war die Musik. Oft lagen sie gemeinsam im Bett, fassten sich an den Händen und lauschten Mozarts Kleiner Nachtmusik.

KAPITEL 8

1

Als Ingrid Nyström am frühen Montagmorgen ins Präsidium fuhr, fühlte sie sich einigermaßen erholt. Sie hatte den weitestgehend ereignislosen Sonntag mit ihrer Mutter verbracht, gemeinsam hatten sie den Gottesdienst besucht, frische Blumen auf Haileys Grab gepflanzt und waren anschließend in *Systrarna Skogströms Lantcafé* essen gegangen. Abends hatte sie mit Anders und Anna ein Videotelefonat geführt und Albert hatte ihr zugewinkt, zumindest hatte sie sich entschieden, die unbeholfenen Armbewegungen des Kleinkinds entsprechend zu interpretieren. Sie war früh ins Bett gegangen und hatte lange und traumlos geschlafen.

Zu ihrer Überraschung traf sie im Besprechungsraum auf Hugo Delgado, der gebannt auf einen aufgeklappten Laptop starrte. Dass ihr Mitarbeiter vor ihr zur Arbeit kam, war ungewöhnlich. Er schien sie erst wahrzunehmen, als sie dicht neben ihn getreten war.

»Auf dich habe ich gewartet«, sagte er, ohne den Blick vom Bildschirm abzuwenden. Seine Finger flogen über die Tastatur. »Setz dich. Es hat geklappt!«

Nyström nahm neben ihm Platz. Nun bemerkte sie, wie mitgenommen Delgado wirkte. Er hatte einen Dreitagebart, sein Haar war fettig und zerzaust, er roch säuerlich.

»Was hat geklappt?«

»Der falsche Pinkerton! Einer der Angestellten war tatsächlich naiv genug, meinen USB-Stick an einen der Firmenrechner anzuschließen. Vor etwa einer Stunde habe ich eine entsprechende Mitteilung bekommen. Der Kerl muss heute extrafrüh in sein Büro gefahren sein. Was für ein Trottel!«

Delgado grinste zufrieden. Nyström linste auf den Bildschirm. Mit den Code-Zeilen, die über das Display huschten, konnte sie nichts anfangen.

»Und jetzt?«, fragte sie.

»Jetzt haben wir sie bei den Eiern. Entschuldige meine Ausdrucksweise, aber in der Stunde des Triumphs … *voilà!*«

Er drehte ihr den Bildschirm zu.

»Was ist das?«

»Die Schatzkammer, von der ich gesprochen habe. Das Allerheiligste der Firma. Bilanzen, Geschäftsberichte, Patente, Kundendaten.«

»Einen Moment.« Nyström stand auf und holte die Obduktionsakte aus ihrem Büro, die ihr Ann-Vivika Kimsel zugespielt hatte. Sie nannte Delgado die Seriennummer der Fußprothese. Nach einigen Klicks hatte er einen Namen.

»Die Prothese gehört zu einem Johan Witt, zweiunddreißig Jahre, wohnhaft in Västerås.«

Nyström presste die Lippen aufeinander und nickte. Sie hatte zum ersten Mal das Gefühl, dass die Ermittlung einen großen Schritt nach vorn gemacht hatte. Einer der anonymen Angreifer, der an dem Attentat auf Stina Forss beteiligt gewesen war, hatte endlich einen Namen bekommen.

»Haben wir irgendetwas über ihn?«

Delgado wechselte das Programm. Seine Finger tanzten auf der Tastatur, als wären sie mit ihr verwachsen. Er schüttelte den Kopf.

»Polizeilich nie auffällig geworden.«

»Einwohnermeldeamt?«

Delgado summte, während er tippte. Dann stieß er einen Pfiff aus.

»Unser Freund ist vor etwas mehr als zwei Monaten gestorben.«

Auf eine sehr blutige Weise, dachte Nyström, in Stina Forss' Haus.

»Darüber hinaus?«

»Unverheiratet, kinderlos, keine Berufsangabe. Die einzigen Angehörigen sind offenbar die Eltern.«

»Die leben wo?«

»Örebro.«

Wieder nickte Nyström.

»Schick mir die Adresse bitte als E-Mail.« Sie stand auf und legte Delgado die Hand auf die Schulter. »Danke, Hugo. Das war weit mehr, als ich von dir verlangen konnte.«

»Stets zu Diensten, Chefin.«

Er imitierte ein militärisches Salutieren und lächelte schief.

Sie widerstand dem Impuls, mit der Hand durch sein verstrubbeltes Haar zu fahren und seine Frisur zu richten.

»Darf ich dich fragen, wann du hergekommen bist?«

»Das muss im Laufe des Samstags gewesen sein. Es gab jede Menge zu tun und die Couch in Lasses Büro ist recht gemütlich, weißt du?«

»Aber warum …?«

»Fräulein Forss hat sich gemeldet, mit der Bitte um einen Spezialauftrag. Ich war davon ausgegangen, du wüsstest ebenfalls Bescheid. Und was Spezialaufträge angeht, bin ich ja gerade in Übung.«

Seine dunklen Augen blitzen verschwörerisch.

»Ach?« Nyström war perplex. »Und dieser Spezialauftrag beinhaltet was genau?«

Delgado wies auf den Bildschirm.

»Im Grunde dasselbe, worum du mich auch gebeten hast: Leute finden.«

»Das nächste Mal, wenn Stina sich meldet, gibst du mir bitte umgehend Bescheid.«

Es klang spitzer, als sie beabsichtigt hatte.

»Ich war natürlich davon ausgegangen, dass du …«

»Wie gesagt«, unterbrach sie ihn, »gib mir einfach Bescheid.«

Sie ging aus dem Besprechungszimmer und ließ Delgado ratlos zurück. Jedenfalls deutete sie seine Mimik dementsprechend. Er hatte ja nichts falsch gemacht. Und Stina im Grunde auch nicht. Sie hatte mit Sicherheit ihre Gründe, sich über ihr selbst auferlegtes Kontaktverbot hinwegzusetzen. Trotzdem versetzte es Nyström einen Stich, dass sie außen vor gelassen worden war. Hatten Stina und sie nicht einen Pakt geschlossen? Sie schluckte die Verletztheit hinunter. Für solche Eitelkeiten war keine Zeit.

2

Stina Forss folgte der Küstenstraße nach Norden. Der gestohlene Kleinwagen hatte nach ihrem Dafürhalten deutlich zu wenig Pferdestärken, was jedes Überholmanöver zu einer Prüfung ihrer Geduld machte – nicht gerade ihre größte Tugend. Sie hatte das Modell aus einem einzigen Grund ausgesucht: Es war leicht aufzubrechen und kurzzuschließen gewesen.

Die Adresse von Inga Stenbeck ausfindig zu machen, hatte Hugo Delgado beinahe das gesamte Wochenende gekostet. Der Grund dafür waren die vielen Namenswechsel der Frau. In Deutschland wäre das unvorstellbar gewesen, dachte Forss, hier aber, im Land der allgegenwärtigen *Karlssons* und *Anderssons,* waren Namensänderungen staatlich erwünscht, weil sie der einfacheren Identifizierung der Bürger dienten, und wurden deshalb so leicht wie möglich gemacht. Jeder der zahllosen *Sven Svenssons,* der sich zum Beispiel in einen *Oscar-Harry Rosenblad* verwandelte, machte den Behörden die Arbeit leichter. Man durfte seinen eigenen Vor- oder Nachnamen erfinden und sogar als Patent anmelden, wenn einem danach der Sinn stand. Inga Stenbeck hatte von dieser schwedischen Eigenart hinreichend Gebrauch gemacht. Über viele Umwege war sie vor einigen Jahren schließlich bei Cayenne Eldkristall gelandet. Vom ordinären *Steinbach* zu einem indianisch anmutenden *Feuerkristall,* stellte Forss fest, was auch immer das genau bedeuten sollte. Als sie kurz hinter Gävle eine Fahrpause machte und die Website studierte, die von der Frau betrieben wurde, sah sie klarer: Cayenne Eldkristall verstand sich als Körpertherapeutin und bot in ihrer hauseigenen Praxis verschiedene Formen der Atem- und Energiearbeit an. Wenn Forss die Fachsprache richtig deutete, ging es im Großen und Ganzen darum, durch verschiedene Methoden wie Atemübungen, Tiefenmassage, Akupressur und das Aktivieren von Energieflüssen Körper, Geist und Seele des Patienten in Einklang zu bringen. Forss verdrehte innerlich die Augen. Ihr selbst war bereits Yoga zu esoterisch. Und deutlich zu unbequem. Praktisch fand sie jedoch, dass man auf Eldkristalls Homepage Therapiesitzungen buchen konnte. Am Nachmittag waren noch mehrere Termine frei. Vielleicht lag das an dem gepfefferten Stundensatz, den die Frau verlangte. Forss buchte und setzte die Fahrt fort. Utvalnäs war ein Kaff an der Küste, im Sommer möglicherweise malerisch, bei dem trüben Herbstwetter jedoch einfach nur deprimierend. Dass sich in dem kleinen Dorf eine alternativmedizinische Praxis halten konnte, erklärte sich Forss mit der relativen Nähe zur Fünfundsiebzigtausend-Einwohnerstadt Gävle. In einem Fischrestaurant aß sie zu Mittag. Anschließend hatte sie noch mehr als eine Stunde zu überbrücken. Sie machte einen Spaziergang entlang des felsigen Ufers und ließ sich salzigen Wind ins Gesicht wehen. Irgendwo östlich von hier, auf der anderen Seite des Wassers, lag Toivo Bärengrub und litt an seinen Verletzungen, dachte sie. Ihretwegen. Sie widerstand dem Impuls, im Tallinner Krankenhaus anzurufen und sich nach ihm zu erkundigen. Stattdessen machte sie kehrt und schlenderte zur Praxis der Körpertherapeutin, ein niedriges, blau gestrichenes Holzhaus, das auf rauen Felsen zu liegen schien. Forss trat in ein kleines Wartezimmer, das überraschend nüchtern und sachlich eingerichtet war. Erwartet hatte sie Räucherstäbchen und Mandalas oder Ähnliches. Sie nahm Platz und griff nach einem Magazin für maritimen Lebensstil, das auf einem Beistelltisch bereitlag. Als sie es etwa zur Hälfte durchgeblättert hatte, trat eine Frau aus der Tür des Behandlungszimmers: braune glatte Haut, weißes langes Haar, das zu zwei Zöpfen geflochten und auf dem Kopf kunstvoll zu einer Art Nest arrangiert war, leuchtend blaue Augen. Eine schmale Gestalt in einem silbergrauen Kleid einfachen Schnitts.

»Willkommen, mein Name ist Chayenne Eldkristall.« Bei allen Vorbehalten – Forss musste zugeben: Der Name passte. Die Frau wirkte wie eine Elfe aus einer Fantasy-Saga. Erhaben, alterslos. Dabei musste sie mindestens siebzig sein. Forss stellte sich vor. »Was führt dich zu mir, meine Liebe?«

Ein feines Elfenlächeln.

Das Forss zu kontern versuchte. Was wahrscheinlich schiefging.

»Innere Anspannung.«

Das war nicht vollständig gelogen.

»Gehen wir doch ins Behandlungszimmer. Du darfst auf der Liege Platz nehmen.« Forss folgte Eldkristall in einen hellen, wohltemperierten Raum. »Am besten machst du dich bis auf die Unterwäsche frei.« Forss wusste selbst nicht so genau, warum, aber sie spielte das Spiel mit, anstatt die Therapeutin an Ort und Stelle zu konfrontieren. Etwas ging von der Frau aus, das Forss ihren Worten folgen ließ. Sie zog sich aus und legte sich hin. »Hm«, machte die Elfe und betrachtete Forss' malträtierten Körper. Die jahrzehntealten Brandnarben an Hals und Brust. Das verunstaltete Ohrläppchen, das fehlende Auge. Die frisch verheilten Brand- und Schnittwunden. Die Schusswunde an der Schulter. »Was um alles in der Welt ist dir nur widerfahren?«, fragte Eldkristall. Sie legte eine Hand auf Forss' Stirn, die andere auf den Bauch. Bei der Berührung zuckte Forss zusammen. Die Hände fühlten sich warm und kühl zugleich an. »Sachte«, beruhigte sie Eldkristalls dunkle Stimme, »ganz sachte.«

Forss schloss ihr Auge. Ihr war, als würde sie rückwärts fallen, eine Art Schwindel, gleichzeitig das Gefühl von

Geborgenheit. Wenn das überhaupt möglich war. Eldkristall veränderte den Druckpunkt ihrer Hände.

»Ist das gut so?«, fragte sie. Forss nickte. Eldkristall wiederholte ihre Frage. »Was ist dir nur widerfahren?«

Forss öffnete ihr Auge. Die Frau hatte sich über sie gebeugt, ihre Gesichter waren keine dreißig Zentimeter voneinander entfernt.

»Alles begann vor dreiunddreißig Jahren«, sagte Forss schließlich und betonte jedes Wort. »Bei einem militärischen Spezialauftrag.«

Der Farbton in Eldkristalls Augen änderte sich von einem Moment auf den anderen. Von Eiswasser- in Sturmwolkenblau.

»Wer zum Teufel bist du?«, fragte sie und nahm ihre Hände so eilig von Forss' Körper, als hätte sie sich daran verbrannt.

3

Lars Knutsson war in seine Arbeit vertieft, beziehungsweise hätte er in seine Arbeit vertieft sein sollen. Über das Wochenende war einiges zusammengekommen, das sich nun auf seinem Schreibtisch stapelte. Besonders zu schaffen machte ihm eine Anzeige wegen häuslicher Gewalt. Solche Fälle waren naturgemäß niemals besonders erquicklich, auch wenn die Routine, die sich im Laufe vieler Dienstjahre eingestellt hatte, wie eine Art emotionale Schutzhaut wirkte. Das bedeutete nicht, dass er vollkommen abgestumpft war, aber ein zu empfindsamer Geist wäre in einem anderen

Beruf mit Sicherheit besser aufgehoben gewesen, dachte er. So war es auch nicht das Ausmaß der Gewalt, das ihn schreckte – einige blaue Flecken und eine Schramme im Gesicht –, sondern die spezielle Konstellation zwischen Täter und Opfer. Zugeschlagen hatte, wie so oft, ein Mann. Getroffen worden war: sein Ehemann. Sicher, Knutsson fiel kein einziger plausibler Grund ein, warum es in homosexuellen Beziehungen keine ausufernden Streite, physische Auseinandersetzungen und ungesunde Machtgefälle geben sollte, aber dennoch verunsicherte ihn der an sich banale Sachverhalt unverhältnismäßig. Schlagende Schwule waren in seiner Welt bisher noch nicht vorgekommen, und aus einem Grund, den er selbst nicht benennen konnte, zögerte er die Kontaktaufnahme mit dem Paar hinaus und tippte stattdessen seit geraumer Zeit auf seiner Smartwatch herum. Die Schmach, die Delgado ihm in der Kantine zugefügt hatte, war noch nicht verwunden, irgendwie musste die Maßfunktion des blöden Dings doch von Fuß auf Meter zu stellen sein, und es müsste doch mit dem Teufel zugehen, wenn ein gescheiter Kerl wie er dazu nicht in der Lage sein sollte … Das Klingeln des Telefons unterbrach seine Bemühungen. Es war Tom Magnusson. Knutsson war sofort elektrisiert. Er war mit gemischten Gefühlen aus dem Wochenende zurückgekommen. Für seine Ehe war der Ausflug nach Stockholm zweifellos ein Erfolg gewesen – das Sieben-Gänge-Menü in dem hervorragenden Restaurant, das romantische Hotel und nicht zuletzt der Umstand, dass Lisa auf dem Trödelmarkt die besondere Porzellanfigur einer ostdeutschen Manufaktur gefunden hatte, hinter der sie schon seit Jahren her gewesen war. Darüber hinaus war er dank seiner Hartnäckigkeit mit einem Zeugen ins Gespräch gekommen, der den Zeitraum vor und nach dem Palme-Mord im Umfeld der berüchtigten Norrmalm-Wache hautnah miterlebt hatte. Magnusson hatte Knutssons These bestätigt: Der Ministerpräsident war in weiten Teilen des Stockholmer Polizeikorps, vor allem bei den Schlägertypen der sogenannten Baseballclique, verhasst gewesen und nach seinem Tod hatten etliche Kollegen die Sektkorken knallen lassen. Aus der Sicht eines angehenden Krimiautors wäre die Recherche ein einziger Traum: Magnussons offenherzige Erinnerungen waren voller spannender Details gewesen, angefangen beim zynischen Spitznamen für die Verhörzelle am Sergelstorg bis hin zu den SS-Uniformen auf der Freudenfeier anlässlich Palmes Ermordung. 1-a-Hintergrundinformationen für einen atmosphärisch dichten Thriller. Aber aus der Perspektive eines Ermittlers? Wirklich weitergebracht hatte ihn der Besuch bei Magnusson nicht. Eigentlich war es sogar noch schlimmer gewesen. Ein echter Insider hatte ihm glaubhaft versichert, dass die Polizeispur ins Nirgendwo führte. Aber nun rief er an. War dem ehemaligen Polizisten womöglich noch etwas Wichtiges eingefallen oder hatte er bloß seine Einstellung zu der offerierten Spinnrolle geändert und wollte die wertvolle *van Staal* nun doch annehmen?

»Ja?«

Magnusson hielt sich nicht lange mit Vorreden auf.

»Du erinnerst dich noch an das spezielle Palme-Requiem der Norrmalm-Wache, von dem ich dir erzählt habe?«

»SS-Uniformen und Siegheilrufe.«

»Genau.« Es knarzte in der Leitung. Entweder räusperte Magnusson sich oder die Verbindung war schlecht. »Nach unserem Gespräch ist mir jedenfalls etwas eingefallen, beziehungsweise hat mich unsere Unterhaltung darauf gebracht und Erinnerungen geweckt, an eine Zeit, an die ich lange nicht zurückgedacht habe und auf die ich heute alles andere als stolz bin. Verdrängung nennt man das wohl.«

Magnusson lachte heiser. »Aber wie auch immer. Ich bin jedenfalls nach deinem Besuch auf den Dachboden gestiegen und habe einen verstaubten Umzugskarton hervorgeholt, in der eine Menge alter Krempel aus meinen wilden Zeiten verwahrt war. Eine Paradeuniform, Schlagringe, Gürtelschnallen, sogar ein rostiger Revolver war dabei. Und bevor du fragst: Es ist kein Magnumrevolver, sondern eine kleine 9 mm. Jedenfalls: In dieser Kiste war auch ein Baseballschläger, ein richtig wuchtiges Ding, 34 Inch lang, eine monströse Keule. Ich habe den Schläger geschenkt bekommen, nein, richtiger muss es heißen, ich habe den Schläger verliehen bekommen. Und zwar an jenem Abend, als die halbe Norrmalm-Wache Palmes Tod gefeiert hat.«

»Verliehen bekommen?«

»Richtig, wie eine Art Pokal oder Urkunde. Drei Scherzkekse aus der Sondereinsatzgruppe G hatten diese Preisverleihung organisiert. Der fieseste Cop, der härteste Schläger, der Bulle mit den meisten Anzeigen wegen Amtsmissbrauch. Du kannst es dir vorstellen. Arschloch-Humor.«

»In welcher Kategorie hast du gewonnen?«

»Na ja, die Trophäe war wie gesagt ein Baseballschläger, dreimal darfst du raten. Die anwesenden Kollegen hatten auf dem hölzernen Prügel mit wasserfestem Stift unterschrieben. Ich habe mir gestern die Unterschriften in Ruhe angeschaut. Einige Namen konnte ich zuordnen, die meisten waren jedoch völlig unleserlich, ein krakeliger Kringel, das war's. Es ist schließlich gar nicht so einfach, auf rundem Holz zu schreiben, außerdem hatten viele Kollegen schon früh an dem Abend ziemlich tief ins Glas geschaut. Trotzdem bin ich mir sicher, dass auf dem Schläger eine bestimmte Signatur fehlt. Dazu muss ich ein Stück weiter ausholen. Die Sondereinsatzgruppen, die der Polizeichef in den Achtzigern gegründet hatte, um der Straßenkriminalität Herr zu werden, hatten Buchstabenkennungen. A, B, C und so weiter. Ich war Kopf der D-Gruppe. Der Kerl, der die A-Truppe anführte, hieß Stefan Sjöhult. Der A-Trupp verstand sich als etwas Besonderes, die Alphatiere sozusagen. Sjöhult war berüchtigt, selbst unter uns, die wahrlich mit allen Wassern gewaschen waren. Ein Ungetüm von einem Mann, an die zwei Meter groß, muskulös, dabei wendig und schnell. Er machte alle möglichen Kampfsportarten. Es gab Gerüchte, dass er bei Verhören Leuten den Arm brechen konnte, mit bloßen Händen. Angeblich gingen auch mehrere verschwundene Kleindealer auf sein Konto, die nie wieder aufgetaucht sind. Was davon wahr war und was Legende – ich vermag es nicht zu sagen. Sicher ist, dass ihn sogar seine Vorgesetzten fürchteten. Seine Einsatzberichte unterschrieb er grundsätzlich mit seinen Initialen, S. S., und zwar in der zackigen Runenvariante. Er kam damit durch, Sjöhult war ein Mann, mit dem man sich nicht anlegte. Sein Spitzname lautete SS-Steffe.« Wieder knackte es in der Leitung. »Worauf ich hinauswill: Seine Signatur fehlt auf dem Baseballschläger, dabei stand er genau auf diese Art makabren Humors. Wenn er an dem fraglichen Abend dabei gewesen wäre, hätte er mit Sicherheit auch unterschrieben. Und je länger ich darüber nachdenke, desto klarer wird mir, dass man die Auszeichnung eigentlich ihm hätte verleihen müssen und nicht mir. Allein schon, um es sich nicht mit ihm zu verscherzen. Wäre er denn da gewesen. Aber er war nicht dort, auf diesem Hassfest, das genau nach seinem Geschmack gewesen wäre.«

»Womöglich war er krank oder hatte eine Nachtschicht?«, schlug Knutsson vor.

»Ein Stefan Sjöhult war nicht krank, jedenfalls nicht, wenn es den Tod Palmes zu feiern gab. Und die Schichten teilte sich die A-Truppe mehr oder weniger selbst ein. Es muss etwas anderes hinter seiner Abwesenheit stecken.«

»Aber was?«

»Tja«, sagte Magnusson, »das ist eine gute Frage. Ich fürchte, ich kann sie dir nicht beantworten. Aber nachdem du vorgestern den weiten Weg zu mir auf die Insel auf dich genommen hast und deine beste Spinnrolle verschenken wolltest, dachte ich mir, dass du dich möglicherweise dafür interessierst.«

»Das tue ich auch«, versicherte Knutsson.

»Sei vorsichtig«, mahnte Magnusson. »Was auch immer Stefan Sjöhult heutzutage macht – ich glaube nicht, dass aus ihm ein umgänglicher Mensch geworden ist. Der Mann ist brandgefährlich.«

4

Anette Hultin saß an ihrem Schreibtisch und fertigte eine zweispaltige Liste an. Was sprach dafür, dass der sogenannte Skandia-Mann Olof Palme ermordet hatte? Was sprach dagegen? Hultin schrieb zunächst die Pro-Argumente auf: Stig E. war zweifelsfrei zum Tatzeitpunkt in unmittelbarer Nähe gewesen. Er hatte, was sein Verhalten am Tatort anging, mehrfach gelogen: gegenüber der Polizei, Journalisten, Kollegen. Dazu verstrickte er sich in Widersprüche und in seinen Darstellungen wurde die eigene Rolle zunehmend heldenhafter. Vom unbeteiligten Passanten zum Ersthelfer, dann zum einzigen Zeugen, dem Lisbeth Palme eine Täterbeschreibung anvertraut haben soll, gleichzeitig zu jemandem, der den Täter auf der Flucht gesehen haben will, und schließlich zu einem beherzten Mithelfer der Polizei, der den verfolgenden Polizisten hinterherläuft, um die vermeintlich falsche Täterbeschreibung zu korrigieren. E. suchte über Wochen hinweg die maximale mediale Aufmerksamkeit und klagte höhnisch und sichtlich verbittert darüber, dass die Ermittler ihn nicht genügend in ihre Arbeit einbezogen. Damit entsprach er genau jenem Typus des einsamen, psychisch gestörten Täters – impulsgesteuert, geltungssüchtig, leicht kränkbar und von starken Unterlegenheitsgefühlen geprägt –, der sich immer wieder aktiv in die Ermittlungsarbeit einzumischen versucht und ihr Scheitern als Triumph erlebt. Ein einzelner Irrer, dachte Hultin, genau wie ich es von Anfang an gesagt habe.

Trotzdem gab es unbestritten Argumente, die gegen E. als Täter sprachen, beziehungsweise Fragen, die ungeklärt waren: Wenn er in der Öffentlichkeit derart präsent war, warum hatte ihn dann keiner der Augenzeugen als Schützen wiedererkannt? Warum hatte nicht einmal Lisbeth Palme auf ihn reagiert, als er im Christer-Pettersson-Prozess im Zeugenstand in ihrer Anwesenheit aussagte? Wenn die Tat geplant war, woher konnte er wissen, dass die Palmes just zu diesem Zeitpunkt an seinem Arbeitsplatz entlang nach Hause spazierten, und sie abpassen? Und wenn es eine spontane Tat war und er zufällig auf sie getroffen war, wieso hatte er just an diesem Abend eine Waffe dabei? Wie war er an die Waffe gelangt? Wie hatte er sie verwahrt? Einen Magnumrevolver steckte man sich schließlich nicht so einfach in den Hosenbund und spazierte damit durch die Gegend. Aber vor allem: Was war das Motiv? E. war auf lokaler Ebene in einer konservativen Partei engagiert gewesen und mit Sicherheit kein ausgemachter Palme-Fan. Aber reichte das aus, um den Ministerpräsidenten zu erschießen? Wohl kaum. Andererseits: Brauchte ein Irrer überhaupt ein Motiv? Hultin grübelte bleistiftkauend über ihrer Liste. Was sie benötigte, waren mehr Informationen. Dann fiel ihr etwas ein. Sollte der Journalist, der so viel über E. geschrieben hatte, nicht an diesem Abend in Osby sein neues Buch über Privatisierungen und Neoliberalismus vorstellen? Ein kurzer Blick ins Internet zeigte, dass sie sich richtig erinnert hatte. 19.00 Uhr, Stadtbibliothek Osby. Eine Stunde Autofahrt hin, eine Stunde zurück. Ob ihr Rücken das mitmachte? Am liebsten hätte sie sich sofort mit einer Wärmflasche aufs Sofa gelegt. Seufzend legte sie die Pro-und-contra-Liste beiseite und widmete sich wieder dem Korruptionsfall in der Baubehörde.

5

Das Navigationsgerät hatte für die Strecke von Växjö nach Örebro eine Fahrzeit von vier Stunden berechnet. In Anders' Audi und mithilfe der Unterstützung von Bachs Cellosuiten und einem doppelten Espresso schaffte es Ingrid Nyström in etwas mehr als drei Stunden. Die Eltern von Johan Witt lebten in einem Viertel, das von Villen aus der Jahrhundertwende und gepflegten Gärten dominiert wurde. Das Grundstück der Witts stach nur in einer Hinsicht aus der gutbürgerlichen Umgebung heraus – auf der breiten Auffahrt stand ein beinahe hausgroßes Giebelzelt, das Nyström an Notunterkünfte des Roten Kreuzes erinnerte, an Flüchtlingslager oder an die provisorische Einsatzzentrale in einem Krisengebiet. Sie stellte den Wagen am Straßenrand ab und stieg aus. Aus dem Zelt drang ein kreischendes, mechanisches Geräusch. Als würde jemand eine Metallplatte mit einer Flex bearbeiten. Neugierig ging sie auf das Zelt zu. Die Plane, mit der man die Frontseite verschließen konnte, flatterte im Wind. Nyström zog sie zur Seite und betrat das Zelt. Das Erste, was ihre Augen im Halbdunkel wahrnahmen, waren Funken, die in einem Schweif zu Boden fielen. Sie illuminierten die Silhouette eines kräftigen Mannes, der mit einem Winkelschleifer über die Karosserie eines VW-Käfers gebeugt stand. Trotz Schutzbrille und Gehörschutz hatte er sie offenbar bemerkt, denn er schaltete sein Werkzeug aus, nahm die Ohrenschützer ab und schob die Brille nach oben.

»Ja?« Sein Blick wirkte verärgert. Anscheinend wurde er nur ungern bei der Arbeit gestört. Nyström stellte sich vor und wies sich aus. »Geht es um Johan? Wir haben doch bereits ausführlich mit der Polizei gesprochen!«

Polizei? Wieso nicht mit dem Verteidigungsministerium oder der Militärpolizei? Das war ein deutlicher Hinweis darauf, dass Johan Witt kein regulärer Armeeangehöriger war. Schnell legte sie sich eine neue Strategie zurecht. Im Grunde spielte ihr diese unerwartete Situation in die Karten. Sie setzte ein entschuldigendes Lächeln auf und holte ihren Dienstausweis hervor.

»Interne Revision«, sagte sie. »Uns ist es wichtig, zu erfahren, ob die Kollegen alle Fragen der Angehörigen beantworten konnten. Ob sie sich angemessen verhalten haben. Gerade in einem derart sensiblen Fall wie dem ihres Sohnes. Wenn ein so junger Mensch von uns geht …«

Sven Witt starrte sie an. Den Dienstausweis beachtete er gar nicht. Seine Augen waren blutunterlaufen, wahrscheinlich schlief er seit Monaten schlecht. Sie musste an Hailey denken. Sie ahnte, wie es in ihm aussah, auch wenn es noch einmal ein anderer Schmerz war, das eigene Kind zu verlieren. Sein Blick wirkte hassverzerrt. Als würde er die ganze Welt in Flammen setzen wollen. Sie verstand ihn vollkommen.

»Könnt ihr uns nicht einfach in Ruhe lassen?«, presste er hervor, dann setzte er sich wieder Augen- und Ohrenschutz auf, und bevor er den Winkelschleifer einschaltete und sich wieder der Restauration des Oldtimers widmete, zischte er: »Meine Frau ist drinnen.«

Damit war das Gespräch unmissverständlich beendet. Nyström trat aus dem Zelt, in dem neben dem Käfer noch zwei andere Oldtimer standen, und nahm die vier Stufen zum Eingang des Hauses. Über der schmiedeeisernen Klingel war ein kunstvoll geschnitztes, wenn auch verwittertes Namensschild angebracht. *Hier wohnen die Witts.* Vier hölzerne Figuren erhoben sich über dem Schriftzug: Mama, Papa und zwei Kinder. Ein Relikt aus glücklicheren Zeiten. Delgado hatte davon gesprochen, dass Johan Witt keine Geschwister gehabt hatte. War es denkbar, dass die Familie schon einmal ein Kind verloren hatte? Wie hart konnte einen das Schicksal treffen? Sie klingelte. Innerlich straffte sie sich. Sie kannte die Antwort, sie war seit mehr als dreißig Jahren im Polizeidienst. Die Leidensskala war nach oben offen. Und so schlecht es den Eltern gehen mochte: Johan Witt war ums Leben gekommen, weil er an einem feigen Mordkomplott teilgenommen hatte.

Die Frau, die ihr öffnete, hatte mittellanges dunkles Haar und war stark geschminkt. Nyström erklärte ihr vermeintliches Anliegen. Fia Witt schien die dreiste Lüge zu kaufen und bat sie hinein. Ihr Auftreten war das Gegenteil ihres Mannes: höflich, freundlich, zuvorkommend. Nyström wurde in ein geschmackvoll eingerichtetes Wohnzimmer geführt, an einem Esstisch aus polierter Eiche platziert, mit ihrem Lieblingstee und Gebäck versorgt. Überkompensation, dachte sie, auch das war eine Möglichkeit, mit der bodenlosen Trauer umzugehen. Als Fia Witt alle nur denkbaren Punkte des geschäftigen Umsorgens abgearbeitet hatte und es wirklich nichts mehr gab, was sie dem unangekündigten Gast noch hätte offerieren können, nahm sie endlich Platz. Ihre rastlosen Hände, die weder auf der Tischplatte noch auf den Knien Ruhe fanden, verrieten, dass sie am liebsten weiter um Nyström herumgeschwirrt wäre, eine ewig fleißige Arbeitsbiene, so sehr beschäftigt, dass keine Zeit wäre für Schmerz und kein Raum für Erinnerungen. Nun verstand Nyström auch das auffällige Make-up der Frau. Auf das gramgeplagte Gesicht hatte Witt mithilfe von Schminke ein neues, ein fröhliches gemalt. Nyström bezweifelte den Erfolg der Strategie, aber wer vermochte über die Trauer anderer zu urteilen? Sie musste nur sich selbst betrachten und ihren lächerlichen Vergeltungsfeldzug: Ihr Weg war so hilflos wie jeder andere. Gelungene Trauer gab es nicht, wie sollte das auch gehen?

»Wie gesagt«, säuselte sie, »wir möchten sicherstellen, dass ihr euch gut betreut fühlt. Dass es euch nicht an Unterstützung mangelt. Dass keine Fragen offenbleiben.«

Ihr war bewusst, wie sehr sie im Trüben fischte. Und wie unlauter die Köder waren, die sie auswarf.

»Wir kämpfen uns irgendwie durch. Hangeln uns von einem Tag zum nächsten. Sven … er bastelt an seinen Autos. Das hat er schon damals getan, als Johans Bruder … Es ist nicht leicht für ihn. Er war seitdem nicht mehr arbeiten. Er will ja, und ich weiß, dass es ihm guttun würde, aber auf der Bohrinsel sagen sie, er sei ein Sicherheitsrisiko. Sie verlangen ein psychologisches Attest. Aber dass Sven zu einem Seelenklempner geht, wie er es nennt? Niemals. Ich kann es mir jedenfalls nicht vorstellen. Dabei würde es ihm vielleicht sogar guttun. Er spricht ja kaum noch, schon gar nicht mit mir. Ich …«

Witts Redefluss stoppte, als habe sie jemand abgeschaltet. Ihre ruhelosen Hände hatten eine Papierserviette in winzige Fetzen gerissen und ihr Blick verlor sich im Nirgendwo. Nyström wartete. Eine Minute. Zwei.

»Glaubst du Johans Tod wäre zu verhindern gewesen?«, fragte sie schließlich.

Witt blinzelte heftig, bevor sich ihr Blick wieder fokussierte. Das Auf und Zu der falschen Wimpern erinnerte Nyström an das hilflose Flattern eines verletzten Schmetterlings.

»Ich war so froh, als er endlich beim Militär Schluss gemacht hatte. In den ganzen Jahren, in denen er als Berufssoldat gedient hat, hatte ich solche Angst. Afghanistan, Mali, überall sind Kameraden von ihm ums Leben gekommen. Manchmal habe ich mich gefragt, wie er mir das antun konnte. Nachdem sein Bruder schon als Kind … Johan war doch mein Ein und Alles! Aber natürlich waren meine Gedanken unfair und egoistisch. Er sollte sein Leben leben, seine eigenen Entscheidungen treffen wie jeder andere junge Mensch auch. Trotzdem war ich froh, als er seinen Dienst quittiert und sich für eine Stelle in der freien Wirtschaft entschieden hat. Mir war ja immer klar, dass aus Johan kein typischer Bürohengst wird, dazu war er viel zu zappelig, das hat er wohl von mir. Aber in einem zivilen Hubschrauber zu sitzen, erschien mir immer noch weitaus sicherer als ein Soldatenleben. Allein der Umstand, dass er nun nichts mehr mit Waffen zu tun hatte, war für mich eine Erleichterung.«

Nyström konnte sich nicht helfen. Bilder aus Forss' Haus schossen ihr durch den Kopf. Blutlachen und Granathülsen, abgerissene Körperteile und Schnellfeuergewehre. Sie nickte verständnisvoll.

»Das kann ich nachvollziehen, vor allem als Mutter.«

»Nicht wahr? Irgendwie bleibt man in dieser Rolle

gefangen, sein Leben lang. Jedenfalls war ich so froh über die neue Tätigkeit. Als Pilot und ehemaliger Offizier hatte er ja alle Möglichkeiten. Dass es dann der Transportsektor geworden ist, war mir nur recht. Er hat ja nie viel über seinen Arbeitsalltag gesprochen, aber in meiner Vorstellung sah ich ihn im Helikopter sitzen und wichtige Lieferungen an abgelegene Orte bringen. Forschungsstationen in der Arktis, einsame Leuchttürme auf winzigen Inseln. Klingt das zu romantisch?«

Scherben, Schrapnellsplitter, versengte Haut.

»Überhaupt nicht«, bestärkte Nyström sie.

»Um deine Frage zu beantworten: Seine Vorgesetzten bei Air&SeaTec haben uns den Unfallhergang im Detail erklärt. Die extreme Wetterlage, die komplizierten Aufwinde im Gebirge, der menschliche Faktor. Solche Dinge passieren, haben sie gesagt. An einem guten Tag hätte Johan die Situation womöglich gemeistert. Aber Johan hatte wohl keinen guten Tag.«

Patronenhülsen, Explosionsspuren, Schusswunden.

»Nein, den hatte er wohl nicht.«

»Wem also sollen wir die Schuld in die Schuhe schieben? Der Firma? Uns wurde glaubhaft versichert, dass es Johans eigene Entscheidung gewesen war, trotz der schwierigen Umstände zu starten. Sollen wir also unseren eigenen Sohn beschuldigen? Uns diese Bürde auch noch auferlegen?«

»Um Gottes willen, nein«, sagte Nyström.

»Es tut so weh«, flüsterte Witt, »es tut so verdammt weh.«

»Ich weiß«, sagte Nyström.

Über das Make-up kullerten Tränen.

Witt wollte nach ihrer Serviette greifen, aber neben ihrem Teller lag nur noch ein Häuflein Papierfetzen.

6

Sie saßen in Eldkristalls enger Küche und tranken Kräutertee aus Steingutbechern. Forss war längst wieder angezogen und erzählte: von ihrem Vater, dem Leutnant. Von seiner Wesensveränderung, die in der Jahresmitte 1985 begonnen hatte. Vom Alkoholmissbrauch und von der häuslichen Gewalt. Vom Briefentwurf in seiner Kladde, der sie hierhergeführt hatte. Den Revolver ließ sie unerwähnt, ebenso die Mordanschläge, die sie überlebt hatte. Auch Olof Palme erwähnte sie mit keinem Wort.

»Dieser Brief«, entgegnete Eldkristall schließlich, »den dein Vater damals an mich gerichtet hat – darf ich den lesen?«

»Natürlich.«

Forss reichte ihr den dünnen Papierbogen, den sie aus dem Schreibblock getrennt und sorgfältig gefaltet hatte. Eldkristall las. Dann stöhnte sie leise und las erneut, jedenfalls deutete Forss ihre Augenbewegungen so. Anschließend legte sie den Brief vor sich auf den Küchentisch und blickte Forss an.

»Ich kann dir beim besten Willen nicht sagen, ob ich diese Zeilen schon einmal gelesen habe oder nicht. Die erste Zeit nach Eriks Tod … Ich war völlig benommen. Wie taub. Es kamen so viele Beileidsbekundungen damals, die meisten habe ich ungelesen liegen lassen. Was aus ihnen geworden ist? Ich weiß es nicht. Wahrscheinlich hat sie irgendjemand entsorgt. Eine meiner Freundinnen, die sich damals um mich gekümmert hat. Ich hatte ja sonst niemanden. Erik war wie ich ein Einzelkind. Und mein Mann ist bereits von uns gegangen, als Erik noch sehr klein war. Er war ebenfalls Soldat. Erik wollte ihm nacheifern, natürlich wollte er das. Ich konnte ihn nicht davon abhalten, er war …«

Sie griff in ihr Haar und zog daran. Die kunstvolle Zopffrisur löste sich auf. Erinnerung und Schmerz übermannten sie. In ihren Augen standen Tränen. Forss schwieg. Sie wusste nicht, was sie sagen oder tun sollte. Sich im Namen ihres Vaters entschuldigen? Aufstehen und die Frau in den Arm nehmen? Irgendetwas hinderte sie daran. Ich bin ein sozialer Krüppel, dachte sie. *Weil du mich dazu gemacht hast.* Verlegen kratzte sie an den Narben an ihrem Hals.

»Es tut mir leid«, brachte sie schließlich hervor und war überrascht, wie zerbrechlich ihre Stimme klang.

Eldkristall wischte sich über die Augen. Sie rang um ihre Fassung, räusperte sich.

»Diejenigen, die in den Herzen leben, die sie hinterlassen haben, sind nicht tot. Das ist eine Weisheit, die uns der Stamm der Tuscarora lehrt.« Der Farbton ihrer Augen hatte zum Eiswasserblau zurückgefunden. »Damals, nachdem Erik … Ich habe die Last der Trauer nicht schultern können. Bis ich mich auf eine innere Reise begeben habe. Mein Ich musste sich häuten. Wie eine Schlange. Bei den alten indianischen Wahrheiten habe ich Trost und Halt gefunden. Aber auch in der fernöstlichen Medizin und den Schamanentechniken der Samen.« Sie trank von ihrem Tee, schien über ihre eigenen Worte nachzusinnen. »Eriks Tod war der Beginn eines langen Wegs der Selbstbefreiung.« Sie stellte die Steinguttasse ab. Ihr Blick ruhte auf Forss. »Falls du zu mir gekommen bist, damit ich deinem Vater die Absolution erteile, muss ich dich enttäuschen. Dann bist du umsonst hier. Seine Schuld ist nicht deine Schuld. Befreie dich endlich von dem, was er dir und anderen Menschen angetan hat. Finde deinen eigenen Weg. Häute dich!«

»Ich …«

»Ich kann dir dabei helfen. Ich habe im Behandlungszimmer die Kraft gespürt, die in dir wütet. Sie ist stark. Aber sie richtet sich gegen dich selbst. Du musst lernen, die Energie umzulenken. Du musst …«

Die Worte legten in Forss einen Schalter um. Von einem Moment auf den anderen war jede Verlegenheit verflogen. Stattdessen war da nichts als Wut. Sie brauchte kein verdammtes Mitleid, kein Verständnis. *Sie* wollte verstehen. Das war ihr verfluchtes Recht. Dazu brauchte sie kein esoterisches Geschwafel, sondern Antworten. Ihr Arm schnellte vor, sie umfasste Eldkristalls Handgelenk. Ihre Stimme war nun eine völlig andere.

»Spar dir deinen Selbstfindungsblödsinn! Ich muss wissen, was auf dieser Mission geschehen ist. Ich muss wissen, warum Erik starb. Ich muss wissen, weshalb mein Vater als gebrochener Mann nach Hause zurückgekehrt ist.«

»Du tust mir weh!«, protestierte Eldkristall und versuchte, sich loszumachen. Forss verstärkte den Druck ihres Griffs. Die Blicke der Frauen maßen sich.

»Ich dachte, ein Indianer kennt keinen Schmerz«, sagte Forss. In Eldkristalls Augen trat ein Ausdruck von Angst.

»Er … Erik hat nie darüber gesprochen. Alles war streng geheim. Ich weiß nur, dass er irgendwo in Nordschweden stationiert war. Mit einer Handvoll anderer junger Männer. Mehr weiß ich nicht. Wirklich!«

Forss drückte weiter zu und drehte dabei das Handgelenk. Eldkristall stöhnte vor Schmerz auf.

»Was für andere Männer?«

Eldkristall wimmerte. Eine Haarsträhne, die sich gelöst hatte, hing ihr ins Gesicht.

»Einmal hat er einen seiner Kameraden mit nach Hause gebracht, Weihnachten 1985 war das. Ein netter, junger Kerl. Sie hatten über die Festtage freibekommen. Es war das letzte Mal, dass ich Erik gesehen habe.«

»Wie hieß der Mann?«

»Ich …«

Forss verlagerte ihren Griff, bog nun den ganzen Arm der alten Frau nach hinten.

»Denk schneller!«

»Frederik«, presste Eldkristall hervor, »Frederik Agerhåll.« Tränen rannen über ihr Gesicht. Nichts an ihr erinnerte in diesem Moment noch an eine Elfe.

7

Anette Hultin hatte sich eigentlich bereits dagegen entschieden, nach Osby zu fahren. Sie war müde und hungrig und der Ischias trieb sie in den Wahnsinn. Nach nichts sehnte sie sich mehr als nach einer deftigen Mahlzeit, dem heimischen Sofa und einem Abend vor der Glotze. Dann kam Victors SMS:

»*Candle light dinner?* Ich könnte etwas Besonderes kochen.«

Das war ja wirklich lieb gemeint. Aber zwischen ihr und einem romantischen Abendessen mit ihrem Mann stand ein unüberwindbares Hindernis: Die Wahrheit. Sie konnte Victor so schon kaum noch in die Augen sehen. Und dann noch Kerzenlicht und die berüchtigte Schmuse-Playlist …? Schon bei dem Gedanken daran drehte sich ihr Magen um. Sie wusste, dass sie die große Lüge endlich aus der Welt schaffen musste. Mit allen Konsequenzen, die das nach sich ziehen würde. Aber nicht jetzt, nicht heute Abend. Sie schrieb zurück, dass es ausnahmsweise sehr spät werden würde. Dann zögerte sie einen Augenblick. Schließlich schickte sie ein

Herzchen-Smiley hinterher, packte ihre Sachen zusammen, verdrückte im Imbiss vor dem Präsidium einen doppelten Cheeseburger und machte sich auf den Weg nach Osby.

Die Lesung in der Bücherei war spärlich besucht. Abgesehen von zwei jungen Frauen mit bunt gefärbtem Haar schien das knapp zwei Dutzend Leute umfassende Publikum aus Rentnern zu bestehen. Die Leiterin der Bibliothek stellte den Journalisten mit einleitenden Worten vor. Einar Darell stammte aus Göteborg und wirkte selbst wie ein freundlicher Pensionär: Cordjackett, Halbglatze, Schnurrbart. *Das neoliberale Projekt – Schweden im Ausverkauf* war genau die Art von linker Meckerliteratur, die Hultin erwartet hatte, auch wenn sie zugeben musste, dass Darells wortgewandte Kritik der fortschreitenden Privatisierung von Bildung und Gesundheitswesen hier und da durchaus überzeugende Argumente lieferte. Trotzdem verlor sie irgendwann den Faden, hing ihren eigenen Gedanken nach und einmal, kurz vor Ende, fielen ihr tatsächlich die Augen zu und sie sackte in eine Art Minutenschlummer, aus dem sie erst der dürftige Schlussapplaus riss. Die anschließenden Fragen an den Autor hielten sich in Grenzen und nachdem die Bibliothekarin Darell für den »fesselnden Vortrag« gedankt hatte, verlor sich der Großteil des Publikums rasch. An einem Büchertisch gab es die Möglichkeit, Exemplare zu erwerben und diese vom Autor signieren zu lassen. Hultin wartete geduldig, bis die beiden einzigen Interessierten, zwei mollige Damen in Strickjacken, ihre Bücher gekauft, einige warme Worte mit Darell gewechselt und sich von dannen gemacht hatten. Kurz entschlossen erstand sie ebenfalls das Buch, hauptsächlich weil sie ein schlechtes Gewissen hatte, während der Lesung weggenickt zu sein, außerdem hoffte sie, dass der Kauf vielleicht ein guter Gesprächseinstieg sein könnte.

»Mit Widmung?«, fragte Darell. »Vielleicht für Dornröschen?«

Er schmunzelte.

Hultin lächelte verlegen.

»Es tut mir leid«, sagte sie, »das lag nicht an dem Vortrag.« Sie strich sich über den Bauch. »Ich schlafe zurzeit einfach schlecht, bin dauernd müde und irgendwann holt sich der Körper dann, was er braucht.«

»Dafür habe ich volles Verständnis. Umso bemerkenswerter, dass du dennoch vorbeigekommen bist. Was darf ich denn nun in das Buch schreiben?«

»Für Hugo.« Sie war selbst überrascht, woher die Worte kamen. Wieso sollte sie ausgerechnet ihm etwas schenken? Aber außer Delgado fiel ihr niemand ein, der das Buch wertschätzen würde. Victor brauchte sie mit einem populärwissenschaftlichen Werk jedenfalls gar nicht zu kommen. Und dafür, dass das Buch irgendwo als Briefbeschwerer endete, war ihr das Geld zu schade. Außerdem wirkte Darell sympathisch. Auch wenn sie den politischen Blickwinkel nicht teilte, hatte es sein Buch verdient, von jemandem gelesen zu werden, der sich wirklich dafür interessierte. »Du rote Socke«, fügte sie hinzu. Darell blickte sie erstaunt an. Sie spürte, wie ihr das Blut ins Gesicht schoss. »Also, ich meine damit natürlich nicht dich, sondern … die Widmung …, also …«, stammelte sie.

»Ich verstehe.«

Auf Darells Wangen bildeten sich Grübchen, wenn er lächelte. Sie spürte, dass es an der Zeit war, das Gespräch auf das richtige Gleis zu bringen. Die Bibliothekarin hatte schon damit begonnen, die Stühle aufeinanderzustapeln, und Darell wollte bestimmt auch bald Feierabend machen, darüber hinaus hatte sie noch einen langen Heimweg vor sich.

»Könnten wir uns vielleicht noch irgendwo bei einem Getränk unterhalten?«

Wieder der erstaunte Blick, wieder wurde sie rot. Glaubte er etwa, er wurde gerade von einer Schwangeren angebaggert, die seine Tochter hätte sein können?

»Über mein Buch?«, fragte er.

»Über Olof Palme«, sagte sie, »und den Skandia-Mann.«

»Daher weht also der Wind.« Er nickte großväterlich. »Warum nicht? Ich muss hier nur noch zusammenpacken.«

Zwanzig Minuten später saßen sie an der Bar in Darells Hotel, Hultin vor einem Mineralwasser, der Journalist vor einem Single Malt.

»Warum interessierst du dich überhaupt für den Palme-Mord?«, fragte er.

»Tun das nicht viele Schweden?«

»Aber aus deiner Generation? Du musst ein Kleinkind gewesen sein, als die Schüsse auf dem Sveavägen fielen.«

»Vielen Dank für die Blumen, aber so jung bin ich dann doch nicht. Ich kann mich noch genau an den Tag danach erinnern. Ich ging in die zweite Klasse. Unsere Lehrerin hat mit uns ein Gebet für Palme gesprochen.«

»Tatsächlich?«

Hultin zuckte mit den Schultern.

»Der schwedische *bible belt*. Ich stamme aus der Gegend von Jönköping.«

»Und warum der Skandia-Mann?«

»Sagen wir: Deine Artikel haben mich inspiriert. Wie bist du ausgerechnet auf ihn gekommen, bei all den vielen Theorien, die da draußen herumschwirren?«

Er überlegte einen Moment, bevor er antwortete.

»Als Olof Palme starb, war ich ein junger Reporter, ambitioniert, politisch interessiert, wahrscheinlich davon überzeugt, der neue Woodward oder Bernstein zu werden.« Er lachte. »Seitdem habe ich die Ermittlungen journalistisch begleitet, mal mehr, mal weniger intensiv. Nicht, dass dies etwas Besonderes wäre, eine ganze Generation von politischen Reportern hat wahrscheinlich davon geträumt, den entscheidenden Hinweis, das wichtige Indiz auszugraben. Den Scoop, den ganz großen Coup zu landen. Einige haben im Laufe der Jahre das Handtuch geworfen, andere sind am Ball geblieben. Wusstest du, dass über den Mord und seine Folgen weit mehr als hundert Bücher geschrieben worden sind? Nun ja, uns alle eint wahrscheinlich die Auffassung, dass Palmes Tod eine Zäsur für das Land war. Eine Zeitenwende. Ein schwedisches Watergate, wenn man so will. Nur mit dem entscheidenden Unterschied, dass wir überhaupt nichts aufgeklärt haben. So viel zu Woodward und Bernstein.« Er nippte an seinem Whiskey. »Warum ich mich irgendwann auf Stig konzentriert habe, kann ich im Rückblick gar nicht mehr genau sagen. Vielleicht war es der Umstand, dass er eine so kontroverse Figur in der ganzen Geschichte ist. Ein merkwürdiger Vogel, aus dem niemand richtig schlau wurde. Ein Phantom. Ich selbst bin mir bis heute unsicher, wie ich seine Rolle bewerten soll.«

»Er war ein Lügner und ein Blender, so viel steht fest.«

»Sicher war er das.« Darell ließ den Whiskey in seinem Glas kreisen. »Aber trifft das nicht in einem gewissen Maße auf uns alle zu?« Hultin wollte protestieren, aber dann hielt sie inne. Lügnerin, wiederholte ihre innere Stimme die Worte, Blenderin. Du sagst ja nicht einmal den Menschen, die du am meisten liebst, die Wahrheit. »Grundsätzlich hast du natürlich recht. Die immer weiter von der ursprünglichen Fassung abweichenden Versionen seiner Geschichte wirken selbstverständlich verdächtig. Nach allem, was man weiß, war Stig ein Narzisst, ein notorischer Rechthaber und Selbstdarsteller. Politisch stand er weit im konservativen

Spektrum. Täby, der Vorort, in dem er zu Hause war, war von bürgerlichem und militärischem Geist geprägt. Dort lebten vor allem höhere Beamte, Bankleute, Wirtschaftsmenschen und dank der nahen Kasernen auch viele Offiziere. Carl Gustav Holm wohnte dort, einer der Gründer der rechtskonservativen Stiftung Contra.«

Der Name kam Hultin bekannt vor. Sie musste an einen von Delgados Vorträgen zurückdenken.

»Sind das diejenigen, die eine gleichnamige Zeitschrift herausgebracht haben, der einmal eine Palme-Karikatur als Zielscheibe beigelegt war?«

»Du bist gut informiert«, lobte Darell. »Wer in Täby Dartpfeile auf ein Palme-Konterfei werfen wollte, konnte das Mitte der Achtzigerjahre im Übrigen auch im örtlichen Parteibüro der Moderaten tun, bei denen er Mitglied war. Zu seinen Bridge-Freunden gehörten mehrere ehemalige hohe Marineoffiziere. Stig selbst hatte ebenfalls einen militärischen Hintergrund, Ende der Fünfziger-, Anfang der Sechzigerjahre war er übrigens nicht weit von hier stationiert, im Växjöer Regiment, er blieb auch noch einige Jahre nach dem Wehrdienst. Während seiner Armeezeit machte er eine Zusatzausbildung als Grafiker und fing 1968 als Illustrator bei Skandia an. Ausgerechnet Skandia. Wusstest du, dass Skandia in seiner heutigen Form aus dem Thule-Versicherungskonzern hervorgegangen ist, der von Olof Palmes Großvater gegründet wurde und bei dem Olofs Vater später Generaldirektor war? Das Skandia-Haus am Sveavägen, vor dem unser Ministerpräsident starb, hieß bis 1963 Thule-Haus und war die Machtzentrale von zwei Generationen Palme. Das entbehrt nicht einer gewissen bitteren Ironie.« Er lächelte schmal. »Die Moderaten, die sich in weiten Teilen als großbürgerliche Wirtschaftspartei verstanden, haben Olof Palme immer auch als Klassenverräter gesehen:

der Spross einer Versicherungsdynastie, noch dazu mit adeligen Vorfahren, der zum erfolgreichsten Sozialdemokraten aller Zeiten und lautstarken Fürsprecher des kleinen Mannes wird. Vielleicht erklärt auch das einen Teil des Hasses, der ihm entgegenschlug.« Er trank von seinem Whiskey. »Interessant ist Skandia aber auch noch in einem ganz anderen Zusammenhang. Sagt dir die Gruppe Stay-behind etwas?«

Sie hatte in Delgados Zusammenfassung davon gelesen.

»Angeblich eine paramilitärische Organisation, von der NATO mitfinanziert«, erinnerte sie sich.

»Eine der vielen seltsamen Blüten, die der Kalte Krieg getrieben hat. Die Idee dahinter war, in den westeuropäischen Ländern für den Tag vorzusorgen, an dem – zugespitzt formuliert – der Russe kommt. Ein geheimes, bewaffnetes Netzwerk, das hinter den Linien der angreifenden Sowjets zurückbleibt – daher *stay behind* –, Sabotage betreibt und einen Guerillakampf anzettelt. Der Kopf der schwedischen Abteilung, die zu ihren Hochzeiten etwa drei- bis vierhundert Mitglieder umfasste, war über Jahrzehnte hinweg Alvar Lindencrona, der letzte Direktor des Thule-Versicherungskonzerns, bevor dieser in Skandia aufging. Lindencrona behielt auch später bei Skandia eine gehobene Stellung und leitete gleichzeitig von seinem Büro am Sveavägen aus den schwedischen Arm von Stay-behind.«

»Das klingt ehrlich gesagt nach einer ziemlichen Räuberpistole.«

»Wenn du mir nicht glaubst, recherchiere die Geschichte von Stay-behind selbst. Seit Anfang der Neunzigerjahre ist sie ziemlich gut dokumentiert.«

»Aber willst du damit andeuten, dass unser Stig Palme auf Geheiß einer geheimen bewaffneten Widerstandsgruppe erschossen hat?«

Darell hob beide Arme.

»Ich will gar nichts andeuten, ich weise nur auf Fakten hin, auf die ich gestoßen bin. Wie gesagt, ob er schuldig oder unschuldig ist, kann ich nicht beurteilen, selbst nach all den Jahren Recherche nicht. Aber je mehr ich über ihn in Erfahrung gebracht habe, desto mehr tendiere ich zu Letzterem. Vielleicht habe ich auch einfach nur Mitleid mit ihm bekommen. Er hatte schon früh Rheuma und eigentlich dauernd Schmerzen. Seine Frau und er hegten zeitlebens einen unerfüllten Kinderwunsch. Die erhoffte politische Karriere bei den Moderaten stockte, nachdem er sich mit der Ortsgruppe überworfen hatte. In den Jahren nach dem Palme-Mord und seiner kurzen medialen Karriere geriet er bei Skandia immer mehr ins Hintertreffen. Mit der neuen Computertechnik im grafischen Bereich hielt er nicht mehr mit, obwohl er eigentlich technikinteressiert war. Seine Kollegen sagten, er wirkte wie ein Mann, der an allem das Interesse verloren hatte. Er wurde frühpensioniert und verlor zunehmend die Kontrolle über seinen Alkoholkonsum, dazu kamen immer größere finanzielle Probleme. Freunde wandten sich ab. 1997 ließ sich seine Frau nach dreißig Ehejahren scheiden. Drei Jahre später starb er, völlig vereinsamt. Klingt das für dich nach der Lebensgeschichte des meistgesuchten Mörders unseres Landes?«

»Vielleicht ist es so banal.«

»Vielleicht.« Darell seufzte. »Es gab diese Momente, in denen ich dachte, ich komme ihm auf die Schliche. Zum Beispiel als ich erfahren habe, dass er in Täby mit einem Waffensammler befreundet war, der unter anderem auch Lizenzen für Magnumrevolver hatte.«

»Ach?«

»Das Problem ist, dass es nicht den geringsten Hinweis darauf gibt, dass Stig von ihm jemals eine Waffe gekauft oder geliehen hat. Alle Verwandten aus dem Umfeld beider

Personen halten das für sehr unwahrscheinlich. Seiner Exfrau zufolge hat er ihr gegenüber Waffen nie erwähnt, was insofern bemerkenswert ist, als er in seiner Armeezeit bei der Materialbeschaffung tätig war und unter anderem auch für den Einkauf und Test neuer Waffen mitverantwortlich. Damals war er sogar Mitglied im Schützenclub der Materialbeschaffung.«

»Ist seine Exfrau denn glaubwürdig?«

»Wahrscheinlich so viel oder so wenig wie jeder andere Mensch auch. Auf mich machte sie keinen unlauteren Eindruck. Sie ist der Überzeugung, dass ihr ehemaliger Mann mit dem Tod Palmes nichts zu tun hat. Sie hielt ihn dazu schlichtweg für zu feige. Andere Wegbegleiter beschrieben ihn als rechthaberisch und nachtragend. An Schicksalsschlägen waren immer andere schuld. Für sein Rheuma zum Beispiel machte er einen Zahnarzt verantwortlich, der ihn angeblich falsch behandelt habe. Fest steht jedenfalls: Stig war alles andere als ein glücklicher Mensch. Aber ob er ein Mörder war?«

Er trank den letzten Schluck seines Whiskeys und stellte das leere Glas mit Wucht auf dem Tresen ab. Womöglich ein Wink, dass er das Gespräch nun beenden wollte, dachte Hultin. Tatsächlich zeigte ihr ein Blick auf die Uhr, dass es spät geworden war. Die Zeit war wie im Flug vergangen. Sie überlegte sich eine letzte Frage.

»Was würdest du jemandem raten, der heute noch nach Palmes Mörder sucht?«

Darell lächelte so breit, dass sich sein Schnäuzer kräuselte.

»Ich würde demjenigen raten, Stig zu vergessen. Wenn er es tatsächlich gewesen sein sollte, werden wir es wohl nie erfahren.«

»Aber wo soll man dann suchen?«

Er wurde wieder ernst. Musterte sie erneut, bevor er antwortete.

»Ein Mord wie der an Olof Palme geschieht nicht in einem luftleeren Raum, sondern in einem bestimmten gesellschaftlichen Klima. Ich glaube, dass diese Atmosphäre den oder die Mörder geprägt hat, ob bewusst oder unbewusst.« Er machte eine Pause, wie um seine Worte wirken zu lassen. »Unser Skandia-Mann ist auch deshalb bis heute ein so faszinierender Verdächtiger, weil er sich in einem bestimmten Umfeld bewegt hat: konservativ bis rechtsnational, bürgerlich und relativ wohlhabend, wirtschaftsnah und militärisch geprägt. Wenige geografische Orte verkörpern dieses besondere Milieu so sehr wie bestimmte Teile Täbys, besonders in den Achtzigerjahren. Wenn ich mit dem Finger auf eine Karte tippen müsste, würde ich auf Täby tippen. Aber das ist nur die Meinung eines alten journalistischen Haudegens, der bald in Pension geht.«

8

Die Autofahrt von Örebro nach Stockholm dauerte etwas weniger als zwei Stunden. Nyström war der Cello-Suiten überdrüssig, stattdessen hatte sie eine Veronica-Maggio-CD eingelegt, die sie im Ablagefach zwischen den Sitzen gefunden hatte. Annas Musik, nicht Anders. Der Gedanke an ihre Tochter schmerzte. Wie gern hätte Nyström sie in den Arm genommen und an sich gedrückt. Ihr Haar gerochen, das nach Apfelshampoo duftete, seit sie ein Mädchen war. Ihre Stimme gehört und über ihre Witze gelacht. Wie gern hätte sie den kleinen Albert auf ihren Schoß genommen und Anders in ihrer Nähe gespürt. Nach dem dritten Stück stellte sie die Musik aus und hörte einer Radiodokumentation zu, ohne ihr wirklich zu folgen. Auf die Windschutzscheibe legte sich Nieselregen. Als sie sich der Hauptstadt näherte, dämmerte es bereits. Die Adresse, die Delgado für sie herausgefunden hatte, lag in einem Industriegebiet. Sie fuhr an einer endlos erscheinenden Reihe von Lagerhallen vorbei. Air&SeaTec hatten ihren Unternehmenssitz am Ende einer Sackgasse. Sie stellte den Wagen ab und stieg aus. Zu sehen gab es kaum etwas. Ein hoher Stahlzaun bewehrt mit Stacheldraht. Ein Lichtmast, der mit einer Kamera bestückt war. Im Hintergrund eine Baracke, die Fenster unbeleuchtet. Kein Schild mit dem Firmennamen. Nyström brauchte nicht lange, um zu begreifen, dass es hier ohne Durchsuchungsbeschluss kein Weiterkommen gab. Und selbst wenn sie eine entsprechende richterliche Verfügung hätte, was natürlich illusorisch war, was hoffte sie zu finden? Waffen, wie sie für das Attentat auf ihre Schwiegertochter oder den Überfall auf Stina Forss benutzt worden waren? Einsatzprotokolle? Vertragsunterlagen, die die dunklen Machenschaften des dubiosen Unternehmens, der Scheinfirma, Tarnorganisation oder was auch immer sich hinter Air&SeaTec verbarg, belegten?

Wohl kaum.

Diesen Leuten war nur mit anderen Mitteln beizukommen. Lange starrte sie in das dunkle Auge der Überwachungskamera, dann wendete sie sich ab und stieg zurück in den Wagen.

9

Dieses Mal war Stina Forss nicht auf Hugo Delgados Hilfe angewiesen. Sowohl das Online-Telefonbuch als auch die gängigen sozialen Netzwerke kannten nur einen Frederik Agerhåll: der digitalen Selbstdarstellung zufolge ein dreiundfünfzigjähriger Geschäftsführer eines Autohauses in Karlstad. Verheiratet, Vater dreier erwachsener Kinder, der in seiner Freizeit gern auf dem Vänern segelte, ein Hobby, das mit einer Reihe Fotografien durchaus eindrucksvoll bebildert wurde. Die Fotos zeigten einen braun gebrannten, durchtrainierten Mann mit Fünftagebart und Kurzhaarfrisur. Auf einem der Bilder war ein Paracord-Bracelet am Handgelenk zu erkennen, wie es bei aktiven und ehemaligen Soldaten populär war, auch ihr Vater hatte zeitlebens ein solches Armband aus geflochtener Fallschirmschnur getragen – Militärnostalgie. Forss war sich sicher: Der Autoverkäufer war der Mann, den sie suchte.

Die vierstündige Fahrt von der Ostküste in die värmländische Stadt verlief weitestgehend ereignislos. Nach einem hochtourigen Überholmanöver meinte sie eine Zeit lang, unruhige Motorgeräusche auszumachen, danach fing sich der betagte Kleinwagen jedoch wieder und sie passte von da an ihre Fahrweise notgedrungen den limitierten Möglichkeiten des Fiat an. Einmal hielt sie, um zu tanken und Ölstand und Reifendruck zu kontrollieren. In der Tankstelle versorgte sie sich mit Wasser, Kaffee und einem Hotdog. In einem Regal mit Autozubehör fand sie Kabelbinder und Textilklebeband. Sie kaufte beides. Als sie Karlstad erreichte, wurde es bereits dunkel. Das Autohaus, in dem Frederik Agerhåll arbeitete, war einer der obligatorischen Glaspaläste, wie sie an den Ausfallstraßen aller größeren Städte standen.

Forss stellte den Wagen auf dem Kundenparkplatz ab und betrat die illuminierte Ausstellungshalle. Kaum stand sie vor dem ersten Auto und fuhr behutsam mit der Hand über den glänzenden Lack der Motorhaube, wurde sie von einer Verkäuferin angesprochen. Typ Hostess: Duttfrisur, Hosenanzug, Pumps.

»Eigentlich schließen wir gleich, aber du kannst dich gern noch einige Minuten umsehen. Eine ausführliche Beratung ist jederzeit buchbar. Oder kann ich vielleicht auf die Schnelle weiterhelfen?«

»Vielen Dank.« Forss setzte ein Lächeln auf. »Ich schaue mich eigentlich nur um.« Sie machte eine vage Geste mit der Hand.

»Wie gesagt, wenn es Fragen gibt, stehe ich zur Verfügung.«

Sie nickte. Die Frau stöckelte von dannen. Forss beobachtete die Umgebung. Etwas weiter entfernt stand ein anderer Verkäufer, offenbar in ein Kundengespräch vertieft. In der Hinterwand der weitläufigen Verkaufshalle waren Fenster eingelassen, die zu einem Gemeinschaftsbüro gehörten. Sie entdeckte darin drei Haarschöpfe, die zu Männern in Hemden an Schreibtischen gehörten. Einer telefonierte, die beiden anderen blickten auf Bildschirme. Einer war lockig, der zweite trug eine angestufte Frisur, der dritte hatte bürstenkurzes Haar. Als die Bürste den Kopf wandte, war sie sich sicher: Der Mann war Agerhåll. Forss drehte ihre vermeintliche Besichtigungsrunde zu Ende, verließ das Autohaus und setzte sich in ihren Wagen. Wenig später trat der letzte Kunde aus der Tür, die Duttfrau schloss ab, die Beleuchtung des Innenraums veränderte sich und wenige Minuten später fuhren die Angestellten, die das Gebäude offenbar durch den Hintereingang verlassen hatten, vom Parkplatz. In einem großen Geländewagen saß Agerhåll, sie erkannte seine Silhouette. Forss fädelte sich auf der Straße ein und folgte dem weißen SUV durch den abendlichen Berufsverkehr, dabei achtete sie darauf, dass immer mindestens ein oder zwei Autos zwischen ihnen waren. Agerhåll durchquerte die Innenstadt von Osten nach Westen, bog dann in ein Wohngebiet ein und parkte schließlich in einem Doppelcarport, der zu einem Einfamilienhaus mit Vorgarten gehörte. Forss hielt mit einigem Abstand am Straßenrand. In den Fenstern des Hauses brannte bereits Licht, als der Mann die Tür aufschloss, außerdem stand im Carport ein weiterer Wagen, Forss ging davon aus, dass sich mindestens noch eine weitere Person im Haus befand, wahrscheinlich Agerhålls Frau. Etwas mehr als eine Stunde lang geschah kaum etwas. In einem weiteren Fenster ging das Licht an, in einem anderen wurde es gelöscht. Irgendwann wurde die Haustür geöffnet. Eine Frau um die fünfzig in legerer Kleidung und mit einer Sporttasche über der Schulter trat aus dem Haus, stieg in eins der Autos und fuhr davon. Das Weibchen verlässt den Bau, dachte Forss zufrieden. Sie stieg aus dem Wagen, ging zum Haus und klingelte. Agerhåll öffnete die Tür und blickte sie fragend an. Sie bemühte sich um ihr einnehmendstes Lächeln. Überrumplungstaktik.

»Hej«, sagte sie. »Mein Name ist Tanja Petrov. Ich hoffe, ich komme nicht ungelegen, aber ich würde gern mit dir über einen militärischen Einsatz reden. Es geht um den Winter 1985/86.«

Agerhåll starrte sie an. Flackerte sein Blick? Bewegten sich seine Lippen leicht? Er schien nachzudenken. Vielleicht rechnete er auch die Jahre nach. Auf seiner Stirn bildete sich eine Zornesfalte. Seine Hand schnellte vor, packte sie am Kragen ihres Mantels. Der Griff war fest. Er drehte seine Hand. Ihr blieb die Luft weg.

»Verpiss dich hier und komm nie wieder, verstanden?«

Er stieß sie von sich und knallte ihr die Tür vor der Nase zu. Forss' Atem ging schnell. Ich bin hier auf etwas gestoßen, dachte sie, anders ist die harsche Reaktion kaum zu erklären. Sie ging zurück zum Wagen, nahm Bärengrubs Waffe aus dem Handschuhfach, steckte sie in den Hosenbund, marschierte zurück zum Haus und klingelte erneut, gleichzeitig zog sie die *Walther P99*. Sie hielt sie in Augenhöhe vor die Haustüre. Agerhåll öffnete. Die Waffe zielte auf sein Gesicht, dessen Ausdruck abrupt von Wut zu Verdutztheit wechselte. Bevor er reagieren konnte, schob Forss den Fuß in den Türspalt und drückte die Tür weiter auf.

»Ganz ruhig, mein Freund. Hände über den Kopf, und zwar so, dass ich sie sehen kann.« Agerhåll tat zögerlich wie ihm geheißen. »Sehr schön, genau so. Jetzt drei Schritte zurück. Umdrehen!« Forss trat mit einigen Metern Sicherheitsabstand ins Haus und warf mit der Hacke die Tür hinter sich zu. Ihr war bewusst, dass sie es mit einem ehemaligen Elitesoldaten zu tun hatte. »Hände hinter dem Kopf verschränken«, befahl sie. »Brav. Jetzt ganz langsam ins Wohnzimmer, einen Schritt nach dem anderen.« Agerhåll gehorchte, auch wenn jeder seiner Bewegungen der Widerwille anzumerken war. »Befindet sich außer dir noch jemand im Haus? Ein Mensch? Ein Hund?« Er schüttelte den Kopf. »Das will ich hoffen. Denn wenn sich hier außer uns beiden irgendetwas anderes regt, hast du in derselben Sekunde ein faustgroßes Loch im Hinterkopf, kapiert?« Wieder ein Nicken. Sie erreichten das Wohnzimmer. »Auf den Stuhl dort setzen!« Sie nahm das Textilklebeband aus der Jackentasche, warf es ihm zu und befahl ihm, damit seine Füße an den Stuhlbeinen zu fixieren. Agerhåll musterte sie mit zusammengebissenen Zähnen, während er ihren Worten Folge leistete. Seiner Mimik war anzusehen, dass er die Situation nicht einordnen konnte. Als er fertig war, fesselte sie seine Handgelenke mit Kabelbindern hinter der Stuhllehne. Agerhåll war nun nahezu bewegungsunfähig. Diesmal war es umgekehrt, Unverständnis wich Wut. Er starrte sie verächtlich an, offenbar meinte er nun doch, eine Erklärung für das Geschehen gefunden zu haben.

»Wenn du Dienstgeheimnisse meiner Armeezeit willst, bist du bei mir an der falschen Adresse, Russenschlampe!«

»Schnauze!«, fuhr Forss ihn an. »Habe ich dir erlaubt zu reden?«

Dominanz herstellen, auf jeder Ebene. Sie wusste, wie solche Typen tickten. Er blickt mich an und sieht eine zierliche Frau mit Sehbehinderung, dachte sie, jemand, dem er x-fach überlegen ist. Hält er mich wirklich für eine russische Spionin? Sein aufgeblasenes Ego ist so groß und sein Intellekt offenbar derart begrenzt, dass er immer noch nicht versteht, in was für einer beschissenen Lage er sich befindet.

Er spuckte vor ihr aus.

Sie gab ihm eine schallende Ohrfeige.

Er grinste schief.

»Du kleine Nutte, wenn du denkst, du könntest mir …«

Sie schlug ihm den Griff der *Walther* so heftig an den Unterkiefer, dass Agerhåll beinahe mitsamt dem Stuhl umkippte. Sein Kopf flog zur Seite, gleichzeitig stöhnte er auf und spuckte Blut und Zähne.

»Hab ich dir erlaubt, den Mund aufzumachen?«, herrschte sie ihn an.

Nicht nachlassen, mahnte sie sich, kein Mitleid zeigen.

»Du dumme …«, stieß er röchelnd hervor.

Sie knallte ihm die Waffe aufs Nasenbein. Sie konnte spüren und hören, wie der Knochen brach. Blut strömte aus der Nase auf sein Hemd. In seine Augen trat ein anderer Ausdruck. Angst. Und Respekt. Es war armselig, wie solche Kerle funktionierten. Sie hockte sich vor ihn.

»So, mein Freund. Nachdem wir das nun geklärt haben, schlage ich vor, wir beginnen noch einmal ganz von vorn.« Er grunzte etwas. Sie richtete sich wieder auf. »Gehen wir gedanklich zurück in die Jahre '85 und '86. Du warst damals ein junger Soldat, der an einer speziellen Mission in Nordschweden teilgenommen hat.«

Er schnaubte.

»Möglich«, presste er schließlich hervor.

Wenn er sprach, blubberte Blut in seinem Mund.

»Worum ging es dort?«

Er hob die Schultern und ließ sie wieder fallen.

»Keine Ahnung.«

Forss stöhnte auf. Er wollte es also auf die harte Tour. Weil er vor einer Frau nicht klein beigeben wollte? Weil er sich an die Verschwiegenheitspflicht einer Geheimmission hielt? Weil er sich wirklich nicht erinnern konnte? Oder vielleicht einfach nur, weil er ein Arschloch war?

Sie sah sich im Wohnzimmer um. An den Wänden waren großformatige, aufwendig gerahmte Fotografien, die ihn beim Segeln zeigten. Die physische Ausgestaltung seiner Facebook-Präsenz. Schnittige Jachten in Schieflage, aufspritzende Gischt, Agerhåll in Gurten horizontal über aufgewühltes Wasser gelehnt. Auf dem Kaminsims reihten sich Pokale. Ein selbstverliebter Segler mit Ambitionen. Ihr kam eine Idee. Sie ging in die Küche und öffnete Schubladen. Sie kam mit einer Geflügelschere zurück. Sie hielt ihm das Ding unter die Nase und ließ es auf- und zuschnappen.

»Ich weiß nicht viel übers Segeln«, sagte sie. »Aber ich bin mir sicher, dass man dazu seine Finger braucht.«

Forss lächelte schief, trat hinter ihn, ging in die Hocke und setzte die Schere an seinem rechten Daumen an. Drückte zu, bis sich das erste Blut zeigte.

»Scheiße!«, brüllte er, »hör auf, verdammt noch mal, stopp!«

Sie baute sich vor ihm auf.

»1985«, gab sie das Stichwort.

Er zog das Blut in seiner Nase hoch. Er klang, als hätte er die schlimmste Nasennebenhöhlenentzündung aller Zeiten. Und gleichzeitig gerade eine Weisheitszahnoperation hinter sich.

»Scheiße, verdammt! 85 war ich ein ahnungsloser Junge, der unbedingt zu den Fallschirmjägern oder einer anderen Eliteeinheit wollte. Irgendwann hat mich mein Vorgesetzter zur Seite genommen. Ich sei der beste Schütze und Nahkämpfer meiner Einheit. Deshalb seien bereits einige höhere Dienstgrade auf mich aufmerksam geworden. Man wollte mir eine Chance bieten.« Er spuckte blutigen Rotz auf den Boden. »Ein halbjähriges Training unter besonderen Bedingungen. Es war die Eintrittskarte zu den *special forces,* genau das, wovon ich immer geträumt hatte. Ich hab mir das nicht zweimal sagen lassen. Ich wurde im Herbst ins Regiment nach Boden versetzt, von dort aus noch weiter nördlich in ein winziges Ausbildungscamp irgendwo in Lappland. An den sprichwörtlichen Arsch der Welt. Wir waren dort insgesamt zu fünft. Vier Rekruten und ein Ausbilder.«

»Namen!«

Agerhåll zog wieder die Nase hoch, spuckte aus und stöhnte.

»Ob ich die noch alle zusammenbekomme?«

Forss klapperte mit der Geflügelschere.

»Streng dich an.«

»Der Ausbilder hieß Forss. Ein Experte für Spionage und Gegenspionage, Nahkampf, Sabotagetechniken und das Aufspüren und Ausschalten kleinerer Feindesverbände.«

»Die anderen Rekruten?«

»Erik Stenbeck. War ein guter Mann. Ist während der Ausbildung tödlich verunglückt.«

»Wie ist das passiert?«

»Wir mussten mithilfe von Seilen eine Schlucht überqueren. Erik war wie immer der Erste. Derjenige, der voranging. Eines der Seile war unzureichend gesichert. Erik ist dreißig Meter in die Tiefe gestürzt. Er war sofort tot.«

»Wer trug die Schuld?«

Agerhåll rotzte roten Schleim auf den Parkettboden.

»Ein anderer Kamerad, talentierter Einzelkämpfer, aber undiszipliniert. Er hat bei der Absicherung der Seile geschlampt. Sein Name war Matthias Dahlkvist.«

Matthias Dahlkvist.

Forss erstarrte innerlich. Sie kannte den Namen. Der Mann war vor Jahren bei der Beerdigung ihres Vaters gewesen und hatte ihr sein Beileid ausgesprochen. Einige Zeit später hatte sich herausgestellt, dass Dahlkvist einer der gefährlichsten Rechtsterroristen des Landes war. Bei einem versuchten Bombenattentat auf das Fußballspiel zweier Einwanderermannschaften war er ums Leben gekommen. Forss, die maßgeblich dazu beigetragen hatte, den Terroranschlag in letzter Sekunde zu verhindern, hatte bei diesem Einsatz ihr Auge verloren. Sie hätte im Leben nicht geahnt, dass ihr Vater diesen Drecksack offenbar dreißig Jahre zuvor ausgebildet hatte.

»Und der Letzte?«

Ihre Stimme stockte, sie hoffte, dass Agerhåll es nicht bemerkte.

»Roger, soweit ich mich erinnern kann, Roger und dann irgendetwas mit S. Sand oder Sund. Nein, Sundfeldt. Roger Sundfeldt. Ein Verlierertyp. Ich hab bis heute nicht begriffen, was das Weichei bei dem Lehrgang zu suchen hatte. Seinetwegen ist dann auch schließlich alles den Bach runtergegangen.«

»Was soll das heißen?«

»Das soll heißen, dass die Ausbildungsmission abgebrochen wurde. Dahlkvist und Sundfeldt haben sich in die Haare gekriegt. Gemocht haben sie sich von Anfang an nicht, aber irgendwann ist es dann explodiert. Sundfeldt war ein linker Spinner. Las Bücher. Marx und Jan Guillou, lauter solches Zeug. Schließlich ist Dahlkvist der Kragen geplatzt. Er hat Sundfeldt richtig aufgemischt. Der Kerl lag monatelang im Krankenhaus.«

»Und Dahlkvist?«

Wieder zog Agerhåll die Nase hoch. Der Strom aus Blut war zu einem Tröpfeln versiegt.

»Arrest natürlich. Ich habe nie wieder etwas von ihm gehört. Wahrscheinlich haben sie ihn anschließend unehrenhaft entlassen, schließlich hat er Sundfeldt halb tot geprügelt. Oder zu einer geheimen Kampfmaschine ausgebildet. Was weiß ich?« Er blickte sie mit blutunterlaufenen Augen an. »Wozu um alles in der Welt willst du diesen ganzen alten Mist wissen? Das Ganze ist mehr als dreißig Jahre her!«

Sie ignorierte ihn.

»Eine letzte Frage, dann bist du mich los: Worum ging es auf dieser Mission?«

»Habe ich doch schon gesagt, es handelte sich um ein halbjähriges Ausbildungscamp. Man wollte uns für eine Eliteeinheit der Militärpolizei rekrutieren. Nahkampftechniken, Aufspüren und Ausschalten kleinster feindlicher Einheiten, Sabotage, Bombenbau, Kommunikationstechnik und so weiter und so fort.«

Aufspüren und Ausschalten kleinster feindlicher Einheiten.

»Exekutionen von Zielpersonen?«

»Wenn man es so nennen will.«

»Und das alles fand in der lappländischen Taiga statt?«

»Größtenteils. Da oben im Norden hatten sie damals

jedoch auch ganze Straßenzüge samt Häuserattrappen aufgebaut, um Guerillataktiken und Straßenkampf in Manövern zu üben. Die Anlage haben wir auch einige Male genutzt. Zweimal ging es sogar in Zivilkleidung nach Umeå. Beschattung, Verfolgung, das Stellen potenzieller Gegner.«

»Aber gab es kein eigentliches Ziel der Mission, etwas, das über die reine Ausbildung und das Training hinausging?«

Er blickte sie fragend an.

»Was für ein Ziel soll das denn gewesen sein? Solange der Kalte Krieg nicht heiß wurde und in unserem Land keine Fünfte Kolonne der Sowjets unterwegs war, konnten wir schließlich auch keine kommunistischen Saboteure jagen. Die russische Invasion kam nie. Der Dritte Weltkrieg fand nicht statt. Euer beschissenes Imperium ist in sich zusammengebrochen. Oder habe ich in den vergangenen dreißig Jahren irgendetwas Entscheidendes verpasst, Genossin?« Er grinste sie trotzig an. In seinem blutverschmierten Mund fehlten zwei Schneidezähne. Forss blickte auf die Geflügelschere in ihrer Hand. Wusste er wirklich nicht mehr? Oder verarschte er sie? Sie kniete sich erneut vor ihn hin. Streifte ihm den Socken vom rechten Fuß. »Was soll das denn jetzt werden?« Seine Stimme schraubte sich in ungeahnte Höhen. »Du kannst doch nicht …!«

Der Rest ging in Schreien unter. Die Klingen der Geflügelschere schnitten in die Haut.

»Olof Palme«, zischte sie.

Sein ganzer Körper zitterte vor Schmerz und Angst.

»Was?«

Sie musterte die Muskelkontraktionen unter der Gesichtshaut. So viel Unverständnis konnte man nicht spielen. Nicht, wenn einem gerade ein Körperteil abgeschnitten wurde.

»Olof Palme«, wiederholte sie dennoch. »Die Ermordung des Ministerpräsidenten.«

Er glotzte sie entgeistert an.

»Du bist vollkommen irre«, wimmerte er schließlich.

Agerhäll wusste nicht mehr als das, was er ihr gesagt hatte, davon war sie nun überzeugt.

»Gut möglich«, sagte sie, ließ von ihm ab und legte die Geflügelschere auf den Esstisch. Der Zeh blutete, sie hatte aber weder Sehen noch Knochen durchtrennt. Sie knotete seinen Socken um die stark blutende Wunde und stand auf.

»Das nächste Mal, wenn es Brathähnchen gibt, lass es dir richtig schmecken«, sagte sie, bevor sie sich umdrehte und aus dem Haus verschwand.

221 TAGE BIS TAG X

Der Sommer kam, aber das Leben Siv Melldéns wurde immer düsterer. Alle Behandlungen waren umsonst gewesen. Torben hatte nur noch selten die Kraft, sein Bett zu verlassen. Er aß kaum etwas. Er hustete Blut. Er bettelte nach Morphin. Eines Tages fand sie in seinem Nachttisch die Handfeuerwaffe ihres Vaters. »Ich habe sie für den Fall behalten, dass ich nicht mehr weiterweiß«, erklärte er ihr mit Tränen in den Augen. »Verstehst du das, Siv?«

Sie verstand ihn. Dennoch konnte sie den Gedanken nicht zulassen, dass er sie bald für immer verlassen würde. Aufgeben ist keine Option, sagte sie sich immer wieder. Es war ihr Mantra geworden. Der Satz, der sie morgens aufstehen und abends einschlafen ließ. Natürlich ging das alles an den Kindern nicht spurlos vorbei. Alexander zog sich mehr und mehr zurück. Seine Schulleistungen brachen ein. Er ging nicht mehr zum Tennistraining und das Fußballspielen hatte er schon vor Monaten aufgegeben. Auch Bengt veränderte sich. Er trug beinahe nur noch schwarz. Er hörte düstere Musik. Einmal kam er mit dunkel geschminkten Augen zum Frühstückstisch. Sie wusste sich nicht anders zu helfen, als ihn mit Ohrfeigen zurück in sein Zimmer zu jagen. Anschließend trank sie allein eine ganze Flasche Weißwein und ging zum Weinen in die Garage. Zweimal kamen die Schlippenbachs vorbei. Bei diesen Anlässen machte sich Torben so gut es ging zurecht. Mit glasigen Morphinaugen diskutierte er dann beim Abendessen mit Schlippenbach zukünftige strategische Ausrichtungen der Firma. Alle am Tisch wussten, dass es Nonsens war, eine Scharade, für Torben gab es keine Zukunft. Anschließend entsorgte sie jedes Mal die opulenten Blumensträuße der Schlippenbachs im Kompost, weil sie fand, sie röchen nach Tod. Sie spürte, dass sich das Ende näherte, aber sie war noch nicht bereit loszulassen. Für den Herbst buchte sie eine Familienreise in die USA, die Niagarafälle hatte Torben immer sehen wollen, dabei wusste sie längst, dass es nie zu dieser Reise kommen würde. Trotzdem verzichtete sie auf den Abschluss einer Reiserücktrittsversicherung. Sie spürte, dass sie einem Zusammenbruch nahe war.

KAPITEL 9

1

Am Dienstagmorgen wurde Ingrid Nyström von Erik Edman in sein Büro gerufen. Sie nahm ihrem Vorgesetzten gegenüber in einem der tiefen Sessel Platz, ein leicht zu durchschauender psychologischer Kniff, der Chef mochte es, auf seine Gesprächspartner herabzusehen. Edman hatte die Ellbogen auf der Schreibtischplatte abgestützt und rieb die Hände aneinander, eine der Gesten aus seinem Standardrepertoire, die er üblicherweise anwandte, wenn er einen geschäftigen Eindruck machen wollte.

»Ich habe schon gestern nach dir gesucht, aber mir wurde gesagt, du seist außerhäuslich unterwegs«, begann er das Gespräch.

»Die ewigen Termine«, sagte sie, immer schön unverbindlich bleiben, und lächelte. »Wer wüsste das besser als du?«

Edman nickte zustimmend, »Führungspositionen haben ihren Preis, Erik, sagt meine Frau immer.« Er seufzte. »Aber wir tragen die Bürde mit Stolz, nicht wahr?« Nun war es an Nyström, wissend zu nicken. »Und sonst? Gibt es Neuigkeiten, was den ertrunkenen Buchhalter aus dem Växjösee angeht?«

»Nichts, was über den Bericht hinausgeht, den ich dir vergangene Woche geschickt habe. Wenn sich keine dramatische Wendung ergibt, müssen wir wohl von einem Unfall ausgehen. Die Pathologin ist da ganz meiner Meinung. Wie es ja im Übrigen auch in ebenjenem Bericht steht.«

Sie hatte keinen blassen Schimmer, was Edman von ihr wollte. Mündlich vorgetragene Rechenschaftsberichte waren eigentlich nicht seine bevorzugte Art der Kommunikation. Edman war ein klassischer E-Mail-Mann, er forderte ein, digital auf den neuesten Stand gebracht zu werden. Alles, was einmal geschrieben und ausgedruckt war, ließ sich abheften, verwahren und vielleicht im Notfall einmal gegen den Verfasser verwenden, vermutete sie.

»Schön, schön.« Er betrachtete seine gepflegten Fingernägel. »Und die Anklageschrift gegen den Schläger aus Öjaby?«

»Solide wie Beton. Der Staatsanwalt und ich sind in unseren Einschätzungen gleichermaßen optimistisch.«

Was ich dir ebenfalls vergangene Woche schriftlich mitgeteilt habe, dachte sie. Was also willst du wirklich?

»Hm«, machte Edman. Und gleich noch einmal: »Hm.« Dann verschränkte er die Finger und blickte Nyström auf eine beinahe pastorale Weise an. »Ich habe mir gedacht, Ingrid, dass wir etwas in Bezug auf Stina Forss unternehmen sollten.« Ihr Herzschlag setzte für einen Moment aus.

»Ach ja?«

»Eine Andacht. Eine Gedenkfeier. Etwas Festliches, Besinnliches, das den Kollegen die Möglichkeit gibt, sich zu verabschieden. Ich weiß natürlich, dass Forss nicht gerade Beliebtheitspreise gewonnen hat, aber sie war dennoch eine von uns. Eine Kollegin. Eine gewissenhafte Polizistin. Manche würden sogar sagen, eine Heldin.«

Nyström konnte heraushören, dass Edman sich die salbungsvollen Worte im Vorhinein zurechtgelegt hatte. Einerseits war sie erleichtert. Als Edman Forss' Namen erwähnte, hatte sie das Schlimmste befürchtet. Andererseits fühlte sie das Grauen im Nacken. Eine Gedenkfeier für jemanden, der gar nicht tot war. Konnte man eine Lüge bildlicher manifestieren? Sie schluckte leer.

»Was für einen Rahmen hast du dir denn vorgestellt?«

»Ich hatte an die Domkirche gedacht.«

»Um Gottes willen!«, entfuhr es Nyström.

»Beim Tod des Streifenpolizisten im vergangenen Jahr fand ich es dort überaus feierlich.«

»Das war aber auch eine Beerdigung, Erik! Außerdem war der Mann praktizierender Christ und hatte an die hundert Verwandte hier in der Gegend. Dazu hatte er mehr als fünfundzwanzig Dienstjahre auf dem Buckel und kannte vermutlich jeden einzelnen Kollegen im Bezirk. Die Domkirche ist völlig überdimensioniert!«

»Vergiss nicht, dass Stina seit dem vereitelten Bombenattentat in Polizeikreisen eine Art Berühmtheit war.«

»Trotzdem war sie eine Einzelgängerin. Und mit der Kirche hatte sie absolut nichts am Hut.«

»Schade.« Er zog eine Schnute. »Ehrlich gesagt hatte ich gedacht, dein Mann könnte in seiner Eigenschaft als Priester …«

»Anders ist in Tansania, wie du dich vielleicht erinnerst.«

»Ach ja, da war was. Aber was ist mit dir? Könntest du möglicherweise …? Ein paar feierliche Worte? Als ihre direkte Vorgesetzte?«

»Auf keinen Fall im Dom oder in einer anderen Kirche.«

»Dann halt hier im Präsidium. Vielleicht in der Kantine. Klein und intern.«

»Klein und intern«, wiederholte Nyström. »Ich werde mich darum kümmern.«

»Danke.« Edman lächelte salbungsvoll. »Verantwortung, Ingrid. Das ist die Bürde, die Menschen wie wir tragen. Das ist das Sieb, das die Spreu vom Weizen trennt.«

Sieb, na dann. Nyström erhob sich, was dank der tiefen Sessel gar nicht so einfach war. Sie musterte Edman, wie er in seinem makellosen Anzug dasaß und sich einen Staubfussel vom Aufschlag seines Jacketts wischte. Manchmal braucht man kein Sieb, dachte sie, bevor sie den Raum verließ, sondern man wünscht sich einfach einen Dreschflegel.

2

Stina Forss lag auf dem Bett in einem Hotelzimmer und starrte die Decke an. Sie dachte an den Vorabend zurück. Um Agerhåll tat es ihr nicht leid, seine Wunden würden heilen. Was sie umtrieb, war etwas anderes: Was, wenn er die Wahrheit sagte? Wenn sich die Mission, die ihr Vater im Herbst und Winter 1985/86 in Nordschweden geführt hatte, tatsächlich als reines Ausbildungscamp entpuppte? Vier vielversprechende Rekruten, die zu einer Spezialeinheit geformt werden sollen – in einer Armee alles andere als ein ungewöhnlicher Vorgang, soweit sie es beurteilen konnte. Militärischer Alltag. Jedenfalls bis schließlich alles schiefging und einer der jungen Männer tödlich verunglückte, ein zweiter schwer verletzt wurde und der dritte in einer Arrestzelle landete. Was sagte das über ihren Vater aus? Im Grunde doch nicht mehr, als dass ihm die Führungsqualitäten abgingen, die ein Leutnant in seiner Position haben musste. Ein Ausbilder, der drei viertel seiner Männer verliert, ist ein schlechter Lehrer und vermutlich auch ein schlechter Soldat. *War das der Grund für dein Trinken?* Oder verhielt es sich genau andersherum: War der Alkoholmissbrauch ihres Vaters damals bereits so fortgeschritten gewesen, dass er seinen beruflichen Anforderungen und der Fürsorgepflicht für die ihm anvertrauten Rekruten nicht mehr gerecht werden konnte? Sie erkannte, dass das Nachsinnen darüber müßig war. Was zählte, war nur eins: Sollte Agerhåll die Wahrheit gesagt haben, hatte das Training der vier Soldaten im lappländischen Niemandsland mit der Ermordung des Ministerpräsidenten wahrscheinlich nicht das Geringste zu tun. Die einzige Spur, die sie in den Unterlagen ihres Vaters gefunden hatte, wäre eine Sackgasse. Aber war der Brief an Erik Stenbecks Mutter, den sie gefunden hatte, wirklich der einzige Hinweis? Bis jetzt war sie davon ausgegangen. Alles andere in seinen Papieren war wertloser Plunder gewesen. Oder sentimentaler Unfug. Ein Gedichtband, der ihr gewidmet war. Kinderfotos. Die Konstruktionszeichnung ihres geliebten Zaubertischs. Ein emotionales Minenfeld, durch das sie sich so sachte und aufmerksam wie möglich zu bewegen versucht hatte. Dennoch war da das vage Gefühl, etwas Entscheidendes übersehen zu haben.

Das Klingeln des Handys riss sie aus ihren Gedanken. Der Einzige, der die Nummer kannte, war Hugo Delgado. Sie nahm das Gespräch an. Delgado kam sofort zur Sache.

»Ich habe ihn gefunden, Roger Sundfeldt, fünfundfünfzig Jahre alt, unverheiratet. Hat die militärische Laufbahn 1986 verfrüht abgebrochen. Seine polizeiliche Akte ist dünn. Anfang der Neunziger wurde er in Malmö auf einer Demonstration gegen einen Aufmarsch Rechtsextremer festgenommen. Zwei Jahre später in Kungälv bei einem ähnlichen Anlass. Er hat allem Anschein nach also eine Vergangenheit als linker Aktivist. Ungewöhnlich für einen ehemaligen Zeitsoldaten. Heute scheint er sich schwerpunktmäßig für Umweltthemen zu interessieren.«

»Wie kommst du darauf?«

»Er hat einen Doktor in Ökologie und arbeitet seit geraumer Zeit als Vogelwart in einem Naturschutzgebiet in den äußeren Schären vor Göteborg.«

»Wie kommt man dahin?«

»Man mietet ein Boot. Einen entsprechenden Link schicke ich dir zusammen mit dem wenigen Material, das ich in der kurzen Zeit über Sundfeldt zusammenstellen konnte.«

»Danke.«

»Stina, ich habe noch etwas.«

»Und zwar?«

»Du hast mich doch nach dieser Frau gefragt, Ye-jin Davidsson. Die ist seit zwanzig Jahren tot. Aber es gibt offenbar eine Tochter. Auch dazu findest du etwas in der Mail, die ich dir schicke.« Forss wusste nicht, was sie sagen sollte. Es stimmte, sie hatte Delgado vor einigen Tagen in dem ersten Telefonat, das sie geführt hatten, nach der Frau gefragt, die offenbar einige Jahre lang die Partnerin ihres Vater gewesen war. Nun war sie unsicher, ob sie überhaupt mehr über sie wissen wollte. Delgado beendete das Schweigen in der Leitung. »Geht es dir eigentlich gut, Stina?«

»Ausgezeichnet«, sagte sie trocken.

»Wir machen uns hier alle Sorgen um dich.«

Wieder wusste sie nicht recht, was sie entgegnen sollte.

Ein knappes »Danke«, mehr brachte sie nicht heraus, bevor sie das Gespräch beendete.

3

Lasse Knutsson saß an seinem Schreibtisch, bohrte sich mit einem Bleistift im Ohr, blickte auf den Bildschirm seines Computers und sann über die Worte Tom Magnussons nach. Die Warnung, dass Stefan Sjöhult auch heute noch ein gefährlicher Mann sei, hatte ernst geklungen. Die Frage, was aus dem berüchtigtsten Mitglied der einstigen Baseballclique geworden war, war überraschend leicht zu beantworten gewesen. Sjöhult saß seit den Kommunalwahlen im vergangenen Jahr als Vertreter der rechtspopulistischen *Schwedendemokraten* im Stadtrat einer kleinen Gemeinde in Schonen. Auf der offiziellen Webseite der Kleinstadt gab es ein Foto, das den pensionierten Stockholmer Polizisten zeigte, einen bulligen Glatzkopf, der ernst in die Kamera starrte. Ein ausführliches Porträt des neuen Stadtrats in der Lokalzeitung stellte Sjöhult als »dynamischen Gerechtigkeitsfanatiker« vor, der nach einer »beachtlichen Polizeikarriere« in seine schonische Heimat zurückgekehrt sei, »um den ehrlichen Menschen hier vor Ort etwas zurückzugeben«. Aus dem notorischen Schläger und unverhohlenen Neonazi war ein erfolgreicher Lokalpolitiker und Saubermann geworden, eine erstaunliche Karriere, dachte Knutsson, und dennoch prototypisch für so viele Funktionäre der Partei, die trotz ihrer Wurzeln im äußersten rechten Spektrum mittlerweile zu etablierten Größen im Parlament und in nahezu allen Regionen und Städten geworden waren.

Als hinter ihm unvermittelt die Bürotür aufflog, wusste Knutsson, dass es Hugo Delgado war, der ihn störte, alle anderen Kollegen waren höflich genug, um anzuklopfen.

»Was gibt's?«, fragte er, ohne sich die Mühe zu machen,

den Blick vom Bildschirm zu wenden oder sich den Bleistift aus dem Ohr zu nehmen.

»Dein HNO-Arzt wird sich über deine Interpretation von Ohrhygiene freuen«, entgegnete Delgado, der näher kam und ihm über die Schulter auf den Monitor linste. »Wer ist denn dieser sympathische Stiernacken? Der Palme-Mörder?«

»Wer weiß«, entgegnete Knutsson. »Ich bin da womöglich an einer wirklich heißen Sache dran.«

»Ja, ja, die Polizeispur. Auf deine Beweisführung freue ich mich jetzt schon.«

Knutsson blickte zu Delgado hoch.

Der grinste frech.

»Raus mit der Sprache, was willst du von mir?«

»Zwanzig Kronen.«

»Im Ernst?«

»Der Getränkeautomat akzeptiert schon wieder keine Kreditkarten und du bist der einzige Mensch, den ich kenne, der noch Bargeld mit sich herumschleppt.«

»Du merkst ja nun, wozu es gut ist.« Knutsson kramte sein Portemonnaie aus der Westentasche und nahm einen Hunderter heraus, den er Delgado hinhielt. »Kleiner hab ich's nicht.« Als Delagdo danach griff, zog Knutsson das Geld wieder aus dessen Reichweite. »Und was bekomme ich als Gegenleistung?«

»Gib mir deine Uhr.«

»Ich glaube, du hast den Sinn und Zweck von Tauschgeschäften noch nicht richtig verstanden, Hugo.«

»Ich will das Ding ja nicht behalten, du Witzbold. Ich stell dir nur den Schrittzähler und Entfernungsmesser richtig ein. Damit kannst du dir dann sogar die Kalorien anzeigen lassen, die du täglich verbrennst.«

Brummend reichte Knutsson ihm die Uhr. Mit wenigen Drück- und Wischbewegungen auf dem Display hatte

Delgado die Einstellungen geändert und gab Knutsson die Smartwatch zurück.

»Kalorienzählen kann die Uhr also auch?«, fragte dieser, während er sie sich wieder ums Handgelenk band.

»Sicher.«

Knutsson nickte zufrieden.

»Ich wusste doch, dass sie etwas taugt, war schließlich ein Testsieger.«

Delgado erhob sich von der Schreibtischkante.

»Aber bewegen musst du dich dann doch noch selbst, da nützt die beste Technik nichts.«

»Und du gehst zum Getränkeautomaten?«

Delgado wedelte mit dem Geldschein.

»Ich bin jetzt ein reicher Mann.«

»Dann bring mir eine Cola mit, aber auf keinen Fall dieses zuckerfreie Zeug!«

4

Anette Hultin saß an ihrem Schreibtisch und musste immer wieder an die Worte des Journalisten denken. Einar Darell hatte ihr geraten, den Skandia-Mann als möglichen Täter zu vergessen und sich stattdessen auf das Umfeld zu konzentrieren, in dem sich Stig E. bewegt hatte. Konservativ, rechtsnational, bürgerlich, wohlhabend, wirtschaftsnah und militärisch geprägt. Bei der Auflistung hatte sie unwillkürlich lächeln müssen, beschrieb sie doch mehr oder weniger treffend ihren eigenen Wertekanon beziehungsweise ihr Selbstbild – wenn man einmal von der Wirtschaftsnähe und angestrengten finanziellen Situation absah, schließlich konnten Victor und sie die horrenden Raten für das neue Reihenhaus nur mit Ach und Krach bedienen. Geografisch hatte der Journalist diese bestimmte sozioökonomische Mischung in Täby verortet, genauer gesagt in dem Teil, der nicht von den Hochhaussiedlungen der Sechziger- und Siebzigerjahre geprägt war, sondern von Wohngebieten aus Einfamilienhäusern. Dieser bürgerlich-militärische Kern Täbys, in dem auch Stig E. verwurzelt gewesen war, gab in der Kommune politisch den Ton an. Seit den Fünfzigerjahren war sie fest in der Hand der Moderaten und galt als privatisierungsfreudiges und wirtschaftsliberales Versuchslabor, gleichzeitig hatte man in den vergangenen Monaten als eine der ersten Kommunalverwaltungen ein Betteleiverbot durchgesetzt und erwog momentan sogar, das Einsammeln von Pfandflaschen aus öffentlichen Mülleimern unter Strafe zu stellen – die osteuropäischen Bettler sollten gefälligst aus dem Straßenbild verschwinden oder am besten gleich zurück in ihre rumänische oder bulgarische Heimat geschickt werden. Hultins eigene Meinung dazu war gespalten. Einerseits fand sie den Anblick bettelnder Roma vor dem Supermarkteingang deprimierend. Als Polizistin wusste sie darüber hinaus, dass hinter den traurigen Lumpengestalten meistens organisierte Banden standen, die das Elend ihrer mittellosen Landsleute skrupellos ausnutzten und sie zwangen, einen Großteil der Tageseinnahmen abzutreten. Andererseits fasste man diese Hintermänner schließlich nicht, indem man die armen Teufel mitsamt ihren Bettelbechern und Pfandsammeltüten in die Illegalität trieb. Außerdem: Sollte man Menschen wirklich das Recht nehmen, andere um Hilfe in Form einer Spende zu bitten? Aber wer war sie schon, darüber zu philosophieren? Sie sah auf ihren Bauch. Sie hatte einen Haufen eigener Probleme. Täby also. Sie selbst war nie dort gewesen. Man wusste von Jonas Gardell, dass er aus dem Stockholmer Vorort stammte. Der Schriftsteller und Unterhaltungskünstler war der wahrscheinlich berühmteste Homosexuelle des Landes. Dann gab es da noch Gudrun Schyman, die langjährige Vorsitzende der Linkspartei und spätere Gründerin der Feministischen Initiative. Ein Bilderbuch-Schwuli und eine linke Emanze. Konterkarierten diese Biografien nicht in gewisser Weise das Bild Täbys, das ihr der Journalist beschrieben hatte? Oder gebaren bestimmte Milieus einfach nur manchmal Menschen, die sich mit besonderer Vehemenz von ihrer Herkunft abwandten? Vielleicht hatte Täby aber auch einfach nur verschiedene Gesichter. Dann fiel ihr noch jemand ein, der von dort stammte. Der Mann hieß Tobias Lindhagen und war eher ein Bespiel für das stockkonservative Täby. Militär in dritter Generation. Sie waren zeitgleich in Afghanistan gewesen und hatten in derselben Kompanie gedient. Das war mehr als zehn Jahre her. Aber Dinge wie ein gemeinsam durchgestandenes Feuergefecht vergaß man nie wieder. Andere Dinge allerdings auch nicht … Sie dachte mit sehr gemischten Gefühlen an Lindhagen zurück. Einerseits war er ein verlässlicher Kamerad und guter Soldat gewesen. Andererseits … an einem feuchtfröhlichen Abend waren sie, nachdem er sie ziemlich bedrängt hatte, küssend in einem leer stehenden Vorratszelt gelandet, der Auftakt einer ganzen Reihe ähnlicher, zumindest von ihrer Seite aus halbherziger Rendezvous, die sie erst beendete, als er ihr obendrein gestand, dass zu Hause eine Ehefrau samt Zwillingen auf ihn wartete.

Lindhagen bei Facebook ausfindig zu machen, kostete sie keine Minute. Den hochgeladenen Bildern zufolge waren den Zwillingen später noch zwei weitere Kinder gefolgt und Hultin kam nicht umhin, mit einer gewissen Schadenfreude festzustellen, dass nicht nur der ehemals so durchtrainierte Lindhagen inzwischen einen beachtlichen Bauch vor sich herschob, sondern dass auch seine Frau eine stämmige Wuchtbrumme war. Trotz ihrer ambivalenten Gefühle entschied sie sich, dem alten Kameraden eine Nachricht zu schicken. Irgendwie musste sie schließlich weiterkommen.

5

Hugo Delgado saß übermüdet an seinem Schreibtisch, da half auch die geschnorrte Cola nichts. Wieder hatte er sich beinahe eine ganze Nacht um die Ohren geschlagen, Aufträge, um die ihn Nyström und Forss gebeten hatten. Halbherzig widmete er sich nun einer Anzeige wegen Brandstiftung an einem Auto. Es war bereits die vierte in diesem Monat, wieder im sogenannten Hochrisiko-Stadtteil Araby. Delgado fand den offiziellen Polizeiausdruck befremdlich, er selbst fühlte sich in Araby sicher und wohl, nichtsdestotrotz stimmte es, dass in dem einkommensschwachen Viertel überdurchschnittlich viele Straftaten verübt wurden. Er vermutete einen oder mehrere gelangweilte Jugendliche hinter der Brandserie; sämtliche Statistiken, die es zu solchen Delikten gab, sprachen dafür. Die Chance, die Täter aufgrund der Spurenlage zu überführen, war gleich null, ganz abgesehen davon, dass die Mittel dafür bei derartigen Delikten überhaupt nicht zur Verfügung standen, entsprechend niedrig war seine Motivation, sich weiter als nötig in die Materie zu vertiefen. Mit etwas Glück wurden der oder die Täter früher oder später in flagranti ertappt, was sollte er also mehr tun, als die Kollegen auf Streife trotz viel zu knapper Ressourcen ein weiteres Mal darum zu bitten, die ein oder andere nächtliche Extrarunde zu drehen? Sorgfältig bearbeiten musste er die Anzeige dennoch, allein schon, damit der geschädigte Autobesitzer den Vorfall seiner Versicherung melden konnte. Ob die dann allerdings zahlte, war wiederum eine ganz andere Frage.

Als am späten Vormittag eine E-Mail von dem Expo-Redakteur eintraf, mit dem er in der Vorwoche Kontakt aufgenommen hatte, war das nicht nur eine willkommene Ablenkung, sondern möglicherweise genau das Material, das er benötigte, um endlich einen Schritt nach vorn zu machen. Der Mitarbeiter der antirassistischen Zeitschrift hatte ganze Arbeit geleistet, wie Delgado schnell klar wurde, als er den Anhang der Mail studierte. Die Liste notorischer Rechtsextremer, die in den Achtzigerjahren aktiv gewesen waren, war umfangreich. Mitglieder obskurer radikaler Kleinparteien und Gruppierungen, die es heute längst nicht mehr gab. Verfasser faschistischer Pamphlete. Finanziers und Spender rassistischer Organisationen. Kopierte Mitgliedslisten und Parteiausweise. Fotomaterial rechter Zusammenkünfte, Mahnwachen und Demonstrationen, bei denen einzelne Teilnehmer handschriftlich mit Namen identifiziert worden waren. Ehrfürchtig vergegenwärtigte sich Delgado, dass ein großer Teil dieser Informationen von Stieg Larsson persönlich recherchiert und zusammengetragen worden waren, eine langwierige und mit Sicherheit nicht ungefährliche Tätigkeit. Der bekannte Autor hatte Pionierarbeit geleistet, lange bevor sich der Staatsschutz intensiv mit dem Rechtsextremismus befasst hatte. Delgado fütterte ein selbst geschriebenes Programm mit den Namen, das bereits die Liste enthielt, die er aufgrund der Arbeit der südafrikanischen Wahrheit- und Versöhnungskommission hatte erstellen können: Regierungs- und Geheimdienstmitarbeiter, die im Austausch für Amnestie ihre Gräueltaten im Apartheidsregime umfangreich gestanden hatten. Delgados Software verrichtete im Grunde eine einfache Aufgabe: Es wühlte sich in die Tiefen des Internets und glich die Namen ab. Falls in irgendwelchen Dokumenten, die online verfügbar waren, die schwedischen Rechtsextremisten und südafrikanischen Agenten in einem Zusammenhang auftauchten, würde sein Programm sie finden.

Er tippte auf Enter. Schloss die Augen. Zählte bis zehn und öffnete sie wieder. Ein einziger Treffer wurde angezeigt. Ein Textfragment. Auf Afrikaans. Er benutzte einen Online-Übersetzungsdienst. Und bekam sinngemäß Folgendes zu lesen:

Geheimdienstoffizier Harry Cronje empfängt die Delegation schwedischer Polizisten unter Leitung von Lars-Ove Herdenstam auf seiner privaten Ranch in Kwa-Zulu-Natal. Der fünftägige Besuch aus Skandinavien ist möglicherweise der Auftakt eines regelmäßigeren Austauschs mit dem europäischen Land im hohen Norden.

Delgado sah sich die Seite, von der dieser Text stammte, genauer an. Er stammte von einer herausgerissenen und gescannten Zeitungsseite und war die Bildunterschrift eines Fotos, von dem jedoch das meiste abgerissen war. Zu erkennen waren nur einige menschliche Beinpaare. Unter dem kurzen Text war eine Reklame für eine Handfeuerwaffe zu sehen. Eine nahezu unbekleidete weibliche Schönheit räkelte sich auf einem Leopardenfell und hielt dabei einen Revolver in der Hand. Die antiquierte Werbeanzeige war überhaupt der Grund, warum der seltsame Textschnipsel im Internet gelandet war. Die Webadresse gehörte zu einem Forum für Sammler von Reklame, die unfreiwillig komisch oder seltsam wirkte. Zum Beispiel gab es Bilder von rauchenden Weihnachtsmännern, Babys auf Rollschuhen und Affen auf Motorrollern. Das Groteske an der Waffenwerbung war zum einen der hanebüchene Sexismus und zum anderen die ungeschickte Machart. Das Fotomodell in der Anzeige wirkte nicht so, als würde sie lasziv den Rauch von der Revolvermündung pusten, sondern eher, als wollte sie sich jeden Augenblick damit erschießen. Der User, der die Werbeannonce hochgeladen hatte, erklärte in einem Kommentar, dass er das Fundstück in der Mitgliederzeitschrift einer südafrikanischen Polizeivereinigung aus dem Jahr 1985 entdeckt habe.

Delgados Hirn ratterte. Schwedische Polizisten in Südafrika? Während der Apartheidsjahre, in denen das Land von kaum einem anderen Staat derart lautstark kritisiert worden war wie von Schweden unter der Palme-Regierung? Und wer war dieser Lars-Ove Herdenstam? Delgado ging hektisch die Expo-Liste durch, bis er den Namen fand. Lars-Ove Herdenstam war dort gelandet, weil er Mitglied der rechtsextremen Organisation *Bevara Sverige Svenskt* gewesen war. Sie hatte sich wenige Monate nach Palmes Tod aufgelöst.

6

Ingrid Nyström ging das Material durch, das Delgado ihr zu der Firma Air&SeaTec zusammengestellt hatte. Viel war es nicht. Der Firmensitz war auf den Britischen Jungferninseln registriert, was er mit unzähligen anderen Briefkastenfirmen gemein hatte. Der Geschäftsführer war wie in den meisten solcher Fälle aller Wahrscheinlichkeit nach ein eingesetzter Scheindirektor, dessen Posten keinen anderen

Zweck hatte, als die wahren Eigentürmer des Unternehmens zu vertuschen. Ein gängiges Geschäftsmodell. Dennoch war es Delgado gelungen, mehr auszugraben, als es den Besitzern der Air&SeaTec vermutlich recht war. Da die Firma in Schweden einen physischen Sitz hatte – so unscheinbar er auch realiter sein mochte –, zahlte sie hier auch Steuern. Die Summe war in Anbetracht des jährlichen Umsatzes und Gewinns zwar lächerlich gering, was einem komplizierten Unternehmenskonstrukt zu verdanken war, das dem großer internationaler Konzerne durchaus ähnelte – dies jedoch war Nyström im Moment völlig egal. Für sie zählte allein, dass es eine Steuererklärung gab, ausgeführt von einem Consultingunternehmen mit Sitz in Stockholm. Dank des in der Verfassung seit 1766 verankerten Öffentlichkeitsprinzips waren Steuerunterlagen frei zugänglich. Delgado hatte nicht lange gebraucht, um herauszufinden, dass ebenjenes Stockholmer Steueroptimierungsbüro außer für die schwedische Dependance der Air&SeaTec nur noch drei andere Kunden hatte. Einen Investmentfonds, ein Softwareunternehmen und eine Firma, die Kugellager herstellte und trotz ihrer vergleichsweise geringen Größe zu den Weltmarktführern der Branche zählte. Interessanterweise saß in den Aufsichtsräten aller dieser drei Unternehmen ein und derselbe Mann: Dan Bolund. Die Vita des Dreiundsiebzigjährigen las sich wie eine klassische Aufsteigergeschichte, vom kleinen Buchführer bei einem Versicherungsunternehmen zum hemdsärmligen Manager in der Automobilindustrie bis zum erfahrenen Aufsichtsrat. Bis auf den Umstand, dass drei der Firmen, die er mitkontrollierte, dasselbe exklusive Steuerberatungsbüro nutzten wie Air&SeaTec, gab es keinen Hinweis darauf, dass Dan Bolund irgendetwas mit der privaten Sicherheitsfirma zu tun hatte, die ehemalige Soldaten wie Johan Witt rekrutierte, um Auftragsmorde auszuführen. Zumindest bis sie das Interview las, das Delgado aufgestöbert hatte. Es stammte aus dem Jahr 2012 und war in der wirtschaftsnahen Zeitung *Dagens Industri* erschienen. Dan Bolund sprach sich darin für einen massiven Ausbau der privaten Sicherheitswirtschaft aus. Immer wieder nannte er als Vorbild die USA und Großbritannien. Wozu sollte man zum Beispiel teure staatliche Gefängnisse betreiben, wenn es die Wirtschaft billiger und effizienter hinbekam? Oder die Personalnot bei der Polizei? Könnte man nicht einen Teil der exekutiven Aufgaben an private Sicherheitsdienste auslagern, die deutlich weniger Kosten verursachten als ein antiquierter Verwaltungsapparat? Doch das, was dafür sorgte, dass sich Ingrid Nyström die Nackenhaare aufstellten, war weniger die unverhohlene Lobbyarbeit Bolunds für den privaten Sicherheitssektor – obwohl er offiziell ja gar nichts mit Sicherheitsfirmen am Hut hatte –, sondern die Tatsache, dass es sich um ein Doppelinterview mit einem hochrangigen Vertreter des Justizministeriums handelte, der im Übrigen Bolunds Ansichten weitgehend teilte: Es war ein alter Bekannter von ihr, Kennet Ivarus.

7

Stina Forss ging zum wiederholten Mal die Unterlagen durch, die Delgado aus verschiedenen behördlichen Registern und Steuererklärungen zusammengetragen und durch eigene Anmerkungen ergänzt hatte. Ye-jin Davidsson, die Frau, die zwischen 1994 und 1999 das Leben mit ihrem Vater geteilt hatte, war Anfang der Sechzigerjahre als fünfjähriges Mädchen von ihren leiblichen Eltern, die aus der südkoreanischen Provinz Chungnam stammten, zur Adoption freigegeben worden und von einer schwedischen Familie aufgenommen worden – im damals vom Krieg und von politischen Turbulenzen gebeutelten und schließlich geteilten Land nichts Ungewöhnliches. Süd- und Nordkorea hatten zusammengenommen nach dem Zweiten Weltkrieg mehr Kinder zur Adoption freigegeben als jede andere Nation, über 150 000, und kein Land hatte im Vergleich zum Bevölkerungsschnitt mehr internationale Adoptivkinder aufgenommen als Schweden. Ye-jin Davidssons Schicksal war also eins von vielen. Das Mädchen wuchs im ländlichen Östergotland auf, bildete sich in Linköping zur Reisekaufrau aus und spezialisierte sich später als Reiseführerin für den Fernen Osten. Forss dachte an die Urlaubsfotos, die sie in der Sammlung ihres Vaters entdeckt hatte. Auf einer dieser Reisen mussten sich die beiden kennengelernt haben. So weit, so nachvollziehbar. Im Herbst 1999 meldete sich Ye-jin Davidsson jedoch in Schweden ab und hinterließ eine südkoreanische Meldeadresse. Forss musste an das Foto aus dem Sommer dieses Jahres denken, Ye-jin und Kjell vor Eisbechern unter Sonnenschirmen. Trotzdem hatte der Schnappschuss einen traurigen, schwer zu benennenden Unterton gehabt. Versteinerte Mienen, ausdruckslose Gesichter. Kurz darauf hatten sich die beiden offenbar getrennt und Ye-jin war in ihr Heimatland zurückgekehrt. Damit endete die in Schweden behördlich erfasste Existenz der ehemaligen Partnerin ihres Vaters. *Eigentlich.* Wäre Delgado nicht auf Unterlagen des Auswärtigen Amts gestoßen, die einen internationalen Rechtsstreit dokumentierten. Forss las mit stockendem Atem weiter. Den Dokumenten zufolge war Ye-jin Davidsson im Januar des Folgejahres an einem Hirntumor gestorben. Doch vorher, im November 1999, hatte sie im Universitätskrankenhaus in Seoul eine Tochter zur Welt gebracht. Die juristischen Auseinandersetzungen, die sich von 2000 bis 2002 erstreckten, betrafen die Vormundschaft und das Sorgerecht für die Neugeborene. Die leibliche Schwester der Mutter, eine südkoreanische Medizintechnikerin, und der leibliche Vater des Kindes, ein ehemaliger schwedischer Berufssoldat, stritten um das Kind. Schließlich sprach ein südkoreanisches Gericht das Sorgerecht der Tante des kleinen Mädchens zu und Kjell Forss verzichtete auf Anraten des schwedischen Konsulats auf eine Revision.

Ihre Hand zitterte, als sie die Papiere zur Seite legte. Sie musste an das Gedicht ihres Vaters denken. *Junge Knospe.* Nun ergab es einen Sinn. Ich habe eine Schwester, dachte sie. Ich habe verdammt noch mal eine koreanische Halbschwester und sie heißt Sumi.

8

Lasse Knutsson machte früh Feierabend. Er hatte sich den Nachmittag mit dem Missbrauchsfall in der homosexuellen Beziehung um die Ohren geschlagen und den vermeintlichen Delinquenten sowie seinen Partner vernommen, sowohl getrennt als auch gemeinsam. Das Ganze hatte schließlich damit geendet, dass sich der Missetäter schluchzend entschuldigt und die Teilnahme an einem Anti-Aggressionstraining versprochen und sein Freund daraufhin die Anzeige zurückgezogen hatte. Knutsson war zufrieden gewesen, vielleicht war an ihm kein Schriftsteller, sondern vielmehr ein Paartherapeut verloren gegangen?

Geradezu beschwingt fuhr er nach Hause, wozu auch das Wetter beitrug, es war wieder milder geworden, ein sonniger, nahezu windstiller Herbsttag, dazu wartete auf ihn eine Einladung zum Abendessen, der rote Ulf wollte sich für das tolle Mittagsmahl der Vorwoche revanchieren. Dieses Mal sollte es jedoch nicht in ein Restaurant gehen, sondern der Pensionär hatte zu sich nach Hause eingeladen. Während Knutsson seinen Wagen in die Garage fuhr, kam ihm eine brillante Idee: Qvistgård war nicht nur Angler wie er, sondern lebte ebenso wie Knutsson am Ufer des Helgasees. Warum also fünfundzwanzig Kilometer mit dem Auto fahren, wenn es mit dem Motorboot nur zehn waren? Noch dazu an einem so fantastischen Tag wie heute? Und das eigentlich Geniale: Er würde Wein trinken können. Oder Bier. Oder was auch immer Qvistgård Gutes kredenzen würde. Sich als Bulle angetrunken in ein Auto zu setzen, wäre verantwortungslos und käme obendrein beruflichem Selbstmord gleich. Es war vollkommen undenkbar. Aber in ein Boot mit kleinem Außenbordmotor? Genau genommen war das zwar ebenso wenig erlaubt wie im Straßenverkehr, aber Knutsson wusste, dass bei Kleinbooten höhere Promillegrenzen galten, und war sich obendrein sicher, dass ihn auf dem See kein Mensch kontrollieren würde.

Er machte sich frisch, zog sich um, verabschiedete sich mit einem Kuss von seiner Frau und machte sich von seinem Privatsteg aus auf den Weg. In der Tat war der milde Herbstnachmittag fantastisch. Der riesige See lag spiegelblank vor ihm, die niedrig stehende Sonne schenkte den Wolkentürmen einen satten orangen Farbton und Knutsson meinte den herbstlichen Wald mit seinen Pilz- und Nadelbaumnoten über dem leicht brackigen, körperreichen Eigengeruch des Wassers wahrzunehmen. Er kam sich fast wie ein Sommelier vor, ein Landschaftsconnaisseur, falls es so etwas gab, und ihm ging das Herz auf. Hier, im tiefsten Herzen Smålands, lebte er, hier gehörte er hin. Während das Boot vor sich hintuckerte, warf er die Angel aus, bestückt mit einem klassischen Schleppköder, vielleicht würde er damit einen Hecht locken können und wenn nicht, machte es auch nichts.

9

Anette Hultin hatte nicht lange warten müssen, bis ihr ehemaliger Kamerad antwortete.

Hey, du Süße, natürlich erinnere ich mich an dich! Wir hatten damals schließlich viel Spaß miteinander! Unterschrieben mit einem Zwinker-Smiley. Wie zum Teufel sollte sie mit einer solchen Replik umgehen? Der zweideutige Unterton war schließlich kaum zu überhören. Ehrlich gesagt kam ihr der Zweizeiler wie eine offene Anmache vor. Sie war alles andere als eine Feministin, aber an Tobias Lindhagen schien *#MeToo* spurlos vorbeigegangen zu sein. Es war definitiv ein Fehler gewesen, ihm zu schreiben. Oder zierte sie sich etwa zu sehr? War sie zu empfindlich? Lag das womöglich an dem ungeborenen Kind in ihrem Bauch? Oder an den Umständen, unter denen es entstanden war? War es ihre Wut auf Hugo Delgado und seine Ignoranz, die sie langsam männerfeindlich werden ließ? Auf Victors Scheuklappenblick? Hatte es am Ende etwas mit ihrer eigenen Feigheit und Konfliktunfähigkeit zu tun? Nein. Wenn sie ehrlich war, dann war das Unbehagen, das sie solchen Sprüchen und Männern wie Lindhagen gegenüber empfand, ein Gefühl, das sie begleitete, seit sie ein Teenager war. Sie musste an einen ihrer ehemaligen Lehrer denken, der sich beim Kontrollieren der Matheaufgaben immer sehr weit über sie gebeugt hatte. An den Leichtathletiktrainer, der immer sehr handfeste Hilfestellungen gegeben hatte. Den Ausbildungsoffizier, der von allen Rekruten ausgerechnet immer sie ausgewählt hatte, um körperbetonte Nahkampfübungen zu demonstrieren. Exfreunde, denen sie erlaubt hatte, weiter zu gehen, als ihr eigentlich lieb gewesen wäre. Sex, den sie über sich ergehen lassen hatte. Wie damals eben mit Lindhagen in der afghanischen Wüste. Dagegen gesagt hatte sie nie etwas. Denn was sie niemals hatte sein wollen, war eine dieser Emanzen mit unrasierten Beinen und Haaren auf den Zähnen. Im Zweifelsfall war ihr Motto gewesen: Augen zu und durch. Und es hatte immer funktioniert. Ihre Mathenote war toll gewesen. Sie hatte es bis ins nationale Fünfkampfteam geschafft. Zur Unteroffizierin. Sie schluckte. Zu einer guten Kommissarin. Dann schrieb sie.

Das waren heiße Zeiten, mein Lieber. Wollen wir uns demnächst mal unterhalten?

Zwinker-Smiley, dachte sie bitter.

10

Hugo Delgado trug Fakten zusammen. Lars-Ove Herdenstam war als Leiter einer Delegation mindestens einmal in Südafrika gewesen und hatte Kontakt zu dortigen Geheimdienstleuten gehabt. Das war 1985 gewesen. Herdenstam war Mitglied von *Bevara Sverige Svenskt* gewesen. Querverweis:

Die rechtsextreme Organisation hatte sich im Herbst 1986 aufgelöst, ihre führenden Köpfe gehörten zwei Jahre später zu den Gründungsmitgliedern der *Schwedendemokraten,* die den alten Namen der Gruppe – *Schweden soll schwedisch bleiben* – bis weit in die Neunzigerjahre als Slogan in ihren Wahlkampagnen benutzten. Delgado machte sich eine Notiz.

Herdenstam war Polizist gewesen, bevor er 1983 von der Säpo, also dem Staatsschutz, rekrutiert worden war. Er war also zwei Jahre später genau genommen nicht in der Funktion eines Polizisten nach Südafrika gereist, wie es in dem Zeitungsausschnitt geheißen hatte, sondern als Geheimdienstmann. Innerhalb der Säpo, die damals offiziell noch Staatspolizei geheißen hatte, machte Herdenstam rasch Karriere. 1990 war er zum stellvertretenden Chef der Abteilung für Personenschutz aufgestiegen. Querverweis: Palme hatte an dem Tag, an dem er ermordet worden war, seine Leibwächter früh nach Hause geschickt. Wer wusste über die täglichen Routinen des Ministerpräsidenten und dessen Sicherheit besser Bescheid als diese Abteilung des Staatsschutzes? Delgado machte sich eine weitere Notiz. Weniger als ein Jahr nach seiner Beförderung starb Herdenstam im Sommer 1991 bei einem Badeunfall in der Nähe seines Sommerhauses in Dalsland. Ein siebenunddreißigjähriger Geheimdienstoffizier, der in einem Badesee ertrinkt, während seine Familie nur hundert Meter entfernt im Ferienhaus am Abendbrottisch sitzt und auf den Ehemann und Vater wartet? Delgado sichtete Bildmaterial. Herdenstam war ein schlanker, hochgewachsener Mann gewesen. Durchtrainiert. Körperlich imposant. Geschah so jemandem ein Schwimmunfall? Denkbar. Aber unwahrscheinlich. Delgado machte sich weitere Notizen. Er umkringelte Wörter, er zeichnete Pfeile. Er entwarf ein Diagramm: ein Rechtsextremer in der Personenschutzabteilung der Säpo. Mit offenkundigen

Verbindungen zum südafrikanischen Geheimdienst. Der wenige Jahre nach dem Palme-Mord auf fragwürdige Weise ums Leben kommt. Passte Lars-Ove Herdenstam also in Delgados Profil möglicher Verschwörer? War Herdenstam ein potenzielles Bindeglied zwischen der südafrikanischen Operation *Long Reach* und schwedischen Rechtsradikalen?

Delgado machte sich eine neue Cola auf und trank in langen Zügen. Oh ja, beantwortete er sich seine Frage selbst, bevor er die leere Coladose zerquetschte. Denn der Moment lechtzte geradezu nach einer theatralischen Geste.

11

Ingrid Nyström saß an ihrem Schreibtisch und blickte durch das Fenster in die herbstliche Dämmerung hinaus. Neben der Tastatur ihres Rechners lagen eine Birne und ein Apfel, eigentlich ihr täglicher Nachmittagssnack, doch nachdem sie das Doppel-Interview mit dem Wirtschaftsmagnaten Dan Bolund und Kennet Ivarus gelesen hatte, war ihr jeder Appetit vergangen. Dennoch nahm sie die Obststücke von der Schreibtischplatte, eins in jede Hand. Bolund und Ivarus, Ivarus und Boland. Sicher, dass es ein gemeinsames Interview mit einem Unternehmer und einem Ministerialbeamten über eine politische Sachfrage gab, war an sich nicht ungewöhnlich. Dennoch mochte Nyström nicht an einen Zufall glauben. Die beiden verband etwas über die in dem Interview geäußerten gemeinsamen Ansichten hinaus. Dan Boland war wirtschaftlich mit der ominösen Sicherheitsfirma Air&SeaTec verflochten, davon war sie nach der aufmerksamen Lektüre der Unterlagen überzeugt; jenes Unternehmens, das Johan Witt beschäftigt hatte, den ehemaligen Soldaten und Hubschrauberpiloten, der nachweislich an dem Attentat auf Stina Forss beteiligt gewesen war. Kennet Ivarus war der Mann, der die Untersuchung dieses Überfalls erfolgreich blockiert hatte, ebenso die Ermittlung des Mordes an ihrer Schwiegertochter. Sie legte die Obststücke zurück auf den Schreibtisch. Das Problem war nur: Wie sollte sie das jemals beweisen? Ihre einzige Hoffnung, an Ivarus heranzukommen, war seine Exfrau gewesen, Ulrika Herdenstam-Jepsen, die während ihrer ersten Ehe offenbar systematisch misshandelt worden war. Doch Herdenstam-Jepsen hatte sich entschlossen zu schweigen, was Nyström ihr kaum verübeln konnte. Und Dan Bolund? Einen Mann dieses Kalibers unter Druck zu setzen, erschien ihr noch weitaus schwieriger, als das bei Ivarus der Fall war. Das Klingeln des Telefons riss sie aus ihren Gedanken. Sie nahm den Hörer ab.

»Hier Hauptkommissarin Ingrid Nyström.«

»In der Friedhofskapelle, innerhalb von fünf Minuten, sonst bin ich weg.«

Noch bevor sie etwas erwidern konnte, hatte der Anrufer aufgelegt. Sie hatte die Stimme wiedererkannt. Mein Whistleblower, dachte sie, bevor sie sich eine Windjacke überwarf und auf den Weg machte.

12

Stina Forss war erschöpft, daher hatte sie sich entschieden, noch eine weitere Nacht in dem unscheinbaren Hotel unweit der Autobahn zu verbringen. Der Vogelwart Roger Sundfeldt würde ihr auf seiner abgelegenen Insel nicht davonlaufen. Der Abend war mild. Sie machte einen kurzen Spaziergang und fand im Zentrum der trostlosen Kleinstadt eine Pizzeria. Erst jetzt fiel ihr auf, dass sie seit mehr als vierundzwanzig Stunden nichts Warmes mehr zu sich genommen hatte. Während sie mechanisch Stücke von ihrer Calzone absäbelte und kaute, lauschte sie der wehmütigen arabischen Musik, die aus dem Radio des Pizzabäckers plärrte. Ich habe eine Schwester, dachte sie, ich habe tatsächlich eine Schwester namens Sumi. Sie ist halb so alt wie ich und lebt irgendwo in Südkorea. Über das Land wusste sie so gut wie nichts. Kimchi, fiel ihr ein, *Samsung*. Vielleicht noch *Gangnam Style*. Damit hörte es aber auch schon auf. *Warum hast du mir nie davon erzählt, Papa?* Sie fühlte sich belogen. Sie fühlte sich betrogen. Sie fühlte sich von ihrem Vater um die Wahrheit beraubt. Wieder einmal. Was tat ihr dieser Mann alles an? Nach seinem Tod noch mehr als zu Lebzeiten. Mit ihren verfluchten Brandnarben hatte sie leben können, ebenso mit einem abwesenden Vater. Aber mit einem Gespenst, das sie aus dem Grab heraus immer wieder in die Irre leitete? Je mehr sie Orientierung suchte, desto weiter kam sie vom Weg ab. So fühlte es sich zumindest an. *Was hast du noch für mich in petto?* Mit einem Orden, den es eigentlich gar nicht geben dürfte, hatte alles angefangen. Dann war der Revolver aufgetaucht und kurz darauf war sie von einem siebenköpfigen Todeskommando überfallen worden. Sie war ans andere Ende Europas geflohen, genutzt hatte es nichts. Es hatte einen weiteren Mordversuch auf sie gegeben, den dritten insgesamt, und Toivo Bärengrub hatte dafür bezahlen müssen. Dazu war ein seltsamer Gedichtband aufgetaucht, ein abgeschnittener Zopf, eine ehemalige Geliebte und nun auch noch eine zweite Tochter. Ihre Halbschwester. Sumi. Dich hat er auch im Stich gelassen, dachte sie. Aber wenigstens hat er um dich gekämpft.

Sie legte Messer und Gabel beiseite. Die Calzone hatte sie gerade einmal zur Hälfte geschafft, aber sie bekam beim besten Willen keinen Bissen mehr herunter.

13

Eine halbe Stunde später war Lasse Knutsson da. Ein Fisch hatte nicht angebissen. Er holte die Angel ein und manövrierte ans Ufer von Evedal. Qvistgård erwartete ihn bereits am Steg, machte das Boot fest und half ihm aus dem schaukelnden Kahn heraus. Knutsson war zum ersten Mal bei dem ehemaligen Kollegen zu Hause und sah sich anerkennend um. Ein weitläufiger Garten, eine Sauna mit Ausblick auf den See, ein Jahrhundertwendehaus mit spitzen Giebeln. Das alles in Växjös bester Wohnlage.

Er pfiff anerkennend.

»Nett hast du es hier. Für einen überzeugten Sozi ganz schön mondän.«

»Die Familie meiner Frau lebt seit drei Generationen hier. Was will man machen?«

Er hob die Schultern und ließ sie wieder fallen, er sah aufrichtig verzagt aus.

Knutsson lachte.

»Ich nehme dich doch nur auf den Arm, Ulf. Nur weil man für eine gerechtere Gesellschaft eintritt, muss man doch nicht in einer Wellblechhütte leben und sich von trocken Brot und Wasser ernähren.«

»Na, dann bin ich ja erleichtert, ich habe mir für heute Abend nämlich etwas Besonderes einfallen lassen. Komm, wir gehen hinein.«

Qvistgård hatte nicht zu viel versprochen. Der Esstisch im angenehm temperierten Wintergarten war eingedeckt wie in einem feinen Restaurant. Knutsson nahm Platz.

»Wir sind heute allein, meine Frau besucht die Familie unseres ältesten Sohns in Göteborg«, erläuterte Qvistgård. »Zwei alte Bullen unter sich.«

»Das ist nicht die schlechteste Voraussetzung für einen gelungenen Abend, wenn du mich fragst, he, he.«

Knutsson kraulte erwartungsvoll seinen Bart.

Qvistgård schenkte einen eisgekühlten Aquavit ein.

»Zum Appetitanregen. Skål!«

Sie stießen miteinander an. Auf den Aperitif folgte Lachscarpaccio mit gehobeltem Meerrettich, einem Salat und kleinen Sauerteigbrötchen, dazu kredenzte Qvistgård ein dunkles Bier.

»Das ist ja der Hammer!«, lobte Knutsson kauend.

»Selbst gefangen, selbst geräuchert, selbst gebacken, selbst gebraut. Viele meinen ja, zu Fisch passe nur Weißwein. Ich sehe das etwas anders. Achte mal darauf, wie die Röstmalzaromen des Porters die Räuchernote des Lachses betonen.«

Knutsson konnte kaum mehr als kauen und nicken. Er schwebte im siebten Himmel.

»Der Hammer!«, wiederholte er.

Auf die Vorspeise folgte ein weiterer Aquavit, dann servierte der Gastgeber den Hauptgang: gegrillte Meerforelle, Kartoffeln, Sahnequark mit Dill, dazu einen Spätburgunder.

»Einfach, aber gut«, erläuterte Qvistgård das Rezept. »Die einzige Raffinesse besteht darin, dass die Forelle auf Blasentang gegrillt ist. Bei der Getränkewahl schwimme ich wieder gegen den Strom. Ein fruchtiger Roter nimmt die Röstaromen des Grillfischs auf und spielt mit ihnen.«

»Umwerfend«, lobte Knutsson und ließ den Wein kennerisch und lautstark den Gaumen umgurgeln. »Einfach umwerfend!«

Qvistgård war anzusehen, dass er sich geschmeichelt fühlte. Mit großer Geste schenkte er Wein nach. Sie aßen schweigend, aber lautstark. Alles andere wäre dem Essen auch kaum gerecht geworden.

Vor dem Nachtisch – Pannacotta mit schwarzen Johannisbeeren, dazu ein spanischer Dessertwein – gab es eine weitere Runde Aquavit, anschließend Kaffee und Cognac.

»Mehr geht nicht«, sagte Knutsson und ließ den Brandwein genießerisch in seinem Schwenker kreisen. »Mehr geht wirklich nicht.«

»Du bist also satt geworden?«

»Das auch, mein Lieber, keine Sorge, ich bin pappsatt, ich wollte aber eigentlich etwas anderes zum Ausdruck bringen. *Mehr geht nicht* im Sinne von: Zufriedener kann man nicht sein als ich in just diesem Moment. Was soll nach solch einem Menü noch Besseres kommen?«

»Das freut mich, Lasse, das freut mich wirklich. Ich habe dich eingeladen, weil ich dachte …« Er zögerte. »Wenn du magst, könntest du mir vielleicht ein bisschen mehr über dein Romanprojekt erzählen. Ich will nicht zu neugierig erscheinen, es ist nur so, dass … Es hat mein Interesse geweckt. Ich überlege, ob ich nicht selbst etwas schreiben sollte. Aber ich weiß nicht, wie ich zu Werke gehen soll. Die ganze freie

Zeit … Ich kann schließlich nicht den lieben langen Tag laufen gehen oder angeln oder Drei-Gänge-Menüs kochen, verstehst du?«

Knutsson stellte das Glas ab, verschränkte die Arme auf seinem Bauch, nickte und kraulte gleichzeitig seinen Bart. Jetzt steckte er in der Klemme. Was sollte er tun? Beichten, dass seine angebliche Schriftstellerei Blödsinn sei? Die Rolle unverfroren weiterspielen und den Mann belügen, der ihm gerade ein himmlisches kulinarisches Erlebnis beschert hatte? Was, wenn Tom Magnusson irgendwann mit Ulf Rücksprache hielt? Magnusson gegenüber hatte er bereits eingeräumt, was es mit seinem vermeintlichen Autorendasein auf sich hatte. Aber er konnte auch unmöglich ganz offen sein, schließlich stand er bei Ingrid Nyström im Wort.

Er räusperte sich. Griff erneut nach dem Cognac-Schwenker, nippte und benetzte seine Lippen.

»Nun, es ist so«, hob er an, »ich fürchte, ich habe mich da in eine kreative Sackgasse hineinmanövriert und weiß noch nicht, wie ich da wieder rauskomme. Meine Figuren, der Plot, die Atmosphäre … Das alles findet nicht so recht zusammen. Ich … Um es kurz zu machen, im Moment tendiere ich eher zu einer Art Sachbuch.«

»Ein Sachbuch?«

»Olof Palme.«

»Der Mord?«

Knutsson nickte eifrig.

»Genau. Eine hochspannende Geschichte, du kennst mit Sicherheit die gängigen Theorien.«

»Gibt es dazu denn nicht schon Unmengen an Büchern?«

»Ich habe möglicherweise einen neuen Ansatzpunkt.«

»Ach! Spannend! Und zwar?«

»Das Treffen mit Tom Magnusson war in dieser Hinsicht sehr ergiebig.«

»Du verfolgst die Polizeispur!«

»Verfolgen klingt vielleicht ein wenig zu dramatisch. Sagen wir: Ich gehe Hinweisen nach.«

»Und die wären?« Qvistgård wirkte freudig erregt wie ein Kleinkind, das ein neues Spielzeug in die Hände bekommen hat. »Wenn ich das überhaupt fragen darf?«

Knutsson überlegte. Er hatte das Gefühl, bereits zu viel preisgegeben zu haben. Andererseits fühlte er sich nach dem wunderbaren Essen und den zahllosen Drinks bei seinem netten Angelkumpel wohl und gelöst. Und Ulf war schließlich nicht irgendjemand, sondern ein ehemaliger Kollege. Der ihn überhaupt erst mit Magnusson ins Gespräch gebracht hatte. War er ihm also nicht etwas schuldig?«

»Sagt dir der Name Stefan Sjöhult etwas? Spitzname SS-Steffe? Ehemals Norrmalm-Wache? Einer der Anführer der Baseballclique? Der Kerl ist heute Schwedendemokrat und Stadtrat in einem Kaff in Schonen.«

»Nein«, antwortete Qvistgård nach kurzem Zögern. »Ich fürchte nicht.« Er stellte seine Espressotasse ab. Etwas zu schwungvoll, es klirrte, sie kippte über den Rand der Untertasse und auf der Tischdecke bildete sich ein brauner Fleck. »Entschuldigung, das muss am Alkohol liegen.«

Unbeholfen tupfte er mit einer Serviette auf dem Stoff herum.

Wurde er blass? Knutsson entschied sich, die Situation zu überspielen. Wie gesagt, ganz wohl war ihm bei dem Thema sowieso nicht.

»He, he, wir sind nicht mehr die Jüngsten, mein Freund, wir vertragen nicht mehr so viel wie früher.« Krampfhaft überlegte er, wie er aus der Palme-Nummer wieder herauskam. »Und wohin gehen deine Überlegungen, was das Schreiben angeht?«, fragte er und hoffte, dass die abrupte Gesprächswendung nicht allzu brüsk erschien. Doch Qvistgård ließ sich keine Irritation anmerken. Im Gegenteil. Es wirkte nun geradezu dankbar, mit welcher Emphase er den neuen Faden aufnahm.

»Übers Fischen natürlich!«, sagte er und setzte ein strahlendes Lächeln auf. »Das geheime Leben der Lachse!«

14

Anette Hultin war gerade eingenickt, als das Handy brummte. Sie tastete im Dunkeln auf dem Nachttisch herum. Eigentlich hatte sie sich vorgenommen, das Smartphone abends aus oder wenigstens auf lautlos zu stellen, aber sie hatte am Vortag auf einer Versteigerungsseite im Internet diese schicke Handtasche gefunden und wenn sie die wirklich für ihr Höchstgebot von zweihundert Kronen bekommen sollte, wäre das ein Schnäppchen sondergleichen. Victor grunzte neben ihr. Es klang ärgerlich. Sie wusste, dass er sämtliche Handysignalgeräusche hasste, wenn er erst einmal im Bett lag. Eine neue Nachricht, stand auf dem Display. Mit einer Handbewegung hatte sie das Smartphone entsperrt. Nein, es handelte sich nicht um die Handtaschenauktion. Die Message war von Tobias Lindhagen. Eigentlich war es nicht mehr als ein Foto. Das einen erigierten Penis zeigte.

Was für ein Arschloch, dachte sie.

»Was ist denn los? Um diese Uhrzeit?«, murmelte Victor.

»Gar nichts, mein Schatz«, sagte sie, »schlaf bitte einfach weiter.«

15

Die kopierte Akte, die der Informant Ingrid Nyström kommentarlos in der klassizistischen Friedhofskapelle zugesteckt hatte, bevor er wieder zwischen den Grabreihen verschwunden war, umfasste mehr als hundert Seiten. Einsatzberichte, Beurteilungen von Vorgesetzten, Befehlsdokumente. Das schriftliche Zeugnis eines ganzen Berufslebens in der Armee. Nyström hatte sich mit dem Ordner auf ihr Sofa gesetzt. Sie überflog, las quer, blätterte. Die Akte war mehr oder weniger chronologisch geordnet. Es begann mit Kjell Forss' Jahren als vielversprechender Rekrut Ende der Sechzigerjahre und zeichnete seine Karriere bis hin zum erfahrenen Leutnant Anfang der Achtzigerjahre nach. Je weiter Nyström kam, desto ungeduldiger wurde sie. 1981, 1982, 1983. Die Militärpolizei hatte offenbar bedeutend vielfältigere Aufgaben, als sie es sich vorgestellt hatte. Nyström war immer davon ausgegangen, dass sie Munitionsdiebstähle aufklärte, Dienstvergehen ahndete und Fahnenflüchtige stellte. Eine Ordnungsmacht innerhalb des Militärs. Ähnlich wie die normale Polizei für die ganze Gesellschaft. Für Leutnant Forss traf das nur in den ersten Jahren zu. Nach mehreren Zusatzausbildungen, Trainings, Prüfungen und Beförderungen war er als Spezialist für den militärischen Nachrichtendienst abgestellt worden, später einen kleinen Jagdverband, der in Nachrichtentechnik, Spionage und Spionageabwehr, Sabotage und Antisabotage sowie Kampf und Nahkampf ausgebildet war. Seine Kernkompetenz bestand darin, im Falle einer sowjetischen Invasion feindliche Sonderkommandos aufzuspüren und auszuschalten, um die heimische Infrastruktur, insbesondere Militärbasen, zu schützen. Kjell Forss konnte mit einem Peilsender ebenso umgehen wie mit einer Wärmebildkamera, mit einem Kampfmesser ebenso wie mit einem Scharfschützengewehr. Er verstand es, Spuren zu lesen und Sprengfallen zu bauen. Leutnant Forss war der Führer einer Spezialeinheit, die sich von anderen *special forces* nur dadurch unterschied, dass sie sich nicht Spezialeinheit nannte. Nyström kam zum Jahr 1984. Viel von dem, was er tat, hatte mit den U-Boot-Sichtungen in schwedischen Gewässern zu tun. Sie war nah an etwas dran, das spürte sie. Hastig las sie und blätterte weiter. Dann kam sie zum Jahr 1985: Alle Seiten waren geschwärzt. 1986: Alle Seiten waren geschwärzt. 1987: Alle Seiten waren geschwärzt. Erst 1988 ging es weiter wie zuvor. Es geschah ganz von allein, sie feuerte den Ordner quer durchs Wohnzimmer an die gegenüberliegende Wand. Die einzelnen Blätter segelten langsam zu Boden.

16

Stina Forss wälzte sich im Schlaf unruhig hin und her. Sie träumte von abgetrennten Körperteilen. Einem fehlenden Auge. Einer Fußprothese. Einem geflochtenen Haarzopf, der einem fremden Mann aus der Hand baumelte. Mit verkrampftem Kiefer wachte sie auf. Ihr Schädel dröhnte. Sie tastete auf dem Nachttisch nach ihren Tabletten. In diesem Moment, irgendwo zwischen Halbschlaf und Albtraum, überkam es sie wieder: das drängende Gefühl, etwas Entscheidendes übersehen zu haben.

166 TAGE BIS TAG X

Torben starb an einem windigen Septembertag. Es geschah auf natürliche Weise und Siv war ihm dankbar, dass er nicht in den Suizid geflüchtet war, allein schon wegen der Jungen. Die Beerdigung fand drei Tage später statt, Bengt war einer der Sargträger und Alexander sah in seinem Anzug wie ein kleiner Erwachsener aus. An viel mehr erinnerte sich Siv nicht. Sie betäubte sich seit Wochen mit Beruhigungsmitteln. Nach der Bestattung blieb sie drei Tage durchgehend im Bett. Der Gedanke an eine Überdosis war kurz da, die Tabletten, die sie zu Hause hatte, würden zusammen mit einer halben Flasche Cognac ihren Dienst tun, doch sie widerstand. Aufgeben war keine Option, das Motto hallte nach, immer noch. Sie setzte die Medikamente schlagartig ab und versuchte, einen Weg zurück ins Leben zu finden, das Leben einer Witwe, ein Leben ohne Torben. Sie konzentrierte sich auf prakti-

sche Dinge. Sie räumte die Wohnung auf, sortierte Torbens Kleidung, brachte einiges auf den Dachboden, das meiste spendete sie der Heilsarmee. Eine Woche und einen Tag nach Torbens Tod war Wahlsonntag. Sie ging nicht hin. Abends hörte sie im Radio, dass die Sozialdemokraten erneut gewonnen hatten und dem Land vier weitere Jahre unter der Führung Olof Palmes bevorstanden.

KAPITEL 10

1

Als Ingrid Nyström am Mittwochmorgen ins Präsidium fuhr, fühlte sie sich antriebslos. Die Akte von Kjell Forss war eine herbe Enttäuschung und, soweit sie es beurteilen konnte, für die Ermittlung wertlos. Überhaupt war es ihr rätselhaft, woher sie den anfänglichen Optimismus genommen hatte. Was sie bisher herausgefunden hatte, war wenig: Kennet Ivarus, der die Ermittlungen der Anschläge auf Hailey Harrington und Stina Forss blockierte, kannte *möglicherweise* Dan Bolund, einen renommierten Wirtschaftsmann und Aufsichtsrat, der *möglicherweise* hinter Air&SeaTec steckte, jenem privaten Sicherheitsdienstleister, der für den Überfall auf Forss verantwortlich war und *möglicherweise* auch auf ihre Schwiegertochter. Jeder Staatsanwalt würde angesichts dieser dünnen Faktenlage nur müde lächeln. Ganz abgesehen davon, dass sie für die Fälle überhaupt nicht zuständig und nur mithilfe von illegalen Methoden zu diesen vagen Erkenntnissen gekommen war.

Und was trieb Stina Forss? Ließ nichts von sich hören, wenn man einmal von zwei kurzen Kontaktaufnahmen mit Hugo Delgado absah. Wo sie sich gerade befand, was sie tat, ob sie in Sicherheit war oder nicht, und ob sie in den Unterlagen ihres Vaters irgendwelche Hinweise gefunden hatte – Nyström vermochte es nicht zu sagen. Sie konnte nur versuchen, sich einen Reim auf die Dinge zu machen, die Delgado in Forss' Auftrag herausgefunden hatte. Demnach war sie aus Estland zurückgekehrt und spürte ehemaligen Zeitsoldaten nach. Nyström musste sich eingestehen, dass sie sich die Zusammenarbeit anders vorgestellt hatte. Enger, intensiver, abgestimmter. Nach allem, was sie zusammen durchgemacht, nach allem, was sie gemeinsam durchlitten hatten. Nach dem Pakt, den sie sich geschworen hatten. Trotzdem schien Forss wieder einmal ihr eigenes Ding durchzuziehen. Oder wie sonst war es zu deuten, dass sie sich nicht bei ihr, sondern bei Delgado meldete? Während ich ihr hier den Rücken freihalte, dachte sie, ihre Angehörigen belügen und eine gottverdammte Trauerveranstaltung zu ihrem Gedenken organisieren muss.

Vor der Baustelle auf der L30 Richtung Växjö hatte sich wie jeden Morgen in den vergangenen Wochen ein Stau gebildet. Kein Wunder, wenn bei jeder der kurzen Grünphasen der Baustellenampel nur drei Autos losfuhren. Dabei war Zeit genug für mindestens sieben, zumindest wenn man ein bisschen beherzter Gas gab als diese Pfeifen vor ihr in der Schlange. Genervt drückte Nystöm auf die Hupe. Auch das war die neue Ingrid: Sie hatte all den Idioten auf dieser Welt viel zu lange viel zu viel durchgehen lassen.

2

»Tja, wie drücke ich es am besten aus?« Anette Hultin blickte der Reihe nach in drei erwartungsvoll auf sie gerichtete Augenpaare. Sie nahm einen Schluck vom Kräutertee und verschränkte die Finger auf ihrem Bauch. »Was ich habe, ist ehrlich gesagt so gut wie nichts.« Wenn man einmal von dem grauenvollen *dick pic* absieht, dachte sie. »Am ehesten könnte man es wohl eine Milieustudie nennen.«

»Das klingt spannend«, ermunterte Ingrid Nyström sie, auch wenn der Gesichtsausdruck der Chefin etwas anderes zu sagen schien.

Hultin berichtete. Vom Skandia-Mann und von seiner merkwürdigen Verwicklung in die Palme-Ermittlung. Von Stigs traurigem Leben im Täby der Achtzigerjahre und von der Einschätzung des Journalisten Einar Darell.

»Das Umfeld, in dem sich der Mann bewegte, fand man in dieser besonderen Mischung nicht an vielen Orten«, fasste sie zusammen: »Seit Jahrzehnten fest in der Hand der Moderaten, wirtschaftsnah, wertekonservativ, dazu kam dank der nahen Kasernen der Einfluss vieler hochrangiger Militärs und Ex-Militärs.«

»Klingt, als hättest du dich dort pudelwohl gefühlt.«

Hultin entschied sich, über Delgados Spruch hinwegzugehen.

»Wenn man so will, war Täby einer der Anti-Palme-Orte schlechthin«, betonte sie. »Im Parteibüro der örtlichen Moderaten konnte man sogar Dartpfeile auf ein Porträt des Ministerpräsidenten werfen«, zitierte sie Darell. »Außerdem kommt einer der Gründer der rechtskonservativen Stiftung Contra von dort.«

»Und Jonas Gardell!«, warf Knutsson ein. »Der Typ ist vielleicht eine Marke ...«

»Was du nicht sagst«, unterbrach ihn Delgado, er war offensichtlich empört. »Palme-Zielscheiben und Contra. Als ich davon berichtet habe, hast du mich als linke Socke abgetan.«

»Apropos linke Socke«, fiel Hultin ein. »Ich schleppe schon seit zwei Tagen ein Buch für dich mit mir herum.« Sie wühlte in ihrer Umhängetasche. »Bitte schön. Ist sogar signiert und mit Widmung.«

Sie schob das Darell-Buch über den Tisch.

»Danke«, sagte Delgado verwundert. *»Das neoliberale Projekt.* Klingt interessant. Womit habe ich das verdient?«

»Gar nicht«, entgegnete Hultin.

»Okay, war's das, Anette?«

Die Frage der Chefin klang schmallippig.

Hultin zuckte mit den Schultern.

»Sorry, ich fürchte, mehr kann ich leider nicht beitragen.« Knutsson nickte verständnisvoll. Dann fiel ihr doch noch etwas ein. »Wusstet ihr eigentlich, dass der schwedische Arm der paramilitärischen Stay-behind-Bewegung seinen Sitz im Skandia-Haus hatte?«

3

Lasse Knutsson ging es nicht besonders gut. Eine der unzähligen Runden Aquavit war definitiv zu viel gewesen. Oder hatte es am Weinbrand gelegen? Jedenfalls konnte er sich nicht dran erinnern, wann er das letzte Mal derart verkatert gewesen war. Zum Glück hatte er sich am Ende des kulinarisch denkwürdigen Abends dazu überreden lassen, ein Taxi zurück nach Hause zu nehmen, anstatt voll wie eine Feldhaubitze mit dem Boot über den dunklen See zu irren. Auch wenn es ihm nach einem herzhaften Frühstück und einigen Aspirin bereits deutlich besser ging als direkt nach dem Aufstehen, brummte sein Schädel immer noch ordentlich und ihm war flau zumute.

»Wie ihr wisst, habe ich mein Augenmerk von Beginn an auf die sogenannte Polizeispur gelegt.« Er erzählte ausführlich von seinem Gespräch mit Qvistgård und der Schriftstellerfinte, von seiner Reise in die Stockholmer Schären und Magnussons Erinnerungen an die düsteren Zeiten auf der Norrmalmwache, von den Schlägereinheiten auf Stockholms Straßen und den feiernden Polizisten nach Palmes Tod. Schließlich heftete er den Ausdruck eines Fotos von Stefan Sjöhult an die Pinnwand. »Darf ich vorstellen, SS-Steffe, mein Hauptverdächtiger. Glühender Palme-Hasser, überzeugter Rechtsextremist, Alphatier der berüchtigten Baseballclique. Hat sich an den Festivitäten nach dem Tod des Ministerpräsidenten auffälligerweise *nicht* beteiligt.«

»Okay«, kommentierte Nyström knapp.

»Wie?«, fragte Knutsson, er war irritiert. »Was heißt *okay?*«

In seinen Ohren klang es nämlich nach: *Der Nächste, bitte!* Irgendwie hatte er sich eine euphorischere Reaktion erhofft.

»Was soll ich sagen, Lasse?« Die Chefin klang gereizt. »Du weißt doch, unter welcher Prämisse wir hier Informationen sammeln. Das, was du herausgefunden hast, ist schön und gut, vielleicht ist es sogar von Bedeutung, aber bei der dürftigen Faktenlage kann ich schlecht mit geballter Siegesfaust auf den Tisch springen. Normalerweise hätte ich gesagt, wir holen uns den Kerl und fühlen ihm auf den Zahn, aber wie soll das unter diesen Umständen gehen? Wir können deinen

SS-Steffe schlecht in einem Fall verhören, mit dem wir uns offiziell überhaupt gar nicht beschäftigen dürfen.«

Nach Nyströms Ausführung war es lange still im Besprechungsraum. Wir machen doch nur, worum du uns gebeten hast, ging es Knutsson durch den Kopf, und wir machen das doch nur, weil du uns darum gebeten hast. Illegal. In unserer Freizeit. Gegen jede Vernunft. Was er schließlich sagte, war jedoch etwas anderes.

»Ich bleibe am Ball.«

4

Es ächzte an diesem Morgen merklich im Team, das entging Hugo Delgado nicht, und er begriff auch die Ursache dafür. Bis hierhin waren sie Ingrid Nyström blind gefolgt. Weil sie ihr vertrauten. Weil sie zu ihr aufsahen. Weil die Chefin voranschritt. Aber in dem Moment, in dem sie den Glauben an die Sache verlor, würde die Ermittlung einstürzen wie ein Kartenhaus. Und danach sah es im Augenblick beinahe aus. Delgado war selbst erschöpft und am Ende seiner Kräfte, aber er konnte sich nicht erinnern, Nyström schon einmal derart verhärmt und desillusioniert erlebt zu haben. Die stumpfen Augen starrten ins Leere. Der Zweifel schnitzte eine tiefe Kerbe in ihre Stirn. Die schmalen Lippen bildeten einen Strich. Bitte nicht aufgeben, dachte er, bitte nicht, denn wenn du fällst, dann fallen wir mit dir und Stina Forss fällt von uns allen wahrscheinlich am tiefsten.

Mit trotziger Verve warf er sich in seinen Vortrag

und berichtete von seiner Suche nach einem Bindeglied zwischen der südafrikanischen Operation *Long Reach* und einheimischen Rechtsextremisten. Er erzählte von Nelson Mandelas Wahrheits- und Versöhnungskommission und der Liste an geständigen Geheimdienstleuten, die er aus dem Aussagematerial zusammengesucht hatte. Von der antirassistischen Stiftung und gleichnamigen Zeitschrift Expo und ihrem Gründungsmitglied Stieg Larsson, der den schwedischen Rechtsextremismus detailliert beobachtet und kartografiert hatte. Von seinem selbst geschriebenen Programm, das nach Überschneidungen und Korrelationen zwischen den beiden Gruppen gesucht hatte. Und von dem Namen, den es ausgespuckt hatte. Ein schwedischer Säpo-Mitarbeiter, der Mitte der Achtzigerjahre gemeinsam mit Kollegen nach Südafrika gereist war, um sich mit dem dortigen Geheimdienst auszutauschen. Entgegen Palmes Staatsdoktrin, das Apartheidsregime zu sanktionieren und zu ächten, wo es nur ging. Delgado skizzierte die Biografie des Staatsschutzmitarbeiters, einschließlich seines frühen und merkwürdigen Tods, und heftete schließlich ein Foto des Mannes neben das Konterfei des schonischen Stadtrats, den Knutsson aufgespürt hatte.

»Ich weiß«, schloss er seinen Bericht ab, »bis jetzt ist es nichts als ein loses Theoriegebäude, aber wenn wir …«

Nyström, die während seines gesamten Vortrags auf irritierende Weise abwesend gewirkt hatte, unterbrach ihn.

»Moment mal, Hugo. Wie, sagtest du, heißt der Kerl?«

»Lars-Ove Herdenstam.«

»Herdenstam, den Namen hört man nicht oft«, stellte sie fest.

Delgado, der sich wieder gesetzt hatte, gab den Namen in den Rechner ein.

»Fünfzehn Mal in ganz Schweden, wahrscheinlich gehören alle Herdenstams mehr oder weniger zur selben Sippe. Aber worauf willst du hinaus?«

»Hm«, machte Nyström, schloss die Augen und lehnte sich weit in ihrem Stuhl zurück.

Alle sahen sie an. Sie öffnete die Augen wieder und sagte mit einer Stimme, die nichts mehr von dem Phlegma und der Bitterkeit der vergangenen Stunde hatte:

»Erinnert ihr euch noch an Kennet Ivarus?«

5

Die Insel, auf der Roger Sundfeldt als Vogelwart arbeitete, stand unter strengem Naturschutz und wurde vom regelmäßigen Fährverkehr nicht angefahren. Stina Forss hatte deshalb ein Boot gechartert, das sie zu der abgelegenen Schäre hinausbrachte. Der ehemalige Fischtrawler hatte mit enormem Seegang zu kämpfen. Forss klammerte sich an die Reeling, Gischt wischte ihr durchs Gesicht. Das Meer an der Westküste war um einiges rauer als die Ostsee in der Tallinner Bucht. Sie musste an Prangli denken, an den alten Urmas und seinen Hund. Und natürlich an Toivo Bärengrub, der im Krankenhaus lag. Ihretwegen. Bevor sie am Morgen aus dem Hotel aufgebrochen war, hatte sie im Hospital angerufen und sich mit ihm verbinden lassen. Er hatte zweimal operiert werden müssen, nun befand er sich auf dem Weg der Besserung. Sie hatte kaum gewusst, was sie sagen sollte. *Sorry, I'm sorry.* Irgendwann hatten beide nur noch geschwiegen und sie hatte schließlich aufgelegt. Sie vermisste ihn. Aber sie wusste, dass sie dem Gefühl keinen Raum geben durfte. Nicht, bevor alles beendet war. Falls ich dann noch am Leben bin, dachte sie.

Die Insel wirkte größer, als Forss sie sich vorgestellt hatte. Auf der Südostseite bildete eine Bucht einen natürlichen Hafen. Der Trawler legte an einem wackeligen Steg an. Sie hatte das Boot für den ganzen Tag gemietet, es würde hier auf sie warten. Über ausgeblichene Holzplanken ging sie an Land. Viel gab es hier nicht zu sehen. Flache, abgerundete Felsen in chargierenden Grautönen. Flechten und Moose, ein wenig struppiges Gras und Strandhafer. Kein Baumbewuchs. Sie folgte einem Trampelpfad, der sie einige Meter über Meeresniveau führte. Nun hatte sie einen besseren Überblick. Die Schäre erinnerte an einen lang gezogenen Walrücken, der sich aus dem aufgepeitschten Meer bäumte. Aus einer Senke in der Nähe des nördlichen Ufers erhob sich ein hölzerner Beobachtungsturm, daneben duckte sich ein Bungalow in eine schiefergraue Felsnische. Aus dem Schornstein stieg Rauch auf. Ansonsten gab es keine Anzeichen dafür, dass hier ein Mensch lebte. Sie ging weiter den Pfad entlang. Im reißenden Wind über ihr standen für Momente neugierige Möwen am Himmel, bevor sie sich davontreiben ließen. Sie hörte das Donnern der atlantischen Brecher an den Klippen der Westseite. Vogelgeschrei. Das Rascheln ihrer Kapuze, in der der Wind spielte. Wie sie vermutete, hatte, brachte der mäandernde Weg sie bis zum Haus und Beobachtungsturm. Sie griff nach ihrer Waffe, ging auf die Haustür zu und klopfte.

6

Ingrid Nyström hatte ihren Jagdeifer wiedergefunden und dazu war nur ein Name nötig gewesen. Delgado konnte den Verdacht mithilfe des Online-Archivs der Meldebehörde innerhalb weniger Minuten verifizieren: Ulrika Herdenstam-Jepsen, die Exfrau von Kennet Ivarus, war tatsächlich die Schwester Lars-Ove Herdenstams, jenes rechtsextremen Säpo-Mitarbeiters, der Mitte der Achtzigerjahre Kontakte zum südafrikanischen Geheimdienst gepflegt hatte.

Es war zu viel passiert, als dass Nyström noch an Zufälle glaubte. Sie waren hier auf etwas gestoßen, auch wenn ihr die Zusammenhänge noch nicht wirklich klar waren. Sie war tief in ihren Gedanken versunken und es dauerte eine Weile, bis sie bemerkte, dass ihre Mitarbeiter sie anstarrten. Über ihren Köpfen schwebten Fragezeichen.

»Aber was bedeutet das?«, brachte Knutsson die Ratlosigkeit auf den Punkt.

Für ihr Team war Ivarus nichts anderes als der Mitarbeiter des Justizministeriums, der zwei brisante Untersuchungen nach Stockholm dirigiert hatte. Im Gegensatz zu ihr wussten sie nichts davon, dass er Beweise gefälscht hatte, um den Mord an ihrer Schwiegertochter der südenglischen Mafia anhängen zu können, und dass er aller Wahrscheinlichkeit nach mit dem Mann verbandelt war, der hinter den Anschlägen auf Stina Forss steckte. Nyström musste eine Entscheidung treffen. Lange hatte sie ihren Mitarbeitern nicht die volle Wahrheit gesagt, sondern bewusst Informationen zurückgehalten. Forss und sie waren sich einig gewesen: Das Wissen um den Revolver und allem, was mit ihm zu tun hatte, war lebensgefährlich. Dieser Gefahr hatten sie ihre Kollegen nicht unnötig aussetzen wollen. Aber das war nun nicht mehr haltbar. Sie waren gemeinsam bereits zu weit vorgedrungen. Nyström traf eine Entscheidung. Nun war der Zeitpunkt gekommen, alle Karten auf den Tisch zu legen. Sie seufzte. Schnitt eine Grimasse, um ihre verspannten Gesichtsmuskeln zu lockern. Seufzte erneut. Dann erzählte sie. Von Ivarus' Lügen und seiner misshandelten Exfrau. Von Dan Bolund, der Fußprothese und Air&SeaTec. Sie musterte ihre Mitarbeiter. Sie blickte in entschlossene, ja, grimmige Gesichter. Sie holte tief Luft. Dann berichtete sie vom Revolver, den Stina Forss gefunden hatte, vom seltsamen Tapferkeitsorden und dem ungeheuerlichen Verdacht, der auf Forss' Vater ruhte.

Danach war es sehr lange still im Raum.

7

Der Mann, der ihr gegenüberstand und die Arme über den Kopf hob, sah nicht wie ein ehemaliger Soldat aus, sondern wie ein in die Jahre gekommener John Lennon. Lange Haare, dichter Bart, schmale, nahezu hagere Gestalt, Nickelbrille, sanfte Augen. Es fehlte nur noch ein Norwegerpulli oder ein weites Hemd, um das Klischee perfekt zu machen, dachte Stina Forss, doch Roger Sundfeldt trug eine Fleecejacke in Neonpink zu einer olivgrünen Funktionshose.

»Setzen!«, befahl sie. »Hände auf die Tischplatte!«

Sie befanden sich in einer schlicht eingerichteten Wohnküche. Das einzige Fenster ließ wenig Tageslicht herein. Trotzdem war der Schrecken ins Sundfeldts Gesicht nicht zu übersehen. Er gehorchte und setzte sich.

»Wer bist du, um Himmels willen? Was willst du hier?«, brachte er hervor.

»Ich stelle hier die Fragen!«

Hierarchie herstellen, die Oberhand behalten.

Doch im Grunde spürte sie bereits, dass von dem Mann keine Gefahr ausging. Sie konnte seinen Schreck nachvollziehen. Wahrscheinlich bekam er nicht allzu oft Besuch auf seiner Insel, noch seltener von einäugigen Frauen mit gezückter Pistole. Sie nahm ihm gegenüber Platz. Legte die Waffe griffbereit auf den Tisch. Eine Art Friedensangebot. Hier war eine andere Vorgehensweise gefragt als bei Agerhåll. Denn was nützte ihr der Mann, wenn er vor Angst kein Wort herausbrachte?

»Ich will mich mit dir unterhalten, Roger. Über eine militärische Ausbildungsmission, an der du vor mehr als dreißig Jahren teilgenommen hast.«

Sie sah Sundfeldt an, wie die Gedanken ins Rattern kamen.

Ein Gesichtsmuskel zuckte. Er kniff die Augen zusammen.

»Du bist die Tochter von Leutnant Forss«, sagte er schließlich.

Nun war sie die Verdutzte.

»Woher …?«

»Du hast den gleichen Zug um den Mund wie er. Das gleiche Kinn.«

»So, so, ein Menschenkenner.«

Der sich ausschließlich mit Vögeln umgab.

»War eine plötzliche Eingebung. Wahrscheinlich habe ich einfach einen Blick für Gesichter.«

»Wenigstens reden wir nun nicht aneinander vorbei.« Sie legte die Hand auf die Waffe. Auf keinen Fall die Kontrolle abgeben. »Die Ausbildungsmission also. Unter der Führung meines Vaters.«

»Das muss im Winter 1985/86 gewesen sein.«

»Beeindruckendes Gedächtnis. Umso besser.«

Mit einer Kopfbewegung warf Sundfeldt sein langes Haar nach hinten.

»Ein halbjähriges Training. *Special forces.* Vier Rekruten und ein Ausbilder.«

Sundfeldt berichtete. Das meiste hatte Forss bereits von Agerhåll gehört, auch wenn Sundfeldt der bessere Erzähler war. Der Drill in einer unwirtlichen Militäreinrichtung im Niemandsland nördlich von Boden. Die körperlich und psychisch fordernden Übungen. Die ewige Kälte. Die ungesunde Gruppendynamik, Erik Stenbecks Unfalltod, Matthias Dahlkvists Attacke.

»Damit war alles vorbei. Ich lag vier Monate im Krankenhaus, den Nazi Dahlkvist haben sie weggesperrt und dein Vater … – ehrlich gesagt habe ich keine Ahnung, was aus ihm geworden ist. Sobald ich wieder auf den Beinen war, habe ich meine Entschädigung genommen und bin aus dem Dienst ausgeschieden.«

Forss überlegte.

»Ein Typ wie du, ein überzeugter Linker, was hat der sich überhaupt von der Armee versprochen?«

Sundfeldt musterte sie.

»Steht mir meine politische Überzeugung auf der Stirn geschrieben?«

Forss verzog den Mundwinkel zu einem schiefen Lächeln.

»Irgendwie schon. Außerdem habe ich mit Agerhåll gesprochen.«

»Tatsächlich war ich damals überzeugter Marxist. *Völker, hört die Signale! Auf zum letzten Gefecht!* Und so weiter und so fort. Wir haben Mitte der Achtzigerjahre wirklich noch an einen möglichen Sieg des Sozialismus geglaubt. Voraussetzung dafür war jedoch eine Politisierung der arbeitenden

Massen. Dazu gehörten natürlich auch Soldaten. Ich bin in die Armee gegangen, um zu agitieren.«

»Ein Überzeugungstäter.«

»Zugegebenermaßen mit bescheidenem Erfolg.«

»Aber *special forces*? Eine Anti-Spionage-Einheit, die auf das Abwehren sowjetischer Infiltration geschult wird? War das aus deiner Sicht nicht ziemlich kontraproduktiv? Dir muss doch klar gewesen sein, dass du dort auf Leute vom entgegengesetzten politischen Spektrum triffst, auf harte Hunde wie Dahlkvist oder Vollidioten wie Agerhåll. Außerdem: Sucht ein Agitator nicht die breite Masse anstatt ein Häuflein Rekruten?«

Sundfeldts Finger fuhren die Maserung der Tischplatte nach.

»Du hast recht, im Nachhinein betrachtet war es eine vollkommen dämliche Idee, mich darauf einzulassen. Als ich von meinem Vorgesetzten für das Training vorgeschlagen wurde, habe ich mich geschmeichelt gefühlt. Auch ein Marxist ist nicht frei von Eitelkeiten. Außerdem: Der ganze machohafte Härtedrill, der von morgens bis abends auf dich einprasselt, hinterlässt irgendwann bei jedem Spuren. Man will in dem, was man tut, gut sein. Darüber hinaus wollte ich wahrscheinlich auch meinen Kameraden etwas beweisen. Mir war natürlich nicht entgangen, dass die meisten mich für einen intellektuellen Weichling hielten, einen Bücherwurm, der nichts auf dem Kasten hat. Als dann aus unserer Einheit ausgerechnet ich für die Schulung vorgeschlagen worden bin, haben viele dumm aus der Wäsche geguckt. Da war meinerseits sicherlich auch eine gewisse Genugtuung im Spiel. Auch wenn ich es bald darauf bereuen sollte. Die Monate da oben nördlich des Polarkreises waren wirklich kein Zuckerschlecken, für uns alle nicht, aber für mich am wenigsten. Schnell wurde deutlich, dass ich im Vergleich zu den anderen körperlich derart abfiel, dass sie mich mit durchschleppen mussten. Was mich verständlicherweise in der Gruppe nicht gerade beliebter gemacht hat. Erik Stenbeck, unser informeller Anführer, war der einzig Anständige, er hat Dahlkvist und Agerhåll im Zaum gehalten. Aber nach dem tragischen Unfall … Spätestens dann hätte ich die Flinte ins Korn werfen müssen. Für meinen kindischen Durchhaltewillen habe ich am Ende teuer bezahlen müssen.« Er seufzte. »Wie auch immer. Wie wir alle wissen, ist der Sozialismus nie gekommen, genauso wenig wie die sowjetische Invasion. Statt Marx lese ich heute Thoreau und *Das geheime Leben der Bäume.* Die Insel hier ist mein Reich. Mit den Vögeln komme ich irgendwie besser zurecht als mit Menschen. Nenn es Eskapismus oder von mir aus Altersweisheit. Aber was ich nicht verstehe: Warum besucht mich die Tochter von Leutnant Forss und will über eine dreißig Jahre zurückliegende Ausbildungseinheit sprechen? Mit gezogener Waffe wohlgemerkt.«

Wieder kniff er die Augen zusammen. Wenn er so schaut, hat er selbst etwas Möwenartiges an sich, dachte Forss. Sie überlegte.

»Hattest du jemals den Eindruck, diese Schulung hatte noch einen anderen Zweck, als euch auszubilden?«

Sundfeldt fasste sich an den Mund und knetete seine Lippen.

»Wie wäre es mit einer Tasse Tee?«, fragte er schließlich.

8

Es war Hultin, die als Erste ihre Fassung wiederfand.

»Willst du damit etwa sagen, Stinas Vater hat Olof Palme erschossen?«

»Ich weiß es nicht, Anette«, antwortete Nyström. Sie wählte ihre Worte mit Bedacht. »Aber wenn wir alles zusammenrechnen, was wir bisher in Erfahrung gebracht haben, wirkt es wahrscheinlich, dass er in irgendeiner Art und Weise in den Mord verwickelt ist. Vergegenwärtigt euch die Details: Das Waffenmodell stimmt. Der Munitionstyp passt. Es fehlen genau zwei Patronen in der Revolvertrommel. Das Timing: Leutnant Kjell Forss kommt am Folgetag des Palme-Mords von einem mehrwöchigen Einsatz zurück. Er steht dermaßen unter Strom, dass er sich volllaufen lässt und seine Frau und Tochter krankenhausreif prügelt. Habt ihr euch nie gefragt, woher Stinas Brandnarben stammen? Vom Abend des 1. März 1986, als ihr Vater ihr eine Pfanne mit siedendem Öl entgegenschleuderte, weil sie es wagte, sich schützend zwischen ihn und ihre Mutter zu stellen. Da war sie gerade in die Schule gekommen.«

Nyström machte eine Pause, um ihre Worte wirken zu lassen.

Knutssons Adamsapfel hüpfte.

Hultin starrte auf die Tischplatte.

Delgado hatte die Faust vor dem Mund geballt.

»Unglaublich«, sagte Knutsson leise. »Das Ganze ist einfach unfassbar.«

»Dreißig Jahre später zieht Stina ins Haus ihres mittlerweile verstorbenen Vaters und stößt auf einen merkwürdigen Tapferkeitsorden. Kurz darauf gehen die Anschläge auf sie los. Der erste trifft Hailey«, Nyström schluckte, »dem zweiten entgeht sie um Haaresbreite. Beide Male ist es Kennet Ivarus, der uns die Ermittlungen wegnimmt und der – wie wir nun wissen – mit Lars-Ove Herdenstam verschwägert war, eben jenem Mann, der in Hugos Recherchenetz hängen geblieben ist und alle Eigenschaften eines echten Hauptverdächtigen vereint. Von der möglichen Verbindung zu Dan Bolund, dem Mann hinter Air&SeaTec, ganz zu schweigen.«

Sie blickte in versteinerte Gesichter.

»Ein Leutnant der Militärpolizei, ein Beamter des Justizministeriums, ein Geheimdienstmitarbeiter mit besten Kontakten nach Südafrika und schließlich eine Wirtschaftsgröße, der ein privates Sicherheitsunternehmen gehört«, zählte Hugo schließlich auf.

»Die ganz große Verschwörung«, sagte Hultin. Nyström war sich unsicher, ob da ein sarkastischer Unterton mitschwang.

»Und nun?«, fragte Knutsson, »was machen wir nun damit?«

»Wir sehen uns diese vier Männer genau an«, sagte Nyström. »Wir durchleuchten ihre Vergangenheit, wir nehmen uns ihre Familien und Freunde vor. Wir drehen jeden Stein einzeln um.«

9

Stina Forss war dankbar für den heißen Tee, dennoch behielt sie die Waffe in der Hand. Auch wenn Sundfeldt nicht bedrohlich wirkte, wollte sie kein Risiko eingehen.

Der hagere Mann hatte wieder seinen Möwenblick aufgesetzt. Nachdenklich blies er Dampf von seiner Tasse.

»Das ist eine interessante Frage, die ich mir selbst nie gestellt habe«, sagte er nach einer Weile.

»Hättest du denn Gründe gehabt, sie dir zu stellen?«

»Ich weiß nicht«, entgegnete er. »Wenn ich an diese Zeit zurückdenke, kommt mir zuerst das alles überlagernde Gefühl völliger Überforderung in den Sinn. Ich war für diese Art von Training schlichtweg nicht gemacht. Ich war unsicher. Hatte Angst. Nicht zu Unrecht, wie sich später gezeigt hat. Aber da war auch noch etwas anderes, eine Irritation, ganz am Rande des Bewusstseins. Dinge, die ich nicht verstanden habe.«

»Zum Beispiel?«

»Dein Vater. Er war ein guter Ausbilder. Ruhig, besonnen, gerecht. Wir alle vier haben ihm bedingungslos vertraut, obwohl er uns in extreme Situationen geführt hat. An die Grenzen unserer Kräfte – und darüber hinaus. Gleichzeitig habe ich selten einen Menschen erlebt, der auf eine so merkwürdige Weise abwesend wirkte. Ich habe nie verstanden, was da vor sich ging. Er wirkte vordergründig konzentriert und bei der Sache, war nicht unempathisch und mit der Führung junger Menschen vertraut. Sicher in dem, was er wusste und tat. Dennoch war da diese Düsternis zu spüren. Und ein innerer Druck. Als stünde ein Leben auf dem Spiel. Und das tat es am Ende ja schließlich auch, wie der Unfalltod Erik Stenbecks gezeigt hat.« Er trank schlürfend Tee. »Im Nachhinein kommt es mir wie eine Art sich selbsterfüllende Prophezeiung vor. Als wäre Eriks Tod nicht das Ergebnis von mehreren unglücklichen Zufällen, als wäre es nicht unserer Fahrigkeit, Unkonzentriertheit oder mangelnder Vorbereitung geschuldet, sondern allein der dunklen Vorahnung deines Vaters. Ergibt das für dich irgendeinen

Sinn? Klingt es zu abgehoben? Ich fürchte, ich kann es nicht besser ausdrücken.«

»Er war damals Alkoholiker«, kommentierte sie trocken.

»Davon habe ich nichts gemerkt, er hatte nie eine Fahne oder ist sonst wie auffällig geworden. Aber vielleicht war es schlicht und ergreifend das, was ihm die Seele gedrückt hat.«

»Was noch?«, fragte Forss. »Du hast von mehreren Dingen gesprochen.«

Sundfeldt blickte sie über seine Schnabelnase hinweg an. Eine Möwe in einer pinkfarbenen Jacke.

»Das andere ist mir wahrscheinlich so eindrücklich in Erinnerung geblieben, weil es mit einer meiner wenigen Sternstunden der Ausbildung zu tun hat. Es muss im November oder Dezember '85 gewesen sein, jedenfalls war Erik damals noch am Leben. Es handelte sich um eine Orientierungsaufgabe. Mit einem Hubschrauber wurden wir vier in verschiedenen Himmelsrichtungen jeweils dreißig Kilometer vom Basiscamp mit minimaler Ausrüstung und kaum Proviant im Wald ausgesetzt. Es ging darum, möglichst schnell zurückzufinden. Die größte Schwierigkeit bestand darin, dass der Schnee zu der Jahreszeit bereits einen halben Meter hoch lag. Am ersten Tag habe ich kaum mehr als fünf, sechs Kilometer Luftlinie zurückgelegt. Das Terrain war felsig und ein Schneesturm zog auf. Ich hatte Glück, vor dem Dunkelwerden eine kleine Grotte zu finden, in der ich Feuer machen konnte, daher habe ich in der Nacht relativ komfortabel geschlafen und war am folgenden Tag gut bei Kräften. Am späten Vormittag des zweiten Tages stieß ich auf den Fluss, der unweit unseres Lagers vorbeifloss. Von da an war es einfach, ich hätte schließlich nur dem Flusslauf folgen müssen, auch wenn das Ufer unwegsam war, und ich wäre am nächsten Tag gegen Abend angekommen. Vermutlich als Letzter, wie bei allen vorangegangenen Aufgaben auch. Ob es falscher Ehrgeiz war oder gekränkte Eitelkeit – ich vermag es heute nicht mehr zu sagen. Jedenfalls kam mir diese irrsinnige Idee: Ein einziges Mal wollte ich der Erste sein, ich wollte gewinnen, dem Leutnant und den anderen beweisen, dass ich kein Verlierer war. Am Ufer des reißenden Flusses stieß ich auf dieses Stück Treibholz, genauer gesagt war es ein halber, toter Baum. Jedenfalls gelang es mir irgendwie, das schwere Ding zurück ins Wasser zu zerren, bis die Strömung es erfasste, und mich daran festzuklammern. Ein improvisiertes Floß. Was soll ich sagen? Es funktionierte. Ich war zwar vollkommen durchnässt, dem Erfrieren nahe, wäre bei den vielen Malen, bei denen ich den hängen gebliebenen Baum von glitschigen Felsen lösen musste, beinahe ertrunken und hatte am ganzen Körper Schürfwunden, aber ich war am frühen Nachmittag des zweiten Tages zurück im Basislager. Als Erster. Und offenbar lange bevor man uns zurückerwartet hatte. Was mir sofort auffiel, war der Hubschrauber auf dem Landefeld. Es war ein anderer als der, mit dem wir am Vortag geflogen waren. Den Hoheitszeichen nach zu urteilen, gehörte der Helikopter zur Marine. Das war ungewöhnlich. Wir waren eine Ausbildungseinheit der Militärpolizei und bekamen, wenn es nötig war, logistische Unterstützung von anderen Truppenteilen, zum Beispiel, wie am Vortag, der Hubschrauber der Luftwaffe. Aber von der Marine? Wir wurden in der gottverdammten Taiga ausgebildet, was hatten wir also mit der Marine am Hut? Ich meldete mich jedenfalls pflichtgemäß und mit vor Stolz geschwellter Brust beim Leutnant zurück. Wie mir der Hubschrauber ja bereits verraten hatte, war dein Vater in der Versammlungsbaracke nicht allein, sondern in Gesellschaft mehrerer anderer Männer. Einer von ihnen war den Uniformabzeichen zufolge ein Konteradmiral! Ein Zweiter allem Anschein nach Zivilist! Die Reaktionen auf mein plötzliches Erscheinen waren ganz offenbar Überraschung, Schrecken und Verärgerung. Vor allen Dingen der hochrangige Offizier und der Mann in Zivil warfen dem Leutnant böse Blicke zu. Es war offensichtlich, dass ich sie dort nicht hätte antreffen sollen. Warum? Ich kann mir bis heute keinen Reim darauf machen, wirklich nicht.« Sundfeldt schlürfte seinen Tee. »Noch weniger auf den Umstand, dass sie an die Wand eine Karte der Stockholmer Innenstadt gepinnt hatten.«

10

Lasse Knutsson war noch immer konsterniert. Wenn Ingrid Nyström recht hatte, änderte das alles. Das, was sie hier taten, wäre plötzlich keine kriminalistische Fingerübung mehr, kein Spiel, bei dem er sich in der Rolle eines recherchierenden Schriftstellers oder seines großen Vorbilds Leif G. W. Persson gefallen konnte, sondern bitterer Ernst. Die Lebensgefahr, in der Stina Forss schwebte, wäre real. Die Verbindung zwischen ihr und dem Palme-Mord echt. Und seine Jagd nach den Hintermännern von Bedeutung. Ein Gefühl der Beklemmung überkam ihn. Sein Mund wurde trocken, gleichzeitig schmeckte er etwas Metallisches. Ihm wurde klar: Wenn Ingrid Nyström recht hatte, dann rückte die Bedrohung ganz nah an sie alle heran. Ihm fuhr es kalt den Rücken herab. Alles, was die Chefin berichtet hatte, ergab Sinn. Die Waffe, das Timing, die Anschläge auf Stina Forss. Jetzt begriff er, warum sie abgetaucht war und ihren eigenen Selbstmord inszeniert hatte. Sie war auf der Flucht.

Gleichzeitig war sie auf der Suche nach Beweisen. Und wir können sie dabei unterstützen, dachte er. Sicher, Nyström hatte ihnen von Beginn an gesagt, dass sie Stina helfen konnten, indem sie den Palme-Fall neu aufrollten. Ehrlich gesagt hatte er das nur hingenommen, weil er eine so hohe Meinung von der Hauptkommissarin hatte, dass er sie eigentlich nie hinterfragte. Aber den wirklichen inneren Zusammenhang hatte er nicht ansatzweise begriffen.

Nyström sah ihn an.

»Lasse, du hast dich intensiv mit der Polizeispur auseinandergesetzt. Vielleicht wird uns das jetzt nützlich. Lars-Ove Herdenstam hat eine Vergangenheit als Polizist, bevor ihn der Staatsschutz rekrutiert hat. Ich möchte, dass du alles über ihn herausfindest, was für uns von Interesse sein könnte. Und damit meine ich nicht nur seine Südafrika-Kontakte oder den merkwürdigen Tod.«

Knutsson nickte.

Delgado hatte einen Einwand.

»Sollte nicht besser ich …?«

Nyström unterbrach ihn.

»Ich brauche dich für Dan Bolund. Der Mann lebt abgeschirmt. Wenn einer von uns eine Chance hat, an ihn heranzukommen, dann du.«

»Aye.«

»Anette, für dich habe ich eine spezielle Aufgabe.« Hultin saß mit ausdrucksloser Miene da. Wahrscheinlich gingen ihr ähnlich düstere Gedanken durch den Kopf wie ihm selbst, überlegte Knutsson. »Ich bin an die Dienstakte von Kjell Forss gelangt.«

»Wie bist du denn daran gekommen?«, wollte Delgado wissen.

Nyström lächelte schmal.

»Die Wege des Herrn sind bisweilen unergründlich.« Das

Lächeln verschwand so schnell, wie es gekommen war. »Sie ist leider in entscheidenden Teilen geschwärzt – noch so eine Auffälligkeit. Dennoch habe ich die Hoffnung nicht aufgegeben, dass wir irgendetwas darin finden, das uns weiterhelfen kann. Du verstehst die Dienstsprache, die Kürzel, den Jargon viel besser als ich, deshalb möchte ich, dass du die Akte durchkämmst.«

»Okay.«

Man sah Hultin an, dass sie sich die Zustimmung hatte abringen müssen. Sie hat Angst, ging Knutsson auf, sie hat Angst um ihr ungeborenes Kind und ihre ganze Familie.

»Und du knöpfst dir Ivarus vor?«, fragte Delgado Nyström.

»Richtig«, antwortete sie. »Wir werden diese Menschen zu Fall bringen.«

Es klang entschlossen.

Trotzdem fühlte es sich an, als wäre die Temperatur im Besprechungsraum innerhalb der vergangenen Stunde um mindestens zehn Grad gefallen.

11

Während der Trawler auf kabbeligen Wellen Kurs Richtung Festland nahm, stand Stina Forss an der Reling und ließ sich die Worte Roger Sundfeldts durch den Kopf gehen. Ein Konteradmiral und ein Mann in Zivil, die mit dem Hubschrauber eine angehende Spezialeinheit der Militärpolizei im nordschwedischen Nirgendwo besuchten. Das konnte alles und nichts bedeuten. Die seltsame Reaktion der Männer auf Sundfeldts überraschendes Erscheinen? Möglicherweise nur die Fehlinterpretation eines erschöpften Rekruten. Die Karte der Stockholmer Innenstadt? Zugegebenermaßen ein Indiz. Und die düstere und angespannte Stimmung ihres Vaters? Ein Hinweis dafür, dass er vier junge Männer für ein Attentat auf den Ministerpräsidenten schulte? Genauso gut konnte es dafür tausend andere Gründe geben. Außerdem war Forss sich sicher, dass weder Agerhåll noch Sundfeldt irgendetwas von Olof Palme gewusst hatten. Wie man es auch drehte und wendete, sie hatte das Gefühl, mehr oder weniger auf der Stelle zu treten. Sie fühlte den Impuls, die Frustration in den tosenden Wind hinauszuschreien. Der entscheidende Schritt vorwärts wollte nicht gelingen. Sie massierte ihr gischtfeuchtes Gesicht mit beiden Händen. Schmeckte Salz auf den Lippen. Biss sich auf die Zunge. Denk nach, schalt sie sich, denk gefälligst nach! Sie starrte auf das unruhige Meer. Entdeckte einen schwimmenden Wasservogel, dem die hohen Wellen nichts auszumachen schienen. Keck reckte er seinen schwarzen Hals nach oben. Im nächsten Moment war er abgetaucht. Und während sie sich so fest an die Reling klammerte, dass die Knöchel ihrer Finger unter der Haut weiß hervortraten, verhakte sich ein Gedanke.

Angenommen, dachte sie, jemand hätte tatsächlich den gewagten Plan, den höchsten Politiker des Landes zu ermorden und zu diesem Zweck eine kleine Gruppe junger, manipulierbarer Soldaten zu schulen: Warum würde man dann ausgerechnet einen Typen wie Roger Sundfeldt rekrutieren, einen Intellektuellen und überzeugten Marxisten, der keine der militärischen Fähigkeiten mitbringt, die ihn für eine solche Aufgabe qualifizieren? Agerhåll hatte ihn als Weichling und Verlierertypen beschrieben. Und seiner eigenen Aussage zufolge hatte Sundfeldt sich selbst am meisten darüber gewundert, für das harte Training ausgewählt worden zu sein, und zugegeben, dass er große Schwierigkeiten gehabt hatte, mit seinen Kameraden physisch und psychisch mitzuhalten. Für eine Einheit der *special forces* – ob mit oder ohne verdeckte Tötungsmission – war er eine nicht nachvollziehbare Fehlbesetzung gewesen. Trotz Sundfeldts großem Coup, der auf zugegebenermaßen originelle Weise gewonnenen Orientierungsaufgabe, muss das allen Verantwortlichen von Beginn an klar gewesen sein.

Es sei denn …

Es sei denn …

Es sei denn, man hatte ihn genau dort haben wollen. Weil er eine bestimmte Rolle zu spielen hatte. Weil man eine linke Socke wie ihn brauchte. Weil man nach dem Anschlag eine *tote* linke Socke brauchte. Als den Sündenbock, der sämtliche Ermittlungen in eine völlig falsche Richtung lenkt und sie in einer Sackgasse enden lässt. Forss hatte in den Wochen nach dem Waffenfund genug über den Mord gelesen, um zu wissen, dass es auch roten Palme-Hass gegeben hatte. Der umstrittene Ministerpräsident hatte in vielen Fragen längst nicht so weit links gestanden, wie es ihm seine konservativen Kritiker immer vorgeworfen hatten. Ein Sozialdemokrat war eben längst kein Sozialist. Unter Palme waren kommunistische Umtriebe knallhart bekämpft worden, davon zeugte die sogenannte Krankenhausspion-Affäre ebenso wie die Verhaftung und Verurteilung der Journalisten der marxistischen Zeitschrift *Kulturfront*. Der radikalere Teil der Arbeiterbewegung hatte Palme das sehr übel genommen. Daher war ein linksextremer Agitator, der scheinbar eine Antispionageeinheit der Streitkräfte unterwandert und als Elitesoldat die Fähigkeiten mitbringt, ein Attentat auszuführen, ein wunderbarer, weil plausibler Hauptverdächtiger – während die eigentlichen Verschwörer dem politisch entgegengesetzten Lager angehörten. Für ein solches

Szenario bräuchte man mindestens zwei Akteure, überlegte Forss. Das Bauernopfer, Roger Sundfeldt, den man später am besten tot auffindet, samt Abschiedsbrief und Bekennerschreiben. Und den eigentlichen Schützen. Einen pflichtbewussten jungen Mann wie Erik Stenbeck. Oder einen faschistischen Überzeugungstäter wie Matthias Dahlkvist. Nur war es dazu nie gekommen. Stenbeck war tötlich verunglückt und Dahlkvist war dumm oder unbeherrscht genug gewesen, sich selbst und Sundfeldt aus dem Spiel zu nehmen. Übrig war allein Agerhåll geblieben. Eine Spielfigur ohne Funktion.

Jemand anders hatte die Verantwortung übernehmen müssen. Der Mann, der an dem ganzen Schlamassel der außer Gefecht gesetzten Rekruten schuld war.

Ach, Papa, dachte sie.

Vor dem Trawler tauchte der Wasservogel wieder auf. Sein nasses Gefieder glänzte schwarz wie Öl.

140 TAGE BIS TAG X

Die Bombe platzte zweieinhalb Wochen nach Torbens Tod. Sie hatte sich für den Gang zur Bank fein gemacht. Das dunkelgraue Etuikleid von Chanel, dazu ein schwarzer Blazer, eine schwarze Strumpfhose und schwarze Schuhe. Am Vortag war sie sogar extra beim Friseur gewesen. Das Outfit hatte sich gut angefühlt, eine Art Uniform, die ihr Halt gab. Sie musste stark sein. Sie war nun das alleinige Familienoberhaupt. Sie würde für ihre Söhne kämpfen wie eine Löwenmutter. Sie würde Bengt die Law-School in England ermöglichen. Schlau genug dafür war er. Es würde ihm guttun. Die Luftveränderung würde ihm die schwarzen Klamotten und geschminkten Augen schon austreiben. Er würde eine hübsche, taffe Britin kennenlernen und nach dem Studium mit nach Schweden bringen. Alexander dagegen brauchte nun ihre volle Aufmerksamkeit. Sie hatte ver-

gessen, wie jung er noch war. Er benötigte Sicherheit und Orientierung. Morgens, wenn er in der Schule war, würde sie wieder zur Universität gehen und den Juraabschluss nachholen, nachmittags und abends würde sie für ihn da sein. Vielleicht konnte sie ihn sogar dazu überreden, wieder mit den Tennisstunden anzufangen.

Der Banktermin ließ alle diese Träume platzen. Das, was ihr der junge Mitarbeiter mit betroffener Miene in seinem Büro eröffnete, war eine Katastrophe. Nichts weniger als das. Sie war pleite. Nein, sie war nicht nur pleite, sie hatte Schulden. Wie konnte das sein? Sie begriff es nicht. Es musste sich um einen Fehler handeln, ein Missverständnis, einen Irrtum. Wo war das ganze Geld? Der Bankmitarbeiter erklärte es ihr wieder und wieder. Das teure Haus. Die hohen laufenden Kosten. Torbens lange Krankheit. Aber vor allem die hochriskanten Aktiengeschäfte. Sie bohrte so lange nach, bis sie es verstand: Torben hatte sich an der Börse verzockt. Alles Geld war weg. Es war nicht nur das Haus, das bis zum Anschlag mit Hypotheken belegt war. Torben hatte hinter ihrem Rücken die Staatsanleihen zu Geld gemacht, die sie von ihren Eltern zur Hochzeit bekommen hatten, und alles bei Börsengeschäften verspielt. Ihr Erbe. Ihre Rücklagen. Ihre Sicherheit.

Ihr wurde schwindelig. Sie blickte in einen Abgrund. Der Bankangestellte holte ein Glas Wasser, das sie in einem langen Zug trank, und setzte sie schließlich in ein Taxi.

Zu Hause galt ihr erster Gedanke den Tabletten und dem Cognac. Aber dann kam die Wut. Wie hatte er ihr das nur antun können, ihr und den Kindern? Was sollte nun mit ihnen werden? Aus Bengts Studium in England? Aus Alexanders Tennisstunden? Aus ihr und dem Abschluss?

Das Klingeln des Telefons riss sie aus ihren Gedanken. Am Apparat war Schlippenbach. Er druckste lange herum, bevor er zur Sache kam. Es ging um den Dienstwagen. Es tue ihm schrecklich leid, aber nun, wo Torben, nun ja, nicht mehr unter ihnen weilte, müsste die Firma den Mercedes leider wieder einziehen. Sie knallte das Telefon samt Hörer an die Wand.

KAPITEL 11

1

Am frühen Donnerstagmorgen saß Ingrid Nyström zum zweiten Mal innerhalb weniger Tage im Schnellzug nach Kopenhagen und überquerte die Meerenge. Über dem Öresund ging die Sonne auf. Ein Netz aus Millionen silbernen Reflexen legte sich über die See, die eben noch bleigrau gewesen war, gleichzeitig spiegelte sich im Fenster des Abteils ihr eigenes Ebenbild. Sie betrachtete die Linien ihres seltsam illuminierten Gesichts. Die Krähenfüße, die Falten auf der Stirn, die harten Züge, die ihren Mund einrahmten. Das ist aus mir geworden, dachte sie. Das ist aus mir geworden, weil ich mich dafür entschieden habe. Es hätte auch andere Möglichkeiten gegeben. Sie hätte aufgeben und ihren Job hinwerfen, mit Anders und Anna nach Afrika gehen, ihre Tochter bei der Trauer um Hailey unterstützen können.

Vielleicht hätte sie auf diese Art sich selbst zu vergeben gelernt. Oder wenigstens auf eine gesunde Weise zu trauern. Vielleicht hätte es in Tansania die Chance auf einen Neustart gegeben. Für sich und ihre Familie.

Stattdessen war sie auf dem Weg nach Dänemark, um eine Frau zu nötigen, der im Leben schlimme Dinge widerfahren waren. Sie würde die Traumata eines unschuldigen Menschen erneut hervorzerren, um sie sich zunutze zu machen. Ihr war dabei völlig bewusst, dass ihr Handeln im Kern egoistisch motiviert war. Ganz tief in ihr drin wusste sie: Es ging nicht um Stina Forss, noch viel weniger um Olof Palme oder etwas so Abstraktes wie das Wohl des Landes. Es ging um ihre persönliche Rache. Sie wusste um die Möglichkeit von einem richtigen Leben – und hatte sich bewusst dagegen entschieden. Der Zweck heiligte eben nicht die Mittel, das tat er so gut wie nie. Sie hauchte gegen die Fensterscheibe. Ihr Antlitz verschwand hinter Nebel. Dann hatte der X2000 die Brücke überquert und tauchte in einen Tunnel.

2

Anette Hultin hatte vor der Arbeit einen Termin beim Frauenarzt gehabt. Dem Baby ging es hervorragend, ihr selbst weniger. Das hatte mit ihren Rückenschmerzen zu tun, aber natürlich auch mit einer Menge anderer Dinge. Sie musste Entscheidungen treffen, die ihr Leben möglicherweise von Grund auf verändern würden – dabei mochte sie das Leben, wie sie es sich eingerichtet hatte, mit Wilma, Victor und dem Haus in Hovshaga, deshalb schob sie diese

Entscheidungen seit Wochen vor sich her. Dazu kam das, was Nyström ihnen am Vortag offenbart hatte. Der Bericht der Chefin hatte sie schockiert. Wenn die Annahmen auch nur teilweise stimmten, waren sie alle in etwas sehr Gefährliches verwickelt. Natürlich wollte Hultin Forss helfen. Natürlich wollte sie Nyström und die anderen Kollegen unterstützen. Natürlich wollte sie ihren Teil dazu beitragen, den Palme-Fall zu lösen. Aber konnte sie sich dieses Risiko als Mutter von bald zwei kleinen, hilflosen Kindern überhaupt leisten? Ihr Bauch gab eine klare Antwort. Weshalb sie die Akte von Leutnant Forss, die Nyström ihr gegeben hatte, nicht mit nach Hause genommen, sondern über Nacht im Büroschreibtisch eingeschlossen hatte. Wenigstens ein Mindestmaß an räumlicher Trennung zwischen Privatem und Beruflichem gelobte sie sich einzuhalten, eine Strategie, die in Bezug auf Delgado nicht gerade berauschend funktioniert hatte.

Im Präsidium machte sie einen Kräutertee, schob die Unterlagen des Bestechungsfalls zur Seite, holte entgegen aller Vernunft die Dienstakte aus dem Schreibtisch und vertiefte sich darin. Nyström hatte recht gehabt. Für einen Zivilisten, der nie gedient hatte, waren die darin enthaltenen Informationen schwer zugänglich. In den Einsatzbefehlen, Beurteilungen und Beförderungsschreiben wimmelte es von Abkürzungen, speziellen Ausdrücken und Zahlencodes. Hultin konnte das meiste dechiffrieren, auch wenn ihre fünfjährige Dienstzeit über ein Jahrzehnt zurücklag und sich damals im Vergleich zu Leutnant Forss' Wirken zwischen den späten Sechziger- und dem Beginn der Neunzigerjahre bereits vieles geändert hatte. Der größte Unterschied, das wurde ihr beim Lesen schnell klar, bestand darin, dass zu ihrer Zeit der Kalte Krieg lange vorbei gewesen war. Vor dem Zusammenbruch der Ostblockstaaten und des Warschauer Pakts war Schweden ein hochgerüstetes Land in ständiger Verteidigungsbereitschaft gewesen. Mit Spannung las sie Forss' Einsatzberichte aus den frühen Achtzigerjahren. Als Kopf einer Spezialeinheit der Militärpolizei war er an Gegenmaßnahmen zu den sowjetischen U-Boot-Sichtungen in schwedischen Hoheitsgewässern beteiligt gewesen und hatte die betroffenen Küstenlinien mit seinem Team nach abgesetzten feindlichen Spionen durchkämmt. Überhaupt war die Karriere des Leutnants zunächst steil verlaufen. Er hatte sich innerhalb weniger Jahre vom einfachen Gefreiten zum vielversprechenden Sergeant und später zu einem von seinen Vorgesetzten hochgeschätzten Offizier entwickelt. Mitte der Neunzigerjahre hatte er die Armee nach dreißig Dienstjahren im Rang eines Oberleutnants verlassen. Auf die Verleihung des besonderen Tapferkeitsordens, den Nyström erwähnt hatte, des Kriegskreuzes ersten Grades in Gold, fand sie keinen Hinweis. Allerdings waren nahezu drei vollständige Jahre, von 1985 bis 1987, durchgehend heimlich gestempelt und unleserlich gemacht worden. Ein schwarzes Loch, das in der Akte klaffte, ausgerechnet an der Stelle, die für sie am interessantesten war. Was nicht da war, ließ sich auch nicht bewerten. Also konzentrierte sie sich auf die späten Achtziger- und frühen Neunzigerjahre. Forss' Berufslaufbahn stagnierte ab 1987. Kritische Bewertungen häuften sich. Er wurde auf einem Schreibtischjob mit wenig Verantwortung geparkt. Und Hultin fand schließlich auch den Grund dafür heraus. Sie stieß auf eine Krankschreibung samt Überweisung aus dem Jahr 1991, der ein mehrmonatiger Klinikaufenthalt folgte. Sie erkannte den Zahlencode, der die Art der Erkrankung umschrieb: Alkoholismus. Forss hatte einen Entzug gemacht und anschließend nahm seine Karriere noch einmal Fahrt auf. Sorgfältig ging Hultin die Akte bis zum Ende durch, doch weitere Auffälligkeiten gab es nicht. Falls Kjell Forss in den Palme-Fall verwickelt war, fanden sich in seiner Akte keine Hinweise darauf. Jedenfalls abgesehen von den drei geschwärzten Jahren, was auch immer das zu bedeuten hatte. Und natürlich ließ sich darüber spekulieren, was den Mustersoldaten hatte zum Trinker werden lassen. Sie blätterte zur Krankschreibung zurück. Die Geschichte hinter der Alkoholsucht erzählte die dreistellige Ziffer nicht. Hultin musste an Stina Forss' Brandnarben denken. Aus einem Grund, den sie selbst nicht mehr nachvollziehen konnte, hatte sie all die Jahre, in denen sie Kolleginnen gewesen waren, geglaubt, die Narben gingen auf einen Verkehrsunfall zurück. Sie seufzte. Schob die Akte von sich. Wo Stina wohl gerade war? Was sie wohl gerade trieb? Hultin griff nach ihrer Tasse. Der Tee war leer. Zeit, sich einen neuen zu machen. Doch statt aufzustehen, blieb sie sitzen. Etwas hielt sie zurück. Das waren nicht ihre Rückenschmerzen. Da war etwas gewesen, was nicht stimmte. Etwas mit der Krankschreibung und Kliniküberweisung. Sie zog die Akte wieder zu sich. Dort, die Unterschrift des Vorgesetzten, der die Vorgänge genehmigt hatte. *Konteradmiral Gyllenstierna.* Der Name sagte ihr nichts, dafür aber der Dienstgrad. Warum genehmigte ein derart ranghoher Militär eine profane Krankschreibung? Und warum überhaupt ein Admiral? Der Militärpolizeiverband, zu dem Forss gehört hatte, war dem Heer zugeordnet gewesen, nicht der Marine. Hultin markierte die Unterschrift mit einem Rotstift. Etwas an dem eigentlich unscheinbar wirkenden bürokratischen Vorgang stimmte nicht. Sie klebte ein Post-it in die Akte und klappte sie zu. Womöglich war sie hier wirklich auf etwas gestoßen. Zufrieden klopfte sie auf den Deckumschlag. Dabei fiel ihr Blick zum ersten Mal auf die Privatadresse des Leutnants. Kjell Forss hatte ganz in der Nähe der Stockholmer Kaserne gelebt.

In Täby.

3

Lasse Knutsson saß in seinem Büro und war in die Unterlagen vertieft, die Delgado über Lars-Ove Herdenstam zusammengestellt hatte. Er selbst hatte bereits am Vortag Herdenstams Dienstakte beim Staatsschutz angefordert – unter einem an den Haaren herbeigezogenen Vorwand –, aber auf seine Anfrage noch keine Antwort erhalten. Gerade war er auf das Obduktionsprotokoll des früh verstorbenen Säpo-Mannes gestoßen, dessen Existenz an sich schon bemerkenswert war, bedeutete es doch, dass es damals tatsächlich Ansatzpunkte gegeben hatte, eine natürliche Todesursache zumindest infrage zu stellen, als es an seiner Bürotür klopfte. Zu seiner Überraschung war es Ulf Qvistgård.

»Störe ich?«

»Blödsinn, komm rein und setz dich!«

»Danke.«

Der rote Ulf nahm ihm gegenüber Platz. Er sah aus, als hätte er etwas auf dem Herzen.

»Das war ja ein Wahnsinnsabend neulich bei dir«, lobte er. »Das Essen! Die Getränke! Die Angel-Anekdoten! Ich habe mich seit Ewigkeiten nicht mehr so amüsiert. Auch wenn ich zugeben muss, dass mir am nächsten Tag ganz schön der Schädel gebrummt hat.«

»Wir sind halt nicht mehr die Jüngsten.«

»Wem sagst du das? Aber was kann ich für dich tun, mein Lieber?« Knutsson rieb sich demonstrativ die Hände. Im selben Moment fiel ihm etwas ein. »Geht es um mein Boot? Blockiert es deinen Steg? Ich hatte vor, am Wochenende …«

Qvistgård winkte ab.

»Ach, Quatsch, mach dir keine Sorgen, deswegen bin ich nicht hier.«

Er spielte mit der Schlaufe der ledernen Herrenhandtasche, die er zwischen seine Beine geklemmt hatte. Knutsson spürte, dass es wirklich um etwas Ernstes zu gehen schien.

»Was es auch ist, Ulf, du weißt hoffentlich, dass du mit mir über alles reden kannst.«

»Es geht um einen Mann, den du erwähnt hast, als wir über dein Palme-Sachbuch gesprochen haben. Den Kopf der Baseballclique.«

»SS-Steffe?«

»Genau, Stefan Sjöhult. Ich habe versucht, mir nichts anmerken zu lassen, aber ich kenne den Kerl. Wobei *kennen* das falsche Wort ist. Lass es mich anders formulieren: Ich hatte beruflich mit ihm zu tun.«

»Als Polizist in Stockholm?«

»In meiner Eigenschaft als Personalrat und Gewerkschaftsvertreter. Deshalb habe ich auch in dem Moment nichts gesagt. Alle arbeitsrechtlichen Vorgänge, die Kollegen betreffen, unterliegen natürlich der Schweigepflicht.«

»Sicher.«

Knutsson bemühte sich, seine Aufregung im Zaum zu halten. Auch wenn die Personalie Sjöhult angesichts Nyströms Offenlegungen an Brisanz verloren hatte, war er natürlich gespannt, was der rote Ulf ihm zu sagen hatte.

»Deshalb habe ich mich verpflichtet gefühlt, zunächst mit der Person Rücksprache zu halten, die sich damals mit ihrem Anliegen an mich gewandt hat. Auch wenn das Ganze beinahe vierzig Jahre her ist. Sie hat mir grünes Licht gegeben, auch wenn es kein leichtes Gespräch war.« Er seufzte. »Im Sommer 1983 tauchte die junge Kollegin – ihr ist es lieber, wenn der Name außen vor bleibt – in der Sprechstunde des Personalrats auf. An dem Tag hatte ich Dienst. Die Frau zögerte. Ich verstand, dass es ihr lieber gewesen wäre, mit einem der erfahreneren Kollegen oder noch lieber mit einer Kollegin, die damals allerdings noch sehr rar gesät waren, zu sprechen, aber irgendwie brachte ich sie dazu, sich mir anzuvertrauen. Sie arbeitete im Bezirk Norrmalm, war aber bewusst zu uns nach Södermalm gekommen, weil sie den berüchtigten Filz und die Seilschaften auf Norrmalm fürchtete, die offenbar sogar vor dem Personalrat nicht haltmachten. Die junge Streifenpolizistin war am Boden zerstört und wusste nicht mehr weiter. Sie war Opfer von systematischem Mobbing, sexueller Nötigung und notorischer Übergriffigkeit geworden. Verantwortlich dafür waren in erster Linie drei Kollegen. Sie war eingeschüchtert und hatte monatelang den Mund gehalten, weil sie glaubte, dass es den meisten Frauen im Polizeidienst ähnlich erging. Dass solche Dinge irgendwie dazugehörten. Dass es an ihr lag und sie sich einfach eine dickere Haut zulegen müsste. Aber es war im Laufe der Zeit immer schlimmer geworden und schließlich am Vortag eskaliert.« Er hielt inne und fuhr sich mit der Hand durchs Gesicht. »Das arme Ding war von ihren drei Peinigern nach Dienstschluss in der Umkleide vergewaltigt worden.«

»Verdammt!«, entfuhr es Knutsson.

»Nicht wahr? Gott sei Dank hat die Frau die Täter zur Rechenschaft gezogen. Sie war bereit, das ganze Programm durchzuziehen: Strafanzeige, Zeugenaussage, Prozess. Gegen drei Platzhirsche der wohl schlimmsten Wache des Landes. Dabei war die Ausgangssituation denkbar schlecht, ihre Aussage stand gegen drei. Und das lange bevor es DNA-Tests gab. Natürlich logen die Kerle, dass sich die Balken bogen, und deckten sich gegenseitig. Was vor Gericht schließlich den Ausschlag gab, waren die Abwehrverletzungen, die einer der Täter im Gesicht und an den Armen hatte. Die hatte sie ihm zugefügt, bevor diese Schweine sie bewusstlos geschlagen haben. Also konnte wenigstens einer verknackt werden. Die anderen beiden kamen mit einem blauen Auge davon. Strafrechtlich konnten sie nicht belangt werden und dienstrechtlich bekamen sie gerade einmal eine Ermahnung. Es war vollkommen lächerlich.«

»Furchtbar.«

Knutsson schüttelte seinen schweren Kopf.

Qvistgård hatte sich die Pointe für den Schluss aufgehoben.

»Einer der beiden, die davongekommen sind, war Stefan Sjöhult beziehungsweise SS-Steffe. Den Spitznamen hatte er damals schon. Er durfte auf Norrmalm bleiben, bis er frühzeitig pensioniert wurde. Sein Kumpel wechselte nach dem Vorfall zur Säpo. Die junge Kollegin ließ sich nach Nordschweden versetzen. So weit weg von diesen Tieren wie möglich. Wie sie mir gestern am Telefon sagte, hat sie den Polizeidienst einige Jahre später aufgegeben und ist Försterin geworden. Verständlich, wenn du mich fragst.«

»Absolut«, pflichtete ihm Knutsson bei.

»Aber weißt du, was das wirklich Interessante an dem Gespräch mit ihr war?« Qvistgård holte tief Luft. »Ich musste ihr natürlich von deinem Palme-Projekt erzählen, denn das war ja schließlich der Grund, warum ich sie nach all den Jahren noch einmal mit Stefan Sjöhult behelligte.«

»Ja, sicher.«

»Als das Stichwort Palme fiel, hat sie von sich aus gesagt, dass sie sich den Mörder immer als jemanden vom Schlage Sjöhults vorgestellt hat. Ist das nicht merkwürdig?« Knutsson bejahte. Nachdenklich kraulte er seinen Bart. »Mir ist natürlich auch klar, dass es sich dabei erst einmal um nichts weiter als die Projektion einer traumatisierten Person handelt«, fügte Qvistgård an, »aber bemerkenswert fand ich es trotzdem.«

»Danke, dass du meinetwegen nachgehakt hast. Die Geschichte hilft mir womöglich wirklich weiter.«

»Gern geschehen. Ich dachte mir, es rundet das Bild Stefan Sjöhults ab. Vielleicht sollte man diese Leute in Schonen darüber aufklären, wen sie da eigentlich zum Stadtrat gewählt haben.«

»Das sollte man wirklich.«

Qvistgård erhob sich. Er sah auf seine Armbanduhr und lächelte.

»Jetzt sollte ich aber wirklich gehen, ich hab schon viel zu viel deiner kostbaren Arbeitszeit in Anspruch genommen.«

»Quatsch mit Soße! Das Gegenteil ist richtig. Und unser nächstes Essen geht selbstverständlich auf mich.«

Qvistgård zwinkerte ihm zu und wandte sich zum Gehen.

Da fiel Knutsson etwas ein.

»Eine Frage habe ich doch noch.«

Qvistgård blieb in der Tür stehen und drehte sich zu Knutsson um.

»Ja?«

»Dieser Kollege Sjöhults, der ebenfalls davongekommen und anschließend zur Säpo gewechselt ist. Weißt du vielleicht noch, wie der hieß?«

»Wenn ich mich nicht irre«, antwortete Qvistgård, »war sein Name Herdenstam.«

4

Vom Bauernbengel zum Millionär, dachte Hugo Delgado, als er sich mit der Biografie Dan Bolunds beschäftigte, eine Aufsteigergeschichte, wie sie typisch war für die Generation der kurz nach dem Zweiten Weltkrieg Geborenen, auch wenn es Bolund auf der gesellschaftlichen Leiter einige Sprossen höher geschafft hatte als die meisten anderen. 1946 als ältester Sohn einer jämtländischen Bauernfamilie geboren, die Volksschule mit guten Noten abgeschlossen, Ausbildung zum Buchhalter bei einer Bank in Östersund, Umzug nach Stockholm, Anstellung bei Skandia, parallel dazu Weiterbildungskurse in Betriebswirtschaft an der Abendschule, Abteilungsleiter, Wechsel zu einem mittelständischen Zuliefererunternehmen der Autoindustrie, Aufstieg zum Geschäftsführer, Wechsel zu einem großen Automobilhersteller, Aufstieg zum stellvertretenden Leiter der Verkaufsabteilung, Wechsel zu einem Konkurrenten, Aufstieg zum Finanzvorstand, schließlich Aufsichtsrat in drei renommierten Unternehmen. Die Bilderbuchkarriere eines Topmanagers, dachte Delgado. Über die beruflichen Meriten hinaus war wenig über Bolund an die Öffentlichkeit gedrungen. Neben dem Doppelinterview mit Ivarus in *Dagens Industri* fand Delgado eine Handvoll älterer Zeitungsartikel, die sich intensiver mit Bolund beschäftigten, tiefere Einblicke in sein Privatleben gewährten sie jedoch nicht. Der Wirtschaftsmann war definitiv niemand, der das Rampenlicht suchte. Im Expo-Material tauchte er nicht auf, übrigens genauso wenig wie Ivarus. Auch in den sozialen Medien war keine Spur von Bolund zu finden, was allerdings für einen Mann seiner Generation nicht weiter ungewöhnlich war. Als Nächstes untersuchte Delgado die Steuerunterlagen.

Die Summen, die Bolund in den vergangenen Jahren beim Finanzamt geltend gemacht hatte, verschlugen Delgado die Sprache. Hinweise auf eine Verbindung zu Air&SeaTec fielen ihm nicht ins Auge, allerdings zweifelte er kaum daran, dass ein findiges Finanzberatungsbüro Mittel und Wege kannte, schwarze Einkünfte, die durch eine windige Firma mit Sitz auf den Britischen Jungferninseln generiert wurden, unbemerkt am Fiskus vorbeizuleiten. Auffällig war, dass Bolund regelmäßig hohe Beträge an verschiedene Institutionen spendete: wirtschaftsnahe Thinktanks, die konservative Partei Die Moderaten, das Nationalmuseum, die Stiftung Contra. Delgado hielt inne. Über Contra stolperte er nicht zum ersten Mal. Expo hatte viel über die rechtskonservative und neoliberale Stiftung und ihre gleichnamige Zeitschrift geschrieben. In den Achtzigerjahren hatte einer Ausgabe ein Palme-Konterfei mit Zielscheibe beigelegen.

Die polizeiliche Akte hatte er sich für den Schluss aufgehoben. Insgesamt gab es vier Einträge. Der erste lag fünfzehn Jahre zurück und bezog sich auf ein Bußgeld für eine Geschwindigkeitsübertretung. Der zweite stammte aus den Neunzigerjahren, es ging um eine Anzeige wegen Alkohol am Steuer. Der zuständige Staatsanwalt hatte die daraus folgende Anklage wegen Geringfügigkeit fallen lassen. Das kam bei Alkoholdelikten eigentlich nie vor. Delgado zog eine Augenbraue hoch. Der dritte Eintrag war jedoch noch deutlich ungewöhnlicher. »Jagdunfall Holmedalen«, stand dort und es wurde auf ein Aktenzeichen verwiesen. Delgado kopierte das Amtskürzel und gab es in die Suchmaske ein. Seltsamerweise existierte dieses Aktenzeichen überhaupt nicht. Als er den vierten Eintrag las, wurde ihm mulmig zumute. Dan Bolund war vor vier Tagen von seiner Frau als vermisst gemeldet worden.

5

Die Chancen stehen fünfzig zu fünfzig, dachte Stina Forss, als sie den Wagen am Straßenrand zum Stehen brachte. Das Wohngebiet machte einen exklusiven Eindruck, zwischen den Villen in erster Reihe öffnete sich der Blick aufs Meer. Marstrand lag auf einer Insel, war aber bequem über eine Brücke vom Festland aus erreichbar. Im Sommer war der Ferienort von Touristen überlaufen, nun, in der Nachsaison war es ruhiger, die Souvenirläden, Restaurants und Cafés hatten überwiegend geschlossen und das kleine Städtchen döste selbstgenügsam in der Herbstsonne. Forss beobachtete das weiß getünchte Haus, zu dem sie das Navi geführt hatte. Im Vorgarten war an einem Fahnenmast die dreizüngige blaugelbe Flagge der Marine gehisst, ein Zeichen dafür, dass sie hier richtig war. Es war einfach gewesen, hierher zu finden, vielleicht sogar zu einfach, überlegte sie. In einem Internetlexikon hatte sie eine Liste aller schwedischen Konteradmiräle seit dem achtzehnten Jahrhundert gefunden. Mitte der Achtzigerjahre hatte es zwei gegeben. Der eine war seit Jahren tot, der andere hatte sich nach seinem Ausscheiden aus dem Dienst ein Haus auf einer Insel mit Meerblick gegönnt. Für einen ehemaligen Marineoffizier eine durchaus nachvollziehbare Wahl, dachte sie. Die Adresse hatte im Online-Telefonbuch gestanden mitsamt dem ehemaligen militärischen Rang. Ulf Gyllenstierna, Konteradmiral a. D., war offenbar stolz auf seine Laufbahn und identifizierte sich selbst als Achtzigjähriger noch mit seiner beruflichen Vergangenheit – auch davon zeugte die knatternde Fahne in seinem Vorgarten. So trat ein Mann auf, der nichts zu verbergen hatte, und vielleicht stimmte das ja auch – wie gesagt, die Chance, dass sie den Richtigen gefunden hatte, lag bei fünfzig Prozent. Und selbst wenn sie den Richtigen gefunden hätte, denselben Mann, den Rune Sundfeldt damals in der Abgeschiedenheit der Taiga im Ausbildungscamp mit ihrem Vater gesehen hatte, bedeutete das immer noch nicht, dass er etwas mit der Sache zu tun hatte. Des Weiteren gab es auch noch die Möglichkeit, dass sich Sundfeldt schlicht und ergreifend geirrt hatte, was die Rangabzeichen des Mannes anging. Nichtdestotrotz war der ehemalige Konteradmiral die einzige Spur, die sie hatte.

Der Vormittag verging langsam und weitestgehend ereignislos. Forss blieb im Auto sitzen und nippte an einem kalt gewordenen Kaffee in einem Pappbecher. Eine getigerte Katze überquerte die Straße. Eine füllige Frau fuhr auf einem Fahrrad vorbei. Ein großes Auto wurde in der Einfahrt des Nachbarhauses geparkt. Über dem Meer, das deutlich ruhiger war als am Vortag, segelten Möwen. Gegen Mittag kam ein weißer Van in die Straße gebogen und hielt zwanzig Meter vor ihr. Ein auf dem Dach montierter Lautsprecher dudelte die Melodie des Kinderlieds *En liten båt*. Forss entdeckte einen Schriftzug, *Knutssons Fisch und Schalentiere.* Unwillkürlich legte sich ein Lächeln auf ihr Gesicht. Sie musste an ihren Kollegen denken. Lasse hätte bei dem geräucherten Fisch wahrscheinlich richtig zugeschlagen und sich dann anschließend bitterlich über die vermeintlichen Mondpreise echauffiert. Der Verkaufswagen öffnete seinen Verschlag. Aus einem Nachbarhaus kam eine etwa fünfzigjährige Blondine und deckte sich mit Meeresgetier ein. Aus einer Villa mit prätentiösem Säulenportal trat eine junge Frau in engen Jeans und stellte sich hinter der Blonden an. Und endlich öffnete sich auch die Tür hinter dem Flaggenmast. Der Mann wirkte alt, achtzig Jahre, vielleicht älter. Ein großer, schlanker Mann, auf einen Rollator gestützt. Dunkler Trainingsanzug, goldbestickte Baseballkappe, Schlappen, schlurfender Gang. Keine zehn Meter vor ihr durchquerte er ihr Blickfeld. Sie ließ sich tief in den Sitz sinken, dennoch konnte sie die Aufschrift auf seiner Kappe lesen, *HMS Gotland,* darunter die Silhouette eines U-Boots. Keine Frage, es musste sich um Gyllenstierna handeln. Er stellte sich brav vor dem Fischwagen an. Die junge Frau ließ ihn vor. Man kannte sich. Er bedankte sich lächelnd, gab seine Bestellung auf, bezahlte, nahm den weißen Plastikbeutel, der ihm gereicht wurde, legte ihn in den Korb seines Rollators und schlurfte zum Haus zurück. Aus dem ehemaligen kalten Krieger ist ein Greis geworden, dachte Forss. Umso besser. Sie startete den Wagen. Ihr Appetit war zurückgekommen. Irgendwo auf der Insel würde sie bestimmt ein Restaurant finden, das geöffnet hatte. Für die Nacht erwartete sie wenig Gegenwehr.

6

Die Beratungsstelle, in der Ulrika Herdenstam-Jepsen arbeitete, lag in der Innenstadt und hatte einen karitativen Verein als Träger. Ingrid Nyström ging zu Fuß. Beim Überqueren einer Straße wäre sie beinahe mit einem der allgegenwärtigen Radfahrer kollidiert. Zum Glück konnte der junge Mann noch im letzten Moment bremsen. Kopfschüttelnd und fluchend fuhr er weiter. Es stimmte, sie war mit ihren Gedanken woanders. Sie war bereits bei Kennet Ivarus' Exfrau und Lars-Ove Herdenstams Schwester.

Eine Viertelstunde später hatte sie die Adresse erreicht, ein mehrstöckiges Gebäude mit roter Ziegelsteinfassade. Im

Foyer war ein Schild angebracht, das ein Dutzend Organisationen auflistete, die in dem Haus untergebracht waren. Die Räumlichkeiten der Beratungsstelle befanden sich im zweiten Stock. Nyström ging eine breite Treppe hinauf. Die bunten Wandmalereien atmeten den Geist der Siebzigerjahre, das berüchtigte Viertel Christiania lag direkt um die Ecke. Vor einer Glastür musste Nyström klingeln. Hinter einem Empfangstresen kam ihr eine Frau entgegen und musterte sie durch das Glas. Die Sicherheitsmaßnahme war verständlich, wenn man bedachte, dass dieser Ort für die Opfer gewalttätiger Männer gedacht und gemacht war. Die Frau öffnete die Tür.

»Hast du einen Termin?«

Nyström schüttelte den Kopf. Sie presste sich eine Hand auf den Unterbauch, als habe sie Schmerzen.

»Es ist eine akute Situation. Ich habe den Tipp von einer Freundin bekommen. Ich würde gern zu Ulrika.«

»Du bist aus Schweden?«

Nyström zog die Mundwinkel in die Länge.

»Malmö. Ich … Das Gefühl, dass derjenige, der mir … dass er auf der anderen Seite des Öresunds ist, gibt mir ein bisschen Sicherheit. Und den Mut, endlich mit jemandem darüber zu sprechen.«

Nyström spürte, dass sie auf die richtigen Knöpfe gedrückt hatte. Die prüfende Mimik der Frau machte Hilfsbereitschaft Platz.

»Sicher doch. Komm bitte herein.« Sie legte Nyström behutsam einen Arm auf die Schulter und führte sie zu einer Art Wartezimmer. »Ulrika ist gerade noch in einem Gespräch mit einer anderen Klientin, aber anschließend hat sie für dich Zeit.«

»Danke.« Nyström setzte sich. »Soll ich irgendein Formular ausfüllen?«

»Nein, wir arbeiten niedrigschwellig. Das erste Gespräch erfolgt bei uns immer anonym. Danach entscheidet die Klientin selbst.« Sie sah Nyström aufmunternd an. »Kopf hoch«, sagte sie. »Schön, dass du hier bist. Damit ist der erste Schritt getan. Kann ich dir etwas anbieten? Kaffee? Tee?«

Nyström lehnte dankend ab und die Frau ging zu ihrem Schreibtisch zurück. Die Hauptkommissarin musste nicht lange warten, bis sich die Tür eines Büros öffnete. Herdenstam-Jepsen trat gemeinsam mit einer anderen Frau aus der Tür, sie waren in ein Gespräch vertieft, das in einer Abschiedsumarmung endete. Als die Klientin sich der Frau am Tresen zuwandte, fiel Herdenstam-Jepsens Blick auf Nyström. Ihr Unterkiefer klappte auf. Schnell erhob sich Nyström, schob die konsternierte und sprachlose Frau vor sich her in das Büro und schloss rasch die Tür hinter sich. Erst jetzt fand Herdenstam-Jepsen ihre Worte wieder, ganz Empörung und Wut.

»Das darf doch wohl nicht wahr …«

Nyström fasste die rundliche Frau an beiden Oberarmen.

»Du hörst mir jetzt zu!«, befahl sie. Ihr Gegenüber rang um Fassung. Sie drückte die Frau in den Schreibtischstuhl. »Ich wäre nicht hier, wenn es nicht ungeheuer wichtig wäre. Es geht um Leben und Tod, wortwörtlich.« Nyström zog ein Foto aus der Innentasche ihres Mantels und drückte es Herdenstam-Jepsen in die Hand. Verängstigt starrte diese auf das Bild. Es waren Aufnahmen aus dem Krankenhaus. Sie zeigten Stina Forss kurz nach dem Überfall. Unbekleidet und bewusstlos. Der magere Körper von Hämatomen, Schnitt- und Brandwunden übersät. »Das ist eine Kollegin von mir. Sie hat mit Ach und Krach überlebt. Verantwortlich dafür ist dein Exmann. Ich will ihn stoppen, bevor er es wieder tut. Dazu brauche ich deine Hilfe.«

Das Foto zitterte in Herdenstam-Jepsens Hand. Die

braunen feuchten Augen starrten Nyström an, die Lippen bebten.

»Okay«, sagte sie schließlich. »Ich werde dir helfen.«

7

Anette Hultin ging die Notizen durch, die sie sich nach dem Gespräch mit dem Journalisten Einar Darell gemacht hatte. Er hatte mehrfach von der militärischen Prägung Täbys gesprochen, was kein Wunder war, lag der Vorort doch in unmittelbarer Nähe der Marine- und Luftwaffenhochschule sowie der Stockholmer Kasernen. Darell hatte auch einen Waffensammler aus Täby erwähnt, der zum Freundeskreis Stig E.s gehört hatte. Und hatte Lasse Knutsson nicht bei einer der vielen Besprechungen etwas vom Waffenfetisch der übergriffigen Polizisten der Baseballclique erzählt? Hultin überlegte. An welchen Orten kamen Armeeangehörige und Waffeninteressierte zusammen? In Schützenvereinen. Die landesweite Schießsportbewegung war groß. Hultins Finger flogen über die Tastatur ihres Rechners. Die Suchmaschine spuckte unmittelbar ein Ergebnis aus. Täby hatte einen Schießsportclub, der sich auf seiner Website einer hundertjährigen Tradition rühmte. Aber wie sollte sie an mehr als dreißig Jahre alte Mitgliederlisten gelangen?

Sie machte neuen Kräutertee, schaufelte Zucker hinein und rührte nachdenklich um. Dann fiel ihr etwas ein. Sie griff nach ihrem Handy und rief kurz entschlossen ihren ehemaligen Kameraden Tobias Lindhagen an. Dem *dick pic* zum Trotz. Nach dem zweiten Klingeln nahm er ab.

»Na, du Süße«, flötete er, »ich habe gerade an dich gedacht.«

»Und ich an dich. Deshalb rufe ich nämlich an.«

»Cool«, sagte er. »Echt cool. Wann sehen wir uns?«

»Gar nicht.«

Er war merklich irritiert.

»Wie meinst du das?«

Gegenfrage.

»Bist du eigentlich im Schützenverein?«

»Wie bitte?«

»Ob du in Täby im Schießsport aktiv bist?«

»Willst du mich veräppeln?«

»Ganz und gar nicht.«

»Also … da gehen doch nur Senioren hin. Ich kann mir nichts Lahmeres vorstellen als …«

»Ich will, dass du mir alte Mitgliedslisten besorgst, aus den gesamten Achtzigerjahren. Jeder, der dort den Schießstand benutzt hat, verstanden?«

»Sag mal, spinnst du? Ich dachte wir beide …«

»Hör mir genau zu, Tobias: Was damals in Afghanistan zwischen uns geschehen ist, war falsch. Ich habe mich dabei von dir bedrängt und ausgenutzt gefühlt und ich bereue, damals nicht klarere Stoppzeichen gegeben zu haben. Aber das tue ich jetzt. Deine neuerlichen Avancen empfinde ich als ekelhaft. Entweder beschaffst du mir so bald wie möglich diese Listen, von denen ich gesprochen habe, oder ich konfrontiere deine sicherlich sehr entzückte Frau mit dem Pimmelbild, das du mir geschickt hast. Hast du mich verstanden?«

Er war sprachlos.

Zufrieden drückte sie ihn weg und verstaute das Handy wieder in der Handtasche.

8

Ein siebenundsechzigjähriger Aufsichtsrat, der seit Tagen vermisst wurde, ohne dass etwas darüber in der Presse stand? Das war ungewöhnlich. Hugo Delgado rief bei dem Stockholmer Revier an, auf dem die Vermisstenanzeige aufgenommen worden war. Nachdem man ihn zweimal weiterverbunden hatte, landete er bei einem mürrischen Kollegen, der jede Frage abblockte und ihn an die Pressestelle verwies.

»Schon mal was von Amtshilfe gehört?«, grollte Delgado in die Leitung, aber der verschlossene Gesprächspartner hatte bereits aufgelegt. Er versuchte es bei der Pressestelle. Dort verwies man ihn auf eine offizielle Stellungnahme, die der leitende Beamte im Laufe des Tages abgeben würde. Stirnrunzelnd beendete Delgado das Gespräch. Er würde sich einige Stunden gedulden müssen, bevor er mehr erfuhr. Die ganze Angelegenheit wirkte gelinde gesagt seltsam.

Dann gab es da noch die Sache mit dem Jagdunfall in Holmedalen.

Auch daraus wurde Delgado nicht schlau. Sicher, es kam immer wieder vor, dass polizeiliche Akten verloren gingen – aber mitsamt dem dazugehörigen Aktenzeichen? Dafür gab es im Grunde nur eine plausible Erklärung: Jemand musste den kompletten Eintrag im Zentralregister gelöscht haben. Eigentlich ein unmöglicher Vorgang. Amtliche Unterlagen genossen einen besonderen Schutz. Höchstens der Geheimdienst hatte unter Umständen entsprechende Befugnisse, und auch das nur mit richterlicher Genehmigung. Andererseits überraschte ihn mittlerweile nichts mehr. Zweifellos war Dan Bolund ein Mann mit Einfluss. Dass er gute Beziehungen ins Justizministerium hatte, legte die Verbindung zu Kennet Ivarus nahe. Vielleicht hatte er tatsächlich die

Macht, polizeiliche Akten verschwinden zu lassen. Was allerdings die Frage aufwarf, warum in seiner eigenen Akte ein entsprechender Eintrag stand. Das Ganze ergab keinen Sinn. Delgado tat, was er meistens tat, wenn er nicht weiterwusste. Er fütterte seinen Rechner. In den Weiten des Internets fand sich nichts zu einem Jagdunfall an einem Ort namens Holmedalen. Er ließ den Jagdunfall weg. Holmedalen gab es in Schweden dreimal. Eine kleine Wohnsiedlung in der Kommune Ale nördlich von Alingsås, eine Straße in Göteborg und ein Waldgebiet in Västernorrland. In einer Straße oder einem Wohngebiet ließ es sich schlecht jagen, überlegte Delgado, deshalb konzentrierte er sich auf den Wald. Er sah sich das Gebiet auf einer Karte an. Der Forst gehörte zu einem Gutshaus, das den Namen Holmegård trug. Gutshaus, das klang schon eher nach Jagdunfall, befand er. Er probierte die neue Begriffskombination und wurde fündig. Eine Meldung aus einer Lokalzeitung.

Ånge, 8. Oktober 2001

Auf Gut Holmegård kam es am gestrigen Sonntag am Rande einer Treibjagd zu einem Jagdunfall, bei dem der 57-jährige Hundeführer Bert-Åke K. von einem Schuss tödlich verletzt wurde. Gutsherr und Jagdleiter Rune Svärd sprach von einem tragischen Unglück. Die örtliche Polizei wurde umgehend hinzugezogen, wollte den Vorfall aber mit Hinweis auf laufende Untersuchungen nicht kommentieren. Der Stockholmer Großunternehmer und Bankier Svärd, der Holmegård seit Jahrzehnten als Herrenhaus und Wochenenddomizil nutzt, versprach eine lückenlose Aufklärung des Unfalls und drückte den Hinterbliebenen sein Mitgefühl aus. Bert-Åke K. hinterlässt in Ånge eine Frau und drei volljährige Söhne.

Delgado druckte den Zeitungsartikel aus. Dan Bolund tauchte darin nicht auf, dafür ein anderer Name, Rune Svärd. Er tippte ihn in die Suchmaschine. Mehr als zehntausend Treffer. Delgado las. Svärd war ein Schwergewicht der schwedischen Industrie- und Finanzwirtschaft und gehörte zu den reichsten Männern des Landes. Auch wenn sich der Neunundachtzigjährige, der auf Djursholm lebte, schon lange aus dem Tagesgeschäft zurückgezogen hatte, stand er einem riesigen Unternehmensgeflecht vor, das aus traditioneller Industrie, Hightech-Firmen, Investmentfonds und mehreren Privatbanken bestand. Svärd war Großmäzen, Träger des königlichen Wasa- und Nordsternordens für besondere Verdienste um das Land und galt als erzkonservativ. Delgado wunderte sich, dass er noch nie von dem Mann gehört hatte. Dem Artikel der nordschwedischen Lokalzeitung zufolge war Svärd der Ausrichter der Jagd gewesen, auf die in Bolunds Polizeiakte verwiesen wurde. Daraus ergab sich die Frage, in welchem Verhältnis die Männer zueinander standen. Delgado gab beide Namen in die Suchmaschine ein. Die Ergebnisse ließen keinen Zweifel daran, dass sie sich kannten. An allen drei Unternehmen, bei denen Bolund im Aufsichtsrat saß, hielt Svärd die Aktienmehrheit. Am aufschlussreichsten war der Artikel eines Wirtschaftsmagazins, der Bolund porträtierte. Darin hieß es, Svärd sei für den sechzehn Jahre jüngeren Manager ein Mentor, Vorbild und guter Freund.

Delgado überlegte. Mögliches Szenario: Svärd lädt eine Jagdgesellschaft auf sein Anwesen in Ånge. Sein ehemaliger Protegé Bolund ist einer der Gäste. Während der Jagd wird versehentlich eine lokale Hilfskraft erschossen. Die Polizei ermittelt und nimmt die Personalien aller Anwesenden auf, das wäre jedenfalls das Standardprozedere und würde erklären, wie der Eintrag in Bolunds Akte zustande kam. Nachdem sich die erste Aufregung gelegt hat, sorgt jemand dafür, dass die Ermittlung eingestellt wird und sich die Dokumentation des unschönen Ereignisses in Luft auflöst. Er lässt die Ermittlungsakte samt Aktenzeichen verschwinden, übersieht dabei aber, dass der Vorgang bereits Spuren in anderen Akten, wie zum Beispiel in Bolunds, hinterlassen hat.

Delgado rief im Register Svärds Polizeiakte auf. Sie war blütenrein, es gab keinen einzigen Eintrag. Wer auch immer für das Löschen der Ermittlungsakte verantwortlich war, wollte damit wahrscheinlich in erster Linie Rune Svärd schützen und nicht seine Jagdgäste. Wir leben in einem Land, in dem die Allerreichsten tun können, was sie wollen, dachte Delgado bitter, und nichts bleibt an ihnen hängen.

9

Lasse Knutsson war nach Qvistgårds überraschendem Besuch wie elektrisiert. Wenn der rote Ulf sich richtig erinnert hatte, dann waren Stefan Sjöhult und Lars-Ove Herdenstam Kollegen oder sogar Kumpel gewesen. Aufgeregt verglich er das Material, das er über Sjöhult gesammelt hatte, mit Delgados Unterlagen über Herdenstam. Nach über einer Stunde gab er auf. Er hatte nichts gefunden. Wenn Herdenstam tatsächlich vor seiner Zeit bei der Säpo ebenfalls auf der Norrmalm-Wache gewesen war, dann hatte es Delgado zumindest bis jetzt nicht herausgefunden. Wie sollte man auch an solche Informationen gelangen, wenn Herdenstams Akte bis zum heutigen Tag beim Geheimdienst unter Verschluss lag? Bis Knutsson Antwort auf seine Beantragung der Herausgabe der Akte erhielt, würden Tage vergehen. Er stöhnte gequält auf. Das war der Hunger. Vielleicht sollte er sich, bevor er weitermachte, erst einmal ums Mittagessen kümmern. Was gab es denn an diesem Tag in der Kantine? Irgendwo unter dem chaotischen Papierberg auf seinem Schreibtisch musste der Wochenplan doch liegen! Er sortierte die vielen losen Blätter zu zwei Stapeln zusammen, einen für Sjöhult und den anderen für Herdenstam. Tatsächlich lag der Kantinenplan ganz unten. Heute stand Fleischklops à la Wallenberg mit Kartoffelpüree und Erbsen auf dem Programm. Es gab wahrlich Schlechteres. Sein Magen knurrte. Die vegetarische Alternative las er sich gar nicht erst durch. Er legte den Plan zurück, stand auf und … ließ sich wieder in den Stuhl plumpsen. Sosehr sein Bauch ihn auch Richtung Kantine zerrte: Etwas Unbewusstes hielt ihn zurück. Es hatte sich an irgendetwas festgebissen. Das hatte mit den Wohnorten der Männer zu tun. Knutsson blätterte nun hektisch in den beiden Stapeln, bis er zwei Papiere gefunden hatte, auf denen die jeweiligen Adressen standen. Die Kopie eines alten Motorradführerscheins von Stefan Sjöhult und das Deckblatt des Obduktionsprotokolls von Lars-Ove Herdenstam. Sjöhult hatte in den Achtzigerjahren in Hägernäs gelebt, Herdenstam in Ensta. Beides hatte Knutsson vorhin schon gelesen. Aber erst jetzt machte es Klick. Er war in Geografie immer gut gewesen. Beide Orte lagen nördlich des Stockholmer Stadtrands. Er gab per Sprachbefehl beide Adressen in die Karten-App seiner Smartwatch ein. Und schluckte, als er das Ergebnis sah. So unterschiedlich die Adressen auf dem Papier waren – auf dem Satellitenbild sah man ganz deutlich, dass die Gärten, die zu den beiden Einfamilienhäusern gehörten, am hinteren Ende zusammenstießen. Genau dort, wo die Grenze zwischen Hägernäs und Ensta verlief. Beide Orte gehörten zur Kommune Täby. Hatte Anette Hultin nicht am Vortag irgendetwas von Täby und einer Milieustudie erzählt?

10

Ingrid Nyström saß in Ulrika Herdenstam-Jepsens Wohnzimmer und wartete. Die Frau hatte ihr gegenüber Platz genommen und ging einen Stapel Fotos durch, die sie aus einem Umschlag genommen hatte. Schließlich hatte sie offenbar gefunden, wonach sie gesucht hatte. Sie nahm eine Aufnahme aus dem Stapel, legte sie vor sich auf den Couchtisch und verstaute die anderen wieder sorgfältig in dem Kuvert. Dann schob sie das Foto, das sie ausgewählt hatte, über den Tisch. Nyström griff danach und betrachtete es. Der Abzug zeigte fünf Männer in Tarnkleidung, die auf einer Art Freitreppe saßen und grimmig in die Kamera schauten. Jeder hatte ein Gewehr geschultert. Nyström meinte Kennet Ivarus zu erkennen, mit Schnurrbart und gut dreißig Jahre jünger. Auch zwei der anderen Gesichter kamen ihr vage bekannt vor. Sie blickte ihr Gegenüber fragend an.

Herdenstam-Jepsen warf mit einer Kopfbewegung das lange Haar über die Schulter, drückte den Rücken durch und faltete die Hände im Schoß.

»Kennet und ich haben uns 1981 während des Studiums kennengelernt. Er war ein gut aussehender Kerl aus einer vornehmen Stockholmer Familie, klug, charmant, zielstrebig. Ich habe mich Hals über Kopf in ihn verliebt. Ihn umgab eine Aura der Strenge, die ich damals sehr anziehend fand. Anderthalb Jahre später haben wir uns verlobt, kurz danach fing es mit den Schlägen an. Zu Beginn waren es nur Ohrfeigen, zum Beispiel wenn ich etwas sagte, das ihm nicht passte, oder mich in einer anderen Weise in seinen Augen falsch verhielt. Es war zunächst nur sehr vereinzelt und er hat sich hinterher jedes Mal ausführlich entschuldigt, auf den Knien um Verzeihung gebeten und mich angefleht, ihn nicht zu verlassen. Natürlich hätte ich damals schon genau das tun müssen.« Sie schlug die Augen nieder. »Aber so funktionieren Missbrauchsbeziehungen leider nicht. Kennet hatte mich ausgesucht, weil ich jemand war, der die Opferrolle annahm. Der sich schwach und im Grunde seines Herzens wertlos fühlte. Und zu einem gewissen Grad habe ich mir ja auch ihn ausgesucht, einen Mann seiner Art. Heute weiß ich das. Heute kenne ich die perfiden Mechanismen und das Etablieren solcher Machtsysteme. Damals empfand ich es als große, tragische Liebe. Einen Teil davon habe ich sehr gemocht. Das andauernde Drama. Den emotionalen Ausnahmezustand. Den intensiven Sex. So lächerlich es klingen mag, ich kam mir zum ersten Mal im Leben bedeutsam vor. Wie die Hauptfigur in einem französischen Liebesfilm. Zumindest in der ersten Zeit. Später wurde es dann schlimmer. Der Glamour verschwand und was blieb, waren Schmerzen, Lügen und Selbstverachtung.« Sie verzog den Mund zu einem schiefen Lächeln. »Am Ende sind beinahe fünfundzwanzig Jahre daraus geworden. Es bedurfte eines einschneidenden Ereignisses, bevor ich die Kraft fand, mich endgültig von ihm loszusagen.«

»Der Autounfall«, stellte Nyström fest. »Wobei es sich in Wirklichkeit nicht um einen Unfall handelte, nicht wahr?«

»Du weißt davon?«

Nyström nickte knapp.

»Wer sind die Männer auf dem Bild?«

»Du hast recht, ich will dich nicht mit der Geschichte meiner grauenhaften Ehe langweilen.« Sie wies auf das Foto. »Die Aufnahme ist 1984 entstanden, auf einem Jagdschloss in Nordschweden. Der Kerl neben Kennet ist mein Bruder Lars-Ove, fünf Jahre vor seinem frühen Tod. Die beiden hinter ihnen hießen Dan Bolund und Stefan Sjöhult, ein Geschäftsmann und ein Polizist. Der Mann, der ganz oben steht und sich an das Geländer lehnt, war damals ein hohes Tier bei der Marine, Ulf Gyllenstierna. Zusammen mit ein, zwei anderen bildeten sie den Club, so haben wir Ehefrauen die Zusammenkünfte genannt, zumindest bei den wenigen Gelegenheiten, bei denen wir mitgenommen wurden.«

Ivarus. Herdenstam. Bolund.

Nyströms Puls klopfte am Hals. Ihr Mund wurde trocken. Die Haut begann zu jucken. Hatte Lasse Knutsson nicht von einem Mann namens Stefan Sjöhult gesprochen? Ein Polizist der Norrmalm-Wache und Mitglied der berüchtigten Baseballclique? Ihr linkes Ohr begann zu fiepen.

»Der Club?«, fragte sie, so arglos wie möglich, und versuchte, sich ihre Aufgewühltheit nicht anmerken zu lassen.

Herdenstamm-Jepsen atmete lautstark aus.

»Wo soll ich anfangen? Ich stamme aus einer sehr konservativen Familie, mein Vater war Wirtschaftsprüfer und Reserveoffizier, mein Großvater war Notar und saß für die Moderaten im Parlament. Ich bin in Kreisen aufgewachsen, die ich heute als reaktionär bezeichnen würde. Monarchisten, Kommunistenfresser, Militärs, rechte Ideologen. Damals fand ich das vollkommen normal. Es war mein Bruder, der Kennet für die Bewegung interessierte und später rekrutierte.« Sie seufzte. »Hast du schon einmal etwas vom Netzwerk Stay-behind gehört?«

Nyström spürte, wie sich die Nackenhaare aufstellten.

»Eine paramilitärische Widerstandsorganisation, die im Falle einer Besatzung hinter den feindlichen Linien Sabotage betreiben sollte«, zitierte sie aus Delgados Zusammenfassung.

»Genau. Stay-behind gab es in beinahe allen NATO-Staaten. Ebenso bei uns, obwohl davon natürlich nichts nach außen dringen durfte, wir waren schließlich offiziell ein neutrales Land. Der Aufbau des schwedischen Arms begann nach dem Zweiten Weltkrieg. Am schlagkräftigsten war er in der heißen Phase des Kalten Kriegs. Nach dem Fall des Eisernen Vorhangs löste er sich sukzessive auf. Alle unsere Regierungen waren darüber informiert, Gelder und Logistik kamen jedoch aus dem westlichen Ausland. Kennets Club war eine von etwa dreißig Zellen, die es in Schweden gab. Die einzelnen Zellen operierten unabhängig voneinander, waren nur der Führungsebene Rechenschaft schuldig.«

»Was geschah bei diesen Zusammenkünften?«

»Lapidar formuliert: große Jungs, die Krieg spielten. Sie übten Guerillataktiken, wie Kennet es ausdrückte, Schießen, Nahkampf, Sabotage. Ich konnte es nie ganz ernst nehmen, auch wenn es durch Leute wie Konteradmiral Gyllenstierna einen durchaus seriösen Anstrich bekam. Einmal ist Kennet gemeinsam mit Lars-Ove und Stefan Sjöhult zu einem Ausbildungscamp nach Großbritannien gefahren, angeblich vom dortigen Geheimdienst arrangiert. Doch meistens fanden ihre Treffen in Nordschweden statt. Tagsüber robbten sie durch den Wald, abends wurde dann debattiert und natürlich gebechert. Du kannst dir das Niveau dieser politischen Hetztiraden sicherlich vorstellen.«

»Palme muss weg!«

»Genau solche Dinge wurden da geäußert. Aber wie gesagt, damals fand ich das alles erschreckend normal.«

»Du hast die Führungsebene erwähnt. Kannst du dich an Namen erinnern?«

»Was das anging, gab sich Kennet immer sehr geheimnistuerisch.« Herdenstam-Jepsen beugte sich vor und tippte auf das Foto. »Doch einmal sind wir offiziell zu einem verlängerten Wochenende eingeladen worden. Einige haben sogar ihre Kinder mitgebracht. Bei der Gelegenheit ist diese Aufnahme entstanden, auch wenn der Gastgeber nicht mit auf das Bild wollte. Ein steinreicher Mann, Industrieller und

Bankier. Intelligent, eloquent, weltgewandt. Er hat mir zur Begrüßung die Hand geküsst. Diese Art von angestaubter Eleganz. Er hieß Rune Svärd. Auch wenn es niemand offen ausgesprochen hat: Ich bin mir sicher, dass er zur Führung von Stay-behind gehörte.« Sie seufzte erneut. »Es tut mir leid, dass ich dich mit diesem Exkurs in schwedischer Geschichte langweilen muss. Aber es ist wichtig, die Hintergründe zu kennen, um das Eigentliche zu verstehen.« Sie seufzte ein drittes Mal. »Du hast mich nach etwas gefragt, das Kennet schaden kann.«

Sie griff in den Umschlag, in dem auch das Foto gewesen war, nahm einen dünnen Hefter heraus und legte ihn ebenfalls auf den Tisch.

»Was ist das?«

»In den Jahren, in denen seine Misshandlungen am schlimmsten waren, habe ich es als meine Lebensversicherung betrachtet. Doch ich habe nie gewagt, es gegen ihn einzusetzen.« Sie stöhnte auf wie ein waidwundes Tier. »Es sind Unterlagen und Aufzeichnungen, die Kennet zu einem Fall zusammengestellt hat, der vor Gericht verhandelt wurde. Er war damals Staatsanwalt. Es ging um eine junge Polizistin, die von drei Kollegen vergewaltigt worden war. Zwei der Vergewaltiger waren seine Guerilla-Kameraden, mein Bruder Lars-Ove und Stefan Sjöhult. Selbstverständlich hätte er den Fall aufgrund des verwandtschaftlichen Verhältnisses eigentlich überhaupt nicht übernehmen dürfen. Aber er ging das Risiko ein, dass niemand in seinem beruflichen Umfeld den Mädchennamen seiner Frau kannte. Dieser Rune Svärd drängte ihn dazu. Wie ich schon sagte, ein Mann mit viel Einfluss. Diese Unterlagen belegen, wie Kennet Beweise unterschlagen und das Vergewaltigungsopfer unter Druck gesetzt hat, um die Anklage gegen die beiden deutlich abzuschwächen. Erfolgreich, am Ende wurden sie freigesprochen und nur der dritte Täter musste hinter Gitter.«

»Wann war das?«

»1983.«

Nyström nickte.

»Danke, Ulrika«, sagte sie knapp.

»Wird es reichen, um Kennet zu stoppen?«

Nyström stand auf, zog sich den Mantel an und griff nach dem Ordner und dem Foto.

»Wir werden sehen.« In der Tür zögerte sie, drehte sich noch einmal um und sah der Frau tief in die Augen. »Ich verspreche es dir.«

11

Hugo Delgado hatte gerade einen Energydrink geöffnet, als hinter ihm die Bürotür aufflog. Wie eine Büffelherde reinzuplatzen, ohne anzuklopfen: Das konnte nur Knutsson sein.

»Hier wird gearbeitet«, pflaumte er, ohne sich umzudrehen. »Was willst du?«

»Meinen Hunderter zurück«, forderte Knutsson. »Ich habe Durst.«

»Du kommst zu spät. Ich wollte ihn dir ja wiedergeben, war heute Morgen deinetwegen sogar extra beim Geldautomaten, aber du weißt ja, wie es ist, wenn der Zucker-Jieper zuschlägt. Ich habe den Automaten eben geplündert.«

»Dann gib mir wenigstens etwas ab!«

Delgado schob ihm die geöffnete Getränkedose und

eine Packung Schokonüsse zu, ohne dabei von seinem Bildschirm aufzusehen.

»Ekelhaft«, kommentierte Knutsson, nachdem er die Dose mit langen Schlucken geleert und lautstark gerülpst hatte, wobei offenblieb, ob er sich mit der Äußerung auf den Geschmack des Softdrinks oder sein eigenes Verhalten bezog. Dann machte er sich raschelnd an der Nusspackung zu schaffen.

»Aber das Zeug wirkt«, sagte Delgado.

»Na hoffentlich. Wo ist Anette eigentlich?«

»Hat früher Schluss gemacht. Rücken.«

»Die Arme.«

»Ich habe mit Schwangeren prinzipiell kein Mitleid.«

»Wieso?«

»Selbst gewähltes Schicksal.« Er fischte aus einer Schreibtischschublade eine zweite Dose, öffnete sie, trank sie in einem Zug aus, stellte sie ab, klopfte sich auf die Brust und rülpste mindestens ebenso lautstark.

»Ekelhaft«, wiederholte Knutsson kopfschüttelnd, wobei erneut offenblieb, ob er die mangelnden Tischmanieren oder Delgados nicht wirklich ernst gemeinten Mackerspruch meinte. Vermutlich beides.

»Was willst du wirklich hier, Lasse?«

Endlich wandte er sich Knutsson zu. Der wedelte mit einem Blatt Papier herum.

»Ich habe etwas herausgefunden.«

»Ach was, zeig her.«

Es war der Ausdruck eines Landkartenprogramms, auf dem Knutsson eine Stelle mit Kugelschreiber eingekreist hatte.

»SS-Steffe und Lars-Ove Herdenstam waren bis Mitte der Achtzigerjahre Kollegen auf der Norrmalm-Wache und noch dazu direkte Nachbarn. Wahrscheinlich waren sie miteinander befreundet. Aber damit nicht genug.«

Knutsson berichtete von seinem Gespräch mit Ulf Qvistgård. Von der Gruppenvergewaltigung und dem milden Urteil, das Sjöhult und Herdenstam ungeschoren hatte davonkommen lassen. Als er fertig war, verlieh Delgado seinem Erstaunen durch einen lang gezogenen Pfiff Ausdruck.

»Es wird immer verrückter«, sagte er. »Wir beide haben an völlig verschiedenen Enden angefangen, nach dem Palme-Mörder zu suchen. Und nun zeigt sich, dass die Männer, die wir ins Auge gefasst haben, so etwas wie beste Kumpel waren.«

»SS-Steffe kannte Herdenstam, Herdenstam war mit Ivarus verschwägert, Ivarus wiederum kennt diesen Businesstypen Bolund, der wahrscheinlich hinter den Anschlägen auf Stina steckt«, fasste Knutsson zusammen. »Die ganze Sache bekommt mehr und mehr Konturen.«

»Apropos Bolund«, warf Delgado ein. »Seine Frau hat ihn vor einigen Tagen als vermisst gemeldet. Ist das nicht merkwürdig?«

»Reiche Leute wie er gehen doch normalerweise nicht einfach so verloren.«

»Nicht wahr? Außerdem bin ich noch auf etwas anderes Seltsames gestoßen. Vor Jahren war Bolund offenbar in einen Jagdunfall verwickelt, der …«

Er wurde von einem Piepsignal seines Smartphones unterbrochen. Das war der aktivierte News-Alarm der Suchmaschine, die er verwendete. »Entschuldige.« Er nahm das Handy und entsperrte den Bildschirm. Die Polizei in Stockholm hatte endlich die angekündigte Pressemitteilung zu Dan Bolund veröffentlicht. Er überflog die Zeilen.

»Verdammt und zugenäht«, flüsterte er.

»Was ist denn los?«

Delgado drehte sich zu Knutsson um.

»Offenbar ist Bolund vor sechs Tagen ums Leben

gekommen. Auf einer Insel vor Tallinn. Die Todesumstände sind noch unklar.«

»In Estland?«

»Stina war bis vor sechs Tagen in Estland«, entgegnete Delgado perplex.

12

Als es dunkel geworden war und die Lichter im Haus erloschen waren, wartete Stina Forss eine weitere Stunde ab. Dann schlich sie sich von der Meerseite her an, durchquerte den Garten und trat auf die Veranda. Die Terrassentür hatte ein Schloss, das ihren Dietrichen keine Minute standhielt. Als es aufsprang, drückte sie behutsam die Tür auf und verstaute das handliche Werkzeug in ihrer Jackentasche. Nach dem Mittagessen hatte sie Gyllenstiernas Villa aus dem Auto heraus den gesamten Nachmittag und Abend hindurch beobachtet und niemanden kommen oder gehen sehen, deshalb war sie sich ziemlich sicher, dass der alte Mann allein war. Sie zog die Waffe. Man wusste dennoch nie genau, woran man war, wenn man ein fremdes Haus betrat. Sie betrat das Wohnzimmer. Das Mondlicht, das vom Meer her durch die bodentiefen Fenster fiel, reichte aus, um sich zu orientieren. Eine Sitzgruppe, ein niedriger Tisch, eine Regalwand, ein Fernseher. Sie ging weiter in den Flur, anschließend durchkämmte sie das gesamte Untergeschoss. Hier war niemand. Wie die meisten Menschen, die es sich aussuchen konnten, hatte der ehemalige Konteradmiral sein Schlafzimmer im oberen Stockwerk. Dennoch verweilte Forss einen Augenblick länger in der Waschküche. Beinahe wäre sie über einen vollen Wäscheständer gestolpert. Kümmerte sich der alte Mann selbst um seine Schmutzwäsche? Hatte er eine Haushaltshilfe? Sie knipste nun doch ihre kleine *Maglite* an. Auf dem Wäscheständer hingen neben altmodischen Herrenunterhemden BHs und hautfarbene Stützstrümpfe. Forss begriff. Gyllenstierna lebte hier nicht allein, sondern mit seiner Frau. Das machte die Dinge um einiges komplizierter, vor allem wenn er sich nicht kooperationswillig zeigen würde. Sie verließ den Raum, schritt durch den Flur und ging vorsichtig die Treppe hinauf. In der einen Hand hielt sie Bärengrubs schussbereite *Walther,* in der anderen die Taschenlampe. An der Wand fielen ihr gerahmte Radierungen historischer Schlachtschiffe auf. Sie erreichte das Obergeschoss. Von einem kleinen Flur aus gingen vier Türen ab. Ältere Ehepaare hatten häufig getrennte Schlafzimmer, überlegte sie. Nahezu lautlos näherte sie sich der ersten Tür. Sie holte tief Luft, legte die Hand auf die Klinke und stieß die Tür auf. Der Strahl der *Maglite* huschte durch den Raum. Es war das Badezimmer. Sie atmete aus und wandte sich um, schlich zur nächsten Tür und wiederholte das Prozedere. Hand auf die Klinke, einatmen, Tür öffnen, leuchten, zielen. Ein Arbeitszimmer. Sie atmete aus. Ging zur dritten Tür. Einatmen. Hand auf die Klinke. Tür aufstoßen. Leuchten. Zielen.

Ihr Atem stockte. Der Schein der Lampe hatte ein Bett erfasst. Unter der Decke lugte der Kopf eines kleinen Mädchens hervor, das ihr verschreckt entgegenblinzelte.

13

Ingrid Nyström, Hugo Delgado und Lasse Knutsson saßen im Besprechungszimmer. Es war spät geworden, draußen war es seit Stunden dunkel und als selbst die Leuchtreklame des Imbissrestaurants *Oxgrillen* erlosch, spürte Nyström, die durch die Panoramascheibe im vierten Stock auf die nächtliche Innenstadt niederblickte, die Müdigkeit in den Knochen. Sie schlief seit Wochen zu wenig, bewegte sich kaum, aß unregelmäßig. Ihr Kopf dröhnte, die Augen schmerzten.

»Eine Cola gefällig?«, fragte Knutsson fürsorglich, als sie sich die Augen rieb.

Sie winkte ab.

»Danke, aber ich bleibe bei Mineralwasser.« Ihre beiden Kollegen hatten den großen, ovalen Tisch in eine Müllhalde aus leeren Getränkedosen, Hamburger- und Pommes-frites-Schachteln, verschmierten Tellern und Schokoriegelverpackungen verwandelt. Sie stand auf, massierte sich den steifen Nacken und trat vor das Whiteboard, das mit Fotokopien, Stichworten und Pfeildiagrammen übersät war. »Gehen wir es noch ein weiteres Mal durch. Es gibt zwei Zeitebenen, heute und 1985/86. Fangen wir in der Gegenwart an. Alles beginnt mit zwei Attentaten auf Stina. Beide Male verschleppt Kennet Ivarus die Aufklärung und verschleiert die wahren Hintergründe der Taten. Verantwortlich für die Ausführung der Angriffe ist nach allem, was wir vermuten, Dan Bolund, der Mann, der hinter der Sicherheitsfirma Air&SeaTec steht. Ursache für die Attacke scheint die Verwicklung von Stinas Vater in den Mord an Olof Palme zu sein. Stina findet die mutmaßliche Tatwaffe und einen ominösen Tapferkeitsorden. Sie taucht unter, um nach weiterführenden Beweisen zu suchen. Wie Hugo in einem Telefonat mit ihr erfahren hat, war ihr Versteck bis vor einigen Tagen in Estland. Wo man, wie wir seit heute wissen, Dan Bolund tot aufgefunden hat. Die Todesursache kennen wir nicht, möglicherweise ist die örtliche Übereinstimmung Zufall. Aber Hand aufs Herz: Wer von euch glaubt nach alldem noch an Zufälle?« Sie sah Knutsson und Delgado an, beide hatten rot geäderte Augen. »Unabhängig von Stina haben wir vor zwei Wochen damit begonnen, uns den Palme-Fall näher anzuschauen. Anette hat die These vom wirren Einzeltäter überprüft, sich auf den Skandia-Mann konzentriert und ist schließlich bei einer Art sozioökonomischen Studie des Vororts Täby gelandet. Lasse, du hast die Polizeispur verfolgt und hast einen rechtsextremen Bullen mit dem vielsagenden Namen Stefan ›SS-Steffe‹ Sjöhult ausfindig gemacht, der als Täter infrage kommt. Hugo, du bist der Südafrikaspur nachgegangen und hast den Geheimdienstmann Lars-Ove Herdenstam als einen möglichen Verdächtigen identifiziert. Ich habe mir den militärischen Hintergrund von Stinas Vater angeschaut und konnte seine Dienstakte auftreiben. Wir haben also vier grundverschiedene Ansatzpunkte gewählt. Vier unterschiedliche Pfade, die in einen Wald aus Lügen, Mythen und Vertuschung führten. Das Ergebnis verschlägt einem den Atem, denn wir gelangen trotzdem auf dieselbe Lichtung. Sjöhult und Herdenstam sind nicht nur Nachbarn in der Kommune Täby, sondern sie waren bis zu Herdenstams Wechsel zur Säpo auch Kollegen auf der berüchtigten Norrmalm-Wache. Herdenstam ist mit Ivarus verschwägert. Gemeinsam mit Sjöhult sind sie in derselben Zelle einer geheimen Bürgerwehr tätig, die sich Stay-behind nennt, angeblich aus NATO-Mitteln finanziert und von der Regierung toleriert wird. Ihre Kameraden in diesem paramilitärischen Netzwerk heißen Dan Bolund und Ulf Gyllenstierna, ein hoch dekorierter Marineoffizier, der – wie Anette heute herausgefunden hat – für auffällige Dienstabläufe in der Akte Kjell Forss verantwortlich zeichnet, obwohl Leutnant Forss offiziell nie der Marine unterstellt war. Diese Gruppe, bestehend aus einem faschistoiden Polizisten, einem rassistischen Geheimdienstler, einem sadistischen Staatsanwalt, der später im Justizministerium Karriere macht, einem waffenvernarrten Manager und einem Konteradmiral, trifft sich regelmäßig zu Schießübungen und anderem militärischen Training. Das alles spielt sich in der Zeit vor dem 28. Februar 1986 ab. Also frage ich euch«, sie holte tief Luft, »wie wahrscheinlich ist es, dass diese Männer mit den Schüssen auf den Ministerpräsidenten nichts zu tun haben?«

14

Stina Forss verstaute die Waffe im hinteren Hosenbund, ging auf das Bett zu, kniete sich hin, schaltete die Taschenlampe aus, die Nachttischlampe an und legte sich einen Finger auf den Mund.

»Schhhh«, machte sie.

Das Mädchen schrie nicht, sondern blickte sie mit großen, ängstlichen Augen an. Es war vielleicht drei oder vier Jahre alt.

Was tun?

Während sie das Mädchen betrachtete, flackerten seltsame Bilder vor ihrem inneren Auge auf. Eine Lichtung. Eine Baumbude auf einer Eiche. Ein Mann, der ein Messer in der Hand hielt. Sie wischte die störenden Bilder beiseite.

»Ich bin die Piratenfee«, sagte sie und setzte ein Lächeln

auf. Wie bescheuert war das denn? Wieso fiel ihr nichts Besseres ein? Aber gab es überhaupt etwas Sinnvolles, wenn man fremde, kleine Kinder nachts an ihrem Bett überraschte? Das Mädchen sagte nichts. Es hatte sich in die Hocke gesetzt und die Decke bis zum Hals hochgezogen. »Ich tue dir nichts.« Forss bemühte sich, so vertraueneinflößend wie nur irgend möglich zu klingen. »Eigentlich will ich zu deiner Oma und deinem Opa«, fügte sie an. »Es soll eine Überraschung sein.«

Das Mädchen musterte sie noch immer. Es wusste offensichtlich nicht, wie es die absurde Situation einordnen sollte, war zwischen Angst und Neugier hin- und hergerissen.

»Wie heißt du denn?«, fragte es schließlich.

»Pippi«, antwortete Forss. »Auch wenn ich keine Zöpfe habe.« Keine Ahnung, wie sie auf diesen Mist kam. »Und du?«

»Ich bin Alicia.«

»Also, Alicia, warum gehen wir nicht einfach zu Oma und Opa rüber? Ich habe dort auch eine Überraschung für dich.«

»In Omas Schlafzimmer?«

»Richtig.«

»Ein Eis?«, fragte Alicia.

»Genau«, sagte Forss, »ein Eis.«

Sie reichte dem Mädchen die Hand, lächelte noch ein wenig breiter. Alicia nahm sie und Forss half ihr aus dem Bett. Gemeinsam gingen sie aus dem Zimmer und durch den Flur auf die vierte Tür zu. Forss betete, dass Gyllenstierna keine Probleme machen würde. Wie sollte sie ihn vor den Augen des Mädchens unter Druck setzen? Oder sollte sie die Kleine samt Großmutter in einem anderen Zimmer einsperren? Andererseits war das Mädchen selbst vielleicht das beste Druckmittel. Sie umschloss die winzige Hand Alicias noch fester, griff nach der Waffe, drückte die Türklinke herunter, trat die Tür auf, donnerte den Knauf der *Walther* auf den Lichtschalter und rief:

»Aufwachen, Hände über den Kopf!«

Verschlafene Blicke, Entsetzen, fassungsloses Stammeln.

»Was zum Teufel …?«, murmelte Gyllenstierna.

Die Frau neben ihm schrie auf.

»Alicia!«

Das Mädchen machte sich los und rannte zu seiner Großmutter, die es zu sich ins Bett zog und fest an sich drückte. Forss hatte die Waffe auf den Mann gerichtet. Er tastete auf dem Nachttisch nach einer Brille, fand sie und setzte sie sich auf. Sein fassungsloser Blick klärte sich. Die Mundwinkel zuckten. Die Augenbrauen stellten sich steil auf und verrieten ihn.

Er erkannte sie, ging ihr auf. Er wusste, wer sie war.

15

»Das Problem besteht darin«, sagte Delgado, »dass wir nun zwar eine Handvoll Verdächtige haben, aber keine Beweise.«

»Der einzige wirkliche Beweis wäre die Waffe, die Stina gefunden hat«, bemerkte Knutsson. »Nur sie kann den oder die Täter mit den Schüssen auf dem Sveaväg verknüpfen.«

»Ich weiß«, sagte Nyström.

»Früher oder später muss der Revolver der Ermittlungsgruppe in Stockholm übergeben werden«, fügte Delgado an. »Unsere vier verschlungenen Pfade, die uns auf dieselbe Lichtung geführt haben, schön und gut, aber der einzige Weg aus dem Wald heraus führt über eine Untersuchung der Waffe.«

»Ich weiß.«

»Wir brauchen Stina«, brummte Knutsson. »Anders kommen wir nicht mehr weiter.«

»Ich weiß.« Die Kollegen hatten recht. Es war an der Zeit. Hier und jetzt. »Du hast ihre neue Nummer?«, fragte sie Delgado. Er nickte, zog sein Smartphone aus der Hosentasche, tippte darauf herum und reichte es ihr. Sie hielt es sich ans Ohr. Sie ließ es zehnmal klingeln, aber niemand nahm ab. Sie legte wieder auf und reichte Delgado das Handy zurück.

»Vertagen wir das auf morgen«, brummte Knutsson. »Ich muss dringend ins Bett.«

»Dito«, sagte Delgado.

Die beiden Männer standen auf.

»Was ist mit dir?«, fragte Knutsson.

»Ihr braucht nicht auf mich zu warten.«

»Mach nicht zu lange, Chefin«, sagte Delgado.

Knutsson zwinkerte ihr zu und hob spielerisch mahnend einen Finger.

»Auf den Schönheitsschlaf achten.«

»Bis morgen.«

Als die Tür hinter ihnen zugefallen war, stellte sich Nyström vor das Whiteboard. Sicher, die Waffe musste untersucht werden. Doch genauso wichtig war ein Geständnis. Sie betrachtete die Fotos der Männer.

Kjell Forss konnte nicht mehr aussagen, er war seit Jahren tot. Sie kreuzte sein Gesicht mit einem Marker durch.

Dan Bolund war tot. Sie machte ein zweites Kreuz.

Lars-Ove Herdenstam war tot. Sie machte ein drittes Kreuz.

Übrig blieben Kennet Ivarus, Stefan Sjöhult und Ulf Gyllenstierna.

Und vielleicht Rune Svärd.

Sie malte dem Industriellen ein Fragezeichen aufs Gesicht.

Anschließend setzte sie sich wieder an den Tisch und

betrachtete ihr Werk. Je länger sie so dasaß, desto leerer wurde ihr Kopf. Sie war zu müde, um zu denken. Bevor ihr hier die Augen zufielen, raffte sie sich auf, zog sich den Mantel über und machte sich auf den Weg nach Hause.

16

»Hände hoch«, brüllte Forss.

»Ich tue alles, was du willst«, sagte Gyllenstierna mit fester Stimme und hob die Hände. »Aber lass um Gottes willen die Kleine und meine Frau aus dem Spiel.« Forss spürte, dass der Mann es gewohnt war, in angespannten Situationen ruhig und überlegt zu reagieren. Umso besser. Er räusperte sich. »Also, wie lösen wir das hier? Ich schlage vor, dass du die beiden gehen lässt.«

Er starrte sie an.

Ebenso war er es gewohnt, dass man seinen Worten Folge leistete.

Sie schüttelte den Kopf.

Überlegenheit demonstrieren. Die vorteilhafte Situation nicht aufgeben.

»Die beiden bleiben hier.«

Das Mädchen hatte angefangen zu weinen und klammerte sich an seine Großmutter.

»Aber …«, wandte Gyllenstierna ein.

»Keine Widerworte!«, schrie sie und wandte sich der Frau zu. »Unters Bett!«, befahl sie. »Und halte dem Mädchen die Ohren zu.«

»Aber …«

»Schnauze!«, fuhr sie den ehemaligen Militär an. Dann ruhiger: »Wir können hier in ein paar Minuten fertig sein, wenn du tust, was ich sage. Und niemandem muss etwas passieren.«

»Aber …«, versuchte er es ein drittes Mal. Seine Mundwinkel zuckten. Sein Blick wurde fest. Er hatte eine Entscheidung getroffen.

Jetzt begriff sie, warum er seine Frau und Enkelin um jeden Preis aus dem Zimmer haben wollte. Weil er nicht vorhatte, ihre Fragen zu beantworten.

»Du sollst dein Maul halten, habe ich gesagt!«

Forss gab der Frau ein Zeichen. Sie stieg mit dem Mädchen auf dem Arm aus dem Bett, legte sich mit ihr auf den Boden, schob die Kleine unter das Bett und kroch selbst hinterher.

Forss ging einige Schritte auf Gyllenstierna zu. Sie hielt die Waffe nun mit beiden Händen.

»Wenn du irgendwelche Mätzchen machst, knall ich dich ab, verstanden?«

Er starrte sie nun an, seine Augen hinter den Brillengläsern waren Schlitze.

»Dein Vater war ein Held«, sagte er in einem merkwürdigen Tonfall.

Was sollte das? Wollte er sie provozieren? Dazu drängen, dass ihr ein Fehler unterlief? Obwohl sie es nicht wollte, stieg ihr das Blut in den Kopf. Die Wut in ihr war wie ein eigenständiges Wesen, das nun die Kontrolle übernahm. Ihr ganzes Leben lang ging das schon so. Immer, wenn es darauf ankam.

»Was genau ist im Februar 1986 geschehen?«, presste sie hervor.

Er lächelte.

»Hat er dir das nie erzählt? Dabei kannst du wirklich stolz auf ihn sein.«

Sie atmete gegen den Zorn an, so wie es ihr die Therapeuten beigebracht hatten. Gyllenstierna witterte, dass sie für den Bruchteil einer Sekunde zu sehr mit sich selbst beschäftigt war. Mit einer überraschenden Behändigkeit griff er unter das Bett und riss einen Revolver hervor, der dort in einer Art Holster befestigt gewesen sein musste.

»Fallen lassen!«, rief sie.

Er spannte den Hahn.

»Sofort fallen lassen.«

Er lächelte sie traurig an.

»Dabei warst du beinahe am Ziel«, sagte er leise, hielt den Lauf der schweren Waffe unter sein Kinn.

»Stopp!«

Er begann zu wimmern.

»Es tut mir leid, Marianne, es tut mir so unendlich leid. Ich wollte nie, dass du … dass die Kleine …«

Sein Körper bebte, Tränen liefen über das faltige Gesicht.

Forss machte einen hilflosen Schritt auf ihn zu.

Er blickte sie an und drückte ab.

Ein ohrenbetäubender Knall. Eine Blutfontäne, die an die Zimmerdecke spritzte. Unter dem Bett gedämpfte Schreie. Der leblose Oberkörper kippte zur Seite.

»Fuck«, flüsterte Forss, bevor sie sich umdrehte und das Haus so schnell es ging verließ. Als sie ihren Wagen erreichte, spürte sie, dass der Wind merkwürdig mild geworden war. Sie sah auf die Armbanduhr, es war 23.19 Uhr.

17

Ingrid Nyström fuhr aus dem Schlaf. Die roten Leuchtziffern des Radioweckers zeigten 4.21 Uhr. Etwas hatte sie geweckt, ein Geräusch, das nicht hätte da sein sollen. Es klang in ihrem Kopf nach. Ein lang gezogenes Knarren, unverwechselbar. Die lose Diele unten im Flur. Jemand war im unteren Stockwerk. Ihre Mutter? Das war unmöglich, sie hatte ihr Schlafzimmer ebenfalls oben und ohne Hilfe schaffte sie es nicht die Treppe hinab. Adrenalin pumpte durch Nyströms Körper. Sie griff nach der Dienstwaffe auf dem Nachttisch. Sie entsicherte die *SIG Sauer.* Sie kontrollierte ihren Atem. Sie zielte in Richtung Tür. Sie wartete ab, lauschte ins Dunkel hinein. Fünf rasche Herzschläge, zehn, fünfzehn. Dann ein gedämpftes Quietschen. Das war unverkennbar die dritte Treppenstufe. Jemand war ins Haus eingedrungen und befand sich auf dem Weg nach oben. Das war kein gewöhnlicher Einbrecher. Das war der Gegenschlag. Sie musste an den Toten in Estland denken. Stina ist ihnen entwischt, ging ihr durch den Kopf, daher kommen sie nun hierher. Wir müssen einen Fehler gemacht, wir müssen uns irgendwo verraten haben. Unsere geheimen Ermittlungen sind aufgeflogen. Zwanzig Herzschläge vergingen, dreißig, vierzig. Ihre Angst verwandelte sich in Wut. Kommt schon, dachte sie, kommt und fangt euch eure Kugel.

Im Flur ging das Licht an, ein weißer Rahmen, der die Tür umfasste. Ein einzelner Lichtstrahl fiel durchs Schlüsselloch an die Wand neben sie. Atem und Puls beschleunigten sich, ohne dass sie etwas dagegen tun konnte. Dann, mit einigen Sekunden Verzögerung, setzte ihr Verstand wieder ein. Wer war so dumm, das Licht einzuschalten und sich in dem Moment, in dem die Tür aufging, zu einer gut beleuchteten

Zielscheibe zu machen? Sachte klopfte es. Ein höflicher Attentäter? Irgendwas stimmte hier nicht. Die Tür ging auf, ein Lichtzelt fiel ins Zimmer und gab den Schattenriss eines Menschen frei. Nyström visierte mit ausgestreckten Armen, bereit abzudrücken. Dann erkannte sie die kleine, sehr schmale Silhouette, atmete erleichtert aus und ließ die Waffe sinken.

18

»Hej«, sagte Stina Forss.

Etwas Besseres fiel ihr nicht ein.

Die Nachttischlampe wurde eingeschaltet. Ingrid Nyström starrte sie mit weit aufgerissenen Augen an, in der Hand hielt sie die Dienstwaffe.

»Um Gottes willen, Stina! Ich hätte dich um Haaresbreite erschossen!«

»Sorry.« Forss verzog den Mund. »Trinken wir einen Kaffee?«

Die Hauptkommissarin nickte, noch immer sichtlich konsterniert.

»Geh schon mal nach unten in die Küche, es wäre mir lieb, wenn meine Mutter uns nicht hört. Ich ziehe mir schnell etwas über.«

»Das war der Grund, warum ich nicht geklingelt habe.« Nyström warf ihr einen Blick zu, der sagte: Es hätte auch andere Wege gegeben, als mitten in der Nacht in mein Haus einzusteigen. »Und ich bin mir sicher, dass sie dein Handy und dein E-Mail-Konto gehackt haben, aber das ahnst du sicherlich selbst«, fügte sie an, bevor sie sich umdrehte und Nyströms Wunsch nachkam. In der Küche zog sie die Jalousien hinab, machte Licht und setzte Kaffee auf. Zwei Minuten später war Nyström bei ihr. Den Schreck über das unangekündigte Auftauchen hatte die Chefin bereits weggesteckt, zumindest ließ sie sich davon nichts mehr anmerken.

»Wie geht es dir? Wo warst du? Hast du Hunger?«

Forss lächelte ihr schiefes Lächeln.

»Das sind drei Fragen auf einmal. Irgendjemand hat mir einmal beigebracht, dass man in Verhören anders vorgeht.«

Nun musste auch Nyström schmunzeln.

»Dann bitte die letzte Frage zuerst.«

»Ja.«

»Ich habe im Tiefkühlschrank vegetarische Lasagne.«

»Kaffee mit Lasagne, das klingt verlockend.«

Nyström schaltete den Ofen an.

»Weißt du, dass ich dabei bin, eine Trauerfeier für dich zu organisieren? Halb-vier-Erik hat darauf bestanden.«

»Wow. In der Domkirche?«

Nyström lachte.

»Das konnte ich gerade noch abwenden.«

»Schade, ich mag die Domkirche.«

Für einen Moment wurde es still. Die Frauen musterten sich stumm. Sie ist älter geworden, dachte Forss, dabei waren gerade einmal zwei Wochen vergangen, seit sie sich das letzte Mal gesehen hatten. Älter und härter.

»Du zuerst«, sagte Nyström schließlich.

Forss berichtete. Von der Insel Prangli und dem Erbe ihres Vaters. Von Bärengrubs Verletzung und dem Mann, den sie in Estland erschossen hatte. Von den ehemaligen Soldaten Erik Stenbeck, Frederik Agerhåll, Rune Sundfeldt und Ulf Gyllenstierna.

»Der Konteradmiral ist tot?«, fragte Nyström, als Forss zum Ende gekommen war.

»Du weißt, wer er war?«

Nun war Forss die Konsternierte.

»Wir sind auch nicht auf den Kopf gefallen, Stina.« Ein Lächeln huschte über Nyströms Gesicht. »Nicht so gut wie mit dir, aber einiges haben wir herausgefunden.« Sie erzählte. Von der Südafrika- und der Polizeispur. Vom Whistleblower innerhalb der Armee und von der Akte ihres Vaters. Von Air&SeaTec und Stay-behind. Von Kennet Ivarus, Stefan Sjöhult, Ulf Gyllenstierna und Lars-Ove Herdenstam. »Der Mann, den du auf der Insel erschossen hast, ist aller Wahrscheinlichkeit nach Dan Bolund.« Nyström googelte auf ihrem Handy nach einem Foto und reichte es Forss. Sie erkannte das Gesicht wieder.

»Das ist der Mann«, bestätigte sie.

»Er gehörte damals ebenfalls zu der Bürgerwehrzelle und heute steht er hinter Air&SeaTec und ist für den Überfall in deinem Haus verantwortlich.«

»Er kam in dieser Nacht nicht allein. Da war noch jemand anders, den ich womöglich angeschossen, aber nicht tödlich verletzt habe.«

»Okay«, sagte Nyström. Sie trank von ihrem Kaffee. »Bleibt die Frage: Was ist der nächste Zug? Den Revolver untersuchen zu lassen?«

Forss schüttelte vehement den Kopf.

»Noch nicht. Ich traue niemandem. Was ist, wenn diese Kerle jemanden in der Ermittlungsgruppe haben? Wir brauchen zuerst Geständnisse, Ingrid. Jemand, der uns die ganze Geschichte erzählt.«

»Okay«, wiederholte Nyström. »Die ganze Geschichte. Übrig bleiben Sjöhult und Ivarus.«

»Holen wir sie uns!«, sagte Forss sanft.

135 TAGE BIS TAG X

Wie gut, dass sie ihre Eltern hatte, dachte Siv, während sie den Tisch eindeckte, sie waren ihr Rettungsanker, ihre letzte Hoffnung. Natürlich würden sie ihr helfen, sie war die einzige Tochter, und natürlich würden sie den sozialen Abstieg ihrer geliebten Enkel um jeden Preis verhindern wollen, oder etwa nicht?

Das Essen lief nicht wie sie es sich vorgestellt hatte. Bengt ignorierte sie, seit sie ihn beiseitegenommen und erklärt hatte, dass die Zahlung der Semestergebühr für die englische Hochschule noch ein wenig warten müsste. Er war zum Essen demonstrativ nicht aufgetaucht. Natürlich machte das auf ihren Vater einen schlechten Eindruck. Missmutig stocherte der ehemalige Richter auf seinem Teller herum.

»Ist das Schweinegeschnetzeltes?«

Natürlich wusste sie, dass er Kalbsfilet vorgezogen hätte, aber sollte sie ihm etwa sagen, dass dafür das Geld nicht gereicht hatte? Dass sie sich mit dem Kochen Mühe gemacht und zwei Stunden in der Küche gestanden hatte? Dass sie das morgendliche Aufstehen seit Monaten Überwindung und das Zusammenhalten der Restfamilie jedes bisschen Kraft kostete, das sie noch besaß? Das würde sie von Beginn an in die Defensive bringen. Ihr Vater hasste Weinerlichkeit. Sie schluckte die kritischen Anmerkungen hinunter. Ihr Anliegen brachte sie schließlich beim Dessert vor. Ganz bewusst während Alexander noch am Tisch saß. Sie hasste sich dafür, vor ihm Tacheles zu reden und ihn in ihre Probleme zu verwickeln, aber sie hoffte, dass seine unschuldigen Augen einen positiven Effekt auf den Ausgang des Gesprächs haben und das Herz ihres Vaters erweichen könnten. Sie schilderte die dramatische finanzielle Situation. Sie beschönigte nichts. Sie legte alle Karten auf den Tisch.

Ihr Vater sagte lange Zeit nichts. Schließlich tupfte er sich mit der Brokatserviette den Mund ab, stand auf, verschloss den obersten Knopf seines Jacketts und schob den Stuhl nach hinten.

»Ich habe Torben von Anfang an nicht getraut.« Er schnaubte. »Du hast dich selbst in diesen Schlamassel hineinmanövriert, Siv. Sieh zu, wie du allein wieder hinauskommst.«

KAPITEL 12

1

Ingrid Nyström hatte den Tag auf dem Präsidium verbracht und einen ganzen Stapel an unerledigten Aufgaben abgearbeitet, dabei waren ihre Gedanken immer wieder zu Stina Forss gewandert, die den Tag schlafend auf der Couch in Anders' Arbeitszimmer verbrachte. Gegen Mittag war Erik Edman in Nyströms Büro gekommen und hatte sich nach dem Planungsstand der Gedenkfeier erkundigt. Notgedrungen log sie das Blaue vom Himmel herab und er verabschiedete sich zufrieden ins Wochenende, vermutlich Richtung Golfplatz. Das Wetter war beinahe spätsommerlich – windstill und wolkenlos, doch Nyströms Beklommenheit vermochte der warme Herbsttag nicht zu mildern, im Gegenteil, es fühlte sich an wie die täuschend ruhigen Momente vor einem schrecklichen

Unwetter. Nach der Mittagspause stürmte Delgado in ihr Büro.

»Ich bin auf eine Meldung gestoßen. Stefan Sjöhult liegt seit einigen Tagen im Krankenhaus. Ich habe mich als Journalist ausgegeben und telefonisch nachgehakt. Die Sekretärin der Stadtverwaltung ist eine echte Quasselstrippe und kann ihn anscheinend nicht besonders gut leiden, jedenfalls besagt der dortige Flurfunk, dass es sich um eine lebensbedrohliche Sepsis aufgrund einer Schussverletzung handelt. SS-Steffe liegt im Koma und es ist fraglich, ob er jemals wieder aufwacht.«

»Stina«, stellte Nyström fest. »Sjöhult muss neben Bolund der zweite Mann in Estland gewesen sein.«

»Die Reihen lichten sich«, sagte Delgado. »Aber ist das für uns nun gut oder schlecht?«

»Ich weiß es nicht«, entgegnete Nyström nachdenklich.

Am Abend trafen sie sich alle bei Knutsson zu Hause. Seine Frau besuchte für einige Tage ihre Schwester in Borås und war bereits am frühen Nachmittag abgereist. Knutsson hatte die Stunden nach Feierabend genutzt, um ein opulentes Wiedersehensmahl zuzubereiten, es gab Antipasti, *Spaghetti con cozze alla veniziana,* Kalbsschnitzel mit Beilagen und selbst gemachtes Tiramisu.

»Da kannst du mal sehen, wie sehr du mir … wie sehr du uns allen gefehlt hast, Stina«, brummte er, als er die Runde nach dem Essen mit Kaffee versorgte.

»Ist das hier nun ein konspiratives Treffen oder reine Völlerei?«, neckte Delgado. *»Enemy of the State* oder *Das große Fressen?«*

»Das muss ja kein Widerspruch sein«, merkte Hultin an und kratzte ihr Nachtischschälchen mit dem Löffel sorgfältig aus.

Nyström hatte kaum Appetit. Sie fand die festliche Tafel

unpassend. Sicher, sie waren weit gekommen. Aber im Grunde hatten sie noch nichts erreicht. Sie schwebten vermutlich alle weiterhin in Lebensgefahr. Stina auf jeden Fall. Es waren bereits Menschen gestorben. Hailey war gestorben. Herdenstam, Bolund und Gyllenstierna waren tot und Sjöhult lag irgendwo in Schonen auf einer Intensivstation und wurde künstlich beatmet. Von Olof Palme ganz zu schweigen.

»Darf ich ihn sehen?«, fragte Delgado, nachdem Knutsson den Tisch abgedeckt hatte.

Allen war klar, was er meinte. Forss warf Nyström einen fragenden Blick zu. Sie nickte.

Forss nahm das Etui aus ihrer Tasche und öffnete den Reißverschluss. Sie nahm einen Gegenstand hinaus und schlug ein Öltuch beiseite. Das schwarze Metall des Revolvers schimmerte matt im Schein der Esstischlampe.

»Ihr könnt ihn ruhig anfassen. Verwertbare Fingerabdrücke gibt es nicht, das habe ich natürlich gleich als Erstes untersucht, noch nicht einmal auf den Patronen, die in der Trommel stecken.«

Ehrfurchtsvoll machte die Waffe die Runde.

»Wie schwer sie ist«, kommentierte Hultin.

Nur Nyström schob den Revolver naserümpfend weiter. Ihr kam die düstere Faszination, der ihre Mitarbeiter erlagen, seltsam vor. Wie Touristen in Tschernobyl.

»Was ist das?«, fragte Knutsson, als Forss die Waffe wieder verstaute, und wies auf das Lederetui.

Forss zeigte den anderen den Prachtorden, einen Gedichtband und einen abgeschnittenen Zopf.

»Vermutlich ist das mein Haar«, erklärte sie, »auch wenn ich mich nicht daran erinnern kann, jemals Zöpfe getragen zu haben. Wie es scheint, hatte mein Vater auch eine sentimentale Seite. Er war sogar so eine Art Hobbydichter, wenn auch kein besonders guter.«

Sie ließ die Gegenstände herumgehen und berichtete den anderen ausführlich, was sie in der Nacht bereits Nyström erzählt hatte.

2

»Du denkst also, dein Vater hatte die Aufgabe, einen jungen Rekruten zum Palme-Schützen auszubilden und gleichzeitig einen anderen zum Sündenbock aufzubauen?«, fragte Delgado.

Forss nickte.

»Und als dann alles schiefging, hat er womöglich selbst die Verantwortung übernommen. Gyllenstiernas letzte Worte waren sinngemäß, dass mein Vater ein Held gewesen sei und dass ich stolz auf ihn sein könnte. Dazu würde der ominöse Tapferkeitsorden passen. Aber wie gesagt, das Ganze ist trotzdem nicht mehr als eine Hypothese.«

»War er denn ein überzeugter Palme-Hasser?«, fragte Hultin.

Forss zuckte die Achseln.

»Ich weiß es nicht. Er war pflichtbewusst. Hielt viel von Ehre. War gewalttätig.« Sie schluckte trocken und fuhr sich über das Narbengewebe am Hals. »Und damals bereits alkoholkrank. Ehrlich gesagt traue ich es ihm zu.«

»Aber welche Rolle haben dann die anderen gespielt?«, fragte Knutsson. »Sjöhult, Bolund, Herdenstam und Ivarus?«

»Erinnert ihr euch daran, was ich über die vielen Zeugenaussagen berichtet habe, die Männer mit Funkgeräten betrafen? Palmes Entschluss, an jenem Abend mit seiner Frau ins Kino zu gehen, war relativ spontan und eigentlich konnte niemand wissen, welchen Weg das Ehepaar einschlagen würde, weder auf dem Hin- noch auf dem Rückweg. Kein Attentäter der Welt konnte also im Vorhinein ahnen, dass das Ehepaar Palme um 23.21 Uhr die Ecke Sveavägen/Tunnelgatan passieren würde. Und da die These des irren Einzeltäters, der Palme zufällig an jener Straßenecke erkennt und erschießt, nun endgültig passé ist«, Delgado warf Hultin einen Seitenblick zu, »bleibt nur die Möglichkeit, dass die Palmes überwacht und verfolgt worden sind, womöglich bereits von dem Moment an, in dem sie ihr Haus in der Västerlånggatan verlassen hatten. Für eine lückenlose Überwachung benötigte man ein geschultes Team, in dem die einzelnen Mitglieder in Funkkontakt standen. Wer wäre dazu befähigter als eine paramilitärische Zelle des Stay-behind-Netzwerks, wie sie Herdenstam & Co. gebildet haben?«

»Und wie passen deine Zeugenberichte über Funksprüche auf Afrikaans ins Bild?«, wollte Hultin wissen.

»Womöglich hatten sie noch die zusätzliche Unterstützung südafrikanischer Agenten«, sagte Delgado. »Die passenden Kontakte gab es dank Herdenstam nachweislich.«

»Solange wir kein Geständnis haben, ist das alles Spekulation«, sagte Nyström. »Wir müssen Ivarus zum Reden bringen. Einen anderen Weg sehe ich nicht.«

»Dito«, stimmte Forss zu.

»Aber wie kommen wir an ihn ran?«, fragte Hultin. »Er wird längst wissen, was Bolund, Gyllenstierna und Sjöhult passiert ist, und entsprechend auf der Hut sein.«

»Ingrid und ich haben eine Idee«, sagte Forss. »Ivarus geht dreimal die Woche früh morgens in einer losen Gruppe auf Djurgården laufen, dienstags, donnerstags, samstags.«

»Die Laufgruppe wirbt auf Facebook: ›Sieben Kilometer in mittlerem Tempo. Teilnahme für alle Interessierten. Keiner wird zurückgelassen‹«, fügte Nyström an. Sie sah Hultin an. »Seine Ex sagt, er habe eine Schwäche für hilflos wirkende Frauen. Wie zum Beispiel eine Schwangere.«

»Kannst du mit deinem Babybauch noch joggen, Anette?«, fragte Forss.

Hultins Blick flog zwischen den beiden Frauen hin und her.

»Ihr wollt mich verarschen, oder?«, sagte sie schließlich.

3

Als Hultin nach Hause fuhr, um ihre Laufschuhe und ein paar andere Dinge zusammenzupacken, konnte sie selbst kaum glauben, dass sie dem irrwitzigen Plan tatsächlich zugestimmt hatte. Sie strich sich über den Bauch. Wenn es nur ihr eigenes Leben gewesen wäre, das sie aufs Spiel setzte, wäre es eine andere Sache gewesen. Aber es gab schließlich noch dieses Wesen, das unter ihrem Herzen heranwuchs. Und die kleine Wilma, die auf ihre Mutter wartete. Nicht zu vergessen Victor, ihr Mann, den sie immer noch liebte. Aber da war auch dieser andere Teil von ihr. Sie war eine Kämpferin, eine Jägerin. Deswegen war sie eine fähige Soldatin gewesen und Hochleistungssportlerin, deswegen war sie heute eine gute Polizistin. Nicht, weil sie Männern gestattet hatte, sie zu betatschen. Vor ihr tat sich eine einmalige Chance auf. Sie konnte daran mitwirken, den größten Mordfall in der Geschichte des Landes zu lösen. Den vermutlich letzten lebenden

Verdächtigen in eine Falle zu locken, zu stellen und ihm ein Geständnis abzuringen. Sie war im Begriff, Kriminalgeschichte zu schreiben.

Sie fand Victor in der Küche, Wilma lag längst im Bett. Er saß am Tisch, vor sich ein Glas Rotwein. Das war ungewöhnlich, er trank so gut wie nie Alkohol.

»Setz dich bitte, wir müssen reden«, sagte er anstatt der üblichen Begrüßung. »Es ist wichtig.«

Sein Gesichtsausdruck war unmissverständlich. Er meinte es ernst. Natürlich ging es um das Kind in ihrem Bauch. Jetzt war der Moment, auf den sie seit Monaten wartete. Der Augenblick, der darüber entscheiden konnte, wie der Rest ihres Lebens verlaufen würde.

Sie lächelte verkrampft.

»Ich weiß, dass es wichtig ist, mein Schatz. Aber ich fürchte, es passt gerade nicht.« Sein angespannter Gesichtsausdruck entgleiste. »Auch wenn es sehr plötzlich kommt: Ich habe einen wichtigen Nachteinsatz. Morgen Mittag bin ich wieder da. Dann reden wir, okay?« Sie warf ihm einen Luftkuss zu. »Ach so, noch eine Frage: Du hast nicht zufällig meine Laufleggins gesehen?«

4

Knutsson und Delgado fuhren durch die Nacht. Die Musikanlage in dem amerikanischen Pick-up spielte Willie Nelson. Knutsson war angespannt und flüchtete sich in Small Talk. Er nahm eine Hand vom Lenker und klopfte auf seine Smartwatch.

»Meine Highway-Playlist«, sagte er. »Verbindet sich übers autoeigene Internet. Das ist das Fahren der Zukunft.«

»In einem 13-Liter-Wagen?«, frage Delgado trocken.

»Hm.«

Knutsson brummte etwas in seinen Bart. Delgado konnte man es nie recht machen. »Mir tut es übrigens leid«, sagte Delgado nach einer Weile.

»Was? Dass du mein Auto schlecht machst?«

»Nein, das tut mir kein bisschen leid, du Umweltsünder. Ich meine, dass ich dich mit deinem Verdächtigen aufgezogen habe. Du hattest recht, was Stefan Sjöhult anging. Das war gute Polizeiarbeit, Lasse.«

Er klopfte Knutsson auf die massige Schulter. Der wartete misstrauisch ab. Lob von Delgado hatte sich schon oft genug als trojanisches Pferd erwiesen. Als nach einer halben Minute immer noch kein gifttriefender Nachsatz gekommen war, nahm er das Kompliment an.

»Ich bin nicht auf den Kopf gefallen, weißt du?«

»Ja, das weiß ich doch.«

»Du warst übrigens auch nicht schlecht.«

»Ich weiß.«

Es hatte genau eine Minute gedauert, bis Delgado sein hochmütiges Grinsen wiedergefunden hatte. Eine Weile lang sagte niemand etwas, wenn man einmal von Willie Nelsons nasalem Gesang absah. Knutsson hing seinen Gedanken nach und wahrscheinlich ging es Delgado ähnlich. All die Dinge, die geschehen waren, und die Dinge, die noch geschehen würden. Im Wagen vor ihnen saßen Nyström, Hultin und Forss. Die drei Frauen waren auf dem direkten Weg nach Stockholm. Sie dagegen würden noch vor Södertälje abbiegen, Richtung Küste. Dort hatte Delgado unter falschem Namen ein Sommerhaus angemietet. Ihre Aufgabe war es, das Häuschen für die Vernehmung von Ivarus vorzubereiten. Die Voraussetzung dafür war, dass der gewagte Plan funktionierte.

»Es kann eine Menge schiefgehen«, sagte Knutsson schließlich.

Delgado war anderer Meinung.

»Das Schlimmste, was passieren kann, ist, dass Ivarus ihnen durch die Lappen geht. Oder gar nicht erst auftaucht. Ich habe mir die Facebook-Profile einiger Laufgruppenteilnehmer angesehen. Studenten, Krankenpfleger, Unternehmerinnen, ein bunter Querschnitt. Abhängig vom Wetter und von den Wochentagen laufen dort zehn bis dreißig Leute mit. Es gibt einen festen Kern, aber es ist grundsätzlich unverbindlich. Viele laufen einige Male mit, kommen dann aber nie wieder. Die Gruppe verändert sich also ständig. Im Moment gibt es eine weitere schwangere Frau, die recht regelmäßig dabei ist. Anette wird also nicht auffallen. Außerdem ist sie Ivarus noch nie begegnet. Selbst wenn er Fotos von ihr gesehen haben sollte, weil er unser ganzes Team auf dem Radar hat: In Laufkleidung und mit Käppi wird er sie kaum wiedererkennen. Außerdem wird er es nicht wagen, dort bewaffnet aufzutauchen, auch wenn ihn der Tod Bolunds und Sjöhults Verletzung sicherlich alarmiert haben werden. Vielleicht weiß er mittlerweile sogar von Gyllenstiernas Schicksal.«

»Was ist mit Leibwächtern?«

»Anette steht mit Stina und Ingrid in Funkkontakt. Wenn ihr irgendetwas spanisch vorkommt, bläst sie die ganze Aktion ab.«

»Dein Wort in Gottes Ohr, Hugo.«

Das Gespräch versandete und Willie Nelson sang *Angel flying too close to the ground.*

107 TAGE BIS TAG X

Die neue Wohnung war klein, roch muffig und es zog unter den Fenstern. Sie teilten den Treppenabsatz mit einer iranischen Familie, die sechs Kinder hatte. Siv schämte sich jedes Mal, wenn sie in den zerkratzten Aufzug stieg. Alexander sagte, ihm gefalle die Aussicht, aber sie wusste, dass er bloß versuchte, sie zu trösten, der gute Junge. Bengt hasste es hier. Seit sein Englandtraum geplatzt war, verschloss er sich vor ihr. Im vergangenen Monat hatte er auf der Handelshochschule begonnen. Sie war sich sicher, dass er den Kommilitonen seine neue Adresse verschwieg.

Das einzig Gute an der Wohnung war der U-Bahn-Anschluss in die Innenstadt. Sie hatte ihre alte Stelle als Schreibkraft im Verwaltungsgericht wieder aufgenommen, diesmal in Vollzeit. Der Job war eintönig, ihr Chef war ein Ekel, das ihr auf den Busen glotzte, und das Einkommen ein Witz. Es bezahlte gerade einmal die Miete und das Essen, den Rest fraßen Steuern und die Bankschulden auf.

Eines Abends, als Siv gerade den Jungen Sandwiches machen wollte und nach der Packung Toastbrot griff, die auf der Küchenbank lag, entdeckte sie darin eine Maus. Sie hatte sich einmal quer durch das gesamte Brot gefressen. Schreiend ließ Siv die Packung fallen und sprang beiseite. Alexander kam aus seinem Zimmer gelaufen und als er begriff, was Sache war, nahm er mit spitzen Fingern die raschelnde Brotverpackung, öffnete das Fenster und schleuderte sie mitsamt der Maus in die kalte Novemberluft hinaus. Am nächsten Morgen, auf dem Weg zur U-Bahn, ging sie an der aufgeplatzten Plastikverpackung vorbei. Die umherliegenden Brotscheiben waren vom Regen aufgeweicht und hatten sich in etwas Schleimiges verwandelt. Die Maus war verschwunden. Noch nicht einmal sie hält es in dieser schrecklichen Vorstadt-Hochhaussiedlung aus, dachte Siv.

KAPITEL 13

1

Als sie im Hotel auf Djurgården eincheckten, war es weit nach Mitternacht. Der Nachtportier wirkte gelangweilt, mit Sicherheit hatte er in seinem Berufsleben exotischere Dinge erlebt als drei Frauen, die nachts ein gemeinsames Hotelzimmer bezogen. Nyström und Hultin zogen ihre Schuhe aus, legten sich aufs Doppelbett und nickten nach einer Weile ein. Forss war nicht müde, sie hatte einen Großteil des Tages geschlafen. Sie setzte sich in einen Drehsessel und blickte über das Wasser Richtung Norrmalm. Sie konnte das mondäne *Grand Hotel* erkennen, in dessen schicker Bar gerüchteweise die Stockholmer Oberschicht hatte die Champagnerkorken knallen lassen, als sich die Nachricht von Olof Palmes Tod verbreitete. Nicht weit dahinter verlief der Sveavägen. *Warst du in jener Nacht wirklich dort, Papa? Aus Pflichtbewusstsein? Aus fehlgeleitetem Patriotismus?*

In der Minibar fand sie eine Dose Cola und ein kleines Wodkafläschchen. Abwechselnd nippte sie an beidem und ließ die Zeit verstreichen. Irgendwann nahm sie das Lederetui hervor. Sie hatte sich geschworen, es ständig bei sich zu tragen. Bis diese Geschichte wirklich zu Ende war und sie den Revolver der Ermittlungsgruppe übergeben konnte. Sie holte den Gedichtband hervor und blätterte darin herum. *Kartierung des Polarkreises.* Darin stieß sie auf die Gedichte *Rose von Yongsan-Gu, Verwelkt* und *Junge Knospe.* Sie dachte an die Frau, die ihr Vater geliebt hatte, Ye-jin Davidsson. Und an die junge Frau, die wahrscheinlich irgendwo in Südkorea lebte, Sumi, ihre Halbschwester. Es fühlte sich seltsam an. Unwirklich. Ihr ganzes Leben war sie davon ausgegangen, ein Einzelkind zu sein. Der Welt allein gegenüberzustehen. Aber seit zwanzig Jahren stimmte das überhaupt nicht mehr. Eine weitere Lüge ihres Vaters. Die konnte sie nicht wiedergutmachen. Aber vielleicht könnte sie eines Tages nach Korea reisen und Sumi treffen. Für ihre kleine Schwester da sein. Aber zuerst musste sie die große Lüge aus der Welt schaffen. Sie fischte sich ein zweites Wodkafläschchen aus dem Kühlschrank. Blätterte in dem Buch weiter zurück. Blieb bei 1986 stehen. Las die beiden Gedichte, die ihr Vater in diesem Jahr geschrieben hatte, erneut.

Verborgenes Wissen

Im Kern
Schon angelegt. Ein ganzes Leben
Trugschlüsse/Fehlschüsse
Falsche Fährten, in Stein geritzt
Der Hirte verschied im Abendrot

Schwert
»So immer den Tyrannen!«
todgeweiht
am Boden, am Boden
durchfährt tausend Schlangenhäute
scharf der Funkenschlag

Dieses Mal empfand sie, dass von beiden Gedichten eine große Dringlichkeit ausging. *Verborgenes Wissen?* Bezog sich das auf die nachfolgenden Zeilen? Barg das Gedicht selbst ein Geheimnis? *Der Hirte,* der *im Abendrot verschied:* War damit der sterbende Olof Palme gemeint? Aber was wollte ihr Vater darüber mitteilen? Woraus bestanden die *falschen Fährten,* die *Trugschlüsse?* Was war *in Stein geritzt?* Das zweite Gedicht erschien ihr noch kryptischer. Wozu das deutsche Wort *Schwert?* Wer war der *todgeweihte Tyrann?* Ebenfalls Palme? *Schlangenhäute? Funkenschlag?* Was sollte das alles bedeuten? Wozu diese schwülstige, manierierte Sprache? Das ergab doch alles keinen Sinn. Sie klappte das Buch zu. Die Antworten lagen nicht in der Vergangenheit, sondern einige Stunden in der Zukunft.

2

Die Laufgruppe traf sich um 8.00 Uhr vor einem Café. Von dort aus boten sich mehrere Wege durch den weitläufigen Stadtpark auf Djurgården an. Die Laufstrecke war zu großen Teilen immer dieselbe, regelmäßig stellte mindestens einer der Läufer die aus GPS-Daten aufgezeichnete Route samt Zeitdauer ins Internet. Ein Hoch auf die Privatsphäre, dachte Nyström, die Hultin und die sich sammelnde Gruppe von einer Anhöhe aus mit dem Fernglas beobachtete. Forss und sie hatten sich unter einer Buche postiert. Wenn alles glatt lief, würde die Gruppe die Stelle in einer guten Viertelstunde passieren. Das nahe Unterholz gab den Polizistinnen Deckung, der Wagen war etwa hundert Meter weiter an der Straße Richtung Lidingö geparkt. Nyström nahm jeden der Läufer einzeln ins Visier. Die meisten absolvierten Dehn- oder Streckübungen und unterhielten sich dabei. Über den Knopf im Ohr hörte sie, wie Hultin sich den anderen vorstellte. Viele Hallos, viele Vornamen. *Anna. Benny. Tomas. Ruth. Jan-Olaf.* Nyström justierte das Fernglas nach. Eine junge Frau. Ein junger Mann mit Bart. Eine andere Frau. Ein älterer Mann mit grauem Pferdeschwanz und Koteletten. Dann entdeckte sie Ivarus. *Angenehm, Kennet.* Hochaufgeschossen, gertenschlank, durchtrainiert. Wie die meisten anderen auch trug er hautenge, farbstarke Laufkleidung. Nirgends eine Waffe, nirgends ein Leibwächter. Er fühlt sich in der Gruppe sicher, dachte Nyström.

»Er ist dabei«, sagte sie zu Forss. Die Gruppe setzte sich in Bewegung. »Es geht los.«

»Ziehen wir uns zurück.«

Sie gingen auf Position und kauerten sich hinter wilde Brombeerbüsche, die Pistolen gezogen und schussbereit. Sie späten zwischen den Ranken hindurch. Der Geruch des Buchenwalds war erdig und nussig. Es war frisch, aber sonnig, die Nebelschwaden über dem Djurgårdsbrunnsviken würden sich bald auflösen. Ein Mann mit Hund dackelte vorbei. Eine Radfahrerin. Ein Jugendlicher auf einem E-Scooter. Dann näherte sich die Laufgruppe. Sie hörten sie, bevor sie sie sahen. Nyström musste an das Geräusch der galoppierenden Wildschweinherde im Wald hinter ihrem

Haus denken. Die Läufer kamen ins Blickfeld. Eine Traube von etwa zwanzig Leuten. Ein Aufschrei. Hultin blieb stehen, hielt sich den Bauch. Der gesamte Trupp machte halt. Besorgte, fragende Blicke.

Alles in Ordnung?

Geht es dir gut?

Sollen wir einen Krankenwagen rufen?

Eine andere Schwangere bot Hultin ihren Arm an. Ein junger Kerl kniete sich vor sie.

Es geht schon wieder. Halb so wild. Ich muss nur kurz zu Atem kommen.

Hultin ignorierte den ausgestreckten Arm der Frau und den knienden Typen. Stattdessen stützte sie sich auf Ivarus' Schulter. Gut gemacht, Anette. Ivarus hielt sie. Ganz der Gentleman.

Es ist wirklich nichts. Lauft schon weiter. Wir kommen gleich nach.

Rückversicherungen. Dreimaliges Nachfragen. Dann der gemeinsame Beschluss weiterzutraben. Die Gruppe setzte sich in Bewegung.

»Das ist unser Motto«, hörte Nyström Ivarus' Stimme, »keiner bleibt zurück.«

Sie gab Forss mit dem Ellenbogen das Zeichen.

Sie stürmten mit gezückten Waffen vor. Ivarus hatte keine Chance. Als er sie endlich bemerkte, waren sie bereits bis auf zwanzig Meter an ihn herangekommen. Er war klug genug, keine Dummheiten zu versuchen, und nahm die Arme über den Kopf. Hultin gab die Rolle der schwächelnden Schwangeren auf und bog ihm einen Arm hinter den Rücken. Schmerzgriff. Nyström scannte den Waldweg. Die letzten Läufer bogen um eine Ecke und verschwanden aus dem Blickfeld.

»Los, los!«

Sie machte Tempo.

Im Laufschritt geleiteten sie Ivarus zum Auto. Hultin setzte sich ans Steuer, Forss und sie nahmen Ivarus auf der Rückbank in die Mitte und verpassten ihm Handschellen. Forss riss sein Smartphone aus der Sporthalterung am Oberarm und warf es aus dem Wagen. Hultin gab Gas.

3

Das Szenario war derart grotesk, dachte Stina Forss, dass sie hätte lachen müssen, wenn die Situation nicht so ernst gewesen wäre. Wenn der Einsatz weniger hoch gewesen wäre. Alles stand auf dem Spiel, alles hing an der Aussage des blassen Mannes, der vor ihr saß. Sie befanden sich im Wohnzimmer des Sommerhauses, das schon bessere Tage gesehen hatte. Irgendwann einmal waren hier Leute dauerhaft zu Hause gewesen; die Birkenmöbel mit den geschwungenen Beinen stammten aus den Vorkriegsjahren, ebenso die geblümte Tapete und die Tiffany-Lampe aus buntem Glas. Die Wände schmückten Lithografien mit nationalromantischen Motiven in billigen Rahmen. Schwedisches Biedermeier im Verfall. Ivarus hockte auf einem dunkelroten Samtsofa, in seiner grellen hautengen Laufkleidung wirkte er wie ein exotisches Insekt, das in die Falle gegangen war.

Delgado und Knutsson hatten den Holzofen angeheizt, nun warteten sie gemeinsam mit Hultin im Nebenraum, Ivarus brauchte nicht mehr von ihnen zu Gesicht bekommen, als unbedingt nötig war. Forss und Nyström saßen ihm in zwei Sesseln gegenüber, auf dem niedrigen Tisch zwischen ihnen befanden sich ein digitales Aufnahmegerät, ein Laptop und ein Drucker. Das Ziel der Aktion konnte nur ein vollumfängliches, unterschriebenes Geständnis sein, das glaubhaft die Planung, Durchführung und Vertuschung des Mordanschlags auf den Ministerpräsidenten, Hailey Harrington und sie selbst umfasste und alle beteiligten Personen nannte, darin waren sich die beiden Frauen einig. Auch wenn ein solches Bekenntnis unter fragwürdigen Umständen zustande kam, würde seine Wucht reichen, um eine offizielle Ermittlung gegen Ivarus und seine verstorbenen Komplizen einzuleiten, und Forss und Nyström würden den Verschwörer und die Tatwaffe endlich der Untersuchungskommission übergeben können. Voraussetzung dafür war, dass er ihnen genügend belastbare Fakten lieferte. Andernfalls wird er dieses Zimmer nicht wieder lebendig verlassen, dachte sie voller Grimm und hoffte, dass ihm das selbst ebenso wie Nyström klar war. Wenn es sein musste, war sie bereit, den Weg bis zum Ende zu gehen.

»Fangen wir ganz von vorn an«, begann Nyström. »Wann und von wem ist der Entschluss gefasst worden, dass Olof Palme sterben musste?«

Ivarus versuchte, die Arme vor der Brust zu verschränken. Eine intuitive Geste der Abwehr, aber die Handschellen hinderten ihn daran. Er starrte sie hasserfüllt an. Sein Gesicht wirkte auf eine merkwürdige Weise gleichzeitig kantig und weich.

»Ihr habt gar nichts«, entgegnete er.

»Du würdest dich wundern«, widersprach ihm Nyström. Sie schob das Foto über den Tisch, das sie von seiner Exfrau bekommen hatte. »Das bist du, gemeinsam mit Dan Bolund, Stefan Sjöhult, Ulf Gyllenstierna und deinem ehemaligen Schwager Lars-Ove Herdenstam. Bei einem Treffen der Stay-behind-Zelle, die ihr gebildet habt.«

Ivarus zuckte lapidar die Achseln.

»Daran war nichts illegal.«

»Das wäre es nicht gewesen, wenn ihr damals nicht den Tod Palmes beschlossen hättet.«

»Dafür gibt es nicht den geringsten Beweis.«

»Wir haben die Waffe.«

»Welche Waffe?«

Seine Lippen kräuselten sich.

»Die Waffe, mit der Palme erschossen wurde.«

»Ich weiß nicht, wovon du sprichst.«

»Wir haben den Orden.«

»Ich verstehe nur Bahnhof.«

Nyström stöhnte.

»Ich kann belegen, dass du die Ermittlung im Mordfall meiner Schwiegertochter verschleppt hast.«

»Die kleine englische Lesbe.«

Ein süffisantes Lächeln legte sich auf seine Lippen.

Er spielte den harten Kerl. Forss warf ihrer Kollegin einen langen Blick zu. Nyströms Gesicht hatte einen Ausdruck angenommen, den sie bei ihrer Chefin noch nie wahrgenommen hatte. Stina traf eine Entscheidung.

»Weißt du, was die IRA gemacht hat, wenn ihr renitente Arschlöcher auf den Sack gegangen sind?«, fragte sie Ivarus und stand auf. Das war nicht abgesprochen. Sie improvisierte. Sie ging zum Sofa. Sie baute sich vor ihm auf. Sie richtete die Waffe auf sein Bein. »Krempel die Hose hoch, bis übers Knie!«

Er glotzte sie entgeistert an.

»Was?«

»Wenn das Projektil Stofffetzen in die Wunde reißt, verreckst du genauso an einer Sepsis wie dein alter Kumpel Stefan Sjöhult.«

»Aber …«

»Hose hoch!«

»Ich …«

»Hose hoch!«, schrie sie ihm ins Gesicht.

»Aber …«

»Wer hat Bolunds Söldnertrupp den Befehl gegeben, mich zu töten?«, brüllte sie und presste die Mündung der *Walther* auf Ivarus Knie.

»Ich!«, rief er, das Gesicht wild verzerrt.

»Wegen meines Vaters?«

Er nickte panisch.

»Ja!«

»Wer hat ihn in die Sache hineingezogen?«

»Wir … ich … er … es ist alles schiefgelaufen!«

»Genauer!«

»Wir … es brauchte einen Sündenbock. Und einen Schützen. Er sollte …«

»Genauer!«

»Okay, okay, ich sage alles, was du wissen willst, aber nimm um Gottes willen die Waffe weg.«

Forss spürte seinen heißen, feigen Atem an ihrer Hand. In dem Moment wusste sie es. Sie hatte gewonnen. Sie würde ihr Geständnis bekommen. Sie würde endlich die Antworten erhalten, auf die sie so lange wartete. Sie trat einen Schritt zurück.

Nun war Nyström ebenfalls aufgestanden.

»Ich will wissen, wer Haileys Tod zu verantworten hat.«

Er warf den Kopf in ihre Richtung. Er sprach jetzt schnell.

»Das war so nicht geplant, der Schuss galt ihr.«

Er wies mit dem Kinn Richtung Forss.

»Das weiß ich längst. Aber ich will wissen, wer den Befehl gab.«

Ivarus zögerte.

Fünf Herzschläge.

Zehn.

Zwanzig.

»Er …« Er biss sich auf die Unterlippe. Zu fest. Blut suppte aus seinem Mund.

»Rede mit mir!«, forderte Nyström.

»Ich war das«, sagte er schließlich.

4

Ingrid Nyström stürmte aus dem Zimmer, an Knutsson und den anderen vorbei, aus dem Haus heraus in die kalte, klare Luft des wunderschönen Herbsttages. Das Blut rauschte in den Ohren. Sie presste den Metallgriff der *SIG Sauer* gegen die heiße Stirn. Auf die Wucht ihrer Gefühle war sie nicht vorbereitet. Sie glühte. Annas Gesicht tauchte vor ihrem inneren Auge auf, das des kleinen Alberts, Haileys. Ihr Herz brannte, ihre Seele stand in Flammen. Sie ging auf einer Lichtung vor dem Haus im Kreis und schrie in den Wald hinein. Aber das reichte nicht. Es würde nie reichen. Das verstand sie jetzt. Sie würde nicht mehr heil werden. Sie würde nie wieder der Mensch sein, der sie einmal gewesen war. Oder der Mensch werden können, der sie immer hatte sein wollen. Sie würde nie wieder *gut* sein. Ihre Augenlider zwinkerten die Tränen weg. Es tut mir leid, Anders, flüsterte sie. Es tut mir leid, um die gute Frau, die du verloren hast. Es tut mir leid, Anna, um die gute Mutter, die ich nie wieder sein werde. Es tut mir leid, Mama, um die Tochter, die ich sein wollte. Es tut mir leid, Albert, denn du hättest eine bessere Großmutter verdient. Es tut mir leid um die Ermittlung. Es tut mir leid um alles, was wir gemeinsam investiert haben. Es tut mir leid, Stina. Es tut mir leid, Lasse. Es tut mir leid, Hugo. Es tut mir leid, Anette. Es tut mir leid um mich selbst. Es tut mir leid, Gott. Irgendwann wirst du mich dafür zur Verantwortung ziehen. Bis dahin übernehme ich die Verantwortung selbst.

Sie zog die Nase hoch und wischte sich mit dem Arm über die Augen. Dann ging sie ins Haus zurück, durch den Flur und das Nebenzimmer, in dem sie ihre Mitarbeiter fragend ansahen. Sie ging zurück ins Wohnzimmer und warf die Tür hinter sich ins Schloss. Sie schob Forss beiseite, ging auf Ivarus zu, hob ihren Arm mit der Waffe, drückte sie dem Mann auf die Stirn und betätigte den Abzug.

Verwundert betrachtete sie das feine Muster, das Blut, Hirnmasse und Knochensplitter auf der Tapete hinterließen. Es war perfekt. Als hätte Jackson Pollock ein Spinnennetz gemalt.

5

Stunden später saß Forss mit Nyström im Auto Richtung Süden. Nach dem Schuss hatten sie getan, was nötig war. Ivarus' Leichnam würde niemals gefunden werden. Wenigstens sind wir vom Fach, dachte Forss voller bitterem Sarkasmus. Die anderen fuhren in Knutssons Wagen. Unmittelbar nach dem Schuss waren sie in das Zimmer gestürmt. Niemand hatte seiner Bestürzung durch Worte Ausdruck verliehen, niemand hatte Nyströms Handlung kommentiert, auch wenn allen klar sein musste, dass damit der Fall so gut wie erledigt war. Wenn Sjöhult nicht wie durch ein Wunder aus dem Koma erwachte, endete es mit Ivarus. Ohne Geständnis, ohne Schuldigen.

»Es tut mir sehr leid, Stina«, sagte Nyström irgendwann.

Forss hörte in sich hinein. Da waren Enttäuschung und Wut. Aber auch Erleichterung und eine Art innerer Frieden. Es war vorbei. Die Männer, die sie gejagt hatten, waren tot. Oder auf dem Weg dorthin.

»Ich hätte an deiner Stelle wahrscheinlich dasselbe getan.«

»Ich habe dich deiner Antworten beraubt. Die hättest du verdient gehabt. Warum dein Vater mit diesen Männern …«

Nyström brach ab.

Wenn Forss ehrlich war, kannte sie die Antwort längst, von der Nyström sprach. Sie hatte sie immer schon gekannt.

Weil du ein Arschloch warst, Papa.

»Ach, scheiß drauf«, sagte sie.

6

Nyström hätte gern gespürt, dass sie es bereute. Dass es ein unverzeihlicher Fehler gewesen war. Dass sie den Wunsch verspürte, die Todsünde ungeschehen zu machen. Aber dem war nicht so. Unter ihren Füßen tat sich kein bodenloser Abgrund auf, es war eher ein Schatten, der sich über sie legte. Sie würde von nun an damit leben müssen, eine Mörderin zu sein. Dazu war sie bereit. Sie wusste, dass sie aus niedrigen Beweggründen gehandelt hatte. Es war nicht nur Forss, die Antworten verdient gehabt hätte, es war das ganze Land, das seit dreiunddreißig Jahren unter einer entsetzlichen

Ratlosigkeit litt. Sie hatte mit ihrer Selbstjustiz dafür gesorgt, dass es weiterhin so blieb. Auch damit würde sie leben müssen.

Vor der Windschutzscheibe dämmerte es. Bis Växjö waren es mehr als drei Stunden Fahrt. Forss schwieg und ihr war auch nicht nach Reden zumute. Es gab nichts mehr zu sagen. Sie stellte Bachs Cellosuiten an und konzentrierte sich auf den Verkehr.

KAPITEL 14

1

Am frühen Montagmorgen fingen Nyström und Forss den Polizeichef Erik Edman vor dem Präsidium ab. Als er Forss erkannte, stieß er einen spitzen Schrei aus. Er starrte sie an, als sei sie von den Toten auferstanden. In gewisser Weise war sie das ja auch, dachte Nyström.

»Gehen wir einen Kaffee trinken?«, schlug Forss vor.

Zehn Minuten später saßen sie in einem Café in der Fußgängerzone. Edman rang immer noch nach Fassung. Vielleicht half ihm ein doppelter Espresso dabei.

»Neue Todesdrohungen aus dem Rockermilieu?«, fragte er ungläubig.

Nyström und Forss nickten unisono.

»Absolut glaubwürdige Drohungen. Wir hatten da vor Jahren diesen Fall. Zwangsprostitution, Drogen, Schutzgelderpressung«, zählte Nyström auf. »Forss hatte sich zur Zielscheibe gemacht.«

»Mein dramatischer Abgang tut mir im Nachhinein sehr leid«, sagte Forss. »Aber es erschien uns von größter Bedeutung, dass mein Tod glaubhaft inszeniert war. Wir vermuteten einen Komplizen dieser Bande unter den Kollegen.«

»Aus unserem Revier?«, fragte Edman ungläubig.

»Es bestand unmittelbarer Handlungsbedarf, sonst hätte ich das niemals genehmigt«, entgegnete Nyström. »Natürlich übernehme ich die volle Verantwortung.«

»Ihr hättet mir Bescheid geben müssen!«

»Sicher. Das war ein großer Fehler. Entschuldigung.«

Forss gab sich zerknirscht.

»Du hast mir mehrmals unverfroren ins Gesicht gelogen!«, fuhr er Nyström an.

»Wie gesagt, es tut uns furchtbar leid, Erik. Wir dachten, wenn du nicht eingeweiht bist, kann dir von der Leitung in Stockholm niemand Vorwürfe machen«, fügte Nyström an.

»Meine Güte.« Edman raufte sein gescheiteltes Haar. »Es hätte doch andere Wege gegeben! Habt ihr auch nur die geringste Vorstellung davon, was uns nun für Ärger blüht? Was ein bürokratischer Albtraum uns bevorsteht? Ausländische Dienste waren involviert, die Dänen, die Deutschen! Das wird nicht ohne Konsequenzen bleiben, das versichere ich euch! Ich vermute, ihr werdet euch vor einer Disziplinarkommission verantworten müssen.«

»Natürlich«, murmelte Forss.

Edman schüttelte den Kopf und kippte seinen Espresso wie einen Schnaps. Zweifellos hätte er etwas Stärkeres als Koffein gebrauchen können.

»War die Ermittlung gegen diese Rockerbande denn wenigstens erfolgreich?«, fragte er schließlich. »Ist die Gefahr gebannt?«

»Wir haben leider nichts Substanzielles«, entgegnete Nyström. »Ehrlich gesagt rechtfertigen die Ermittlungsergebnisse den hohen Aufwand nicht. Aber wenigstens sind diese Kerle nun eingeschüchtert genug, um Stina in Ruhe zu lassen. Das hoffen wir zumindest. Außerdem hat sich der Verdacht des korrupten Kollegen nicht bestätigt.«

Edman stellte sein kleines Tässchen klirrend ab. Er sah sie lange prüfend an, bevor er abrupt aufstand und seinen Mantel anzog. »Irgendetwas an der Sache kommt mir sehr seltsam vor. Rocker? Ich werde eine Menge Telefonate führen müssen. Der Landespolizeichef wird die Wand hochgehen! Euren ausführlichen Bericht erwarte ich bis Ende der Woche. Himmel, Arsch und Zwirn!«

Fluchend drehte er sich um und machte sich mit flatternden Schößen auf den Weg.

Nyström verzog den Mund und sah Forss an.

»Das ist doch einigermaßen gut gelaufen«, sagte sie. »Willkommen zurück, Lazarus.«

2

Lasse Knutsson hatte sich krankgemeldet. Nicht nur für diesen Tag, sondern gleich für die ganze Woche. Er fühlte sich matt und leer.

»Was ist nur los mit dir, mein Schatz?«, fragte ihn Lisa beim Frühstück. »Du bist so wortkarg und isst kaum etwas.«

»Ich glaube, da ist eine Grippe im Anmarsch.«

Natürlich wusste er, dass das Blödsinn war. Er war nicht krank. Es ging um etwas völlig anderes. Etwas hatte sich verändert und würde nie wieder so sein wie zuvor. Seit er mit Ingrid Nyström zusammenarbeitete, hatte er zu ihr aufgeschaut. Hatte ihre Handlungskraft und Ausgewogenheit geschätzt. War stolz darauf gewesen, mit einer so tollen Frau zusammenarbeiten zu dürfen. War ihrem tollkühnen Plan blind gefolgt. Und am Ende dann das. Sie waren so kurz davor gewesen. Nur einen Millimeter davon entfernt, den größten Fall aller Zeiten zu lösen. Das ganze Land von der nagenden Ungewissheit zu befreien. Bis Nyström im entscheidenden Moment die Beherrschung verloren hatte. Ingrid, verdammt noch mal, eine Hinrichtung? Ausgerechnet du?

»Soll ich dir einen Tee machen, mein Bärchen?«

»Danke, aber ich denke, ich lege mich am besten gleich wieder ins Bett.« Er stand auf. In der Tür blieb er stehen und wandte sich zu seiner Frau um. »Ich habe noch eine Menge Resturlaub dieses Jahr. Was würdest du von einem spontanen Urlaub halten? Vielleicht gleich nächste Woche? *Last minute?* Eine zweiwöchige Kreuzfahrt im Mittelmeer oder etwas in der Art?«

»Ist das dein Ernst, Lasse?«

Lisa strahlte über das ganze Gesicht. Sie versuchte schon seit Jahren, ihm eine Kreuzfahrt schmackhaft zu machen. Bisher hatte er immer abgeblockt, vor allem, weil man bei dieser Form des Urlaubs nicht angeln konnte.

»Ich glaube, eine Luftveränderung würde uns guttun.«

3

Hultin war nicht richtig bei der Sache. Das lag nur bedingt an den zähen Unterlagen des Korruptionsfalls, die sie zum x-ten Mal durchging, ohne dabei entscheidend weiterzukommen. Es waren viel eher die Geschehnisse der vergangenen Tage. Spät am Samstagabend war sie wieder zu Hause gewesen, zu aufgewühlt und durcheinander, um einen klaren Gedanken zu fassen. Victor hatte auf sie gewartet – und sie wegen des unangekündigten Wochenendeinsatzes zur Rede gestellt. Die Szene, die er ihr machte, war ein Türöffner gewesen. Endlich redeten sie miteinander, das Gespräch, das sie seit Wochen vor sich herschob. Alles platzte aus ihr heraus. Sie gestand den Seitensprung und erzählte von dem Verdacht, dass das Kind von Delgado stammen könnte. Von ihrer Angst, Victor deswegen für immer zu verlieren. Er weinte. Er zitterte. Er stürmte ohne Jacke aus der Haustür. Er kam eine halbe Stunde später durchgefroren zurück – die längste halbe Stunde ihres Lebens. Er schloss sie in die Arme und küsste sie. Gemeinsam standen sie vor Wilmas Zimmer und weinten die halbe Nacht. Victor sagte, er würde bei ihr bleiben, ganz gleich, von wem das Kind stammte. Sie presste sich an ihn. Sie liebten sich. Anschließend wiederholte er sein Versprechen und sprach eine Bitte aus. Eine Bitte, keine Forderung. Er bat sie, gemeinsam von hier wegzugehen. In einer anderen Stadt einen Neustart zu wagen, weit weg von Växjö, Hugo Delgado und dem Reihenhaus in Hovshaga, in dem sie nicht glücklich gewesen waren. Sie sagte zu. Sie würden woanders etwas finden, Polizisten wurden überall im Land gebraucht und Victor war ein tüchtiger Dozent mit guten Reputationen. Sie würden ihrer Ehe eine zweite Chance geben.

Als ihr Handy summte, weil sie eine E-Mail bekommen hatte, war das eine willkommene Zerstreuung. Sie legte die Korruptionsunterlagen beiseite. Die Mail stammte von Tobias Lindhagen. Den hatte sie völlig vergessen. Es gab weder eine Betreffzeile noch einen Text, es war eine leere Mail mit Anhang. Sie öffnete die PDF-Datei an ihrem Rechner. Es handelte sich um Dutzende von gescannten Seiten. Mitgliederlisten des Sportschützenvereins Täby samt Anschrift, Telefonnummer und registrierten Waffen. Ihr ehemaliger Kamerad hatte tatsächlich geliefert. Sie druckte die Seiten aus und blätterte darin herum. Auch wenn es alles keine Rolle mehr spielte. Sie fand Ulf Gyllenstierna, Stefan Sjöhult und Lars-Ove Herdenstam unter den Mitgliedern. Einar Darell hatte also wirklich den richtigen Riecher gehabt. Täby. Geografisches *profiling* nannte man so etwas wohl. Vielleicht hatten sich der Konteradmiral und die beiden ehemaligen Polizisten tatsächlich in dem Schützenclub kennengelernt, bevor sie mit Ivarus und Bolund die Stay-behind-Zelle bildeten. Vielleicht war es aber auch ganz anders gelaufen. Hultin sah sich die Waffen an, die die Männer im Club registriert hatten. Ein Magnumrevolver war nicht dabei. Sie überflog die Waffenspalte der Liste. Ein solcher Revolver schien überhaupt in diesem Zusammenhang selten zu sein, kein Wunder, eine derart schwere Kanone eignete sich für den Schießsport im Grunde gar nicht. Sie fand ein einziges Mitglied, das einen großkalibrigen *Smith&Wesson* besaß. Aus Pflichtbewusstsein ließ sie den Namen halbherzig durch die Register laufen. Ein ehemaliger Richter, seit mehr als zwanzig Jahren tot, polizeilich nie auffällig geworden. Eine Niete, natürlich. Aber wie gesagt – was spielte das alles noch für eine Rolle? Sie schredderte die ausgedruckte Liste. Dann sah sie auf die Uhr. Um halb elf hatte sie bei der Chefin einen Termin vereinbart. Es war Zeit, über ihre Versetzung zu sprechen. Victor hatte Lund ins Spiel gebracht. Sie mochte Schonen. Warum also eigentlich nicht?

Nyström würde keine Einwände erheben. Im Gegenteil, die Chefin stand in ihrer Schuld und würde es für immer bleiben.

4

Hugo Delgado kam spät ins Büro. Er war am Vorabend im *Kafé de luxe* versackt. An einem Sonntagabend, das war ihm auch noch nicht oft passiert. Als die Bar gegen Mitternacht schloss, war er durch die leere Innenstadt getaumelt und hatte alte Hits von Morrissey gesungen, bis irgendjemand sein Fenster öffnete und brüllte, dass er gefälligst die Fresse halten sollte. Zu Hause hatte er mit einer halb vollen Flasche *Tullamore Dew* weitergemacht und auf Youtube alte *Oasis*-Videos geguckt, bis er in seiner Kleidung auf dem Sofa eingeschlafen war. Entsprechend dreckig ging es ihm nun. Im Flur zog er aus dem Automaten einen Energydrink und ein Snickers, irgendetwas musste er schließlich frühstücken, wenn er den Tag durchstehen wollte. Auf dem Weg in sein Büro kam ihm Hultin entgegen.

»Alles im Lack?«, fragte er.

»Du siehst scheiße aus und hast eine Fahne.«

Charmant wie immer.

»Ja, ja und du mich auch.«

Ihm waren schon geistreichere Entgegnungen eingefallen. Er ging an ihr vorbei.

»Hugo!«

»Was denn?«

Er drehte sich zu ihr um.

»Ich lasse mich versetzen.«

»Oh.« Warum kam er nicht auf etwas Angemesseneres? »Wann?«, schob er hinterher.

»So bald wie möglich.«

»Okay.« Er drückte sich die kalte Getränkedose gegen die pochende Schläfe. Ihm war so schlecht, dass er sich am liebsten auf der Stelle in Richtung Toilette begeben hätte. Der Blick, mit dem sie ihn ansah, war merkwürdig. Bilder gingen ihm durch den Kopf. Ivarus' Blut und Hirn auf der geblümten Tapete. Der Alkohol hatte nur kurzfristig geholfen. »Ich kann dich verstehen«, sagte er.

»Ach ja?«

»Ja.«

»Ich glaube nicht, Hugo.«

Eine seltsame Äußerung. Ihr Lächeln sah gezwungen aus. Sie drehte sich um und ging weiter. Wenn ihre Worte eine unterschwellige Bedeutung hatten, dann war er jedenfalls zu verkatert, um sie zu begreifen.

»Na dann, auf Wiedersehen«, murmelte er und trottete weiter.

5

Irgendwie hatte Stina Forss die Runde durchs Präsidium hinter sich gebracht. Sich zeigen, entschuldigen, erklären. Hände schütteln, Umarmungen ertragen, Konversation machen. Sie hasste es. Sie konnte so etwas nicht. Aber Nyström hatte sie dazu gezwungen. Und natürlich hatte die Chefin recht. Sie war von den Toten auferstanden. *Lazarus 2.0.* Natürlich brauchten die Kollegen eine Erklärung. Genauso wie ihre Cousine. Dieses Treffen stand ihr noch bevor. Genauso wie der Anruf bei ihrer Mutter. Morgen, dachte sie, oder irgendwann.

Der Schreibtisch gegenüber war unbesetzt, Knutsson hatte sich krankgemeldet. Wahrscheinlich stand er noch unter Schock, wer konnte ihm das verübeln? Sie schaltete ihren Rechner an und machte sich an den Bericht für Edman. Ein wildes Märchen über eine Rockerbande, meine Güte, warum war ihnen nichts Besseres eingefallen? Egal, Hauptsache Halb-vier-Erik schluckte es. Sie machte sich an die Arbeit, merkte aber bald, dass sie sich nicht richtig konzentrieren konnte. Sie musste an Toivo Bärengrub denken. Am Vortag hatten sie telefoniert. Morgen würde er das Hospital endlich verlassen können. Er hatte bereits vom Krankenbett aus dafür gesorgt, dass die Ermittlung von Dan Bolunds Tod im Sande verlief und in keinem der Berichte eine einäugige Frau auftauchte. Sie sehnte sich nach Bärengrub. Wenn alles vorbei war, würde sie ihn gern wiedersehen. Und dann gab es da noch ihre Halbschwester. Sumi. Sie versuchte, sie sich vorzustellen, aber es gelang nicht. Ihr Kopf war nicht frei. Das Gefühl, dass sie immer noch etwas Entscheidendes übersehen hatte, wollte nicht weichen. Sie schaltete den Rechner aus. Das, was Gyllenstierna und Ivarus vor ihrem Ableben von sich gegeben hatten, war nicht viel gewesen. Ivarus hatte ihre Überlegungen bezüglich Roger Sundfeldt und Matthias Dahlkvist im Grunde bestätigt. Ihr Vater hatte die Aufgabe gehabt, einen Sündenbock und einen Schützen zu liefern. Dann war etwas schiefgelaufen, Sundfeldt und Dahlkvist hatten sich gegenseitig aus dem Spiel genommen. Aber wie war es daraufhin weitergegangen? Gyllenstierna hatte davon gesprochen, dass ihr Vater ein Held sei. War er für die beiden Rekruten in die Bresche gesprungen? Hatte er geschossen und anschließend die Waffe verwahrt? War er in diesem Schachspiel Dame und Bauernopfer zugleich? Wer war dann der König? Ivarus? Gyllenstierna? Was hatte ihnen Macht über ihren Vater gegeben? *Oder warst du ein Überzeugungstäter, Papa? Hast du die schwarzen Spielfiguren selbst gewählt?* Was hatte sie übersehen?

Sie stand auf und ging in Nyströms Büro hinüber.

»Kann ich die Notizen haben? Alles, was ihr in den vergangenen Wochen zu Papier gebracht habt?«

Nyström sah sie lange an.

»Es ist aus, Stina. Es ist vorbei. Auch wenn es mir sehr leidtut.«

Sie schüttelte vehement den Kopf.

»Die Papiere, bitte.«

Die Frauen maßen einander mit Blicken. Schließlich gab Nyström nach. Sie reichte Forss einen Ordner.

»Wir müssen das irgendwann loslassen, Stina«, sagte sie.

»Irgendwann.«

Sie ging zurück in ihr Büro und las.

Handschriftliche Notizen, Anmerkungen, Kopien. Thesen und Zusammenfassungen. Ausdrucke und Schlussfolgerungen. Die Dienstakte ihres Vaters. Ein Foto des Whiteboards im Besprechungszimmer. Sie vollzog Schritt für Schritt nach, wie ihre Kollegen Ivarus, Gyllenstierna, Bolund, Sjöhult und Herdenstam auf die Spur gekommen waren. Offenkundig hatten sie während ihrer Abwesenheit ausgezeichnete Arbeit geleistet. Forss blätterte das Material durch und betrachtete Fotografien. Kopien von Presseberichten, Führerscheinfotos, Dienstausweisen. Irgendwann stockte sie. In ihrer Hand hielt sie einen ausgedruckten Zeitungsartikel, fünfundzwanzig Jahre alt. Dazu gehörte das Porträt eines Mannes. Sie kannte ihn nicht, dennoch reagierte sie darauf. Intuitiv fasste sie sich ins Haar. Dorthin, wo vor langer Zeit einmal ein geflochtener Zopf gewesen war. Bis man ihn ihr abgeschnitten hatte. Bilder blitzen vor ihrem inneren Auge auf. Eine Lichtung. Eine Baumbude. Plötzlich war alles wieder da. Sie erinnerte sich. An den Sommer, in dem sie in die Bande aufgenommen worden war. An Victoria und Daniel. An den Geschmack von Cola-Krachern und grünem Wassereis. Einmal war sie als Erste auf der Lichtung gewesen. Wie aus dem Nichts war ein fremder Mann aufgetaucht. Der Mann mit dem Messer. Er hatte sie festgehalten und ihr den Zopf abgeschnitten. Sie begriff: Der Zopf war eine Drohung. An ihren Vater. Deswegen hatte er ihn verwahrt. *Du tust, was wir sagen, oder wir schneiden deiner Kleinen noch ganz andere Sachen ab.* Der Mann mit dem Messer war der Mann auf dem Zeitungsbild. Sie las. Rune Svärd, ein steinreicher Industrieller. Der Name sagte ihr nichts. Oder doch?

Svärd.

Ein Name wie ein Dolchstoß.

Svärd bedeutete Schwert.

Das hatte sie irgendwo schon einmal gelesen, auch wenn es weit hergeholt erschien. Sie riss die Schublade ihres Schreibtischs auf und holte den Gedichtband ihres Vaters hervor. Sie blätterte. Dort. Zwei Gedichte stammten aus dem Jahr 1986. *Schwert* und *Verborgenes Wissen.* Sie las sie erneut. Direkt hintereinander.

Im Kern. Schon angelegt. Ein ganzes Leben. Trugschlüsse/Fehlschüsse. Falsche Fährten. In Stein geritzt. Der Hirte verschied im Abendrot. »So immer den Tyrannen!« Todgeweiht. Am Boden, am Boden. Durchfährt tausend Schlangenhäute. Scharf der Funkenschlag.

Sicher, das klang nach pathetischem Geschwurbel. Aber

in ihrem Kopf formten sich auch Bilder. Melancholisch und düster. Schicksalsschwer. Ein Anführer, ein Tyrann, der tot am Boden liegt. Eine Blutlache auf dem Sveavägen. Ein Grabstein voller Runen. Runen? Wie der Name? Sie zog ihr Handy heraus und googelte. Rune kam vom nordischen *rún*. Es bedeute geheime Weisheit oder *verborgenes Wissen*. Namenstag war der *28. Februar*.

Rune Svärd.

Verdammt und zugenäht.

War es so simpel?

Sie las den Artikel erneut. Industrieller. Privatbankier. Erzkonservativ. Milliardenschwer und extrem einflussreich. Träger königlicher Orden. Patriot.

Es passte.

Sie blätterte weiter. Und las, wie Rune Svärd in die Ermittlung gerutscht war. Förderer von Dan Bolund. Führer der fraglichen Stay-behind-Zelle.

Es passte millimetergenau.

Jemand, der im Hintergrund die Fäden zieht. Die Geschicke des Landes zu seinen Gunsten beeinflusst. Selbstverliebt genug ist, den Ministerpräsidenten an seinem eigenen Ehrentag töten zu lassen. Ein Sadist, der die grausamen Details, dort, wo es ungefährlich ist, selbst in die Hand nimmt. Wie einem kleinen Mädchen den Zopf abzuschneiden.

42 TAGE BIS TAG X

Siv war müde, als sie aus der U-Bahn-Station trat und sich auf die letzten wenigen Hundert Meter bis zu ihrer Wohnung machte. Ihre Finger schmerzten, sie hatte den ganzen Tag Abschriften angefertigt und Akten ins EDV-System eingepflegt, außerdem fror sie, die dünne Strumpfhose, die sie am Morgen angezogen hatte, war der grimmigen Januarkälte nicht gewachsen. Auf dem Bürgersteig lag verschorfter Schnee, der stellenweise spiegelglatt war, in ihren hochhackigen Schuhen trippelte sie eher, als dass sie ging. Es war spät geworden, ihr Chef verlangte seit Wochen der gesamten Abteilung Überstunden ab. Sie hatte sich auf die Lippen beißen müssen. Wenn sie damals nur ihr Studium beendet hätte, dann wäre sie heute hier die Chefin. Oder Rechtsanwältin. Oder sogar Richterin, wie ihr Vater immer gewollt hatte. Der Gedanke an ihre Eltern schmerzte. Siv begriff nicht, dass sie ihr nicht halfen. Was sollte diese kaltherzige Lektion bewirken? Sie lag doch schon am Boden, war ganz unten angekommen. Wie schnell es gegangen war, dachte sie, von der sorgenfreien Hausfrau in Danderyd bis zur alleinerziehenden Mutter, die in einem schwierigen Viertel hauste. Sie konnte Bengt nicht übel nehmen, dass er aus diesen Zuständen geflohen war. Er hatte nun ein Zimmer im Studentenwohnheim, dorthin konnte er wenigstens Kommilitonen einladen, ohne sich allzu sehr schämen zu müssen. Bengt hatte sich mit einem der braunhäutigen Jungen von gegenüber angefreundet. Sie hieß das nicht gut, aber was sollte sie schon dagegen sagen? Das alles war schließlich nicht seine Schuld.

Sie sah den Schatten nicht kommen. Es ging so schnell. Der Mann sprang in dem Moment auf sie zu, als sie aus der Bahnunterführung kam, und stieß sie. Sie fiel zu Boden, er setzte sich auf ihre Brust. Sie hatte Todesangst. Er schlug ihr mit der Faust ins Gesicht, einmal, zweimal. Der Schmerz war unbeschreiblich.

»Dein Geld!«, brüllte er. »Wo ist dein Geld?«

Statt eine Antwort abzuwarten, zerrte er ihr die Handtasche über Schulter und Kopf. Dann entdeckte er ihre goldene Armbanduhr. Er schlug ihr Handgelenk so fest auf den Boden, dass es knackte, dann zerrte er die Uhr ab, stand auf und bevor er endlich verschwand, trat er ihr mit aller Kraft in die Rippen.

»Du Hure«, rief er im Wegrennen, »du dumme, alte Hure.«

KAPITEL 15

Es vergingen drei Wochen. Erik Edman und die Polizeiführung schluckten Forss' und Nyströms fantasievollen Bericht, der das Kunststück vollbrachte, mit Hinweis auf gefährdete Informanten und sensible Informationen keinen einzigen Verdächtigen mit Namen zu nennen, wenn auch zähneknirschend und mit hochgezogenen Augenbrauen. Beide wurden offiziell getadelt und verwarnt, aber angesichts ihrer früheren Verdienste verzichtete man auf weitergehende Disziplinarmaßnahmen.

Schwieriger als die Anhörungen der internen Ermittlung fand Stina Forss die Gespräche mit ihren Angehörigen. Wie erklärte man seiner Mutter, dass man sich nun doch nicht das Leben genommen und sie völlig umsonst getrauert hatte? Ihre Cousine Maj war so wütend, dass sie ihr die Tür vor der Nase zuschlug. Forss konnte das verstehen.

Die Stockholmer Polizei fahndete weiterhin mit großem Aufwand nach Kennet Ivarus, immerhin handelte es sich um einen hochrangigen Staatsbeamten, der spurlos verschwunden war. Irgendwann gingen sie mit dem Hinweis an die Öffentlichkeit, dass er zuletzt mit einer schwangeren Joggerin im Stadtpark auf Djurgården gesehen worden war. Das dazugehörige Phantombild sah Anette Hultin nicht im Ansatz ähnlich.

Der Tod von Ulf Gyllenstierna wurde als Selbstmord mit Fragezeichen behandelt. Die Kriminalbeamten in Marstrand suchten in diesem Zusammenhang nach einer maskierten Einbrecherin Anfang zwanzig. Forss musste unwillkürlich lächeln, als sie davon hörte, auch wenn ihr die Witwe und die Enkelin leidtaten. Auf die Aussagen von gestressten Augenzeugen war selten etwas zu geben.

Dank Toivo Bärengrubs Einfluss blieb Dan Bolund der Nachwelt als erfolgreicher Wirtschaftsmann in Erinnerung, der unerklärlicherweise in eine schwere Psychose abgedriftet war. Wie anders war der grundlose Schusswaffenangriff auf einen ausländischen Polizeibeamten in dessen Sommerhaus auf einer estnischen Insel zu verstehen?

Stefan Sjöhult lag weiterhin im Koma. Vorsichtige Nachforschungen ergaben, dass die behandelnden Ärzte von keinem positiven Heilungserfolg ausgingen. Sollte er aus dem Koma erwachen, dann höchstwahrscheinlich mit schweren Hirnschäden.

Forss hatte ihre Überlegungen bezüglich Rune Svärd mit Nyström diskutiert. Die Hauptkommissarin folgte ihren Argumenten und glaubte ihr. Svärd war der Mann, der ihr vor vierunddreißig Jahren auf einer Waldlichtung den Zopf abgeschnitten hatte, um ihren Vater zur Beteiligung an einem Mordkomplott gegen Olof Palme zu nötigen. Svärd war der Kopf dieser Verschwörung und nichts würde enden, ehe sie diesen Kopf nicht abgeschlagen hätten. Zopf gegen Kopf, hatte Forss grimmig gedacht, *quid pro quo.*

Es war ein nebliger Novembertag, als sie vor dem riesigen Anwesen auf Djursholm hielten. Die mächtigen Laubbäume, die die Allee säumten, hatten alle Blätter abgeworfen. Zwei Männer in der orangefarbenen Sicherheitskleidung der Stadtreinigung trieben mit ihren Laubgebläsen braungelbe Wirbel vor sich her. Eine junge Frau in Pelzmantel ging mit einem winzigen Hund spazieren und wich den Blätterwolken weiträumig aus. Forss warf einen Blick aus dem Autofenster auf das rostrot getünchte Herrenhaus, das hinter dem hohen Rollgitter lag. Es strahlte Reichtum und Macht aus. Ein dreistöckiges Hauptgebäude mit symmetrischen Seitenflügeln. Sie erkannte Garagen, Stallungen und einen weitläufigen Park. Das Anwesen musste ein Vermögen wert sein, selbst für Djursholmer Verhältnisse sprengte es jeden Rahmen.

»Bist du dir immer noch sicher, dass du es tun willst?«, fragte Nyström.

Forss nickte knapp. Er war in dem Haus und wartete auf sie, das konnte sie spüren. Sie würde ihre Antworten bekommen. Jedoch nicht umsonst. Sie würde dafür einen Preis bezahlen. Das, was er wiederhaben wollte, seit ihr Vater tot war. Sie griff nach dem Lederetui, öffnete die Beifahrertür und stieg aus.

»Wünsch mir Glück«, sagte sie.

»Dreißig Minuten. Wenn du dann nicht wieder hier bist, rufe ich die Kavallerie. Und wenn er der Prinz von Zamunda ist.«

»Du schaust Eddy-Murphy-Filme? Wirklich?«

Sie zwinkerte und warf die Autotür hinter sich zu. Ihr

Herz klopfte. Sie war sich längst nicht so sicher, wie sie Nyström gegenüber tat. Er hatte dreimal versucht, sie töten zu lassen. Nun betrat sie freiwillig sein Haus. War das gewagt oder schon wahnsinnig? An dem soliden Pfeiler der Toreinfahrt gab es eine Klingel. Darüber befand sich das dunkle Bullauge einer Kamera. Sie klingelte. Hielt das schwere Lederetui hoch. Er würde verstehen. Fünfzig rasche Herzschläge lang tat sich nichts. Sie zählte jeden einzelnen mit. Dann glitt das Tor auf. Wie von Zauberhand.

Sie umklammerte das Etui fester und schritt die lange Auffahrt entlang. Unter ihren Doc Martens knirschte der feuchte Kies. Sie nahm die Treppe, die von steinernen Löwen flankiert wurde, zu einem breiten Portal. Die schwere Tür aus massivem Eichenholz öffnete sich. Zwei dunkel gekleidete Männer nahmen sie in Empfang, groß, durchtrainiert, wahrscheinlich Leibwächter. Sie tasteten sie sorgfältig ab. Einer der beiden wies auf das Etui. Sie öffnete den Reißverschluss und er blickte hinein. Sie hielt es auch seinem Kollegen hin. Der nickte. Offenbar wurde der Inhalt gutgeheißen. Wie auch nicht? Schließlich enthielt er das, was Svärd haben wollte. Sie schloss das Etui wieder. Dann führten die Männer sie durch einen hallenartigen Empfangsraum, der von einem kutschradgroßen Kronleuchter dominiert wurde. Links und rechts gingen geschwungene Treppen zu einer Empore. An den Wänden Ölbilder: Landschaftsmalerei und Seestücke. Vor einer geschlossenen Tür wurde sie gebeten, Platz zu nehmen. Der Stuhl, auf den Forss sich niederließ, hatte geschwungene Beine aus goldlackiertem Holz, die Füße glichen Löwentatzen. Als sie sich zurücklehnte, knarzte es gefährlich. Sie warteten. Drei Minuten, vier. Natürlich war das nichts als ein Machtspielchen. Sie musste an Nyströms Zeitvorgabe denken. Endlich öffnete sich die Tür. Eine Frau mittleren Alters in einem geschäftsmäßigen Kostüm lächelte ihr knapp zu und bat sie herein. Als Forss allein den Raum betreten hatte, schloss sie die Tür von außen. Die gesamte Rückwand des Raums wurde von hohen Bleiglasfenstern beherrscht, die auf den Stora Värtan hinausgingen. Just in diesem Moment stieß die Sonne durch die tiefe Wolkendecke und reflektierte auf den Wellen der Wasseroberfläche. Sie musste blinzeln, um sich in dem weitläufigen Zimmer zu orientieren. Vor den nun gleißend hellen Rechtecken zeichnete sich die Silhouette eines Mannes ab, der hinter einem Schreibtisch gigantischen Ausmaßes saß.

»Kommissarin Stina Forss, bitte setzen Sie sich doch.« Die Stimme heiser und gleichzeitig rau wie Schleifpapier. Die Ansprache altmodisch und gestelzt. Eigentlich verwendete niemand mehr die angestaubte Anredeform. Immer noch geblendet tastete Forss mehr nach der Sessellehne, als dass sie sie sah. Erst als sie sich gesetzt hatte, gewöhnte sich ihr Auge allmählich an die ungewöhnlichen Lichtverhältnisse. Das Gesicht des alten Mannes vor ihr nahm Konturen an: hohe Stirn, gebieterische Nase, dünne Lippen, breiter Mund, kantiges Kinn. Die tiefen Falten passten zu seinem Namen und dem Gedicht ihres Vaters. Runen, in Stein geritzt. Seine hellen Augen musterten sie. Die Art, wie er die Fingerspitzen aufeinanderlegte, zeugte von Selbstvertrauen und Machtbewusstsein. »Vor langer Zeit hat jemand anders auf dem Stuhl vor mir gesessen.«

»Mein Vater.«

Er lächelte wölfisch.

»Ganz genau.«

»Weil du ihn dazu gezwungen hast.«

Das Lächeln wurde breiter.

»Sie erinnern sich an unsere Begegnung auf der Lichtung?«

»Ja. Auch wenn es etwas gedauert hat.«

»Schade um Ihr hübsches Haar.«

»Keine Sorge, das ist nachgewachsen. Andere Dinge dagegen nicht.«

»Sicher, Ihr Auge. Ich hatte beinahe vergessen, dass Sie uns bereits früher in die Quere gekommen waren.« Er spielte auf den Terroranschlag an, den sie verhindert hatte. »Matthias Dahlkvist war einer meiner loyalsten Männer, mein Feldherr, aber immer wenn es darauf ankam, hat der Arme versagt.«

»Warum mein Vater?«, fiel sie ihm ins Wort.

Jetzt schmunzelte er amüsiert.

»Deshalb sind Sie also hier? Sie wollen Antworten? Nun, nichts auf der Welt ist umsonst. Haben Sie ihn dabei?«

In seinen hellen Augen stand nun ein gieriger Ausdruck.

Sie hatte das Etui auf dem Schoß. Sie legte es vor sich auf die Mahagoniplatte des Schreibtischs und öffnete es. Sie nahm den Revolver heraus und schob ihn zu ihm herüber. Er griff danach. Ein dunkler Fetisch in seinen Krallen. Er nahm ihn in die Hand wie ein Kind, das Cowboy spielt.

»Das ist der Revolver, der Olof Palme getötet hat«, sagte sie. Sie streckte die Hand aus. Setzte ihren gebieterischsten Blick auf. Das war der Moment, auf den es ankam. Der Augenblick, in dem sich entschied, ob ihr Plan aufging oder nicht. »Wenn du meine Fragen beantwortest, gehört er dir.«

Er zögerte. Er wusste, dass er ihn nicht wieder hergeben musste. Er hatte alle Trümpfe in der Hand. Und sie hatte alles auf eine Karte gesetzt. Er konnte sie einfach hinausjagen und es gäbe nichts, was sie dagegen tun könnte. Sie hielt den Atem an, fixierte seine Greisenfratze.

Er gab ihr die Waffe zurück. Sie ließ sie sofort im Etui verschwinden, gleichzeitig holte sie den Prachtorden heraus und legte ihn vor sich auf den Tisch.

»Nun gut«, sagte er. »Was Recht ist, ist Recht. *Quid pro quo.*«

Zopf gegen Kopf.

»Was hat es damit auf sich?«

Wieder das Wolfslächeln.

»Schwedens höchster Tapferkeitsorden.« Er nahm das Ehrenabzeichen und betrachtete es versonnen. »Es hat mich einiges gekostet, daranzukommen.« Er drehte es um und las die eingravierten Worte vor. *»Pro patria.* Fürs Vaterland. Ich fand, er gebührte ihm. Ein schwedischer Held, Ihr Vater. Ich mag Symbole. Nichts hätte meine Motivation besser auf den Punkt bringen können als dieser Orden.«

»Du hast Palme aus Patriotismus töten lassen?«

»Sicher, persönliche Animositäten mögen auch eine gewisse Rolle gespielt haben, aber im Grunde galt es, einen Landesverräter zu bestrafen und Schweden zurück auf den richtigen Kurs zu bringen. Den Kurs, der meinen Geschäften guttat.«

»Warum mein Vater?«

»Er erschien uns fähig und wir fanden den Knopf, der ihn springen ließ.« Er sah sie eindringlich an. »Jeder hat solche Knöpfe, wissen Sie? Sie waren seiner. Wir haben zugegebenermaßen unterschätzt, dass er unter Druck fahrig wird. Die Dinge sind ihm entglitten.«

»Er fing an zu trinken. Dann geschah der Unfall mit Erik Stenbeck. Auch die Auseinandersetzung zwischen eurem Bauernopfer Roger Sundfeldt und dem nachgerückten Schützen Matthias Dahlkvist konnte er nicht verhindern.«

»Sie sind gut, Sie haben das alles allein herausgefunden«, lächelte er. »Es stimmt, alles entwickelte sich anders als geplant. Wir mussten improvisieren. Ihr Vater hatte genug Anstand, Verantwortung zu übernehmen, als es darauf ankam.«

»Schütze und Sündenbock in einer Person. Die Drohung gegen seine Familie bestand weiter. Deshalb war er gezwungen, sein Leben lang den Revolver zu verwahren. Wäre man ihm jemals auf die Spur gekommen, hätte er alles auf sich nehmen müssen. Der Palme-Mörder, ein vom Weg abgekommener Offizier, ein Trinker. Bei all dem Skeptizismus gegen Palme, den es in der Armee gab, war er ein plausibler Täter.«

»Wie ich schon sagte, wir hatten seinen Knopf gefunden.«

»Welche Rolle haben Ivarus und die anderen gespielt?«

»Helfershelfer, nützliche Idioten. Fußvolk brauchte es immer.«

Sie verstand. Das *Wir*, das er so penetrant benutzte, war keineswegs auf seine Mittäter bezogen, sondern der *pluralis majestatis.* Svärd hielt sich für einen König. Mächtig und unangreifbar.

»Die Anschläge auf mich?«

»Tja.« Er hob die Arme. »Was soll ich sagen, meine Liebe? Dass die Tochter des Palme-Mörders ausgerechnet Polizistin werden würde, hatten wir nicht geahnt. Darin liegt eine geradezu amüsante Ironie. Ein Treppenwitz der Geschichte.«

Er grinste sie fröhlich an.

»Und wie geht es nun weiter?«, fragte sie. »Werde ich bis zu meinem Lebensende ängstlich über die Schulter schauen müssen?«

»Ach was, das wird nicht nötig sein. Nun, wo wir uns kennen- und schätzen gelernt haben. Das Einzige, was ich will, ist der Revolver.« Er streckte die Hand aus. Sie öffnete das Etui, nahm die Waffe heraus und reichte sie ihm. »Vielen Dank, meine Liebe.«

»Vorsicht, sie ist immer noch geladen.«

»Ich weiß«, grinste er, »es fehlen nur zwei Schuss.«

Sie warf einen schnellen Blick auf ihre Armbanduhr. Siebenundzwanzig Minuten.

»Ich werte dieses Treffen also als Friedensabkommen«, sagte sie und erhob sich.

»Es war mir eine Ehre«, entgegnete er, stand ebenfalls auf und geleitete sie zur Tür. Sie maßen sich ein letztes Mal mit Blicken, dann wandte sie sich um und ging. Die Leibwächter eskortierten sie durch das riesige Haus. Sie presste das Etui an sich, selbst noch als die schwere Eingangstür endlich hinter ihr ins Schloss gefallen war. Sie ging die Einfahrt hinunter und am Ende glitt das Rolltor weit genug zur Seite, dass sie hindurchgehen konnte. Wie von Zauberhand, dachte sie erneut. Zehn weitere Schritte und sie erreichte den Wagen. Nyström öffnete ihr die Autotür von innen.

»Und?«, fragte sie.

Forss nickte, stieg ein und warf die Tür zu. Der Audi fuhr an. Forss öffnete das Handschuhfach, nahm einen Satz Latexhandschuhe heraus, streifte sie über und zog den Reißverschluss des Etuis auf. Sie klappte den doppelten Boden beiseite, zog den Revolver vorsichtig am Lauf heraus und legte ihn in einen Beweissicherungsbeutel.

»Kaum zu glauben, dass er darauf tatsächlich hereingefallen ist«, sagte Nyström.

»Mein Vater hat immer gesagt: ›Weißt du, warum Zauberer niemals ihre Tricks verraten, Stina Pfefferminza? Weil die Zuschauer enttäuscht und wütend würden, wenn sie wüssten, wie simpel sie sind.‹«

»Tja«, sagte Nyström. »Da ist was dran.«

Sie lenkte den Wagen auf die Brücke über den Stocksund. Forss sah aus dem Fenster. Obwohl die Sonne am gräulichen Himmel blass war, explodierten ihre Strahlen auf der Wasseroberfläche in Abertausenden Reflexionen. Das Novemberlicht hat etwas Magisches, dachte sie.

TAG X

Kjell Forss stand vor dem Schaufenster des Tapetenladens »Dekorima« an der Ecke Sveavägen/Tunnelgatan. Er war bereit. Jede Faser seines Körpers war gespannt. Nur ein Handgriff und die Waffe war entsichert. Er sah zu, wie die weißen Wölkchen vor seinem Mund das Fensterglas beschlagen ließen. Die Ader an seiner Schläfe pochte. Trotz der Verkehrsgeräusche der vierspurigen Straße konnte er hören, wie sich Schritte näherten. Er wandte ganz leicht den Kopf. Da gingen sie an ihm vorbei, der Ministerpräsident und seine Frau. Er ließ sie passieren. Griff nach der Automatik, entsicherte sie. Sah wieder auf. Das Ehepaar befand sich nun direkt vor dem Eingang des Tapetengeschäfts. Doch da war plötzlich noch jemand. Eine Frau, die vor den beiden stand. Sie musste in dem Moment aus der Nische des Eingangs getreten sein, in dem er die Automatik gezogen und entsichert hatte. Alles geschah gleichzeitig. Ihr panischer Blick flog von den Palmes, die zwischen ihnen standen, zu ihm. »Waffe weg!«, brüllte sie. Olof und Lisbeth Palme, die unmittelbar begriffen, dass sie jemanden meinen musste, der hinter ihnen stand, drehten sich zu ihm um. Er war zu konsterniert, um sofort zu schießen. Entsetzt sah er, wie die Frau im selben Moment einen unhandlichen Revolver aus der Handtasche zerrte. Eine Leibwächterin, die er übersehen hatte? Sie visierte ihn an, hatte aber Schwierigkeiten, die schwere Waffe sicher zu halten. Die Palmes starrten immer noch entgeistert auf die Mündung seiner Automatik. Das Ganze hatte keine drei Sekunden gedauert. Dann löste sich ein Schuss. Der Ministerpräsident brach zusammen. Der Aufschrei Lisbeth Palmes wurde von einem zweiten Schuss übertönt. Auch sie ging zu Boden. Die Frau, die geschossen hatte, blickte ihn verstört an. Dann ließ sie den Arm mit dem rauchenden Colt sinken, drehte sich um und eilte um die Ecke in die Tunnelgatan davon. Seine Ohren dröhnten, er schluckte leer. Als er endlich die Schockstarre abschüttelte und sich umblickte, bemerkte er die Menschen, die ihn aus Autos heraus und von der anderen Straßenseite her anstarrten. Vor ihm lag Olof Palme leblos in einer immer größer werdenden Blutlache, Lisbeth hockte daneben und schrie. Er steckte die Waffe ein, schritt rasch an den beiden vorbei und verschwand wie die unbekannte Frau im Dunkel der engen Tunnelgatan.

Zuerst war Siv einfach nur wütend gewesen. Aber was hieß schon wütend? Sie hatte gebrodelt vor Zorn und je länger sie die Worte wirken ließ, je länger sie darüber nachdachte, desto zorniger wurde sie. Olof Palmes Einspruch gegen den Steuerbescheid war vor zwei Tagen am Verwaltungsgericht eingegangen, wie in solchen Dingen üblich als Einschreiben und in doppelter Ausführung, eine unter vierunddreißig anderen Schriftstücken mit ähnlich gelagerten Beschwerden, die Siv an diesem Arbeitstag entgegennahm, stempelte, dokumentierte und in das EDV-System des Verwaltungs-

gerichts einpflegte, ein ganz normaler behördlicher Vorgang – mit dem einzigen, aber entscheidenden Unterschied, dass Olof Palme kein normaler Mitbürger war, sondern der Ministerpräsident, das Landesoberhaupt, dessen Doppelmoral und Hintertriebenheit in Steuerfragen im Vorjahr während eines konfrontativen Radiointerviews enthüllt worden war, ironischerweise ausgerechnet von Jan Guillou, jenem Journalisten, den Palme mehr als zehn Jahre zuvor wegen der angeblichen Veröffentlichung von Staatsgeheimnissen für Monate ins Gefängnis hatte sperren lassen. Seit diesem Interview hielt sich die sogenannte Harvard-Affäre hartnäckig in den Schlagzeilen. Palme hatte an der US-amerikanischen Eliteuniversität im Herbst 1983 einen Vortrag gehalten – wie bei amtierenden Regierungsmitgliedern üblich, ohne dafür bezahlt worden zu sein. Ein halbes Jahr später hatte Harvard Palmes Sohn im Gegenzug einen Studienplatz und ein 5.000-Dollar-Stipendium angeboten, ganz eindeutig ein geldwerter Vorteil, den der Ministerpräsident nicht nur unverfroren angenommen, sondern auch nicht in seiner Steuererklärung angegeben hatte. Das Finanzamt prüfte daraufhin den Sachverhalt, sah sehr wohl einen kausalen Zusammenhang zwischen Vortrag und Stipendium und besteuerte den Betrag, der dem Gegenwert von circa 40.000 Kronen entsprach. Palme wiederum war mit dieser Entscheidung nicht einverstanden und legte beim zuständigen Verwaltungsgericht Widerspruch ein, ebenjenes Schreiben, das Siv entgegengenommen hatte. Wie also hätte sie die Begründung dieses Einspruchs NICHT lesen können? Natürlich tat sie das. Die Dreistigkeit, die Arroganz, mit der Palme jegliche Verknüpfung zwischen seiner Vortragstätigkeit und dem Harvardstipendium seines Sohns wegargumentierte, verschlug ihr die Sprache. So schamlos log jener Mann, der öffentlich pausenlos von Chancen- und Bildungsgleichheit sprach? Was für eine Bigotterie!

Zwei ganze Tage hatte sie die wachsende Wut auf den Ministerpräsidenten mit sich herumgetragen. Wieso durfte der Sohn des obersten Sozen kostenlos in den USA studieren, während ihr Bengt, der es aufgrund seiner Leistungen doch wirklich verdient gehabt hätte, neben dem Studium arbeiten gehen musste, um überhaupt über die Runden zu kommen? Alles, was sie im vergangenen Jahr verloren hatte, kam ihr nun wieder ins Bewusstsein. Alle Welt sprach vom schwedischen Modell, von den Aufstiegsmöglichkeiten, die Palme geschaffen hatte. Aber was war mit ihr? Sie hatte alles verloren. Den Wohlstand. Das Haus in Danderyd. Ihren geliebten Mann. Aus ihrem lodernden Zorn wuchs Vergeltungsdrang. Was, wenn sie das Schreiben der Presse zuspielte? Dem konservativen Svenska Dagbladet würde es mit Sicherheit gefallen, Palmes Scheinheiligkeit bloßzustellen. Nur: Was hätte sie davon? Abgesehen von einer gewissen Genugtuung. Ließe sich die Situation nicht irgendwie zu ihrem eigenen Vorteil wenden? Kühle Berechnung statt billiger Rache: Was, wenn sie dem Ministerpräsidenten drohte, mit seinem Schreiben an die Öffentlichkeit zu gehen? Es sei denn, er wäre bereit, eine gewisse Summe zu zahlen, damit sie es nicht tat. Sagen wir 40.000 Kronen?

Sie wartete, bis ihre Kolleginnen und Kollegen nach Hause gegangen waren, Überstunden waren nichts Ungewöhnliches. Sie nahm eine Kopie der Beschwerde und verstaute sie in ihrer Handtasche, direkt neben dem schweren Revolver ihres Vaters. Den trug sie seit dem Überfall immer bei sich. Sie verließ das Gerichtsgebäude. Es war 18.41 Uhr. Sie suchte eine Telefonzelle auf. Sie las die Nummer vom Kopf des privaten Briefpapiers ab. Nach dem fünften Klingeln nahm er ab. Sie erkannte die Stimme aus den Nachrichten. Es war tatsächlich Palme, es war tatsächlich der Ministerpräsident, mit dem sie sprach. Sie erklärte, was sie wollte. Sie war erstaunt, wie fest ihre Stimme war, wie sicher, auch wenn ihr Herz pochte wie verrückt. Palme schwieg einen Moment, bevor er sich einver-

standen erklärte. »23.20 Uhr«, sagte er. »Ecke Sveavägen, Tunnelgatan. Meine Frau wird dabei sein.« – »Keine Leibwächter!«, sagte sie. »Sonst garantiere ich für nichts!«

»Abgemacht, keine Leibwächter«, wiederholte er. Vor Aufregung zitternd legte sie den Hörer zurück auf die Gabel.

Voosen/Danielsson: das neue Traumpaar des Schweden-Krimis

Leseproben und mehr unter www.kiwi-verlag.de

Machen Sie Urlaub in der Bretagne mit Kommissar Dupin

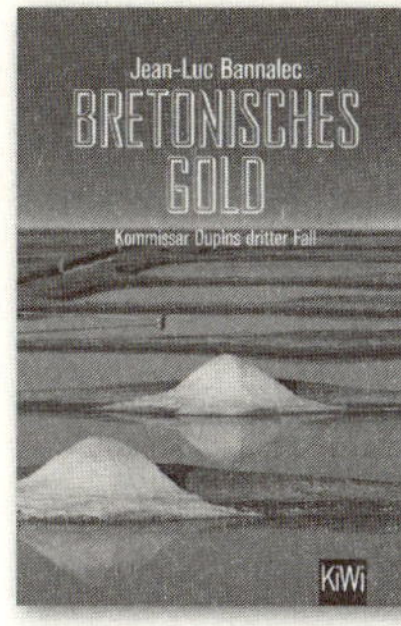

Kiepenheuer & Witsch

Leseproben und mehr unter www.kiwi-verlag.de